Jasmin Romana Welsch

Krieger des Lichts – 1

AF217196

Krieger des Lichts 1: Nihil fit sine causa

Mia ist sechzehn und hat diese seltsame Gabe. Sie kann Gefühle lesen und jeden Menschen in ihrer Umgebung sofort als Neider oder Lügner entlarven. Was sich nützlich anhört, ist im Alltag eine Bürde. Mia ist eine Einzelgängerin, die mit erschreckender Regelmäßigkeit gegen Straßenlaternen läuft, weil sie sich unter vielen Menschen kaum konzentrieren kann.

Als sie sich eines Tages verfolgt fühlt, beginnt eine Verkettung seltsamer Zufälle, die ihr Leben aus der Bahn werfen. Da sind auf einmal dieses Monster und der Junge mit dem Bogen über der Schulter, der für einen Helden viel zu viel flucht.

Als am nächsten Tag auch noch der schönste Mann der Welt bei ihr zu Hause auftaucht und sie bittet, auf sein Internat zu wechseln, steht fest, dass bald nichts mehr so sein wird wie früher. Vielleicht gibt es sogar Engel und Dämonen, aber das kann Mia nur herausfinden, wenn sie sich auf ihr Schicksal einlässt und eine Ausbildung zur Wächterin beginnt.

Die Autorin

Jasmin Romana Welsch wurde 1989 in Graz geboren und lebt auch heute noch mit ihrem Freund und ihrer Hündin Yuki in der Steiermark. Obwohl sie bereits im Teenageralter das Schreiben für sich entdeckte, begann sie ein Jura-Studium. Erst nach der Veröffentlichung ihres ersten Romans widmete sich die junge Autorin gänzlich der Schriftstellerei. Aus ihrer Feder stammen mehrere Jugendbücher, in denen sich fast immer humoristische, aber auch dramatische Akzente wiederfinden.

JASMIN ROMANA WELSCH

KRIEGER DES LICHTS

BAND 1: NIHIL FIT SINE CAUSA

Fantasy

www.sternensand-verlag.ch I info@sternensand-verlag.ch

3. Auflage, November 2018
© Sternensand Verlag GmbH, Zürich 2018
Umschlaggestaltung: Alexander Kopainski I alexanderkopainski.de
Lektorat / Korrektorat: Sternensand Verlag GmbH I Martina König
Satz: Sternensand Verlag GmbH
Druck und Bindung: Smilkov Print Ltd.

ISBN-13: 978-3-906829-56-2
ISBN-10: 3-906829-56-2

Inhalt

Ein Hauch von Schicksal

Ich rieb mir den Kopf, weil ich gegen den Mast eines Verkehrsschildes geknallt war. Stöhnend taumelte ich ein paar Schritte nach hinten, weg von dem schmerzhaft unnachgiebigen Hindernis, das ich vor einigen Sekunden noch nicht wahrgenommen hatte.

Ich ließ meinen Blick schweifen, um sicherzugehen, dass niemand mein Missgeschick bemerkt hatte. Die Passanten um mich herum schenkten mir keine Beachtung, trotzdem kam ich mir beobachtet vor – den ganzen Tag schon.

Leise fluchend tastete ich nach der pulsierenden Stelle an meiner Stirn, die bereits verdächtig warm wurde. Ich hasste es, wenn mir so etwas passierte. Es war nicht das erste Mal gewesen, dass ich – vollkommen abgelenkt – gegen etwas gelaufen war, aber normalerweise widerfuhren mir solche Missgeschicke in der Schule, wenn mich die Gefühle meiner Klassenkameraden ablenkten und meine Konzentration nachließ. Immer wenn um mich herum zu viele Emotionen auf einmal tobten, konnte ich kaum noch denken. Da passierte es schon mal, dass ich über meine Beine stolperte, gegen eine geschlossene Tür lief oder mich neben meinen Stuhl ins Leere setzte.

Die Art, wie ich die Gefühle der Menschen in meiner Nähe wahrnahm, widersprach jeglicher Rationalität. Ich war nicht nur empathisch veranlagt, ich konnte schlicht und einfach in die Menschen um mich herum hineinsehen.

Wenn sie mir ihre Emotionen entgegenschleuderten, manifestierte sich eine unscharfe Silhouette vor meinem geistigen Auge, ein Schatten, der je nach Gefühl eine andere Form annahm. Ich konnte das nicht kontrollieren, das hatte ich nie gekonnt.

Je näher mir jemand kam, umso deutlicher sah ich in ihn hinein, und wenn mich jemand berührte, legte er mir unfreiwillig sein ganzes Wesen offen. Ich fühlte, ob jemand gutherzig war, unzufrieden oder verliebt. Die negativen Gefühle machten mir mehr zu schaffen als die positiven, aber im Grunde raubten sie mir alle einen Großteil meiner Konzentration, die ich lieber dafür verwendet hätte, Hindernissen wie Verkehrsschildern auszuweichen.

Ich drehte mich noch einmal um. Zu allem Überfluss war ich auch noch gegen ein Stoppschild gerannt. Das Universum schien in der Stimmung für Scherze.

Als ich die Bibliothek betrat, war ich dankbar, dass außer der Bibliothekarin niemand hier war. Sie war gelangweilt, aber diese Emotion konnte ich mühelos an mir vorüberziehen lassen. Auch wenn ich meine seltsame Gabe nicht abschalten konnte, hatte ich im Laufe der Jahre gelernt, mit ihr zu leben. Sie isolierte mich sozial zwar merklich, aber meinen Alltag bekam ich normalerweise gut auf die Reihe.

Ich verkroch mich gern in meinem Zimmer, um zu lesen. In einer Welt zu versinken, in der ich nicht jeden sofort als Lügner oder Neider entlarven konnte, war Balsam für meine Seele. Freunde hatte ich kaum, die meisten stempelten mich schnell als Sonderling ab. Ich konnte das Chaos in meinem Kopf nicht immer rechtfertigen, zumindest nicht, ohne noch sonderbarer zu wirken. Dass ich ständig abgelenkt war, wirkte auf die Außenwelt im besten Fall unhöflich, manche dichteten mir aber auch eine psychische Störung an – ich konnte es ihnen nicht wirklich übel nehmen.

»Ich habe mir letzte Woche ein Buch reservieren lassen, das vergriffen war. Es sollte gestern zurückgekommen sein.«

Die grauhaarige Bibliothekarin sah über ihre Lesebrille hinweg zu mir auf. Sie erhob sich quälend langsam von ihrem Stuhl und kam auf den Holztresen zu, hinter dem ich stand. Mit einer routinierten Bewegung knipste sie die Leselampe an und klopfte gegen den grünen Schirm, in dem das Licht flackerte.

»Auf welchen Namen haben Sie es reserviert, junges Fräulein?«

»Mia, mein Name ist Mia.«

Dass sie mich schon hundertmal gesehen hatte, ignorierten wir in diesem Moment beide. Ich wusste, dass sie mich erkannt hatte, aber sie war stoisch und engstirnig in ihren Abläufen, so wie die meisten Menschen.

Sie drehte sich zu dem Regal um, in dem die reservierten Bücher auf ihre Leser warteten. Sie waren nicht nach Titel abgelegt, sondern nach dem Namen desjenigen, der sie hatte reservieren lassen. Obwohl wir gerade eben erst geklärt hatten, dass mein Name mit einem M begann, startete sie ihre Suche im A-Regal. Es würde eine ganze Weile dauern, bis ich mein Buch bekommen würde, also lehnte ich mich gegen den Tresen und schloss für ein paar Sekunden die Augen. Ich öffnete sie wieder, weil ich glaubte, dass es in der Bibliothek soeben heller geworden war.

Die altersschwache Lampe flackerte noch immer vor sich hin und die Deckenleuchte war aus. Ich ließ meinen Blick hinüber zum Fenster schweifen. Es war schon den ganzen Tag bewölkt, die Sonne war nicht zu sehen, daran hatte sich nichts geändert.

Ich hätte trotzdem schwören können, dass es heller geworden war.

Das war mir auch vorhin auf der Straße passiert, kurz bevor ich gegen das Schild gelaufen war. Ich hatte gedacht, die Sonne würde zwischen den Wolken hervorbrechen, heller und wärmer, als ich es gewohnt war, deshalb hatte ich mich auch auf den Himmel und nicht auf den Weg konzentriert.

Ich schüttelte den Kopf, versuchte, dieses merkwürdige Gefühl loszuwerden, aber es verschwand nicht.

Heute war ein seltsamer Tag, vielleicht wurde ich krank. Meine Augen signalisierten mir, dass es düster war, aber irgendwo leuchtete etwas, ich war mir beinahe sicher.

»Hier, bitte, Ihr Buch. Bitte unterschreiben Sie hier. Die Rückgabefrist für ausgeliehene Bücher beträgt zwei Wochen. Sie können bei Bedarf verlängern, wenn Sie …«

Sie stoppte mitten im Satz, weil sie bemerkt hatte, dass ich ihr überhaupt keine Aufmerksamkeit schenkte. Ich hatte mich so auffällig von ihr weggedreht, dass sie sich regelrecht beleidigt fühlte, aber das war mir im Moment egal.

Er hatte sich an eines der Regale ganz in meiner Nähe gelehnt und blätterte in einem Buch. Ich hatte sein Kommen gespürt, weil das imaginäre Leuchten noch intensiver geworden war. Es ging von ihm aus, ganz ohne Zweifel.

»Hören Sie mir bitte zu, die Fristen sind wichtig!«

»Ich leihe mir hier Bücher aus, seit ich zehn Jahre alt bin! Ich kenne die Fristen!«, blaffte ich, weil ich im Moment keine Geduld für die ewig selben Rituale der alten Bibliothekarin hatte.

Mit dem Buch in der Hand ging ich auf ihn zu. Er hatte mittelblondes, gestylt zerzaustes Haar und war beinahe einen ganzen Kopf größer als ich. Außerdem war er unglaublich hübsch, aber dass er leuchtete wie die Sonne, war trotzdem das Auffälligste an ihm – zumindest für mich.

Seine Gefühle waren eine Mischung aus Neugierde und Wachsamkeit – seltsam, ich konnte sie nur ganz schlecht deuten. So einem Jungen war ich noch nie begegnet.

Ich schätzte ihn älter als mich, vielleicht sogar Anfang zwanzig. Er war ein Sportbogenschütze, denn er trug einen Köcher mit Pfeilen und einen wunderschönen schwarzen Bogen auf dem Rücken.

»Starrst du Fremde immer so entgeistert an? Das könnte man als ziemlich seltsames Verhalten interpretieren.« Er blickte gar nicht erst von seinem Buch auf, blätterte nur um.

»Ich ... ähm ... ich ...«

»Du ... ähm ... du ...«, äffte er mich nach.

Ich spürte so etwas wie Schalk in ihm hochkommen. Er hatte keine introvertierte Persönlichkeit, im Gegenteil.

»Warst du vorhin draußen auf der Straße?«

Er grinste. Kein freundliches, höfliches Grinsen, eher ein amüsiertes.

Meine seltsam formulierte Frage machte mich verlegen, ich war aber froh, dass ich überhaupt etwas über die Lippen gebracht hatte. Meine Zunge war vor lauter Aufregung schwerer als sonst. Dass seine graublauen Augen jetzt auf mir ruhten, machte es nicht besser.

»Meinst du die Straße vor der Bibliothek, die ich betreten müsste, wenn ich hier hereinkommen wollen würde? Nein, auf der war ich nicht. Ich verstecke mich schon ein Leben lang hinter diesem Regal und bringe kleine, stotternde Kinder aus dem Konzept, wenn sie sich Bücher ausleihen.«

»Ich bin sechzehn, ich bin kein Kind!«

Dass ich knallrot wurde, machte meinen Einwand noch eine Spur lächerlicher, als er ohnehin schon war.

»Kann es sein, dass ich dich nervös mache, oder zucken deine Augenbrauen immer so unkontrolliert? Dann solltest du zum Nervenarzt.«

»Nein!«, entgegnete ich unüberlegt.

Seine Stimme war melodisch, klar und tief. Dieses Leuchten brachte mich aus der Fassung. Jetzt, da ich das erkannt hatte, wusste ich, was ich dagegen tun konnte. Bevor ich noch weiteren Schwachsinn von mir gab, lief ich an ihm vorbei zur Tür und verschwand nach draußen.

Es war pures Glück, dass ich nicht schon wieder gegen das Stoppschild gelaufen war, denn ich achtete nicht darauf, wohin ich rannte.

Ich kam mir dumm vor. Er musste mich für sprachbehindert halten. Ich war nicht gut im Small Talk, schon gar nicht mit Fremden, aber ich hätte gern ein vernünftiges Gespräch mit ihm begonnen, über was auch immer. Seine Aura war angenehm gewesen, obwohl sie mich so wirr gemacht hatte.

Ich lief eine ganze Weile, bis ich mir schließlich ein Ziel setzte. Als ich im Park ankam, war er beinahe leer.

Die dicken grauen Wolken am Himmel störten mich nicht. Ich setzte mich auf eine der Bänke und seufzte vor mich hin.

Heute war einfach nicht mein Tag, das war mir schon aufgefallen, als ich das Haus verlassen hatte. Ich war noch unkonzentrierter als sonst, fühlte mich verfolgt und hatte trotzdem das starke Bedürfnis, durch die Gegend zu laufen.

Vielleicht folgte er mir ja – der Junge, der wie die Sonne leuchtete. Ich verwarf den Gedanken so schnell, wie er gekommen war. Ich wollte nicht noch seltsamer werden, als ich ohnehin schon war. Gefühle lesen zu können und helle Auren zu spüren, reichte mir. Unter Verfolgungswahn zu leiden oder paranoid zu werden, konnte ich mir gar nicht mehr leisten – mein Freak-Konto war bis oben hin gefüllt.

Ich versuchte, mich auf mein Buch zu konzentrieren, aber ich verstand nicht einen einzigen Satz. Immer wieder verspürte ich den Drang, mich umzusehen. Die Rastlosigkeit machte mich fast wahnsinnig. Ich hasste meinen Verstand für die Streiche, die er mir manchmal spielte.

Vielleicht war ich wirklich verrückt und bildete mir die unerklärlichen Dinge nur ein. Ich wäre gern etwas durchgeknallt gewesen, das hätte mir zumindest eine Erklärung für meine Seltsamkeit geliefert, aber es war alles so real wie das Buch in meiner Hand, da war ich mir leider sicher.

Die ersten Regentropfen waren dick und fielen in großen Abständen. Als ich den Blick in den Himmel richtete, begann es plötzlich, wie aus Eimern zu gießen. Der Wolkenbruch war vorauszusehen gewesen, aber ich hatte die Warnzeichen ignoriert.

Obwohl ich schnell lief, wurde ich sofort nass. Ich hatte mir meine Weste über den Kopf gezogen, aber sie hielt mich nicht trocken, sie nahm mir nur die Sicht und ich wäre beinahe gegen die hölzerne Wand des Haltestellenhäuschens gerannt, unter dem ich Schutz suchen wollte. Ich bremste früh genug ab, sodass ich nur leicht gegen das dunkle Holz stieß.

Erleichtert schnaufte ich vor mich hin, stützte die Hände auf meinen Knien ab und freute mich über die Tatsache, dass es hier gemütlicher war als angenommen. Irgendwie fühlte ich mich sogar euphorisch.

»Wow, du läufst zwar blind durch die Gegend, dafür aber verflucht schnell!«

Ich erschrak und gab ein merkwürdig piepsendes Geräusch von mir.

Er lehnte in einer Ecke des Haltestellenhäuschens, in einer sehr dunklen Ecke. Ich hatte ihn nicht gesehen, aber ich wusste jetzt, woher das plötzliche Hochgefühl in mir rührte.

»Sag mal, kann es sein, dass du mich verfolgst?«, wollte ich, noch immer atemlos, wissen.

Er hielt dasselbe Buch in der Hand wie in der Bibliothek, er musste es sich ausgeliehen haben. Kafka – ›Die Erzählungen‹.

Als er gespielt gelangweilt von den Zeilen aufblickte, traf mich ein durch und durch kühler Blick. »Ich könnte dir dieselbe Frage stellen.«

Noch bevor ich verlegen werden konnte, sprach er weiter.

»Du solltest nach Hause gehen.«

»Was?«

»Nach Hause – das ist dort, wo dein ganzes Zeug liegt.«

Ich starrte ihn an, das war mir bewusst, aber ich konnte nicht aufhören, weil mich diese Aura so faszinierte.

Er schwieg eine Weile und verzog dann den Mund zu einem schiefen Lächeln.

Ich erlangte die Kontrolle über meinen Körper endlich wieder und stellte das Starren sofort ein. »Ich will nicht nach Hause.«

»Wieso?«

»Keine Ahnung, normalerweise bin ich ein Stubenhocker, aber heute …«

»Ja, so geht es den meisten«, murmelte er, schlug das Buch zu und ließ es in seinem Köcher verschwinden.

Ich hinterfragte seine seltsame Aussage nicht, weil ich Angst hatte, wieder etwas Dummes zu sagen oder begriffsstutzig auf ihn zu wirken.

»Schöner Bogen. Kannst du gut schießen?«

Seine Gefühle schlugen um. Er wirkte weniger neugierig als noch vor einigen Sekunden, schien von irgendetwas überrascht zu sein – im positiven Sinne.

Ich konnte seine Gefühle nur ganz schwer zuordnen, spürte aber, dass er unglaublich selbstsicher und zielstrebig war, das strahlte schon seine Aura aus.

»Ich bin kein schlechter Schütze, aber der Nahkampf liegt mir mehr.«

Sein Grinsen ebbte plötzlich ab. Er wirkte abgelenkt, vielleicht von der seltsamen Präsenz, die ich mit einem Mal auch fühlen konnte. Sie war stark und gleißend, diese Aura. Über meine Haut fegte ein angenehm warmer Wind, aber keines meiner langen blonden Haare rührte sich auch nur einen Millimeter. Imaginärer Wind – dieser Tag hatte definitiv das Potenzial, noch seltsamer zu werden.

»Was ist das?«, wollte ich wissen, ohne darüber nachzudenken, ob ich mich durch diese Frage als Freak outen würde.

Er fühlte es auch, zumindest wechselte seine Gefühlswelt die Farbe.

Man brauchte nicht über meine Fähigkeit zu verfügen, um zu erkennen, dass ihm irgendetwas an dieser Situation nicht in den Kram passte.

»Er kann es nicht sein lassen! Er muss sich immer einmischen! Das ist meine Mission! Dummer alter …«

Er knurrte das letzte Schimpfwort. Die Wut in seiner Stimme spiegelte sich in seinen Gefühlen wider. Er war wütend auf den imaginären Wind, obwohl er sich so gut anfühlte.

Während er nach draußen in den Regen rannte, brauchte ich ein paar Sekunden, um mir auch eine Reaktion abzuringen.

Ich lief ihm hinterher, drehte mich nach allen Seiten, aber ich hatte ihn aus den Augen verloren. Dass ich sein Leuchten immer noch fühlen konnte, war ein sicheres Indiz dafür, dass er noch in der Nähe war. Nur der Wind ebbte langsam ab und verschwand schließlich. Er hätte gern bleiben dürfen, wenn es nach mir gegangen wäre, denn er beschleunigte meinen Herzschlag auf angenehme Weise.

Als mir klar wurde, was ich hier gerade tat, fühlte ich mich idiotisch. Ich stand draußen im strömenden Regen und suchte nach Dingen wie imaginärem Wind und Licht, die es nur in meinem Kopf gab.

Er tauchte so plötzlich hinter der Ecke des Holzverschlags auf, dass ich nicht reagieren konnte, als er mich am Arm packte und zurück unter das Dach zog.

»Wieso läufst du raus in den Regen?! Bleib gefälligst hier stehen!«

Er war selbst komplett durchnässt. Seine Haare hingen ihm in dicken Strähnen ins Gesicht. Er schnaufte ein wenig.

Seine Berührung hatte mir sein Wesen deutlicher offengelegt. Er war willensstark, ehrgeizig, selbstkritisch und irgendwo tief im Inneren auch von etwas geplagt, das ich nicht zuordnen konnte. Außerdem fühlte ich eine Leere, die nach etwas verlangte, das ich nicht kannte.

Es wunderte mich, dass ich nicht noch mehr lesen konnte, aber im Moment war sowieso alles außerordentlich konfus.

Als ihm auffiel, wie durchdringend ich ihn musterte, machte er etwas, das noch nie jemand in meiner Gegenwart gemacht hatte. Er schirmte seine Gefühle vor mir ab. Ich konnte sie zwar noch spüren, aber die Mauer, die er errichtet hatte, verbot mir, weiter so genau in ihm zu lesen, wie ich es gern getan hätte.

Er murrte kurz misstrauisch und strich sich die Haare zurück.

»Wer war das?«, wollte ich wissen, in der sicheren Gewissheit, dass die winddurchflutete, beeindruckende Aura zu jemandem gehört hatte, der jetzt verschwunden war.

»Du bist feinfühliger, als du aussiehst«, entgegnete er, mehr oder weniger überrascht und mit einem dezent beleidigenden Unterton.

Ich war mir spätestens jetzt sicher, dass ich in diesem Bushäuschen nicht die Einzige war, die ein Geheimnis hütete.

»Bist du immer so charmant?«

Er grinste auf meine Frage hin. Wenn er das tat, sah er gefährlich unschuldig aus. Dieser widersprüchliche Ausdruck auf seinem Gesicht gefiel mir, aber das war wahrscheinlich nicht der richtige Zeitpunkt, um so etwas Banales zu bemerken.

Er lehnte sich wieder an die Wand und verschränkte die Arme vor der Brust. Er war trainiert, muskulös und trotzdem sehr schlank. So etwas nannte man wohl gute Gene.

»Bist du meinetwegen hier?«

Obwohl diese Frage auf der Hand lag, machte sie mich verlegen, als ich sie stellte. Hätte er Nein gesagt, wäre meine Unterstellung peinlich gewesen, aber er schwieg so lange, bis ich nicht mehr mit einer Antwort rechnete.

»Keine Angst, Kleine. Ich stalke dich nicht, ich passe nur auf dich auf.«

»Du passt auf mich auf?«

Er zuckte unbeeindruckt mit den Schultern. Ich fühlte, dass er die Wahrheit sagte, es war ihm wichtiger, als er nach außen hin zeigen wollte.

»Was könnte mir denn passieren?«

Eine seiner Augenbrauen hüpfte in die Höhe. »Der große, böse schwarze Wolf könnte dich fressen.«

Ich war mir sicher, dass er scherzte, obwohl seine ernste Miene und seine Gefühle anderes vermuten ließen.

Ich begann, leise zu lachen, in der Hoffnung, dass er dann auch damit anfangen würde, aber er blieb ernst.

»Was denn für ein Wol…«

Es klang wie ein Schrei, mehr der eines Tieres, nicht menschlich, auch wenn ich so ein Tier noch nie gehört hatte. Mein Puls erhöhte sich schlagartig.

Er stieß sich von der Wand ab.

»Was war das?!«

»Der Wolf.«

Als würde irgendjemand oder etwas da draußen seine Worte untermalen wollen, hallte ein weiteres Knurren durch die Dämmerung.

Obwohl der Regen so laut prasselte, drang das unwirkliche, beängstigende Geräusch deutlich an mein Ohr.

»Das kann doch nicht sein, oder!?«

Er stand direkt am Rand des Holzverschlags und schaute durch den Regen in die Ferne. »Na dann eben nicht … Von mir aus ist es eine Katze. Kann das sein?«

»Eine Katze?!«, wiederholte ich ungläubig. Meine Stimme zitterte, weil mich ein bedrückendes Gefühl heimsuchte, mit dem Angst einherging. Irgendetwas würde passieren. Dieser seltsame Tag würde in einem Erlebnis gipfeln, das mir nicht gefallen würde.

»Na ja, eine große Katze mit Stimmbandentzündung«, ergänzte er amüsiert und griff nach dem schwarzen Bogen auf seinem Rücken.

»Was machst du?!«,

Das Knurren wurde lauter. Ich hörte ein regelmäßiges, dumpfes Geräusch – Schritte, schwer und schnell.

»Sie hat dich! Bleib hinter mir, hörst du?!«

Ich hielt die Luft an, als er die Sehne durchspannte. Das Adrenalin, das durch meine Adern schoss, machte mich nervös. Ich verspürte den Drang, wegzulaufen, obwohl ich ihm auch gern um den Hals gefallen wäre, weil ich das Gefühl hatte, dass er mich beschützen konnte.

Seine Konzentration glich kurz einem tranceähnlichen Zustand. Er visierte etwas an, das noch zu weit entfernt war, um es mit bloßen Augen sehen zu können.

»Scheiße!«

Sein Schuss verfehlte das Ziel. Er drehte sich nach mir um, sein Blick war streng und entschlossen.

»Egal was passiert, lauf mir nicht nach, verstanden?!«

»Wohin willst du denn?! Bleib bitte hier!«

Ich hielt seinen Oberarm fest wie ein kleines verängstigtes Kind, aber das war mir im Moment egal. Ich wollte nicht, dass er ging, denn was auch immer da draußen lauerte, war weder ihm noch mir wohlgesonnen.

Sein unerwartetes Lächeln ließ mich stutzen. »Keine Angst, Kleine, ich hab doch gesagt, der Nahkampf liegt mir mehr.«

Noch bevor ich etwas erwidern konnte, riss er sich von mir los und rannte davon.

»Warte!«

Meine Knie wurden weich. Ich hörte wieder dieses Knurren, es war ganz nah, irgendwo hinter dem kleinen Hügel auf der anderen Straßenseite. In mir wütete die Angst. Ich hätte es mir nie verzeihen können, wenn die strahlende Aura meinetwegen verblasst wäre.

Als ich losrannte, war ich mir sicher, dass ich in mein Verderben lief, aber etwas in mir schrie danach, ihm zu helfen, obwohl er es mir so eindringlich verboten hatte.

Es knallte laut und ich stürzte. Ich konnte nur noch erkennen, dass er im Regen stand und mir den Rücken zugewandt hatte. Erleichterung schlug mir entgegen, während ich mich wieder hochraffte. Noch immer raste mein Herz wie verrückt und meine Knie zitterten, die Erleichterung kam also definitiv nicht von mir.

Ich atmete schwer, aber meine Sinne arbeiteten auf Hochtouren. Die Geräusche waren verschwunden, alles war still, nur mein hastiger Atem und der prasselnde Regen waren zu hören. Als er sich zu mir umdrehte und auf mich zu stapfte, stellte ich fest, dass er unverletzt war.

»Bist du taub oder spreche ich eine Sprache, die du nicht ganz verstehst?!«

Seine Wut war initiiert von den Sorgen, die ich ihm durch mein Auftauchen bereitet hatte. Die graublauen Augen funkelten wieder streng.

»Wenn ich sage, folge mir nicht, dann hast du mir verdammt noch mal auch nicht zu folgen, kapiert!? Ich versuche hier, meine blöde Arbeit zu machen, aber das kann – verdammt noch mal – auch schiefgehen, wenn du nicht mal die scheißeinfache Anweisung befolgst, von mir wegzubleiben!«

Ich hatte noch nie so viele Flüche und Schimpfwörter in einem Satz gezählt. Er war wirklich außer sich, obwohl er mich vor diesem knurrenden Ungeheuer gerettet hatte, das ich mir noch immer nicht ausmalen konnte. Als er meine Hand packte und zu sich zog, spürte ich Vorwürfe in ihm toben.

»Du hast dich verletzt«, murrte er leise.

Erst jetzt bemerkte ich das Blut auf meiner Handfläche. Ich hatte sie mir aufgeschürft, es brannte, aber ich versuchte, mir den Schmerz nicht anmerken zu lassen.

»Du hast mich gerettet!«

»Das Vieh sucht dich schon seit heute Morgen. Die Dinger sind zwar wendig, aber nicht die schlausten, sie folgen nur deiner …«

Er stoppte mitten im Satz, weil er meinen intensiven Blick auf sich spürte. Wahrscheinlich sah er mir an, dass ich überfordert war – vollkommen verwirrt.

Ein einsichtiges Seufzen entwich seiner Kehle und seine Miene wurde wieder weicher. Als er das schwarze Halstuch lockerte, verfing sich mein Blick wieder an seinem Gesicht. Mir war nach stottern zumute, zum Glück fehlten mir aber die Worte.

Er wischte meine Wunde sauber, drehte das Stück Stoff und wickelte es wie einen Verband um meine Hand.

»Du bist nicht mehr in Gefahr. Geh jetzt nach Hause und leg dich in dein Bett, du bist noch zu jung für diesen Scheiß.«

»Ja, aber …«

Noch bevor ich etwas erwidern konnte, machte er eine bestimmende Geste in Richtung Straße. Nachdem ich wieder angefangen hatte, fragende Augen zu machen, wandte er sich zum Gehen.

»Aber …«

Ohne sich umzudrehen, hob er die Hand und winkte.

Ich war perplex und versuchte, mir über zu viele Dinge auf einmal klar zu werden.

Eigentlich wollte ich ihm nachlaufen, Fragen stellen, Antworten bekommen, aber ihm ein zweites Mal zu widersprechen, schien mir keine gute Idee zu sein.

Mein Held war viel mürrischer und cholerischer als in den Büchern, die ich las, also ließ ich ihn ziehen.

Eine Weile stand ich noch da und starrte ins Leere, bis irgendwo ein Dackel bellte und ich vor lauter Schreck nach Hause rannte.

Wie ferngesteuert ging ich ins Bad und betrachtete mein Spiegelbild. Ich war nass und schmutzig, außerdem sah ich so verwirrt aus, wie ich mich fühlte.

Meine linke Hand schmerzte kaum noch. Das schwarze Tuch um meiner Wunde war weich und roch nach ihm. Ich nahm es ab, bevor ich mich unter die Dusche stellte.

Während das warme Wasser auf mich niederprasselte, versuchte ich, zu begreifen, was passiert war – erfolglos. Nichts schien einen Sinn zu ergeben, aber ich war daran gewöhnt, schließlich machte meine Fähigkeit, Gefühle zu lesen, auch keinen Sinn.

Als ich wieder sauber und trocken war, setzte ich mich vor meinen Laptop und googelte ›Monster‹. Bis sechs Uhr morgens war ich damit beschäftigt, unzählige Internetseiten mit den dämlichsten Inhalten zu durchforsten. Als die Sonne aufging, hielt ich so ziemlich alles, was mit übernatürlichen Dingen zu tun hatte, für Schwachsinn. Ich hatte nicht vor einem Monster gerettet werden müssen, viel wahrscheinlicher war, dass ich einen Gehirntumor hatte, der mich glauben ließ, ich könnte Gefühle lesen, imaginären Wind spüren und mürrische, fluchende Helden sehen, die von innen heraus leuchteten.

Das Klopfen an meiner Zimmertür ließ mich hochschrecken. Ich war an meinem Schreibtisch eingeschlafen, in einer ziemlich unbequemen Position.

»Mia?«

Ich rieb mir die Augen. »Ja! Komm rein!«

Meine Tante war aufgeregt, völlig hibbelig, was seltsam war, zumal sie ansonsten nichts aus der Ruhe bringen konnte.

»Schön, du bist ja schon wach! Du musst unbedingt runterkommen, wir haben wichtigen Besuch!«

»Besuch?«, wiederholte ich geschafft.

Ich war nicht wach, ganz im Gegenteil, ich war hundemüde, weil ich durchgemacht hatte, aber ihre überschwängliche Freude, gepaart mit dieser unterschwelligen Bewunderung, machte mich neugierig. Es war Sonntagmorgen, wir erwarteten keinen Besuch, schon gar keinen wichtigen.

»Ich komme gleich!«

»Beeil dich und kämm dir die Haare!«

Während meine Tante wieder nach unten ging, wagte ich einen Blick in den Spiegel. Meine Haare waren wirklich zerzaust. Ich band mir einen Zopf und seufzte über die dunklen Augenringe, die mir ein kränkliches Aussehen verliehen. Ich brauchte dringend etwas Schlaf und einen guten Gehirnchirurgen.

Als ich die Treppe nach unten in Richtung Wohnzimmer ging, machte ich auf halbem Weg noch mal kehrt. Ich hätte schwören können, ich hatte das Wasser im Bad laufen lassen, aber die Wasserhähne waren abgedreht.

Meine Tante und mein Onkel saßen freudestrahlend auf dem Sofa und überflogen irgendwelche Unterlagen. Ihnen gegenüber saß ein hellblonder Mann, ich sah ihn nur von hinten – seine Haltung war vorbildlich.

Als ich mich in seine Richtung bewegte, traf mich die Erkenntnis wie ein Blitz. Das Wasser, das ich schon auf der Treppe gefühlt hatte, ging von ihm aus. Ruhige, sanfte Wellen, in die man eintauchen wollte.

Mir wurde seltsam zumute, weil mich dieses Gefühl übermannte. Es war in keiner Weise unangenehm, im Gegenteil, es fühlte sich gut an, kraftvoll und nach Geborgenheit.

Meine Müdigkeit verflog schlagartig, so als wäre sie von den Wellen weggespült worden.

Ich atmete tief ein. Ein angenehmer Duft stieg mir in die Nase: Rosen, vermischt mit einem dezenten Parfum, dessen Inhaltsstoffe ich nicht zuordnen konnte.

Er reckte den Kopf etwas, als ich stehen blieb, um diese einzigartige Aura zu genießen. Obwohl ich mich so leise angeschlichen hatte, schien er mich bemerkt zu haben.

Als er aufstand und sich zu mir umdrehte, hätte ich beinahe vergessen, zu atmen. Das Erste, was mir auffiel, war, dass ich noch nie so blaue Augen gesehen hatte. Das Zweite, dass ich noch nie einem so schönen Mann begegnet war.

Seine Züge waren perfekt, weich und doch markant. Die weißblonden Haare waren viel heller als die perfekt geschwungenen Augenbrauen, unter denen diese überirdisch schönen Augen leuchteten. Ich konnte nicht sagen, wie alt er war, er war zeitlos schön, aber bestimmt noch jung – maximal Ende zwanzig, aber vielleicht verschätzte ich mich. Im Grunde war es egal.

Ich wusste nicht, wie viele Sekunden verstrichen, während ich hypnotisiert von diesem atemberaubenden Mann mit der wasserdurchfluteten Aura war. Erst als er den Mund zu einem warmen Lächeln verzog, landete ich wieder in der Realität.

Kaum wieder klar im Kopf, wurde mir etwas bewusst: Ich konnte seine Gefühle nicht lesen. Nicht die kleinste emotionale Regung erreichte mich. Die Freude meiner Adoptiveltern konnte ich sehr wohl wahrnehmen, meine Fähigkeit versagte nur bei ihm – das war mir noch nie in meinem ganzen Leben passiert.

»Mia«, sprach er meinen Namen melodischer und schöner aus als jeder Mensch vor ihm.

Ich nickte nur, brachte kein Wort heraus.

»Mein Name ist Raphael.«

Ich starrte auf die Hand, die er mir hinhielt. Er hielt sie so lange hoch, bis mein Hirn endlich das nötige Signal losschickte und ich ihn begrüßte.

Selbst als ich seine weiche Haut auf meiner spürte, fühlte ich nichts außer den beruhigenden Wellen, die mich einschlossen.

»Raphael«, wiederholte ich seinen Namen leise. Ich wurde rot, warum auch immer.

»Mia! Komm her und sieh dir das an!«

Ich war froh, dass meine Tante mich zu sich rief. Eilig lenkte ich meine Schritte in Richtung Sofa und kniete mich auf den Teppich vor den Tisch. Ich überflog schnell die Unterlagen, die dort lagen. Überall dasselbe Wappen, ein geflügeltes Kreuz in einem Rosenkranz – es sprang mir ins Auge.

»Was ist das?«, wollte ich wissen, weil es zu lange gedauert hätte, den Text zu lesen, den mein Onkel und meine Tante schon kannten.

»Das sind Unterlagen für die Anmeldung an der Schule, die ich leite.«

Ich starrte wieder in seine blauen Augen. Er hatte sich gesetzt und lächelte mich noch immer an. Ich war mir nicht sicher, ob er tatsächlich gerade gesagt hatte, dass er eine Schule leitete. Es erschien mir absurd, dass irgendjemand auf diesem Planeten tatsächlich einen Schulleiter hatte, der so aussah.

»Ähm ... entschuldigen Sie, ich verstehe nicht ganz, was ...«

Ihn zu siezen, fühlte sich seltsam an, aber wenn er tatsächlich der Direktor einer Schule war, erschien es mir angebracht.

Er nickte verständnisvoll, ich musste meine Frage gar nicht ausformulieren. »Die *Ars Vivendi* ist ein privates Internat. Wir haben nicht viele Schüler, aber Partnerschulen auf der ganzen Welt. Du kannst dort die Oberstufe weiter besuchen und deinen Abschluss machen. Ich bin mir sicher, dass du dich bei uns sehr wohlfühlen würdest und Freunde finden könntest – Gleichgesinnte.«

Er sprach jedes seiner Worte mit einem solchen Nachdruck, dass mich ein angenehmer Schauer durchfuhr.

Ich hatte keine Ahnung, was er unter Gleichgesinnten verstand, vielleicht war seine Schule voller konzentrationsunfähiger Freaks, die in Verkehrsschilder liefen.

»Wir bieten eine sehr gute Ausbildung an, ich würde mich freuen, wenn du einen Schulwechsel in Erwägung ziehen würdest.«

»Ja!«

Obwohl ich ihn erst fünf Minuten kannte, hätte ich Raphael absolut nichts abschlagen können. Ich konnte seine Gefühle nicht lesen, nicht in ihn hineinsehen, und trotzdem war ich mir absolut sicher, dass er es gut mit mir meinte. Die innere Unruhe, die ich schon seit etlichen Stunden verspürte, ließ endlich nach.

Er schien sich über meine Antwort zu freuen, zumindest ließ sein Lächeln das vermuten.

»Das ist fantastisch, Mia!«, verkündete meine Tante.

Ich hatte gespürt, dass sie sich diese Antwort gewünscht hatte, zumal Raphaels Internat anscheinend sehr exklusiv war.

Ich hatte keine Ahnung, warum er ausgerechnet mich ausgesucht hatte. Meine Noten waren nur durchschnittlich, ich konnte mich in der Schule kaum konzentrieren. Vielleicht hatte er mich verwechselt, aber seine Beweggründe spielten im Moment keine Rolle. Sein Angebot hatte die Rastlosigkeit in mir vertrieben, also musste es gut sein. Ich hatte sowieso kaum Freunde an meiner alten Schule. Die meisten hielten mich für einen skurrilen Einzelgänger – niemand würde mich vermissen.

»Wissen Sie, wir freuen uns wirklich, dass Sie Mia diese Möglichkeit eröffnen …«, erklärte mein Onkel wehmütig – er fühlte sich auch so. »… aber es ist irgendwie schwer für uns, sie gehen zu lassen.«

Ich schenkte ihm ein Lächeln, weil ich wusste, worauf er hinauswollte. Ich liebte die beiden genauso wie sie mich, trotzdem machte mir die Vorstellung, ein Internat zu besuchen, nichts aus. Sie hatten genug um die Ohren. Wenn ich aus dem Haus war, hatten sie eine Last weniger.

»Wir sind nicht Mias leibliche Eltern, müssen Sie wissen. Wir haben sie adoptiert, als sie vier Jahre alt war, aber wir lieben sie, als wäre sie unsere eigene Tochter.«

Raphaels Blick wurde plötzlich traurig. »Deine Mutter ist sehr jung gestorben«, stellte er fest und ließ mich stutzen. »Ich kenne den Lebenslauf meiner zukünftigen Schützlinge«, erklärte er und vertrieb meine verwunderten Blicke damit.

»Ja, Mias Mutter war eine gute Freundin von uns. Sie hat uns gebeten, auf Mia achtzugeben, falls ihr etwas zustoßen sollte. Dass sie dann tatsächlich von diesem Auto erfasst wurde, war …«

Meiner Tante fehlten die Worte, wie so oft, wenn sie über den Tod meiner Mutter sprach.

Sie war ganz plötzlich verstorben, absolut unerwartet, auch für meine Adoptiveltern, die ich deshalb nicht Mama und Papa nannte, weil sie der Meinung waren, dass das die Erinnerungen an meine leibliche Mutter zu sehr hätte verblassen lassen.

Ich sah sie nur noch vage vor mir, als wäre sie eine Fantasie aus einem oft geträumten Traum – eine schöne Fantasie.

Ich wusste noch, dass sie hübsch war und ich an ihr gehangen hatte, außerdem sah ich manchmal das Haus vor mir, in dem wir gewohnt hatten – blassgrüne Wände und hübsche weiße Fensterrahmen. Wir hatten ziemlich zurückgezogen gelebt.

Meine Mutter hatte mich allein großgezogen, aber ich glaubte, mich trotzdem an ein hübsches männliches Gesicht erinnern zu können, das oft da gewesen war – beschreiben konnte ich es nicht mehr.

Es stimmte mich nur selten wehmütig, dass niemand meinen Vater kannte. Ich war mir sicher, dass meine Mutter ihre Gründe gehabt hatte, nicht über ihn zu sprechen – vielleicht hatte er mich nicht gewollt.

»Mia bedeutet uns so viel. Ihr Wohl liegt uns am Herzen«, erklärte meine Tante und drückte mich kurz.

»Ja, natürlich.« Raphaels Stimme klang sanft. »Der Tod deiner Mutter tut mir sehr leid, Mia.«

Ich nickte dankend, wich aber seinem Blick aus. Er war einfühlsam, seine Präsenz angenehm einnehmend.

»Ich verbürge mich dafür, dass gut auf Mia aufgepasst wird. Sie wird sich bei uns wohlfühlen, da bin ich mir sicher.«

Raphaels Worte hatten auf uns alle dieselbe Wirkung, sie beruhigten uns und stimmten uns zuversichtlich, was den spontanen Neuanfang, der mir bevorstand, betraf.

»Wann kann ich anfangen?«

»Du bist uns jederzeit willkommen. Wenn du möchtest, kannst du morgen bei uns sein. Ich würde mich auch um die Formalitäten kümmern.«

»Morgen schon?«, fragte ich überrascht.

Das Kribbeln in meinem Bauch fühlte sich gut an, trotz der Spontaneität.

»Das geht ja schnell!«, warf meine Tante ein.

Ich fühlte, dass sie am liebsten aufgesprungen wäre, um mit den Vorbereitungen zu beginnen. Sie war eine gut organisierte Perfektionistin, gedanklich war sie sicher schon mit dem Packen und den Ratschlägen, die sie mir mitgeben wollte, beschäftigt.

»Danke für Ihren Besuch und Ihr Angebot! Wir sind noch sehr überrascht – im positiven Sinn!«, erklärte mein Onkel.

Als Raphael aufstand, taten wir es ihm alle gleich. »Es ist verständlich, dass Sie sich ein wenig überrumpelt fühlen, aber wir werden Mia den Wechsel so angenehm wie möglich gestalten, versprochen.«

Er reichte mir wieder die Hand. Sein Blick streifte kurz die Verletzung an meiner Handfläche.

Die Erinnerungen an den gestrigen Tag kamen wieder in mir hoch. Die Wunde war der einzige Beweis dafür, dass mir all diese seltsamen Dinge wirklich passiert waren.

»Bis morgen, Mia.«

»Bis morgen.«

Während sich Raphael von meiner Tante und meinem Onkel verabschiedete, kam es mir kurz so vor, als würde sich ein roter Faden durch die Ereignisse der letzten vierundzwanzig Stunden ziehen, aber ich verlor ihn wieder, weil er so dünn war.

Ich starrte dem Schulleiter nach, der den elegantesten Abgang machte, den jemals ein Mensch abseits der Leinwand gemacht hatte. Er nahm auch die beruhigenden Wellen und den Rosenduft mit, den ich gern noch länger in der Nase gehabt hätte.

Ich hatte keine Zeit, über das, was passiert war, nachzudenken. Das Packen lenkte mich ab und die Vorfreude überschattete den Teil in mir, der skeptisch die Hände vor der Brust verschränkte, wenn er die Ereignisse bewerten sollte.

Ich konnte keinen meiner Gedanken wirklich aufgreifen und verarbeiten. Bis zum Abend war ich vollkommen erschöpft und fiel wie gerädert in mein Bett.

Neuanfang

Der Wecker läutete schon die längste Zeit. Beim Blick auf die Uhr wurde mir schlecht. Ich hatte verschlafen. Niemand hatte mich geweckt. Eigentlich wollte ich schon vor einer halben Stunde aufstehen, um mich fertig zu machen, aber nun hatte ich gerade mal Zeit, um die nötigsten Dinge zu erledigen.

Nachdem ich mir die Zähne geputzt und den Kampf gegen meine Haare bei einem Unentschieden belassen hatte, rannte ich die Treppe hinunter.

»Mia! Na, freust du dich?«

Es war Nervosität, die von meinem Onkel ausging. Auch meine Tante lief aufgeregt durchs Haus und suchte die letzten Dinge zusammen, die sie ihrer Meinung nach unbedingt brauchen würde.

»Der Fahrer ist schon da!«

Vor der Tür wartete ein Taxi. Ich wusste, dass mich die beiden gern selbst gefahren hätten, aber sie hatten so kurzfristig nicht freibekommen. Diese Tatsache stimmte sie noch sentimentaler, als sie ohnehin schon waren.

»Pass auf dich auf, mein Schatz! Ruf an! Streng dich in der Schule an, das ist eine einmalige Chance! Aber vor allem: Pass auf dich auf!«

»Sicher.«

Ich umarmte sie zum Abschied, aber nur kurz, denn ich wollte die drückende Stimmung, die in der Luft lag, nicht einreißen lassen.

Ich schenkte ihnen ein breites Lächeln. »Ich bin ja nicht aus der Welt! Wir sehen uns bald!«

Das Schweigen, das auf meinen Satz hin folgte, war seltsam, aber ich fand es nicht unangebracht, nur schmerzhaft. Ohne lange zu zögern, griff ich mir meine Tasche und ging.

Ich fragte den Fahrer dreimal, ob er sich nicht in der Adresse geirrt hatte. Wie gebannt starrte ich durch die Windschutzscheibe, während sich das hohe Messingtor von allein öffnete.

Am Ende des gepflasterten Weges erreichte ich mein Ziel. Ein Schloss, das auf einem Hügel thronte, märchenhaft und unwirklich schön. Es war monströs, weiß, mit dunkelblauem Dach.

Ich hätte nie ein Internat hinter diesen beeindruckenden Mauern vermutet – eher ein Museum oder die Residenz einer alten Adelsfamilie.

Wie angewurzelt – und mit meiner aufkommenden Unsicherheit kämpfend – stand ich vor dem einschüchternden drei Meter hohen Tor, hinter dem ich so viel mehr vermutete als eine Schule. Irgendetwas lag in der Luft, das war mir schon gestern klar geworden – schließlich war ich nicht dumm, nur naiv. Dass ich trotzdem diesem spontanen und alles überwuchernden Drang, herzukommen, nachgegeben hatte, sah ich als Zeichen dafür, dass mich hier nichts Negatives erwarten würde. Ich vertraute meiner Intuition zumindest insoweit, als dass ich ihr zutraute, mich nicht grinsend in mein Verderben laufen zu lassen. Angst war keine der vielen Emotionen, die ich gerade empfand, Nervosität und Versagensängste schon.

An der dicken Mauer war keine Klingel angebracht, also trat ich einfach ein. In der Eingangshalle übermannte mich sofort die Ehrfurcht. Links und rechts von mir ragten imposante Säulen in die Höhe. Eine riesige Treppe erstreckte sich in der Mitte des Raumes und führte hinauf in die oberen Stockwerke. Die Stufen und der Fußboden waren aus hellem Marmor, die gewölbte Decke war stuckverziert. Dieser Ort wirkte, als wäre er einer anderen Zeit entsprungen – zumindest im ersten Moment.

Mein Blick streifte das schwarze moderne Ledersofa links neben der Treppe. Es stand vor einem Kamin, über dem das Schulwappen thronte. Es war so beeindruckend schön, wie ich es in Erinnerung hatte, und in Stein gehauen wirkte es regelrecht monumental.

Auf dem gläsernen Tisch vor dem Sofa lag ein Tablet und auch der moderne Flatscreen an der gegenüberliegenden Wand brach mit dem historischen Ambiente.

Auf dem Bildschirm wurden Essens- und Unterrichtszeiten angezeigt. Ich sah auf die Uhr und stellte fest, dass gerade Mathe am Programm stand.

Hoffentlich war das hier keine Schule für Überflieger. Ich war noch nie geflogen, eigentlich kroch ich die meiste Zeit nur.

Während ich akademische Versagensängste durchlitt, traf es mich wie ein Blitz: Das Wasser war nah. Ich wusste, dass er gleich auftauchen würde, auch weil mein Herz ungefragt zu rasen begann. In dem Moment, in dem ich seine Anwesenheit spürte, trat er auch schon durch eine der Türen rechts von mir.

»Mia. Es freut mich, dich hier zu sehen. Ich hoffe, die Anreise war nicht zu umständlich.«

Während Raphael auf mich zukam, verflog meine Nervosität. Ich fühlte mich schlagartig wohl – angekommen.

»Nein, nicht anstrengend.«

Meine Eloquenz war mal wieder atemberaubend. Er lächelte trotzdem, ein unglaublich warmes Lächeln, so als würden wir uns schon ewig kennen.

»Wenn du mir folgen möchtest?«

Er deutete auf die Tür, durch die er gerade gekommen war. Im Rahmen stand eine Inschrift – Lateinisch oder Italienisch:

›Dum spiro spero‹.

Ich konnte es nicht übersetzen, aber es musste etwas von Bedeutung sein, sonst hätte man sich wohl kaum die Mühe gemacht, es in eine Tür zu ritzen.

Raphael führte mich in sein Büro. Es war hell, freundlich und edel – es passte zu ihm.

Er bot mir einen Platz auf dem antiken Stuhl vor seinem Schreibtisch an. Ich setzte mich, genoss seine Wellen und den Rosenduft, den ich seit gestern vermisst hatte.

An der Wand zu meiner Linken hing ein gerahmtes Gruppenfoto. Aus dem Augenwinkel erkannte ich, dass es vor dem Schloss aufgenommen worden war. Wahrscheinlich zeigte es die Schüler der *Ars Vivendi*, aber ich hatte keine Zeit, mir die Gesichter genau anzusehen, weil mich das Gesicht vor mir gerade in seinen Bann zog.

»Das hier sind ein paar Unterlagen, Formalitäten, die es noch zu erledigen gilt, damit deine Aufnahme hier offiziell wird.«

Ich nickte.

»Aber lass uns das auf später verschieben, wenn du dir wirklich sicher bist, ob du bleiben willst.«

»Wenn ich mir wirklich sicher bin?«

Ich verstand sein Zögern nicht. Ich hatte mich aus freien Stücken entschieden, herzukommen, und es fühlte sich noch immer richtig an, auch wenn es noch so spontan passiert war.

Raphaels Blick wurde warm, er lächelte mich wieder an. Ich hätte ihn gern fotografiert. »Ich bin mir sicher, dass du hier viele Freunde finden würdest, wenn du dich entschließt, zu bleiben.«

Wieder der Konjunktiv – sein Satz klang seltsam. Raphael schien zu wissen, dass ich bisher ein unfreiwilliger Einzelgänger gewesen war, zumindest kam es mir so vor.

Es war ungewohnt für mich, nicht in ihn hineinsehen zu können, fast als würde ich einen Film sehen – ein wenig unwirklich.

Ich wünschte mir plötzlich, dass er schon früher aufgetaucht wäre. Er klang so zuversichtlich, was meine Zukunft betraf, und seine Anwesenheit war so angenehm, dass ich fast schon wehmütig wurde.

»Es ist nicht leicht, neu anzufangen, oder?«

Ein wohltuender Schauer fuhr durch mich hindurch. Es war erstaunlich, wie er mein Gefühlsleben bestimmen konnte.

»Doch, es ist leicht. Es fühlt sich richtig an«, entgegnete ich und schämte mich ein klein wenig dafür.

Er musste mich für ein Dummchen halten. Ich verstand meine Gefühle selbst kaum, weil ich noch keine Zeit gehabt hatte, um sie bewusst zuzulassen.

»Das macht vieles einfacher. Es ist schön, dass du hier bist.«

Ich glaubte ihm, obwohl ich seine Freude über meine Anwesenheit nicht nachvollziehen konnte.

Mir fiel mit einem Mal auf, dass er irgendwie müder aussah als gestern. Es war bestimmt anstrengend, eine Schule zu leiten. Ich konnte noch immer nicht glauben, dass er mein Direktor war – als Schauspieler oder Model hätte er sich eine goldene Nase verdient.

Er klappte seinen Laptop zu und lächelte mich an. Ich rechnete damit, aufgefordert zu werden, in meine Klasse zu gehen, meine Schulbücher irgendwo abzuholen oder mein Zimmer zu beziehen, aber er schien es nicht eilig zu haben.

»Du hast dir bis jetzt schwergetan, eine Beziehung zu anderen Menschen aufzubauen, oder?«, wollte er wissen und klang dabei alles andere als vorwurfsvoll.

Es war mir unangenehm, darüber zu sprechen, schließlich musste er nicht gleich am ersten Tag erfahren, dass ich ein Freak war, aber ihn anzulügen, wäre auch keine Option gewesen.

»Ja«, fiel meine Antwort knapp aus.

»Es erfordert sicher Übung, aber du musst lernen, über so manche Dinge hinwegzusehen, die du bei anderen fühlst. Die meisten Menschen können ihre Emotionen schlecht kontrollieren.«

Ich versuchte, aus seinen Sätzen schlau zu werden. Hatte er gerade gesagt, ich solle darüber hinwegsehen, was ich bei anderen fühlte? Vielleicht wusste er von meiner Besonderheit oder das hier war einfach nur ein Missverständnis.

Ich musste auf Nummer sicher gehen, auch auf die Gefahr hin, dass ich begriffsstutzig wirkte. Lieber hielt er mich für ein wenig langsam als für einen Sonderling.

»Wie meinen Sie das?«

Er lächelte sanft. »Gefühle wie Neid, Antipathie oder Angst sind schwer zu kontrollieren, das erfordert einen starken Charakter und eine gewisse Veranlagung. Menschen fürchten sich meistens, bevor es einen Grund dazu gibt, beneiden, obwohl sie wissen, dass sie gönnerhaft sein sollten. Du darfst dich von solchen Gefühlen nicht abschrecken lassen, sonst machst du es dir unnötig schwer.«

Jetzt war ich mir sicher, dass er es wusste. Vielleicht hatte er mich deshalb ausgesucht, vielleicht hatte mich meine Fähigkeit hierher gebracht – es erschien mir naheliegend, auch wenn

Raphael noch immer kein Wort über seine Beweggründe verloren hatte.

Wahrscheinlich wusste er auch von den seltsamen Dingen, die mir passiert waren, und kannte meinen fluchenden Helden.

Die Frage nach dem Wieso drängte sich mir genauso intensiv auf wie meine Verwunderung darüber, dass ich noch immer die Ruhe in Person war. Ich hätte nervös oder skeptisch sein sollen, da war ich mir beinahe sicher.

»Woher …«, fragte ich leise und hoffte inständig, dass ich meine Frage nicht ausformulieren musste. Meine Gedanken begannen, sich zu überschlagen.

»Du bist nicht allein.«

»Allein?«

Er sollte es aussprechen. Ich wollte nicht glauben, was er da erzählte, auch wenn es aus diesem schönen Mund kam.

»Allein mit deinem Schicksal, deinen Fähigkeiten.«

Als er es gesagt hatte, schauderte mir. Ich wusste nicht, was ich erwidern sollte, obwohl mir eigentlich unzählige Fragen auf der Seele brannten. Meine Lippen blieben geschlossen.

»Es ist schwer, zu begreifen, ich weiß, aber du sollst wissen, dass du dich hier nicht zu verstecken brauchst. Dieser Drang in dir ist in letzter Zeit stark geworden, obwohl du noch so jung bist.«

Mir war nach stottern zumute, weil seine Statements immer mehr Fragen in mir aufwühlten, die ich nicht formulieren konnte. Ich blieb trotzdem ruhig, weil mir jede Faser meines Körpers und meines Verstandes signalisierte, dass ich niemandem auf der ganzen Welt trauen durfte, wenn ich Raphael nicht traute.

»Was hältst du von einer kleinen Führung, Mia? Lass uns die Beine vertreten.«

Er klang so freundlich und gutherzig, dass ich selbst dann Ja gesagt hätte, wenn er mich gefragt hätte, ob ich bereit gewesen wäre, in ein Becken mit Säure zu springen. Ich wäre ihm überall hin gefolgt, mit einem Lächeln im Gesicht.

Raphael ging zurück in die Eingangshalle. Mein Gepäck stand noch immer vor dem Eingangstor, ich wollte es holen, aber er stoppte mich.

»Lass deine Koffer noch für einen Moment stehen. Ich würde dir gern jemanden vorstellen – komm!«

Wir gingen nach draußen in den Garten. Die Anlage war beeindruckend und hatte etwas Märchenhaftes an sich.

Ein gepflasterter Weg führte zu ein paar weißen Bänken. Links von uns erstreckte sich ein beeindruckender Rosengarten – der schönste, den ich je gesehen hatte.

Die Blumen waren auffallend groß und leuchteten in sehr intensiven Farben. Über einem kunstvollen Metallbogen wuchsen schneeweiße Rosen, die sofort meine Aufmerksamkeit für sich beanspruchten. Das Weiß leuchtete in der Sonne und bildete einen malerischen Kontrast zu dem dunklen Grün der gezackten Blätter.

»Gefällt dir mein Garten?«

Ich nickte, fasziniert von so viel botanischem Feingefühl. Der Duft war berauschend, jetzt verstand ich, warum Raphael so gut roch – er musste mindestens einmal am Tag hier durchspazieren.

Ich spielte gerade mit dem Gedanken, nach einem der Blütenköpfe zu greifen, um mich zu vergewissern, dass sie tatsächlich echt waren, aber Raphael blieb plötzlich vor mir stehen und ich rannte ihm in den Rücken. Als ich zu ihm hochsah, lächelte er in die Ferne. Ich folgte seinem Blick. Jemand kam auf uns zu – ER kam auf uns zu. Die Erinnerungen, die sein Anblick in mir auslöste, ließen mich hibbelig werden. Ich war unglaublich froh, ihn wiederzusehen, obwohl sein Blick genauso streng war wie damals im Regen.

»Der Leiter gibt sich höchstpersönlich die Ehre, dich zu führen! Ich weiß nicht, wann er das das letzte Mal gemacht hat«, meinte er und schmunzelte frech.

Er blieb vor uns stehen und ich starrte ihn an. Als er nach meiner Hand griff und sie nach allen Seiten drehte, verstand ich nicht sofort, wonach er suchte – dann fiel es mir wieder ein: Meine Wunde war rasend schnell verheilt. Man konnte nicht mal mehr eine Rötung sehen.

Erleichterung kam in ihm hoch, dann ließ er los.

»Mia, das ist Keon. Erinnerst du dich an ihn?«

Ich nickte. Natürlich erinnerte ich mich. Endlich hatte mein Held einen Namen. »Er hat mich im Park beschützt und geflucht.«

Langsam fing ich an, zu glauben, dass am Ende dieses Tages nichts mehr so sein würde wie früher. Die Erkenntnis stimmte mich froh. Ich sehnte mich schon viel zu lange nach einer Erklärung für meine Andersartigkeit.

»Rückst du mein Halstuch irgendwann wieder raus?«, wollte Keon wissen, den ich noch immer geistesabwesend anstarrte.

Er mochte die durchdringenden Blicke nicht. Seine Gefühle umkreisten mich wie ein Satellit – ein leuchtender, schöner Satellit.

»Ähm, ja. Sicher! Ich habe es aber nicht hier! Jetzt.«

Wann hatte das mit meiner Sprachbehinderung eigentlich begonnen? Mein Hirn befahl mir, vernünftige Sätze zu bilden, aber ich stammelte nur vor mich hin.

Zum Glück wandte sich Keon Raphael zu. »Ich dachte nicht, dass du sie schon einführst. Wie alt ist sie noch mal?«

»Sechzehn, fast siebzehn.«

»Ganz schön jung.«

»Ich weiß.«

»Echt?«

Hatte ich das gerade wirklich gefragt? Nun war es amtlich: Ich war ein Dummchen. Nichts, was ich von mir gab, brachte mich weiter. Ich hätte das Gespräch der beiden lieber nicht unterbrechen sollen.

Keon schmunzelte kurz, wurde aber schnell wieder ernst. »Wie viel weiß sie?«

»Alles, was sie wissen wollte.«

»Ich steh drauf, wenn du so vagen Scheiß daherredest«, tönte er sarkastisch und zog eine Augenbraue nach oben.

Ich fühlte, dass er kurz unentschlossen war. Dann tauschte er ein paar Blicke mit Raphael aus und traf eine Entscheidung.

»Wir sehen uns später noch, Kleine! Dann, wenn du so richtig schön verwirrt bist! Und bring mir mein Halstuch wieder!«

Er wandte sich ab und ging in Richtung Schloss. Während ich ihm nachschaute, spürte ich Raphaels Hand auf meiner Schulter.

»Wollen wir noch ein Stück gehen?«

Ich nickte und trottete neben ihm her. Jetzt war es wirklich an der Zeit, Fragen zu stellen, aber mit welcher sollte ich beginnen? Ich entschied mich für die offensichtlichste.

»Das ist kein normales Internat, oder?«

»Es kommt darauf an, was du unter normal verstehst, aber in Anbetracht dessen, wie die meisten Menschen es definieren würden, ist es nicht normal, nein.«

Seine Stimme klang noch immer nach Musik, melodisch, mit diesem leicht amüsierten Einschlag.

»Ich bekomme hier aber keine Elektroschocks, oder?«

Ja, diese Frage war mir auch wichtig… Mir war bewusst, wie dumm sie klang.

Raphael lachte und verneinte dann. »Im Grunde unterscheidet sich die *Ars Vivendi* nicht von anderen Privatschulen. Unser Lehrplan ist umfangreich, aber individuell abstimmbar, weil wir nur wenige Schüler aufnehmen. Im Internat herrschen die üblichen Regeln, an die sich alle halten, die noch hier wohnen – auch die Älteren.«

Ich stutzte, legte den Kopf fragend schief und veranlasste ihn dazu, weiterzusprechen.

»Die meisten Schüler bleiben auch nach ihrem Abschluss bei uns. Es steht jedem frei, wann er gehen möchte.«

Mir fiel wieder auf, dass Keon bestimmt schon Anfang zwanzig war. Er hatte an einer Schule nichts mehr verloren. Hoffentlich wohnte er trotzdem hier.

Raphael lächelte, ehe er begann, mit der Wahrheit rauszurücken. »Das hier ist nicht nur eine Schule.«

»Das dachte ich mir schon.«

»Sagt dir der Ordo Equester etwas?«

Ich hoffte inständig, dass Latein hier auf dem Lehrplan stand, zumal ich schon wieder kein Wort verstanden hatte. »Nein.«

»Das ist nicht verwunderlich. Die meisten kennen euch nicht.«

Ich fühlte mich angesprochen, obwohl ich nicht wusste, wen er mit ›euch‹ gemeint hatte.

»Warum? Wer sind ›wir‹?«

»Im Laufe der Jahrhunderte hat man euch viele Namen gegeben: Hüter, Ritter, Auserwählte. Jedes Zeitalter hat in euch etwas anderes gesehen, aber eure Aufgabe war immer dieselbe. Zurzeit nennt man euch Wächter.«

Raphael blieb stehen und wandte sich zu mir. Meine Verwirrtheit musste ihm ins Auge springen.

»Wächter …«, wiederholte ich leise.

»Dem Ordo Equester – dem Ritterorden – gehören Menschen an, die die Fähigkeit haben, über diese Welt zu wachen und ihresgleichen zu beschützen.«

»Beschützen? Vor was?«

»Dämonen, Engel, alles, was sich vom Menschen unterscheidet und ihm schaden will.«

Mein Kopf fing an, sich gegen das Gehörte zu wehren. Hatte er tatsächlich gerade die Wörter Dämonen und Engel verwendet? Ohne jede Ironie?

»Glaubst du an Gott?«

Ich stutzte. Ich war christlich erzogen worden, natürlich glaubte ich an Gott, aber ich hatte mir noch nie tiefgründige Gedanken über dieses Thema gemacht.

»Ja.«

»Das ist gut, das macht es leichter. Was, wenn ich dir erzählen würde, dass Gott dich auserwählt hat, diese Welt zu beschützen?«

»Dann würde ich dir sagen, dass du dir weniger Fantasyromane reinziehen solltest.«

Raphael lachte und ich bemerkte, dass ich ihn geduzt hatte. Es wurde mir schlagartig unangenehm, aber was er gesagt hatte, hatte so unwirklich geklungen, dass ich gar nicht lange über meine Antwort nachgedacht hatte.

»Es ist aber so. Du, Keon und alle anderen, die dieses Schloss ihr Zuhause nennen oder genannt haben, habt eines gemeinsam: Ihr wurdet auserwählt, um eure Welt zu beschützen.«

Seine Worte hallten in meinen Gedanken nach. Es hörte sich verrückt an. Er erzählte mir von Gott, Dämonen und Engeln, ohne einen Hauch von Zweifel durchklingen zu lassen oder einen mutmaßenden Unterton anzunehmen. Das alles erschien mir unmöglich, genauso unmöglich, wie Gefühle zu lesen.

»Wieso ich?«

»Das kann ich dir nicht beantworten, aber ich weiß, dass du es kannst.«

»Was denn? Gegen Dämonen kämpfen? Du weißt, dass ich nicht Sailor Moon bin, oder?«

»Du hast es in dir. Du bist ein Wächter. Ihr werdet mit diesem Schicksal geboren. Ob du es annimmst oder nicht, bleibt aber dir überlassen. Du musst nicht kämpfen, du kannst dich auch dagegen entscheiden.«

Ich zuckte mit den Schultern, wusste nicht so recht, was er hören wollte. Ich hatte zu wenige Informationen, um ihm zu sagen, ob ich einer seiner Ninjas werden wollte.

»Dein Geist ist wacher als der von gewöhnlichen Menschen, deshalb spürst du, wenn du von übernatürlichen Dingen umgeben bist oder irgendwo gebraucht wirst. Das liegt in eurer Natur.«

»Aber ich bin nicht unverwundbar oder Ähnliches. Und ich habe absolut keine Ahnung, was gerade um mich herum passiert.«

»Du bist und bleibst ein Mensch. Du kannst dich verletzen – sterben. Es ist gefährlich, ein Wächter zu sein. Das alles ist sehr viel auf einmal, aber du musst dich damit auseinandersetzen und eine Entscheidung treffen, sonst lässt dieser Drang in dir nie vollständig nach.«

Da war wirklich ein Drang, ich fühlte ihn so deutlich, als hätte er sich als dicker schwarzer Klumpen in meiner Brust manifestiert.

Dass ich anders war, damit hatte ich mich schon lange abgefunden, aber ich hatte mich immer als Außenseiter und nicht als Auserwählter gefühlt.

»Was müsste ich tun? Ich kann doch nicht mal geradeaus laufen, ohne gegen etwas zu prallen. Wie soll ich da jemanden beschützen?«

»Du kannst es, aber es ist gefährlich.«

Er betonte das so oft, dass ich den Eindruck bekam, dass die Sterblichkeitsrate an seiner Schule beängstigend hoch war.

Ich erinnerte mich an das Monster, das ich knurren gehört hatte, und fröstelte sofort. Es war real gewesen. Irgendetwas hatte es auf mich abgesehen gehabt, aber ich hatte nicht das Bedürfnis verspürt, gegen das Ding zu kämpfen. Ich hatte nur Keon zurückholen wollen, und nicht mal das war mir gelungen, ohne mich zu verletzen.

Raphael schien zu bemerken, dass es mir zu viel wurde, also ließ er mir Zeit zum Nachdenken, die er mit Schweigen füllte. Erst als ich seufzte, sprach er weiter.

»Die *Ars Vivendi* hat Partnerschulen auf der ganzen Welt. Jede davon ist für die Mitglieder des Ordo Equester gedacht – für Wächter, also für Menschen wie dich, die ihrer Bestimmung folgen wollen.«

»Wollen …«, wiederholte ich leise.

»Ja, es liegt an dir, ob du diesen Weg gehen möchtest. Es steht dir frei, jederzeit in dein altes Leben zurückzukehren oder mich aufzufordern, dir nichts mehr zu erzählen.«

»Doch! Erzähl weiter!«

Raphael wirkte überrascht über meinen plötzlichen Enthusiasmus, mich stimmte er zuversichtlich.

»Gegen was genau sollen wir kämpfen?«

Er hatte vorhin irgendetwas von Dämonen gesagt, aber auch von Engeln. Ich konnte mir darunter nur Monster und kleine geflügelte Putten vorstellen.

»Weißt du, Mia, Gut und Böse sind nicht immer so einfach zu kategorisieren, wie es uns die Literatur glauben machen will. Es gibt unzählige Grautöne zwischen Weiß und Schwarz. Dämonen, die auf dieser Welt leben und ein vollkommen menschliches Leben führen, und Engel, die aus faschistischem Wahn töten. Ihr Handeln, ihre Beweggründe sind ausschlaggebend. Uralte Kategorien spielen nur mehr selten eine Rolle in diesem Zeitalter. Normale Menschen können Dämonen und Engel nicht von ihresgleichen unterscheiden. Aber du kannst es, auch wenn es dir bis jetzt vielleicht nicht bewusst war. Es gibt auch Wesen, die die Hölle verlassen und hier Schaden anrichten, so wie die Chimäre, die dich verfolgt hat – umgangssprachlich nennt man sie auch Dämonen. Das oberste Gebot des Ordens ist es, die Menschen und diese Welt zu beschützen, vor allem, was ihre Existenz und den Frieden bedroht.«

»Und Gott selbst hat den Wächtern diesen Auftrag erteilt?«

»Es ist weniger ein Auftrag als eine Bitte. Gott liebt seine Schöpfungen, aber er hat sie fernab von Perfektion erschaffen. Um den Frieden und das Gleichgewicht auf dieser Welt zu wahren, stattete er einige wenige Menschen mit Fähigkeiten aus – ihr könnt beschützen, vermitteln, kämpfen.«

Ich lauschte noch immer aufmerksam, auch wenn es mir immer schwerer fiel, seine Sätze zu verarbeiten.

Mir die Welt vorzustellen, die Raphael schilderte, war anstrengend und überforderte meine Fantasie, und das, obwohl ich schon mein Leben lang gewusst hatte, dass da mehr sein musste. Zum ersten Mal war ich mir absolut sicher, dass ich nicht verrückt war, auch wenn ich gerade über Engel- und Dämonenwesen aus der Hölle nachdachte.

Wahrscheinlich hätte ich mehr Angst haben sollen, schon allein deshalb, weil Raphael so oft hatte durchklingen lassen, dass es gefährlich war, aber ich verspürte plötzlich etwas, das sich verdächtig nach Erleichterung anfühlte. Ich war kein Freak, hatte keinen Gehirntumor und es gab andere wie mich – ich gehörte hierher.

Als wir wieder an Raphaels Rosen vorbeigingen, kamen sie mir noch unwirklicher vor. Dieser Gedanke brachte mich zum Schmunzeln. Ich wunderte mich über die Größe und die Farbe von Blütenköpfen, während ich die Existenz von Dämonen, Gott und Engeln einfach hinnahm. Vielleicht war es Teil meines Wesens, dass ich solche Tatsachen akzeptierte.

Raphael begann, leise zu lachen. Verwirrt sah ich zu ihm auf und hoffte, dass ich nicht unbewusst irgendetwas Peinliches gemacht hatte.

»Was?«

»Entschuldige bitte«, meinte er und fuhr sich durchs Haar. Er war genauso unwirklich schön wie seine Rosen. »Es wundert mich nur, dass du noch keine der sonst üblichen Fragen gestellt hast.«

Ich stutzte und wurde dann verlegen. Wahrscheinlich stellten alle anderen viel intelligentere Fragen.

»Zum Beispiel?«

»Was es mit Gott auf sich hat. Ob es Himmel und Hölle gibt oder ob auch der Teufel existiert.«

Ja, ich war wirklich dumm. Ich hatte keine dieser Fragen gestellt, und das, obwohl mich die Antworten brennend interessierten. Die Freude über die Gewissheit, dass ich nicht verrückt war und dass alles seinen Sinn hatte, überwog einfach.

»Und was würdest du antworten, wenn ich sie dir stelle?«

»Ich würde dir sagen, dass sich Gott mit Worten nicht beschreiben lässt, zumindest nicht mit denen, die Menschen geläufig sind, und ich würde dir sagen, dass es einen Himmel gibt, er aber anders aussieht, als du ihn dir vorstellst. Außerdem würde ich dir sagen, dass auch eine Hölle existiert – ohne Feuer und Lava, aber so real wie das Gras, auf dem wir laufen. Auch der Teufel ist kein Fabelwesen, lässt sich aber auch nicht in geläufige Worte fassen.«

Als er fertig gesprochen hatte, nickte ich. Ich nahm hin, was er mir erzählte. Um seine Worte wirklich zu begreifen, fehlte mir jedoch die Vorstellungskraft. Es war, wie Raphael gesagt hatte – ich war nur ein Mensch.

»Und wieder verblüffst du mich, Mia.«

»Wieso?«

»Weil du eine weitere Frage auslässt, die mir bislang noch jeder gestellt hat, dem ich das alles erzählt habe.«

Ich wurde rot und drehte mein Gesicht weg, damit er es nicht sehen konnte. Sosehr ich mich auch anstrengte, mein

Kopf war leer. Ich hatte einfach keine Fragen zu diesem wohl wichtigsten Thema meines Lebens.

Ich wusste nun, wofür ich anscheinend geboren worden war, dass es Gott und den Teufel gab, dass ich die Menschen beschützen sollte und dass ich das laut Raphael schon irgendwie hinbekommen würde – mehr fiel mir im Moment einfach nicht ein.

»Welche Frage sollte ich dir noch stellen?«

»Komm einfach zu mir, wenn du es wissen möchtest«, erwiderte er und schenkte mir wie schon so oft an diesem Tag sein Lächeln.

Als wir die Eingangshalle betraten, hatte sich alles verändert. Es sah noch immer so aus wie bei meiner Ankunft, aber mein Blick auf die Welt war ein vollkommen anderer. Ich war jetzt jemand, der wusste, wo er hingehörte und wohin er gehen würde, auch wenn der Weg, der sich vor mir aufgetan hatte, noch dunkel war und an seinem Rand höchstwahrscheinlich Monster lauerten.

»Wenn du bleiben möchtest, stelle ich dir jetzt die anderen vor.«

Er erntete sofort meine Zustimmung. »Ja, bitte!«

Ich hätte gern gewusst, ob er diese Antwort von mir hatte hören wollen, aber seine Gefühlswelt blieb dieser tiefe, klare See.

Wir gingen einen langen Flur entlang und dann durch eine weiße Flügeltür. Ich würde mich hier oft verlaufen, weil die Gänge alle gleich aussahen.

Als wir eintraten, waren schlagartig alle Blicke auf mich gerichtet. Geballte Neugier schlug mir entgegen, gepaart mit einer fröhlichen Unbeschwertheit, die ich bisher selten bei Menschen gespürt hatte. Ich hatte noch nie so einen Gefühlscocktail inhaliert, er war angenehm, positiv und irgendwie vertraut.

»Du musst Mia sein!«

Ein zierliches Mädchen stand auf. Sie hatte schulterlanges braunes Haar und ihr Gefühlsleben war von Neugier und Fröhlichkeit bestimmt. Hinter ihr sahen mich um die fünfzig lächelnde Gesichter an.

Der Raum sah aus wie ein Klassenzimmer, nur heller und freundlicher, als ich es gewohnt war.

Das Mädchen kam auf mich zu und umarmte mich. Als sie mich berührte, zuckte ich kurz zusammen, aber nur im Affekt. Sie war gerade frisch verliebt und brannte darauf, mehr über mich zu erfahren.

Allgemein hatte ich mich in einem Raum voller Menschen noch nie so wohlgefühlt. Sie hatten alle eine spezielle Aura – sanft und unaufdringlich.

»Ich heiße Sara, es freut mich wirklich! Endlich ein Mädchen, wir sind hier absolut in der Unterzahl!«

Ich sah mich um und blickte tatsächlich in auffällig viele männliche Gesichter. Sie waren zwar alle jung, aber manche waren bestimmt keine Schüler mehr. Anscheinend hatte sich die gesamte Internatsbelegschaft versammelt, um mich willkommen zu heißen – nur Keon fehlte. Ob er vielleicht doch nicht mehr hier wohnte?

Nach und nach kamen die anderen auf mich zu und stellten sich vor. Viele neue Namen, viele neue Gesichter, aber ich freute mich über jedes einzelne von ihnen. Es war seltsam, zu wissen, dass auch sie Bescheid wussten, sie wirkten alle ganz normal – nicht wie Monsterjäger. Der einzige für mich auffällige Unterschied war, dass ihre Gefühle im Allgemeinen kontrollierter und überlegter waren als bei normalen Menschen.

Ich versuchte, mir so viele Namen wie möglich zu merken, aber mein Gedächtnis war nicht gerade strapazierfähig.

Sara konnte ich mir sofort merken, weil sie sich am meisten über mich zu freuen schien. Leo hinterließ auch schnell einen bleibenden Eindruck, weil er mich wirklich an einen Löwen erinnerte. Er hatte dunkelrote, kinnlange Haare und sein Wesen war genauso stürmisch wie gutmütig. Er strahlte unglaublich viel Kampfgeist aus und war fast zwei Meter groß. Auch Nick und Kevin stachen mir ins Auge. Sie waren Brüder und sahen sich unglaublich ähnlich, obwohl Kevin fast zwei Jahre älter war. Beide aschblond, mit schönen grünen Augen. Außerdem war da noch Sebastian, dessen Lächeln mich so beeindruckte, dass ich mir seinen Namen unbedingt merken wollte. Er war hübsch, mit haselnussbraunen Haaren und Augen. Ich wollte darüber nachdenken, dass er mir gefiel, aber Raphael stand die ganze Zeit über neben mir. Gegen dieses Gesicht kam einfach niemand an. Abgesehen von seinem Aussehen war auch Sebastians Ausstrahlung auffällig. Als er mir die Hand reichte, fühlte ich seinen Großmut klarer und tief sitzender, als ich ihn jemals bei jemandem gefühlt hatte. Seine Aura leuchtete eine Nuance heller und wärmer als die der anderen.

»Na, Mia, bist du davongerannt oder warst du starr vor Angst?«, wollte Leo wissen und löste mit seiner Frage allgemeines Gelächter aus.

Ich hatte wahrscheinlich tausend Fragezeichen im Gesicht, zumal ich beim besten Willen nicht verstand, auf was er hinauswollte. Hilfe suchend ließ ich meinen Blick zu Raphael gleiten.

»Ich zeige Mia ihr Zimmer, sie will es sicher beziehen. Ihr könnt euch später noch unterhalten.«

Auch wenn ich glücklich über all die neuen Bekannten war, die mich so schnell und bedingungslos bei sich aufgenommen hatten, fühlte ich mich ein wenig überfordert. Ich war ein Neuling in dieser Welt und auch wenn mir Raphael alles Grundlegende erklärt hatte, war mir bewusst, dass ich erst an der Oberfläche gekratzt hatte. Mich beschlich das Gefühl, dass es lange dauern würde, bis ich einen Überblick über alles Wichtige bekam, aber das störte mich nicht. Es störte mich auch nicht, neu zu sein, und es störte mich nicht, verwirrt zu sein. Die Euphorie überschattete das alles mit Leichtigkeit.

Raphael führte mich zurück in die Eingangshalle. Wieder hatte sie sich verändert. Ich war jetzt jemand, der die Chance hatte, sich Freunde zu machen. Eine Mischung aus Vorfreude und Versagensangst flammte in mir auf. Ich hoffte inständig, dass ich mich nicht allzu dumm anstellen würde.

Wir gingen die große Treppe hinauf in den ersten Stock. Der Flur war lang, mit hohen Wänden, aber er wirkte nicht kühl. Am Ende des Gangs kamen wir vor einer Tür zum Stehen, über der ein halbkreisförmiges Buntglasfenster thronte.

»Das hier ist dein Zimmer. Es ist nicht sehr groß, aber der Erker ist schön. Der Raum nebenan ist das Badezimmer, du teilst es dir mit Sebastian und Sara. Ihre Zimmer liegen gleich dort drüben. Es tut mir leid, aber das Schloss ist alt und die Möglichkeiten für sanitäre Einrichtungen beschränkt.«

»Schon in Ordnung! Mir macht es nichts aus, das Badezimmer zu teilen!«

Ich log vorerst. Ich wusste nicht, ob es mir etwas ausmachen würde, denn bis jetzt hatte ich immer mein eigenes Badezimmer gehabt. Es war wahrscheinlich gewöhnungsbedürftig, sich die Duschzeiten aufzuteilen, aber das war sicher das Banalste, an das ich mich gewöhnen musste.

»Mein Zimmer liegt im zweiten Stock. Die erste Tür, die du siehst, wenn du die Treppe hinaufgehst. Du kannst immer zu mir kommen, Mia. Egal zu welcher Uhrzeit, meine Tür steht dir offen.«

Wieder verlor ich mich in diesen Wellen und hätte beinahe vergessen, einen ersten Blick in mein neues Zimmer zu werfen. Es war wirklich nicht groß, aber es gefiel mir sofort. Drei große Fenster in aufwendig verzierten Rahmen bildeten den Erker und gaben den Blick auf den angrenzenden Wald und den

Rosengarten frei. Am rechten Ende des Raumes stand ein Bett. Das Gestell war aus sehr hellem, fast weißem Holz, genau wie das Nachtkästchen. Gegenüber den Fenstern gleich neben der Eingangstür standen ein Schreibtisch und ein Kleiderschrank. Alles harmonierte, wirkte antik, aber nicht abgenutzt.

»Ruh dich aus und richte dich ein. Um acht Uhr gibt es Abendessen. Du findest mich in der Zwischenzeit in meinem Büro.«

Ehe Raphael ging, schenkte er mir einen Blick, der mir einen wohligen Schauder den Rücken runterjagte. Er ließ seinen Duft zurück, der sich mit dem Geruch der Rosen mischte, die in einer Vase auf dem breiten Fensterbrett standen. Ob Raphael sie hier hingestellt hatte? Nachdem ich meinem eigenen Kichern gelauscht hatte, begann ich, auszupacken. Irgendjemand hatte meine Koffer hinaufgetragen.

Ich war schneller fertig als gedacht. Meine Kleidung verstaute ich im Schrank, meine Bücher stapelte ich am hinteren Ende des Schreibtisches und meine persönlichen Sachen fanden im Nachtkästchen Platz.

Als meine Koffer leer waren, setzte ich mich auf das Fensterbrett. Dieser Tag erschien mir so unwirklich, dass ich insgeheim befürchtete, ich würde jeden Moment aufwachen, doch dieser Traum ging weiter und weiter.

Während ich geistesabwesend Raphaels Garten bewunderte, verfing sich mein Blick an jemandem. Dort unten ging Keon. Er hatte eine ganz eigene, selbstsichere Art, zu gehen, die ich mir sofort eingeprägt hatte. Noch bevor er endgültig aus meinem Blickfeld verschwunden war, rannte ich los. Ich lief die Treppe hinunter, durch die Eingangshalle, hinaus in den Garten. Es dauerte nicht lange, bis ich ihn eingeholt hatte. Er bemerkte mich sofort und schenkte mir ein kühles Lächeln.

»Na, Kleine? Bleibst du hier oder gehst du zurück nach Hause?«

»Ich denke, ich bleibe hier.«

Er nickte und ging noch ein Stück, ehe er sich ins Gras setzte.

Ich zögerte einen Moment, weil ich mir nicht sicher war, ob ich mich zu ihm setzen durfte.

Wieso war ich eigentlich hierhergelaufen? Ich hatte über irgendetwas mit ihm reden wollen.

»Bleibst du jetzt dort stehen und starrst mich an? Das nervt mittlerweile! Setz dich oder geh!«

Wahrscheinlich lief ich rot an, bevor ich mich ins Gras fallen ließ. Erst jetzt fiel mir auf, dass er irgendwie bedrückt war. Irgendetwas machte ihm zu schaffen, seine leuchtende Aura war durchtränkt von etwas, das schmerzte.

»Du starrst ja noch immer«, stellte er mürrisch fest und riss mich aus meinen Gedanken.

»Entschuldige, aber du wirkst so geknickt, obwohl deine Aura so leuchtet.«

Ich wusste, dass ich hier keine Angst haben musste, solche Sätze von mir zu geben, aber ich erntete trotzdem überraschte Blicke. Sein Gefühlsleben veränderte sich, er verschloss sich. Ich spürte, dass er mit mir nicht darüber reden wollte.

»Tut mir leid! Ich bin etwas zu aufdringlich.«

Ich hoffte inständig, dass er mich nicht wegschicken würde.

»Welches Zimmer hast du bekommen?« Er wechselte zum Glück nur das Thema.

»Das dort drüben, mit dem Erker.«

Ich zeigte auf die Fenster meines Zimmers, die man von hier aus gut sehen konnte. Keon lächelte, er amüsierte sich über irgendetwas.

»Was? Wieso grinst du so?«

»Ach nichts, vergiss es!«

Eine Weile saßen wir stumm nebeneinander. Ich begann, mich wieder zu fragen, wieso ich zu ihm gelaufen war. Ich brachte ja nicht mal ein vernünftiges Gespräch zustande.

»Wie lange bist du schon hier?«

Die erste brauchbare Frage, die mir einfiel. Ich war fast stolz auf mich.

»Bald vierzehn Jahre.«

Ich stutzte. »Wie alt bist du?«

»Zweiundzwanzig.«

»Dann bist du mit acht hierhergekommen?«

»Wow, du rechnest ja auf Grundschulniveau.«

»Wieso so früh? Ich meine, ich sehe hier keine Kinder herumlaufen.«

»Weil ich keine richtige Familie habe. Ich bin in einem Kloster groß geworden, bis Raphael mich hergeholt hat.«

»Was ist mit deiner Familie passiert?«

»Könntest du bitte noch neugieriger sein? Willst du wissen, wie ich meine Unschuld verloren habe oder ob ich heute schon auf dem Klo war?«

Ich sah ihn mit großen Augen an und wandte dann schlagartig den Blick ab.

Er seufzte. Ich fühlte, dass er nicht sauer war, aber er konnte gut sauer spielen.

Keon steuerte seine Gefühle sehr bewusst, außerdem konnte ich schwerer in ihm lesen als in all den anderen. Ich war absolut fasziniert von ihm, genauso wie von Raphael, obwohl sie sich überhaupt nicht ähnlich waren. Raphael hatte dieses freundliche Wesen, das mich so in seinen Bann zog. Keon hingegen war mürrisch, aber mein Held.

Ich zupfte ein paar Grashalme aus und steifte dabei so unauffällig wie möglich sein Bein. So konnte ich besser in ihm lesen. Er war so furchtbar selbstkritisch und von Gewissensbissen geplagt, die so tief saßen, dass ich schaudern musste.

Ob er mitbekommen hatte, dass ich in ihn hineingesehen hatte? Vielleicht kannte er meine Gefühlswelt auch schon.

»Kannst du eigentlich in Raphael hineinsehen?«

Es interessierte mich, ob ich die Einzige war, die ausschließlich Wasser fühlte, wenn er in der Nähe war.

»Was meinst du genau?«

»Seine Gefühle lesen.«

Er legte den Kopf schief und schien sich langsam einen Reim aus meinen Fragen zu machen. »Du kannst also Gefühle lesen?«

Ich hätte mich beinahe an meiner eigenen Zunge verschluckt. »Ähm, ja, du nicht?«

Nach Raphaels Vortrag hatte ich angenommen, dass meine Gabe zur Standardausstattung eines Wächters gehörte. Mich beschlich eine ungute Vorahnung.

»Nein, ich kann das nicht. Kannst du sie auch beeinflussen?«

Seine Frage kam so direkt, ernst und selbstverständlich, dass mir für einen kurzen Moment die Luft wegblieb.

»Nein.«

»Hmm … trotzdem nervig.«

»Das kann also niemand hier?«

»Nein, Gefühle lesen kann keiner hier – zumindest nicht dass ich wüsste.«

»Na toll …«

Die Euphorie, die ich verspürte, seit ich angekommen war, wurde mit einem Mal von Enttäuschung überlagert. Ich war doch nicht eine unter vielen, sondern der Sonderling unter sonderbaren Menschen.

»Alles in Ordnung, Kleine?«

Ich musste ein ganz schön deprimiertes Gesicht gemacht haben, zumal mir mit einem Mal Sorge entgegenschlug. In dem Moment, in dem ich Keons Gefühle wahrnahm, wurde ich wütend. Wieso musste ich sogar hier noch hervorstechen? Sie würden mich wieder meiden, weil ich anders war.

»Einmal in meinem Leben wollte ich normal sein!«, erklärte ich mehr mir selbst als ihm.

Keon tat auf einmal etwas, mit dem ich nicht gerechnet hatte. Er lachte. Ich konnte mir die bösen Blicke nicht verkneifen und strafte ihn damit. Warum er mich auslachte, verstand ich nicht. Natürlich, ich war der neue Freak hier, aber sich über mich lustig zu machen, ging ein wenig zu weit.

»Du sitzt in Gedanken noch immer zu Hause und zerbrichst dir den Kopf über Dinge wie Hausaufgaben oder deine Lieblingsserie, nicht wahr?« Er seufzte, ehe er weitersprach. »Deine Gabe bedeutet nicht, dass du hier ausgegrenzt wirst. Sie wird dir nützlich sein, sehr sogar. Raphael würde jetzt sagen: Es hat seine Gründe, warum du sie besitzt, und es kommt die Zeit, in der du verstehst, wieso. Ich sage dir, sie wird dir den Arsch retten, wenn du fünfzehn Dämonen gegenüberstehst und nicht sicher bist, ob sie dich töten oder mit dir Kaffee trinken wollen!«

Von diesem Standpunkt hatte ich meine Gabe noch nie betrachtet. Ich hatte auch beinahe die Sache mit dem Kämpfen und Beschützen vergessen. Zugegeben, Keons Worte machten vor diesem Hintergrund durchaus Sinn, auch wenn ich spüren konnte, dass ihm meine Anwesenheit plötzlich einen Tick unangenehmer war. Er wollte nicht, dass ich in ihn hineinsah. Intuitiv hatte er sich schon vorher vor mir verschlossen, jetzt tat er es bewusst.

»Du solltest wieder reingehen, sonst verpasst du noch das Abendessen.«

Es war wirklich schon spät. Ich rappelte mich auf und klopfte mir das Gras, das ich ausgerupft hatte, vom T-Shirt. Ich wollte zurück ins Schloss gehen, aber Keon machte keine Anstalten, mitzukommen.

»Hast du keinen Hunger?«

»Ich esse nicht, ich bin ein Vampir.«

»Du bist …«

Er fing an, zu lachen, und schüttelte dann den Kopf. Meine Leichtgläubigkeit schien ihn zu amüsieren, aber momentan war ich nicht gut darin, die Grenzen zwischen Realität und Fiktion abzustecken.

Keon wandte sich zum Gehen.

»Sehen wir uns noch?«, rief ich ihm nach.

Ich schien jetzt schon an seinem Rockzipfel zu hängen und wusste nicht, wieso. Er war mürrisch, verschlossen und nicht gerade charmant. Ich sah trotzdem noch immer meinen Helden in ihm. Er hatte mich vor diesem Monster gerettet. Jetzt wusste ich wieder, worüber ich mit ihm hatte reden wollen.

»Lässt sich nur schwer vermeiden«, entgegnete er und verschwand hinter dem Schloss.

Ich sah ihm nach, fühlte seine Aura langsam verblassen. Ohne Zweifel, ich mochte Keon, seine komplizierte Art und sein Leuchten, hoffentlich ging es ihm mit mir ähnlich.

Ich notierte mir in Gedanken all das, worüber ich beim nächsten Mal mit ihm sprechen wollte. Ganz oben auf der Liste stand, dass er mich ›Kleine‹ nannte.

Eilig lenkte ich meine Schritte zurück ins Schloss. Ich würde zum ersten Abendessen zu spät kommen, das sah mir ähnlich.

Ich verlief mich dreimal, bevor ich den Speisesaal fand. Ein großer Raum mit drei langen Tischen in der Mitte. Sie waren mit weißen Kerzen und bunten Platzdeckchen dekoriert. Trotz der hohen Decke besaß der Raum eine gemütliche Atmosphäre. Der große Kristallluster projizierte glitzernde Lichtpunkte an die Wände und irgendwo lief leise Musik.

»Mia, da bist du ja! Wir dachten schon, du hättest es dir anders überlegt und wärst nach Hause gefahren!« Sara beendete ihren Satz mit einem Lächeln und deutete auf den freien Platz neben sich.

»Entschuldige bitte! Ich habe die Zeit ein wenig übersehen.«

Ich ließ meinen Blick kurz schweifen. Ein paar der Gesichter erkannte ich wieder, aber eines fehlte – Raphael war nicht hier. Ich traute mich nicht, zu fragen, ob er woanders aß, und setzte mich auf den freien Platz zwischen Sara und Leo.

»Wie gefällt dir dein Zimmer? Du hast das Erkerzimmer zwischen meinem und Sebastians bekommen, oder?«

»Ja, es ist wirklich schön!«

Sara reichte mir einen Korb voll Gebäck. Auf dem Tisch standen unzählige verschiedene Köstlichkeiten, alles sah mehr als appetitlich aus. Ich bemerkte erst jetzt, wie hungrig ich war, und griff dankend zu.

»Und, Mia, wann wusstest du es?«

Leo sah mich fragend an und die anderen taten es ihm gleich. Ich schluckte schwer, als mich ihre Blicke trafen.

»Was denn?«

»Dass du anders bist.«

Ich stutzte kurz, als mir wieder einfiel, dass ich die Einzige hier war, die von jeher Gefühle lesen konnte – ich wusste natürlich schon immer, dass ich anders war. Neugier schlug mir entgegen.

»Ich weiß nicht … vor einer Weile.«

Ich wollte nicht lügen, aber ich wollte mich auch nicht schon wieder diesen verhassten Blicken aussetzen, in denen zu lesen war, dass sie mich für seltsam und anders hielten – das hätte ich heute nicht ertragen können. Noch bevor jemand weiterfragen konnte, stellte ich eine Gegenfrage.

»Wann habt ihr es denn bemerkt?«

Alle begannen, sich zuzulächeln.

»Die meisten von uns haben es erst bemerkt, als sie von der Chimäre verfolgt wurden.«

»Chimäre?«

Raphael hatte dieses Wort auch schon erwähnt. Erst nachdem ich meine Frage gestellt hatte, fiel mir ein, dass sie wahrscheinlich das Monster meinten, das mich im Park verfolgt hatte.

»Ja, ein Dämon, der Wächter jagt, die gerade erwacht sind.«

»Erwacht?«

Ich hätte Raphael wirklich mehr Fragen stellen sollen.

»Die meisten von uns erwachen mit siebzehn oder achtzehn.«

»Und was heißt ›erwachen‹ genau?«

»Na ja, nachdem du erwacht bist, bist du in der Lage, Engel und Dämonen von Menschen zu unterscheiden. Außerdem wirst du irgendwie schneller, belastbarer, leistungsstärker.« Leo lachte, weil er sich mit dem Beschreiben ein wenig schwertat. »Jedenfalls reagieren Chimären auf die Aura, die Wächter nach ihrem Erwachen ausstrahlen, und greifen an. Jedes Mal, wenn ein neuer Wächter erwacht, taucht auch eine Chimäre auf und wir bekommen dann den Auftrag, ihr zu folgen und den neuen Wächter zu beschützen.«

»Und woher wisst ihr, wann und wo die Chimären auftauchen?«

»Wir erhalten unsere Aufträge von Raphael. Es gibt auch ein paar Wächter, die einen sechsten Sinn für solche Dinge entwickeln und selbst wissen, wo sie gebraucht werden, aber so ausgeprägte mentale Fähigkeiten haben nicht alle.«

»Und woher weiß Raphael, was zu tun ist?«

Ich löste mit meinem Satz lautes Gelächter aus. Leo verschluckte sich beinahe an seinem Getränk.

»Raphael ist eben Raphael. Keiner spürt Schwierigkeiten so gut auf wie er. Er bemerkt jede noch so kleine außerplanmäßige Schwingung. Wir sind froh, dass wir ihn haben. Er steht nicht nur unserer Schule vor, er ist der Leiter des gesamten Ordens.«

Ich nickte beeindruckt und aß weiter. Ich wusste, dass Raphael anders war: wichtig, irgendwie erhaben. Aber dass er so viel Verantwortung trug, war mir nicht bewusst gewesen. Er musste auch über Gaben verfügen, so viel war sicher. Ich war plötzlich erleichtert. Es gab jemanden, dem ich bedenkenlos vertrauen konnte, der wusste, was zu tun und was richtig war. Raphael war bestimmt ein fantastischer Anführer.

»Also hast du schon vor der Chimäre bemerkt, dass du ein Wächter bist?«, wollte Sara wissen und sah mich mit ihren großen hübschen Augen an.

Ich spürte Bewunderung in ihr wachsen – sie war mir unangenehm. Auch die anderen schienen beeindruckt.

»Nein, nein! Ich meine ... ich weiß nicht. Ich weiß ja noch nicht mal jetzt genau, was ich mir unter einem Wächter vorzustellen habe. Vorher hatte ich keine Ahnung von dem Ganzen, auch nicht von Engeln oder Dämonen.«

Ich kam mir dumm vor, diese Wörter auszusprechen, aber hier gehörten sie anscheinend zum Standardvokabular. Natürlich wusste ich von klein auf, dass ich anders war, aber das musste vorerst niemand wissen. Warum war die Chimäre erst jetzt hinter mir her gewesen?

Nachdem ich allen versichert hatte, dass ich so ›normal‹ war wie sie, und ein paar Fragen zu meinem bis dato langweiligen Leben beantwortet hatte, bemerkte ich, wie die Neugier von ihnen abfiel. Sie wandten sich wieder einander und ihrem Essen zu.

Es herrschte eine ausgelassene Stimmung. Als kleines Kind hatte ich mir oft ausgemalt, mit vielen Geschwistern aufzuwachsen, vermutlich hätte es sich so ähnlich angefühlt.

Nach dem Abendessen hielt ich mich an Sara und Sebastian. Wir schlenderten gemeinsam die große Treppe zu unseren Zimmern hinauf.

»Wollt ihr zuerst duschen?«

Die beiden drehten sich gleichzeitig um und lächelten.

»Geh du zuerst, Mia. Wir müssen heute noch raus.«

Ich musterte sie verwirrt – es war halb zehn und ein Wochentag. »Wo wollt ihr denn noch hin?«

»Sebastian geht mit Leo und Kevin Ghule jagen und ich begleite meinen Freund auf eine Mission.«

»Aha.«

Ich wusste nicht, was ich sonst antworten sollte. Ich verstand kein Wort und seufzte in mich hinein, weil ich so blöd nachgefragt hatte. Natürlich hatten sie überwiegend nachts zu tun, Monster spazierten ja nicht tagsüber durch die Straßen, zumindest hatte ich noch nie welche gesehen.

»Mach dir nichts draus, Mia! Schneller als dir lieb ist, verstehst du, wovon wir sprechen.«

Anscheinend hatte Sara mitbekommen, dass ich noch vollkommen ahnungslos und beschämt darüber war. Ich lächelte ihr zu und spürte, wie sehr sie sich über meine Reaktion freute. Sebastian winkte und wünschte mir eine gute Nacht, als wir uns an unseren Zimmertüren verabschiedeten. Ich war mir nicht sicher, ob es angebracht war, aber ich wünschte den beiden viel Glück. Würden sie es brauchen? Wahrscheinlich schon, schließlich kämpften sie gegen Monster oder Dämonen – wie man es auch nannte, es war bestimmt unangenehm. Wahrscheinlich würde ich selbst bald mit ihnen losziehen.

Gerade als ich darüber nachdenken wollte, überkam mich eine unglaublich starke Müdigkeit. Ich musste mich zwingen, nicht sofort in das frisch bezogene Bett zu fallen, das so einladend wirkte. Der Tag war lang gewesen, aufwühlend und vielleicht auch ein wenig schicksalsträchtig – dass ich müde war, wunderte mich nicht.

Nachdem ich geduscht hatte, legte ich mich hin. Es war mühsam, aber ich versuchte, noch ein paar klare Gedanken zu fassen. Ich malte mir aus, was mich morgen erwarten würde, wie der Unterricht aussah, wann ich mein erstes Monster erlegen würde – oder das Monster mich – und wann ich Raphael wiedersehen durfte. Mit seinen schönen blauen Augen in meinen Gedanken schlief ich ein.

Obwohl ich so viele neue Eindrücke gesammelt hatte und von Neuigkeiten geradezu überschwemmt worden war, träumte ich etwas so Banales, dass ich es sofort wieder vergaß.

Als ich zum ersten Mal wach wurde, war es kurz vor drei Uhr morgens – die Wanduhr verriet es mir. Es dauerte ein paar Sekunden, bis ich realisiert hatte, wo ich war und dass alles, was gestern passiert war, der Realität entsprach.

Ich wurde etwas klarer im Kopf, raffte mich auf und schlich zu meinen Fenstern. Der Mond hatte die Form einer Sichel angenommen und die Sterne leuchteten heller als sonst.

Dunkelheit hatte sich über Raphaels Rosengarten gelegt, trotzdem war er wunderschön.

Ich streckte mich, gähnte einmal ausgiebig und ging dann in Richtung Badezimmer. So leise wie möglich schlich ich den Flur entlang und drückte die Klinke der Tür nach unten. Während ich mir die Augen rieb, trat ich ein.

Das Licht, das schon brannte, hätte mir ein Warnzeichen sein sollen, aber ich war zu verschlafen, um es zu deuten. Als ich noch einen Schritt machen wollte, nahm ich das Hindernis vor mir doch wahr – Sebastian, so wie Gott ihn geschaffen hatte. Nackt.

Ich musste meinen Blick von oben nach unten schweifen lassen. Dass ich daraufhin knallrot wurde, war vorherzusehen gewesen.

»Tut mir leid!«, quietschte ich, schlug mir die Hände vors Gesicht und machte auf dem Absatz kehrt.

Ich knallte die Tür hinter mir zu, rannte in mein Zimmer und ließ mich auf mein Bett fallen.

Selten war mir etwas so peinlich gewesen, ich wollte im Erdboden versinken. Meine Wangen glühten, während ich immer noch Sebastian vor mir sah. Sein Körper war wirklich schön, wie der eines Schauspielers oder eines Profisportlers. Er war der erste Mann, den ich nackt gesehen hatte, also hatte ich eigentlich keine realen Vergleichswerte. Mein Kopf wurde noch wärmer. Ich hatte gar nicht auf seine Reaktion geachtet, anscheinend war ich zu sehr mit meiner eigenen Verlegenheit beschäftigt gewesen. Ihm war es bestimmt auch unangenehm gewesen. Morgen würde ich ihm nicht in die Augen sehen können.

Ich seufzte in meinen Polster, als es an der Tür klopfte. Das Herz wäre mir beinahe stehen geblieben. Schnell raffte ich mich auf, atmete durch und eilte los, um zu öffnen. Bereits als ich der Tür nahe kam, spürte ich Scham, Unbehagen und Nervosität. Es war Sebastian und er war mindestens genauso aufgewühlt wie ich.

»Es tut mir leid, ich wusste nicht, dass jemand im Badezimmer ist!«, entschuldigte ich mich, bevor er etwas sagen konnte.

»Nein! Es war meine Schuld, ich hätte abschließen sollen! Sara ist noch unterwegs und ich habe mich anscheinend noch nicht daran gewöhnt, dass wir das Badezimmer jetzt zu dritt benutzen. Entschuldige bitte!«

Man brauchte nicht über meine Gabe zu verfügen, um zu bemerken, dass er verlegen war. Obwohl nur das Mondlicht den Raum erhellte, sah ich, dass seine Wangen gerötet waren.

Meine erste Reaktion bestand aus einem dämlichen Kichern, dann riss ich mich am Riemen. »Du warst bis jetzt unterwegs?«

Der Themenwechsel war eine gute Idee gewesen.

»Ja. Es waren mehr Dämonen als gedacht.«

»Die Golems?«

»Ghule«, verbesserte er mich und fuhr sich durch das nasse Haar. Er trug zwar jetzt ein T-Shirt und eine Jogginghose, aber er sah noch immer unglaublich gut aus.

»Was sind eigentlich Ghule?«

»Dämonen, Aasfresser, die mit Vorliebe Leichen ausbuddeln. Es kann aber auch passieren, dass sie lebendige Menschen angreifen. Eigentlich kommen sie nur selten in unsere Welt, aber in letzter Zeit tauche vielen von ihnen auf.«

Es kostete mich Überwindung, nicht angeekelt das Gesicht zu verziehen. Sebastian wurde seltsamerweise ruhiger, als er über die Dämonen berichtete. Natürlich, er war an diese furchtbaren, absurden Dinge gewöhnt.

»Tut mir leid, ich wollte dir in deiner ersten Nacht keine Albträume bereiten!«, entschuldigte er sich, weil er mitbekommen hatte, dass ich ein wenig schockiert war. Ich war nicht gut darin, meine Gefühle zu verstecken.

»Schon okay, ich werde mich daran gewöhnen müssen – so wie ihr alle.«

»Das stimmt.«

Ich spürte kurz Unsicherheit in ihm aufkommen, so als ob er mit sich selbst hadern würde. Er wollte etwas sagen, zögerte aber.

»Ja?«

Meine Aufforderung ließ kurzzeitig wieder Nervosität in ihm wachsen – ich verstand nicht, wieso.

»Ich wollte dich nur wissen lassen, dass du gern mit mir gehen kannst, wenn du möchtest.«

Ich wurde wieder rot, starrte in seine braunen Augen, hinter denen so viel Gutherzigkeit versteckt lag.

»Ich meine, wenn du nicht weißt, wer dich ausbilden soll!«, fügte er schnell hinzu und nahm mit diesem Satz meinem Herzschlag das Tempo. Ich hätte es sonst wirklich falsch verstanden.

»Ausbilden?«

»Ja, du brauchst jemanden, der dich mitnimmt und dir zeigt, wie du unseren Alltag handhabst, auf was es ankommt und wie du kämpfst. Ich hätte nichts gegen etwas Begleitung.«

Jetzt kam Erleichterung in ihm auf und er konnte wieder lächeln. Sebastian war sicher schon älter als ich – vielleicht so alt wie Keon. Er hatte bestimmt schon Erfahrung mit Mädchen, trotzdem war er nervös geworden. Das schmeichelte mir.

Ich nickte wie ein Wackeldackel. »Ja! Ich gehe gern mit dir!«

Ich hatte mir zu spät auf die Zunge gebissen und konnte nicht mehr verhindern, dass dieser zweideutige Satz aus meinem Mund kam. Er war froh über meine Antwort.

»Schön. Und jetzt schlaf weiter! Ich wollte dich nicht so lange wach halten.«

»Ja! Danke! Schlaf gut! Und entschuldige, dass ich dich nackt gesehen habe!«

Auf den letzten Teil hätte ich getrost verzichten können. Ich schlug meine Zimmertür zu und meinen Kopf gegen die nächste Wand. Mein Sprechdurchfall war hoffentlich nicht ansteckend.

Als ich damit fertig war, mich selbst zu maßregeln, ging ich wieder ins Bett. Es war mir zwar schon passiert, dass sich jemand mit mir verabreden wollte, aber noch nie, um Dämonen zu jagen.

Trotz meiner peinlichen Anwandlungen war es schön, dass Sebastian Zeit mit mir verbringen wollte. Er war besonders – seine Aura war genauso bezaubernd wie sein Äußeres. Ich zog mir die Decke bis übers Kinn und grinste mich in den Schlaf.

Ein schwieriger Start

D as Klopfen an der Tür weckte mich. Ich brauchte eine Weile, bis ich mich dazu durchringen konnte, den Besucher hereinzubitten.

Ich war todmüde und wollte nichts außer noch ein paar Stunden Schlaf.

»Guten Morgen, Mia!«, tönte es, während mir eine Welle der guten Laune entgegenschlug.

Ich musste meinen Kopf nicht von der Decke befreien, um zu wissen, dass Sara hier war.

»Wie spät ist es?« Meine Stimme klang so verschlafen, wie ich mich fühlte.

»Kurz nach sieben Uhr, aber wenn du noch länger schläfst, verpasst du das Frühstück!«

»Wenn ich aufs Essen verzichte, kann ich also weiterschlafen?«

Das Angebot klang verlockend.

»Glaub mir, du wirst das Frühstück brauchen! Heute ist dein erster Tag, das wird ganz schön hart!«

Kaum hatte Sara ihren Satz beendet, riss ich die Augen auf. Natürlich, heute begann der Unterricht für mich, ein Unterricht, auf den ich unglaublich neugierig war. Ich sprang so plötzlich aus dem Bett, dass Sara kurz zusammenzuckte. Sie lehnte am Fensterbrett und sah geschafft aus.

»Du bist auch noch müde, oder?«

Ihr Lächeln war süß wie Honig. »Gestern ist es etwas später geworden.«

Ich erinnerte mich. Sara war gestern Abend lange unterwegs gewesen, noch länger als Sebastian, und trotzdem war sie vor mir aus dem Bett gekommen – unangenehm.

Als meine Gedanken Sebastian streiften, wurde mir warm. Die gestrige Nacht war peinlich gewesen, weckte aber die Vorfreude in mir auf.

»Zieh dich an und komm runter in den Speisesaal.«

Ich nickte und dankte Sara für ihr Kommen. Ohne sie hätte ich verschlafen.

Es dauerte eine Weile, bis ich angezogen war. Ich konnte mich einfach nicht entscheiden, weil ich keine Ahnung hatte, ob mich normaler Unterricht oder eine Monsterjagd erwarten würden. Ich entschied mich für ein Paar Jeans und ein schwarzes T-Shirt. Ich konnte darin laufen und einen Aufsatz schreiben. Außerdem war ich der Meinung, dass mir die hellblauen Jeans gut standen – auch nicht unwichtig.

Meine Haare band ich zu einem französischen Zopf, weil sie offen zu lang für eine Verfolgungsjagd gewesen wären. Meine Wimperntusche war nicht wasserfest, aber ich trug sie dennoch auf. Anscheinend war ich in den letzten paar Stunden eitel geworden. Das war kindisch, das wusste ich. Ich hätte mir mehr Gedanken über Gott und die Welt machen sollen – im wahrsten Sinne.

Ich rannte die Treppe hinunter zum Speisesaal. Beim Reinkommen hätte ich beinahe Leo über den Haufen gerannt.

»Morgen, Mia! Du bist ja ganz schön energiegeladen für halb acht Uhr morgens!«

»Tja, was soll ich sagen, ich bin eben ein Morgenmensch!«

Das war eine Lüge, eigentlich war ich nur furchtbar aufgeregt und deshalb aufgekratzt.

Der Tisch war wieder reichlich gedeckt, nur diesmal hatte ich kaum Appetit.

Nach ein paar schweifenden Blicken stellte ich fest, dass weder Raphael noch Keon am Frühstück teilnahmen. Ich war ein wenig enttäuscht, aber als mir plötzlich schwache Nervosität gepaart mit dieser leuchtenden Aura entgegenschlug, verflog die negative Emotion.

Ich lächelte Sebastian an und setzte mich.

Die anderen unterhielten sich über die letzte Nacht und obwohl ich konzentriert mithörte, verstand ich nicht viel.

»Was denkst du, wie viele sind es noch?«, wollte Kevin an Leo gewandt wissen.

Scheinbar ging es um diese leichenfressenden Ghule.

»Ich weiß nicht, Raphael hat keine genaue Zahl genannt.«

»Ihr Auftauchen bedeutet aber nichts Gutes«, meinte Nick und seufzte, während er sich eine Erdbeere in den Mund steckte.

»Wahrscheinlich das Werk eines Zirkels«, mutmaßte Kevin und erntete dafür ein Kopfschütteln von Sebastian.

»Ich glaube nicht, dass ein Zirkel dahintersteckt. Was hätten sie davon, Ghule hierherzuholen? Der Aufwand würde sich für die paar verwüsteten Gräber gar nicht lohnen, zumal sie wissen, dass wir sie sofort beseitigen.«

Ich wusste zwar nicht, was ich unter einem Zirkel zu verstehen hatte, aber Sebastians Einwand klang logisch. Auch die anderen schienen überzeugt und schwiegen für ein paar Sekunden. Unsicherheit machte sich breit, aber sie wurde nicht von Angst begleitet. Alle hatten ihre Gefühle unter Kontrolle, lediglich Enttäuschung über ihre Unwissenheit erreichte mich.

»Na ja, kommt Zeit, kommt Rat, und so oder so treten wir denen in den Arsch, wenn sie auf dumme Ideen kommen!«

Leo war enthusiastisch. Ich mochte seine ungestüme Art – sie weckte Kampfgeist in mir. Außerdem war sein Grinsen süß, er hatte schneeweiße Zähne.

Das Gespräch verteilte sich wieder auf einzelne Grüppchen und ich nutzte die Gelegenheit, um Sara etwas zu fragen, was mir schon seit gestern auf der Seele brannte.

»Sag mal, wie sieht der Unterricht hier eigentlich aus?«

Sie zuckte mit den Schultern. »Na ja, eigentlich wie an jeder anderen Schule, nur dass wir viel im Selbststudium erarbeiten. Raphael folgt dem regulären Lehrplan, um uns auf das staatliche Abschlussexamen vorzubereiten – das behauptet er zumindest. Ich persönlich halte ihn für viel zu streng.« Sara verdrehte die Augen, lächelte dann aber gleich wieder. »Das ist aber nur meine Meinung. Was soll ich sagen, ich bin einfach eine Niete in Mathe, deshalb bekomme ich auch Extrastunden.«

»Extrastunden?«

»Nachhilfe eben – wenn du in irgendeinem Fach hinterherhinkst, hilft dir jemand von den Älteren. Sie wohnen zwar meistens nicht mehr hier oder haben schon Familien, aber sie helfen den jüngeren Wächtern, wo sie können.«

Ein Seufzen unterdrückend, hoffte ich, dass es genügend ältere Wächter gab, um den Stoff irgendwie in mich hineinzuprügeln. Ich würde mich im Unterricht bestimmt blamieren.

»Was unterrichtet Raphael?«

»Alles.«

»Alles?«

»Na ja, alles, was eben am Lehrplan steht.«

Ich machte große Augen.

»Apropos, wir sollten los! Raphael wird ganz schön sauer, wenn man zu spät kommt!«

Während ich versuchte, mir Raphael sauer vorzustellen, herrschte mit einem Mal Aufbruchstimmung. Sebastian, Kevin, Leo und ein paar andere blieben zurück, während wir in Richtung Klassenzimmer gingen.

»Kommen die nicht mit?«, wollte ich von Sara wissen.

Ich hatte mein Gehirn anscheinend noch ausgeschalten, ansonsten hätte ich diese dämliche Frage nicht gestellt.

»Nein, sie studieren an der Uni. Sie haben mit der Schule hier nichts mehr am Hut.«

»Sie wohnen nur noch hier«, stellte ich für mich selbst laut fest.

»Ja! Viele, die nach dem Schulabschluss die Uni besuchen, bleiben vorerst hier. Sie sparen sich Geld und solange man seiner Wächtertätigkeit nachkommt, ist es unkomplizierter – dann muss man niemandem erklären, warum man ständig mitten in der Nacht unterwegs ist. Manche sind das Internatsleben aber leid und ziehen früher aus. Mein Freund hat auch eine Wohnung, obwohl er noch ein aktiver Wächter ist.«

Ich wollte mich gerade mit der Frage beschäftigen, ob Keon eine Wohnung hatte, aber ich verwarf den Gedanken vorerst und setzte mich auf den freien Platz neben Sara in die erste Reihe. Gerade als ich nervös werden wollte, öffnete sich die Tür und ich stand wieder in diesem wunderschönen glitzernden See.

Regungslos ließ ich die Anwesenheit des Wassers auf mich wirken. Es fühlte sich so unglaublich gut an und obwohl es keine vierundzwanzig Stunden her war, hatte ich seine Präsenz furchtbar vermisst.

Raphael machte ein paar Schritte und hielt vor der großen schwarzen Tafel inne. Sein Blick schweifte durch den Raum, traf mich und blieb an mir haften. Wahrscheinlich bildete ich mir das nur ein, aber ich hätte schwören können, dass sein Lächeln nur mir galt. Beinahe wäre ich dahingeschmolzen, hätte er nicht dieses beängstigend dicke Mathebuch in der Hand gehabt.

»Wenn ihr so nett wärt und dort weitermachen würdet, wo wir vorgestern aufgehört haben?«

Alle um mich herum begannen, irgendwelche Aufgaben zu lösen. Mir fiel erst jetzt auf, dass ich keine Bücher bekommen hatte – ich hätte mich erkundigen sollen.

»Mia?«

Raphael stand vor mir. Seine tiefblauen Augen strahlten.

»Ähm ... ja?«

»Hast du eine angenehme erste Nacht hier verbracht?«

»Ja, angenehm!«

Mir wurde wärmer. Das Bild von Sebastian im Badezimmer tauchte wieder vor meinem geistigen Auge auf. Hoffentlich konnte Raphael keine Gedanken lesen. Es hätte mich nicht gewundert, wenn er über diese Gabe verfügt hätte.

Ich wurde noch verlegener, als ich mir ausmalte, wie er mitbekam, dass ich Nacktbilder im Kopf hatte, und das, obwohl ich eigentlich an Zahlen und Vokabeln denken sollte.

»Da dies dein erster Tag hier ist, würde ich dich bitten, das hier auszufüllen.«

Wenn er tatsächlich Gedanken lesen konnte, ignorierte er meine seltsamen Fantasien gekonnt. Er legte einen ganzen Stapel Papier auf meinen Tisch.

»Was ist das?«

»Keine Angst, das ist nur ein Einstufungstest. Ich muss wissen, wie weit du bist, damit wir daran anknüpfen können.«

Hatte er gerade Einstufungstest gesagt? Und hatte er davor so etwas wie ›keine Angst‹ gesagt? Er hätte auch etwas von wegen ›Feuer auf deinem Kopf‹ und ›keine Panik‹ sagen können – das wäre ähnlich unpassend gewesen.

Natürlich hatte ich Angst. Ich hätte heulen können, als mir bewusst wurde, dass Raphael beim Korrigieren dieses Tests selbst Tränen in den Augen haben würde. Er hatte bestimmt noch nie einen Schüler gehabt, der so wenig wusste wie ich. Ich wollte nicht, dass er mich für dumm hielt, aber wenn er es schon in Erfahrung bringen wollte, hätte er sich diesen Test sparen und mich nach meiner Selbsteinschätzung fragen können. Ich hätte ihm gesagt, dass ich von nichts eine Ahnung hatte, und er hätte sich das Korrigieren schenken können. Aber so nickte ich einfach und begann, den Fragebogen durchzublättern.

Englisch, Literatur, Mathe, Chemie, Geographie – er hatte wirklich nichts ausgelassen.

»Wenn du Probleme mit den Angaben hast, sag Bescheid.«

»Ja.«

Ich wollte gerade meinen Namen in das vorgesehene Feld schreiben – die einzige Aufgabenstellung, die ich stressfrei bewältigen konnte –, als mir auffiel, dass ich nicht mal einen Kugelschreiber dabeihatte.

Ich lehnte mich, so weit ich konnte, zu Sara und stupste sie an. »Hast du einen Stift für mich?«

Noch bevor sie reagieren konnte, sah ich aus dem Augenwinkel einen Füller. Raphael stand wieder vor mir und hielt ihn mir hin. Nachdem ich ihn lange genug angestarrt hatte – damit ich auch begriffsstutzig genug wirkte –, nahm ich ihn an.

Er war schön, hatte das Schulwappen auf der Verschlusskappe und denselben lateinischen Spruch eingraviert, der über Raphaels Bürotür stand: ›Dúm spiro spero‹.

Ich schrieb mit seinem Stift. Meine Hand war angespannt, als ich den Füller zum ersten Mal auf das Papier drückte. Die Tinte war hellblau – wie seine Augen.

Es dauerte geschlagene vier Stunden, bis ich fertig war.

Ich hatte mich in der Schule noch nie so gut konzentrieren können. Obwohl so viele Auren um mich herum strahlten, hatte ich keinerlei Probleme damit, ihre Gefühle auszublenden.

Es musste an Raphaels Anwesenheit liegen, eine andere Erklärung hatte ich nicht.

Das Wasser wirkte so beruhigend, dass ich in der Lage war, den Rest an mir vorüberziehen zu lassen.

Seufzend saß ich da und ließ meinen Blick noch mal über die Zeilen gleiten. In den meisten Fächern hatte ich halbwegs vernünftige Antworten geben können, aber die Seite, die mein Wissen über Latein abfragen sollte, war leer geblieben.

Raphael war gerade damit beschäftigt, Sara über die Schulter zu sehen und ihr auf ihre fragenden Blicke hin aufmunternd zuzunicken. Ich wollte nicht stören, also wartete ich, bis er wieder nach vorn ging.

Eine ganze Weile saß ich da und starrte ihn an. Jede noch so feine Kontur seines Gesichts und seines Körpers war so perfekt, dass ich meinen Blick einfach nicht abwenden konnte. Ich glaubte, mich langsam an ihm sattgesehen zu haben, aber dann blinzelte er einmal und ich verfiel ihm erneut.

Als mich die blauen Augen trafen, fühlte ich mich ertappt.

»Bist du fertig, Mia?«

»Ja.«

»Darf ich?«

Ich nickte ihm zu und wandte mich gleich ab, weil er meine Antworten beäugte. Sara schien sich köstlich über meinen Gesichtsausdruck zu amüsieren.

Auf dem Weg zum Mittagessen hakte sie sich fröhlich bei mir ein.

»Na, wie war der Test?«

»Schwer!«, gestand ich und machte ein gespielt beleidigtes Gesicht. »Du hättest den Test ruhig gestern schon mal erwähnen können!«

»Sorry, hab ich vergessen, aber da mussten wir alle durch.«

»Ja, aber ihr habt euch nicht so blamiert. Ich kann kein Wort Latein.«

Während Sara versuchte, mir einzureden, dass ich bestimmt nicht schlecht abgeschnitten hatte, spürte ich, dass sie irgendetwas beschäftigte – nichts Negatives, eher etwas, das sie neugierig machte.

Beim Mittagessen waren wir Schüler unter uns. Lediglich Leo und Sebastian hatten sich auf ihren gewohnten Plätzen eingefunden. Anscheinend hatten sie gerade keine Vorlesung.

Ein paar leuchtend braune Augen ruhten auf mir, als ich mich setzte. Sebastians Gefühle schlugen mir entgegen, wurden aber sofort von Leos Neugier überdeckt. Sara hatte ihm irgendetwas ins Ohr geflüstert und ihn zum Lachen gebracht.

»Hat dir Raphael seinen berühmt-berüchtigten Fragebogen vorgesetzt?«, wollte Sebastian wissen und wunderte sich im nächsten Moment auch über das nicht enden wollende Gegrinse von Leo und Sara.

»Nicht nur das!«, meinte Sara und schenkte mir einen Blick, den ich zuerst nicht deuten konnte. »Er hat Mia auch die ganze Zeit sein Lächeln vorgesetzt!«

Die Sensationslust in ihrer Stimme bewegte mich zu folgendem, wenig eloquentem Fragewort: »Hä?«

»Anscheinend ist Mia Raphaels Liebling!«

Sebastian hätte sich beinahe an seinen Nudeln verschluckt und auch ich kämpfte kurz mit meinem Schluckreflex.

»Was ... wieso? Ich meine, ich glaube nicht, dass ich sein Liebling bin!«

Das Stottern stellte sich wie immer im unpassendsten Moment ein.

»Ich habe noch nie gesehen, dass er jemanden so oft angelächelt hat wie dich!«

Sara gefiel, was sie da aussprach, zumal sie innerlich dahinschmolz.

»Das stimmt doch gar nicht!«, wehrte ich mich und hoffte, dass ich die Wörter in der richtigen Reihenfolge herausgebracht hatte.

»Raphael ist eigentlich ziemlich introvertiert. Das verträumte Grinsen ist sonst nicht sein Stil. Außerdem hast du das Erkerzimmer bekommen. Dort hat er noch nie jemanden einziehen lassen! Ich wollte es selbst mal haben!«

»Mia! Nicht, dass du Raphael noch vollkommen den Kopf verdrehst, wir brauchen ihn auch noch!«, scherzte Leo und wackelte mahnend mit dem Finger.

»Ich glaube jedenfalls nicht, dass er eine Freundin hat, aber über so persönliche Sachen spricht er mit niemandem«, analysierte Sara beängstigend ernst.

»Hey! Ich … und … er … und außerdem stimmt das nicht!«

Ich wusste, dass das, was ich von mir gab, wenig Sinn machte, aber mein Verstand war damit beschäftigt, sich Raphaels Lächeln wieder und wieder in Erinnerung zu rufen.

Schenkte er mir tatsächlich mehr Aufmerksamkeit als den anderen? Mir wurde augenblicklich wärmer. Meine Freude sollte aber nicht lange andauern, zumal mir schlagartig bewusst wurde, dass er mich, wenn überhaupt, wahrscheinlich nur besonders behandelte, weil ich ein Sonderling war.

»Raphael wird schon seine Gründe haben, sollte er Mia wirklich mehr Aufmerksamkeit schenken. Das geht uns eigentlich nichts an.«

Sebastians Worte klangen erwachsen. Ich spürte, wie Unruhe in ihm aufkam – sie verschwand aber binnen Sekunden.

Anscheinend war Raphael nicht nur für mich schwer zu durchschauen. Während Leo und Sara weiterhin darüber rätselten, ob er eine Freundin hatte oder wie unsere Kinder wohl aussehen würden, wurde meine Gesichtsfarbe wieder annähernd normal.

Die Tatsachen, dass ich meine Gabe noch immer vor allen geheim hielt und dass Raphael jedes Mal, wenn er mich ansah, den Freak in mir sah, rissen mich in ein Stimmungstief. Erst als ich mich mit Sara wieder auf den Weg zum Unterricht machte, ging es mir besser.

Egal, was für ein Sonderling ich war, hier hatte ich trotzdem Freunde.

Zurück im Klassenzimmer, lauschte ich Raphaels Erzählungen über Napoleon Bonaparte. Seine Stimme hatte eine hypnotisierende Wirkung – nicht nur auf mich. Jedes seiner Worte brannte sich in mein Gedächtnis. Er war der geborene Lehrer – eines seiner vielen Talente.

Zum ersten Mal in meinem Leben endete der Unterricht für meinen Geschmack zu früh. Ich folgte Sara hinaus in den Garten. Meine erste Vermutung, dass wir uns einfach nach draußen in die Sonne setzen würden, erwies sich als Irrtum.

»Jetzt wird es ernst!«

Sie zwinkerte mir zu und streckte sich, während wir den kleinen Hügel hinaufspazierten.

»Wie meinst du das?«

»Bist du bereit für dein erstes Training?«

»Training?«, wiederholte ich ängstlich.

Ich hatte tatsächlich die Sache mit dem Kämpfen vergessen. Hoffentlich gab es hier keine Stoppschilder, gegen die ich laufen konnte.

Wir gingen auf eine Anhöhe, über die sich eine gepflasterte Fläche erstreckte. Leo und Kevin schlugen dort mit irgendetwas Metallischem aufeinander ein. Lautes Klirren begleitete ihre Bewegungen.

Je näher wir kamen, desto schneller wurde mein Herzschlag und umso genauer konnte ich erkennen, dass sie tatsächlich dabei waren, sich mit Schwertern zu attackieren.

Mit offenem Mund stand ich da und beobachtete den Kampf. Erst letzte Woche hatte ich einen Film über Ritter gesehen, die sich auf dem Schlachtfeld gegenübergestanden hatten, aber dieses Szenario hatte wenig mit den schwerfälligen Kämpfern aus dem Fernsehen gemein. Leo und Kevin bewegten sich geschmeidig und schnell, die Schwerter mussten leicht sein.

Noch einmal klirrte es und mir stockte der Atem. Für eine Sekunde glaubte ich, Leo hätte Kevin erwischt, aber dann ließen beide voneinander ab und schlenderten auf uns zu.

Die Schwerter, die sie trugen, waren gut einen Meter lang und glänzten silbern im Sonnenlicht. Ich konnte meinen Blick gar nicht von ihnen lösen, so fremd war mir ihr Anblick. Vielleicht faszinierten sie mich auch.

»Hey, Mia! Lust auf einen kleinen Fight?«

Leo ließ seine Augenbrauen in die Höhe hüpfen. Ich spürte, wie erfüllend das Training für ihn war, außerdem war er neugierig, wie ich mich anstellen würde.

»Ich hatte noch nie ein Schwert in der Hand.«

»Schon gut, das habe ich mir schon gedacht. Hier!«

Er hielt mir den weißen glänzenden Griff vor die Nase und nickte mir aufmunternd zu.

Sollte ich wirklich zugreifen? Und dann? Wollte er tatsächlich, dass ich mit dem Schwert um mich schlug?

Zögernd legte ich meine Finger um den Griff und erschrak, als Leo losließ und das Gewicht der Waffe meinen rechten Arm nach unten zog. Meine Vermutung, dass die Schwerter leicht waren, war absoluter Blödsinn gewesen. Ich verstand nicht, wie Leo und Kevin vorhin so leichtfüßig hatten wirken können.

»Das spitze Ende sollte nach oben zeigen!«, meinte Leo lachend, nahm Kevins Schwert und entfernte sich einige Schritte.

Wie angewurzelt stand ich da und wusste nicht so recht, was er von mir erwartete. Erst als er sich wieder zu mir umdrehte und mich zu sich winkte, verstand ich.

Mit einem mulmigen Gefühl in der Magengegend folgte ich seiner Geste. Dass Sara, Kevin und ein paar andere uns beobachteten, bemerkte ich nur am Rande. Meine Konzentration galt Leo und den silbernen Schwertern in unseren Händen.

Einen respektvollen Sicherheitsabstand einhaltend, blieb ich stehen.

»Die rechte Hand führt, die linke Hand stützt!«, rief er und schwang veranschaulichend einmal hin und her.

Ich versuchte, es ihm nachzumachen, und wäre beinahe hingefallen. Ich hatte gewusst, dass ich mich dämlich anstellen würde. Hatte Raphael nicht gemeint, mir läge das Kämpfen im Blut? Noch bevor ich mich selbst über meine Ungeschicktheit aufregen konnte, bemerkte ich, wie Leos Stimmung plötzlich umschlug. Hatte er tatsächlich vor, auf mich loszugehen? Ich kannte die Antwort, denn ich spürte, wie er Feuer fing, und sah ihn im nächsten Moment auf mich zukommen. Angestrengt kämpfte ich gegen den einsetzenden Fluchtinstinkt. Wie gern hätte ich einfach dieses Schwert weggeschmissen und wäre weggerannt. Aber mir war klar, dass das keine Option war. Ich ignorierte alles Rationale und verließ mich darauf, dass Leo mich nicht wirklich aufspießen wollte.

Das Geräusch von klirrendem Metall dröhnte in meinen Ohren nach und setzte Adrenalin frei. Ich hatte es irgendwie geschafft, Leos Hieb abzuwehren. Als er abermals ausholte, wich ich einen Schritt zurück und drehte meinen Oberkörper instinktiv nach links. Wieder dieses ohrenbetäubende Klirren, während unsere Schwerter aufeinander trafen. Als er ein drittes Mal zuschlug, verlor ich beinahe das Gleichgewicht. In

Leos Schlägen lag so viel Kraft, dass ich schnell ins Schwitzen kam. Gerade als ich befürchtete, ich könnte mich nicht mehr halten, stoppte er. Er trat einen Schritt zurück, legte sich das Schwert über die Schulter und schenkte mir ein Lächeln. Ich fühlte, dass es ihm Spaß gemacht hatte.

»Gar nicht übel fürs erste Mal!«

»Danke!«, hauchte ich.

Ich war zu sehr damit beschäftigt, gleichmäßig zu atmen, und konnte mich noch nicht wirklich über Leos Kompliment freuen. Erst als Sara auf mich zukam und mir auf die Schulter klopfte, fing ich an, zu begreifen, dass ich gerade weder weggelaufen noch umgefallen oder geköpft worden war – definitiv ein Erfolg.

»Wow, sich beim ersten Mal so gegen Leo zu behaupten, ist wirklich beeindruckend! Er ist krafttechnisch der stärkste Kämpfer im Schloss! Es wundert mich, dass du stehen geblieben bist!«

»Ja, für deinen zierlichen Körperbau bist du ziemlich stark!«, pflichtete Leo bei.

Um ihnen nicht sofort die Illusion zu rauben, versuchte ich, mich auf den Beinen zu halten, obwohl meine Knie immer stärker zu zittern begannen. Erst jetzt spürte ich, wie sehr mich der Trainingskampf mitgenommen hatte.

»Lust auf eine zweite Runde?«, wollte Kevin wissen und fixierte mich neugierig mit den Augen.

Ich fühlte, dass er sich unbedingt mit mir messen wollte, aber ich musste meine Kräfte erst wieder sammeln.

»Vielleicht später …«

»Ja, wir sollten jetzt sowieso rüber zu Sebastian!«, meinte Sara und entlockte mir ein erleichtertes Seufzen.

Leo und Kevin schenkten mir noch ein Lächeln, ehe sie wieder mit den Schwertern aufeinander einschlugen. Jetzt verstand ich, warum der Orden Ritterorden hieß.

Ich folgte Sara auf die andere Seite des Schlosses. Meine Beine fühlten sich wie Wackelpudding an und mein linker Arm baumelte mit Lähmungserscheinungen herum. Ich wusste nicht, wieso wir zu Sebastian gingen, aber es gefiel mir. Ein Grinsen huschte über meine Lippen, als ich ihn mir wieder nackt vorstellte. Das hatte ich schon mindestens zwei Stunden nicht getan.

Als wir um die Ecke bogen, stand er vor uns. Er hielt einen Bogen. Seine Körperhaltung war einprägsam, wirkte sportlich professionell. Der Pfeil, den er gerade eben noch zwischen den Fingern seiner rechten Hand gehalten hatte, steckte nun genau in der Mitte der gut zehn Meter entfernten Zielscheibe. Ich war beeindruckt.

Sebastian beäugte kurz seinen Erfolg und neigte dann den Kopf in unsere Richtung. »Hey.«

»Du bist ja richtig gut!«, stellte ich fest und weckte damit Stolz in ihm.

»Entschuldige die Verspätung, aber Mia musste Leo noch im Schwertkampf fertigmachen!«, erzählte Sara und entlockte mir nicht mehr als ein gequältes Grinsen.

»Wirklich? Dann bist du sicher auch talentiert im Umgang mit dem Bogen.«

Der Bogen war mir auf alle Fälle lieber als das Schwert, zumindest lag er nicht so schwer in der Hand. Ihn zu spannen, war allerdings wieder ein Kraftakt. Mir wurde schlagartig klar, warum die meisten Wächter männlich waren und warum hier alle so ästhetische Körper hatten.

»Meine Nachhilfe fängt gleich an. Kümmerst du dich solange um Mia?«

Sebastian nickte.

Sara verabschiedete sich nach einem Blick auf die Uhr und ließ uns allein.

Hätte Sebastian nicht so viel Ruhe und Konzentration ausgestrahlt, wäre ich wahrscheinlich rot geworden. Er stellte sich ganz dicht hinter mich und legte die Hand auf meinen Rücken. »Ellbogen und Schulter müssen eine Gerade bilden.«

Er blieb selbst dann noch ruhig, als einer meiner Pfeile an der Schlossmauer abprallte und im Rosengarten stecken blieb. Meine Muskeln waren so angespannt und überanstrengt, dass ich keine Chance hatte, den Bogen gerade zu halten. Keiner meiner Schüsse traf annähernd das, was ich anvisiert hatte. Trotz meines offensichtlichen Mangels an Talent sprach er mir gut zu.

»Du machst immerhin schnell Fortschritte.«

»Ja, das letzte Mal flog der Pfeil fast schon in die Himmelsrichtung, die ich für ihn vorgesehen hatte!«

Er lachte und fuhr sich durchs Haar. »Dir fehlt einfach die Übung, das wird schon!«

»Ach, sag es nur – ich bin schlecht!«

Wieder ein Lachen, es klang wie Musik in meinen Ohren.

Er legte gerade die Hand auf mein Schulterblatt, um meine Körperhaltung zu verbessern, als er plötzlich stutzte. »Du bist total verspannt. Das Training mit Leo hat dich ganz schön viel Kraft gekostet, oder? Entschuldige, das habe ich nicht bedacht, wir sollten lieber morgen mit dem Bogenschießen weitermachen.«

Ich wollte etwas erwidern, als er plötzlich beide Hände auf meinen Rücken legte und fest zudrückte. Zuerst erschrak ich, dann spürte ich, wie sich meine Muskeln entspannten. Ich stöhnte erleichtert auf.

Während er mich massierte, schnurrte ich wie eine Katze. Als mir die seltsamen Geräusche, die ich machte, bewusst wurden, röteten sich meine Wangen.

»Kämpft ihr eigentlich noch mit anderen Waffen?«

Ich wollte das peinliche Schweigen, das sich seit dem Verstummen meines Schnurrens breitgemacht hatte, brechen.

»Ich weiß, Schwerter und Bögen erscheinen im ersten Moment altmodisch, aber die meisten unserer Gegner lassen sich damit gut in Schach halten. Im Grunde kämpfen wir aber mit allem, was sich anbietet.« Sein letzter Satz wurde von einem Lächeln begleitet.

Ich fühlte mich wohl in Sebastians Nähe. Es kostete mich Überwindung, nicht vor Freude zu kichern. Auch wenn ich wusste, dass es Dämonen gab, die ich mit Waffen bekämpfen sollte, die ich nicht beherrschte, fühlte ich mich wie im siebten Himmel. Dieser unglaublich hübsche Junge stand hinter mir, massierte mir den Rücken und seine Hände fühlten sich fantastisch an. Zu allem Überfluss roch er auch noch sagenhaft gut. Zum ersten Mal war ich froh, dass ich die Einzige war, die Gefühle lesen konnte. Hätte Sebastian mitbekommen, wie ich unter seinen Berührungen dahinschmolz, wäre ich vor Scham im Erdboden versunken.

Er selbst war unglaublich besonnen. Sein Inneres war bestimmt von Vernunft und dieser stark ausgeprägten Hilfsbereitschaft.

Als er mit der Hand meine Wirbelsäule entlang nach unten strich, kribbelte es plötzlich. Ich war mir nicht sicher, ob ich seine Gefühle las oder ob das meine eigene Reaktion auf seine Berührungen war.

»Besser?«, erkundigte er sich und ließ von mir ab.

»Ja, danke!«

Ich drehte mich langsam um und spürte das fremde Gefühl abklingen. Nervös verlagerte ich mein Gewicht von einem Bein aufs andere. Ich wusste nicht, was ich sagen sollte. Sebastian stand einfach nur da und musterte mich. Ich spürte, dass er unentschlossen war.

»Du solltest … du solltest gehen. Raphael wollte dich vor dem Abendessen noch sehen.«

Mir schlug kurz Enttäuschung entgegen.

»Weißt du, warum er mich sehen will?«

»Nein.«

»Dann danke noch mal für …«

»Schon gut! Wir sehen uns später.«

Ich ging zurück ins Schloss und stellte mir vor, wie Sebastian mir nachschaute. Es war lächerlich, wahrscheinlich hatte er sich schon längst wieder seinem Bogen gewidmet, trotzdem gefiel mir die Vorstellung.

Erst als ich wieder in der Eingangshalle stand, begann ich, mir Gedanken über Raphael zu machen. Vielleicht hatte ich etwas falsch gemacht oder er wollte mir einfach nur die erschreckenden Ergebnisse meines Einstufungstests präsentieren.

Zögernd klopfte ich an die große weiße Tür seines Büros und trat dann ein.

»Mia. Geht es dir gut?«

»Ja! Danke.«

Er stand vor dem großen Fenster, das den Blick auf seinen Rosengarten freigab. »Ich habe mir deinen Test angesehen.«

Meine schlimmste Befürchtung bestätigte sich. Ich biss mir nervös auf die Unterlippe.

»Du wirst keine Probleme haben, dem Unterricht zu folgen.«

Ich stutzte. Seine Worte klangen positiver als erwartet. »Heißt das, ich bin nicht dumm?«

In dem Moment, als ich es ausgesprochen hatte, schlug ich mir die Hand vor den Mund. Ich musste anfangen, mir das, was ich von mir gab, vorher in Gedanken selbst vorzusagen.

Raphael begann zu lachen – es war das erste Mal, dass er es so herzhaft tat. »Ja, Mia. Ich denke, das wollte ich dir damit sagen.« Er rieb sich die tiefblauen Augen.

Ich blickte verlegen zur Seite, aber ich war mir sicher, dass er mich noch immer musterte.

»Latein werde ich nachholen«, murmelte ich schuldbewusst.

»Ich weiß, es erscheint dir vielleicht überflüssig, aber viele Bücher und Nachschlagewerke sind in lateinischer Sprache geschrieben. Es ist leider unumgänglich, aber du wirst es schnell lernen.«

Ich nickte wie ein Wackeldackel und wagte einen vorsichtigen Blick in Raphaels Gesicht.

»Ich kann dir Nachhilfe geben, so lange, bis du zu den anderen aufgeschlossen hast«, schlug er vor und machte ein paar Schritte auf mich zu.

Jetzt starrte ich ihn an. Ich hatte mich schon wieder in dieses Gesicht vernarrt. Kein anderes war schöner, ich war mir absolut sicher.

»Danke«, hauchte ich und beobachtete, wie Raphael etwas aus seiner Schreibtischschublade holte. Als er mir den kleinen weißen Gegenstand entgegenstreckte, stutzte ich. »Was ist das?«

»Ein Smartphone.« Er schmunzelte und legte den Kopf schief, weil er auf eine Reaktion von mir wartete.

»Für mich?«

»Ja.«

»Wieso?«

»Es ist praktisch.«

Ich musterte ihn nachdenklich. Ich konnte mir nur schwer vorstellen, dass Raphael an seinem Schreibtisch saß und eine Statusmeldung auf Facebook tippte. Er hatte etwas Klassisches an sich, zeitlos und doch irgendwie altmodisch. In meiner Vorstellung schlug er Infos in einer Enzyklopädie und nicht auf Wikipedia nach. Wahrscheinlich war er aber genau wie jeder andere. Dass er mir so erhaben vorkam, lag wahrscheinlich daran, dass er so übermenschlich schön war. Er hatte bestimmt eine Freundin. Natürlich hatte er eine, eine wunderschöne. Er traf sie abends, führte sie aus und nahm sie dann mit auf sein Zimmer. Als mir bewusst wurde, worüber ich nachdachte, wurde ich verlegen. Zum zweiten Mal an diesem Tag überkam mich die Angst, Raphael könnte meine Gedanken lesen.

»Auch der Orden geht mit der Zeit. Es hat GPS. Du kannst damit jeden Wächter in der Umgebung erreichen – die Kontaktdaten sind schon eingespeichert.«

»Danke!«

»Ich war übrigens so frei und habe die Bücher, die du für den Unterricht brauchst, auf deinen Schreibtisch gelegt.«

Raphael war in meinem Zimmer gewesen. Die Vorstellung gefiel mir, zumal es jetzt vielleicht nach ihm roch. Meine Gedanken waren peinlich und wankelmütig – vor ein paar Minuten hatte ich noch Sebastian angehimmelt. Wenn ich an seine Massage dachte, kribbelte es noch sanft, aber gegen Raphael kam er einfach nicht an, egal wie braun seine Augen waren.

Nachdem ich mich noch mal für das Handy und meine Bücher bedankt hatte und Raphael sich versichert hatte, dass es mir gut ging, schwebte ich zum Abendessen.

Sara quetschte mich sofort aus. »Und, was wollte Raphael von seinem Liebling? Einen Kuss?«

»Ich habe ein Handy bekommen.«

»Wie hast du beim Test abgeschnitten?«, wollte Sebastian wissen, der Saras Anspielungen genauso hartnäckig ignorierte wie ich.

»Na ja, zu meiner Überraschung gar nicht mal schlecht. In Latein bekomme ich Hilfe.«

»Von wem?«

»Raphael.«

Sara grinste bis über beide Ohren, Leo lachte und Sebastian verschluckte sich wieder mal.

»Was? Ist das so ungewöhnlich?«

»Ich glaube nicht, dass Raphael schon mal jemandem persönlich Nachhilfe gegeben hat! Aber bei dir macht er anscheinend gern eine Ausnahme!«

Ich wurde zum hundertsten Mal an diesem Tag verlegen.

Mittlerweile hatten scheinbar alle Wind von meiner angeblichen Sonderbehandlung bekommen. Es war mir unangenehm und am liebsten wäre ich im Erdboden versunken, als Sara begann, mit den anderen Mädchen darüber zu diskutierte, wie viele Freundinnen Raphael wohl schon gehabt hatte und ob ich mit meinen blonden Haaren sein Typ war.

»Macht euch lieber Gedanken, wie ihr eure Aufträge und euer Privatleben besser koordinieren könnt, und nicht darüber, wie Raphael oder Mia das anstellen!«

Sebastian hätte genauso gut auf den Tisch hauen können, denn sein Vortrag löste sofort betroffenes Schweigen aus. Sara entschuldigte sich bei mir und ich spürte, wie sich Einsicht breitmachte. Jetzt war es ihnen unangenehm, dass sie sensationslustig gewesen waren.

Ich warf Sebastian einen dankenden Blick zu. Er nickte nur und aß dann weiter. Dass er mich verteidigt hatte, obwohl ihm das Thema sichtlich unangenehm war, unterstrich nur sein fürsorgliches Wesen.

Nach dem Abendessen trennte sich mein Weg von dem der anderen und ich war froh darüber. Während sich alle aufmachten, um ihren Missionen nachzugehen, fiel ich todmüde ins Bett. Ich hatte richtig schlimmen Muskelkater.

Nachdem ich mich doch noch aufgerafft hatte, um zu duschen, und mich dabei mehr als einmal versichert hatte, dass die Tür verschlossen war, setzte ich mich auf mein Fensterbrett und bürstete meine Haare.

Auch wenn es anstrengend war und mich der morgige Tag genauso nervös machte wie dieser, hatte ich noch nie so tiefe

Zufriedenheit verspürt. Binnen kürzester Zeit hatte ich mich von einer Außenseiterin zu einem ganz normalen – Dämonen jagenden – Mädchen entwickelt und ich liebte mein neues Wächter-Ich.

Als ich über meine Gedanken schmunzelte, streifte mein Blick zufällig die schwarze Silhouette unten im Rosengarten. Neugierig versuchte ich, zu erkennen, um wen es sich handelte, aber meine Augen wollten sich nicht an die Dunkelheit gewöhnen. Ich hätte schwören können, dass der Schatten zu mir hinaufsah, ehe er zwischen den Rosenbüschen verschwand. Gerade als ich meinen Blick wieder in den Himmel richten wollte, fing mein neues Handy an, zu vibrieren. Ich drückte auf gut Glück einige Tasten.

Als ich den Posteingang meiner E-Mails öffnete, glaubte ich, zu wissen, wem die Silhouette gehört hatte. Vor dem Einschlafen las ich die viel zu kurze Mail noch einmal.

Ich hoffe, du fühlst dich hier wohl. Sag Bescheid, wenn dir etwas fehlt.
Schlaf gut, Mia.
Grüße, Raphael

Am nächsten Morgen war ich ausgeschlafen und motiviert. Ich fühlte mich großartig. Leider waren nicht alle so hellwach wie ich. Sara und Leo konnten beim Frühstück kaum die Augen offen halten. Sie erzählten irgendetwas von einem Zirkel und warfen mit lateinischen Namen um sich. Ich musste schleunigst damit anfangen, mich mit der Welt, in der ich nun lebte, zu beschäftigen. Sebastian versuchte zwar ständig, mir zu erklären, um wen oder was es gerade ging, aber gänzlich folgen konnte ich ihnen trotzdem nicht. Wenigstens verstand ich, was Raphael im anschließenden Unterricht über den Marxismus erzählte.

Er war ein großartiger Lehrer – wahrscheinlich weil er selbst noch so jung war. Woher er so unglaublich viel wusste, konnte ich mir nicht erklären. Es schien so, als sei er in wirklich jedem Gebiet zu Hause. Wahrscheinlich hatte er mindestens fünf Diplome an der Wand.

Nach dem Unterricht folgte Leos zermürbendes Training im Schwertkampf. Es erschien mir um einiges härter als gestern, zumal ich diesmal wirklich zu Boden ging. Nachdem meine Beine nachgegeben hatten, half mir Leo hoch.

»Alles klar?«

»Ja.«

Ich wollte nicht zugeben, dass es mir zu viel wurde. Auch beim anschließenden Bogenschießen mit Sebastian legte ich mich richtig ins Zeug. Am Ende traf ich sogar die Zielscheibe. Er berührte mich heute kein einziges Mal, auch nicht, als ich den Bogen vor lauter Muskelkater nicht mehr halten konnte.

»Ich glaube, wir sollten für heute Schluss machen.«

»Danke, dass du mit mir trainierst.«

»Ist doch selbstverständlich.«

»Was meinst du, wie lange es dauert, bis ich meinen ersten Dämon erledige?«

Sebastian lachte – anscheinend über meine Formulierung. »Wenn du weiter so fleißig trainierst, dann wahrscheinlich schon bald.«

»Und hast du noch immer nichts gegen meine Gesellschaft?«

Ich war mir nicht sicher, ob er sich an sein Angebot erinnern konnte, er hatte nie mehr ein Wort darüber verloren.

»Natürlich nicht.«

Er schenkte mir ein Lächeln, aber irgendetwas verunsicherte ihn. Ich hätte ihn am liebsten umarmt. Er strahlte so viel Wärme und Ruhe aus, aber ich fühlte, dass er distanzierter war als gestern. Irgendetwas beschäftigte ihn, aber ich traute mich nicht, nachzufragen.

Vor dem Abendessen gab mir Raphael meine erste Nachhilfestunde. Wir saßen in seinem Büro und er versuchte, mir zu erklären, was es mit dem Deklinieren auf sich hatte.

Er legte eine unglaubliche Geduld an den Tag und schaffte es sogar, mir das Gefühl zu vermitteln, dass ich eine reelle Chance hatte, diese durchaus komplexe tote Sprache irgendwann zu beherrschen. Bevor ich ging, erkundigte er sich wieder, ob ich mich wohlfühlte. Er zerstreute damit meine Vermutung, dass er Gedanken lesen konnte, endgültig. Hätte er über diese oder meine Gabe verfügt, hätte er nicht immer nachfragen müssen.

Während des Abendessens stellte ich meine Gabe auf die Probe. Es kam mir so vor, als hätte sie abgenommen, seit ich hier war.

So unauffällig wie möglich berührte ich Sara und versuchte mich dann daran, auch die Gefühle der anderen zu lesen. Wenn ich mich auf jemanden konzentrierte, konnte ich klar erkennen, was in ihm vorging. Ich konnte auch noch immer die Summe aller Gefühle auf mich einprasseln lassen, aber das Input war nicht störend. Ich kam zu dem Schluss, dass meine Gabe nicht schwächer geworden war, sondern kontrollierbarer.

»Alles klar, Mia? Du siehst irgendwie abgelenkt aus.«

Ich fühlte mich von Sara ertappt. »Ja! Nur ein Gedankenexperiment.«

Ich bewegte mich nah genug an der Wahrheit, um kein schlechtes Gewissen zu bekommen.

Wie gestern Abend verabschiedete ich mich nach dem Essen von den anderen. Sara blieb zu Hause, was mich nicht wunderte – der Schlafmangel zermürbte sie langsam.

Ich setzte mich noch an meinen Schreibtisch und versuchte, ein paar Vokabeln zu wiederholen.

Gegen acht Uhr rief ich – zum ersten Mal, seit ich hier war – zu Hause an. Ich hatte meine Adoptiveltern darum gebeten, mich in den ersten Tagen nicht anzurufen. Die Angst, dass mich das Heimweh übermannen könnte, war einfach zu groß gewesen. Nun, da ich mir sicher war, dass die *Ars Vivendi* der schönste Ort der Welt für mich war, hatte ich keine Angst mehr.

Sie waren beide erleichtert, dass es mir hier gefiel, und fragten mich eine geschlagene Stunde aus. Ich musste mir einige Male auf die Zunge beißen, um nichts von irgendwelchen Dämonen oder Schwertern zu erwähnen, also beschränkte ich mich auf Schilderungen des Unterrichts. Ich erzählte von Sara, Sebastian, Leo und natürlich von Raphael und seinen Bemühungen, mir Latein beizubringen.

Nachdem ich aufgelegt hatte, fühlte ich doch einen kleinen Stich in der Brustgegend. Die beiden hatten mich immer so behandelt, als wäre ich ihre leibliche Tochter, und nun konnte ich ihnen so gut wie nichts mehr aus meinem Leben erzählen – das schmerzte ein wenig.

Ein unbarmherziger Lehrer

L autes Klopfen riss mich aus meinen Gedanken. Ich spürte sofort diese einzigartige Mischung aus Selbstkritik und Selbstsicherheit und das Leuchten, das ich schon vermisst hatte.

Gestern und heute hatte ich mich so oft nach ihm umgesehen, dass mein Herz einen Freudensprung machte, als ich die Tür öffnete und ihn endlich wiedersah.

Keon lehnte im Rahmen und hatte die Arme vor der Brust verschränkt. Er sah unglaublich cool aus. »Na, Kleine? Ich hoffe, du bist ausgeschlafen!«

»Was? Ich wollte gerade duschen und ins Bett.«

»Duschen kannst du, wenn wir wieder zurück sind!«

Noch bevor ich begreifen konnte, auf was er hinauswollte, packte er meine Hand, zog mich aus dem Zimmer und dann hinter sich her.

»Hey! Wo gehen wir denn hin?!«

»Ich dachte, du kannst Gedanken lesen.«

»Gefühle, keine Gedanken!«

»Ach so, na dann.«

Ich kam mir überrumpelt vor. Es war kurz nach zehn Uhr. Wo wollten wir um diese Zeit noch hin? Kaum hatte ich den Gedanken zu Ende gedacht, schwante mir Böses.

»Aber ich bin doch erst seit drei Tagen hier!«, protestierte ich.

Er hatte tatsächlich vor, mich mitzunehmen. Sebastian wollte das frühestens in zwei Wochen machen. Ich war verunsichert und fragte mich, ob wir nicht lieber Raphael Bescheid geben sollten.

»Du kannst nicht früh genug lernen, wie du am Leben bleibst!«

»Aber ich treffe beim Bogenschießen nicht mal die Scheibe!«

»Egal!«

Es war ihm wichtig, mich in seine Welt einzuführen – sofort. Als ich genauer in ihn hineinfühlen wollte, ließ er meine Hand los und blieb stehen. Ich spürte Misstrauen in ihm wachsen.

»Meine Gedanken kannst du also nicht lesen?«

»Nein.«

»Aber meine Gefühle?«

»Ja.«

»Wie genau?«

»Im Moment spüre ich nur, dass du nicht wirklich mit mir darüber reden möchtest. Es ist dir unangenehm.«

Ein altbekanntes Gefühl überkam mich, Keon wollte mir aus dem Weg gehen, oder besser meiner Gabe.

»Tut mir leid«, entschuldigte ich mich für etwas, auf das ich im Grunde genommen keinen Einfluss hatte. Ich wollte nicht, dass er sich unwohl fühlte, er hatte mir schließlich das Leben gerettet.

»Entschuldige dich nicht für das, was du bist! Schon gar nicht bei mir!«

Die Wut, die kurz in ihm aufflackerte, ließ mich schaudern. Sie saß tief und richtete sich ausschließlich gegen ihn selbst.

»Entschuldige …«

»Du tust es schon wieder!«

»Entsch… Okay, ich höre auf!«

Ich folgte ihm nach draußen. Wir liefen bis vor die Schlosstore und hielten dort vor einem beängstigend großen Motorrad. Es war hellgrau oder silbern und sah gefährlich aus.

»Sag nicht, dass wir damit fahren!«

»Na ja, fliegen kann es nicht! Sag bloß, du hast Angst vor Motorrädern? Wir fahren hier alle eines.«

»Alle?«

Smartphones, Motorräder – ich musste dieses alte, verstaubte Bild loswerden, das mir immer bei dem Wort ›Orden‹ in den Sinn kam.

»Ja, du bekommst auch eines, aber nicht jetzt.«

»Wo fahren wir eigentlich hin?«

»Zuerst suchen wir einen Ghul und dann statten wir Conan einen Besuch ab.«

Als ich das Wort Ghul hörte, lief es mir kalt den Rücken hinunter. Ich hatte keine Lust auf leichenfressende Dämonen, schon gar nicht an meinem ersten Abend als richtige Wächterin.

Keon reichte mir einen weißen Motorradhelm mit schwarzem, undurchsichtigem Visier. Das Flügelkreuz prangte darauf.

Er stieg auf und ließ den Motor aufheulen. Ohne lange darüber nachzudenken, setzte ich den Helm auf und schwang mich hinter ihn. Ich schlang die Arme, so fest es ging, um seine Taille. Als er losfuhr, schrie ich kurz auf. Trotz des Motorenlärms und des Helms hätte ich schwören können, ihn lachen zu hören.

Er hielt sich weder an die Straßenverkehrsordnung noch an irgendeine Form des gesunden Menschenverstandes. Keon raste über die Landstraße, als würde es kein Morgen geben. Meine Arme schmerzten vor lauter Anspannung. Es wunderte mich, dass er noch Luft bekam, so fest wie ich mich an ihn presste.

Wir waren eine gefühlte Ewigkeit unterwegs, bis die unzähligen Pferdestärken endlich zum Stillstand kamen. Als ich mich umsah, wurde mir eiskalt. Er hätte mir kein albtraumhafteres Schlachtfeld präsentieren können. Wir befanden uns vor den Toren eines Friedhofs.

Es war eine sternenklare Nacht. Das Mondlicht legte sich düster und gespenstisch auf die von der Gotik inspirierten Tore.

Die Anlage lag auf einem Hügel, fernab von den nächsten Häusern.

Ich zitterte vor Aufregung, als ich den Helm abnahm und Keon dabei beobachtete, wie er seinen Bogen aus der Seitenverkleidung des Motorrads zog.

»Und jetzt gehen wir da rein und machen was?«

»Wir töten den Ghul.«

»Wie?«

»Wenn wir Glück haben und wir ihn zuerst finden, jagen wir ihm einen dieser Pfeile in den Kopf.«

»Und wenn wir kein Glück haben?«

»Dann findet er uns zuerst und die Distanz, um ihn anzuvisieren, reicht nicht aus. Dann müssen wir improvisieren.«

Ich schickte ein Stoßgebet in Richtung Himmel, in dem ich darum bat, nicht improvisieren zu müssen.

»Bekomme ich keinen Bogen?«

»Du hast doch gesagt, du triffst nicht mal die Zielscheibe. Ich wüsste also nicht, was das bringen sollte.«

Ich spürte Keons Belustigung, die ich einerseits unpassend fand, die mich aber andererseits auch beruhigte. Mir wurde klar, dass er wusste, was er tat. Er hatte Routine und würde mich nicht unnötig in Gefahr bringen – zumindest hoffte ich das.

»Bleib einfach bei mir, Kleine, und achte auf auffällige Geräusche oder Schatten.«

Ich lief so dicht neben ihm her, dass ich ihn ständig von der Seite anrempelte. Mein Herz schlug zu schnell und zu laut – ich befürchtete, es würde sämtliche Außengeräusche überschatten. Auch wenn ich angestrengt versuchte, mich von Keons Selbstsicherheit anstecken zu lassen, blieb ich nervös. Es waren einige Tage vergangen, seit ich von dieser Chimäre verfolgt worden war. Ich hatte mir damals gewünscht, nie wieder in so eine Situation zu geraten, und nun lief ich mitten in der Nacht über einen Friedhof, um ein wahrscheinlich noch grausameres Monster ausfindig zu machen.

Die Gräber strahlten eine unheimliche Stille aus. Friedhöfe machten mir eigentlich keine Angst. Ich sah keinen Sinn darin, sich vor den Toten zu fürchten, aber bei Nacht hatte dieser Ort etwas bedrückend Düsteres.

»Was weißt du eigentlich über Ghule?«, wollte Keon wissen, während er seinen Blick suchend schweifen ließ.

»Das sind Dämonen, die Leichen fressen«, gab ich stolz wieder, was ich von Sebastian gelernt hatte.

»Mehr weißt du nicht?«

»Nein, aber ich bin ja auch erst seit drei Tagen eine von euch!«

»Ja, und es wird Zeit, endlich mal ein Buch aufzuschlagen! Die Dummen und Unwissenden werden bevorzugt gefressen.«

Ich wollte mich verteidigen, aber Keon blieb plötzlich stehen, legte sich den Zeigefinger auf die Lippen und ermahnte mich, still zu sein. Ich wurde langsam wütend auf ihn. Er schleppte mich auf einen Friedhof, um einen Dämon zu jagen, setzte mich einer Situation aus, die vollkommen neu und Furcht einflößend für mich war, und besaß dann auch noch die Frechheit, sich darüber aufzuregen, dass ich ihm nicht die Geschichte der Ghule auf Latein herunterbeten konnte.

»Sebastian ist viel netter und geduldiger als du! Eigentlich wollte ich ihn begleiten und nicht dich«, murmelte ich beleidigt.

»Kein Wunder, dass er nett zu dir ist, er will ja auch mit dir ins Bett.«

Abrupt blieb ich stehen und strafte Keon mit bösen Blicken. »Was behauptest du da?!«

»Ach bitte, ich habe gesehen, wie er dich beim Bogenschießen befummelt hat. Ich dachte schon, er reißt dir gleich die Klamotten vom Leib und fällt über dich her.«

Ich schnappte vor Empörung nach Luft und spürte, wie mein Gesicht rot anlief. »Das stimmt doch gar nicht! Er hat mich nur massiert. Heute hat er mich überhaupt nicht angefasst!«

»Sicher, ich habe ihm auch gesagt, dass man keine kleinen Mädchen befummelt, schon gar nicht, während man sie trainiert!«

»Du hast was gemacht?!«

Ich konnte nicht glauben, dass er tatsächlich mit Sebastian über so einen Schwachsinn gesprochen hatte. Wahrscheinlich war er heute deshalb so distanziert gewesen.

»Wenn du hier weiter so herumschreist, Kleine, weckst du noch sämtliche Toten auf!«

»Ich bin kein kleines Mädchen mehr! Ich bin beinahe siebzehn Jahre alt, also nenn mich nicht Kleine!«

»Oh, entschuldige bitte, Oma«, erwiderte er und lachte.

»Was interessiert es dich überhaupt, ob er mit mir schlafen will oder nicht!?«

»Du kannst noch nicht einschätzen, auf was du dich einlässt.«

Ich konnte ihm nicht folgen, aber ich spürte, wie es in ihm zu brodeln begann. Irgendetwas tobte in Keon, ich würde irgendwann den Mut finden müssen, ihn darauf anzusprechen.

»Ich habe dir doch gesagt, ich bin alt genug, um …«

»Sei still!«

Auf einmal wurde alles unwirklich. Er drängte mich an die Ziegelmauer, die links von uns verlief, und stellte sich vor mich. Ich hörte ein Geräusch, von dem ich hätte schwören können, dass es einem Horrorfilm entsprungen war. So einen unmenschlichen Schrei hatte ich noch nie vernommen: dröhnend, tief, düster und irgendwie hungrig.

Keon positionierte sich so schnell, dass ich gar nicht mitbekam, wie er einen Pfeil in den Bogen spannte und schoss. Ich konnte fühlen, wie konzentriert er war, beherrscht und trotzdem vollgepumpt mit Adrenalin. Als ich sein Ziel ausfindig machte, gefror mir schlagartig das Blut in den Adern.

Keine zwei Meter vor uns lag etwas so grausam Abnormales am Boden, dass ich am liebsten laut geschrien hätte. Der Körper erinnerte entfernt an den eines groß gewachsenen, bulligen Menschen, aber er war pechschwarz. Die Augen wirkten leer, wie die eines Hais, und die Zähne waren so spitz und lang, dass sie aus dem Mund nach draußen ragten.

Ich stand einfach nur da und presste mich an die Mauer. Das Atmen fiel mir unsagbar schwer. Ich wünschte mir, ich hätte nie in die hässliche Fratze dieses Ghuls geblickt, denn sie würde mich auf ewig in meinen Albträumen verfolgen.

Keon befestigte den Bogen an der Halterung auf seinem Rücken. Er holte ein Benzinfeuerzeug aus der Hosentasche und warf es auf den toten Körper. Der Dämon ging sofort in Flammen auf. Ich war unglaublich dankbar für dieses Feuer, denn nachdem die gut zwei Meter hohen Stichflammen verschwunden waren, blieb nur Staub übrig.

Keon kam auf mich zu und blieb seufzend vor mir stehen. Ich spürte Sorge in ihm aufkommen. Mit weit aufgerissenen Augen starrte ich ihn an. Noch immer hatte ich mich keinen Zentimeter bewegt – dazu war ich nicht in der Lage.

»Siehst du«, meinte er und hob mich mühelos hoch. »Du hast noch keine Ahnung, auf was du dich einlässt.«

Ich wehrte mich nicht dagegen, von ihm getragen zu werden. Er strahlte etwas aus, das meinen Herzschlag besänftigte, und er musste unbedingt besänftigt werden.

Langsam, aber sicher wurde ich ruhiger und konnte wieder klar denken. Als wir bei seinem Motorrad angekommen waren, setzte er mich ab.

»Alles in Ordnung?«

Ich nickte und versuchte, das Zittern, das meinen Körper heimsuchte, zu unterdrücken. »Ich bin eine Versagerin.«

»Weil du einen Schock hattest?«

»Ja.«

»Die meisten werden ohnmächtig oder übergeben sich beim ersten Mal.«

Ich stutzte und starrte Keon ungläubig an. Eigentlich hatte ich damit gerechnet, dass er sich über mich lustig machen würde oder zumindest sauer über meine Unfähigkeit war, aber er blieb so ruhig wie nie zuvor. Ich genoss sein Leuchten. Diese Aura, für die ich keine Worte fand.

Wie ferngesteuert ging ich auf ihn zu und schlang meine Arme um ihn. Dass er sich im ersten Moment sträubte, ignorierte ich. »Danke.«

Er lachte – ein verwundertes, aber schönes Lachen. »Wofür denn? Dafür, dass ich dich beinahe zu Tode erschreckt habe?«

»Nein, dafür, dass du mir gezeigt hast, auf was ich mich einlasse.«

Es war ein seltsames Gefühl, eines, das ich noch nie gefühlt hatte. Aus meiner Angst wurde langsam, aber sicher ein undefinierbarer Drang, weiterzumachen. Ich sah das Bild des toten Ghuls noch immer vor meinem geistigen Auge, aber je länger ich es vor mir hatte, umso mehr begann ich, es zu akzeptieren. Ich akzeptierte meine Angst und sie verflüchtigte sich.

»Du bist wirklich seltsam, Klei…«

Er stockte, schien sich ins Gedächtnis zu rufen, dass ich seinen Spitznamen nicht leiden konnte. Kopfschüttelnd setzte er sich auf sein Motorrad. Bevor er sein hübsches Gesicht unter dem Helm versteckte, lächelte er schwach.

Ja, ich war wirklich seltsam, genauso seltsam wie Keon, und eigentlich fühlte es sich ganz gut an.

Während der gesamten Fahrt krallte ich mich an seiner Lederjacke fest. Er fuhr nicht mehr ganz so schnell wie vorhin, anscheinend hatten wir es nicht mehr eilig.

Ich hatte vergessen, wo wir hinwollten. Irgendetwas stand noch auf unserer To-do-Liste, aber was, das hatte ich irgendwo zwischen meiner Angst vor halsbrecherischen Motorradtouren und der vor leichenfressenden Dämonen vergessen.

Wir hielten mitten in der Altstadt auf einem Platz, den ich schon unzählige Male überquert hatte.

»Was wollen wir hier?«

»Schon mal in einem Club gewesen?«

Ich schüttelte verwirrt den Kopf. »Ich muss aber nicht tanzen, oder?«

Keon verdrehte die Augen. »Nein, wir gehen da nicht zum Vergnügen hin. Das *Borderline* gehört Conan.«

Mein Gedächtnis verriet mir, dass ich den Namen schon mal gehört hatte. Keon sprach ihn mit so viel Verachtung aus, dass meine Gabe überflüssig war. Er mochte diesen ominösen Conan nicht.

»Und was wollen wir von ihm?«

Ich hoffte inständig, dass Conan nicht etwa das Pseudonym für irgendein grausames Wesen war, das noch hässlicher war als dieser Ghul.

»Reden oder ihm in den Arsch treten, je nachdem, wie kooperativ er sich zeigt!«

»Und über was?«

Ich rammte Keon, weil er so plötzlich stehen geblieben war. Wir hielten vor einer edlen schwarzen Tür, über der in beleuchteten Buchstaben ›BORDERLINE‹ stand.

Die Gegend war mir bekannt, genau wie das blassgelbe, vierstöckige Gebäude, das zwischen einem Bürokomplex und einer Vorschule stand. Ich hatte es für ein Wohnhaus gehalten, jetzt vermutete ich dahinter Ghule und einen Conan.

»Bleib hinter mir und setz ein weniger ängstliches Gesicht auf, die Typen fallen sonst über dich her. Die stehen auf ängstliche kleine Mädchen!«

»Was?! Wer fällt über mich her?!«

Als Keon die schwere Tür öffnete, schallte uns sofort laute Musik entgegen. Eine schmale Treppe führte hinunter zu einem schlecht gelaunten, gut zwei Meter großen Türsteher.

Ich heftete mich wieder so dicht an Keons Fersen, dass ich glaubte, seinen Herzschlag spüren zu können. Vielleicht war es aber auch nur der dröhnende Bass.

Er tauschte mit dem Henker an der Tür einen flüchtigen Blick. Ich konzentrierte mich darauf, meine Miene gefrieren zu lassen.

Der Club war voll. In der Mitte des großen Raumes erstreckte sich eine lange, metallisch glänzende Bar. Der Boden war aus schwarzen Steinplatten oder Marmor, jedenfalls sah er edler aus, als ich es in einem Nachtclub erwartet hätte. Die flackernde dunkelgrüne Lichtkulisse wirkte in Verbindung mit der melancholischen Rockmusik hypnotisierend.

Ich konnte nicht anders, als einfach stehen zu bleiben. Aus dem Augenwinkel sah ich, dass Keon weiterging, aber es war mir egal. Noch nie hatte ich mich inmitten von so vielen Menschen so seltsam gefühlt. Mein Körper verkrampfte und entspannte sich dann wieder. Meine Sinne arbeiteten auf Hochtouren. Jeder Blick, der mich traf, fesselte mich im ersten Moment. Ich fühlte, wie mir Neugier entgegenschlug, und Skepsis.

Jetzt verstand ich, was Raphael und die anderen gemeint hatten, als sie davon gesprochen hatten, dass ich in der Lage sein würde, Dämonen und Engel von anderen Menschen zu unterscheiden. Ich konnte nicht beschreiben, woran ich es erkannte, aber ich spürte, dass die Gäste dieses Clubs keine normalen Menschen waren. Die Intensität meiner Wahrnehmung variierte von Person zu Person und ab und an machte ich auch jemanden aus, bei dem ich diese seltsame dämonische Aura nicht wahrnahm – ich fühlte den Unterschied so deutlich wie die stickig warme Luft.

Es wunderte mich, dass sich weder Angst noch Unsicherheit in mir breitmachten, aber die dunkle Aura, die die meisten hier umgab, war nicht Furcht einflößend. Die Gefühle, die in der Luft lagen, waren identisch mit jenen, die ich von Menschen gewohnt war. Diese Dämonen unterschieden sich nicht von ihnen – Angst zu haben, erschien mir irrational.

Als ich mich einigermaßen an die neue Stimmung gewöhnt hatte, fiel mir auf, dass ich Keon im Getümmel verloren hatte. Ich drängte mich durch die Menge und ermahnte mich selbst, mich nicht wieder ablenken zu lassen.

Gerade als ich glaubte, Keons mittelblonden Hinterkopf auf der anderen Seite der Bar ausfindig gemacht zu haben, verkrampfte sich mein Körper. Jemand hatte mich am Oberarm gepackt, nicht fest, aber er legte mir unfreiwillig seine Gefühlswelt offen.

Er war ein nachdenklicher Typ und trotzdem strahlte er unglaublich viel Lebensfreude aus – außerdem war er ein Dämon.

Als ich mich zu ihm umdrehte, trafen mich dunkelbraune Augen. Sein Lächeln war freundlich und vielleicht ein wenig süffisant.

»Suchst du jemanden?«, wollte er wissen und kam dabei unglaublich dicht mit dem Mund an mein Ohr.

Die laute Musik war der Grund für seine Nähe, trotzdem wurde ich verlegen.

Grübchen zierten sein Gesicht, auf dem sich gerade ein schiefes Lächeln abzeichnete. Er hatte kurze, lockige hellbraune Haare und war nur ein paar Zentimeter größer als ich. Sein Gesicht sah jung aus, aber seine Haut war porentief rein.

Seit dieser Wächtersache begegnete mir ein schönes Gesicht nach dem anderen.

Ich musste ein Kichern unterdrücken, was in Anbetracht der Umstände schon seltsam war.

»Ja! Ich suche meinen Freund.«

»Deinen Freund?«

»Nein! Ich meine, er ist nicht mein Freund, sondern ein Freund – glaube ich zumindest.«

»Ich habe dich noch nie hier gesehen, bist du zum ersten Mal hier?«

Ich nickte.

»Und wie gefällt es dir?«

»Keine Ahnung.«

Meine Antwort war informationsfrei, aber ehrlich.

Er lachte und wandte sich kurz zur Bar. Als er sich wieder zu mir drehte, hielt er mir ein kunstvoll geschwungenes Glas mit einer grünen Flüssigkeit hin. Ich starrte ihn fragend an.

»Hier, das geht auf mich. Du siehst so aus, als könntest du einen Schluck gebrauchen.«

Ich spürte, dass seine Geste freundlich gemeint war. In ihm machte ich keine Emotionen aus, die mich skeptisch hätten machen können, trotzdem zögerte ich. »Ich bin eigentlich nicht zum Spaß hier.«

»Das merkt man. Du siehst etwas erschrocken aus. Liegt es an mir oder an deiner Begleitung?«

Ich fühlte mich ertappt und versuchte, eine neutrale Miene aufzusetzen. Anscheinend bemerkte er mein Bemühen, ernst auszusehen, und äffte mich so treffend nach, dass ich lachen musste.

»Versuchst du gerade, jemanden zu Tode zu starren, oder warum das finstere Gesicht? Lächeln steht dir besser.«

Ghul hin oder her, dieser Dämon war unglaublich nett.

»Mir wurde nur gesagt, dass ich mich vorsehen soll.«

»Das stimmt, eigentlich ist das hier kein Ort für ein Mädchen wie dich.«

»Ach ja?«

Anscheinend hielt er mich für einen normalen Menschen. Gut, das war ich schließlich auch, aber ich hatte eigentlich damit gerechnet, dass er mich als Wächter erkennen würde. Wer beim Anblick eines Ghuls eine Schockstarre erlitt, war aber wahrscheinlich gar kein richtiger Wächter.

Wieder hielt er mir die klare grüne Flüssigkeit unter die Nase. Verstohlen sah ich mich um. Keon war nirgends zu sehen und ich hätte es als unhöflich empfunden, ein so freundlich gemeintes Angebot auszuschlagen. Außerdem wollte ich nicht wie ein ängstliches Kind wirken.

Ich nahm das Glas und schnupperte hinein – vollkommen geruchlos.

»Ich bin Elias«, stellte er sich vor und reichte mir die Hand zum Gruß.

»Mia, freut mich.«

Er war gutmütig und hilfsbereit, das spürte ich. Irgendwo tief in seinem Inneren versteckte er einen Zwiespalt, aber woher er rührte, konnte ich nicht erkennen.

Elias trank sein Glas in einem Zug leer und ich tat es ihm gleich. Obwohl das Getränk nicht mal für einen ganzen Schluck reichte, schüttelte es mich. Ich merkte, wie mir meine Gesichtszüge entgleisten. In meinem Magen wurde es warm.

Elias grinste. »Noch einen?«

»Nein!«

»Schmeckt nicht, oder?«

Ich schüttelte den Kopf.

»Und wenn du nicht zum Spaß hier bist, wieso dann?« Er lehnte sich mit dem Rücken zur Bar und zwinkerte mir zu. Ich spürte, dass es ihm Spaß machte, sich mit mir zu unterhalten.

»Ich … wir wollten mit Collin sprechen.«

»Collin? Du meinst Conan, oder?«

Wie peinlich, ich konnte mir nicht mal einen einfachen Namen merken.

»Ja, genau der.«

»Wieso?«

»Ähm …«

Ich gluckste herum und versuchte, mir schnell einen Grund für unser Kommen zusammenzureimen, schließlich hatte Keon mir nicht verraten, was er von Conan wollte.

»Das kann ich dir nicht sagen!«

Ich war erleichtert, dass mir die Sache mit der Geheimnistuerei schnell genug eingefallen war.

»Wieso, müsstest du mich dann umbringen?«

Ich stimmte in sein Lachen ein und wollte gerade etwas erwidern, als ich plötzlich eine bekannte Aura hinter mir spürte. Auch Elias' Blick verriet, dass jemand hinter mir aufgetaucht war.

Noch während ich Luft holte, um Keon zu fragen, wo er gewesen war, und zu erklären, warum ich hier stand, nahm er meine Hand und zog mich in Richtung Ausgang. Ich spürte noch, dass Elias Keon kannte und dass er ganz schön verwirrt war, danach verlor ich ihn aus den Augen.

Erst als uns draußen die kühle Nachtluft entgegenschlug, blieben wir stehen.

»Bist du irre!?« Er war eindeutig sauer.

»Wieso?! Ich habe dich verloren und dann …«

»Und dann machst du einen auf Lolita und wirfst dich Dämonen an den Hals? Hast du einen Knall?!«

»Auch wenn er ein Dämon war, er war nett und er wollte mir nichts tun, so was spüre ich!«

Eine seiner Augenbrauen hüpfte nach oben und er trat einen Schritt näher an mich heran. Instinktiv wich ich zurück, aber er hielt mich an den Schultern fest, während er an mir schnupperte. »Hast du etwa getrunken?!«

»Nein! Ähm, ja, aber nur einen Schluck.«

»Ich fasse es nicht! Du flirtest nicht nur mit Dämonen, du besäufst dich dabei auch noch!«

»Ich habe nicht geflirtet, ich habe mich nur unterhalten!«

»Du solltest doch hinter mir bleiben! Eine einfache Anweisung! Was zur Hölle hast du nur an den Ohren?!«

»Ich war kurz abgelenkt und dann warst du verschwunden!«

Kopfschüttelnd wandte er sich ab und ging den Weg zurück, den wir gekommen waren.

Keon war wirklich wütend auf mich und der Grund dafür lag auf der Hand. Er hatte sich Sorgen gemacht, genau wie damals, als mich die Chimäre angegriffen hatte. Außerdem war er sauer auf sich selbst, weil er mich aus den Augen verloren hatte.

Als wir bei seinem Motorrad ankamen, plagte mich mein Gewissen. Auch wenn er der schlecht gelaunteste Mensch der Welt war, war ich unglaublich gern bei ihm. Mich überkam die Angst, dass er mich nicht mehr bei sich haben wollen könnte.

»Es tut mir leid …«, murmelte ich und machte traurige Augen.

»Ja, und mir tut es dann leid, wenn du tot und vergewaltigt in einer dunklen Gasse aufgefunden wirst. Das wird dir nämlich früher oder später passieren, wenn du dich gleich jedem so an den Hals wirfst!«

Es fröstelte mich innerlich, so viel Kälte lag in seinen Worten. Er war auf einmal seltsam – übertrieben nachtragend. Ich fühlte, wie die Traurigkeit ihn übermannte und er gleich darauf alles in ihm abtötete. Ich kannte niemanden, der so gut darin war, seine Gefühle zu verbannen.

»Hast du mit Conan gesprochen?« Mir blieb nichts anderes übrig, als das Thema zu wechseln.

»Nein, er war nicht da.«

»Und jetzt?«

»Jetzt fahren wir zurück zum Schloss.«

Als ich aufstieg, krallte ich mich wieder an ihm fest. Ich hatte zwar keine Angst mehr vor der Fahrt, dafür aber davor, ihn loszulassen. Er durfte nicht weggehen oder mich wegschicken.

So angestrengt ich auch in Keon hineinsah, seine Gefühlswelt blieb ein Gewirr aus unlesbaren Emotionen, die er hinter einer Mauer verbarrikadiert hatte.

Diese Sturheit war beeindruckend. Er wollte weder mit mir reden noch irgendetwas fühlen, und das zog er durch. Solange er mich weiterhin mitnehmen würde, war mir dieses bockige Verhalten aber egal – ich würde es hinnehmen.

Als die Anspannungen der heutigen Nacht von mir abfielen, wurde ich müde. Ich schrak auf, als ich merkte, wie meine Augenlider schwer wurden. Auf einem Motorrad einzuschlafen, wäre keine gute Idee. Keon drehte sich zu mir um und fuhr dann ein paar Schlangenlinien, anscheinend um mich wieder wach zu bekommen.

Als wir am Schloss ankamen, war ich so müde, dass ich mich am liebsten gleich neben dem Motorrad ins Gras gelegt hätte.

»Geh ins Bett, du siehst furchtbar aus!«

»Danke!«, entgegnete ich gespielt beleidigt und trottete hinter ihm her.

Ich hoffte, dass er mir morgen nicht mehr böse sein würde, aber ich war einfach zu müde, um weiter darüber nachzudenken. Mit halb geschlossenen Augen schlich ich weiter.

Mein Kopf war so leer, dass ich Keon verständnislos anstarrte, als er sich zu mir umdrehte und eine Augenbraue nach oben zog.

»Ist dein Zimmer nicht im ersten Stock?«

»Ja.«

»Und warum läufst du mir dann bis in den zweiten Stock nach? Willst du dich zu mir ins Bett legen oder wie darf ich das verstehen?«

Ich schaute mich um und begriff, dass ich tatsächlich im falschen Stockwerk war. Ich war ihm einfach nachgelaufen – das wirkte wirklich ziemlich aufdringlich.

»Nein! Ich will nicht in dein Bett! Es tut mir leid, dass ich mich so blöd angestellt habe.«

Keon zuckte mit den Schultern und schloss die Tür zu seinem Zimmer auf. Mein Herz machte einen Freudensprung, als mein Verstand endlich den Schluss gezogen hatte, dass Keon auch hier wohnte.

»Sei das nächste Mal vorsichtiger!«

»Ich war vorsichtig! Glaub mir, ich kann einschätzen, ob mir jemand etwas Böses will.«

»Vielleicht, aber du kannst nicht einschätzen, ob dich jemand in Gefahr bringt.«

Ich verstand nicht, auf was er hinauswollte. »Wie meinst du das?«

»Vergiss es. Geh ins Bett.«

»Du bist seltsam.«

»Du auch.«

Obwohl ich wusste, dass wir beide viel lieber sauer aufeinander gewesen wären, lächelte ich.

Ich war mir in diesem Moment sicher, dass ich nicht das letzte Mal mit Keon unterwegs gewesen war.

GRAUSAME VERGANGENHEIT

Irgendjemand schüttelte mich so lange, bis ich keine andere Wahl hatte, als genervt die Augen zu öffnen. Sara hatte sich über mich gebeugt und zog mir die Decke weg.

»Mia! Steh endlich auf! Du hast schon das Frühstück verpasst! Wenn du zu spät zum Unterricht kommst, frisst dich Raphael auf!«

»Was? Er frisst mich auf?«

Mein Kopf arbeitete quälend langsam. Alles in mir schrie nach der weichen, warmen Decke, die Sara mir gerade weggezogen hatte.

»Na ja, metaphorisch gesprochen!«

»Was?«

Ich verstand kein Wort von dem, was sie da vor sich hin faselte, aber sie war aufgebracht.

»So, jetzt reicht es mir!«

Endlich verschwand sie aus meinem Zimmer und hinterließ eine wohltuende Stille, die ich nutzte, um wieder einzuschlafen.

Ich schrie auf, als es auf einmal kalt und nass wurde. Meine Haare, mein Hello-Kitty-Top, mein Bett – alles triefte. Sara stand vor mir, mit einem Eimer in der Hand.

»Sag mal, bist du verrückt geworden?! Wieso tust du denn so was?!«

»Damit du endlich in die Gänge kommst! Es ist fünf vor acht!«

Als ich auf die Uhr sah, traf mich der Schlag. Ich war spät ins Bett gekommen, hatte nicht einschlafen können und musste den Wecker, der um sechs Uhr geläutet hatte, ausgemacht haben, ohne aufzuwachen.

»Komm, Mia, zieh dich an! Wir müssen los!«

»Ja!«

Ziellos lief ich in meinem Zimmer auf und ab und versuchte, mich zu orientieren. Während mir Sara irgendein T-Shirt über den Kopf zog, hüpfte ich in meine Jeans und schnappte mir meine Bücher. Noch bevor ich einen Blick in den Spiegel werfen konnte, rannte ich auch schon die Treppe hinunter.

»Wieso hast du mich nicht schon früher geweckt?!«

»Ich dachte, du wärst schon wach!«

»War ich nicht!«

»Ich weiß! Wieso schläfst du denn bis kurz vor acht?!«

Ich war mir nicht sicher, ob ich Sara erzählen sollte, dass ich gestern Nacht mit Keon unterwegs gewesen war. Vielleicht durfte ich das nicht. Vielleicht würde er Ärger bekommen, wenn die anderen erfahren würden, dass er mich schon so früh mitgenommen hatte.

Ich schüttelte den Kopf. Selbst wenn er deshalb Ärger bekam, war ihm das bestimmt egal.

»Ich war mit Keon unterwegs.«

Sara blieb stehen und starrte mich ungläubig an.

»Er hat mich mitgenommen und ich habe mich doof angestellt.«

Sie überlegte kurz und verschränkte dann die Arme vor der Brust.

»Seltsam.«

»Wieso?«

»Na ja, Keon hat noch nie jemanden mitgenommen. Eigentlich hat er nicht viel Kontakt zu uns, schon gar nicht zu den Jüngeren.«

»Wieso?«

Ich spürte, wie ihre Stimmung mit einem Mal komplett umschlug.

»Scheiße!«

Der Blick auf die Uhr ließ Sara fluchen und wieder loslaufen. Ich hätte ebenfalls fluchen können, aber nicht, weil ich Angst hatte, dass wir zu spät kommen würden, sondern weil ich wusste, dass sie gerade mit irgendetwas hatte rausrücken wollen, das Keon betraf und mich somit brennend interessierte. Anscheinend wusste sie, warum er diese Einsamer-Wolf-Performance zum Besten gab.

Als wir um die Ecke des Flurs rannten, hätten wir beinahe Raphael gerammt. Er war auch gerade dabei, das Klassenzimmer zu betreten. Grinsend drängte sich Sara an ihm vorbei, ich tat es ihr gleich.

»Wir kommen nicht zu spät! Du bist noch hinter uns!«, rief sie ihm zu und zauberte einen verwirrten Blick auf Raphaels Gesicht.

Er sah so unbeschreiblich süß aus, wenn er die perfekt geschwungenen Augenbrauen nach oben zog, dass ich vor lauter Entzücken beinahe gegen die Tafel gelaufen wäre. Alle anderen saßen natürlich schon auf ihren Plätzen.

Nick zwinkerte mir zu. Mir fiel plötzlich auf, dass sich mein Kopf irgendwie kalt anfühlte – meine Haare waren noch klitschnass. Ich musste furchtbar aussehen, wie ein begossener

Pudel. Während ich mich so klein wie möglich machte, begann Raphael mit dem Unterricht.

Ich kämpfte den ganzen Vormittag lang mit meiner Müdigkeit. Es war mir ein Rätsel, wie die anderen es schafften, jede Nacht bis zum Morgengrauen unterwegs zu sein und am nächsten Tag trotzdem ausgeschlafen im Unterricht zu sitzen. Mein Körper hatte anscheinend noch nicht mitbekommen, dass ich jetzt ein Wächter war.

Als es Zeit fürs Mittagessen wurde, konnte ich die Augen kaum noch offen halten. Sara erzählte Leo und Sebastian von meinem gestrigen Ausflug. So viel bekam ich noch mit, dann legte ich den Kopf auf die Tischplatte und schlief ein.

Leo weckte mich, indem er mir seinen Ellbogen in die Seite rammte.

»Ahh, das tut weh!«

»Soll es auch, sonst verpennst du noch den Rest des Unterrichts!«

Ich schreckte auf und stellte fest, dass ich das ganze Mittagessen über geschlafen hatte. Das Tischgespräch war komplett an mir vorübergegangen.

»Ich verstehe immer noch nicht, warum Keon Mia mitgenommen hat. Vielleicht hat Raphael etwas damit zu tun.«

Sara schien sich sichtlich Gedanken über dieses Thema zu machen, genau wie die anderen.

»Ich glaube nicht, dass Raphael etwas damit zu tun hatte«, brachte Sebastian ein. Er war über irgendetwas enttäuscht. »Dass er Mia mitgenommen hat, war seine Entscheidung, und ihre natürlich.«

Ich wurde mit einem Mal hellwach. Sebastian war meinetwegen enttäuscht, auch wenn er mich noch so freundlich anlächelte. Er machte mir zwar keine Vorwürfe, aber er hätte mich gern ausgebildet.

Die Situation überforderte mich. Ich hatte kaum geschlafen und konnte nicht klar denken. Mit einem zwickenden Gefühl in der Magengegend stand ich auf. »Sollten wir nicht langsam zurück zum Unterricht?«

Sara nickte und hakte sich bei mir ein.

Ich war froh, dass ich diesem überraschend unangenehmen Gespräch vorerst entkommen war. Der Unterricht lenkte mich zwar ab, verging aber viel zu schnell.

Am Nachmittag stand wieder Training auf dem Programm. Da Leo eine Vorlesung hatte, blieb mir zwar das Hantieren mit dem Schwert erspart, aber Sebastian und meinen Schuldgefühlen musste ich mich stellen.

Er war noch ruhiger als sonst und ich glaubte, zu bemerken, dass er den Augenkontakt mit mir auf ein Minimum beschränkte.

Der Versuch, mir einzureden, dass ich nichts für sein Stimmungstief konnte, scheiterte. Er mochte mich noch, aber ich fühlte deutlich, dass er eine gewisse Antipathie unterdrückte. Ich glaubte zu wissen, wem das negative Gefühl galt, das Sebastian nicht zulassen wollte. Am liebsten hätte ich ihn nach genau dieser Person ausgefragt, aber allein der Wunsch war mir unangenehm.

Ich war schuld daran, dass er jetzt mit diesen Gefühlen haderte, und ich konnte an nichts anderes denken, als ihn über Keon auszufragen. Sie waren gleich alt und hatten bestimmt schon viel miteinander zu tun gehabt, auch wenn sie ganz offensichtlich keine engen Freunde waren.

Keon hielt sich sowieso bedeckt, er aß auch nie mit uns, obwohl er hier wohnte. Meine Gedanken drehten sich heute im Kreis.

»Ich wollte gestern Abend eigentlich gar nicht mit Keon losziehen. Ich wusste nicht mal, dass er vorhatte, mich mitzunehmen.«

Ich hatte das Bedürfnis, mich zu rechtfertigen, auch wenn die Situation dadurch kaum erträglicher wurde. Sebastian fühlte sich nur minimal besser, aber immerhin glaubte er mir.

Ich setzte wieder zum Schuss an. Er stand hinter mir und überwachte meine Technik.

»Schon okay. Eigentlich war es sowieso vorgesehen, dass Keon dich ausbildet.«

Der Pfeil landete am linken Rand der Zielscheibe.

»Wirklich?«

Ich erinnerte mich daran, dass Keon am Friedhof behauptet hatte, er hätte mit Sebastian gesprochen und ihm verboten, mich anzufassen. Schon der Gedanke allein war mir peinlich. Sie hatten sich also wirklich unterhalten.

»Es ist üblich, dass dich der Wächter, der dich vor der Chimäre rettet, auch ausbildet.«

Ich spannte den nächsten Pfeil ein. »Also war klar, dass ich mit Keon gehen würde?«

»Nicht wirklich. Er hat sich immer geweigert, jemanden auszubilden. Deshalb habe ich dich auch gefragt, ob du mich begleiten willst, aber er hat mit mir gesprochen und anklingen lassen, dass er dich mitnehmen will.«

»Wieso hat er nie jemanden ausgebildet?«

Sebastian lächelte und deutete mir an, dass ich mich gerade hinstellen sollte. »Keon war schon immer ein Einzelgänger.«

»Kennst du ihn gut?«

»Wahrscheinlich besser als die meisten.«

»Und was heißt, besser als die meisten?«

»Na ja, er hat mich damals auch vor der Chimäre gerettet.«

Ich schoss wieder, diesmal traf ich beinahe ins Schwarze.

»Wie lange ist das her?«

»Ich bin jetzt fünf Jahre hier.«

Ich erinnerte mich wieder daran, dass Keon mir erzählt hatte, dass er schon mit acht an die *Ars Vivendi* gekommen war.

»Weißt du, warum er so verschlossen ist?« Ich konnte nicht anders, ich musste nachhaken.

»Er war schon immer ein Einzelgänger, aber die letzten Jahre haben ihm zugesetzt – er hatte eine schwere Zeit.«

Es war ihm unangenehm, darüber zu sprechen, zumal es ihm immer schwerer fiel, Keon weiter böse zu sein. Seine Gutmütigkeit drängte sich deutlich in den Vordergrund.

»Was ist denn passiert?«

Sebastian seufzte und wurde dann still. Mitleid erfüllte ihn, so stark und übermächtig, dass ich mich anstecken ließ, obwohl ich noch nicht wusste, was gleich kommen würde.

»Seine Freundin ist vor drei Jahren gestorben.«

Ich traf ins Schwarze und ließ den Bogen dann sinken. So etwas hatte ich nicht erwartet. Starr blickte ich in die Ferne und wusste nicht, wie ich reagieren sollte, also wurde ich einfach todtraurig.

»Wie?«

Er seufzte laut. Ein unangenehm beklemmendes Gefühl überkam mich. Der Tod war schon immer ein Thema in meinem Leben gewesen – trotzdem hatte ich mich nicht an ihn gewöhnt.

»Dämonen haben sie getötet.«

Gänsehaut breitete sich auf meinen Armen aus. Sofort hatte ich das Bild des Ghuls vor Augen und hörte die Schritte der Chimäre, die mich verfolgt hatte. »Sie war auch eine Wächterin?«

»Nein, sie wusste nichts von Engeln oder Dämonen. Keon wollte das nicht. Sie sollte sich keine Sorgen um ihn machen.«

»Und wie …?«

»Damals hatten wir Probleme mit einem Zirkel, der für mehrere Ritualmorde verantwortlich war. Sie haben schwarze Magie praktiziert, um Wesen zu rufen, die die Hölle eigentlich nicht verlassen sollten. Keon, Leo, ein paar ältere Wächter und ich hatten den Auftrag, sie aufzuhalten. Es war schwer, alle Mitglieder ausfindig zu machen, wir waren beinahe jede Nacht unterwegs und haben so gut wie überhaupt nicht mehr geschlafen. Keons Doppelleben hat ihn enorm viel Kraft gekostet. Sie hat bemerkt, dass etwas nicht stimmt, und sich Sorgen gemacht. Eines Nachts ist sie ihm gefolgt und mitten in einen Kampf mit mehreren Dämonen geraten. Es war ein Hinterhalt. Keon war allein und wir anderen konnten nicht schnell genug bei ihm sein. Er hat alles versucht, um sie zu beschützen, aber es waren einfach zu viele und er war zu erschöpft. Als wir bei ihm waren, war sie schon tot. Er war so blind vor Wut, dass er noch am selben Abend einen Kreuzzug gegen den Zirkel geführt hat. Er hätte sich dabei fast umgebracht. Raphael konnte ihn irgendwie beruhigen, aber seit damals ist es schwer mit ihm. Es ist verständlich, warum sich alle wundern, dass er dich ausbildet.«

Ich stand einfach nur da und verarbeitete Sebastians Worte.

Es kam mir unwirklich vor, was er erzählt hatte. Ich unterdrückte die Tränen, die in meinen Augen brannten, und fühlte mich so elend, dass ich mir kurz wünschte, er hätte das alles für sich behalten. Wie sollte ich Keon je wieder in die Augen sehen, ohne in Tränen auszubrechen? Der Selbsthass, den er in sich trug, die Schuldgefühle – alles machte mit einem Mal Sinn. Es war beeindruckend, dass er trotz dieses Schicksalsschlags sein Leuchten behalten hatte. Ich wünschte mir, ich hätte Keon vor dieser Sache gekannt, er musste viel fröhlicher gewesen sein, nicht so verschlossen.

»Du siehst ihr ähnlich.«

Ich hätte Sebastians Worte beinahe überhört, weil ich in Gedanken war, aber als sie mein Bewusstsein erreichten, stutzte ich.

»Vielleicht fühlt er sich deshalb so zu dir hingezogen.«

Kaum hatte er es ausgesprochen, strafte sich Sebastian auch schon für seine Aussage, indem er wütend auf sich selbst wurde. Anscheinend hätten diese Worte nicht über seine Lippen kommen dürfen, warum auch immer. Er war viel zu streng mit sich selbst, genau wie Keon.

»Ich glaube nicht, dass er mich besonders mag«, entgegnete ich schließlich und versuchte, meine Stimme nicht zittern zu lassen.

»Doch, sonst würde er sich nicht solche Sorgen um dich machen.«

»Sorgen?«

»Vergiss es. Übrigens, Gratulation zu deinem Schuss!«

Er deutete auf die Zielscheibe, in deren Mitte der Pfeil steckte, den ich vorhin abgeschossen hatte. Anscheinend traf ich nur, wenn ich vollkommen abgelenkt war.

Es fiel mir schwer, mich wieder auf das Schießen zu konzentrieren. Ich versuchte es angestrengt, konnte aber nicht mehr an meinen Erfolg anknüpfen.

Sebastian haderte die ganze Zeit mit sich selbst und ich versuchte, den Kloß in meinem Hals runterzuschlucken.

Mit einem beklemmenden Gefühl in der Magengegend verabschiedeten wir uns schließlich voneinander. Ich fühlte kurz, dass er mir noch irgendetwas sagen wollte, sich dann aber doch anders entschied. Auch mir war nicht mehr nach reden zumute, zumindest nicht im Moment. Ich war noch immer schockiert von der Tragödie, die Keon durchlebt hatte.

Immer und immer wieder malte ich mir aus, wie das Mädchen, das er geliebt hatte, von Dämonen zerfetzt wurde – vor seinen Augen. Ich stellte mir vor, wie sie in seinen Armen starb.

Benommen von all dem Mitleid, das ich empfand, trugen mich meine Beine bis vor Raphaels Bürotür. Es war Zeit für meine Nachhilfestunde, die mir mit einem Mal unglaublich banal vorkam.

Meine Hand tastete nach der goldenen Klinke und verweilte dann eine Weile auf ihr. Eigentlich wollte ich eintreten, aber Keons Gesichtsausdruck von gestern schoss mir wieder ins Gedächtnis. Ich hatte ihn nicht wirklich deuten können, hatte seine Reaktion auf mein kurzes Beisammensein mit dem niedlichen Dämon übertrieben gefunden.

Unsagbar starke Schuldgefühle kamen in mir hoch. Er hatte sich Sorgen um mich gemacht, das hatte ich zwar gespürt, aber warum er so emotional reagiert hatte, wurde mir erst jetzt klar.

Er hatte Angst, sich wieder die Schuld am Tod von jemandem geben zu müssen, der unter seinem Schutz stand. Keons Schuldgefühle grenzten an Selbsthass, er hasste sich für das, was passiert war, und das tat wiederum mir im Herzen weh.

Ich konnte mir nicht mehr erklären, warum er sich meine Anwesenheit überhaupt antat. Obwohl ich ihm so große Sorgen bereitete, schickte er mich nicht weg. Er hätte mich nicht ausbilden müssen, Sebastian hätte sich darum gekümmert.

Sah ich ihr so ähnlich, dass er sich freiwillig diesem Schmerz aussetzte?

Bevor ich weiterdenken konnte, übermannte mich die Präsenz des Wassers. Sie war so stark und greifbar, dass ich kurz bewegungsunfähig war.

»Mia«, hörte ich Raphael flüstern.

Als ich mich umdrehte, sah ich in tiefblaue Augen. Er stand da und musterte mich. Ich wollte ihn anlächeln, mit ihm in sein Büro gehen und so tun, als ob nichts gewesen wäre, aber ich konnte mich nicht überwinden, meine Gefühle zu unter-drücken.

Langsam ließ ich meine Hand von der Klinke gleiten und versuchte dabei, die Bilder von Keons toter Freundin zu ver-drängen. Ich wollte jetzt nicht mehr darüber nachdenken, aber es ließ mich nicht los.

Ich sah sie dort liegen, auf einer regennassen Straße, mit blei-chem Gesicht. Ihre langen Haare klebten an ihren Wangen und ein Rinnsal aus Blut hatte sich von ihrer Stirn bis hinunter zu ihrem Kinn gebildet. Ich sah Keon, der gerade den letzten Dämon niederstreckte und im nächsten Moment auch schon bemerkte, dass es zu spät war. Seine zitternden, blutver-schmierten Hände tasteten nach ihr. Ich hörte ihn flehen, um etwas, das unmöglich war.

Die Bilder wirkten erschreckend real, ich hatte das Gefühl, dabei gewesen zu sein. Ich drohte, in einem Meer aus Trauer und Mitleid zu ertrinken, als mich Raphael plötzlich wieder an die Oberfläche zog.

Dass er so nah bei mir stand, hatte ich nicht mitbekommen. Er hatte seine Arme um mich gelegt und riss mich aus diesen albtraumhaften Tagträumen.

Regungslos stand ich da und wagte kaum, zu atmen. Mein Kopf lehnte an seiner Brust, ich konnte sein Herz schlagen hören. Der beruhigende Rhythmus verbannte all die dunklen Gedanken und Gefühle binnen Sekunden. Er roch nach Rosen und Sandelholz. Ich fühlte mich beschützt.

Erst nach einer Weile holte mich die Realität wieder ein. Ich konnte nicht sagen, wie lange mich Raphael jetzt schon im Arm hielt, aber es wurde mir schlagartig peinlich, dass ich mich so an ihn geschmiegt hatte. Als ich mich kurz verkrampf-te, ließ er von mir ab und trat einen Schritt zurück.

»Geht es wieder?«, wollte er wissen und legte den Kopf schief.

Mein Gesicht hatte sich wahrscheinlich rot gefärbt, zumindest glühte es wie eine Herdplatte.

Raphaels Wellen hatten die negativen Gefühle einfach weggespült. Übrig blieb nur noch meine Scham darüber, dass ich so übertrieben emotional reagiert hatte.

Mein Gefühlsausbruch musste für ihn aus heiterem Himmel gekommen sein. Wahrscheinlich hielt er mich jetzt für zartbesaitet.

»Ja! Alles wieder in Ordnung! Ich habe nur … Ich meine …«

Was sollte ich ihm erzählen? Wenn ich gestehen würde, dass ich beinahe losgeheult hätte, nur weil mich Keons traurige Vergangenheit überwältigt hatte, hielt er mich bestimmt für schwach. Ich konnte mir selbst kaum erklären, warum ich die Nerven weggeschmissen hatte.

»Schon gut.«

Seine Stimme klang sanft, klar und so vertraut, als hätte er schon tausendmal auf mich eingesprochen. Er lächelte ein leicht besorgtes Lächeln und hielt mir schließlich die Tür zu seinem Büro auf.

Nachdem ich mich gesetzt hatte, wurde ich todmüde. Mein Körper schien sich wieder daran zu erinnern, dass er nach Schlaf schreien musste. Am liebsten wäre ich an Ort und Stelle eingeschlafen.

»Du siehst geschafft aus, Mia«, bemerkte er so leise, als hätte er Angst, mich zu erschrecken.

»Ja, das bin ich«, gestand ich und hoffte inständig, dass er nicht nachfragen würde, wieso. Obwohl es sich in der Schule schon herumgesprochen hatte, war ich nicht sicher, ob Raphael wusste oder überhaupt wissen durfte, wo ich gestern Nacht gewesen war.

»Du solltest dich ausruhen«, schlug er zu meiner Überraschung vor und legte das Buch, das er gerade aus dem Regal geholt hatte, wieder zurück.

»Aber die Nachhilfestunde.«

»Latein läuft uns nicht davon. Leg dich schlafen, morgen können wir die versäumte Stunde nachholen.«

Ich nickte und raffte mich auf. Es hätte wirklich keinen Sinn gehabt, mich jetzt mit römischen Sagen zu beschäftigen, ich konnte die Augen kaum noch offen halten.

»Danke für die Umarmung«, flüsterte ich und schlich mit dezent geröteten Wangen und einem wohligen Gefühl zur Tür.

»Gern geschehen«, erwiderte Raphael, lächelte und sah dabei aus wie Keon.

Ich schleppte mich hinauf in mein Zimmer. Nachdem ich mich hingelegt hatte, kreisten meine Gedanken noch kurz um die Wasser-Aura, die die schrecklichen Bilder in meinem Kopf so schnell vertrieben hatte. Ich zehrte noch von den Erinnerungen an Raphaels Nähe und verfiel schließlich der Müdigkeit.

Dämonen und Verbündete

E in stechender Schmerz ließ mich schlaftrunken nach meiner Hüfte tasten. Irgendetwas pikste mich in die Seite, aber ich bekam nichts Verdächtiges zu fassen. Nach dem nächsten Stechen drehte ich mich genervt um.

»Du schläfst ja wie ein Stein!«

Die wohlbekannte Stimme ließ mich die Augen aufschlagen. Etwas desorientiert saß ich in meinem Bett und rieb mir die Hüfte. Als ich zu Keon aufblickte, bemerkte ich sofort den Pfeil in seiner Hand.

»Hast du mich etwa gerade damit gestochen?!«, wollte ich empört wissen und blickte in ein Gesicht, das sich keinerlei Schuld bewusst war.

»Ich habe erst zu stechen begonnen, als du auf alles andere nicht reagiert hast! Hättest du im Schlaf nicht dauernd Raphaels Namen gemurmelt, hätte ich gedacht, du wärst tot!«

Ich wurde rot, weil ich mich schämte. Ich hatte wirklich von Raphael geträumt, aber dass ich seinen Namen laut ausgesprochen hatte, war mir nicht bewusst gewesen.

Als das Ende von Keons Satz in meinem Bewusstsein ankam, schlug meine Stimmung sofort um. ›Du wärst tot‹, wiederholte ich in Gedanken, während ein Schauer meinen Körper heimsuchte.

Es war das erste Mal, dass ich Keon seit dem Gespräch mit Sebastian gegenüberstand, und zum ersten Mal fühlte ich auch bewusst die Trauer, die so tief und versteckt in ihm wütete.

»Wieso starrst du mich so an?« Seine Stimme klang kühl, wahrscheinlich hatte er mitbekommen, dass ich in ihn hineinsah. Er mochte das nach wie vor nicht. »Komm endlich in die Gänge und zieh dich an! Ich warte draußen auf dich!«

Mit einem Knall ließ er meine Zimmertür ins Schloss fallen. Meine Neugier machte ihn wütend. Er teilte seine Gefühle nicht gern und die Tatsache, dass er von meiner Gabe wusste, machte es nicht einfach für ihn, meine durchdringenden Blicke zu ertragen.

Draußen war es dunkel und ein Blick auf die Uhr verriet mir, dass es kurz nach halb zwölf war. Keon würde mich auch heute wieder mitnehmen – diese Erkenntnis stimmte mich glücklich.

Nachdem ich mir eine Weste übergezogen und meine Haare zu einem Zopf gebunden hatte, lief ich nach draußen.

Zu meinem Bedauern saß Keon schon wieder auf seinem Motorrad. Ich hatte mich noch nicht wirklich ans Mitfahren gewöhnt. Mit einer Kopfbewegung signalisierte er mir, aufzusteigen. Anscheinend hatte er es eilig, also trödelte ich nicht.

»Wohin fahren wir?«, wollte ich wissen, während ich mir den Helm über den Kopf zog.

»Ins Irrenhaus.«

»Was?!«

Ich glaubte, Keon noch lachen zu hören, ehe er Gas gab und das Motorrad ruckartig nach vorn preschte. Mir entkam ein piepsiger Schrei, während ich mich so fest wie möglich an ihn klammerte.

Wir fuhren durch die Stadt und waren wie erwartet viel zu schnell unterwegs. Die Frage, wie oft Keon wegen seines Fahrstils wohl schon Ärger mit der Polizei bekommen hatte, drängte sich mir auf.

Als wir tatsächlich vor der städtischen Psychiatrie hielten, schluckte ich schwer. Ich war schon öfter hier vorbeigegangen und es war mir immer irgendwie unangenehm gewesen, aber bei Nacht und mit der üblen Vorahnung im Hinterkopf, dass hier irgendetwas Unmenschliches lauern könnte, war es noch viel beängstigender als sonst.

»Was wollen wir hier?«, wollte ich wissen, während ich wieder mit meinem Helm kämpfte. Irgendwie war er mir zu klein, ich bekam ihn kaum ab.

»Einen Dämon austreiben«, antwortete Keon und holte irgendetwas aus der Seitenverkleidung seines Motorrades.

»Und wie treiben wir ihn aus?«

Ein Lächeln huschte über seine Lippen. »Damit!«

Er hielt mir eine Wasserflasche vor die Nase und trat vor das große, stählerne Tor. Verwirrt musterte ich ihn und fragte mich, ob er so etwas wie einen Universalschlüssel dabeihatte. Als er plötzlich sprang und sich mühelos hochzog, erübrigte sich meine Frage. Leichtfüßig landete Keon auf der anderen Seite.

»Na komm schon! Wir haben nicht die ganze Nacht Zeit!«

Ich wusste nicht so recht, wie ich es schaffen sollte, den gut zwei Meter hohen Zaun zu überwinden, also zappelte ich nervös herum. Jedes Mal, wenn ich Anlauf nehmen wollte, kniff ich im letzten Moment doch noch. Aus dem Augenwinkel sah ich, wie Keon sich die Hand auf die Stirn schlug und den Kopf schüttelte. Das war mir schlagartig so unangenehm, dass ich mich doch noch überwand und auf das Tor zurannte. Ich sprang so fest ab, wie ich konnte, und griff nach der metallenen Querverstrebung am oberen Ende. Zu meiner eigenen

Überraschung fand ich mit den Händen sofort Halt. Als ich es Keon gleichtun und mich lässig auf die andere Seite schwingen wollte, bemerkte ich, dass ich weder genug Kraft in den Armen hatte, noch irgendeine Form von Halt mit den Füßen fand. Anstatt also auf der anderen Seite zu landen, hing ich wie ein nasser Sack am Zaun und stöhnte vor Anstrengung. Ich konnte mir ausmalen, wie lächerlich ich aussehen musste.

»Okay, du schläfst nicht nur wie ein Stein, du springst auch wie einer!«

Der genervte Unterton in Keons Stimme war unüberhörbar, aber im Moment wirklich mein geringstes Problem.

»Hilf mir!«, jammerte ich und spürte, wie mir langsam die Kraft ausging.

Zuerst schnaubt er, dann spürte ich den Zaun kurz vibrieren. Wie eine Katze balancierte er auf der schmalen Stange. Er griff sich meinen Unterarm und zog mich ohne viel Anstrengung nach oben. Intuitiv klammerte ich mich an ihm fest und hätte uns beinahe beide zu Fall gebracht, hätte Keon nicht so einen guten Gleichgewichtssinn gehabt.

Ohne mich vorzuwarnen, zwang er mich, mit ihm wieder nach unten zu springen. Die Landung war mehr oder weniger unsanft.

»Daran solltest du echt noch arbeiten!«, murrte er, nahm seine Wasserflasche, die er zuvor ins Gras geworfen hatte, und ging los.

Ich schloss, so schnell ich konnte, zu ihm auf und versuchte, das Zaundebakel zu verdrängen.

»Du hast gemeint, wir treiben einen Dämon aus – meinst du so was wie einen Exorzismus?«

Ich hoffte inständig, dass wir nicht die Szene aus dem Film ›Der Exorzist‹ nachstellen würden. Nach diesem DVD-Abend hatte ich eine Woche lang schlecht geschlafen.

»Wir nennen es nicht Exorzismus, das ist zu negativ behaftet und klingt nach Kirche«, gab Keon zur Antwort. »Auch wenn der Orden im Zeichen eines Kreuzes steht, haben wir mit der Kirche wenig bis kaum etwas zu tun. Organisatorisch zumindest.«

»Aber wir treiben einen Dämon aus, oder?«

»Ja.«

»Aus einem Menschen?«

»Nein, aus einem Gebäude.«

»Einem Gebäude?«

Es fröstelte mich leicht, als wir an einem Schild mit der Aufschrift ›Geschlossene Abteilung‹ vorbeikamen. Gestern ein Friedhof, heute eine Nervenheilanstalt. Ich begann mich zu fragen, ob Keon das morgen noch toppen konnte.

»Es kommt vor, dass Orte im Laufe der Jahre viel Energie ansammeln. Sie werden dann manchmal von Dämonen besetzt, die versuchen, in unsere Welt zu kommen, indem sie die Orte als eine Art Pforte verwenden. Zu Beginn sind sie meist nur Schatten, weil sie ihren Körper noch nicht manifestieren können – dazu brauchen sie sehr viel Energie. Es gelingt zwar den wenigsten Dämonen, genug zu sammeln, trotzdem müssen sie zurückgeschickt werden, sonst könnten sie ziemlich große Probleme machen.«

»Du meinst, dass es in den Häusern dann spukt?«

Keon lachte, wurde aber schnell wieder ernst. »Ja, sozusagen. Leider bleibt es nicht bei knarrenden Treppen und Türen. Diese Dinger saugen die Menschen in ihrer Nähe regelrecht aus.«

»Aussaugen?«

»Wenn du lachst, trauerst, weinst oder sonst irgendwelche starken Emotionen durchlebst, gibst du Energie ab. Die Intensität ist von Mensch zu Mensch und von Emotion zu Emotion unterschiedlich, aber diese Wesen ernähren sich sozusagen davon und haben sie irgendwann genug gegessen, haben wir ein Problem.«

»Welches?«

»Na ja, dann läuft irgendwann ein total angepisster, fünfhundert Kilo schwerer, hässlicher Dämon durch die Straßen, der in dieser Welt absolut nichts verloren hat!«

Keons Beschreibungen waren immer ziemlich bildlich. Während ich darüber nachdachte, wie viele Häuser wohl von solchen Wesen besessen waren, stoppte er auf einmal.

»Da wären wir.«

Er zeigte auf ein relativ kleines, unscheinbares Gebäude, das etwas abseits vom restlichen Krankenhausgelände lag.

»Das? Das sieht so normal aus. Wieso gerade das kleine Ding?«

»Der Ort muss schon eine gewisse Grundenergie besitzen, damit er von einem Dämon überhaupt besetzt werden kann. In dem Haus wurde vor Jahrzehnten viel Sterbehilfe geleistet.«

»Sterbehilfe?« Ich stotterte vor Aufregung.

»Das ist die nette Umschreibung für: Sie haben richtig irre und unheilbar kranke Patienten darin tot gespritzt.«

Mir schauderte, als ich verstand, auf was Keon hinauswollte. »Woher weißt du, ob ein Gebäude betroffen ist?«

Er nahm mich am Arm und zog mich zum Eingang. Ich sträubte mich, näher an das vermeintliche ›Todeshaus‹ heranzutreten, aber gegen Keons festen Griff hatte ich keine Chance.

Als ich den Fuß auf die erste Betonstufe setzte, überkam mich ein Gefühl, das ich nur als beklemmend beschreiben konnte.

Ja, das Haus war definitiv von einem Dämon befallen.

Keon nickte mir bestätigend zu und machte im nächsten Moment etwas, mit dem ich wirklich nicht gerechnet hätte – er trat die Eingangstür ein.

»Was tust du denn da?!«

»Was dachtest du denn, wie wir da reinkommen? Hast du gedacht, ich zaubere die Türe auf? Ich bin nicht Harry Potter.«

Mit offenem Mund starrte ich ihn an. Ich konnte mir nicht vorstellen, dass Sebastian auch so rabiat vorgegangen wäre.

Ich wollte mich gerade darüber aufregen, dass Keon anscheinend nicht sonderlich viel von Gesetzen hielt, als mir doch noch klar wurde, dass es wahrscheinlich besser war, eine kleine Straftat wie etwa Sachbeschädigung zu begehen, als zu riskieren, dass irgendwann ein fünfhundert Kilo schweres Monster hier herausspazierte.

Ich folgte ihm in das stockdunkle Haus.

»Und jetzt?«, flüsterte ich und drängte mich so dicht an Keon, dass ich seinen Puls spüren konnte.

»Wieso flüsterst du?«

»Keine Ahnung.«

Ich erschrak, als auf einmal das Licht anging. Keon hatte einfach den Schalter betätigt und amüsierte sich nun über meinen verwunderten Gesichtsausdruck. Hier wurden nur alte Möbel gelagert. Das Gruseligste, was ich sah, waren Spinnweben.

»Was hast du erwartet? Schwarze Wände und umgekehrte Kreuze?«

»Eigentlich schon«, gestand ich, war aber erleichtert darüber, dass ich mich geirrt hatte.

Auch wenn das Innere des Hauses verriet, dass es schon lange als Lagerstätte benutzt wurde, war diese bedrückend düstere Aura so präsent und greifbar, dass es mir noch immer kalt den Rücken hinunterlief.

Hier stimmte etwas nicht, das fühlte ich, und seltsamerweise hatte ich den Drang, etwas dagegen zu unternehmen.

»Was müssen wir tun?«, wollte ich von Keon wissen, der auf einmal wie gebannt an die Decke starrte.

»Das Ding rauslocken.«

»Wie denn?«

»Die stehen auf unsere Energie.«

»Unsere?«

Er seufzte. Ich spürte, dass er es als mühselig empfand, mir alles erklären zu müssen. »Wächterenergie ist für die wie Schoko-Muffins mit Karamellkern. Wenn er merkt, dass wir hier sind, wird er versuchen, auszubrechen, um an uns ranzukommen, und er manifestiert sich für einen Moment.«

»Und dann?«

»Dann schicken wir ihn dorthin zurück, wo er hergekommen ist!«

Ich wurde mit einem Mal wieder ziemlich nervös.

Keon nahm den Bogen von seiner Schulter und streckte ihn mir entgegen. Ich setzte den ungläubigsten Blick auf, den ich auf Lager hatte.

»Was soll ich damit?!«

»Ein Eichhörnchen erschlagen und opfern«, murmelte er sarkastisch und verdrehte genervt die Augen. »Schießen! Was denn sonst?!«

»Auf den Dämon?!«

»Keine Angst, im Normalfall ist das Ding so groß, dass du es gar nicht verfehlen kannst.«

»Was?!«

Ich konnte nicht fassen, dass er tatsächlich seinen Bogen aus der Hand gegeben hatte und wollte, dass ich auf den Dämon schoss.

»Ich kann das nicht! Ich ziele nicht so gut wie du!«

Kaum hatte ich es ausgesprochen, fühlte ich, wie ernst er mit einem Mal wurde. Ich spürte, dass ihn meine Selbstzweifel wütend machten.

»Du kannst mir nicht ewig hinterherrennen! Ich bin nicht immer da, um die Drecksarbeit für dich zu erledigen! Du musst auch allein klarkommen!«

Das, was Keon mir gerade an Gefühlen entgegenschmetterte, ließ mich kurz erstarren. Ich spürte, wie alte Wunden in ihm aufrissen und er versuchte, alles zu unterdrücken, was ihn zu übermannen drohte.

Er hatte mich mitgenommen, um mich auszubilden, mir zu zeigen, wie ich mich behaupten konnte. Er wollte, dass ich in der Lage war, mich und mein Leben zu verteidigen – allein.

»Na gut, dann her mit dem Monster!«

Ich hatte keine Ahnung, was mich gerade ritt, denn obwohl ich wusste, dass ich noch ein ziemlich schlechter Schütze war, wollte ich nichts sehnlicher, als Keon beweisen, dass ich es konnte.

»Konzentrier dich!«, forderte er und stellte sich hinter mich.

Ich spannte einen Pfeil ein und versuchte, mir alles in Erinnerung zu rufen, was Sebastian mir beigebracht hatte.

»Und jetzt ruf ihn!«

»Wie?«

»Du kannst es.«

»Wie denn?!«

»Konzentrier dich.«

Ich versuchte wirklich, meine Gedanken zu ordnen und mich zu konzentrieren, aber ich wusste nicht genau, was Keon von mir wollte. Er hatte Erwartungen an mich, die ich auf keinen Fall enttäuschen wollte.

Für einen kurzen Moment verspürte ich ein Gefühl von Leichtigkeit, mein Bewusstsein veränderte sich und das ungewohnte und doch irgendwie vertraute Gefühl, das mich befiel, erschrak mich so sehr, dass ich sofort aufhörte, mich zu konzentrieren. Ich wollte den Bogen wieder sinken lassen, als Keons Hände mich daran hinderten. Ich fühlte, dass sich etwas im Raum veränderte. Meine Sinne begannen, auf Hochtouren zu arbeiteten, und ich starrte wie gebannt auf die weiße Wand.

Das beklemmend düstere Gefühl schien sich zu sammeln, zu bewegen. Ein Schatten bildete sich, kaum sichtbar, hätte man nicht gefühlt, wie er sich formte.

Mein Herz schlug hart gegen meine Brust. Ich wagte kaum, Luft zu holen, da sich meine Kehle mit jedem Atemzug weiter zuschnürte. Die Atmosphäre, die im Raum lag, wurde von Sekunde zu Sekunde unerträglicher, bis schließlich eine dreidimensionale Form aus der Dunkelheit wuchs und ich hätte schwören können, ich würde ersticken.

Es war weniger der Schatten, mehr die Wand, die sich mit einem Mal verformte, aufwölbte und eine Silhouette zum Vorschein brachte, die mich aufschreien ließ.

Ein unwirkliches, dumpfes Knurren erfüllte den Raum. Binnen Sekunden wurde die Gestalt so groß wie ich und preschte auf mich zu. Ohne lange darüber nachzudenken, schoss ich. Als ich die reflexartig geschlossenen Augen wieder öffnete, sah ich, dass mein Pfeil im alten Mauerwerk stecken geblieben war. Die Atmosphäre hatte sich kein Stück verändert. Ich griff sofort nach dem nächsten Pfeil und wirbelte herum. Auch Keon ließ seinen Blick suchend und konzentriert durch den Raum gleiten.

Ein Schatten huschte wieder über die weißen Wände und verschwand schließlich im dunklen Fußboden.

»Wo ist er hin?!«, wollte ich wissen, meine Stimme zitterte vor Aufregung.

Bevor ich Keons Blick deuten konnte, spürte ich, wie sich der Boden unter mir zu wölben begann. Ich wäre beinahe gestürzt, konnte mich aber gerade noch auf den Beinen halten und richtete den eingespannten Pfeil nach unten. Kaum hatte ich getroffen, verschwanden die unnatürlichen Wölbungen wieder, nur um Sekunden später links von mir aus der Wand zu preschen.

So etwas wie Verzweiflung gemischt mit Frustration kam in mir auf. Gerade als ich den Bogen wieder durchspannen wollte, trat Keon vor mich. »Das reicht!«

Seine Stimme hallte durch den Raum und ich erkannte, dass er irgendetwas auf die Umrisse des Dämons spritzte.

Mit einem lauten Knacken zog sich die Mauer wieder zurück. Der unmenschliche Schrei wurde immer leiser, als würde der Dämon fallen. Die düstere Aura verschwand von einem Moment auf den anderen und zurück blieb Stille, die von meinen hastigen Atemzügen durchbrochen wurde. Alles dämonisch Übersinnliche war verschwunden. Ich war mir nicht sicher, was hier gerade passiert war.

»Ich habe ihn doch getroffen, oder?«, wollte ich wissen und musterte Keon mit großen Augen. Ich fühlte, dass er stolz auf mich war.

»Zweimal sogar.«

»Was? Wieso ist er dann erst jetzt verschwunden?«

»Weil ich ihn erst jetzt zurückgeschickt habe.«

»Was soll das heißen, du hast ihn zurückgeschickt?«

»Du kannst so einen Dämon nicht mit einem gewöhnlichen Pfeil töten. Zumindest nicht, solange er in der Zwischenwelt feststeckt.«

»Was?! Und wieso schieße ich hier um mein Leben?! Ich hätte fast einen Herzinfarkt bekommen, als das Ding auf mich zukam!«

Ich war wütend auf Keon. Wollte er mich nur auf den Arm nehmen? Amüsierte es ihn, wenn ich diese Ängste durchlitt?

»Diesmal konntest du dich zumindest bewegen. Das war ein gutes Training. Nur wenn du deine Angst im Griff hast, wirst du kämpfen können, und diesmal hast du dich gar nicht so dumm angestellt.«

Ich dachte kurz über seine Worte nach und musste dann leider zugeben, dass sie von einer bestechenden Logik begleitet wurden. Im Gegensatz zu gestern hatte ich heute ansatzweise Mut bewiesen.

»Wie hast du ihn zurückgeschickt?«, wollte ich wissen, während ich Keon wieder nach draußen folgte.

Mit einem schiefen Lächeln im Gesicht hielt er seine leere Plastikflasche in die Luft.

»Was war da drin?«

»Wasser.«

»Weihwasser?«

»Ordinäres Leitungswasser.«

»Aber wie …?«

»Dämonen, die noch nicht in unsere Welt gelangt sind, stecken sozusagen zwischen Hölle und Erde fest. Sie befinden sich auf einer Ebene, in der sie nicht wirklich angegriffen werden können. Wasser ist eine Art übersinnlicher Leiter. Es schwemmt alles, was zwischen den Welten feststeckt, zurück an den Ort seiner Herkunft. Es ist das einzige Element, das auf allen Ebenen existiert.«

»Du hast den Dämon also zurück in die Hölle gespült?«

Ich spürte, dass Keon mein Tonfall gar nicht gefiel. Aber das, was er gerade gesagt hatte, klang so absurd, dass ich nicht anders konnte, als ein wenig ungläubig zu klingen.

»Du solltest so schnell wie möglich aufhören, dich an der Realität, die du bis jetzt gekannt hast, festzuklammern. Dämonen und Engel existieren, das weißt du, und du weißt auch, dass du geboren wurdest, um zu sehen. Akzeptiere, wer du bist und was du machst, oder verzieh dich wieder in dein altes Leben! Wie auch immer, entscheide dich, wer du sein willst!«

Ich hatte nicht damit gerechnet, dass Keon so sauer werden würde. Es schien, als ob ich mich daran gewöhnen musste, dass er gern mal überreagierte, aber im Grunde hatte er recht.

Bis jetzt hatte ich versucht, die Realität, in der ich gelebt hatte, und die, die sich mir erst vor einigen Tagen offenbart hatte, unter einen Hut zu bringen, aber in Wirklichkeit musste ich mich einer vollkommen neuen Welt öffnen.

Keon sprach aus Erfahrung – seine eigenen Worte stimmten ihn wehmütig. Vielleicht hatte er selbst schon mal mit der Entscheidung gehadert, dem Orden den Rücken zu kehren.

»Wieso hast du dich für dieses Leben entschieden?«

Ich traute mich kaum, zu fragen, aber der Zeitpunkt erschien mir günstig.

»Weil alles andere für mich keinen Sinn macht.«

»Wie meinst du das?«

»Ich bin, wer ich bin, davor kann ich nicht davonlaufen.«

Ich spürte, dass er sich dazu zwang, Groll in seine Worte zu legen. Er schien trotzdem nicht unzufrieden mit seinem Schicksal. Mehr würde ich aus ihm nicht herausbekommen.

Wir verbrachten den Rest des Weges schweigend, wobei ich fühlte, dass Keon genauso nachdenklich war wie ich.

Ich war unglaublich gern mit ihm zusammen, obwohl er mich eigenwilligen Lehrmethoden unterzog und ständig schlechte Laune hatte. Ich wusste, dass er stur, unkonventionell und cholerisch war, aber das störte mich überhaupt nicht.

Zum zweiten Mal in dieser Nacht schwang ich mich mehr oder weniger grazil über den Zaun. Diesmal brauchte ich Keons Hilfe nicht. Nachdem ich dem Dämon gegenübergestanden hatte, traute ich mir nun auch zu, über einen Zaun klettern zu können, und siehe da, es funktionierte. Vielleicht waren es wirklich Selbstzweifel, die mir im Weg standen.

»Wohin jetzt?«, wollte ich wissen und nahm den weißen Helm entgegen.

»Zu Conan.«

»Ins *Borderline*?«

»Gut, du passt ja doch auf!«

»Über was möchtest du eigentlich mit ihm reden?«

Keon haderte kurz mit sich selbst, weil er nicht wusste, ob er mir eine Antwort geben wollte. »Irgendetwas stimmt nicht«, meinte er schließlich und richtete seinen Blick gedankenverloren in die Ferne.

So nachdenklich kannte ich ihn bisher nicht.

»Du erinnerst dich an den Ghul?«

Natürlich erinnerte ich mich an den grauenhaften Dämon, der letzte Nacht vor meinen Augen in Flammen aufgegangen war. Ich nickte.

»Er war einer von vielen. Solche Wesen können eigentlich nicht in so großer Anzahl in unsere Welt kommen, zumindest nicht ohne Unmengen an Energie.«

»Woher kommt die Energie?«

»Genau das ist die Frage.«

»Und wer ist dieser Conan genau?«

»Ein Erzdämon.«

Keon klang ein wenig spöttisch, trotzdem machte mir dieses Wort Angst. Langsam, aber sicher gewöhnte ich mich an das ungute Gefühl, das mich jedes Mal überkam, wenn ich eine neue Furcht einflößende Vorstellung verarbeitete.

»Erzdämon?«, wiederholte ich leise, als würde ich ein verbotenes Wort aussprechen.

»Du hast noch immer kein Buch aufgeschlagen! Erzdämonen sind die Engel, die dem ersten Luzifer damals in die Hölle gefolgt sind. Ursprünglich gab es sieben von ihnen, aber zwei fielen bereits im ersten großen Krieg.«

»Warte mal! Erster Luzifer? Gibt es mehr als einen Teufel?«

Seufzend fuhr sich Keon durchs Haar und belächelte meine Unwissenheit. »Du verwendest die Namen Luzifer und Teufel für dieselbe Personifikation – das stimmt aber nicht. Der Teufel ist für unseren Verstand ebenso wenig zu begreifen wie Gott.« Keons Worte glichen denen von Raphael. Sie hatten plötzlich sogar denselben Tonfall. »Luzifer ist der Name des gefallenen

Engels, der einst aus dem Himmel verbannt wurde, weil er wahnsinnig wurde.«

»Also gibt es den Teufel und Luzifer, aber wieso gibt es dann mehr als einen?«

»Es gibt immer nur einen Lichtbringer, einen Engel der Finsternis, aber die Träger dieser Bürde wechseln. Als der erste Luzifer im Krieg fiel, dachten alle, dass der schwarze Engel tot wäre. Damals ahnte noch niemand, dass Luzifers Bürde ein Virus ist, das sich einen neuen Wirt suchen kann.«

Ein kühler Wind wehte mit einem Mal und untermalte Keons Geschichte atmosphärisch. Es fröstelte mich, als ich meinen Blick in den Himmel richtete. Tausende Sterne funkelten am Firmament um die Wette und ihr Leuchten machte mir bewusst, wie real alles um mich herum war.

»Also kann man nur den Engel töten und nicht das Böse, das ihn befällt?«

»Ja, nein … Ich weiß nicht. Manche glauben, dass Luzifers Fluch einen Grund hat.« Er sprach den letzten Satz voller Unverständnis.

»Das klingt so, als wärst du anderer Meinung.«

»Na ja, die Engel, die dieses Virus befallen hat, verfielen erst nach und nach der Dunkelheit. Sie haben beide lange gepredigt, dass sie eine Mission hätten, und sind erst später wahnsinnig geworden. Aber was diese Mission sein soll, konnten diese Idioten nie beschreiben! Wenn das Virus mich befallen würde, würde ich mich umbringen, bevor ich zu so einem Monster werde!«

Ich spürte, wie ernst es Keon mit seiner hypothetischen Aussage war. Seine Willensstärke suchte ihresgleichen.

Während ich mich zu ihm aufs Motorrad schwang, erinnerte ich mich an unsere erste Begegnung. Ich hatte schon damals gewusst, dass er besonders war, und obwohl ich mittlerweile auch Keons negativen Seiten kannte, leuchtete seine Aura für mich noch heller als damals, als ich seinetwegen gegen das Stoppschild gelaufen war.

Als wir die Kellertreppe ins *Borderline* hinuntergingen, bereitete ich mich seelisch auf den gefühlsmäßigen Dämonen-Flash vor, der mich gestern so aus der Fassung gebracht hatte. Ich wollte diesmal wirklich hinter Keon bleiben, zumal ich mir geschworen hatte, ihm keine Sorgen mehr zu bereiten, die ihn an irgendetwas erinnern könnten, an das er sich nicht erinnern wollte.

Der Club war wieder gut besucht. Ich vermied es, mich unnötig lange umzusehen, und achtete darauf, Keon im Gedränge nicht zu verlieren.

Ich folgte ihm auf die andere Seite des Raumes. Wir gingen durch eine unscheinbare Tür, hinter der eine schmale, dunkle Treppe wieder nach oben führte.

Als wir einen düsteren, kühlen Gang erreichten, drehte sich Keon nach mir um. »Verhalte dich unauffällig und bleib hinter mir.«

Wir hielten vor einer hölzernen Tür, in deren Rahmen die Wörter ›Sum Lux in Tenebris‹ eingraviert waren.

»Was heißt das?«, wollte ich von Keon wissen.

Er musste meine Fragerei mittlerweile gewohnt sein.

»Das heißt, dass Erzdämonen einen ätzenden Humor haben.«

Ohne mir eine vernünftige Antwort zu geben, öffnete er die Tür. Als wir in den Raum traten, konnte ich nicht anders, als ihn anzustarren. Eigentlich hatte ich Angst vor dem Zusammentreffen mit Conan gehabt, zumal ich mir unter einem Erzdämon etwas anderes vorgestellt hatte – etwas nicht annähernd so Gutaussehendes.

Er hatte weißblondes Haar, seine Augen waren dunkel – fast schwarz – und sein Gesicht war wie gemeißelt. Er saß hinter einem gläsernen Schreibtisch, von dem er sich sofort erhob, als wir eintraten.

Wir standen in einem ultramodernen Büro, dem ich im ersten Moment aber keinerlei Beachtung schenkte.

Seine düstere Aura schlug mir entgegen. Er war so beherrscht und fühlte so bewusst, dass es schwer war, ihn einzuschätzen. Obwohl ich bei keinem der Gäste eine ähnlich starke dämonische Schwingung wahrgenommen hatte, hatte ich keine Angst.

Während er sich auf uns zubewegte, verformten sich seine Lippen und er präsentierte seine schneeweißen Zähne. Sein Lächeln war bestechend.

»Was verschafft mir die Ehre?« Seine Stimme erfüllte den Raum, der sowieso schon von seiner Präsenz erfüllt war.

Dass mir ein Erzdämon gegenüberstand – ein ehemaliger Engel, der wahrscheinlich Hunderte, wenn nicht sogar Tausende von Jahren alt war, machte mich schlagartig nervös. Ich trat unauffällig ein wenig näher an Keon heran. Seine Gelassenheit und sein Selbstbewusstsein besänftigten meinen Herzschlag wieder.

»Ich will wissen, was du über die Ghule weißt, die hier aufgetaucht sind.«

Conans Blick streifte Keon und blieb dann an mir haften. Ich verlor mich kurz in seinen tiefschwarzen Augen. Er sah aus wie ein fünfundzwanzigjähriger, erfolgreicher Jungunternehmer mit covertauglichem Gesicht, aber hinter diesen hübschen Zügen steckte eindeutig mehr.

»Mia«, sprach er meinen Namen aus und bevor ich mich darüber wundern konnte, woher er ihn kannte, drängte mich Keon ein Stück weiter hinter sich und fixierte Conan mit seinen finsteren Blicken.

»Woher weißt du, wer sie ist?«, wollte er wissen.

Ich spürte, dass er genauso verwundert war wie ich, nur war er sofort skeptisch und knapp davor, auf Kampfmodus umzuschalten. Es war ihm egal, wer da gerade vor ihm stand.

Conan lachte kühl und trat noch ein paar Schritte näher. Mein Herz schlug mir bis zum Hals, weil ich befürchtete, die Situation könnte eskalieren. Keon reagierte immer gereizter, je näher der Erzdämon kam. Noch immer hielt er mich mit seinem Blick gefangen.

»Beruhig dich. Ich weiß, wer in meinem Club ein und aus geht. Elias hat mir ihren Namen verraten.«

Er hielt an und schenkte mir ein schiefes Lächeln. Ich erinnerte mich an den netten jungen Dämon, den ich gestern Abend kennengelernt hatte.

Keon beruhigte sich und verdrehte genervt die Augen. »Ich wollte wissen, ob du weißt, was die Ghule in unsere Welt gebracht hat, und nicht, ob du mit deinen Dämonenfreunden Kaffeeklatsch hältst!«

»Wie alt bist du, Mia?«

Keon knurrte wütend vor sich hin und seufzte dann gewollt laut. »Oh mein Gott, sag ihm schon, wie alt du bist, sonst stehen wir hier noch die ganze Nacht!«

»Sechzehn, fast siebzehn«, antwortete ich und erntete dafür ein Nicken von Conan.

Er musterte mich noch immer akribisch. Ich spürte, dass etwas in ihm vorging, nur was, konnte ich schwer einschätzen. Es fühlte sich so an, als wäre ich ihm sympathisch.

»Könnten wir jetzt zum Thema zurückkommen?!«

»Die Ghule?«, fragte Conan tonlos. »Ich weiß nicht, wie sie hierhergekommen sind, aber ich hege dieselbe Vermutung wie Raphael, Gabriel, Michael und all die anderen.«

»Vermutungen!«, wiederholte Keon genervt.

»Sei nicht töricht! Gerade du solltest wissen, dass es nur eine Frage der Zeit ist, bis es passiert. Bereitet Raphael euch nicht darauf vor?«

Ich konnte dem Gespräch nicht mehr folgen, auch wenn ich deutlich fühlte, dass es um etwas Großes ging – etwas Wichtiges.

»Spar dir dein arrogantes Getue! Wenn du dir auch nicht sicher bist, dann bringst du uns kein Stück weiter!«

Der Erzdämon ließ sich nicht aus der Ruhe bringen, obwohl es ganz offensichtlich war, dass Keons vorlaute Art ihm missfiel – anscheinend kannten sie sich schon länger und er war daran gewöhnt.

»Ich werde meine Augen und Ohren offen halten. Wenn sich die Vermutung bestätigt, werde ich Raphael davon in Kenntnis setzen.« Nach diesen ruhig gesprochenen Worten und ein paar erhabenen Gesten wandte er sich wieder mir zu. »Du bist sehr hübsch.«

Ich wurde rot. Noch nie hatte mir jemand so direkt gesagt, dass ich hübsch war – von Verwandten abgesehen. Nun stand ausgerechnet ein Erzdämon vor mir und machte mir Komplimente.

»Wir gehen!« Keons Aufforderung ließ mich kurz erschreckt zusammenzucken. Er schien nicht gerade angetan vom Verlauf des Gesprächs.

»Du bist mir jederzeit willkommen, Mia. Ich würde mich über deinen Besuch freuen.«

Ein wunderschönes, kühles Lächeln begleitete seine Worte. Er war noch immer schwer einzuschätzen, aber das, was er gesagt hatte, war ehrlich gemeint.

Ich nickte und folgte Keon nach draußen. Er verlor kein Wort, bis wir wieder bei seinem Motorrad angekommen waren.

»Wohin jetzt?«, wollte ich wissen und hoffte, dass dieser Abend so angenehm weitergehen würde.

»Ich bringe dich zurück zum Schloss!«

Ich spürte, dass er keinerlei Widerrede dulden würde, trotzdem versuchte ich mein Glück. »Wieso? Wohin fährst du denn noch?«

Er setzte sich auf sein Motorrad und machte eine auffordernde Kopfbewegung. Ich folgte seiner Geste und stieg auf.

»Sei nicht so neugierig!«

»Ich bin nicht neugierig, ich will nur wissen, wieso du mich nicht dabeihaben willst.«

»Nur weil ich dich ausbilde, heißt das nicht, dass dich mein Privatleben etwas angeht! Wo ich hingehe, ist meine Sache und hat dich nicht zu interessieren!«

Seine Worte kamen überraschend und trafen mich so hart, dass ich einfach verstummte. Ich setzte den Helm auf, um meine glasigen Augen hinter irgendetwas verstecken zu können. Ich hatte zwar gespürt, dass er gereizt war, aber ich nahm an, dass sein Gemütszustand eher etwas mit der Ungewissheit zu tun hatte, die der Besuch bei Conan zurückgelassen hatte, aber anscheinend lag ich falsch.

Die gesamte Fahrt über fühlte ich mich miserabel. Am liebsten wäre ich einfach abgestiegen und weggelaufen, weg von Keon, den ich eigentlich für einen Freund gehalten hatte, aber er war an meiner Freundschaft genauso wenig interessiert wie an meiner Gesellschaft.

Ich musste ihn furchtbar falsch eingeschätzt haben. Er mochte mich nicht und ich hatte das nicht mitbekommen, weil er seine Gefühle so gut vor mir verstecken konnte. Meistens haderte er mit sich selbst, machte sich, wenn überhaupt, Sorgen um mich – Sorgen, die wahrscheinlich die Vergangenheit fest in ihm verankert hatte.

Wahrscheinlich war ich eine Last für ihn. Er arrangierte sich zwar mit mir, aber wirklich um sich haben wollte er mich nicht.

Während wir die Straße zum Schloss hinauffuhren, beschloss ich, Keon nie wieder zu begleiten.

Kaum hatte er angehalten, sprang ich auch schon von der Maschine und lief in Richtung Eingang. Keine Verabschiedung, nur Schweigen. Ich fühlte, wie unangenehm ihm mein kommentarloser Abgang war, aber es war mir egal. Er hatte mir klargemacht, dass er nichts mit mir zu tun haben wollte, und ich würde seinen Wunsch akzeptieren.

Kaum war ich durch das große Tor getreten, hörte ich auch schon Keons Motor aufheulen. Je leiser das Geräusch wurde, umso enger schnürte sich meine Kehle zusammen.

Ich lief von der Eingangshalle hinaus in den Garten. Draußen ließ ich mich ins Gras fallen.

Sosehr ich auch dagegen ankämpfte, ich musste einfach heulen. Es war mir peinlich und unangenehm, wegen jemandem zu weinen, den ich kaum kannte, aber mein Herz tat zu sehr weh, um das Leid, das ich empfand, still zu ertragen.

Warum hing ich so an Keon? Er war mürrisch und seine Lehrmethoden waren mehr als fragwürdig. Es war lächerlich, ihm nachzuweinen, aber er war eben anders – genau wie ich. In einer Welt, die sowieso schon besonders war, stach er heraus. Vielleicht fühlte ich mich deshalb zu ihm hingezogen – ich fühlte mich noch immer wie ein Außenseiter.

»Alles in Ordnung?«

Seine Stimme war so sanft wie seine Aura. Ich war zu sehr mit mir selbst beschäftigt gewesen, also fühlte ich das Wasser erst, als es schon unglaublich nah war. Raphael hatte sich zu mir hinuntergebeugt und musterte mich mit besorgtem Blick.

»Ja, alles in Ordnung!«

Ich raffte mich schnell auf, wischte mir so unauffällig wie möglich die Tränen von den Wangen und wandte mein verheultes Gesicht ab. Er musste mich nicht schon wieder so sehen.

»Warum weinst du?«

Seine Anwesenheit überwältigte mich wie sonst auch, nur verschwand das ungute Gefühl diesmal nicht sofort.

»Ich …«

Ich wusste nicht, was ich sagen sollte. Was sollte ich ihm erzählen? Dass ich weinte, weil Keon nicht mit mir befreundet sein wollte? Aus mir sollte eine Wächterin werden und kein Kindergartenkind.

Erwartungsvoll sah er mich an, den Kopf leicht schief gelegt. Es kam mir kurz so vor, als würde er versuchen, in mich hineinzusehen. Ein seltsames Gefühl überkam mich, als er mir die Hand auf die Schulter legte. Ich hätte mich beinahe in den sanften Wellen verloren, aber dann holte mich die Realität wieder ein.

»Warum kann er mich nicht leiden?«, schluchzte ich schließlich und bereute es im nächsten Moment auch schon wieder.

»Keon? Er mag dich, sehr sogar.«

»Und wieso sagt er dann so verletzende Dinge?«

Jetzt waren endgültig alle Dämme gebrochen. Ich ließ meinen Tränen freien Lauf und Raphael musste mich schon wieder in den Arm nehmen. Erst nach einer ganzen Weile hörte ich auf, zu schluchzen.

»Es tut mir leid, er ist manchmal schwierig. Egal, was er gesagt hat, Keon hängt sehr an dir und das ist schwer für ihn zu ertragen.«

»Wieso?«

»Aus vielen Gründen. Ein paar kennst du schon, oder?«

Auch wenn ich wusste, was Keon widerfahren war, verstand ich nicht, warum er sich mir gegenüber manchmal so seltsam verhielt. Ich sah keinen Zusammenhang.

»Warum macht er sich überhaupt die Mühe, mich auszubilden?«

Ich brachte den Satz kaum über die Lippen, weil ich gar nicht daran denken wollte, wie es sein würde, wenn ich Keon tatsächlich nicht mehr um mich haben würde.

Raphael seufzte leise. »Sei nachsichtig mit ihm. Die Angst, dir könnte etwas passieren, überwältigt ihn manchmal. Er kann dich nicht so nah an sich heranlassen, wie er das gern möchte – noch nicht. Seine Zuneigung ist viel bedingungsloser, als es den Anschein hat.«

Ich nickte. Mein Kopf war wie leer gefegt, ich wollte heute nicht mehr darüber nachdenken.

»Leg dich schlafen, Mia. Morgen wird es wieder besser, versprochen.«

»Ja …«

Raphael ging mit mir bis zu meinem Zimmer. Ich ließ mich gern von ihm begleiten, denn solange er da war, schien ich alles leichter zu ertragen.

»Danke«, murmelte ich mit halb geschlossenen Augen.

Ich war todmüde und trotzdem wäre ich gern noch länger wach geblieben, nur um bei ihm sein zu können.

»Schlaf gut, und mach dir keine Gedanken, es wird einfacher werden zwischen euch. Er braucht Zeit, er war viel zu lange allein.«

Ich hätte schwören können, in seinem Blick ein wenig Wehmut zu erkennen, als er da vor meiner Tür stand und sich zum Gehen wandte, aber ich war einfach zu müde, um weiter darüber nachzudenken.

Ohne mich umzuziehen, fiel ich ins Bett.

GEFÜHLSACHTERBAHN

Ich schlief wie ein Stein, wachte kein einziges Mal auf und wurde erst durch diese angenehme Aura geweckt, die mich auch beim Einschlafen begleitet hatte.

»Guten Morgen, Mia.«

»Morgen«, murmelte ich und streckte mich ausgiebig.

Ich fühlte mich großartig, zumindest bis ich begann, mich darüber zu wundern, wieso Raphael vor meinem Bett stand und mir dieses wunderschöne Lächeln schenkte.

Mir wurde warm.

War er die ganze Nacht hier gewesen? Nein, ich konnte mich erinnern, dass er gegangen war.

»Hast du gut geschlafen?«

»Ähm … ja!«

Unbeholfen fuhr ich mir durchs zerzauste Haar und raffte mich auf. Sosehr ich mich auch bemühte, mein Kopf arbeitete einfach noch zu langsam, um mir einen Reim auf die Situation zu machen.

»Kann ich dir irgendwie helfen?«

Er lachte und senkte dann den Blick. »Tut mir leid, dass ich einfach so hereingeplatzt bin. Ich habe angeklopft, aber du hast nicht reagiert. Da war ich so frei.«

»Schon in Ordnung. Du kannst immer reinkommen, außer vielleicht wenn ich mich gerade umziehe, das wäre peinlich.«

Oh mein Gott, hatte ich das gerade wirklich laut gesagt? Ich musste über Nacht verrückt geworden sein.

Er lachte wieder und nickte dann verständnisvoll, während ich mir wünschte, dass ich die Klappe gehalten hätte. Frühmorgens war ich immer verwirrt, deshalb schwieg ich auch meistens, was auch in dieser Situation besser gewesen wäre.

»Ich bin eigentlich hier, um dich zu fragen, ob du vielleicht Lust hättest, mit mir zu frühstücken?«

Ein Blick auf die Uhr verriet mir, dass es kurz nach acht war.

»Habe ich verschlafen?«

»Nein, es ist Wochenende.«

»Oh.«

Mein erstes Wochenende an der *Ars Vivendi*. Ich hatte mich schon darauf eingestellt, dass ich nicht nach Hause fahren würde. Es wäre zu früh gewesen, wieder zurückzugehen, auch wenn es nur für zwei Tage gewesen wäre.

»Hast du Lust?«

»Auf was?«

»Mit mir zu frühstücken.«

Ich musste unbedingt besser zuhören und aufhören, Schwachsinn zu reden.

»Ja! Gern!«

Er nickte mir zu und wir gingen zusammen hinaus auf den Flur. Zum Glück war ich vollständig bekleidet schlafen gegangen, ich hätte nämlich keinen Gedanken daran verschwendet, mich um- oder anzuziehen – ich wäre ihm auch in meiner Unterwäsche nachgetrottet.

Gerade als ich die Treppe hinunter in Richtung Speisesaal gehen wollte, hielt Raphael an und deutete nach oben. »Ich dachte, wir frühstücken in meinem Zimmer, wenn du nichts dagegen hast.«

Ich nickte schnell und folgte ihm dann in den zweiten Stock. Ich war schon mal hier gewesen, als ich Keon in meinem schlaftrunkenen Zustand bis vor sein Zimmer nachgelaufen war.

Schlagartig fiel mir alles wieder ein. Die Stiche in der Brust kamen wieder und die Scham darüber, wie weinerlich ich gestern gewesen war. Noch immer tat mir das, was Keon gesagt hatte, weh. Ich schaute zu seiner Zimmertür und fragte mich, ob er da war.

»Er ist nicht hier«, meinte Raphael, dem es anscheinend nicht schwerfiel, meine Gedanken zu erraten.

Kommentarlos wandte ich meinen Blick wieder von der Tür ab. Ich hätte gern behauptet, dass es mir egal war, ob er hier war oder nicht, aber Raphael hätte mich sowieso durchschaut.

Einladend öffnete er mir seine Zimmertür. Ich hatte mir nie ausgemalt, wie es hier aussehen könnte, aber hätte ich mir Gedanken darüber gemacht, hätte ich es mir genau so vorgestellt.

Ein riesengroßes weißes Himmelbett thronte an der hinteren Wand. Es sah so bequem aus, dass es schon wieder unwirklich wirkte. Die linke Seite des Raumes war als Arbeitsbereich eingerichtet. Ein antiker Schreibtisch, Bücherregale voller Bücher, deren Titel ich nicht verstand, und das eindrucksvollste Gemälde, das ich je gesehen hatte. Es war gut zwei mal drei Meter groß und zeigte einen wunderschönen Himmel mit silbernen Wolken. Ich verlor mich für einen Moment in dem Kunstwerk.

»Da es draußen so schön ist, dachte ich, wir frühstücken auf dem Balkon.«

Raphael öffnete die Glastür an der rechten Seite des Raumes und machte eine einladende Geste. Von außen hatte ich den großzügigen Balkon nie bemerkt. Von hier aus hatte man einen umwerfenden Blick auf den Rosengarten, noch schöner als von meinem Erkerfenster aus.

»Tee?«

»Hm?«

»Möchtest du einen?«

»Ah, ja bitte!«

Spät, aber doch bemerkte ich den liebevoll gedeckten Tisch, der keine kulinarischen Wünsche offenließ. Ein Strauß Rosen stand in der Mitte und duftete unbeschreiblich gut.

Wie selbstverständlich rückte er mir den Stuhl zurecht und nickte mir auffordernd zu. Raphael war manchmal wie aus einer anderen Zeit und dann doch wieder zeitlos. Die Art, wie er sprach, wie er sich bewegte und wie er schwieg – alles an ihm war fesselnd. Nicht nur ich konnte meinen Blick kaum von ihm wenden, auch auf die anderen schien er eine faszinierende Wirkung zu haben. Charismatisch war ein zu schwaches Wort, um ihn zu beschreiben.

»Wie geht es dir heute?«

Ich horchte kurz in mich hinein. Eigentlich hatte ich mir noch keine Gedanken darüber gemacht, wie ich mich fühlte. Irgendwie war ich verwirrt über Keons Wankelmut und ein wenig traurig über den Verlauf der gestrigen Nacht, auch wenn es beinahe unmöglich war, mich in Raphaels Anwesenheit überhaupt unwohl zu fühlen.

»Gut, es geht mir gut.«

Er nickte, obwohl man ihm ansah, dass er wusste, dass ich log. »Fühlst du dich wohl hier im Orden?«

Ich überlegte wieder. Ja, ich fühlte mich wohl, obwohl ich noch nicht lange hier war. Es hatte sich schon am ersten Tag richtig angefühlt, daran hatte sich nichts geändert.

»Sehr sogar!«

»Und trotzdem musst du so oft weinen.«

Er wirkte plötzlich niedergeschlagen und sah so aus, als würde er sich die Schuld daran geben.

»Ja, aber das hat nichts damit zu tun, dass ich mich hier unwohl fühle!«

»Aber es belastet dich trotzdem.«

Es war seltsam für mich, nur anhand seiner Reaktionen auf seine Gefühle schließen zu können, aber sein Blick sprach Bände. Auch wenn ich in Raphael nicht hineinsehen konnte, kam es mir so vor, als könnte ich manchmal seine Gefühle trotzdem gut deuten. Wie bei jemandem, den man schon seit Jahren kannte.

»Es ist neu für mich«, gestand ich schließlich und trank einen Schluck Tee. »Ich bin es nicht gewohnt, so viel mit anderen zu unternehmen. Manchmal reagiere ich deshalb wahrscheinlich so übersensibel.« Ich war so ehrlich, wie ich nur sein konnte.

Der Tee schmeckte furchtbar bitter, aber das Gesicht zu verziehen, wäre unhöflich gewesen.

»Ja, das kann ich gut verstehen«, erwiderte er und schenkte mir nach.

Ich stutzte. »Kannst du das?«

Ich konnte mir nicht vorstellen, dass er wirklich wusste, wovon ich sprach. Raphael genoss so viel Ansehen, so viel Bewunderung, dass es undenkbar war, dass er das Gefühl, nicht dazuzugehören, kannte.

Er lächelte. »Ich habe mir auch lange schwergetan, Anschluss zu finden.«

»Das glaube ich nicht.«

»Sie halten mich auch heute noch für unnahbar, oder?«

Ich erinnerte mich an die vielen Spekulationen über Raphael, die die anderen immer beschäftigten. Keiner wusste viel über ihn, zumindest hatte es den Anschein.

»Vielleicht bist du das auch – unnahbar.«

Er nickte interessiert und lächelte dann – warmherzig und freundlich, wie er es immer tat.

Unnahbar war wahrscheinlich das falsche Wort, mir gegenüber war er eigentlich nicht so.

»Wie lange machst du das hier schon? Ich meine, die *Ars Vivendi* leiten.«

»Einige Jahre. Es war eigentlich nie meine Absicht, einer Schule des Ordens vorzustehen. Es ist sozusagen einfach passiert.«

»Das klingt so, als wärst du dir nicht sicher, ob es richtig war.«

»Tut es das? Ich weiß nicht.«

Zum ersten Mal erschien mir Raphael nicht übermenschlich.

Ich zwang mich, noch einen Schluck Tee zu nehmen. Er schmeckte scheußlich, aber mein Magen fühlte sich gut an, wenn er erst mal unten angekommen war.

»Hast du eigentlich eine Freundin?«

Es war wahrscheinlich lächerlich, aber seit Sara und Leo darüber spekuliert hatten, ließ mich diese Frage nicht mehr los.

Er lächelte unschuldig. »Nein. Gerade wäre dafür auch kaum Zeit.«

Ich steckte mir eine Erdbeere in den Mund und malte mir aus, wie schön die Frau sein musste, die sich auf Raphaels Himmelbett rekeln durfte.

Der Gedanke wurde mir schlagartig peinlich. Eigentlich wollte ich gar nicht wissen, wie diese Frau aussah.

Wir unterhielten uns über Belanglosigkeiten. Raphael erzählte mir, wie viel Mühe es machte, das Schloss in Schuss zu halten, und entschuldigte sich dafür, dass es so wenige Badezimmer gab.

Ich berichtete schließlich über die beiden Ausflüge mit Keon, die Dämonen, die ich getroffen hatte, und die Eindrücke, die ich gesammelt hatte.

Raphael ermahnte mich zur Vorsicht, unzählige Male. Ich gewann den Eindruck, dass auch er sich Sorgen um mich machte. War ich so schwach? Es kam mir so vor, als wollte er nicht, dass ich weiterhin das tat, wofür ich eigentlich hier war.

Das Frühstück war schön. Ich fühlte mich Raphael näher, aber als ich mich verabschiedet hatte, um zu duschen und ein wenig für mich zu sein, überkam mich ein seltsames Gefühl.

Ich stand im Flur, blickte auf Keons Zimmertür und dann wieder zurück auf Raphaels. Sie schienen beide kein großes Vertrauen in meine Fähigkeiten als Wächter zu haben, aber bis jetzt hatte ich ihnen auch keinen Grund dafür geliefert. Ich hatte mich nicht sonderlich geschickt angestellt, war Keon oder dem Orden keine wirkliche Hilfe gewesen. Vielleicht hatte er auch deshalb gestern Abend so reagiert.

Auf dem Weg zurück in mein Zimmer wurde mir immer bewusster, wie schwach ich eigentlich war. Ich wusste, dass Wächter zum Kämpfen gemacht worden waren, aber ich hatte sichtlich Probleme damit. Ich musste mir unbedingt mehr Mühe geben, mich endlich anstrengen, um meiner Bestimmung nachkommen zu können.

Nachdem ich geduscht und mich umgezogen hatte, sah ich Leo und Kevin im Garten trainieren. Ich zögerte nicht lange und lief zu ihnen hinunter.

Kaum angekommen, wurde mir von Leo auch schon ein Schwert in die Hand gedrückt. »Hey, Mia! Lust auf ein bisschen Training?«

Ich nickte entschlossen und konzentrierte mich nur noch auf Leo und seine Bewegungen.

Die Schwerter trafen so hart aufeinander, dass meine Hände zitterten. Er hielt sich immer weniger zurück. Es dauerte nicht lange, bis er mit voller Wucht auf mich losging.

Ich verlor jegliches Zeitgefühl, wollte nur nicht schlappmachen. Mein Herz schlug immer schneller gegen meine Brust, während ich der scharfen Klinge wieder und wieder auswich.

Ich glaubte zu spüren, dass meine Intuition die Oberhand gewonnen hatte und das Schwert in meiner Hand wie von selbst durch die Luft glitt, aber die Kraft verließ mich doch irgendwann und ich geriet ins Taumeln.

»Das reicht!«

Sebastians Stimme ließ Leo schließlich innehalten und zurückweichen.

Ich rang nach Luft und musste mich kurz an Kevin festhalten, um nicht umzukippen. Ja, ich hatte mich überanstrengt, aber diese Art von Training half mir, mich zu verbessern.

»Was machst du denn da?!«, hörte ich Sebastian rufen und sah, wie er Leo finster musterte.

»Tut mir leid! Ich wollte sie nicht überfordern, aber sie ist stark!«

»Alles in Ordnung, Mia?«

Schon wieder dieser besorgte Blick, den ich heute schon bei Raphael gesehen hatte. Sebastian traute mir also auch nicht zu, zu kämpfen.

»Ja! Ich kann selbst auf mich aufpassen!«

Ich wollte diesen Blick nicht länger ertragen, also warf ich das Schwert ins Gras und lief davon.

Verwunderung schlug mir entgegen, wieder gepaart mit Sorge, der ich langsam überdrüssig wurde.

In der Aula kam mir Sara entgegen. »Hey, Mia! Alles klar? Du siehst irgendwie traurig aus.«

»Wieso machen sich alle solche Sorgen um mich?! Ich bin doch kein Kind!«

»Hmm …« Sara überlegte kurz und lächelte mich dann an. »Na ja, eigentlich bist du schon die Jüngste hier«, scherzte sie.

Ich ließ mich von ihrer fröhlichen Art schnell besänftigen. Es tat mir leid, dass ich so übersensibel reagiert hatte, aber ich fühlte mich so schwach, dass ich einfach wütend auf mich selbst war.

Sara nahm mich am Arm und setzte sich mit mir auf das Sofa neben dem Kamin. Über uns thronte das Ordenswappen.

»Wisst ihr eigentlich schon etwas wegen der Ghule?«

»Der Ghule?«, wiederholte sie überrascht und schüttelte dann den Kopf.

Ich hatte das Gespräch zwischen Conan und Keon noch nicht vergessen. Irgendetwas stimmte nicht und es schien wichtig zu sein, aber Keon würde mir bestimmt nichts darüber verraten.

»Ich weiß leider nichts Genaueres, wir können nur vermuten, wo sie herkommen.«

»Und was vermutet ihr?«

»Nichts Konkretes«, hörte ich Sebastian sagen.

Er, Leo und Kevin waren mir gefolgt, hatten ein schlechtes Gewissen, weil ich weggelaufen war.

Es tat mir leid, dass ich ihnen diese negativen Gefühle bereitet hatte.

Sie setzten sich zu uns.

»Tut mir leid, Mia! Ich wollte nicht so auf dich losgehen! Manchmal verliere ich die Kontrolle, wenn ich kämpfe. Du warst so gut, dass ich vergessen habe, wer da vor mir steht!«

»Schon in Ordnung. Dämonen machen schließlich auch keinen Unterschied, wer da vor ihnen steht, oder?«

»Das hast du von Keon«, erwiderte Sebastian und schien, auch wenn er lächelte, nicht übermäßig glücklich über diese Tatsache.

Ich nickte.

»Du solltest dich nicht so unter Druck setzen. Du bist erst ein paar Tage hier«, meinte Kevin.

»Ja, es ist Wochenende, genieß es! Raphael quält uns schon bald mit den ersten Prüfungen und die Welt wird schon nicht so schnell untergehen!«

Saras Worte brachten mich zum Schmunzeln. Sie war so enthusiastisch, so fröhlich, dass es beinahe unmöglich war, ihr zu widersprechen.

»Du warst heute gar nicht beim Frühstück. Warst du in der Nacht wieder mit Keon unterwegs?«, wollte Leo wissen, während er begann, die Klinge seines Schwertes zu polieren.

»Ja, ich war mit ihm unterwegs, aber nicht lange.« Ich zögerte zuerst, entschied mich dann aber, nicht noch mehr Geheimnisse vor ihnen zu haben. »Zum Frühstück bin ich nicht gekommen, weil ich mit Raphael gegessen habe.«

Wie erwartet, schlugen mir Überraschung und Neugier entgegen.

»Was? Echt?! Wieso? Hat er dich eingeladen?« Sara schien Gefallen an meinem Verbleib zu finden.

»Ähm, ja, eigentlich schon.«

»Wo wart ihr?«

»In seinem Zimmer.«

»Du warst in seinem Zimmer?!«

Sara tauschte ein paar wissende Blicke mit den anderen. Anscheinend war es etwas Besonderes, wenn Raphael jemanden einlud, zumindest verhielten sie sich so.

»Wir haben nur gefrühstückt und ein bisschen geredet«, relativierte ich die Sache und winkte ab.

»Raphael frühstückt sonst nie mit jemandem. Jedenfalls nicht in den letzten Jahren, in denen ich hier war, aber du bist ja sein Liebling!«, meinte Leo und stieß mich neckisch in die Seite.

Es war mir noch immer unangenehm, dass er mich scheinbar so bevorzugt behandelte, vor allem weil ich mir nicht erklären konnte, wieso.

»Ah, du wirst ja ganz rot! Was habt ihr denn da oben gemacht?«, wollte Kevin wissen und nahm ebenso wie Leo einen furchtbar unangenehmen Tonfall an.

»Gar nichts!«

»Hey, lasst Mia in Ruhe, sie darf doch rummachen, mit wem sie will!«, verteidigte Sara mich mehr oder weniger geschickt.

»Rummachen? Ich habe nicht mit ihm ›rumgemacht‹!«

»Jaja! Ihr habt da so ein Schüler-Lehrer-Ding laufen!«, meinte Leo und zwinkerte.

Eine Weile musste ich mir noch die absurdesten Spekulationen anhören, was unsere Zweisamkeit betraf, bis Sebastian das Thema endlich in eine andere Richtung lenkte. Wir sprachen über die neuen Bögen, die wir anscheinend bekommen hatten, und den Essensplan von nächster Woche.

Es war schön, sich mit Belanglosigkeiten abzulenken, zumindest eine Weile. Als es Zeit zum Mittagessen wurde, gingen wir zusammen zum Speisesaal.

Nach dem Essen trennten sich unsere Wege vorerst. Leo und Sara machten sich auf den Weg zu einer Mission und Kevin und Nick fuhren nach Hause.

Sebastian wollte sich um die neuen Bögen kümmern und ich folgte ihm unauffällig. Er ging einen Weg, den ich noch nicht kannte – hinunter in den Keller. Dort angekommen, blieb mir der Mund offen stehen.

Ich hatte schon geahnt, dass irgendwo die ganzen Waffen und Motorräder gelagert werden mussten, aber mit solch einem Arsenal an Equipment hätte ich niemals gerechnet.

Auf der rechten Seite der Halle standen gut vierzig Motorräder, alle vom selben Hersteller – ich erkannte Keons aber sofort. Die einzige Maschine in Hellgrau, er musste wieder hier sein.

An der gegenüberliegenden Wand hingen Schwerter und Bögen. Ich trat näher an Sebastian heran, der gerade dabei war, einen der silbernen Bögen aus der Halterung zu nehmen.

Hätte ich nicht frühzeitig sein Misstrauen gespürt, hätte er mir einen schmerzhaften Schlag verpasst. Ich wich gerade noch rechtzeitig zurück. Er erkannte zu spät, dass nur ich es war, die sich von hinten angeschlichen hatte. Natürlich war er sichtlich erleichtert, dass er mich verfehlt hatte.

»Mia! Wieso schleichst du dich so an?! Ich hätte dich fast …«

»K. o. geschlagen!«, ergänzte ich grinsend.

Sebastian entschuldigte sich für seine Reaktion. Ich musste an Keon denken, der wahrscheinlich einen cholerischen Anfall bekommen hätte, wenn ich hinter ihm herumgeschlichen wäre.

»Du hast wirklich eine beeindruckende Reaktion!«

»Danke.«

Er lächelte. Ich fühlte seine Freude darüber, dass ich ihm hinterhergekommen war, obwohl er noch nicht mal wusste, um was ich ihn bitten würde.

»Das sind die neuen Bögen, nicht?«

»Ja. Recurvebögen. Viel leichter als die alten. Deine Trefferquote wird sich bestimmt erhöhen.«

Ich nickte und nahm dann all meinen Mut zusammen. »Sebastian?«

»Ja?«

Er war beinahe genauso nervös wie ich, obwohl er schwer aus der Ruhe zu bringen war.

»Kann ich einen haben?«

»Was?«

»Einen Bogen. Ich habe noch keinen.«

»Ja, aber …« Mit diesem Unbehagen in ihm hatte ich gerechnet – er haderte kurz mit sich. »Brauchst du ihn, um zu trainieren?«

»Ja, aber nicht ausschließlich. Wenn ich mit Keon unterwegs bin, dann …«

»Du solltest noch gar nicht in so eine Situation kommen«, sprach er seine Gedanken laut aus und fühlte sich auch gleich schuldig.

Er war sehr darauf bedacht darauf, nicht durchklingen zu lassen, dass er Keons Trainingsmethoden halsbrecherisch und unverantwortlich fand, aber das gelang ihm nicht immer.

Seufzend wandte er sich ab. Er ging ein Stück die Wand entlang, nahm einen der weißen Bögen herunter und reichte ihn mir.

Ich musterte die schön verarbeitete Waffe und ihre Gravur.

»Ne discere cessa«, las ich und sah Sebastian fragend an. Mein Latein war natürlich über Nacht nicht besser geworden.

»Das bedeutet so viel wie: ›Hör nie auf, zu lernen‹. Raphael hat ihn für dich anfertigen lassen.«

»Wirklich?« Der Bogen war wunderschön und ich nahm mir fest vor, gut auf ihn aufzupassen. »Danke!«

»Du musst mir nicht danken, er war sowieso für dich bestimmt – wenn auch noch nicht jetzt.«

Sebastians gekünstelte Ruhe hatte merklich nachgelassen – er rang wieder mit sich. Als er mir die Tasche mit den Pfeilen reichte, bekam ich ein schlechtes Gewissen. Seine Gefühlswelt zu verdunkeln, war nie meine Absicht gewesen – ich wollte nur eine Waffe haben.

»Versuch, ihn zu spannen.«

Ich folgte seiner Anweisung, spannte einen Pfeil ein und den Bogen durch. Kritisch betrachtete er meine Haltung, stellte sich unglaublich dicht hinter mich und korrigierte leicht nach.

Er war mir noch nie so nah gekommen, auch wenn wir schon miteinander trainiert hatten. Sein schneller Herzschlag ließ auch meinen rasen.

Von meinem Schulterblatt ließ er seine Hand auf meine Hüfte sinken und zog mich noch näher. Ich hielt die Luft an, als er mir etwas ins Ohr flüsterte. Es kostete ihn Unmengen an Überwindung, es auszusprechen – das konnte ich fühlen.

»Ich habe gehofft, du wärst mir hinterhergeschlichen, um mir zu sagen, dass du mich begleiten willst und nicht mehr Keon.«

Er seufzte. Seine Worte waren absolut ehrlich. Er verurteilte sich für seine eigenen Gedanken, aber er musste sie loswerden.

Da war ein Teil in mir, der nichts lieber getan hätte, als die Gelegenheit beim Schopf zu packen und ihm zu sagen, dass ich bei ihm bleiben wollte – ich blieb aber stumm.

Auch wenn ich mir ausmalen konnte, wie es sein würde, von Sebastian zu lernen – was für ein angenehmer, geduldiger Lehrer er sein würde –, konnte ich dieses Angebot nicht annehmen.

Anscheinend war ich masochistisch veranlagt und quälte mich gern mit Keon. Ich wusste, dass ich zu ihm gehörte, auch wenn er mich nicht haben wollte.

»Es tut mir leid«, flüsterte ich.

»Pass auf dich auf, Mia.« Er ließ wieder von mir ab und trat einen Schritt zurück.

Ich schulterte den Bogen. »Danke noch mal.«

»Wie schon gesagt, du musst mir nicht danken.«

»Für alles, meine ich.«

Er nickte und ich hob zur Verabschiedung kurz die Hand.

Unter anderen Umständen wären wir ein gutes Team gewesen, in einem Universum, in dem ich weniger selbstzerstörerisch und abhängig war.

AUF EIGENE FAUST

I ch ging noch einmal hoch in mein Zimmer, um zu Hause anzurufen. Mir war danach, loszuwerden, dass ich meine Adoptiveltern lieb hatte – für den Fall, dass mein Plan dumm und riskant war.

Bevor ich das Schloss verließ, zog ich mich um. Ich wollte nicht auffallen und entschied mich für dunkle Jeans und ein schwarzes T-Shirt.

Ich konnte mich unbemerkt davonstehlen – zum Glück. Jemandem erklären zu müssen, wohin ich ging, hätte in mir nur wieder dieses Gefühl von Unzulänglichkeit wachsen lassen.

Wo ich hinging, war meine Sache, meine Entscheidung und vielleicht ein riesenhafter Fehler. Im Endeffekt hatte ich aber keine andere Wahl.

Weder Keon noch sonst jemand wollte mir verraten, was los war. Die vielen Ghule machten alle unruhig, so viel war sicher. Wahrscheinlich wollten sie mir keine Angst machen oder mir nicht zu viel zumuten, aber ich war jetzt eine von ihnen und ich würde beweisen, dass ich genauso stark sein konnte, wie von mir verlangt wurde. Ich wollte ein Wächter sein, wollte helfen, also musste ich wohl oder übel auf eigene Faust handeln.

Zum Glück war der Bogensport nichts allzu Ungewöhnliches. Ich wurde nur von jedem zweiten Passanten angestarrt. Mit den öffentlichen Verkehrsmitteln dauerte es zwar doppelt so lange wie mit Keons Motorrad, aber ich kam irgendwann vor dem *Borderline* an.

Wenn mir jemand erklären konnte, was vor sich ging, ohne mich wie ein hilfloses Kind zu behandeln, dann bestimmt ein Erzdämon. Er hatte mir angeboten, zu ihm zu kommen, wann immer ich wollte, und das Angebot anzunehmen, erschien mir gerade passend.

Gestern hatte ich keine Angst vor ihm gehabt, trotzdem stand ich nun wie angewurzelt vor dem Eingang und traute mich nicht hinein. Es war zwar Wochenende, aber der Club war noch nicht geöffnet. Vielleicht war er nicht mal hier.

Gerade als ich genug Mut gesammelt hatte, lenkte mich das Vibrieren meines Smartphones ab. Ich zog das weiße Handy aus der Tasche und las die eingegangene Nachricht.

Keon
In einer Stunde vor
dem Schloss.
Keon

Da würde er lange warten können. Ich würde in einer Stunde sicher nicht wie ein Lemming vor dem Schloss stehen und darum betteln, dass er mich mitnahm. Er wollte unbedingt allein sein, also ließ ich ihn schmoren. Ich kam vorerst selbst zurecht.

Von meiner Wut über Keons Wankelmut getrieben, lief ich schließlich die Treppe hinunter. Diesmal stand kein Henker vor dem Eingang. Vorsichtig lehnte ich mich gegen die Tür, die entgegen meiner Vermutung nicht abgeschlossen war.

Dort wo sonst eigentlich laute Musik und Bässe dröhnten, herrschte heute Stille. Der große Raum hatte etwas unglaublich Einladendes an sich – das war mir vorher noch nie aufgefallen. Hier lag Kreativität gepaart mit etwas Verruchtem in der Luft.

In den schwarzen Bodenfliesen spiegelten sich die Lichtkugeln der Deckenspots. Leise schlich ich an der Bar vorbei bis hin zur Treppe, die nach oben in Conans Büro führte.

Ich hätte gern behauptet, nicht aufgeregt zu sein, aber mein Herz schlug mir bis zum Hals.

Als ich der hohen Holztür nahe kam, baute sich diese düstere Aura vor mir auf. Er war definitiv hier.

Ich schluckte schwer und atmete dann tief durch. Wieder und wieder führte ich mir vor Augen, warum ich hier war und dass es keinen Grund gab, mich vor Conan zu fürchten. Gerade als ich begann, mir selbst zu glauben, öffnete sich die Tür und er stand vor mir.

Die dunklen Augen musterten mich ausgiebig, während sich seine Lippen zu einem Lächeln formten. Da waren sie wieder, die schneeweißen Zähne.

»Was für ein bildschöner Besuch. Möchtest du nicht reinkommen?«

Nickend stand ich vor ihm und hörte mein Herz klopfen. Kurz wunderte ich mich, woher er wusste, dass ich vor der Tür gestanden hatte, dann trat ich ein.

»Was führt dich zu mir, Mia? Schickt dich Raphael?« Er ging zu seinem Schreibtisch und lehnte sich dagegen.

»Nein … niemand schickt mich.«

Irgendwie hatte ich mich hier gestern wohler gefühlt. Ob das an Keons Anwesenheit gelegen hatte? Ich verwarf den Gedanken und konzentrierte mich auf den Grund meines Besuches.

»Ich dachte, du könntest mir erklären, was alle so in Aufruhr versetzt. Ich meine, wegen den Vermutungen, von denen du und Keon gestern gesprochen habt.«

Kurz war ich mir nicht sicher, ob ich ihn duzen sollte, zumal er bestimmt uralt war. Aber er sah nicht älter aus als fünfundzwanzig und außerdem schien es in der Szene üblich.

»Wie lange bist du schon an der *Ars Vivendi*?«, wollte er wissen und sprach die letzten beiden Worte irgendwie spöttisch aus.

»Eine Weile«, log ich und hoffte, dass die dunklen Augen nicht in mich hineinsehen konnten.

Ich fühlte etwas, das sich nach Belustigung anfühlte – anscheinend war ihm mein Besuch nicht lästig oder unangenehm, aber sicher war ich mir nicht.

»Wieso fragst du nicht Raphael, Keon oder einen anderen Wächter?«

»Weil sie mir nichts erzählen würden, was mich irgendwie belasten könnte oder was mich in Gefahr bringen würde oder was weiß ich was. Sie halten mich anscheinend für zu jung oder einfach zu ängstlich.«

»Vielleicht bist du das ja auch: zu jung«, wiederholte Conan und trat einen Schritt näher.

Obwohl die Distanz zwischen uns geringer wurde, beruhigte sich mein Herzschlag allmählich.

»Ängstlich bist du nicht. Du kommst allein hierher, zu jemandem, der dich mit Leichtigkeit töten könnte, nur um zu erfahren, wie du deinem Orden helfen kannst. Mut ist die edelste Form von Stärke, Mia – wenn auch manchmal tödlich.«

Er sah mir so tief in die Augen, dass ich befürchtete, mich in seinen zu verlieren. Obwohl er unweigerlich etwas Beängstigendes an sich hatte, war er faszinierend. Ich war kurz versucht, seine Faszination mit der von Raphael zu vergleichen, verwarf den Gedanken aber dann doch wieder.

»Andererseits könnte man dich auch töricht nennen«, fuhr er fort und wandte sich wieder von mir ab. »Wieso gehst du davon aus, dass ich dir helfe? Wir spielen doch in zwei verschiedenen Teams, oder?«

»Den Eindruck habe ich nicht.«

Ich wusste nicht, auf was er hinauswollte, aber meine Antwort schien ihn zu amüsieren.

»Ich meine, wir leben schließlich alle hier und müssen sehen, wie wir klarkommen. Wenn irgendetwas unser Leben durcheinanderbringt, ist das doch für keinen angenehm, oder?«

Er nickte, mehr beeindruckt als bejahend. Anscheinend hatte Conan nicht mit so einer Antwort gerechnet, auch wenn ich nicht wusste, was er sonst erwartet hatte. So wie ich Raphael verstanden hatte, war das die Aufgabe des Ordens: den Frieden bewahren und nicht irgendeinen fiktiven Machtkampf zwischen Gut und Böse austragen.

»So schön. So mutig. So idealistisch!«, meinte Conan, während er eine Flasche Wein aus dem silbernen Schrank holte. Er entfernte den Korken und füllte zwei Gläser mit der roten Flüssigkeit. »Setz dich und trink etwas mit mir.«

Ich folgte seiner Bitte, nahm den Bogen von meiner Schulter und setzte mich auf das schwarze Ledersofa.

Der Wein schmeckte süß, gar nicht wie der Rotwein, den ich bisher gekostet hatte.

»Was weißt du über den Morgenstern, Mia?« Conan nahm neben mir Platz und schwenkte sein Glas.

»Luzifer? Es ist eine Art Krankheit, die Engel befällt, oder? Die Bürde trägt immer jemand anderes.« Ich erinnerte mich daran, was Keon mir erzählt hatte.

»Ja, eine Bürde – so könnte man es nennen. Der Engel Luzifer wurde zum Synonym für diese Bürde. Er war einst etwas Besonderes und genoss im Himmel großes Ansehen. Seine Erscheinung war schöner und sein Wesen edler und mutiger, als es für einen einfachen Engel üblich war. Alle liebten und verehrten ihn. Dann kamen Tage, in denen eine seltsame Kraft in ihm wuchs, und mit dieser Kraft begann auch Luzifers berühmte Geschichte. Er wandte sich von Gott ab, aber nicht, weil er verrückt wurde. Nein, Luzifer war nicht dem Wahnsinn verfallen – noch nicht. Er wusste, dass er eine Todsünde beging, und es schmerzte ihn über alle Maßen, sich von seinem Schöpfer abzuwenden. Er behauptete, es wäre seine Bestimmung, sein Schicksal, und er würde diese Last tragen, so lange, bis er eines Tages begreifen würde, wozu diese unbekannte Macht ihm zuteilgeworden war. Nachdem Michael ihn aus dem Himmel verbannt hatte, fand Luzifer Zuflucht in der Hölle. Dort, wo er weit genug von Gott entfernt war, um seine Sünde zu ertragen.«

Conan erzählte so ruhig und betont, dass ich vor Aufregung beinahe vergessen hätte, zu atmen.

»Und dann?«

»Nur wenige Engel schenkten Luzifer Glauben und noch weniger folgten ihm aus dem Himmel in die Hölle. Er wurde immer mächtiger, ohne wirklich zu wissen, wieso. Mit der Kraft wuchs aber auch der Wahnsinn in ihm und er begann, sein Dasein als Engel vollkommen zu vergessen. Er hatte sich lange dagegen gewehrt, länger, als jeder andere es gekonnt hätte, aber irgendwann konnte er der Macht, die ihn befallen hatte, nicht mehr Herr sein. Er führte bald den berühmten Krieg gegen Gott und die Engel, getrieben von seiner eigenen Verzweiflung und der Leere, die in ihm herrschte. War er zu Beginn noch sicher gewesen, dass sein Dasein, seine Verwandlung einen Sinn hatte, so war er zu Zeiten des ersten großen Krieges bereits nicht mehr er selbst. Luzifer tötete unzählige Unschuldige, er wurde zu einem Monster. Keiner konnte ihn stoppen, bis Gott persönlich einschritt und seine rechte Hand zur Hilfe schickte. Gabriel war es, der den Morgenstern schließlich tötete. Die rechte Hand Gottes hat den schwarzen Engel zu Fall gebracht und alle sahen einer glücklicheren Zukunft entgegen. Es folgte eine lange Zeit des Friedens, Zeiten des Umbruchs und der Freiheit. Luzifer und seine Geschichte gerieten in Vergessenheit, so lange, bis es von vorn begann ...«

Als Conan innehielt, lief es mir eiskalt den Rücken hinunter. Das alles war so viel mehr als nur eine Geschichte, es war wahr, auch wenn mein Verstand es nicht begreifen konnte.

»Wer trug die Bürde dann?«

»Ein Engel namens Astaras.« Conan schien meine Reaktion abzuwarten. Ich rang mir ein ungeduldiges Nicken ab. »Er lebte lange Zeit auf der Erde und sehnte sich wie so viele Engel nach einem menschlichen Leben.«

»Nach einem menschlichen Leben?«

»Ja, vieles, was er hier unter den Menschen fand, wäre ihm im Himmel verwehrt geblieben – auch die Liebe zu einer Frau. Sein Herz gehörte einer jungen Wächterin wie dir. Sie liebten einander einige Jahre, bis er schließlich zu einem Monster wurde. Er veränderte sich schneller als Luzifer, wurde binnen kürzester Zeit zu einem grausamen Wesen. Es schien, als wäre er einfach nicht stark genug, die Bürde zu tragen. Schweren Herzens wandte sich die Wächterin von ihm ab. Eine Weile wurde es still um den zweiten dunklen Engel. Sein gebrochenes Herz trieb ihn hinunter in die Tiefen der Hölle, so wie einst auch Luzifer. Als er wiederkam, war er beinahe zur Gänze dieser unbekannten Macht verfallen. Das wahllose Töten begann von vorn und der Einzige, der ihn hätte aufhalten können – die rechte Hand Gottes –, führte in der Zwischenzeit selbst ein menschliches Leben und hatte einen Teil seiner Kraft dadurch eingebüßt. Als Astaras sah, dass die Wächterin, die er liebte, ihr Herz an einen anderen Mann verloren hatte, starb auch das letzte bisschen Vernunft in ihm. Er führte einen Kreuzzug gegen den Orden, tötete unzählige Wächter und alle, die seinen Weg kreuzten. In ihrer Verzweiflung stellte sich die Wächterin ihm in den Weg. Keiner weiß, wie, aber sie bot ihm die Stirn, hätte ihn vielleicht sogar töten können, aber sie brachte es einfach nicht übers Herz, den Mann, den sie liebte, mit ihren eigenen Händen zu töten. Der Moment ihres Zögerns war der Moment ihres Todes. Astaras nahm ihr das Leben. Während das letzte bisschen Bewusstsein, über das er noch verfügte, seine Tat begriff, hatte Gabriel Zeit, ihn anzugreifen. Geschwächt durch den langen Kampf und die Vermenschlichung, die er in den Jahren auf der Erde erfahren hatte, konnte er nicht genügend Kraft aufbringen, um ihn zu töten. Astaras wurde schwer verwundet und verschwand erneut in den Tiefen der Hölle.«

Ich schluckte schwer, ehe ich meine Frage stellte. »Und dann? Kam er zurück? Wurde er besiegt?«

»Das wird die Zeit zeigen, mein Engel.«

Ich schauderte.

»Keiner weiß, wann, aber alle wissen, dass er zurückkommen wird, um zu beenden, was er angefangen hat.« Conan lächelte mir zu und trank sein Glas leer.

Dieses Gefühl, das mich überkam, war seltsam – eine Mischung aus Furcht und Tatendrang.

»Also vermutet ihr, dass die Ghule ein Vorzeichen für Astaras' Rückkehr sind.«

»Nun ja, diese Aasfresser brauchen viel Energie, um in so großer Zahl aus der Hölle zu steigen. Die Regung eines mächtigen Wesens wie Astaras würde diese Energie erzeugen.«

»Ist er denn schon hier?!«

Die Vorstellung, dass dieser wahnsinnige Engel schon irgendwo ganz in der Nähe lauern könnte, machte mir Angst.

»Nein. Wir müssten die Anwesenheit eines so mächtigen Engels spüren, aber bislang kann nicht einmal Raphael einschätzen, wo sich Astaras befindet. Es könnte sein, dass er in diesem Moment auf dem Weg ist oder dass er noch jahrelang schläft.«

»Und was passiert, wenn er zurückkommt? Ich meine, wie können wir ihn aufhalten?«

»Wenn er zurückkommt, wird es eine Schlacht geben, so viel ist sicher. In Dämonenkreisen herrscht zwar noch allgemeine Gelassenheit, da sich Astaras' Wut bislang nur gegen die Wächter gerichtet hat, aber das ist töricht! Wenn er zurückkommt, wird er um des Tötens willen töten! Die Wächter werden sich ihm zwar als Erste in den Weg stellen, aber das schützt weder Dämonen noch Engel vor seiner blinden Wut. Ob und wie man ihn aufhalten kann, werden wir wohl oder übel erst dann sehen, wenn es so weit ist.«

Ich spürte kurz etwas, das sich nach Nervosität anfühlte, vielleicht kam diese Regung aber auch von mir, denn ich war wie gelähmt vor Aufregung. Astaras würde wiederkommen, wahrscheinlich bald, und er würde uns töten wollen: Raphael, Keon, Sebastian, Sara, Leo, Kevin, Nick, mich – alle Wächter. Ein übermächtiger Gegner, von dem keiner wusste, wer ihn in seine Schranken weisen konnte.

»Was kann ich tun?«, wollte ich wissen, nachdem mir bewusst geworden war, dass ich nicht mal mit einem einzelnen Ghul fertigwurde.

»Du solltest weit genug entfernt sein, wenn der Tag kommt, mein Engel.«

Im Grunde hatte er recht. Ich konnte wahrscheinlich nichts ausrichten, aber verstecken würde ich mich nicht. Auch wenn ich panische Angst vor dem Tod hatte, wenn es sein musste, würde ich ihm ins Auge sehen, genau wie alle anderen.

Ich trank das Glas Wein leer und atmete tief durch. Dass die Angst mich lähmte, durfte ich nicht zulassen. Die anderen kamen schließlich auch damit klar.

»Ich werde nicht weglaufen«, meinte ich schließlich mehr an mich selbst gewandt als an Conan.

»Das dachte ich mir. Du bist mutig, aber das waren viele, die im Krieg gefallen sind. Mut allein reicht oft nicht aus, um etwas zu verändern, Mia.«

Ich zuckte mit den Schultern, wusste nicht, was ich erwidern sollte. Das kleine bisschen Mut, das ich hatte, war das Einzige, das ich beitragen konnte, und zumindest daran würde ich festhalten.

Conan legte den Arm auf die Couchlehne und fuhr mit den Fingerspitzen über meine Wange. Ich erschrak, doch das lag lediglich daran, dass seine Hände so furchtbar kalt waren. Er machte mir keine Angst mehr, auch wenn seine Berührungen eindeutig nicht von dieser Welt waren.

»Ein gewöhnlicher Mensch mit einem so hübschen Gesicht.« Er ergriff mein Kinn und drehte meinen Kopf ins Profil.

Ich war ihm unweigerlich etwas schuldig, zumal er mich in Dinge eingeweiht hatte, die mir sonst wohl nicht so schnell jemand verraten hätte, aber wie eine Puppe behandelt zu werden, war mir unangenehm.

Still musterte Conan mich, mit einem schwachen Lächeln auf den Lippen. »Schwer zu glauben und doch so offensichtlich«, flüsterte er.

Ich verstand nicht, warum er so fasziniert von mir war. Er hatte bestimmt schon hübschere Mädchen gesehen – darauf hätte ich meinen Bogen verwettet.

Ich drehte meinen Kopf von ihm weg und blickte zu Boden. Er bemerkte mein Unbehagen und ließ von mir ab.

»Entschuldige bitte, ich war zu aufdringlich.«

Conan war wirklich schwer zu durchschauen. In einem Moment erkannte ich in ihm den Erzdämon mit der süßen Zunge und im nächsten erschien er mir unglaublich menschlich und mitfühlend.

Das Klopfen an der schweren Holztür ließ mich aufschrecken.

»Gedulde dich noch einen Moment!«, befahl er dem Besucher und stand auf. Er reichte mir die Hand und zog mich auf die Beine. »Mia, du entschuldigst mich? Die Arbeit ruft. Ich hoffe, ich konnte deine Fragen beantworten. Mach dir nicht zu viele Gedanken um Dinge, die vielleicht passieren könnten. Carpe diem.«

Zum ersten Mal verstand ich etwas Lateinisches.

»Ja. Entschuldige bitte, dass ich dir deine Zeit gestohlen habe. Danke für alles, ich stehe in deiner Schuld!«

»Ja, aber lass uns um den Preis ein andermal feilschen.«

Er machte ein paar Schritte auf mich zu, hob mein Kinn wieder an. Ich wich intuitiv zurück, als er sich auf die Lippen biss.

Er hatte eine so große Anziehungskraft, dass ich beinahe meinen Verstand abgeschaltet hätte – erst der Gedanke an Keon und seine Reaktion auf das hier riss mich zurück in die Realität.

»Bitte nicht!«

Er ignorierte meine Einwände, hielt meine Hände fest, die ihn wegdrücken wollten, und zog mich zu sich. Ich blickte Hilfe suchend zu meinem Bogen, der noch immer auf dem schwarzen Ledersofa lag.

Sein Gesicht kam näher. Er hielt mich so fest, dass ich mich kaum bewegen konnte. Gerade als ich ängstlich wurde, hauchte er mir einen Kuss auf die Wange und ließ von mir ab.

»Keine Angst, ich werde dir nie wehtun.«

Ich wusste nicht, was ich erwidern sollte, nickte einfach und griff nach meinem Bogen.

Ich hatte überreagiert, wieder mal. Er hatte mich nur auf die Wange geküsst. Ich konnte Conan einfach nicht einschätzen, schon gar nicht, wenn er mich so anlächelte.

»Danke noch mal«, murmelte ich und öffnete die Tür.

Als ich nach draußen ging, schlug mir sofort eine dämonische Aura entgegen. Nicht vergleichbar mit der von Conan, aber doch stark ausgeprägt.

Sie lehnte ein wenig weiter an der steinernen Wand und hatte die Arme vor der Brust überkreuzt. Als sie mich bemerkte, stieß sie sich ab und kam auf mich zu.

Sie war unglaublich hübsch, etwas älter als ich, hatte lange schwarze Haare und trug dunkelroten Lippenstift. Wenn Conan sie anstarrte, verstand ich, warum.

Tiefe Abneigung prallte mir entgegen, als sie mich streifte. Meine Gabe war relativ überflüssig, zumal ihr Blick kaum kälter hätte sein können. Voll Missgunst und Abneigung musterte sie mich.

Mein vorsichtiges »Hey« wurde ignoriert. Sie stolzierte an mir vorbei und trat schließlich durch Conans Tür. Das Klappern ihrer Stöckelschuhe hallte nach.

Ich zuckte mit den Schultern und lief die Treppe zum *Borderline* hinunter. Man konnte sich nicht mit jedem anfreunden, egal ob Mensch, Engel oder Dämon.

Wieder im Club, wurde ich sofort von einer Lawine von Gefühlen überrollt, weil er geöffnet war. Es war spät geworden, ich war länger bei Conan gewesen als gedacht.

So unauffällig wie möglich bahnte ich mir meinen Weg über die Tanzfläche. Ich fühlte neugierige und teilweise auch missbilligende Blicke auf mir ruhen. Der Bogen auf meinem Rücken identifizierte mich natürlich für jeden noch so begriffsstutzigen Dämon als Wächterin. Dass nicht alle meine Anwesenheit so schätzten, wie Conan es tat, hatte ich mir schon gedacht.

Mit ernster Miene lief ich zum Ausgang. Immer wieder wurde ich angerempelt und sah unfreiwillig in unzählige Dämonenköpfe. Gerade als ich genug von ihren Gefühlen hatte, schlug mir eine vertraute Aura entgegen, eine, die ich kannte, aber nicht sofort zuordnen konnte. Ich drehte mich um, um zu sehen, zu wem die gutmütige Dunkelheit gehörte, und blickte in zwei Augen, in die ich bereits zwei Tage zuvor geblickt hatte.

»Elias, nicht wahr?«, rief ich und zauberte damit ein Lächeln auf seine Lippen.

»Du erinnerst dich an mich?«

Er freute sich sehr darüber, dass ich seinen Namen behalten hatte. Was dachte er denn, wie vielen Dämonen mit Engelsgesicht ich schon begegnet war?

»Mein plötzlicher Abgang vom letzten Mal tut mir leid!«

Verlegen fuhr ich mir durch die Haare. Ich war wie ein Verbrecher hier rausgeschleift worden – unglaublich peinlich.

»Kein Problem. Ist dein Freund auch hier?«

Ich brauchte ein paar Sekunden, um zu verstehen, dass er Keon meinte. »Ah der! Nein! Ich bin allein hier. Außerdem ist er nicht mein Freund, in keinerlei Hinsicht!«

Gerade als die Sache mit Keon wieder in mir hochkommen wollte, lenkte mich Elias mit seiner positiven Gefühlswelt ab.

Er erinnerte mich an Sara, nur in einer düstereren, dämonischeren und natürlich männlicheren Ausführung.

»Schickt dich der Orden oder bist du zum Vergnügen hier?«

»Ich war bei Conan.« Er sah mich kurz verwundert an. Der Grund meines Kommens schien ihm Sorgen zu bereiten, warum auch immer. »Und hast du heute Abend noch etwas vor oder hast du Zeit für einen Drink?«

Ich verstand ihn durch die lauten Bässe kaum. »Hier?«

»Gefällt es dir hier nicht?«

Ich zuckte mit den Schultern. Still und leer hatte der Raum einladender gewirkt. Die Hard-Rock-Dauerbeschallung war gewöhnungsbedürftig. »Ganz schön laut, oder?«

Er lachte und nickte dann. Anscheinend fühlte sich Elias hier wohl. Er ging an mir vorbei und signalisierte mir, ihm zu folgen.

Auf der rechten Seite des Raums führte ein Durchgang in eine Art Separee. Die Lautstärke hier war erträglicher und die Atmosphäre angenehmer. Schwarze Ledersofas umringten flache Glastische und überall brannten Kerzen. Zwei Tische waren bereits besetzt, der hinterste war frei.

Natürlich starrten mich alle Anwesenden an, als stünde ich in Flammen.

»Das *Borderline* hat wohl nicht oft Wächterbesuch«, stellte ich fest und setzte mich.

»Eigentlich schon, aber selten als Gast. Wenn ein Wächter mit Bogen hierherkommt, bedeutet das meistens Ärger.«

»Starren die mich deshalb so an?«

»Ach, nimm dir das nicht zu Herzen! Die meisten hier sind Idioten, die in ihrer eigenen beschränkten Welt leben! Die haben keine Ahnung, kennen nur ihresgleichen. Engstirnige Rassisten.«

Er gab sich große Mühe, damit ich mich hier wohlfühlte – das war süß von ihm.

»Du bist oft hier, oder?«

»Ja, viele meiner Freunde gehen hierher.«

Es schien kurz so, als sei es ihm unangenehm, dass er zu dieser Szene gehörte.

»Ist doch klasse«, entgegnete ich und zauberte ein erleichtertes Lächeln auf seine Lippen.

Eigentlich war ich es, die hier nicht reinpasste, und Elias hätte es unangenehm sein müssen, mit mir gesehen zu werden, aber die vielen musternden Blicke waren ihm egal.

Während er etwas zu trinken holte, platzierte ich meinen Bogen neben mir auf dem Sofa und öffnete die Haare. Man musste mir nicht auf den ersten Blick ansehen, woher ich kam – so fiel ich weniger auf.

Als er wiederkam, grinste er mich an.

»Wie alt bist du eigentlich?«, wollte ich wissen und musterte sein doch ziemlich jung wirkendes Gesicht.

»Achtzehn, aber noch nicht lange. Und du?«

»Sechzehn.«

»Ganz schön jung für einen Wächter, oder?«

»Nicht du auch noch!«, flehte ich und verschränkte die Arme vor der Brust.

Er merkte sofort, dass ich auf dieses Thema nicht gut zu sprechen war, und hakte auch nicht weiter nach.

»Woher kennst du Conan?«, wollte ich wissen, als ich mich daran erinnerte, dass der Erzdämon meinen Namen von Elias erfahren hatte.

»Man kennt sich in dieser Szene eben.« Diesmal war er es, dem das Thema unangenehm war, aber er sprach trotzdem weiter. »Meine Familie gehört schon lange Conans Zirkel an. Ich helfe manchmal aus.«

»Und was machst du dann für ihn?«

»Ähnliche Dinge wie du für deinen Orden.«

Jetzt wollte er wirklich nicht mehr darüber sprechen.

Vielleicht hätte ich stutzig werden sollen, aber Elias war so gutmütig, dass er gar nicht in der Lage gewesen wäre, irgendetwas zu tun, was mich skeptisch hätte machen können.

»Gehst du noch zur Schule?«

Er nickte und erzählte mir von seinen Lehrern, seinen Mitschülern und seiner Hockeymannschaft. Es tat gut, sich über normale Dinge zu unterhalten, auch wenn sich in meinem Hinterkopf andere Bilder abspielten.

Ich hatte das Gefühl, dass mich die Geschichten, die Conan mir heute erzählt hatte, in den kommenden Tagen und Monaten unweigerlich verfolgen würden. Ein netter, normaler Abend mit Elias erschien mir für heute in Ordnung.

Er erzählte mir von seiner Familie: Beide Elternteile waren Dämonen. Seine Herkunft war immer ein unangenehmes Thema gewesen, weil er angenommen hatte, dass ein Dämon zu sein gleichbedeutend damit war, böse zu sein. Er versicherte mir zwar, heute anders über seine Abstammung zu denken und verstanden zu haben, dass er selbst entscheiden konnte, ob er Gutes oder Böses tat, aber ich fühlte, dass er sich innerlich noch immer nicht wirklich akzeptiert hatte.

Ich erzählte ihm von meinem sterbenslangweiligen Leben vor dem Vorfall mit der Chimäre und dem aufregenden, aufwühlenden Leben danach.

Es fühlte sich gut an, zu reden. Elias war der geborene Zuhörer, dem man gern alles anvertraute – so als wären wir schon lange befreundet. Alles ging mir unglaublich leicht von den Lippen, auch Dinge, die ich sonst wahrscheinlich niemandem erzählt hätte.

Immer wieder mal vibrierte mein Handy und verkündete einen – wahrscheinlich tobenden – Keon, der versuchte, mich zu erreichen. Ich drückte ihn weg.

Das *Borderline* sagte mir schnell zu. Irgendwann gewöhnte ich mich an die Musik, genauso wie die Gäste sich irgendwann an mich gewöhnten. Sie hörten auf, mich anzustarren und mir argwöhnische Blicke zuzuwerfen.

Elias befragte mich ausführlich zur *Ars Vivendi* und zu meinem Dasein als Wächter. Ich fühlte, dass ihn das Thema interessierte, und ich spürte so etwas wie Neid. Nicht, dass er es mir nicht gönnte, zum Orden zu gehören, aber es kam mir so vor, als wäre er selbst gern ein Teil davon gewesen.

Ich fragte mich, ob Dämonen auch Wächter werden konnten, und bekam kurz darauf die Antwort von Elias.

»Jemand wie ich könnte zwar keiner von euch werden, aber ich finde es trotzdem klasse. Ihr beschützt die Menschheit schon so lange und trotzdem kennt kaum jemand euren Namen. Es geht nicht um Ruhm oder Machtkämpfe, nur darum, diese Welt zu bewahren.«

Ich nickte, mir fiel nichts ein, was ich hätte erwidern können. Irgendwie fand ich es schade, dass Elias kein Wächter werden konnte – wir hätten bestimmt viel Spaß gehabt. Ich hoffte, ihn trotzdem wiederzusehen.

Ein Blick auf die Uhr ließ mein Gewissen aufhorchen. Es war kurz nach Mitternacht und ich hatte fünfundzwanzig entgangene Anrufe. Auf der Liste fand sich nicht nur Keons Nummer, sondern auch die von Raphael und Sebastian. Ich wurde unruhig. Vielleicht hätte ich doch jemandem Bescheid geben sollen, wohin ich ging.

»Alles in Ordnung? Du siehst so aus, als gäbe es Ärger.«

Ich zuckte mit den Schultern und steckte das Handy wieder ein. »Halb so schlimm«, erwiderte ich und zwinkerte.

Auch wenn sie sich Sorgen machten, sie würden sich wohl oder übel daran gewöhnen müssen, dass ich nicht ihr Nesthäkchen war. Es war Wochenende und ich würde bestimmt nicht jedes Mal Rechenschaft ablegen, wo ich hinging und mit wem ich mich traf. Vielleicht war ich noch jung, aber wer die Aufgabe hatte, die Menschheit zu beschützen, konnte auch selbst entscheiden, wo er wann hinging – zumindest rein theoretisch.

Im Übrigen war ich der übermäßigen Fürsorge von Keon, Raphael und Sebastian ziemlich überdrüssig. Natürlich mochte ich sie sehr – zumindest zwei von ihnen –, aber sie übertrieben es mit der Beschützerrolle.

»Ich werde dann mal gehen. Es ist schon spät und ich muss morgen früh raus.«

Ich hatte mir fest vorgenommen, gleich morgen mit dem Training weiterzumachen. Mich im Schwertkampf und im Bogenschießen zu verbessern, waren zwei der wenigen Dinge, die ich zurzeit beitragen konnte.

»Wie kommst du denn zurück zum Schloss?«

Die Frage war berechtigt, denn eigentlich hatte ich keine Ahnung. Es fuhren keine Busse mehr und für ein Taxi fehlte mir das Geld. Auch wenn ich mir Gedanken über Erzdämonen, Engel und Ghule gemacht hatte, über so banale Dinge wie den Heimweg hatte ich nicht nachgedacht.

Ich zuckte mit den Schultern und lächelte dann. »Ich werde schon irgendwie zurückkommen.«

Kurz überlegte ich, ob ich vielleicht jemanden bitten könnte, mich abzuholen, aber den Gedanken verwarf ich binnen Sekunden wieder.

»Ich kann dich fahren!«

Elias stand auf und zückte einen Autoschlüssel. Zu meiner Überraschung freute er sich richtig, mir diesen Gefallen tun zu können, also fiel es mir nicht schwer, sein Angebot anzunehmen.

Wir gingen zum Ausgang. Er stoppte an einer Gruppe Dämonen – alle ungefähr in seinem Alter.

Während Elias sich verabschiedete und verlegen erklärte, dass er mich nur nach Hause fahren wollte, las ich unfreiwillig die Gefühle seiner Freunde. Ich hatte meine Gabe schon lange nicht mehr bereut, aber in diesem Moment tat ich es.

Die Gefühle, die die jungen Dämonen hatten, als sie mich musterten, ließen auf ziemlich eindeutige Gedanken schließen.

Einer murmelte etwas von wegen »Wächterschlampe«, woraufhin Elias ihn mit bösen Blicken strafte.

Ich beachtete sie nicht, tat so, als hätte ich nichts gehört – was hätte ich auch machen sollen? Sie verprügeln?

Die frische Luft, die mir draußen entgegenschlug, tat unglaublich gut. Es war eine sternenklare Nacht und die Stadt lag ruhig da.

»Entschuldige bitte«, meinte Elias verlegen und schmetterte mir Unbehagen entgegen.

»Was denn?«

»Die dämliche Aussage von meinem Freund vorhin. Sie sind eigentlich ganz nett, aber sie glauben manchmal, sie müssen unbedingt den Dämon raushängen lassen.«

»Schon gut, hab gar nicht hingehört!«, versicherte ich und lächelte.

Elias war nicht so, er hätte nie so über mich gesprochen und nie so gedacht. Ich spürte, dass er mich sehr mochte.

Ich folge ihm durch die schmalen, dunklen Gassen, bis wir schließlich vor einem schwarzen BMW hielten. Er öffnete mir die Beifahrertür.

Auch wenn der Wagen von außen blitzte und glänzte, herrschte im Inneren Chaos. Überall lagen CDs, Kaugummipapier und anderer Müll. Ich musste schmunzeln. Anscheinend war Elias ein Chaot, aber das machte ihn nur umso sympathischer.

»Gehört das Auto dir?«

»Ja, ich habe es zum Geburtstag von meinen Eltern bekommen. Entschuldige bitte, dass es so aussieht, ich bin unordentlich!«

Ich stimmte in sein Lachen ein und lehnte meinen Kopf gegen die Nackenlehne. Während aus den Boxen leise Gothic-Musik dröhnte, wurde ich schläfrig.

Ich bekam noch mit, dass wir aus der Stadt fuhren, dann nickte ich weg. Das Nächste, an das ich mich erinnern konnte, war, dass Elias immer wieder meinen Namen wiederholte.

Als ich hochschreckte, hielten wir bereits vor dem silbernen Tor der Schlossauffahrt.

Verdattert sah ich mich um. »Das ging aber schnell«, nuschelte ich und rieb mir die Augen.

Es war mir unangenehm, dass ich einfach eingeschlafen war, aber Elias nahm mir das nicht übel.

Er stieg mit mir aus und musterte das imposante Schloss, das so majestätisch in den Nachthimmel ragte.

»Sehen wir uns mal wieder?«, wollte er wissen und klang dabei unsicher.

»Wenn es dir nicht peinlich ist, mit mir gesehen zu werden«, scherzte ich und fühlte, dass er sich über meine Antwort freute.

»Darf ich deine Nummer haben?«

Ich diktierte ihm die Zahlen und wollte mich gerade für den schönen Abend bedanken, als mir plötzlich so viel Wut entgegenschlug, dass ich erschrak.

»Was ist?«

Ich sah mich hektisch um und schluckte dann schwer, als ich bemerkte, woher die beißende Emotion kam, oder besser, zu wem sie gehörte. Sehen konnte ich ihn nicht, aber ich spürte, wie er den Hügel herunterstapfte. Er musste uns kommen gehört haben.

»Du solltest fahren!«, rief ich und schob Elias zu seinem Auto.

Keon würde jeden Moment hier auftauchen und zu sagen, dass er sauer war, wäre die Untertreibung des Jahrhunderts gewesen.

»Wieso, was ist denn los?!«

»Vertrau mir! Fahr einfach, wenn dir dein Leben lieb ist! Wir sehen uns dann!«

Ich öffnete das Tor, trat hindurch und lief den Weg ein Stück hinauf, bis ich schließlich den Motor von Elias' Wagen hörte. Als er sich entfernte, wechselte ich schlagartig wieder die Richtung.

»Mia!«, schrie Keon, der mittlerweile seine Schritte beschleunigt hatte.

Er war so wütend, dass ich befürchtete, er würde mich drei Jahre lang anschreien, wenn er mich erwischen würde.

»Bleib gefälligst stehen, du …!«

Ihm schienen die Worte zu fehlen – kein gutes Zeichen.

Er holte mich schnell ein. »Wo zur Hölle warst du?!«

Er baute sich vor mir auf und brüllte so laut, dass er mit Sicherheit das ganze Schloss aufweckte. Er hatte sich Sorgen gemacht, schlimmer als sonst.

»Wo ich war, ist Privatsache und geht dich somit nichts an!«, entgegnete ich kühl und war unglaublich stolz auf meine Schlagfertigkeit.

Er rang nach Worten und Luft. Wenn er sich weiter so aufregte, würde er bestimmt irgendwann einen Herzinfarkt bekommen.

»Führst du dich deshalb auf wie eine Irre?! Du holst dir einen Bogen von Sebastian und verschwindest dann! Keiner wusste, wo du abgeblieben bist!«

»Na und!?«, schrie ich zurück und machte einen Schritt auf ihn zu. »Was interessiert es dich, wo ich hingehe?!« Ich fühlte, wie unangenehm ihm meine Frage war, aber das war mir egal. »Für dich bin ich doch sowieso nur eine Last! Sei froh, wenn ich dich nicht mehr belästige!«

Meine Stimme zitterte mit einem Mal, weil mir wieder die Tränen in die Augen schossen. Ich wollte nicht weinen, mir nicht diese Blöße vor Keon geben, aber es war schwer. Was er gesagt hatte, trug ich ihm nach, weil es noch wehtat.

Bevor die Tränen sich ihren Weg über meine Wangen bahnten, lief ich davon. Ich rannte ein Stück in Richtung Wald, nicht weit, denn Keon holte mich schnell ein. Er packte mich von hinten und hielt mich fest. Sein Griff lockerte sich auch dann nicht, als ich meinen Widerstand schon längst aufgegeben hatte.

»Du dummes Mädchen ...«, murmelte er, während ich vor mich hin schluchzte. Anscheinend wurde es zur Gewohnheit, dass ich jeden Abend heulte wie ein Schlosshund.

Ich hielt mich an seinen Unterarmen fest, die sich um meinen Oberkörper geschlungen hatten. Eine Weile standen wir so da, bis mein Atem wieder gleichmäßiger wurde.

»Du kannst doch Gefühle lesen, oder?«, wollte er wissen.

Ich nickte, wusste aber nicht, worauf er hinauswollte.

»Und warum um Himmels willen heulst du dann hier wegen so einem Scheiß herum?«

»Es ist nicht so, als könnte ich Gedanken lesen!«, erwiderte ich und schluchzte wieder. »Ich kann zwar in dich hineinsehen, aber ich kann dich nicht lesen wie ein Buch! Du bist manchmal so verschlossen und frustriert, dass ich nicht weiß, wie du dich fühlst oder was du von mir hältst!«

Er blieb eine Weile stumm, ich spürte wieder diese Mauer, von der ich ihm gerade erzählt hatte, und noch etwas anderes. Es fühlte sich seltsam an, erinnerte entfernt an Verzweiflung. Er versuchte, sich mir zu öffnen, mich in ihn hineinsehen zu lassen.

Langsam wich der Mantel aus Selbstbeherrschung und Wut dem Leuchten, das Keon so besonders machte. Ich schloss die Augen und konzentrierte mich auf seine wunderschöne Aura.

Die Selbstkritik, der er sich aussetzte, war wie so oft unübersehbar, aber da war auch etwas anderes, etwas, das ich noch nie bei ihm gespürt hatte.

Ich öffnete die Augen, weil ich Sympathie fühlen konnte. Sie galt mir und sie war stärker ausgeprägt, als ich je vermutet hätte. Er machte sich Sorgen und hatte einen unglaublich stark ausgeprägten Beschützerinstinkt.

Gerade als ich noch tiefer in ihn hineinsehen wollte, ließ er von mir ab und die emotionale Mauer errichtete sich wieder.

Das schlechte Gewissen nagte an mir. Ich wagte kaum, mich umzudrehen und ihm in die Augen zu sehen. Dass mich Keon so sehr mochte, hätte ich nicht mal zu hoffen gewagt.

»Es tut mir leid.«

»Das sollte es auch!«, fauchte er und zeigte wie gewohnt keine Milde. Er drehte sich um und ging in Richtung Schloss. Dort brannten über die Hälfte der Lichter im ersten und zweiten Stock. Anscheinend war unsere lautstarke Showeinlage nicht unbemerkt geblieben.

Automatisch wanderte mein Blick auf den Balkon neben Keons Zimmer. Auch durch die großen Glasfenster drang Licht – Raphael hatte bestimmt alles mitbekommen.

»Na komm schon! Oder willst du hier Wurzeln schlagen?!«

Keons durchdringende und trotzdem schöne Stimme riss mich aus den Gedanken und veranlasste mich, ihm zu folgen.

Wir gingen ins Schloss und dann die Treppe zu unseren Zimmern hinauf. Ich war todmüde, mein Gesicht schmerzte vom Heulen und meine Wangen waren schuldbewusst gerötet. Wahrscheinlich wäre ich im Erdboden versunken, wäre uns jemand über den Weg gelaufen, der unsere Auseinandersetzung mitbekommen hatte, aber das passierte zum Glück nicht.

»Wo warst du eigentlich?«, wollte Keon wissen, der mich bis vor mein Zimmer begleitet hatte.

Ich lehnte mich gegen die Tür und seufzte. »Bei Conan.«

»Bist du irgendwie lebensmüde?! Oder dumm?!«

Wenigstens hatte er aufgehört, zu schreien, auch wenn seine Wortwahl noch immer wenig schmeichelhaft war.

»Ich wollte wissen, warum alle wegen der Ghule so aufgebracht sind.«

»Eine wirklich gute Idee, allein zu einem Erzdämon zu gehen!«

»Was sollte ich denn machen? Hier behandeln mich doch alle wie ein Kind!«

»Weil du dich wie eines verhältst!« Er seufzte und ermahnte sich selbst, ruhig zu bleiben.

»Ich will euch nur eine Hilfe sein.«

Keon nickte, behielt aber seine ernste Miene bei. Er mochte den Gedanken, dass ich kämpfen wollte, nicht, genauso wenig wie Raphael. Keon war zwar der festen Überzeugung, dass ich in der Lage sein musste, mich zu verteidigen, wenn es darauf ankam, aber losziehen, um eine Konfrontation zu suchen, sollte ich nicht.

Wahrscheinlich war es das, was er sich für seine Freundin gewünscht hatte. Sie hätte nicht kämpfen sollen, aber sie hätte in der Lage sein sollen, sich lange genug zu verteidigen – so lange, bis er sie retten konnte.

Der Gedanke stimmte mich schlagartig traurig und ich musterte Keon ungewollt mitleidig. Er bemerkte meine Blicke natürlich und wandte sein Gesicht ein wenig ab.

»Wenn du unbedingt den Schnelllernkurs haben willst, dann bitte! Wir fangen morgen früh an!«

Seine Worte klangen definitiv nach einer Drohung und keinem Gefallen. Ich hatte die Befürchtung, dass er mich noch härter rannehmen würde, als ich es gewohnt war – aber das war nur gut so.

Wenn ich an Astaras' Geschichte und seine unweigerlich bevorstehende Rückkehr dachte, fröstelte es mich. Das Training konnte gar nicht hart genug sein – dafür würde Keon aber bestimmt sorgen.

Ich schenkte ihm mein schönstes Lächeln und machte dann etwas, das ihm sichtlich die Fassung raubte. Ich umarmte ihn.

»Danke«, hauchte ich und wünschte mir, dass er nur für einen Moment über meine Gabe verfügt hätte. Er hätte gespürt, wie leid es mir tat, dass ich ihm Sorgen bereitet hatte, und er hätte gespürt, wie sehr ich ihn mochte und zu ihm aufschaute.

»Okay. Geh schlafen! Wenn du morgen nicht fit bist, jage ich dich ums Schloss.«

Ich nickte und trat durch meine Zimmertür. Seufzend zog ich mir das Top über den Kopf und warf es auf den Schreibtisch. Ich war todmüde und trotz der Angst, die mir die ungewisse Zukunft machte, war ich auch erleichtert. Egal wo und wie das Ganze enden würde, keiner von uns würde allein da durch müssen.

Gerade als ich aus meiner Hose steigen wollte, hörte ich das Knacken eines Schlüssels in meinem Schloss. Ich stutzte und rannte dann zur Tür. Sie war verschlossen.

»Schlaf gut, Kleine!«, hörte ich Keons Stimme rufen.

Er hatte tatsächlich meine Tür von außen abgeschlossen.

»Was soll das denn?!«, protestierte ich lautstark und hämmerte gegen das Holz.

Er murmelte noch irgendetwas, das sich verdächtig nach »Nur für den Fall, dass du wieder zu einem durchgeknallten Dämon abhauen willst« anhörte, aber er war schon zu weit weg, um ihn genau zu verstehen.

Seufzend fuhr ich mir durchs Haar. Ich war zu müde, um mich über seine ›Erziehungsmaßnahmen‹ aufzuregen, also legte ich mich einfach ins Bett. Sollte er mich nur einsperren. Solange er mich nicht wegschickte, war alles in Ordnung.

Keons Geruch noch in der Nase, schloss ich die Augen.

Konsequenzen

ch träumte irgendetwas Wichtiges, etwas, das eine verdrängte Erinnerung in mir weckte, aber ich vergaß alles, als ich die Augen aufschlug und in das hämisch grinsende Gesicht von Keon blickte.

Er hatte mir die Decke weggezogen und hatte Schuld daran, dass ich nun fröstelte.

»Spinnst du?! Kommst hier einfach rein! Was, wenn ich nackt schlafen würde!?«

Natürlich schlief ich nicht nackt, aber ich musste eine peinliche Frage stellen, das war mein morgendliches Ritual.

»Mir doch egal! Geh duschen und zieh dir was an – du hast eine Viertelstunde! Ich warte draußen auf dich!« Er trampelte aus dem Zimmer und knallte die Tür zu.

Ein Blick auf die Uhr verriet mir, dass es erst kurz nach fünf war.

»Das ist doch nicht dein Ernst?!«, sprach ich meine Gedanken laut aus und drehte mich murrend auf die andere Seite. Ich war nicht annähernd ausgeschlafen, fühlte mich noch immer matt und irgendwie desorientiert.

Eine Weile lag ich noch da und überlegte, ob es wirklich Sinn machte, sich Keons Anweisungen zu widersetzen. Ich raffte mich schließlich doch auf und stellte mich unter die Dusche.

Eigentlich war ich es, die trainiert werden wollte, und wenn Keon um fünf Uhr morgens damit anfing, sollte mir das recht sein.

Nachdem ich geduscht hatte, fühlte ich mich einigermaßen wach. Ich schlich mich leise nach draußen, um die anderen nicht zu wecken, und fröstelte sofort.

Draußen hatte es kaum zehn Grad. Eine dunkle, dichte Wolkendecke thronte am Himmel und dicke Regentropfen prasselten auf die Erde nieder.

»Keon?«, rief ich und trat einen Schritt nach draußen, um mich nach ihm umzusehen. Ich wurde sofort klatschnass.

Das konnte nicht sein Ernst sein. Wollte er wirklich bei diesem Wetter draußen trainieren?

In dem Moment, als ich ihn fühlte, erschrak ich schon. Neben mir bohrte sich ein Pfeil in den dicken Holzrahmen der Tür – keine fünf Zentimeter neben meinem Gesicht.

»Und schon wärst du tot!«, schrie Keon und kam auf mich zu. Seine dunkelblonden Haare hingen ihm in nassen Strähnen ins Gesicht und die Kleidung klebte an seinem Körper.

»Ich habe auch nicht damit gerechnet, dass du mich erschießen willst!«

»Und eben das wäre dein Tod gewesen!« Er gestikulierte mir, ihm zu folgen.

In weiser Voraussicht hatte ich meinen Bogen mitgenommen, den ich nun durch den strömenden Regen trug.

Hätte ich behauptet, das Training wäre hart gewesen, hätte ich gelogen. Es war nicht hart, es war jenseits von Gut und Böse.

Keon scheuchte mich stundenlang durch die Gegend, ließ mich Pfeile auf Ziele schießen, die wahrscheinlich nicht mal Sebastian getroffen hätte, und jedes Mal, wenn ich daneben- schoss, musste ich eine Runde um das Schloss laufen.

Als er endlich irgendetwas von Mittagessen murmelte, lag ich bereits keuchend und stöhnend im Matsch und spürte jeden einzelnen Knochen in meinem Körper.

»Steh auf! Oder liegst du gern im Dreck?« Keon kniete sich neben mich und musterte mich lieblos.

Hatte ich gestern wirklich gespürt, dass er mich mochte? Vielleicht wollte er mich doch eher töten.

»Ich will ja aufstehen …«, stöhnte ich und versuchte, mich aufzuraffen. Meine Beine zitterten und gaben unter der Belas- tung meines vollen Körpergewichts sofort nach.

Hätte Keon mich nicht aufgefangen, wäre ich einfach wieder in den Matsch gefallen. Seufzend hob er mich hoch und legte mich über seine Schulter.

»So schwach, dass du nicht mal ein paar Übungen aushältst, aber mit Erzdämonen einlassen wollen!«

Ich musste unweigerlich grinsen, auch wenn ich kaum Kraft dazu hatte. Zum ersten Mal fühlte es sich so an, als hätte Keon begriffen, wie ernst es mir war. Das alles war kein Spiel für mich, keine Zauberwelt, in der ich einfach nur Freunde finden und glücklich werden wollte. Ich war mir meiner Aufgabe bewusst und ich war mir auch bewusst, wie schwierig sie war. Ich würde mein Bestes versuchen, auch wenn ich jeden Tag vor Keon im Dreck kriechen musste.

Beim Mittagessen traf ich Sebastian und die anderen. Er war nicht sonderlich gut auf mich zu sprechen. Genau wie Keon hatte er sich Sorgen um mich gemacht, außerdem hatte er Schuldgefühle, weil er mir den Bogen gegeben hatte.

Ich entschuldigte mich vier Mal, schenkte ihm einen schuldbewussten Blick und ein unschuldiges Lächeln, schon war die Sache vom Tisch. Er konnte mir nicht lange böse sein, zumal ich ihm gerade furchtbar leidtat.

Alle wussten, dass ich mit Keon trainiert hatte, und die Tatsache, dass ich nicht mal mehr mein Besteck halten konnte, war ein Indiz dafür, wie hart er mich rannahm.

Am Nachmittag fühlte sich mein Körper wieder besser an, oder ich hatte mich an die Schmerzen gewöhnt. Keon und ich trainierten Nahkampf, diesmal in der Trainingshalle im Keller.

Er behauptete zwar, keine Rücksicht auf mich zu nehmen, ich war aber trotzdem dankbar, dass er es tat.

Natürlich hätte er mich mit Leichtigkeit k. o. schlagen können. Er war fast einen Meter neunzig groß und trotz seiner schlanken Statur muskulös. Hätte er mich außer Gefecht setzen wollen, hätte er nicht lange gebraucht.

Ich versuchte, mir immer wieder vor Augen zu halten, wofür ich das hier durchzog. Wenn der Tag tatsächlich kommen würde, an dem wir gegen Astaras kämpfen mussten, wollte ich vorbereitet sein.

Am Ende unserer Trainingseinheit hätte ich schwören können, einen Funken Stolz in Keon zu spüren. Ich war hartnäckig geblieben und das schien ihm zu imponieren.

In der Nacht gingen wir auf die Jagd und ich erlegte meinen ersten Ghul. Eigentlich hatte ich mir das Ganze spektakulärer ausgemalt, aber ich sah den Dämon, schoss auf ihn und er fiel zu Boden.

Das Adrenalin machte mich zu einem guten Schützen. Zwar ließ mich der Anblick des brennenden Dämons noch immer schaudern, aber ich erkannte zum ersten Mal das Unausweichliche an meinem Dasein als Wächter. Ich würde dem Bösen ins

Auge schauen müssen, egal ob in Form eines hässlichen Dämons oder eines wunderschönen Engels.

Zurück im Schloss, schleppte ich mich todmüde zu meinem
Zimmer. Vor meiner Tür lagen zwei Bücher und ein weißer
Zettel. Die Schrift war so unmenschlich schön, dass ich sofort
wusste, von wem er war.

> *Hier ein Wörterbuch und eine Sammlung ausge-
> wählter lateinischer Texte, die dich interessieren dürf-
> ten. Ich darf davon ausgehen, dass du einen Großteil
> bis zu unserer nächsten Stunde schaffst.*
> *Raphael*

Ich blätterte in dem gut hundert Seiten starken Buch und verstand natürlich kein Wort. War Raphael irgendwie überge-
schnappt? Ging er tatsächlich davon aus, dass ich das ganze
lateinische Kauderwelsch bis morgen Nachmittag übersetzen
konnte?

Ohne einen einzigen Satz zu lesen, fiel ich ins Bett.

Die Rechnung für meine Nachlässigkeit bekam ich am nächs-
ten Tag präsentiert. Nach einem unmenschlich harten Fünf-
Uhr-morgens-Training mit Keon und acht Stunden regulärem
Unterricht marterte Raphael mich bei der Nachhilfe.

Ich hatte ihn noch nie so streng erlebt.

Auch wenn seine Aura nichts von ihrer Schönheit eingebüßt
hatte, blieben seine Augen ungewohnt kalt. Ja, auch er war

sauer auf mich und hielt mir meinen gefährlichen Alleingang auf seine ganz eigene Art vor.

Ich verdiente seine Strenge, zumal mir Sebastian beim Mittagessen erzählt hatte, dass er Raphael noch nie so unruhig erlebt hatte wie nach meinem Verschwinden.

Er war unruhig gewesen – er, das Wasser, das sich sonst durch nichts und niemanden aus der Ruhe bringen ließ.

Anscheinend war ich in der Lage, das Gefühlsleben vieler Menschen aus dem Gleichgewicht zu bringen, indem ich verschwand. Auch wenn mir diese Tatsache ein wenig schmeichelte, nahm ich mir vor, beim nächsten Mal Bescheid zu geben, wenn ich Conan besuchte.

Während ich in meinem nagelneuen Wörterbuch nach dem Wort ›pugnare‹ suchte, entschied ich mich doch anders.

DER WIND

Die kommenden Wochen waren eine Mischung aus banalem Schulstress und außergewöhnlichen Erfahrungen.

Ich begleitete Keon jede Nacht, jagte Ghule und trieb Dämonen aus. Tagsüber quälte ich mich mit Mathe, Latein und dem Schlafmangel.

Es war ein vollkommen anderes Leben, an das ich mich von Tag zu Tag mehr gewöhnte. Mittlerweile konnte ich den Gesprächen der anderen folgen, wusste über die wichtigsten Dinge Bescheid und verlor meine Angst vor dem Kämpfen.

Ich war ein Teil des Ordens geworden, ein Teil von etwas Besonderem, und ich liebte es.

Wie jeden Samstag saß ich mit Raphael auf seinem Balkon und frühstückte. Es hatte sich zur Gewohnheit entwickelt, dass wir am Wochenende Zeit miteinander verbrachten.

Der Spagat zwischen dem Lehrer-Schüler-Verhältnis und unserer Freundschaft gelang uns gut. Er war zwar ein unglaublich strenger Mentor, aber er war fair und schaffte es, mich auch an den trübsten Tagen zu motivieren.

Ich hatte den starken Drang entwickelt, nicht nur körperlich, sondern auch intellektuell fit zu werden, und keiner hätte mir mehr Wissen vermitteln können als Raphael. Er hatte auf jede Frage eine Antwort, zumindest was weltliche Dinge betraf.

»Noch Tee?«

Ich nickte.

Nirgends war ich lieber als in Raphaels Nähe. Auch wenn mein Tag noch so anstrengend war, die Nacht noch so beängstigend – während wir zusammen waren, war alles in Ordnung.

Sein Tee schmeckte aber noch immer scheußlich.

»Bekommst du genügend Schlaf?«

Er machte sich Sorgen um mich, daran hatte sich auch in den letzten Wochen nichts geändert.

»Ja.«

Ich legte den Kopf auf die gepolsterte Lehne des Stuhls und streckte mein Gesicht der Sonne entgegen. Es war bereits kühl geworden, das Wetter war oft wechselhaft und launisch. Bald würden die Temperaturen fallen, also genoss ich die vielleicht letzten intensiven Sonnenstrahlen.

»Keon sagt, du wärst stark geworden«, meinte Raphael so leise, als hätte er Angst, mich aufzuwecken.

Ich stutzte merklich. Ich war mir sicher, dass Keon das nicht so gesagt hatte. Er würde nie mit Lob um sich werfen, er ließ sich nur gelegentlich ein anerkennendes Nicken abringen.

»Er ist ein guter Lehrer«, antwortete ich und grinste. Seine Methoden waren unkonventionell, das wusste Raphael, aber ich kam damit klar – vielleicht brauchte ich es sogar.

»Ihr ergänzt euch gut.«

»Findest du?«

Er nickte und ließ seinen kritischen Blick über den Rosengarten schweifen. Langsam verloren seine wunderschönen Blumen all ihre Blüten.

Auf der kleinen Bank ein wenig abseits des Weges saß Nick. Er wartete wie jeden Samstag auf Kevin. Sie fuhren an den Wochenenden gemeinsam nach Hause.

Die wenigsten hier besuchten regelmäßig ihre Familien und mittlerweile wusste ich auch, wieso. Es lag nicht daran, dass sie kein Heimweh hatten oder ihre Eltern nicht liebten – vielmehr waren sie sich der Gefahren, die das Dasein als Wächter mit sich brachte, bewusst. Das Beschützen der Menschen und das Bewahren des Friedens waren Aufgaben, denen man sich voll und ganz verschrieb – Aufgaben, die einen auch töten konnten. Je mehr man sich von seiner Familie distanzierte, sie sozusagen entwöhnte, umso leichter konnte man den Gedanken ertragen, dass man sie vielleicht irgendwann zurückließ. Sie weinten nur halb so lange um einen und lebten ihr Leben schneller weiter, wenn man kein Teil mehr davon war.

Auch ich besuchte meine Adoptiveltern nur selten. Es war unglaublich schwer, ihre Sehnsucht zu ertragen. Sie vermissten mich und es tat mir im Herzen weh, sie auf Abstand zu halten, aber es würde besser werden, es würde leichter werden – zumindest hoffte ich das.

Ich hatte nicht mitbekommen, dass Raphael aufgestanden war. Manchmal nickte ich weg, wenn ich mich zu sehr entspannte. Erst als ich seine Hände auf meiner Schulter spürte, registrierte ich, dass ich etwas verpasst haben musste.

Ich liebte es, wenn Raphael mich berührte. Er tat es nicht oft, war mir zwar immer nah, aber niemals näher, als es die Etikette erlaubte.

Ich genoss den Moment und musste mich zusammenreißen, um nicht wie eine Katze zu schnurren. Zu gern hätte ich in ihn hineingesehen, nur für einen kurzen Augenblick, aber mittlerweile hatte ich mich daran gewöhnt, dass seine Gefühlswelt ein blinder Fleck für mich war.

»Du musst besser auf dich aufpassen«, meinte er schließlich und ich verstand, warum er seine Hände auf meine Schulter gelegt hatte.

Leider war ich noch immer nicht die geschickteste Wächterin und zog Unfälle magisch an. Ich fiel grundsätzlich über jeden Stein, der zufällig im Weg lag, rannte mit Vorliebe gegen Hindernisse, die eigentlich gar keine waren, und verbrannte mich irgendwie immer am Auspuff von Keons Motorrad.

Auch wenn ich seltsamerweise noch keine großen Blessuren davongetragen hatte und immer, wenn es wirklich darauf ankam, auffällig viel Geschick bewies, verdankte ich diesen kleinen Pannen viele blaue Flecke und den einen oder anderen Kratzer.

Gestern Nacht war ich auf der Jagd nach einem Ghul mit Keon durch den Wald gerannt und hatte mir an irgendeinem spitzen Busch die Schulter aufgekratzt.

Raphael fuhr die vielen feinen Schnitte mit den Fingern nach. Zuerst kitzelte es, dann wurden die Wunden warm.

»Ich habe etwas für dich.«

Er ließ mich wieder los und ging in sein Zimmer. Neugierig lehnte ich mich nach vorn, um zu sehen, was er da aus dem Nachtkästchen holte.

Als er wiederkam, hielt er ein kleines Päckchen in der Hand. Es war in blaues Papier verpackt und mit einer weißen Schleife umwickelt.

Er beugte sich zu mir hinunter. Ich rutschte nervös nach vorn – saß ganz gerade.

Manchmal verfiel ich dem Glauben, ich hätte mich an Raphaels Schönheit gewöhnt, aber mein Herz klopfte mir wieder einmal bis zum Hals.

Er lächelte sanft, und übergab mir das Päckchen. Vorsichtig packte ich es aus.

Es war ein silbernes Buch mit einem wunderschönen Präge-einband. Die Seiten waren noch leer. Am Band des Lesezeichens hing ein Ring – silbern, mit kleinen blauen Steinen in der Mitte. Er passte wie angegossen und funkelte so schön, dass ich kurz die Luft anhielt.

»Du feierst doch morgen deinen Geburtstag, oder?«

Verwirrt musterte ich ihn, ließ meinen Blick von seinem wunderschönen Gesicht zu dem wunderschönen Ring an meinem Finger gleiten.

Er deutete auf das Buch. »Es tut manchmal gut, seine Gedanken aufzuschreiben. Vor allem, wenn sie einen nicht loslassen wollen. Und der Ring ist ein Symbol unserer Freundschaft.«

Raphael wusste, dass ich oft von Albträumen gequält wurde. Ich konnte schlimme oder prägende Ereignisse nur schwer verarbeiten – darin versagte mein Geist regelmäßig.

Ich freute mich wirklich, vor allem, weil die blauen Splitter des Rings die Farbe seiner Augen hatten.

Es wunderte mich, dass er überhaupt an meinen Geburtstag gedacht hatte. Ich hatte niemandem erzählt, dass er bevorstand – wollte keinen großen Wind darum machen.

»Ich fahre für ein paar Tage nach Italien. Ich bin morgen also nicht hier, um mit dir zu feiern.«

»Das ist doch gar nicht notwendig!«

Ich wusste, dass Raphael vorhatte, zu vereisen. Er hatte mir schon letzte Woche erzählt, dass er eine andere Schule des Ordens besuchen würde. Dass er sich Gedanken über meinen Geburtstag machte, war mir aber neu. Ich wurde verlegen.

»Ich hoffe, du freust dich und nimmst mir nicht übel, dass ich nicht hier sein kann.«

Ich schüttelte den Kopf und stand auf. »Danke!«

Zögerlich umarmte ich ihn. Dieses Gefühl hatte Suchtpotenzial.

»Alles Gute, Mia«, flüsterte er und drückte mir im nächsten Moment einen sanften Kuss auf die Wange.

Mein Kopf glühte. Selbst als er wieder von mir abließ, fühlte ich noch seine weichen Lippen. Ich war wie berauscht, stand einfach nur da und lächelte.

Für den Rest des Frühstücks konnte ich meinen Blick kaum von dem glänzenden Buch auf meinem Schoß und dem Ring an meinem Finger lösen. Das Schreiben würde mir bestimmt helfen, meine Gedanken zu ordnen und ruhiger zu schlafen. Den Ring wollte ich überhaupt nie mehr abnehmen.

Als ich ging, musste ich Raphael versprechen, besser auf mich achtzugeben. Wir verabschiedeten uns. Es war ein seltsames Gefühl. Ich hatte mich so daran gewöhnt, ihn jeden Tag um mich zu haben und mich von seiner sanften Aura beruhigen zu lassen, dass ich nicht wusste, wie ich ohne ihn zurechtkommen würde.

Ich hielt mir vor Augen, dass meine Abhängigkeit ungesund war, trotzdem wäre ich am liebsten mitgekommen.

Vor dem Mittagessen traf ich mich noch mit Keon zum Training. Es machte mir nichts mehr aus, mich jeden Tag von ihm schinden zu lassen, denn die Ergebnisse sprachen für sich. In den letzten Wochen war ich nicht nur körperlich fitter geworden, sondern auch mental stärker.

»Na? Wie war dein Date mit Raphy?«

Keon zog mich gern damit auf, aber er und Raphael standen sich so nahe, dass er genau wusste, dass unsere Treffen harmlos waren.

Ich antwortete nicht, war zu gut gelaunt, um mich von ihm ärgern zu lassen.

Nach dem Training trennten sich unsere Wege wieder.

Den Samstagabend hielten wir uns immer frei. Sechs Tage die Woche waren wir zusammen unterwegs, erledigten Dinge für den Orden oder trainierten. An den Wochentagen kamen noch der Schulstress und meine Lateinnachhilfe dazu. Samstag war der einzige Tag, der mir blieb, um für mich zu sein, oder Dinge zu tun, für die ich sonst keine Zeit hatte. Entweder ging ich mit Sara in die Stadt oder ich traf mich mit Elias.

Heute stand ein Treffen mit meinem Lieblingsdämon auf dem Programm. Wir verabredeten uns, so oft es ging, manchmal fürs Kino und manchmal saßen wir einfach nur im Park.

Das *Borderline* mied ich seit dem letzten Mal, weil mir Keon schlimme Dinge angedroht hatte, falls ich noch mal unangemeldet Conans Club betreten würde.

Mit Elias Zeit zu verbringen, war zu einer meiner liebsten Freizeitbeschäftigungen geworden. Er war die Brücke zwischen dem normalen Leben und meinem Wächterdasein. Ein Freund mit dunkler Aura und einer Vorliebe für Ben-Stiller-Filme.

Wir trafen uns in einem Café in der Innenstadt. Er wartete schon auf mich und hatte sich einen Schattenplatz ausgesucht. Mit der schwarzen Sonnenbrille im Gesicht sah er wirklich dämonisch aus. Als er mich sah, lächelte er – jetzt glich er wieder mehr einem Engel.

»Ah, meine Lieblingswächterin!«

Er küsste mich auf die Wange, nahe der Stelle, die zuvor Raphaels Lippen berührt hatten. Das Gefühl war nicht annähernd vergleichbar.

Elias berichtete mir von seiner Woche. Er hatte mir in letzter Zeit viel von sich erzählt. Ich wusste, dass er einen älteren Bruder hatte und seine Eltern es gar nicht gern sahen, wenn er sich mit Wächtern oder Engeln herumtrieb. Sie waren altmodisch und umgaben sich ausschließlich mit ihresgleichen. Für ihre Söhne wollten sie eine Karriere in einer von Dämonen dominierten Branche. Elias sollte wie schon sein Bruder in Conans Geschäft einsteigen.

Dem Erzdämon gehörte nicht nur das *Borderline*, er hatte auch mehrere Antiquitätenläden.

Für Conan zu arbeiten, hieß aber auch, gelegentlich zwischen die Fronten zu geraten, und das machte Elias zu schaffen. Er wollte sich nicht mit irgendwelchen anderen Zirkeln streiten.

Neben der Schule übernahm er manchmal kleinere Botengänge für Conan und kannte sich in der Szene gut aus.

Obwohl er die besten Voraussetzungen hatte, um es in Dämonenkreisen weit zu bringen, lehnte er jede Form von Gewalt grundsätzlich ab. Eine Tatsache, die seiner Karriere mehr als hinderlich war.

Als patriotischer Dämon durfte man nicht pazifistisch veranlagt sein, keine Schwäche zeigen und schon gar nicht ungezwungen mit einer Wächterin plaudern, ohne sie flachlegen zu wollen.

Es gab viele Dämonen, die Elias' Ansichten teilten, aber seine Eltern gehörten definitiv nicht dazu. Er versuchte, ihren Erwartungen gerecht zu werden, ohne sich selbst dabei zu verraten – ein Balanceakt, der ihm selten gelang.

Erst gestern hatte es wieder Streit mit einem anderen Zirkel gegeben. Die Wunden an seinem Unterarm sprachen Bände. Erst das Dazukommen einiger Wächter hatte die Situation beruhigt. Er beschrieb mir einen von ihnen als großen, quirligen Rothaarigen – ohne Zweifel Leo.

Zu gern wäre ich auch dabei gewesen, um Elias zu helfen. Die Vorstellung, dass er wieder verletzt werden könnte, gefiel mir nicht. Am liebsten hätte ich ihn darum gebeten, aus dem Zirkel auszusteigen, aber das war für ihn keine Option.

»Was gibt es bei dir Neues?«

Ich zuckte mit den Schultern. »Nicht viel. Keon hat mich angeblich gelobt, natürlich nicht persönlich, aber immerhin.«

»Das ist doch mal was!«, meinte Elias und schob sich grinsend einen Löffel Eis in den Mund. Als ich es ihm gleichtat, stutzte er. »Der Ring ist neu, oder?«

Es überraschte mich, dass er es bemerkt hatte, aber Elias war einfach unglaublich aufmerksam. Ich nickte.

Er griff neugierig nach meiner Hand und betrachtete die schönen tiefblauen Steine. »Von Keon?«

»Ähm, nein, von Raphael.«

Ich spürte kurz ein wenig Eifersucht in ihm aufkommen. »Seid ihr jetzt verlobt?«

»Nein! Das ist ein Freundschaftsring! Er war ein Geburtstagsgeschenk«, platzte es aus mir heraus, um seine Vermutungen so schnell wie möglich zu zerstreuen. Ich bereute es im nächsten Moment.

»Du hattest Geburtstag?«

»Nein, erst … morgen.«

»Was? Du hast gar nichts gesagt!«

»Ist doch keine große Sache.«

»Natürlich ist das eine große Sache! Hast du schon was vor?«

»Nichts Besonderes. Ich bin morgen den ganzen Tag mit Keon unterwegs – wie jeden Sonntag.«

»Er wird dich doch wohl nicht an deinem Geburtstag durch die Gegend scheuchen?«

»Er weiß gar nicht, dass ich Geburtstag habe, und das soll auch so bleiben! Keiner weiß etwas, außer dir und Raphael.«

Elias seufzte. Ich spürte, dass es ihm gar nicht recht war, dass ich niemanden eingeweiht hatte. Er musste mir hoch und heilig versprechen, niemandem etwas zu verraten und den morgigen Tag so zu begehen wie jeden anderen. Ich wollte wirklich keinen Wind um meine Person machen.

Die anderen waren zu sehr mit ihren eigenen Problemen beschäftigt und die Ungewissheit, die seit dem Auftauchen der

Ghule um sich griff, wuchs von Tag zu Tag. Noch immer war unklar, was genau vor sich ging, und auch Raphael schwieg sich aus.

Ich empfand es als unangebracht, die anderen mit solchen Nichtigkeiten abzulenken.

Ich verabschiedete mich am frühen Abend von Elias. Er hatte noch etwas zu erledigen und ich nutzte die Zeit, um ein wenig durch die Stadt zu schlendern.

Es hatte sich so viel verändert in den letzten Wochen.

Eine der größten Veränderungen war, dass ich meine Gabe unglaublich gut im Griff hatte. Wäre ich früher hier entlanggeschlendert, hätten mich die Gefühle der Leute um mich herum wahnsinnig gemacht. Ich hätte keinen klaren Gedanken fassen können und mich nach einem ruhigen Ort ohne Menschen gesehnt. Heute nahm ich ihre Gefühle zwar wahr, aber ich konnte sie in meinem Bewusstsein verschwinden lassen, wie das Ticken einer Uhr.

Ich lief bis zum Stadtrand. Meine Beine trugen mich automatisch zu meinem alten Zuhause. Wehmütig schlenderte ich an unserem Haus vorbei und sah das Licht, das aus dem Küchenfenster drang.

Meine Tante bereitete bestimmt gerade das Abendessen vor. Sie war wie immer gestresst, so lange bis sie und mein Onkel gemeinsam am Tisch saßen und die Anspannung von ihr abfiel.

Ich vermisste sie unheimlich und wäre am liebsten einfach durch die Tür spaziert, um mich zu ihnen zu setzen, aber es ging nicht. Ich würde hart bleiben, um es ihnen so leicht wie möglich zu machen. Mit einem dicken Kloß im Hals wandte ich mich wieder ab.

Es dämmerte, als ich den Feldweg, der mich zurück zum Schloss bringen sollte, entlangging. Die Müdigkeit überkam mich, wie so oft. Am liebsten hätte ich mich einfach in das Kornfeld gelegt, das sich neben mir erstreckte, aber ich hatte mich mittlerweile daran gewöhnt, dass ich die Augen kaum offen halten konnte.

Wie in Trance spazierte ich den Weg entlang, bis mich etwas schlagartig anhalten ließ. Mein Kopf neigte sich automatisch in die Richtung der einschlägigen Aura. Suchend ließ ich meinen Blick schweifen.

Auf der anderen Straßenseite erstreckte sich in einiger Entfernung ein Waldstück – dort irgendwo war er.

Mittlerweile konnte ich Ghule auf große Entfernung spüren. Eine Eigenschaft, die mir und Keon oft entgegengekommen war.

Ohne lange darüber nachzudenken, lief ich los. Ich folgte der Aura des Dämons, die immer greifbarer wurde. Intuitiv griff ich nach dem Bogen auf meinem Rücken, aber mein Griff ging ins Leere. Ich hatte keine Waffe dabei und ich war allein.

Abrupt blieb ich stehen und sah mich um. Der Ghul war hier irgendwo ganz in meiner Nähe und er würde mich bald wittern.

Auch wenn ich in letzter Zeit noch so viele Dämonen erlegt hatte, auf das hier war ich nicht vorbereitet.

Nervös beschleunigte ich meine Schritte. Ich kannte diese Gegend, hier gab es vereinzelt ein paar abgelegene Einfamilienhäuser.

Was, wenn der Ghul eines dieser Häuser kreuzte? Sie waren zwar Aasfresser, aber seit sie in so großer Zahl hier auftauchten, wurden sie immer unberechenbarer. Sebastian hatte mir erzählt, dass er vor einigen Tagen einen Ghul in der Nähe eines Campingplatzes erlegt hatte. Ich ging davon aus, dass ihre gestiegene Risikobereitschaft kein gutes Zeichen war.

Ein unmenschliches Knurren ließ mich schaudern. Ich konnte nicht zulassen, dass irgendwelche unschuldigen Familien zu Schaden kamen, also rannte ich los.

Ich erreichte den Dämon schnell. Der Ghul hatte sich über ein totes Tier gebeugt, einen Hund oder ein Reh, aber ich konnte es nicht genau erkennen, denn als er mich sah, ging alles ganz schnell. Ein unmenschlicher Schrei, ein Paar schwarze, leere Augen, die sich verengten, und schon preschte er auf mich zu.

Sie reagierten sofort auf Wächter, er würde mich so lange verfolgen, bis ich oder er tot war.

Ich hatte mir nicht wirklich einen Plan zurechtgelegt, wusste nur, dass ich ihn irgendwie von den Häusern weglocken musste.

Das Adrenalin, das durch meine Adern schoss, half mir, schnell genug zu laufen, um genügend Abstand zwischen mir und dem Dämon zu schaffen – vorerst. Lange würde ich dieses Tempo nicht durchhalten, das war mir bewusst.

Verzweifelt suchte ich nach irgendetwas, mit dem ich mich zur Wehr setzen konnte.

Eine hohe Eiche kreuzte meinen Weg und ich zögerte nicht lange. Ich sprang ab und griff nach dem dicken Ast über mir. Schnell zog ich mich hoch – gerade noch rechtzeitig, bevor eine der scharfen Krallen nach mir greifen konnte.

Ich wusste nicht, ob Ghule klettern konnten, und das war auch nicht der geeignete Zeitpunkt, um es herauszufinden. Noch während der Dämon mit den Krallen nach mir griff, sprang ich ihm – mit den Füßen voraus – ins Gesicht.

Es kam mir so vor, als würde er in Zeitlupe zu Boden gehen, während ich vergeblich versuchte, das Gleichgewicht zu halten.

Ich fiel neben ihm auf den Boden, drehte mich reflexartig zur Seite und beobachtete den benommenen Ghul.

Ich wollte aufstehen, nachtreten, mich wehren, aber ich schrie nur auf und tastete nach meiner Schulter. Diese intensiven Schmerzen waren kaum auszuhalten. Ich musste mir den Arm gebrochen oder verstaucht haben.

Mir war bewusst, dass es mein Todesurteil gewesen wäre, wäre ich liegen geblieben, also raffte ich mich irgendwie auf und lief weiter.

Ich war viel zu langsam, der Ghul würde mich bald eingeholt haben und töten.

Ich konnte nicht glauben, dass das mein Ende sein sollte. Nachdem ich so hart trainiert und mich an mein neues Leben gewöhnt hatte, würde mich ein Dämon umbringen, den ich eigentlich mit links hätte erledigen sollen.

Ohne Keon war ich unfähig und zu nichts zu gebrauchen.

Ich unterdrückte die Tränen. Ich sah keinen anderen Weg mehr, als mich umzudrehen und kämpfend zu sterben.

Mit geschlossenen Augen machte ich mich bereit, den Ghul mit meiner unverletzten Seite zu rammen.

Gerade als ich damit rechnete, auf Widerstand zu stoßen, passierte etwas Merkwürdiges. Es herrschte mit einem Mal so starker Wind, dass ich befürchtete, zu Boden zu gehen, aber nur für einen kurzen Moment, dann begriff ich, dass sich kein Grashalm rührte.

Ich sah auf, blickte in das geschockte Gesicht des Dämons, der augenblicklich die Flucht ergriff.

Er kam nicht weit, denn schon im nächsten Moment jaulte er auf und verschwand. Ich hatte noch nie gesehen, dass sich ein Dämon so schnell dematerialisierte – schon gar nicht ohne Feuer.

Fassungslos stand ich da – der imaginäre Wind wehte mir durchs Haar, so wie damals.

Ich erinnerte mich an den Tag im Park, an mein Zusammentreffen mit Keon – er war da gewesen, ich hatte ihn gespürt und seither oft an seine Aura gedacht.

Er stieg über die Stelle, an der Sekunden zuvor noch der Ghul gestanden hatte, und kam auf mich zu.

Ich war starr vor Erstaunen, konnte nicht fassen, wie beeindruckend er war.

Die tiefschwarzen Haare bildeten einen auffälligen Kontrast zu seiner hellen Haut. Ich verliebte mich sofort in sein Gesicht, es war übermenschlich schön, anziehender als alles, was ich bisher gesehen hatte. Seine Lippen sahen gezeichnet und unwirklich weich aus. Sie weckten den Drang nach einer Berührung in mir. Die Augen, die mich musterten, leuchteten grün – ein sattes, dunkles Smaragdgrün. Ich hätte nie damit gerechnet, auf dieser Welt Augen zu finden, die es mit denen von Raphael aufnehmen konnten.

Sein Blick ruhte auf mir, teilnahmslos und doch besorgt. Je näher er kam, umso größere Sprünge machte mein Herz. Es flatterte regelrecht, als er vor mir innehielt und die Lippen öffnete.

»Geht es?« Seine Stimme war ruhig, rau, ein wenig tonlos und doch atemberaubend melodisch.

Er machte noch einen Schritt auf mich zu und beugte sich hinunter, um mir direkt ins Gesicht zu blicken. Er war groß, viel größer als ich – größer als Keon.

Ich glaubte, Neugierde in seinen übermenschlich schönen Augen zu erkennen, aber ich konnte nur raten, denn ich fühlte seine Emotionen nicht. Genau wie Raphael blieb er für meine Gabe unempfänglich.

Wie gebannt starrte ich ihn an, vergaß schlichtweg, auf seine Frage zu antworten. Ich war schockiert von den starken Gefühlen in mir.

»Dein Arm ...«, meinte er – sein Blick verweilte auf mir.

Es kam mir so vor, als würde er in mich hineinsehen, die Hitze in mir fühlen.

»Hmm ...?«, summte ich und spürte im nächsten Moment den Schmerz einsetzen. Er kam nicht in Wellen oder langsam, sondern war auf einmal da. Das Adrenalin hatte ihn unterdrückt.

Ich konnte nicht anders, als mich zu verkrampfen. Es tat so unglaublich weh, dass ich befürchtete, ohnmächtig zu werden. Ich tastete nach meiner Schulter und spürte, dass irgendetwas ganz und gar nicht stimmte.

Er legte seine Hand auf meinen Oberarm. Seine Berührung lenkte mich ab, war intensiv und angenehm. Ich hätte gelächelt, aber die Schmerzen zwangen mich dazu, zu stöhnen.

»Gleich tut es nicht mehr weh.«

Ich konnte gar nicht anders, als seinen Worten Glauben zu schenken, zumindest bis er meinen Arm umklammerte und ihn mit einem Ruck nach oben und hinten drückte.

Ich schrie auf. Ein lauter, durchdringender Schrei, der die ganze Gegend beschallte.

Nach dem ersten Schock spürte ich, wie der Schmerz nachließ und schließlich verschwand.

»Deine Schulter war ausgekugelt«, erklärte er und wartete meine Reaktion ab.

Ich nickte und wurde rot, als ich mitbekam, dass ich unbewusst die Finger in sein T-Shirt gekrallt hatte. Sofort ließ ich los und wollte mich aufraffen, aber mir wurde bewusst, wie sehr mein Körper unter der Verfolgungsjagd gelitten hatte. Meine Beine knickten weg, aber er hielt mich fest und zog mich hoch.

»Danke«, hauchte ich, hielt seinen Blicken aber nicht stand.

Ich war noch nie in meinem Leben so aufgeregt gewesen. Ich wollte unbedingt mit ihm reden, aber mir fehlten die Worte. Ich würde aber so lange hier stehen bleiben und ihn anstarren, bis ich welche fand – gern für immer.

»Warum ist niemand bei dir?«, wollte er wissen.

Ich konnte ihn überhaupt nicht einschätzen. Seine Stimme blieb tonlos, sein Blick nichtssagend, und trotzdem war ich verzaubert.

»Ich war nur auf dem Weg zurück zum Schloss.«

»Sie sollten dich nicht allein lassen.«

»Ich hatte meinen Bogen nicht dabei, ansonsten hätte ich …«

»… dich noch leichtsinniger in Gefahr begeben«, vollendete er meinen Satz.

Ich wandte beschämt meinen Blick ab.

Ja, wahrscheinlich wäre ich tot, hätte er mich nicht gerettet. Ich war mir nicht sicher, ob ich überhaupt jemals allein klarkommen würde, aber das war im Moment zweitrangig. Ich wollte mehr über ihn erfahren, wissen, wer er war.

»Bist du auch ein Wächter?«

Er schüttelte den Kopf, die Andeutung eines Lächelns zeichnete sich auf seinen Mundwinkeln ab. Es ließ mich kribbelig werden.

»Aber wie hast du den Ghul dann so schnell getötet?«

Ich war mir fast sicher gewesen, dass er einer von uns war. Ein Dämon war er auf keinen Fall, zumindest spürte ich nichts, was darauf hätte schließen lassen.

»Du blutest.«

Ich stutzte, folgte seinem Blick hinunter zu meiner Hüfte. Ich hatte mich aufgeschürft. Mein T-Shirt war zerrissen und aus der Wunde tropfte Blut. Es tat zwar weh, aber ich war mir sicher, dass es vernachlässigbar war.

»Nicht schlimm«, kommentierte ich meine Verletzung und winkte ab.

»Das entzündet sich, wenn du es unbehandelt lässt. Die Wunde ist schmutzig.«

Er sah mir noch mal tief in die Augen, blinzelte und wandte sich dann ab.

Als er sich wieder umdrehte, verstand ich, dass ich ihm folgen sollte.

Es dauerte eine Weile, bis ich reagierte. Er bewegte sich so anziehend, dass ich meinen Blick nicht von ihm losreißen konnte.

Ich schloss auf und musste mich ermahnen, ihn nicht unentwegt anzustarren.

Ich fragte mich, ob er viel älter war als ich. Vielleicht so alt wie Raphael. War Raphael zu alt für mich? Wie alt war ich noch gleich? Und wer war ich?

Wir gingen ein Stück, nicht weit, nur einen kleinen Hügel hinauf. Er führte mich bis vor den Eingang eines großen viktorianischen Hauses.

Ich stutzte, als er mir die Tür öffnete und eine einladende Geste machte. Ich wollte mich ihm nicht aufdrängen, aber er hatte mir schließlich angedeutet, ihm zu folgen. Mein Herz machte einen Freudensprung.

Vorsichtig ging ich an ihm vorbei und betrat das großzügige Haus. Es war stilvoll eingerichtet. Alles wirkte antik, aber nicht altmodisch – nobel. An den Wänden hingen wunderschöne Gemälde in surrealen Farben. Ein Himmel, ähnlich wie der in Raphaels Zimmer, zog meine Aufmerksamkeit auf sich. Er war in einem intensiven Dunkelblau gehalten, das an den Rändern in ein Violett überging. Ich war so von dem Gemälde abgelenkt, dass ich nicht mitbekam, woher er das Verbandszeug geholt hatte.

»Darf ich?«, wollte er wissen, als er mit einem kleinen Fläschchen Desinfektionsmittel auf mich zukam.

Ich nickte, ich hätte ihm alles erlaubt, egal was er wollte. Noch nie hatte mich jemand so fasziniert und das sollte schon etwas heißen, schließlich kannte ich Raphael, Keon und all diese anderen schönen Gesichter.

Er legte seine Hände auf meine Schultern und führte mich zwei Schritte zurück. Sanft drückte er mich hinunter auf die beige Couch. Seine Berührungen kribbelten. Der Wind umspielte jeden Zentimeter meiner Haut, war angenehm ruhig und doch fühlte ich die Kraft hinter dieser Naturgewalt.

»Wenn du kein Wächter bist, dann bist du …«

Ich stoppte gewollt, er sollte diesen Satz beenden.

Das Desinfektionsmittel brannte auf meiner Wunde. Er hatte sich über mich gebeugt, seine grünen Augen ruhten auf der offenen Stelle.

»Was bin ich dann?«

»Der Wind …«, antwortete ich spontan, ohne eine Sekunde darüber nachgedacht zu haben. Sofort wurde ich verlegen.

Er blickte zu mir hoch und lächelte zum ersten Mal. Ich hätte nicht gedacht, dass er noch schöner werden konnte, aber sein Lachen war unbeschreiblich.

»Jetzt ist die Wunde sauber.«

Nachdem er mich verarztet hatte, richtete er sich wieder auf. Ich tat es ihm gleich. Nervös ließ ich meinen Blick hin und her schweifen. Irgendwie antwortete er auf keine meiner Fragen. Vielleicht wollte er gar nicht mit mir reden. Wahrscheinlich sollte ich gehen.

»Danke … für alles … den Ghul und das mit dem Saubermachen.«

Er nickte und schwieg.

»Ich werde dann mal …«

»Wie heißt du?«

»Mia!«

Ich war so überrascht und glücklich über seine Frage, dass ich viel zu überschwänglich geantwortet hatte – peinlich.

»Ähm, und du bist?«

»Kein Wächter«, antwortete er und wartete wieder meine Reaktion ab.

»Du bist aber auch kein Dämon.«

»Bist du dir da sicher?«

»Nein«, gab ich zu und biss mir nervös auf die Lippe.

»Und trotzdem bist du mit mir hierhergekommen. Leichtsinnig, oder?«

Ich konnte ihm schlecht sagen, dass ich ihm überall hin gefolgt wäre, egal wer oder was er war.

Auch wenn ich nicht in ihn hineinsehen konnte, war ich mir absolut sicher, dass er mir nichts tun würde – wieso, wusste ich nicht.

»Wenn du mir sagst, wer du bist, ist es nicht mehr leichtsinnig.«

Er legte den Kopf schief und lächelte. »Mein Name ist Gabriel.«

»Gabriel«, wiederholte ich laut, was ich eigentlich nur in Gedanken wiederholen wollte. Sein Name war genauso schön wie er selbst.

Mir war nicht klar, dass meine Wangen so glühen konnten. Eine Weile blieb es still. Ich wusste nicht, ob ihm meine Anwesenheit unangenehm war. Vielleicht drängte ich mich wirklich nur auf.

»Soll ich gehen?«

Ja, die Frage war peinlich, aber noch peinlicher war es, dieses Schweigen zu ertragen, ohne zu wissen, was er dachte.

»Bleib, so lange du möchtest.«

»Aber wenn ich dir auf die Nerven gehe, sag Bescheid!«

»Dann lasse ich es dich wissen.« Er lächelte wieder. »Möchtest du etwas trinken?«

Ich nickte und hoffte, dass er nicht mitbekam, wie glücklich mich sein Angebot machte. Es war verrückt, sich zu jemandem, den man kaum kannte, so hingezogen zu fühlen, aber ich tat es.

Er holte mir ein Glas Wasser und wir gingen nach draußen auf die Terrasse.

»Wohnst du allein hier?«

»Ja.«

»Das Haus ist wunderschön.«

»Danke.«

Er war wortkarg, aber das störte mich nicht. Solange ich bei ihm bleiben durfte, war alles in Ordnung.

»Du warst da – an dem Tag, als mich die Chimäre verfolgt hat.«

Gabriel nickte, ergänzte nichts und ich traute mich nicht, weiter nachzuhaken.

Draußen war es dunkel geworden. Es war eine sternenklare Nacht. Ich legte meinen Kopf kurz auf die Lehne des bequemen Stuhls, um einen Blick in die Sterne zu werfen.

Es war vielleicht komisch, dass ich hier war – bei einem Fremden, der kurz zuvor einen Ghul praktisch mit dem kleinen Finger getötet hatte. Mir war bewusst, wie unvorsichtig ich mich verhielt, aber es fühlte sich fantastisch an.

Ich schreckte hoch und wusste im ersten Moment nicht, wo ich war. Hektisch sah ich mich um und suchte nach dem Ghul, den ich Sekunden zuvor noch gesehen hatte.

»Keine Angst, du hast nur schlecht geträumt. Du bist bei mir.«

Seine Stimme besänftigte meinen Herzschlag abrupt. Gabriel saß mir noch immer gegenüber, sein Gesicht wurde vom Schein der Kerze, die auf dem Tisch brannte, umschmeichelt.

Verträumt blinzelte ich ihn an. »Bin ich eingeschlafen?«

»Ja, du warst sehr müde.«

»Tut mir leid.«

Es war mir peinlich, dass ich weggenickt war, aber ich hatte in den letzten Tagen so wenig geschlafen, dass ich sofort einschlief, wenn ich mich wohlfühlte.

»Schon gut, schlaf nur, wenn dir danach ist.«

»Nein, es geht schon! Ich muss mich nur ein bisschen bewegen!«, antwortete ich und stand auf.

Ich streckte mich und spürte meine frische Wunde schmerzen. Gabriel erhob sich ebenfalls und lehnte sich gegen den steinernen Zaun, der die Terrasse vom Rest des Grundstücks abgrenzte. Ich stellte mich neben ihn, atmete die kühle Luft ein.

»Bist du oft so erschöpft?«, wollte er wissen. Ein vorwurfsvoller Unterton klang in seiner rauen Stimme mit.

Ich zuckte mit den Schultern, wollte ihn nicht anlügen.

»Ja, aber es ist halb so schlimm. Ich muss nur mal wieder richtig

ausschlafen.«

»Gibt Raphael so wenig auf dich acht?«

Ich stutzte. Er kannte Raphael. Wunderte mich das?

»Nein, er gibt gut auf mich acht, aber woher kennt ihr euch?«

»Von früher«, antwortete er emotionslos.

»Hast du viel mit dem Orden zu tun?«

»Nein.«

»Aber du scheinst über vieles Bescheid zu wissen.«

Er nickte.

Das Piepsen meines Smartphones ließ mich stutzen. Ich zog es aus der Hosentasche und las die eingegangene Nachricht. Ein Blick auf die Uhr verriet mir, dass es bereits nach zwölf war. Die SMS war von Elias, ich konnte mir denken, warum er mir schrieb.

Elias

Alles Gute zum Geburtstag, Mia! Ich hoffe, du kannst mal richtig ausschlafen! Ich weiß zwar nicht, warum du dich in deiner spärlichen Freizeit mit langweiligen Dämonen wie mir herumschlägst, aber danke, dass du es tust!

Kuss, Elias

Lächelnd las ich seine Nachricht und tippte ein paar Zeilen zurück.

»Vermisst dich jemand?«, wollte Gabriel wissen und legte den Kopf wieder leicht schief.

»Nein! Nur ein Geburtstagsglückwunsch von einem Freund!« Ich biss mir auf die Zunge.

»Du hast Geburtstag?«

»Ja, aber das ist nicht wichtig!«

Er hatte seinen Blick bis eben in den Himmel gerichtet gehabt, jetzt sah er mich an. »Wenn du dir etwas wünschen könntest, was wäre es?«

Ich schluckte, wurde rot und senkte den Kopf. Hoffentlich merkte er nicht, wie nervös mich seine Frage machte. Wenn ich mir im Moment etwas wünschte, dann war es seine Nähe. Ich wollte einfach nur hierbleiben, den Wind genießen und ihn um mich haben.

»Ich weiß nicht, eigentlich bin ich im Moment ganz zufrieden.«

»Du wünschst dir also nichts?«

»Ich wünsche mir, stärker zu sein, stark genug, um die zu beschützen, die mir wichtig sind, und nicht ständig beschützt werden zu müssen.«

»Es ist gut, dass du beschützt wirst. Stark können andere für dich sein.«

Ich seufzte. »Und für was bin ich dann gut?«

»Es sind nicht immer die Starken, die die Welt verändern. Auch wenn augenscheinlich der Held das Monster erlegt, steht hinter ihm immer jemand, für den er dieser Held geworden ist. Wir beschützen, was wir lieben, auf viele verschiedene Arten.«

Ich hörte ihm unglaublich gern zu. Seine Worte übten eine ähnliche Faszination auf mich aus wie die von Raphael. Was er sagte, klang logisch, wichtig, und doch stimmte es mich traurig. Ich ließ den Kopf nachdenklich sinken.

»Das klingt so, als müsste sich immer einer für den anderen opfern.«

»Vielleicht, ja.«

Er hob mit den Fingerspitzen mein Kinn leicht an und zog die Hand dann wieder zurück. Seine Berührung jagte kitzelnde Stromschläge durch meinen Körper.

»Tut mir leid, ich wollte dich nicht traurig machen.«

»Schon gut«, stotterte ich leise und sah direkt in seine grünen Augen.

Er kam näher. Mein Herz pochte so laut, dass ich befürchtete, er könnte es hören.

Ich hielt die Luft an, dachte, er würde mich küssen, aber dann trat er einen Schritt zurück und lehnte sich wieder an den Zaun.

Mein Kopf pulsierte vor Aufregung und Scham. Ich konnte mir nicht erklären, wie ich auf die verrückte Idee gekommen war, dass er mich tatsächlich küssen wollte. Wie konnte ich mir einbilden, dass jemand wie Gabriel Interesse an mir haben könnte? Die Frau, die er liebte, musste unglaublich schön und stark sein, ich wollte sie mir nicht vorstellen.

»Ich sollte gehen. Es ist spät und ich habe dir genug von deiner Zeit gestohlen!« Mit einem gezwungenen Lächeln wandte ich mich so schnell wie möglich von ihm ab und sprang über die steinerne Abgrenzung. »Danke noch mal!«, rief ich und unterdrückte die Enttäuschung in meiner Stimme nur schlecht.

Gerade als ich mich maßgeregelt hatte, mich nicht noch mal umzudrehen, spürte ich seinen Griff um mein Handgelenk.

Ich stutzte, blieb gezwungenermaßen stehen und fragte mich, wie er so schnell hinter mir sein konnte.

Vorsichtig drehte ich mich um, machte mir wieder diese absurde Hoffnung, dass er mich nur zurückgehalten hatte, um mir zu sagen, wie sehr er sich zu mir hingezogen fühlte.

»Es ist weit bis zum Schloss. Ich fahre dich.«

Ein erneuter Stich ins Herz. Ich wollte ablehnen, weglaufen, mich fragen, was ich tun musste, damit er mich wollte, aber ich nickte einfach nur.

Ich folgte ihm zu einem schwarzen Mercedes. Das Innere des Wagens war in einem beigen Leder gehalten, so elegant und klassisch schön, wie er es war.

Ich beschloss, die Fahrt über zu schweigen, ich wusste sowieso nicht, was ich hätte sagen sollen. Jedes Mal, wenn ich zu ihm rübersah, verkrampfte sich mein Herz.

Er fuhr zum Glück viel zu schnell, wir erreichten das Schloss in kürzester Zeit.

Auch Gabriel war die ganze Fahrt über stumm geblieben. Unsere Blicke trafen sich nur einmal und ich sah sofort in die andere Richtung.

Als er anhielt, bedankte ich mich und stieg aus. Er nickte, hob kaum merklich die Mundwinkel und schien mit einem Mal abgelenkt oder desinteressiert. Ich wollte es gar nicht so genau wissen, zumal ich auf eine ganz andere Reaktion gehofft hatte.

Ich ging so lange geradeaus, bis ich den Wind nicht mehr spürte. Erst dann drehte ich mich um. Seufzend sah ich dem schwarzen Mercedes nach und wünschte mir, er würde zurückkommen.

Obwohl ich todmüde war, konnte ich nicht einschlafen. Ich malte mir kleine Szenen aus, in denen ich Gabriel wiedersah. In dieser Nacht träumte ich von ihm, zum ersten Mal. Der Traum war schön, intim und endete viel zu schnell.

GEBURTSTAGSKUCHEN UND ERZENGEL

Am nächsten Morgen wurde ich durch die Sonnenstrahlen, die sich durch mein Fenster brachen, geweckt. Es war so unglaublich hell in meinem Zimmer, dass ich dachte, ich hätte das Licht angelassen.

Als ich mich aufraffte und einigermaßen klar im Kopf wurde, wanderte mein erster bewusster Blick zur großen Uhr an
der Wand gegenüber. Es war kurz vor zwölf Uhr und deshalb
so hell. Die Mittagssonne schien direkt auf mein Bett, aus dem
ich sofort sprang.

Ich hatte verschlafen, und zwar gewaltig.

Normalerweise klingelte mein Wecker um fünf Uhr, gestern
hatte ich vergessen, ihn zu stellen. Es wunderte mich, dass
Keon nicht meine Zimmertür eingetreten und mich im Schlaf-
anzug nach draußen gezerrt hatte. Er legte sehr großen Wert
auf Pünktlichkeit und sonntags trainierten wir gewöhnlich
schon in den Morgenstunden.

Hektisch suchte ich mir etwas zum Anziehen zusammen,
putzte mir im Schnelldurchgang die Zähne und band meine

Haare zu einem Knäuel. Ich rammte versehentlich Kevin, der wahrscheinlich gerade auf dem Weg zum Mittagessen war.

»Entschuldige! Ich bin verdammt spät dran!«, erklärte ich und lief auch schon weiter.

»Mia! Warte mal! Wohin willst du denn?!« Er überholte mich und stellte sich vor mich.

»Ich muss zu Keon, sonst wird er erst wieder aufhören, zu brüllen, wenn ich taub bin!«

Ohne Erfolg versuchte ich, mich an Kevin vorbeizudrängen – er ließ mich einfach nicht durch.

»Keon hat heute keine Zeit! Also hast du frei!«

»Was?!« Ich stutzte und sah ihn verwirrt an. »Und wieso weiß ich davon nichts?«

»Er musste schnell weg! Aber es war kein Notfall. Er …«

Er überlegte so lange, dass ich genug Zeit hatte, das ungläubigste Gesicht aufzusetzen, das ich auf Lager hatte.

» … er musste mit seinem Motorrad in die Werkstatt!«

Stolz, dass ihm doch noch etwas eingefallen war, grinste Kevin vor sich hin. Er war der schlechteste Lügner der Welt. Meine Gabe war so überflüssig, dass sie sich schon fast beleidigt fühlte.

»In die Werkstatt?«, wiederholte ich ungläubig und schenkte ihm skeptische Blicke.

Er war zwar nervös, aber er unterdrückte auch eine gewisse Vorfreude. »Ja! Leg dich noch mal hin, mach dir die Haare oder lies ein Buch!«

Während er verlegen hüstelte, schob er mich zurück zu meinem Zimmer.

Er log nicht böswillig, dabei war ich mir sicher. Kurz überkam mich die Angst, dass Keon etwas passiert sein könnte, aber dann wäre Kevin viel aufgebrachter gewesen, also verwarf ich den Gedanken wieder.

Dass heute kein Training auf dem Programm stand, sollte mir recht sein. Ich war dankbar dafür, Zeit für mich zu haben.

»Weißt du, wann Keon zurückkommt?«, wollte ich noch wissen, bevor mich Kevin endgültig durch meine Zimmertür geschoben hatte.

»Nicht vor eins!«, rief er wie aus der Pistole geschossen und setzte wieder dieses nervöse Grinsen auf.

Kopfschüttelnd wandte ich mich ab. Er musste unbedingt lernen, besser zu lügen, das war wirklich eine erbärmliche Vorstellung gewesen.

Zuerst wollte ich Keon anrufen, um mich zu erkundigen, wo er wirklich war, aber das hätte mit ziemlicher Sicherheit nur wieder in Schimpftiraden darüber geendet, dass ich mich nicht in sein Privatleben einmischen durfte.

Zum ersten Mal seit einer gefühlten Ewigkeit ließ ich mir ein Bad ein. Es tat unglaublich gut und ich hatte genügend Zeit, um an Gabriel zu denken.

Angestrengt überlegte ich mir, was ich anstellen musste, um ihn wiederzusehen. Ich schmiedete nur seltsame, kindische Pläne und entschied mich dann doch lieber für die Tagträume, in denen ich nicht zu ihm gehen musste, weil er zu mir kam.

Vor dem Spiegel brauchte ich ungewöhnlich lange. Ich schminkte mich auffälliger, als ich es sonst tat, und zog mir das einzige Kleid an, das ich besaß. Es war dunkelblau, aus Leinen und endete kurz über den Knien. Die Haare ließ ich offen.

Kritisch betrachtete ich mich im Spiegel. Ich sah älter aus, vielleicht sogar weiblicher – gar nicht schlecht. Ob ich ihm so gefiel? Der Gedanke ließ mich schmunzeln.

Um das Gesamtbild abzurunden, zog ich mir noch hohe Schuhe an – Keilabsätze, mit weißen Schleifen. Ein wenig Parfum und ich wäre startklar gewesen, nur war ich zu feige, um dorthin aufzubrechen, wo dieses Outfit Sinn gemacht hätte.

Was sollte ich ihm sagen? Hallo, hier bin ich und ich habe mir für dich Schuhe angezogen, mit denen ich nicht laufen kann – liebe mich.

Seufzend ließ ich mich auf mein Bett fallen. Ich versuchte, abzuschätzen, wie verrückt es war, wirklich bei ihm aufzutauchen.

Das Klingeln zerstreute meine Gedanken. Saras Name leuchtete auf dem Display auf.

»Hey!«

»Hey, Mia! Ähm ... kommst du mal kurz runter in die Aula? Ich ... brauche deine Hilfe!«

»Ja, ich muss mich nur schnell ...«

»Nein, jetzt gleich!«

Ohne sich meine Einwände anzuhören, legte sie auf. Hier stimmte etwas nicht. Mir schwante Böses. Vorhin, während Kevins Showeinlage, hatte ich vergessen, dass ich noch immer Geburtstag hatte. Durch meinen durcheinandergebrachten Schlafrhythmus hatte ich gedanklich einen Tag verloren.

Obwohl ich diese üble Vorahnung hatte, folgte ich Saras Bitte. Bereits auf der Treppe bestätigte sich mein Verdacht.

In der Aula stand die versammelte Belegschaft der *Ars Vivendi*. Leo, Sara, Sebastian, Kevin, Nick und Keon in der ersten Reihe.

An den Marmorsäulen hingen bunte Luftballons und über der Eingangstür prangte ein Banner mit der Aufschrift ›Happy Birthday‹.

Ich konnte nicht anders, als mich von der Freude und all den positiven Gefühlen anstecken zu lassen. Grinsend schritt ich die Treppe hinunter und musste dann schwer schlucken, weil ich gerührt war von diesem Aufwand.

»Alles Gute, Mia!«, hörte ich den Chor aus Wächtern rufen und schüttelte den Kopf.

»Das war doch nicht nötig! Woher wisst ihr überhaupt von meinem Geburtstag?«

Ich nahm an, dass Raphael ihnen Bescheid gegeben hatte, aber ich lag falsch.

»Der Kleine hier hat dich verpetzt«, meinte Keon abfällig und deutete mit dem Kopf nach links.

Mein Blick folgte seiner Geste, bis er schließlich an einem bekannten Gesicht haften blieb, das ich hier nicht erwartet hatte.

In der Masse aus Wächtern hatte ich seine Aura nicht bemerkt, auch wenn sie sich von den anderen deutlich unterschied.

Elias stand ein wenig abseits, senkte seinen Blick erst beschämt zu Boden und lächelte mich dann an. Seine schneeweißen Zähne blitzten. Er war furchtbar aufgeregt. Es musste ihn Überwindung gekostet haben, hierherzukommen.

»Danke, aber das war wirklich nicht notwendig!«

Ich hüpfte die letzten Stufen der Treppe hinunter und wurde auch schon von Sara aufgehalten, die mich vorerst streng musterte.

»Natürlich war das notwendig! Wenn du es noch mal wagst, uns so was zu verheimlichen, dann gibt's zwei Monate lang keinen Nachtisch! Wir lassen es uns doch nicht nehmen, deinen Geburtstag zu feiern!«

Sie umarmte mich und wünschte mir alles Gute. Die anderen taten es ihr gleich. Ich war überwältigt von der Welle aus Sympathie, die mir entgegenschlug. Es war, als wäre ich nie irgendwo anders zu Hause gewesen.

Leo umarmte mich so fest, dass mir kurzzeitig die Luft wegblieb. Er hob mich hoch und beäugte mich dann mit hochgezogener Augenbraue.

»Mia, du siehst irgendwie …«

»… heiß aus!«, ergänzte Kevin und nickte bestätigend mit dem Kopf.

Ich wurde verlegen. Es kam mir so vor, als würden gerade alle Blicke auf mir ruhen. Hier kannten sie mich nur in Jeans und es wäre mir lieber gewesen, wenn das so geblieben wäre.

Große Auftritte lagen mir nicht. Dass ich mich plötzlich unwohl fühlte, lag daran, dass es so aussah, als hätte ich mich für das hier herausgeputzt.

»Du siehst toll aus, Mia!«, hörte ich Sara rufen.

Sie zwinkerte mir zu und schenkte mir ein Lächeln, das die Unsicherheit, die ich empfand, abklingen ließ.

Von Sebastian bekam ich sogar einen kleinen Kuss, als er mir gratulierte. Es sah zuerst so aus, als wollte er mich auf die Wange küssen, aber im letzten Moment hatte er den Kopf doch noch geneigt und drückte seine Lippen auf meine. Verdattert stand ich da und grinste ihn an. Keiner schien etwas mitbekommen zu haben – außer Keon, der mich spüren ließ, wie sehr ihm dieses Schauspiel missfallen hatte. Ich kam nicht darum herum, mich zu fragen, ob Sebastian Keon absichtlich geneckt hatte.

Während sich die meisten schon über das Buffet hermachten, das in der Aula aufgebaut worden war, konnte ich mir endlich meinen Weg zu Elias bahnen. Er lehnte noch immer an einer der Säulen und sah sich neugierig um. Als er mich bemerkte, stieß er sich ab und machte ein paar Schritte auf mich zu.

»Sorry, ich wusste nicht, dass dein Geburtstag gleich zum Staatsfeiertag erklärt wird!«

»Deshalb musstest du mir ja auch versprechen, nichts zu sagen!«, meinte ich gespielt böse und musterte ihn streng.

»Tja, du kannst einem Dämon eben nicht vertrauen«, erwiderte er und grinste.

»Scheint so.«

Ich umarmte ihn und atmete sein Parfum ein. Er roch immer unverschämt gut.

»Ich finde es klasse, dass du hergekommen bist!«

»Die kleine Braunhaarige hat mich eingeladen«, antwortete er und zeigte auf Sara.

Ich hatte ihr in letzter Zeit viel über Elias erzählt, sie wusste, wie sehr ich ihn mochte.

»An wen hier hast du mein Geheimnis eigentlich ausgeplaudert?«

»Ich habe Conan nach Keons Nummer gefragt.«

»Du hast Keon angerufen?«

Es wunderte mich, dass Conan Keons Nummer hatte, aber das gehörte jetzt nicht hierher.

»Ja.«

Sein Tonfall verriet einiges über den Ablauf des Gesprächs. Er klang etwas genervt und ein wenig verzweifelt. Ich konnte mir gut vorstellen, wie unfreundlich Keon am Telefon gewesen war. Es wunderte mich, dass er den anderen trotzdem Bescheid gegeben hatte.

»Die Feier hat übrigens auch Keon organisiert«, gab Elias tonlos zu und zuckte mit den Schultern. »Ich musste ihm aber versprechen, dir nicht zu verraten, dass er es war«, fügte er noch hinzu und grinste wieder bis über beide Ohren.

»Man kann dir echt nicht trauen!«

Mein Blick schweifte durch die Menge, bis ich Keons dunkelblonden Haarschopf ausmachte. Er stand bei Leo und Sara, hatte mir den Rücken zugewandt.

Ich überlegte kurz, ob ich zu ihm gehen und mich bei ihm bedanken sollte, aber ich entschied mich dagegen.

Es war unglaublich nett von ihm, das alles hier für mich zu machen, aber ich war mir sicher, dass er ausrasten würde, wenn ich ihn darauf ansprach. Ich kannte Keon mittlerweile gut genug, um zu wissen, dass er tief im Inneren zwar ein unglaublich liebenswertes Wesen hatte, er aber dazu neigte, ziemlich cholerisch zu reagieren, wenn man ihn in der Öffentlichkeit darauf hinwies. Ich würde ihm später danken, wenn wir allein waren.

»Und wie gefällt dir die *Ars Vivendi*?«, wollte ich von Elias wissen, der noch immer spürbar beeindruckt war.

»Hmm, ganz nett, vielleicht ein wenig zu klein«, antwortete er sarkastisch.

»Ich führe dich später noch herum, wenn du möchtest.«

»Du solltest dem Feind lieber nicht euren Stützpunkt zeigen.«

»Okay, ich denk daran, wenn der Feind auftaucht.«

Ich stellte Elias vor, für den Fall, dass das noch niemand getan hatte.

Zum Glück konnte er meine Gefühle nicht lesen, denn meine Aufregung hätte ihn bestimmt verunsichert.

Ich wusste nicht, wie die anderen auf ihn reagieren würden. Vielleicht hatten sie Bedenken oder Vorurteile, was unsere Freundschaft betraf.

Einmal mehr wurde ich positiv überrascht. Keiner hier schien Probleme mit Elias oder seiner Herkunft zu haben. Sie waren zwar neugierig, aber nicht aufdringlich oder skeptisch. Alle akzeptieren ihn bedingungslos, natürlich bis auf Keon, aber der hegte sowieso eine grundlegende Antipathie gegen alles, was einen Puls hatte.

Nachdem ich meinem Lieblingsdämon das Schloss gezeigt hatte, stießen wir draußen zu den anderen.

Sie hatten mehrere Pavillons aufgebaut, unter denen Tische und Stühle standen. Alles war liebevoll dekoriert und in Violett gehalten – meine Lieblingsfarbe.

Wir aßen die fünf Kuchen, die Sara zusammen mit Sebastian gebacken hatte.

Ich hätte mir keine schönere Geburtstagsfeier ausmalen können, auch wenn es schade war, dass Raphael nicht hier sein konnte.

Als ich an das Wasser dachte, kam mir unweigerlich auch der Wind in den Sinn. Wenn er hier gewesen wäre, hätte ich mich in Trance gegrinst. Natürlich war mir klar, dass es kindisch war, aber allein der Gedanke an ihn stimmte mich glücklich.

Ich begann, mir auszumalen, wie er auf dem freien Stuhl saß, der mir gegenüberstand. Dieses Gesicht würde mich von allen anderen ablenken und ich war mir sicher, dass seine grünen Augen bei Tageslicht phänomenal schön leuchten konnten.

»Erde an Mia!«

Leos Stimme riss mich aus meinem Tagtraum. Ich musste weggetreten gewesen sein, zumal mich alle am Tisch anstarrten.

»Ähm … ich habe mir nur die schönen Kerzen angesehen!«

»Ja genau!«, entgegnete Sara ungläubig und verschränkte erwartungsvoll die Arme vor der Brust.

»Ach deshalb hat sie sich so rausgeputzt!«, analysierte Kevin und erntete ein Nicken von Sara.

»Was? Warum denn?«, wollte Nick wissen, der nicht mitbekommen hatte, was mir die beiden gerade unterstellten.

»Rate mal! Warum zieht man sich besonders gut an?«

»Hmm … keine Ahnung, wegen der Party?«

»Das war eine Überraschungsparty, du Vollpfosten!«, entgegnete Kevin und stieß seinem jüngeren Bruder unsanft in die Seite.

Ich bemerkte, dass Sebastian und Keon plötzlich viel aufmerksamer zuhörten. Sogar Elias hatte sich interessiert nach vorn gebeugt. Am liebsten hätte ich sie darum gebeten, wegzuhören. Ich wollte es nicht mal selbst hören.

»Sie ist verliebt!«, verkündete Sara so glockenhell, dass es in meinen Ohren klingelte.

»Was!? Nein!« Meine Stimme überschlug sich.

»Echt? Ich dachte, sie ist einfach nur gut drauf!«, meinte Leo und grinste.

»So gut drauf ist keiner, wenn er nicht gerade auf Wolke sieben schwebt. Glaub mir, ich kenne diesen Blick!« Sara war sich so sicher, dass ich keine Chance hatte, sie vom Gegenteil zu überzeugen.

»Und in wen bist du verliebt?«, wollte Nick wissen und erntete für seine Frage erst mal ein Stottern von mir.

Die Neugier, die mir entgegenschlug, verunsicherte mich zusätzlich. Diese Bühne war eindeutig zu groß für meinen Geschmack. Ich wollte es nicht zum Himmel schreien.

»Ich bin nicht verliebt! In niemanden!«

Kaum hatte ich es ausgesprochen, hörte ich selbst heraus, dass mein Dementi gelogen klang. Natürlich hatte ich mich verliebt, aber diese Gefühle waren so einseitig und kindisch, dass ich sie nicht mit den anderen teilen wollte.

»Ich tippe auf Raphael!«, spekulierte Leo und wartete meine Reaktion ab. »Ihr seid doch oft zusammen, oder? Außerdem kommst du am Samstagmorgen immer aus seinem Zimmer – höchst verdächtig!«

»Wir frühstücken nur zusammen!«

»Jaja, und was macht ihr davor und danach?«

»Davor und danach? Nichts!«

»Und brauchst du für dieses ›Nichts‹ irgendeine Art von Schutz?«

Ich starrte Leo mit unfassbar großen Augen an und wurde knallrot.

»Wow, ich hätte nie gedacht, dass Raphael sich mit einer Schülerin einlässt, aber er hatte von Anfang an einen guten Draht zu dir!«

Leo schien sich festgelegt zu haben und überzeugte auch die anderen, zumal ich noch nicht in der Lage war, zu widersprechen, weil mich mein Schamgefühl lähmte. Mir war nicht klar, wie meine samstäglichen Besuche bei Raphael für die anderen aussahen.

Es mochte vielleicht nach außen hin so wirken, als ob zwischen uns mehr war als nur Freundschaft, aber das war ein Gerücht. Natürlich hatte ich mir bis vor Kurzem gewünscht, dass da irgendwann mal mehr sein würde, aber meine Fantasien gingen niemanden etwas an.

Ich spürte Eifersucht in Elias und Sebastian aufkommen, aber Sebastian hatte sie viel besser unter Kontrolle. Keons Stimmung schlug nicht um, er wusste, wie weit die Beziehung zwischen mir und Raphael ging.

»Es ist nicht Raphael!«, rief ich so überzeugend, wie ich konnte.

Sara stutzte. »Hmm, ich dachte auch, es wäre Raphael. Wer ist es dann?«

Ihr Blick schweifte so auffällig zu Sebastian, dass es ihr alle gleichtaten.

Er wurde rot, nicht so rot wie ich, aber immerhin.

Keon, der auf dem Stuhl neben ihm saß, drehte den Kopf schlagartig in seine Richtung und funkelte ihn wütend an. Sebastian hob die Hände unschuldig vor den Oberkörper.

»Sieh mich nicht so an! Ich habe nichts gemacht!«

»Er ist es nicht!«, rief ich, um weitere Anspielungen in diese Richtung zu vermeiden.

Keons Halsschlagader pulsierte schon gefährlich schnell und trat noch mehr hervor, als Saras Blick – und damit auch der von allen anderen – zu Elias wanderte.

Er verschluckte sich an seinem Wasser und begann zu husten. Auch ihn traf Keons finsteres Funkeln, das jeden Erzdämon hätte erschaudern lassen. Die Nervosität war Elias anzumerken, obwohl ich auch so etwas wie Freude über diese Art der Spekulation in ihm spürte. Ich wollte ihn nicht zu sehr enttäuschen, zumal ich mir seiner Gefühle für mich bewusst war.

»Vielleicht …«, meinte ich und zwinkerte ihm zu.

Er lächelte ein durchaus dämonisches Lächeln. Noch bevor Keon über den Tisch springen und Elias an die Gurgel gehen konnte, schüttelte ich den Kopf.

»Wir sind nur Freunde!«

Er steckte den kleinen Rückschlag gut weg. Wahrscheinlich hatte er längst bemerkt, dass meine verliebten Blicke nicht ihm galten.

»Ich wusste es!«

Als ich damit gerechnet hatte, endlich aus dem Schneider zu sein, sprang Sara auf und zeigte mit dem Finger auf die einzige Person, die ihrer Meinung nach noch infrage kam. Diesmal verschluckte ich mich.

»Was?! Nie und nimmer!«

Keon lachte und machte dann einen gespielt lasziven Gesichtsausdruck. »Ha! Gib es zu! Du stehst auf mich!«

Ich schüttelte energisch den Kopf und wurde wieder verlegen. Mein Körper reagierte viel zu heftig auf diese Anschuldigung.

Ich war nicht in Keon verliebt, zumindest nicht im gebräuchlichen Sinne des Wortes. Dass ich ihn über alles in der Welt brauchte, war mir aber klar.

Seltsamerweise reagierte auch er mit Unbehagen auf Saras Unterstellung, auch wenn er nach außen hin so cool wirkte. Er hätte sich auch schwer selbst böse anfunkeln können.

»Ich stehe nicht auf dich!«, entgegnete ich Keons idiotischen Blicken und überkreuzte bockig die Arme vor der Brust.

»Also ist es keiner von hier?«, wollte Sara bestätigt haben und kniff nachdenklich die Augen zusammen.

Ich schüttelte den Kopf und versank ein wenig tiefer in meinem Stuhl.

»Egal, wer es ist, du solltest vorsichtig sein.« Sebastians Warnung klang so ernst, dass ich aufhorchte.

»Ja, sieh dich vor«, ergänzte Leo und seufzte.

»Warum?«

»Wegen des Fluchs!«

Kaum hatte er es ausgesprochen, hingen alle Blicke an ihm. Nur Sara schüttelte den Kopf und verdrehte die Augen.

»Es gibt keinen Fluch!«

Neugierig beugte ich mich nach vorn und rechnete damit, dass alle in schallendes Gelächter ausbrachen. Sie scherzten hoffentlich, auch wenn ihre Gefühlswelt anderes vermuten ließ. Dort, wo ich hoffte, Belustigung zu spüren, machten sich Unsicherheit und tief sitzende Enttäuschung breit. Der Kummer, der mir entgegenschlug, war so stark, dass sich Mitleid in mir formte.

Keon schmetterte mir wieder diese Wut entgegen, die ihn immer übermannte, wenn er seine Gefühle abtöten wollte.

»Was für ein Fluch?«, wollte ich schließlich an Sara gewandt wissen.

Sie und Nick waren die Einzigen, von denen nicht diese tief sitzende Enttäuschung ausging.

»Ach, lass dir nichts einreden, Mia! Es ist ein altes, blödes, hartnäckiges Gerücht, dass jeder Wächter seine erste Liebe verliert.«

Sie wurde am Ende des Satzes immer leiser, die letzten Worte flüsterte sie.

Automatisch streifte mein Blick Keon, der unbeteiligt ins Leere starrte.

»Aber das ist doch nicht jedem passiert, oder?«

»Nein!« Ihr Dementi klang irgendwie seltsam, sie korrigierte sich. »Na ja …«

Alle schienen meinem Blick auszuweichen, obwohl sie sonst so selbstsicher waren.

»Ihr wollt mir doch nicht weismachen, dass, egal in wen ich mich verliebe, derjenige sterben wird, oder?«

»Schwachsinn!«, entgegnete Keon und schüttelte den Kopf. Ihm schien das Thema aufs Gemüt zu schlagen– kein Wunder.

»Es ist nicht so, dass derjenige, den du liebst, stirbt …«, erklärte Sebastian. » … es ist nur so, dass keiner von uns noch mit seiner ersten Liebe zusammen ist.«

»Keiner?« Mein Blick schweifte wieder durch die Runde.

»Oh mein Gott, du bist nicht mehr mit dem Mädchen zusammen, dem du mit fünfzehn deine Zunge in den Hals gesteckt hast? Ich informiere die Medien!«

Keons sarkastische Anspielung auf Sebastians Worte machte deutlich, dass er nichts von diesem ›Fluch‹ hielt, und das, obwohl er selbst so viel durchgemacht hatte.

»Natürlich läuft es jedes Mal anders ab«, entgegnete Sebastian. Er musste sich beherrschen, um nichts Gemeines auf Keons dummen Spruch zu erwidern. Im Gegensatz zu ihm schien Sebastian zumindest ein Fünkchen Wahrheit in diesem Liebesfluch der Wächter zu sehen.

»Und wie habt ihr sie verloren? Ich meine, warum seid ihr nicht mehr mit eurer ersten Liebe zusammen?«

Meine Frage ging an alle am Tisch. Sie war zwar persönlich, aber vorhin hatte ich mich zu Vermutungen darüber äußern müssen, ob Raphael und ich uns schützten, während wir samstags Sex hatten.

Kevin war der Erste, der mir antwortete. »Ich war mit einer Wächterin zusammen. Sie und ich kamen zur selben Zeit an die *Ars Vivendi*. Das Ganze dauerte ein Jahr – ich dachte wirklich, es würde gut zwischen uns laufen …« Kevins Erinnerungen schmerzten ihn. »Jedenfalls war sie irgendwann, von einem Tag auf den anderen, verschwunden. Raphael hat mir erzählt, dass sie die Schule verlassen hat, auf eigenen Wunsch. Ich dachte, irgendetwas wäre vorgefallen, also bin ich zu ihr nach Hause gefahren, um zumindest zu verstehen, warum sie den Orden und mich einfach so verlassen hat.«

In dem Moment, in dem alle beschämt zu Boden blickten, wusste ich, dass Kevins Geschichte auf den Höhepunkt zusteuerte.

»Sie wollte mich wegschicken, nicht mit mir reden, aber ich war hartnäckig. Schließlich gestand sie mir, dass sie den Orden verlassen hat, weil sie nichts mehr mit all dem zu tun haben wollte – auch nicht mit mir. Sie hatte jemanden kennengelernt, einen ›normalen‹ Jungen, jemanden, mit dem sie nicht auf Dämonenjagd gehen musste. Nach diesem Geständnis hat sie mir die Tür vor der Nase zugeschlagen. Ich habe sie nie wiedergesehen.«

Alle schwiegen. Auch wenn Kevins Geschichte nicht annähernd so tragisch endete wie die von Keon, konnte ich seinen Schmerz verstehen. Er war aus heiterem Himmel verlassen worden, weil er seiner Bestimmung folgte und nicht davongerannt war.

Wie jemand dem Orden einfach den Rücken kehren konnte, war für mich nicht nachvollziehbar. Es war, als hinterginge man alles, wofür man gemacht war – sein Schicksal.

»Aber das Ganze ist schon eine Ewigkeit her!«, rief Kevin unerwartet fröhlich und zwinkerte mir zu. Er schien jetzt glücklich zu sein, aber die Geschehnisse der Vergangenheit hatten trotzdem Spuren hinterlassen.

»Wenn wir alle unsere Herzschmerz-Geschichten erzählen …«, seufzte Leo und fuhr sich durch die dunkelroten Haare.

Ich konnte mir nicht vorstellen, dass ihm schon mal das Herz gebrochen worden war – er hatte so ein toughes Wesen.

»Meine erste Freundin war keine Wächterin. Ich habe sie mehr oder weniger zufällig kennengelernt, als ich in ihrem

Haus einen Dämon ausgetrieben habe. Ich hatte ihr verschwiegen, dass ich ein Wächter bin. Sie hatte Probleme zu Hause und in der Schule. Ich habe versucht, für sie da zu sein. Ich habe mir wirklich Mühe gegeben! Es ist für mich nicht leicht, nur passiv zuzuhören – aber ich wollte um jeden Preis, dass es ihr besser geht. Irgendwann wurde ihr Leben wieder einfacher und ich habe beschlossen, sie in meine Probleme einzuweihen. Als sie erfahren hat, dass ich ein Wächter bin, hat sie mich einen ›verrückten Teufelsanbeter‹ genannt und sofort mit mir Schluss gemacht.« Er zuckte mit den Schultern.

Leos Geschichte machte mich wütend. Auch er war verlassen worden, weil er ein Wächter war, weil er die Menschen um ihn herum beschützte und sein Leben dafür riskierte. Langsam begann ich, an den Fluch zu glauben.

»Das tut mir leid für dich«, entgegnete ich leise.

»Schon gut, ich bin darüber hinweg.«

Er log, auch Leo nagte noch immer an seiner Vergangenheit, aber er war viel zu stolz, um es zuzugeben.

»So! Jetzt bleiben nur noch die Storys unserer Bad Boys übrig«, erklärte Leo grinsend und schaute hinüber zu Sebastian und Keon. Warum er Keon einen Bad Boy nannte, war mir klar, warum er Sebastian so betitelte, nicht.

»Meine Geschichte ist halb so spannend«, meinte Sebastian und schwenkte die Eiswürfel in seinem Wasser. Er spielte seine Vergangenheit mit Absicht herunter, weil es ihm unangenehm war, darüber zu sprechen.

Neugierig lehnte ich mich nach vorn. Ich wollte wissen, wie das Mädchen war, das jemandem wie Sebastian das Herz brechen konnte.

»Sie war ein Dämon und wir waren nicht lange zusammen.«

Er trank sein Wasser aus und wartete meine Reaktion ab. Ich war sichtlich überrascht, vergaß, meine Mimik zu kontrollieren.

Das Letzte, was ich vermutet hätte, war, dass Sebastians Ex ein Dämon war. Er war so ruhig, geduldig, herzensgut.

Ich schämte mich sofort für meine Gedanken. Neben mir saß auch ein Dämon und lauschte den Geschichten der anderen genauso gespannt wie ich. Ein Dämon, den ich zu meinen besten Freunden zählte und der absolut nichts Böses an sich hatte. Lächerlich, dass ich trotz der innigen Freundschaft zu Elias noch immer Vorurteile hatte.

»Was lief schief?«, wollte Elias wissen. Ihn interessierte diese Konstellation.

»Wir hatten unsere Differenzen.«

Sebastian schien wirklich nicht darüber sprechen zu wollen, genauso wenig wie Keon, der nur ab und an ein verächtliches Schnauben von sich gab. Er schenkte mir einen wissenden Blick, der mir sagen sollte, dass ich seine Geschichte bereits kannte.

»Und was ist mit euch?«, wollte ich an Sara und Nick gewandt wissen. Den Schmerz, den ich bei den anderen fühlte, konnte ich bei ihnen nicht ausmachen.

Nick wurde rot und blickte beschämt zur Seite. Sein Bruder übernahm das Antworten für ihn.

»Na ja, wer noch nie verliebt war, kann natürlich nicht mitreden!«

Nick strafte Kevin mit bösen Blicken, dementierte seine Aussage aber nicht. Natürlich, Nick war kaum älter als ich – auch erst siebzehn. Dass er noch nie verliebt gewesen war, war also nicht ungewöhnlich, zumal ihm die vielen Geschichten von gescheiterten Beziehungen wahrscheinlich nicht gerade Mut machten. Mir ging es genauso.

»Es muss aber nicht zwangsläufig schieflaufen! Ich bin schon acht Monate mit meinem Freund zusammen und es ist noch nichts passiert!«

Deshalb glaubte Sara also nicht an diesen ›Fluch‹. Sie war mit einem der älteren Wächter zusammen. Er gab ihr auch Nachhilfe – zumindest nannten sie es so.

»Die Zwergprinzessin hat recht!«

Keon bedachte Sara ständig mit so netten Spitznamen, zumal sie gut zwei Köpfe kleiner war als er. Ihr machte das nichts aus – sie war gern ein kleines Energiebündel, das man nicht unterschätzen durfte.

Keon schaute kopfschüttelnd in die Runde und ich ahnte Böses.

»Kevins Exfreundin war einfach nur klüger als wir alle und hatte keine Lust mehr, tagtäglich ihren Arsch für Leute wie Leos Exfreundin zu riskieren. Die hatte übrigens üble psychotische Schübe – die hätte jeden Typen für einen Teufelsanbeter gehalten! Und deine Exfreundin …« Er schaute zu Sebastian. »… hat versucht, dich beim Sex umzubringen – was zugegebenermaßen schon irgendwie sehr witzig ist!«

Keon grinste, während sich Sebastian peinlich berührt abwandte.

War das kein Scherz gewesen? Ich war geschockt und dann ebenfalls peinlich berührt, weil ich versuchte, mir vorzustellen, wie das Ganze wohl abgelaufen war.

»Das alles hat nichts mit einem Fluch zu tun, das nennt man Pech! Wir leben in einer Welt voller gestörter Weiber und mordlustiger Dämonenschnepfen!«

Keon war so überzeugt von dem, was er sagte, dass ihm niemand widersprach. Wahrscheinlich erwiderten sie auch nichts, weil er selbst die traurigste Liebesgeschichte zu erzählen hatte und trotzdem nicht an so etwas wie einen Wächter-Fluch glaubte.

Ich wusste, warum er sich gegen den Gedanken sträubte. Hätte er daran geglaubt, hätte er sich nicht mehr selbst die Schuld am Tod seiner Freundin geben können und das wäre für ihn unerträglich gewesen. Sich keine Vorwürfe mehr machen zu können, hätte ihn wahnsinnig gemacht – er brauchte den Schmerz und die Schuldgefühle.

»Genug von uns und diesem Unsinn! Das ist Mias Geburtstag! Also, in wen bist du verliebt!?«

Sara wechselte das Thema so gekonnt, dass ich ihr nicht mal böse sein konnte, dass sie mich erneut mit dieser Frage löcherte.

Alle Blicke richteten sich auf mich. Ich fühlte, dass die drückende Stimmung allmählich wieder Neugier wich.

Die anderen waren so ehrlich zu mir gewesen, hatten mich mit ihren Geschichten so tief ins Vertrauen gezogen, dass ich so gut wie keine Wahl mehr hatte. Vielleicht kannten sie ihn sogar und konnten mir etwas über ihn erzählen.

»Na ja, es ist nicht so, dass ich verliebt wäre!«, stellte ich klar. Diese Lüge konnte ich mir nicht verkneifen. Ich schämte mich für die Wahrheit, weil ich so gut wie nichts über ihn wusste. »Aber es gibt da jemanden, den ich interessant finde!«

Alle schenkten mir erwartungsvolle Blicke, bis auf Keon, der verdrehte genervt die Augen.

Ich fühlte, dass Elias neben mir unruhig wurde. Er war mir böse, weil ich ihm nichts von meiner Schwärmerei erzählt hatte, obwohl wir sonst eigentlich über alles sprachen.

»Ich kenne ihn erst seit gestern.«

»Jetzt mach es nicht so spannend!«, protestierte Sara und rutschte nervös auf dem Stuhl hin und her.

»Ich weiß so gut wie nichts über ihn!«

»Mia!«

»Er heißt Gabriel!«

»Gabriel?«, wiederholte Leo und lächelte.

Keons Blick durchbohrte mich förmlich. Ich wusste nicht, ob er abwesend durch mich hindurchsah oder mich anstarrte.

»Du pickst dir auch nur die ganz großen Namen heraus! Raphael, Gabriel.«

Die anderen lachten, ich verstand nicht, wieso.

»Wie meinst du das, ›die großen Namen‹?«

»Ach nichts, Leo macht nur Spaß. Es gibt einen Erzengel namens Gabriel, aber den meinst du sicher nicht«, erklärte Sara und hakte nach. »Wo hast du ihn kennengelernt?«

»Ich bin gestern durch die Gegend gelaufen und zufällig einem Ghul begegnet.«

»Was?!« Keon unterbrach mich sofort und verfinsterte seine Miene. »Warum sagst du nicht Bescheid, wenn so was passiert!?«

Ich zuckte mit den Schultern und setzte meinen unschuldigsten Blick auf. Natürlich zog diese Nummer bei Keon nicht, aber ich versuchte es trotzdem immer wieder. Sebastian lenkte ihn zum Glück ab.

»Das war wahrscheinlich der Ghul, auf den ich angesetzt war. Er war auf einmal verschwunden, ich konnte ihn nicht mehr finden. Hast du ihn ganz allein erledigt, Mia?«

Ich schüttelte verlegen den Kopf und fühlte Sorge aufflammen. »Nein, ich habe es versucht, aber ich hatte keine Waffe dabei. Er war ganz in der Nähe einer Wohnsiedlung, also wollte ich ihn von dort weglocken. Dann bin ich unglücklich gestürzt.«

Ich tastete unbewusst nach der Wunde an meiner Hüfte, die Gabriel verarztet hatte. Ich spürte sie kaum noch.

»Hast du dich verletzt?«, wollte Elias wissen und musterte mich akribisch.

»Ist nicht der Rede wert. Ich hatte Glück, er hat mich gerettet.«

»Dieser Gabriel?«, wollte Sara wissen und bekam mit einem Mal große Augen.

Ich nickte.

»Ist er ein Wächter?«

»Nein.«

»Bist du dir sicher?«

»Ähm, ja, ich habe ihn gefragt.«

»Kann das sein?«, wollte Sara schließlich an Leo gewandt wissen, der sofort ein paar wissende Blicke mit Sebastian tauschte. Danach starrten sie alle Keon an, aber der weigerte sich wieder mal, eine Reaktion von sich zu geben.

»Wenn er einen Ghul einfach so töten kann«, murmelte Leo schließlich.

»Wie sieht er denn aus?«, fragte Sebastian.

Die Neugier schien sich irgendwie aufgeschaukelt zu haben – wieso, verstand ich nicht.

»Schwarze Haare, ziemlich groß und sehr hellhäutig. Er hat diese unglaublich grünen Augen.«

Jetzt war es endgültig um sie geschehen. Sogar Elias blieb der Mund offen stehen.

»Mia, kann es sein, dass du tatsächlich mit dem Erzengel Gabriel rumgemacht hast?!«, wollte Sara wissen und klang so überrascht, wie sie sich fühlte.

»Ich habe nicht mit ihm rumgemacht!«, stellte ich sofort richtig.

Dann fing ich an, über das mit dem Erzengel nachzudenken. Konnte ich deshalb nicht in ihn hineinsehen? War er deshalb so besonders?

»Du stehst also wirklich auf Gabriel? Den Gabriel?!«, rief Leo ungläubig.

»Keine Ahnung! Wer ist denn dieser Gabriel?!«

»Mia! Gabriel ist der Erzengel, der Luzifer damals zu Fall gebracht hat!«

»Was?!«

Ich erinnerte mich an das Gespräch mit Conan. Auch er hatte ihn erwähnt, den Erzengel Gabriel, die rechte Hand Gottes.

Konnte das denn sein? War ich gestern tatsächlich mit diesem Gabriel zusammen gewesen?

»Aber das ist doch nicht möglich, oder? Was macht denn ein Erzengel hier bei uns? Ich meine, ich war in seinem Haus, er lebt hier, das kann doch nicht sein, oder?«

Verständnislose Blicke trafen mich. Anscheinend wussten alle anderen noch immer viel mehr als ich. Sebastian versuchte, mich aufzuklären. Keon war so amüsiert über meine Dummheit, dass er nicht aufhören konnte, mich auszulachen.

»Gabriel lebt schon eine ganze Weile hier unter den Menschen – er ist sogar schon länger hier als Raphael.«

Ich war baff. »Unser Raphael?«

Jetzt hatte ich wohl offiziell die dümmste Frage der Welt gestellt.

»Ähm … du weißt schon, dass Raphael ein Erzengel ist, oder? Die beiden Erzengel: Gabriel und Raphael – die rechte und die linke Hand Gottes.«

Nein, ich hatte das nicht gewusst. Natürlich war mir klar gewesen, dass Raphael etwas Besonderes war – anders als die anderen –, aber was er war, hörte ich heute zum ersten Mal.

»Ein Erzengel …«, wiederholte ich leise.

Das ergab Sinn. Ich sah in Gedanken diese wunderschönen blauen Augen, in die ich nicht hineinsehen konnte, und ich sah die ebenso schönen grünen Augen, die auch ein Rätsel für mich blieben. Sie waren so besonders, so schön, so stark – sie mussten einzigartig sein.

Schlagartig wurde mir bewusst, wie lächerlich meine Verliebtheit war. Ich hatte zwar schon vorher gewusst, dass ich bei Gabriel keine Chance hatte, aber jetzt war ›unrealistisch‹ noch äußerst optimistisch gesprochen.

»Was dachtest du denn, Mia, was Raphael ist?«, wollte Sara wissen und stellte mir eine durchaus berechtigte Frage.

»Keine Ahnung ...«, antwortete ich wahrheitsgemäß und senkte den Kopf.

Es war mir egal gewesen. Raphael war Raphael. Der schöne, kluge, manchmal strenge Raphael, der mir den Ring an meinem Finger geschenkt hatte. Es war mir nie wichtig gewesen, woher er kam, solange er einfach da war.

»Wow! So wenig Ahnung und trotzdem verdrehst du Erzengeln den Kopf!« Kevin klang beeindruckt.

»Ich verdrehe niemandem den Kopf!«, entgegnete ich leise. »Ich war nur beeindruckt, aber das ist ja auch kein Wunder.«

Ich fühlte Mitleid in den anderen wachsen. Ich musste enttäuscht aussehen, aber ich hatte keine Lust, mich zu verstellen. Sie sahen mir wahrscheinlich an, dass meine kindischen Träume gerade zerbrachen.

Sara wechselte wieder gekonnt das Thema und begann, Kuchen zu verteilen.

Ich versuchte, meine Gedanken zu zerstreuen, ließ mich von den banalen Dingen, über die wir von nun an sprachen, ablenken.

Die Party war wirklich schön, die beste Feier, die ich je gehabt hatte, trotz der vielen Fragen, die in meinem Unterbewusstsein hängen geblieben waren.

Keon verschwand als Erster – natürlich ohne Erklärung. Ich hätte gern mit ihm gesprochen. Mir war klar, dass er Gabriel kannte, aber er ließ mir keine Gelegenheit, ihn auszufragen.

Ich saß mit den anderen noch lange draußen, bis mir beinahe die Augen zufielen. Als sich Elias verabschiedete, nutzte auch ich die Gelegenheit, um mich zurückzuziehen.

Ich begleitete den Dämon ein Stück, hakte mich bei ihm ein und lehnte meinen Kopf an seinen Oberarm. Er schwieg und wir trotteten bis zum Tor.

»Danke für die Party!«, meinte ich schließlich und schenkte ihm ein Lächeln.

»Ich habe sie nicht organisiert. Ich habe dich nur verpetzt.«

»Na dann danke fürs Verpetzen!«

»Bitte.« Er grinste und drückte mir einen Kuss auf die Wange. »Ob Erzengel oder nicht, wenn er nicht auf dich steht, ist er ein Idiot!«

Ich wurde verlegen. Noch bevor ich etwas erwidern konnte, wandte sich Elias auch schon ab und stieg in sein Auto.

Verdattert blieb ich eine Weile stehen, sah ihm nach und war froh, dass ich ihn hatte.

Wieder in meinem Zimmer, verfasste ich eine Mail an Keon, in der ich ihn bat, mir zu erzählen, woher er Gabriel kannte und wie er war, aber ich war zu feige, sie abzuschicken. Seufzend legte ich das Handy beiseite, setzte mich auf die breite Fensterbank und bürstete meine Haare.

Draußen war es schon dunkel. Raphaels Rosengarten war wieder leer und sah im Schutz der Dunkelheit so geheimnisvoll schön aus wie sein Besitzer.

Gerade als ich mich fragen wollte, wann er wohl wieder aus Italien zurückkommen würde, vibrierte mein Handy.

Ich las die eingegangene Nachricht.

Raphael

Es tut mir leid, dass ich nicht bei dir sein kann, aber ich bin mir sicher, du hattest einen wundervollen Tag. Das nächste Mal musst du mich nach Florenz begleiten, es gibt so viel hier, was ich dir gern zeigen möchte.

Alles Gute zum Geburtstag!

Raphael

Ich grinste das Display an. Mit Raphael nach Italien zu reisen, war wie eine Einladung in den Himmel.

Ich malte mir aus, wie ich mit ihm durch die engen Gassen spazierte, Sehenswürdigkeiten besichtigte und wir abends gemeinsam am Meer saßen.

So wundervoll das auch alles klang, ich war nicht ganz so überschwänglich wie sonst, wenn ich von ihm träumte. Irgendetwas lenkte mich ab.

Immer wieder ließ ich meinen Blick suchend durch den Garten schweifen. Ich schloss sogar kurz die Augen, um sicherzugehen, dass dort draußen nichts zu fühlen war, nachdem man suchen musste.

Natürlich spürte ich nichts, zumindest nicht sofort.

Kurz bevor ich die Augen wieder öffnete, war mir, als hätte ich einen sanften Windhauch gefühlt. Mein Herz schlug sofort schneller.

Ich war mir beinahe sicher, dass ich mir das Gefühl nur eingebildet hatte – es mir sozusagen herbeiwünschte –, aber ich musste sichergehen.

Ohne lange darüber nachzudenken, lief ich den Gang entlang, die Treppe hinunter und hinaus in den Garten.

Es fröstelte mich, als mir der Wind um die Ohren wehte – der echte Wind, nicht sein Wind. Vielleicht war mein Fenster einfach undicht. Langsam, aber sicher wurde ich zu einer verzweifelten, paranoiden Besessenen. Ich musste ihn aus dem Kopf bekommen.

Die Arme um den Oberkörper geschlungen, wollte ich auf dem Absatz kehrtmachen, als dieses seltsame Gefühl wieder stärker wurde.

Ich spürte ihn – ich fühlte Gabriels Anwesenheit. Entweder war er ganz in der Nähe oder ich brauchte einen Therapeuten, der auf Wunsch-Wahnvorstellungen spezialisiert war.

Meiner Intuition folgend, lief ich zum Haupteingang und dann weiter in Richtung Tor. Ich drehte mich unzählige Male um, um sicherzugehen, dass niemand sah, wie ich mitten in der Nacht irgendeinem Hirngespinst nachjagte.

Vorsichtig öffnete ich das Tor einen Spalt und zwängte mich hindurch, weil es knarrte, wenn man es weiter öffnete. Als ich mir das Kleid an einer Messingverzierung aufriss, fluchte ich leise.

»Scheiße ...«

»Das tut mir leid«, erklärte eine Stimme, die viel schöner und sanfter klang, als ich sie in Erinnerung hatte.

Er lehnte keine fünf Meter entfernt an der weißen Steinmauer – wie ein wunderschöner Schatten. Als er sich abstieß und auf mich zukam, bekam ich vor Aufregung Schluckauf.

»Was tut dir leid?«, piepste ich, hickste und bemühte mich, nicht allzu überrascht auszusehen. Er war bestimmt nicht meinetwegen gekommen.

Als er auf mich zukam, sah ich plötzlich den Erzengel in ihm. Auch wenn ich schon vorher gewusst hatte, dass er etwas Besonderes war, schien er mit einem Mal so erhaben, dass ich Gänsehaut bekam.

Ehrfürchtig senkte ich den Blick, als er mir gegenüberstand – der berühmte Gabriel.

»Dass du dir meinetwegen dein Kleid zerrissen hast, tut mir leid«, antwortete er auf meine Frage.

Ich sah aus dem Augenwinkel, dass er den Kopf leicht schief gelegt hatte. Noch immer traute ich mich nicht, ihn direkt anzusehen. Gleichgültig zuckte ich mit den Schultern. Es war mir peinlich, dass er mich fluchen gehört hatte. Wahrscheinlich durfte man das in Gegenwart eines Erzengels gar nicht.

»Wieso bist du hier?«

Vielleicht suchte er Keon oder Raphael.

»Wieso bist du hier?«, stellte er eine Gegenfrage und machte mich schlagartig noch nervöser. Das Hicksen ließ sich kaum unterdrücken.

»Ich dachte, ich fühle etwas«, antwortete ich ehrlich und blickte kurz auf. Selbst mit hohen Schuhen war er noch einen Kopf größer als ich.

»Das denke ich auch«, antwortete er und hob die Mundwinkel. Indem er sich ein wenig zu mir hinunterbeugte, zwang er mich, ihm direkt in die Augen zu sehen.

Ich hielt die Luft an, während ich sein Gesicht aus der Nähe musterte. Das Mondlicht schien sich in seinen Augen zu brechen und ließ sie unglaublich intensiv leuchten.

Ich wurde verlegen, weil ich nicht verstand, worauf er hinauswollte. Er neigte anscheinend dazu, sich kryptisch auszudrücken – wie Raphael.

»Und, hattest du einen schönen Geburtstag?«

Ich nickte viel zu hektisch und fröstelte, als der Wind wieder auffrischte. Er musterte mich, schien mitzubekommen, dass mir kalt war. Mir machte das nichts aus, ich wäre auch bei Minusgraden und strömendem Regen draußen bei ihm gestanden.

»Du solltest wieder reingehen, sonst erkältest du dich.«

Ich schüttelte den Kopf und wartete seine Reaktion ab. Was hätte ich dafür gegeben, in ihn hineinzusehen.

»Bist du nur gekommen, um mir zu sagen, dass ich wieder reingehen soll?«

Ich wusste nicht, wo ich den Mut für diesen Satz hergenommen hatte, er war auf einmal da – als hätte ihn mir jemand injiziert.

»Nein, deshalb bin ich nicht gekommen«, gab er zu und wandte seinen sonst so festen Blick ab.

»Warum dann?«

Mein Herz schlug mir bis zum Hals. Die Mischung aus Nervosität und Kälte ließ mich ein wenig zittern.

Es kam mir kurz so vor, als wäre er im Zwiespalt mit sich selbst, als müsste er kurz über etwas nachdenken. Der Hauch von Unsicherheit war nach Sekunden wieder verflogen.

Regungslos und emotionslos musterte er mich. Im Moment fühlte sich alles um mich herum surreal an, als träumte ich einen intensiven Traum.

»Ich wollte dich sehen.«

Seine Worte hallten in meinen Gedanken weder. Diese schöne Stimme berauschte meine Sinne.

»Wirklich?« Ungläubig hob ich die Brauen. Ich wusste noch immer nicht, was ihn hergeführt hatte – dieser unnahbar schöne Erzengel konnte nicht meinetwegen gekommen sein.

»Ich sollte nicht hier sein«, sprach er tonlos. »Ich sollte nicht«, wiederholte er, als würde er es sich selbst ins Gedächtnis rufen müssen.

»Warum nicht?«

»Weil es dich unglücklich machen könnte.«

»Bestimmt nicht«, antwortete ich, ohne seinen Satz wirklich zu verstehen. »Nichts, was mit dir zu tun hat, könnte mich unglücklich machen!«, fügte ich hinzu, ohne es mir einmal selbst in Gedanken vorzusagen.

»Du bist leichtsinnig«, entgegnete er.

Eigentlich hätte ich alles geglaubt, was aus diesem Mund gekommen wäre, aber nicht, dass er mich irgendwie unglücklich machen konnte.

Ich schüttelte den Kopf.

Was als Nächstes passierte, hätte ich nicht voraussehen können – selbst mit meiner Gabe nicht.

Er beugte sich zu mir hinunter und küsste mich. Alles ging so schnell, dass ich erst wirklich mitbekam, was passierte, als er seine Lippen längst auf meine gelegt hatte. Sie waren weich und warm, genau wie seine Hände, die er auf meine Wange und meinen Rücken legte.

Er zog mich näher. Ich fühlte seinen Herzschlag, seinen Atem, seinen Körper. Meine Wangen glühten, als er wieder von mir abließ. Auch wenn sein Gesicht keinerlei Emotionen verriet, spürte ich, dass er nicht so gefühlskalt war, wie es den Anschein hatte.

»Ist das in Ordnung?«

»Ja!«

Er küsste mich noch mal, diesmal leidenschaftlicher.

Die Welt um mich herum schien mit einem Mal nicht mehr zu existieren. Es gab keine Engel, keine Dämonen, keine Wächter, nur Gabriel und mich.

Es war mir egal, woher er kam und wie unterschiedlich wir waren – er war hier und er war mir nah. Mehr wollte ich nicht.

Ich schnappte nach Luft, als er wieder von mir abließ.

»Geh jetzt rein, es ist spät und kalt.«

Ich nickte, aber anstatt seiner Aufforderung zu folgen, küsste ich ihn. Er ließ sich darauf ein, schenkte mir noch mehr von seiner Zeit und Nähe.

Ich wusste nicht, wie lange wir dort standen und uns küssten, ich hatte jegliches Zeitgefühl verloren.

Irgendwann ließ er mich los.

»Willst du nicht mitkommen?«, wollte ich atemlos wissen und hoffte, dass er mein gewagtes Angebot annehmen würde.

Er zog die Mundwinkel leicht nach oben und hauchte mir einen letzten Kuss auf die Stirn. »Nein.«

Er deutete in Richtung Schloss. Ich folgte seiner nonverbalen Anweisung, drehte mich auf dem Weg zum Eingang aber noch dreimal um. Er wartete, bis ich hinter der großen, schweren Tür verschwunden war, erst dann ging er.

Berauscht von den Küssen, schwebte ich überglücklich zurück auf mein Zimmer. Jetzt war ich mir sicher, dass ich heute den schönsten Geburtstag meines Lebens gefeiert hatte, auch wenn mir klar war, dass ich spätestens morgen früh hinterfragen musste, warum sich jemand wie Gabriel überhaupt auf jemanden wie mich einließ.

Heute genoss ich diese traumartige Realität.

200 PS

Um kurz vor fünf Uhr morgens klingelte mich mein Handy aus dem Schlaf. Obwohl ich sonst nur schwer aus dem Bett gekommen wäre, hatte ich heute mit dem Aufstehen keine Probleme.

Es war Montag und ich hatte ein straffes Programm aus Training, Schule und Wächterdingen vor mir, aber irgendwo dazwischen würde ich auch Zeit finden, um Gabriel zu sehen.

Gestern hatten wir kein Wort darüber verloren, wann oder wo wir uns wiedersehen würden, aber ich war mir sicher, dass wir irgendwie zueinanderfinden würden.

Mein Optimismus begleitete mich bis hinunter in die Trainingshalle. Es war mir noch nie passiert, dass ich vor Keon dort war. Meistens schlug er schon mit irgendetwas auf mich ein, wenn ich durch die Tür kam.

Ein Liedchen summend, begann ich, mich warm zu machen.

Keon war sichtlich überrascht, dass ich schon wach war. Er sah müde und geschafft aus, so als hätte er durchgemacht.

»Alles klar? Du siehst fertig aus.«

Kaum hatte ich ausgesprochen, legte er mich auch schon aufs Kreuz. Er schien noch schlechter gelaunt als sonst und das ließ er mich spüren.

Keon nahm mich immer hart ran, aber heute schien er mich mit einem Ghul zu verwechseln. Ich wehrte mich, so gut es ging, landete sogar ein oder zwei Treffer, aber im Großen und Ganzen hatte ich keine Chance gegen ihn.

Als ich mehr als unsanft gegen die Wand geschleudert wurde, begann ich, zu protestieren.

»Hey! Wenn du mir die Knochen brichst, kannst du das Training in nächster Zeit ganz vergessen!«

Keons Stimmung schlug um, während ich mit schmerzverzerrtem Gesicht nach meinem Arm tastete. Er kam auf mich zu und half mir hoch. »Tut mir leid, ich wollte nicht …«

Er stockte. Es tat ihm wirklich leid, dass er mich so grob behandelt hatte. Ich wusste zwar, dass er mich um jeden Preis stärker machen wollte, verletzen wollte er mich dabei aber nicht.

»Was ist denn los? Du verhältst dich merkwürdig heute.«

Er raufte sich die Haare. »Nichts, vergiss es!«

»Ich spüre doch, dass irgendetwas mit dir los ist!«

»Ach ja? Dann frag nicht so dumm!«

Ja, das war Keon, wie ich ihn kannte – charmant und mitteilsam.

»Du weißt genau, dass ich deine Gedanken nicht lesen kann!«

»Zum Glück, sonst würdest du noch mehr nerven!«

Ich setzte ein gespielt gekränktes Gesicht auf. Er wusste, dass ich mir viel gefallen ließ, bis ich sauer war, aber heute wollte ich unbedingt wissen, was ihn so wütend machte.

Er seufzte und murrte irgendetwas von wegen Frühstück vor sich hin. Eigentlich rechnete ich damit, dass wir uns zu den anderen in den Speiseraum setzen würden, aber ich folgte Keon in die Küche, wo er zwei Croissants für uns abgriff.

Wir gingen gemeinsam nach draußen in den Garten und setzten uns auf eine Bank. Es war schon ziemlich kühl, aber Keon mochte die Kälte. Er schien sich immer erst so richtig wohlzufühlen, wenn ich bereits zitterte.

»Ich hatte eine ziemlich beschissene Nacht«, gab er schließlich zu und biss in sein Croissant.

Die Momente, in denen Keon etwas von sich preisgab, waren rar, also versuchte ich, möglichst cool zu reagieren und ihn nicht gleich wieder mit Fragen zu löchern.

Das letzte Mal, als er sich bei mir über die Uni beschwert hatte, hatte ich den Fehler gemacht, nachzufragen, was genau ihn eigentlich störte, daraufhin hatte er genervt den Kopf geschüttelt und war verschwunden. Diesmal würde ich besser reagieren.

Ich zuckte anteilslos mit den Schultern und murrte einmal.

»Ich habe mich mit jemandem getroffen … einem Mädchen.«

Ich verschluckte mich an der Schokofüllung, schaffte es aber mit einmal husten, meine Luftröhre wieder freizubekommen.

Ich konnte nicht glauben, dass Keon mir tatsächlich gerade erzählt hatte, dass er sich mit einem Mädchen getroffen hatte. Innerlich schnappte ich über vor Neugier, nach außen hin blieb ich ruhig und desinteressiert.

»Mhm.«

»Ich meine, es ist nicht so, dass es mich interessiert, was sie mit wem tut, wenn wir nicht zusammen sind!«

Ich unterdrückte den Drang, nachzufragen, ob ich ihn richtig verstanden hatte.

»Sie kann von mir aus schlafen, mit wem sie will!«

Okay, ich hatte ihn richtig verstanden. Mit großen Augen starrte ich mein Croissant an. Anscheinend erzählte mir Keon hier von Problemen, die ich nur aus der Theorie kannte.

»Aber mit dem Typen!«

Angewidert verzog er das Gesicht und schüttelte den Kopf.

Ich fühlte, dass ihm die Sache wirklich zu schaffen machte. Er war in seinem Stolz gekränkt, und das war noch nicht alles.

Nervös zupfte ich an der braunen Kruste. Zum Glück erwartete er nicht, dass ich irgendetwas erwiderte, ich wusste nämlich nicht, was ich dazu sagen sollte. Ich hatte keine Ahnung von Sexbeziehungen, zumal ich nicht mal Ahnung von Sex hatte. Näher als Gabriel gestern war mir noch nie ein Mann gekommen.

Anscheinend fiel Keon auf, dass ich einen hochroten Kopf bekam, während ich nachdachte. »Ach, was rede ich auch mit einem Kind über so etwas! Du verstehst doch gar nicht, was ich meine.«

»Ich bin kein Kind!«, protestierte ich. Er fing wieder an, mich wie ein kleines Mädchen zu behandeln, das konnte ich auf den Tod nicht ausstehen. »Natürlich verstehe ich, was du meinst! Du bist gekränkt, weil das Mädchen, mit dem du schläfst, anscheinend mit noch jemandem zusammen war!«

»Es wäre mir egal, wäre es nicht dieser Idiot gewesen!«

»Liebst du sie denn?«

Keon lachte und fühlte sich unwohl. »Nein.«

»Also ist es nur gekränkter Stolz.«

Ich konnte nicht nachvollziehen was Keon empfand. Mit jemandem zu schlafen, den man nicht liebte, erschien mir absurd.

»Ab und zu brauche ich Ablenkung«, erklärte er gelassen und schmunzelte.

»Warum suchst du dir dann nicht ein Mädchen, das du wirklich magst?«

Zu meiner Überraschung antwortete er sogar. »Ich will keine Beziehung. Das weiß sie.«

»Wieso nicht?«

»Eben darum!«

Jetzt schien seine Schmerzgrenze erreicht. Ich spürte, wie gut es ihm getan hatte, sich mit jemandem auszutauschen, auch wenn ich ihm bei seinem Problem nicht wirklich helfen konnte.

Während ich über die ganze Situation nachdachte, fühlte ich kurz so etwas wie Eifersucht in mir aufkommen. Ich mochte die Vorstellung, dass Keon mit irgendeinem Mädchen zusammen war, nicht, schon gar nicht, wenn sie ihn hinterging. Während mir meine Gedanken immer unangenehmer wurden, spürte ich Neugier in Keon aufkommen.

»Bist du eigentlich wirklich in Gabriel verliebt?«

Ich stutzte, weil ich nicht mit so einer Frage gerechnet hatte. »Du kennst ihn, oder?«

»Ja. Er sollte sich eigentlich nicht in unsere Angelegenheiten einmischen.«

»Was heißt das?«

»Dass er für gewöhnlich nichts mit Wächtern zu tun haben will.«

»Was? Wieso?«

»Er hätte damals auch eine Schule des Ordens leiten sollen, aber er hat abgelehnt.«

»Wieso?«

»Weil er ein unterkühlter Einzelgänger ist.«

Ich musste lachen. Keon hob die Brauen. »Also genau wie du!«

Er schüttelte den Kopf und wandte sich grummelnd ab.

Es stimmte, Keon und Gabriel wirkten beide unterkühlt – zumindest nach außen hin.

»Schlag dir Gabriel aus dem Kopf! Er wird kein Interesse an dir zeigen.«

»Wie soll ich das denn verstehen?!«

Ich war gekränkt von dieser Behauptung. Natürlich wusste ich, dass Gabriel ganz andere Frauen hätte haben können, aber das musste Keon mir nicht unter die Nase reiben.

»Reg dich ab! Ich meine ja nur, dass er nicht unbedingt ein Menschenfreund ist. Ich kenne ihn schon ... eine Weile.«

»Das bist du auch nicht!«

»Was soll das denn heißen!?«

Jetzt war Keon sauer. Irgendwie schafften wir es immer wieder, uns in die Haare zu bekommen.

»Nur zu deiner Information, er hat sehr wohl Interesse an mir!«

Keon lachte. »Was denn? Nur weil er dich mal angelächelt hat? Du hast ja keine Ahnung von so was!«

»Aber du!? Du schläfst mit irgendwelchen Mädchen, die du nicht mal magst. Nennst du das Liebe?! Außerdem hat er mehr getan, als mich nur angelächelt – ich bin ja nicht dämlich!«

Er stutzte. »Was hat er getan?«

Irgendwie hatte ich das Gefühl, ich sollte ihm nichts erzählen, aber ich wollte, dass er aufhörte, mich als kleines Mädchen zu sehen.

»Das geht dich nichts an, aber zwischen uns war mehr, als du denkst!«

Triumphierend stand ich auf und stapfte zum Schloss. Ich ließ Keon mit Absicht im Ungewissen zurück.

Ihm blieb der Mund offen stehen, als er sich den Inhalt meines Satzes bewusst machte. Auch wenn er wahrscheinlich viel mehr hineininterpretierte, als tatsächlich passiert war, verdiente er das ungute Gefühl, das sich gerade in ihm breitmachte.

Der Unterricht war langweilig und endete erst nach einer gefühlten Ewigkeit. Wenn Raphael nicht hier war, übernahmen ein paar der älteren Wächter seinen Job. Auch wenn sie allesamt nett waren, schafften sie es nicht annähernd, mir den Stoff so zu vermitteln, wie es Raphael gekonnt hätte.

Ich schrieb an diesem Vormittag Gabriels Namen ungefähr fünfzig Mal in mein Notizheft.

Nach dem Unterricht lief ich hinauf in mein Zimmer, um mich umzuziehen. Während Raphaels Abwesenheit fiel die Nachhilfestunde aus und ich hatte zwischen Schule und meinem nächtlichen Ausflug mit Keon etwas Zeit.

Ich war so aufgeregt, dass ich mich fünfmal umzog. Ich kannte Gabriels Geschmack nicht, also entschied ich mich für mein engstes Paar Jeans und eine schwarze Bluse. Die Haare steckte ich mir hoch.

Ich fragte mich, ob er überhaupt zu Hause sein würde oder ob er es als unhöflich empfand, wenn ich einfach bei ihm auftauchte, aber das, was ich gestern bei unserem Kuss gefühlt hatte, konnte ich mir nicht eingebildet haben. Jedes Mal, wenn ich daran dachte, machte mein Herz einen kleinen Sprung.

Als ich die Treppe in die Aula hinunterlief, war ich in Gedanken schon längst bei Gabriel.

»Ah, Mia! Na? Machst du einen kleinen Ausflug?« Leo kam mir entgegen und grinste bis über beide Ohren.

»Ähm, ja.«

»Fahr aber vorsichtig!«

»Wie bitte?«

Er stutzte kurz, sah mich verwirrt an und biss sich dann auf die Unterlippe. »Hat dir Keon dein Geschenk noch gar nicht gegeben?«

Ich schüttelte den Kopf. »Was für ein Geschenk?«

»Oh, ich hab nichts gesagt!«

Er hielt sich die Hand vor den Mund und wollte auf dem Absatz kehrtmachen, aber ich hielt ihn zurück.

»Was für ein Geschenk? Jetzt sag schon!«

»Spinnst du? Keon bringt mich um, wenn ich es dir verrate!«

»Komm schon, Leo!«

Ich war wirklich neugierig, hatte keine Ahnung, was Keon mir schenken könnte.

»Ich kann es dir nicht sagen! Aber du könntest einen Blick in die Garage werfen!« Er zwinkerte und verschwand dann nach oben.

Natürlich lief ich sofort hinunter in den Keller.

In der riesigen Garage war alles wie immer. Unsere Bögen hingen an der Wand und auf der anderen Seite parkten die Motorräder.

Suchend ließ ich meinen Blick schweifen. Ich wollte gerade wieder gehen, da fiel mein Blick auf ein Motorrad, das ich noch nie gesehen hatte. Zuerst dachte ich, es würde einem der älteren Wächter gehören, aber es sah viel zu unbenutzt aus. Sogar die Reifen glänzten noch in einem satten Schwarz.

Ich trat näher heran und musterte die Maschine. Die Verkleidung war schneeweiß, der Sitz aus schwarzem Leder und Teile der Karosserie waren in einem dunklen Violett lackiert.

Ich war sofort Feuer und Flamme für dieses Monstrum. Vielleicht war das Keons Geschenk. Der Gedanke erschien mir absurd. Ich war zu jung, um so ein stark motorisiertes Motorrad zu fahren, also war es sicher nicht für mich bestimmt. Leo musste da etwas falsch verstanden haben.

Lächelnd streichelte ich über den Ledersitz.

»Finger weg!« Keons rauer Tonfall ließ mich aufschrecken.

»Entschuldige! Ich habe es mir nur angesehen!«

Er musterte mich streng, als ich einen Schritt zur Seite trat. »Was willst du hier?«

»Jemand hat behauptet, du hättest ein Geschenk für mich und es würde in der Garage stehen.«

»Wer erzählt denn so was?«

»Das verrate ich dir nicht! Stimmt es denn?«

»Wieso sollte jemand wie ich ein Geschenk für dich haben? Weißt du nicht mehr, ich mag doch keine Menschen.«

»Das habe ich nicht so gemeint! Du bist aber auch nachtragend! Dass du zu mir gesagt hast, ich wäre für Gabriel zu hässlich, habe ich schließlich auch schon vergessen!«

»Das habe ich nie behauptet!«

»Aber du hast gesagt, er würde sich nie für mich interessieren!«

»Tut er anscheinend doch, also lass mich damit in Ruhe!«

Bockig verschränkte er die Arme vor der Brust. Er wollte nicht mehr über dieses Thema reden. Meine Anspielung von heute Morgen hatte eindeutig gesessen.

Ich war mir schon sicher, dass er mich wieder mal stehen lassen würde, als Keon plötzlich ruhiger wurde und auf das Motorrad zeigte. »Setz dich mal drauf.«

»Wieso?«

»Weil ich sehen will, ob du nicht doch zu ungeschickt bist, um selbst zu fahren!«

Ich sah ihn mit großen Augen an. »Ist das etwa doch mein Motorrad?!«

Er nickte und ich machte einen Freudensprung.

Auch wenn ich eigentlich Angst vor den Maschinen hatte, hatte ich mich in dieses Motorrad verliebt.

Ich fiel Keon um den Hals, der sichtlich überrascht von meiner überschwänglichen Reaktion war.

»Danke!«

»Ich habe es nur ausgesucht, der Orden hat es bezahlt«, murrte er und zeigte sich gänzlich unbeeindruckt von der Tatsache, dass ihm knapp sechzig Kilo um den Hals hingen.

»Dann danke fürs Aussuchen!«

Ich ließ ihn los und widmete mich meinem neuen fahrbaren Untersatz. Vorsichtig setzte ich mich darauf und bewunderte die verchromten Anzeigen.

Keon zeigte mir, wie ich den Seitenständer entfernen und das Motorrad gerade stellen konnte. Ich hatte unterschätzt, wie schwer es war, und wäre beinahe damit umgefallen.

Ich bekam eine kurze Einweisung, gefolgt von einem viertelstündigen Vortrag darüber, dass ich niemals das falsche Benzin tanken durfte.

Er holte unsere Helme und setzte sich vor mich.

»Wohin fahren wir?«

»Erst mal in den Garten. Mal sehen, wie du dich anstellst!«

»Aber ich habe keinen Führerschein.«

Keon lachte und zog eine rosarote Scheckkarte aus seiner Hosentasche. »Jetzt schon!«

Ich starrte ungläubig auf den Lichtbildausweis, auf dem mein Name stand. Mein Geburtsdatum stimmte nicht, aber der Schein sah echt aus.

»Der ist doch ...«

»Wer gegen Dämonen kämpfen kann, ist auch alt genug, um ein Motorrad zu fahren!«

»Aber das ist Urkundenfälschung.«

»Der Orden hat über Jahrhunderte hinweg unzähligen Menschen das Leben gerettet, so eine kleine Straftat ist durchaus zu verschmerzen.«

Sein Argument klang logisch. Wir brauchten die Motorräder, um schnell genug dort anzukommen, wo wir gebraucht wurden.

Voller Vorfreude klammerte ich mich an Keon, der mein Motorrad hinaus in den Schlossgarten fuhr. Dort angekommen, durfte ich meine Fahrkünste unter Beweis stellen.

Ich war kein Naturtalent. Motorradfahren war bei Weitem schwerer als gedacht. Es dauerte eine gefühlte Ewigkeit, bis ich endlich genug Feingefühl in den Händen hatte, um Gas zu geben, ohne nach vorn zu rutschen.

Nach einer Weile drehte ich meine ersten Runden im Garten. Ich war stolz darauf, überhaupt voranzukommen, während Keon kopfschüttelnd im Gras saß und irgendetwas von wegen ›Querschnittslähmung‹ murmelte.

Nach langem Hin und Her konnte ich ihn überreden, mit mir raus auf die Straße zu fahren. Er holte seine Maschine aus der Garage und fuhr voraus.

Auch wenn ich noch etwas unsicher unterwegs war, war das Feeling unbeschreiblich. Ich verstand plötzlich, warum Keon immer viel zu schnell fuhr.

Das Gefühl, dass die Beschleunigung in einem auslöste, hatte Suchtpotenzial und ließ mich vergessen, dass ich eigentlich ein Angsthase war. Ich entdeckte eine ganz neue Seite an mir.

Das Adrenalin, das durch meine Adern jagte, weckte auch etwas, das ich erst hier im Orden kennen und lieben gelernt hatte. Der Kick, wenn ich einem Ghul gegenüberstand, einen Dämon austrieb oder Gabriel küsste – all diese Situationen überfluteten meine Sinne und lösten dieses emotionale Feuerwerk aus.

Mein breites Lächeln unter dem schwarzen Visier versteckt, folgte ich Keon eine Weile. Obwohl ich gern länger mit ihm durch die Gegend gefahren wäre, lief mir die Zeit davon. Ich wollte unbedingt noch zu Gabriel, um herauszufinden, was gestern zwischen uns passiert war.

Ich nahm all meinen Mut zusammen und überholte Keon, um ihm zu signalisieren, dass ich anhalten wollte. Wir stoppten auf einer Lichtung mitten im Nirgendwo.

»Wieso bleibst du stehen?«, fragte er genervt durch das leicht geöffnete Visier.

»Ich … habe noch was vor.«

»Ach, und was?«

Er wusste genau, wo ich hinwollte, und zwang mich trotzdem, es auszusprechen – damit tat er uns beiden keinen Gefallen.

»Ich will zu Gab…«

Keons Handy unterbrach mich. Es klingelte so laut, dass ich erschrak. Ohne den Helm abzunehmen, nahm er den Anruf entgegen. Anscheinend hatte er eine Freisprecheinrichtung.

Vielleicht konnte mein Helm das auch.

Während ich mich auf die Suche nach einem Knopf machte, spürte ich, wie Keons Stimmung umschlug. Er wirkte konzentriert und angespannt. Irgendetwas stimmte nicht.

»Was ist?«

»Zwei Zirkel, die sich an die Gurgel gehen.«

Ich wurde sofort hellhörig. Keon schob sein Motorrad ein Stück zurück, um umzudrehen. Ich tat es ihm gleich.

»Wolltest du nicht zu deinem Lover?«

»Später! Ich komme mit!«

Ohne etwas zu erwidern, ließ Keon seinen Motor aufheulen und fuhr los. Er war viel schneller als vorhin. Ich gab mir Mühe, ihm zu folgen, verlor ihn aber immer wieder.

Ich wollte um jeden Preis mitkommen. Ein Streit zwischen zwei Zirkel bedeutete, dass auch Elias verwickelt sein konnte.

Ich erinnerte mich an die Schilderungen seiner letzten Auseinandersetzung. Er war verletzt worden und ich hatte mir geschworen, ihm beim nächsten Mal beizustehen.

ERZFEINDE

K eon fuhr in Richtung Innenstadt und ignorierte sämtliche Ampeln. Um nicht gänzlich abgehängt zu werden, verstieß auch ich gegen die eine oder andere Verkehrsregel.

Ich hatte ein schlechtes Gewissen, als ich einem Moped die Vorfahrt nahm, aber die Sorge um Elias ließ mich diesen banalen Vorfall schnell vergessen.

Keon bog an einer Kreuzung ab und verschwand aus meinem Sichtfeld. Als ich den Blinker setzte, war er verschwunden. Er musste in irgendeine der Seitengassen gefahren sein.

Meiner Intuition folgend, fuhr ich weiter. Die Straßen wurden immer schmaler, bis ich schließlich in eine Sackgasse bog.

Ich war mir sicher, dass ich hier richtig war, zumal ich Keons Aura deutlich spürte. Sie war viel stärker und präsenter als die der anderen, die ich erst wahrnahm, als ich sie schon sehen konnte.

Am Ende einer von hohen Häusern umringten Sackgasse standen gut fünfzehn Leute. Soweit ich es auf den ersten Blick beurteilen konnte, waren alle Dämonen. Ich stellte mein Motorrad neben Keons ab.

»Kümmert euch um eure eigenen Angelegenheiten!«, hörte ich einen der Dämonen rufen.

Sie waren aufgebracht, die Stimmung allgemein sehr gereizt. Keon drehte sich kurz zu mir um und wandte seinen Blick dann sofort wieder ab.

Ich stellte mich so selbstverständlich wie möglich neben ihn und versuchte, keine Angst zu zeigen.

Als ich meinen Blick einmal durch die Runde hatte schweifen lassen, atmete ich erleichtert durch. Elias war nicht hier und auch sonst niemand, den ich kannte.

»Entweder rückt ihr die Prophezeiung freiwillig raus oder wir kommen sie uns holen!«

»Wollt ihr uns tatsächlich drohen?«

Keon stand vollkommen unbeteiligt vor den streitenden Dämonen. Es kam mir kurz so vor, als würde ihn das Gezanke sogar amüsieren.

»Schlagt euch von mir aus die Schädel ein, aber macht es unauffällig und schnell, wir haben nicht den ganzen Tag Zeit!«

Gespielt gelangweilt stützte sich Keon mit dem Ellbogen auf meiner Schulter ab.

Ich wollte gerade ein ebenso gelangweiltes Gesicht aufsetzen, als es mir plötzlich kalt den Rücken hinunterlief. Irgendetwas stimmte nicht.

»Du scheinst dich wieder erholt zu haben. Es ist eine Weile her.«

Keons Blick glitt schlagartig nach hinten, alle anderen taten es ihm gleich.

Ich spürte eine Welle der Kälte auf uns zukommen. Als ich mich umdrehte, schauderte mir. Jemand kam auf uns zu.

Seine Haare hatten einen seltsamen Bronzeton. Er war groß und schön, zu schön für einen einfachen Dämon oder einen Menschen. Seine Aura war so düster und kalt, dass ich keinen Zweifel daran hatte, dass er ein Erzdämon war.

Keon reagierte sofort, drehte sich in seine Richtung und verfestigte seinen Stand. »Traust du dich endlich wieder aus deinem Versteck, Tristan?«

Er kam immer näher. Ich fühlte, wie die eine Hälfte der Dämonen immer selbstsicherer wurde, während die andere beinahe ängstlich zurückwich.

Er lächelte ein schneeweißes, Furcht einflößendes Lächeln und trat näher. Seine Augen waren schwarz, leblos – wie die eines Haies.

»So sieht man sich wieder«, murmelte er, als er vor Keon innehielt.

»Leck mich!«, entgegnete Keon hasserfüllt und ohne mit der Wimper zu zucken. Er hatte den Kampfmodus an, war bereit für eine Auseinandersetzung.

Ich sah mich kurz um. Anscheinend gehörten sieben der fünfzehn Dämonen zum Zirkel des Erzdämons. Sie bauten sich hinter uns auf.

»Ich dachte schon, du versteckst dich ewig in deinem Erdloch, Feigling!«

Er schnaubte auf Keons Aussage hin und ging weiter. Kurz hielt er an und musterte mich verächtlich.

Auch wenn er eine ähnliche Ausstrahlung hatte wie Conan, sie waren so verschieden wie Tag und Nacht. Ich konnte auch in ihm diese Dunkelheit fühlen, aber Conan war viel menschlicher.

»Wenn ihr die Prophezeiung wollt, dann kommt und holt sie euch«, rief der Erzdämon drohend und wirkte dabei wie eine Raubkatze, die kurz vor dem tödlichen Sprung stand.

Langsam begann ich, zu begreifen. Anscheinend stritten sie sich wegen dieser Prophezeiung. Was da mit Keon lief und von was sich wer erholt und warum sich wer versteckt hatte, verstand ich aber nicht.

»Du bist ein feiges Arschloch!«, rief Keon wütend.

Er ließ sich kein bisschen von der Präsenz des unberechenbaren Erzdämons einschüchtern. Ich schon.

»Du dummer kleiner Wächter! Eure Stunde schlägt sowieso bald!«

»Und deine schlägt hier und jetzt!«

Die Situation kippte. In dem Moment, in dem Tristan auf Keon losging, schubste er mich zur Seite. Ich fing mich ab, landete ungeahnt elegant.

Meine Sinne schätzten die Lage ein. Zwei der Dämonen stürmten auf mich zu. Ich bückte mich gerade noch rechtzeitig, riss ihnen die Beine weg und brachte sie zu Fall. Ein anderer packte mich von hinten, legte seine Hände um meinen Hals und drückte zu. Mit einer gezielten Drehung schaffte ich es, auch ihn zu Fall zu bringen. Sie waren alle viel größer und schwerer als ich und trotzdem schlug ich mich tapfer. Es war, wie Raphael gesagt hatte: Ich war zum Kämpfen gemacht – ich konnte es.

Ein weiterer Dämon lief auf mich zu. Ich zögerte nicht lange und beförderte ihn mit einem Tritt in die nächste Ecke.

Glücklich über meine Stärke, war ich eine Sekunde lang unachtsam. Jemand trat mir von hinten in den Rücken und ich ging zu Boden. Auch wenn ich es noch schaffte, mich im Fallen zu drehen und meinem Angreifer ins Gesicht zu sehen, hatte ich keine Chance mehr, seinen nächsten Schlag abzuwehren.

Der erwartete Schmerz blieb aus. Einer der anderen Dämonen hatte ihn von mir weggerissen und zu Boden gerungen. Der andere Zirkel schien uns helfen zu wollen, zumindest hielten sie ihre Widersacher gut in Schach.

Aus dem Augenwinkel sah ich Keon gegen die Steinmauer prallen. Ich erschrak und rannte auf ihn zu. Noch während ich seinen Namen rief, sprang er wieder auf die Beine.

Er war unglaublich wütend – vollgepumpt mit Adrenalin und Hass.

Als er auf den Erzdämon zurannte, blieb ich reflexartig stehen. Tristan streckte die Fingerspitzen nach ihm aus und Keon wurde langsamer. Es war, als würde er gegen einen unsichtbaren Widerstand anlaufen.

Ich rechnete jeden Moment damit, dass Keon wieder gegen die Steinmauer prallen würde, als er plötzlich die Arme vor dem Gesicht kreuzte und die unsichtbare Barriere durchbrach.

Was als Nächstes geschah, passierte so schnell, dass ich es kaum wahrnahm.

Tristan donnerte gegen die Hausmauer, Keon blickte in Richtung des Windes, der plötzlich aufgekommen war, und die Dämonen ließen schlagartig voneinander ab.

Als ich mich versichert hatte, dass es Keon gut ging, schaute auch ich in seine Richtung.

Er kam ganz langsam auf uns zu, sein Blick war kühl.

Die Ersten, die reagierten, waren die Dämonen hinter mir. Sie traten – soweit es ihnen möglich war – zurück. Tristan raffte sich wieder auf und starrte ungläubig in seine Richtung.

Die schwarzen, leeren Augen schienen beinahe ängstlich, soweit ein Hai überhaupt Angst empfinden konnte.

Der Erzdämon wich zwei Schritte zurück, verlor dann wieder den Boden unter den Füßen und flog direkt in die Mitglieder seines Zirkels. Sie fielen um wie Kegel.

Gabriels Blick ruhte auf Keon, der gerade im Begriff war, wieder auf Tristan loszustürmen.

»Lass vorerst gut sein!«, ermahnten ihn die grünen Augen und lösten nur noch mehr Wut in Keon aus.

Erst als Gabriel auf mich deutete, beruhigte sich sein Gemüt ein wenig und seine Kampflust wich wieder schlichtem Hass.

Gabriel legte Sorge in seinen sonst so emotionslosen Blick, als er mich musterte. Ich nickte ihm zu, um zu signalisieren, dass alles in Ordnung war. Er ging an mir vorbei und blieb vor Tristan und seiner Dämonenmeute stehen.

»Was willst du hier?!«, fuhr ihn der Erzdämon an und raffte sich auf.

Tristan wirkte noch immer unruhig, er hatte eindeutig Panik vor dem schönen, starken Erzengel, der mein Herz so schnell schlagen ließ.

»Geh, das ist nicht mein Kampf. Keon wird dich töten, aber nicht hier und nicht jetzt«, antwortete Gabriel ruhig, aber so bestimmt, dass es in meinen Gedanken nachhallte.

Ohne ein Wort zu erwidern, stand der Erzdämon auf und ging an Gabriel und mir vorbei. Als er bei Keon angekommen war, flüsterte er ihm etwas zu. Ich verstand nicht, was, aber Keons Antwort machte mich unruhig.

»Ich freue mich drauf!«

Tristan verschwand mit seinen Lakaien so schnell, wie er aufgetaucht war.

Gabriel wandte sich den übrigen Dämonen zu. Nervös musterten sie den stummen Erzengel.

»Sie haben uns geholfen!«, rief ich schnell und lenkte Gabriels Aufmerksamkeit auf mich.

Er nickte.

»Danke«, flüsterte einer der Dämonen mir zu und verschwand dann mit den anderen durch eine der Kellertüren.

Erst jetzt bemerkte ich, wie hastig ich nach Luft schnappte. Auch mein Rücken fing langsam, aber sicher an, zu schmerzen.

»Alles in Ordnung?«, wollte Gabriel wissen und trat einen Schritt näher.

Ich nickte. Jetzt, wo er da war, konnte nur alles in Ordnung sein. Er fuhr mit den Fingerspitzen kurz meinen Oberarm entlang und wandte sich dann Keon zu.

»Und bei dir?«

Keon funkelte wütend. »Wärst du nicht dazwischengegangen, hätte ich diesen Bastard ein für alle Mal erledigt! Es kann doch nicht sein, dass du dich immer in den beschissensten Momenten einmischst! Du hast ein sagenhaftes Talent für schlechtes Timing!«

Er war wütend auf Gabriel, ohne Zweifel. Auch allgemein war Keon erregter als sonst. Er fuhr zwar leicht aus der Haut, aber den Kampf mit Tristan hatte er selbst provoziert – ihn absichtlich gesucht.

»Ich gönne dir diesen Kampf, das weißt du. Aber das hier ist weder der richtige Ort noch die richtige Zeit. Deine Rachegelüste machen dich so blind, dass du sogar sie in Gefahr bringst.«

Keons Blick streifte mich kurz. Ihn überkam schlagartig ein schlechtes Gewissen. Wie immer verbannte er es hinter einer Mauer aus Wut und Selbstkritik.

Ich wollte nicht, dass er sich meinetwegen quälte. Er hatte schon genug Ballast, den er ständig mit sich herumtrug.

»Er hat mich nicht in Gefahr gebracht! Ich bin selbst hierhergekommen und außerdem bin ich auch ein Wächter! Ich bin dazu da, um mich mit irgendwelchen Dämonen in dunklen Hinterhöfen zu prügeln!«

Ich grinste Keon an. Es fiel mir schwer, Gabriel zu widersprechen, aber mein aufgesetztes Lächeln nahm ein wenig von Keons Schmerz und dafür hätte ich beinahe alles getan.

Gabriel nickte, verzog aber keine Miene.

»Was war hier überhaupt los? Wer war der andere Zirkel und wer ist dieser Tristan?«

Keon schüttelte den Kopf und ärgerte sich wie immer über meine Unwissenheit. »Tristan ist ein komplett durchgeknallter Irrer! Er und sein Zirkel machen schon seit Jahren Ärger! Die anderen Dämonen waren von Conans Zirkel.« Keon setzte sich auf sein Motorrad.

»Sie streiten sich wegen irgendeiner Prophezeiung, oder?«

»Ja.«

»Was für eine Prophezeiung?«

»Frag doch deinen Freund.« Keon ließ seinen Motor aufheulen und setzte den Helm auf. Er war noch immer wütend – wollte allein sein. Ohne sich noch einmal umzudrehen, fuhr er davon.

Eine Weile stand ich einfach nur da und starrte ihm nach. Meine Wangen glühten und ich traute mich nicht, mich nach Gabriel umzudrehen. Erst als er mir seine Hand auf die Schulter legte, blickte ich zu ihm hoch.

Ich verlor mich in seinen Augen, so lange, bis er sie schloss und mich küsste. Als er wieder von mir abließ, waren meine Sinne wie benebelt.

»Wirst du noch irgendwo gebraucht?«, wollte er wissen und trat einen Schritt zurück.

»Nein, im Moment nicht.«

Er nickte. »Schenkst du mir dann ein wenig deiner Zeit?«

»Sicher!«

Ich reagierte viel zu überschwänglich, aber jedes Mal, wenn er mich küsste oder nur mit mir sprach, setzte mein Verstand aus und ich bestand nur noch aus einer Vielzahl von positiven Gefühlen, die nacheinander überkochten.

Er hob die Mundwinkel und setzte sich in Bewegung. Vor meinem Motorrad blieb er stehen.

»Treffen wir uns bei dir?«, wollte ich etwas verunsichert wissen.

Er nickte und lächelte, diesmal, weil er sichtlich amüsiert war.

Ich setzte mich auf mein Motorrad und versuchte, mir nicht anmerken zu lassen, dass ich noch ziemlich unsicher auf den zwei Rädern unterwegs war. Er sah mir dabei zu, wie ich den Helm aufsetzte und startete.

»Soll ich dich mitnehmen?«

»Nein danke.«

Ich konzentrierte mich darauf, möglichst elegant loszufahren. Bis auf ein kleines Ruckeln, das kaum der Rede wert war, gelang mir das auch.

Als ich aus der Sackgasse bog, sah ich Gabriels schwarzen Mercedes. Er stand im Halteverbot.

Ich fuhr, so schnell es die Straßenverhältnisse – aber vor allem meine Fahrkünste – zuließen und kam trotzdem erst nach ihm an. Gabriel lehnte bereits an der Fahrertür, als ich meinen Motor abstellte. Es war mir peinlich, dass er mich trotz meiner PS-Gewicht-Überlegenheit überholt hatte, aber ich ließ mir nichts anmerken.

Während ich mein Herz ermahnte, langsamer zu schlagen, folgte ich ihm ins Haus. Es war größer, als ich es in Erinnerung hatte – größer und luxuriöser.

»Und du wohnst wirklich ganz allein hier?«

Er nickte und bot mir einen Platz auf der beigen Couch an, die so bequem war, wie sie aussah.

Alles hier roch nach Gabriel, ich liebte seinen Duft und fühlte mich schlagartig wohl.

Ich erinnerte mich an meinen letzten Besuch. Damals war ich zu abgelenkt gewesen, um zu bemerken, wie besonders dieses Haus war und vor allem, wie besonders Gabriel war.

Er musterte mich kurz fragend und bot mir dann etwas zu trinken an. Ich war wirklich durstig, unglaublich durstig. Der Kampf hatte mich mitgenommen, das war mir schon beim Motorradfahren aufgefallen. Meine Rückenschmerzen wurden auch im Ruhezustand kaum besser. Irgendein Dämon hatte anscheinend voll ins Schwarze getroffen.

Suchend tastete ich mit der Hand nach der verletzten Stelle und sog scharf die Luft ein, als ich sie fand.

»Bist du verletzt worden?«, erkundigte er sich, als er mit einem Glas Mineralwasser zurückkam.

Ich schüttelte den Kopf und versuchte, den Schmerz einfach wegzudenken – bis vorhin war mir das schließlich auch gelungen. Das Glas leerte ich in einem Zug.

»Hast du vor, eine Wächterin zu bleiben – immer?«, fragte Gabriel unerwartet und setzte sich zu mir.

Ich verschluckte mich beinahe, als er mich wieder seinem intensiven Blick aussetzte. »Ähm … ja! Ich denke schon.«

Ich verstand seine Frage nicht wirklich. Natürlich wollte ich immer eine Wächterin bleiben, schließlich war es das, was ich war – das, was mich ausmachte.

Es kam mir wie ein Traum vor, wenn ich an die Zeit vor der *Ars Vivendi* zurückdachte. Eine Zeit, in der ich einfach nur vor mich hin gelebt hatte, allein und in der Gewissheit, dass ein Tag dem anderen gleichen würde. Jetzt war ich endlich wach.

»Nein, ich will ganz sicher nicht zurück«, bestätigte ich meine Gedanken laut.

Er nickte verständnisvoll, auch wenn etwas in seinem Blick lag, das mich glauben ließ, dass er mit meiner Antwort nicht glücklich war.

»Der Dämon hat dich verletzt.«

Gabriels Blick schien durch mich hindurchzugehen und noch bevor ich meine Verletzungen als halb so schlimm abtun konnte, kam er mir so nah, dass ich schlagartig alles vergaß, was ich jemals gewusst hatte.

Während mich seine Augen hypnotisierten, legte er seinen Arm um mich. Er beugte sich so weit über mich, dass er beinahe auf mir lag.

Ich wagte kaum, zu atmen, so nah war sein Gesicht an meinem. Noch nie hatte ich mir einen Kuss so sehr gewünscht und als er mir meinen Wunsch endlich erfüllte, fühlte es sich noch unglaublicher an, als ich vermutet hatte.

Seine Hand fuhr meinen Rücken hinunter, bis zu der Stelle, wo morgen ein riesenhafter Bluterguss thronen würde. Ich stöhnte kurz in unseren Kuss hinein, dann schien der Schmerz erträglicher zu werden. Über meine Haut wehte der Wind – eine sanfte Brise, die mich auf angenehme Weise schaudern ließ.

Gabriels Geruch war ebenso berauschend wie seine Art, zu küssen, und als er seinen Griff um meine Taille festigte, entkam mir ein weiteres Stöhnen – diesmal aber nicht wegen der Schmerzen.

Er ließ so schnell von mir ab, dass ich ihn für mindestens eine Sekunde verwirrt anstarrte. Mein Gesicht färbte sich purpurfarben.

»Ich bringe dir Eis für deinen Rücken.«

Ich nickte und raffte mich auf, damit ich aufrecht saß.

Während Gabriel wieder in der Küche verschwand, gab ich mich ganz meiner Scham hin. Ich hatte alles um mich herum vergessen und die Gefühle, die in mir explodiert waren, waren mir peinlich.

Als er mir den Eisbeutel reichte, glühte mein Gesicht noch immer. Ich packte ihn auf die schmerzende Stelle und wandte meinen Blick ab. Ich konnte ihm nicht in die Augen sehen, nicht, solange ich noch immer diese Bilder im Kopf hatte.

»Raphael soll sich deine Verletzung ansehen«, durchbrach Gabriels Stimme meinen Gedankenfluss. Er hatte wieder diese tonlose Art, zu sprechen, angenommen, die er anscheinend bewusst vermeiden musste, um sie abzulegen.

Meine Gedanken schweiften zu Raphael. Vielleicht war er schon wieder zurück. Er wollte nur ein paar Tage in Italien bleiben – es kam mir so vor, als hätte ich ihn schon ewig nicht mehr gesehen. Seit ich das letzte Mal das Wasser gespürt hatte, war viel passiert.

»Bist du heute Nacht noch mal unterwegs?«

Wieder holte Gabriel mich aus meinen Gedanken und lenkte sie in eine andere Richtung. Ich nickte und dachte an Keon, der mich bestimmt wie jeden Tag gegen zehn Uhr im Schloss erwarten würde.

»Was weißt du eigentlich über Tristan und diese Prophezeiung?«

Zum ersten Mal machte ich mir bewusst, dass Gabriel bestimmt viel wusste. Er war ein Erzengel und wahrscheinlich besser informiert als jeder Wächter.

Er neigte den Kopf etwas nach links, hatte auf einmal etwas sehr Erhabenes an sich. Die Scham von vorhin stieg wieder in mir hoch, aber ich schaffte es, meine Gedanken schnell wieder zu fokussieren.

»Tristan ist ein Erzdämon, der im Laufe der Zeit seinem eigenen Wahnsinn verfallen ist. Halt dich fern von ihm.«

Die letzten Worte sprach er mit so viel Nachdruck, dass ich beinahe einfach genickt hätte, um seiner Bitte nachzukommen. Zum Glück fiel mir noch ein, dass es mir gar nicht möglich gewesen wäre, ihm aus dem Weg zu gehen. Ich würde mich weder von Tristan noch von sonst irgendeinem Erzdämon fernhalten können, auch wenn mich Gabriel noch so bestimmt darum bat.

Er seufzte leise und lächelte dann. Zum ersten Mal schien er sich mir geschlagen geben zu müssen.

»Die Prophezeiung, von der die Rede war …« Er hielt sich nicht lange mit seiner Niederlage auf, kam gleich auf das eigentliche Thema zurück. »Es heißt, sie würde den Untergang der Welt, wie wir sie kennen, vorhersagen. Ein Umbruch, ein komplett neues Zeitalter.«

»Ist das denn schlecht? Ein neues Zeitalter?«

Es klang irgendwie weniger nach Zerstörung als nach Neuanfang, trotzdem fröstelte es mich kurz.

Zu meiner Überraschung zuckte Gabriel mit den Schultern. »Ich weiß nicht.« Es lag etwas in seinem Blick, das mein Unwohlsein noch verstärkte. »Die Dämonen werden immer unruhiger. Sie spüren, dass etwas in der Luft liegt, so wie wir alle.«

Er machte eine kurze Pause, musterte mich und schien meine Reaktion abzuwarten.

Ja, selbst ich hatte gemerkt, dass die anderen unruhiger wurden. Mit den Ghulen hatte es angefangen und nun spielten auch noch die Zirkel verrückt. Unweigerlich musste ich an das Gespräch mit Conan und seine Vermutung denken.

»Glaubst du, es hat etwas mit Astaras zu tun? Kommt er zurück?«

»Irgendwann, ja«, antwortete Gabriel und schien durch mich hindurchzublicken.

Mein Herzschlag beschleunigte sich, diesmal aber aus Angst. Ich fürchtete mich vor der Ungewissheit, die mir nicht mal Gabriel nehmen konnte.

»Hat er etwas mit der Prophezeiung zu tun?«

»Vielleicht, vielleicht auch nicht. Tristan und seine Gefolgschaft glauben daran, dass Astaras derjenige sein wird, der das neue Zeitalter einläutet. Sie gehen davon aus, dass er alle Wächter und Engel vernichten wird, ihnen sozusagen den Weg in eine von ihnen regierte neue Welt ebnet.«

Gabriels Tonfall wurde immer ungläubiger. Er klang fast wie Keon damals, als er mir erklärt hatte, dass die Vermutungen der Dämonen nur auf Annahmen beruhten.

»Glaubst du nicht daran?«

»Ich kannte Astaras und ich kenne das, was aus ihm geworden ist. Er wird weder vor Dämonen noch Erzdämonen haltmachen. Sie halten ihn für ihren Erlöser, aber er wird auch ihr Untergang sein. Astaras wird alles und jeden vernichten, der seinen Weg kreuzt.«

»Aus Rache …«, ergänzte ich.

Ich wusste um seine verlorene Liebe, den Hass, den er gegen uns Wächter hegte. Kein Wunder, dass die Dämonen glaubten, er würde uns vernichten wollen.

»Vielleicht treibt ihn noch ein Fünkchen Rache, vielleicht sitzt ganz tief in ihm noch der Hass auf die Wächter, aber dieser Anteil ist so verschwindend gering, dass er keinen großen Einfluss mehr auf ihn haben wird. Was Astaras treibt, ist nicht Hass, Rache oder Wut, es ist etwas, das nichts mehr mit menschlichen Emotionen zu tun hat, nicht mit menschlichem Verstand erfasst werden kann. Das, was man Luzifers Fluch nennt, ist eine Macht, die den, der sie erlangt, auslöscht. Sie kostet nicht weniger als den Verstand, die Vernunft, jegliches Gefühl und letzten Endes die Seele. Was bleibt, ist diese schwarze Macht – ein Nichts, so stark, dass es irgendwann nicht mehr aufgehalten werden kann.«

Gänsehaut bedeckte meinen Körper. Einmal mehr kam ich mir so machtlos vor, dass es schmerzte.

»Dann kann ihn niemand aufhalten? Nicht mal du?«

»Noch ist es nicht zu spät, aber wenn Astaras aus der Hölle zurückkommen sollte, gilt es, schnell zu handeln.«

Ich nickte und während ich mich bemühte, meine Furcht in den Griff zu bekommen, fühlte ich Gabriels durchdringenden Blick auf mir ruhen. Abrupt fühlte ich mich besser. Als er mir einen Kuss auf die Stirn hauchte, fand ich genug Kraft in mir, um positive Gedanken zuzulassen.

»Ich bin mir sicher, dass alles gut gehen wird«, flüsterte ich und blickte – Bestätigung suchend – in Gabriels Augen.

Der imaginäre Wind streichelte meine Haut. Er nickte und ich glaubte ihm.

Eine Weile saßen wir uns stumm gegenüber. Er spielte mit einer meiner Haarsträhnen und streifte dabei immer wieder mein Gesicht. Ich genoss jede seiner Berührungen und war dankbar für alles, was mir passiert war – alles, was mich zu ihm gebracht hatte.

Erst als mein Handy klingelte, holte mich die Realität wieder ein. Ohne auf das Display zu sehen, nahm ich den Anruf entgegen.

»Hallo?«

»Wenn du dann genug mit dem grummeligen, steinalten Erzengel rumgemacht hast, könntest du dich vielleicht wieder auf deine Arbeit konzentrieren!«

Ich lief rot an und bereute, dass ich nicht nach nebenan gegangen war, um Keons Anruf entgegenzunehmen. Gabriel saß zwar völlig unberührt neben mir, aber ich war mir sicher, dass er Keons dämlichen Spruch gehört hatte. Zu allem Überfluss wusste ich nicht, was ich antworten sollte, und gluckste verlegen herum, ehe ich einen vernünftigen Satz formulieren konnte.

»Ich komme ja schon!«

»Beeil dich!«

Als ich aufgelegt hatte, seufzte ich.

»Hast du heute noch viel zu tun?«

»Nein, ähm … ich weiß nicht, vielleicht den einen oder anderen Ghul vernichten.«

Ich wusste wirklich nicht, was Keon vorhatte – das wusste ich nie.

»Pass auf dich auf.«

Er ging mit mir zusammen zur Tür. Kurz bevor ich nach der Klinke greifen konnte, drehte er mich zu sich und küsste mich. Seine Lippen entzündeten wieder das Gefühlsfeuerwerk.

Als er von mir abließ, konnte ich nicht anders. Ich musste ihm die Frage stellen, die mich seit unserem allerersten Kuss beschäftigte.

»Warum ich?«

Ich wollte wirklich verstehen, warum jemand wie Gabriel mich überhaupt wahrnahm. Er küsste mich wieder und mir blieb die Luft weg.

»Bist du glücklich?«

»Ja.«

»Ich auch.«

Er brachte mich noch zu meinem Motorrad und erkundigte sich nach meinem Rücken, der noch immer schmerzte. Natürlich log ich, weil ich ihm keine Sorgen bereiten wollte.

»Sag mir, wenn du mich brauchst.«

»Ich habe deine Nummer nicht«, gestand ich und blickte verlegen zur Seite.

Wir kannten uns noch nicht lange und trotzdem konnte ich mir ein Leben ohne ihn nicht mehr vorstellen. Es hatte mich wirklich erwischt.

Er streckte die Hand aus, ließ sich mein Smartphone geben, um seine Nummer einzutippen.

»Danke«, hauchte ich in verlegener Schulmädchenmanier und hasste mich dafür.

Er nickte mir zu und trat ein paar Schritte zurück.

Als ich den Motor startete und losfuhr, hätte es mich beinahe von der Maschine geworfen. Ich wollte mich nicht umdrehen, um zu sehen, wie Gabriel auf meine peinliche Vorstellung reagiert hatte, also fuhr ich weiter.

Auf dem Weg zum Schloss baute ich noch zweieinhalb Beinahe-Unfälle.

Keon stand bereits mit verschränkten Armen vor dem Eingangstor und wartete auf mich. Seine Wut konnte ich schon spüren, als ich ihn noch gar nicht richtig sehen konnte.

»Na endlich! Wenn ich noch mal so lange auf dich warten muss, nehme ich dich nicht mehr mit!«

»Entschuldige, aber ...«

»Es interessiert mich nicht, was du so lange gemacht hast!«

Er wollte wirklich keine Entschuldigungen hören und vor allem wollte er nichts von mir und Gabriel hören.

Wir fuhren an den Stadtrand und vernichteten zwei Ghule. Einen davon erlegte ich ohne Keons Hilfe. Mittlerweile war ich eine bessere Schützin geworden, aber das war auch notwendig. So wie es aussah, lief mir die Zeit davon. Ich musste noch schneller viel stärker werden, um in diesem unweigerlich bevorstehenden Kampf keine Last, sondern eine Hilfe zu sein.

»Die Prophezeiung, glaubst du daran?«

Ich ging mit Keon gerade den Waldrand entlang, zurück zu unseren Motorrädern. Es war der perfekte Zeitpunkt, um mit ihm zu reden, weil er nicht weglaufen und mich allein im Wald stehen lassen würde.

Es dauerte lange, bis er etwas erwiderte – ich hatte befürchtet, er würde schweigen. »Ob ich daran glaube, was irgendein Spinner vor tausend Jahren mal auf ein Stück Papier geschrieben hat?«

»Ich schätze, das heißt Nein.«

Er seufzte und schüttelte dann den Kopf. »Es ist doch scheißegal, ob ich daran glaube oder nicht, es ist auch egal, ob sich diese dämliche Prophezeiung erfüllt. Wir werden kämpfen, wenn es darauf ankommt, gegen wen auch immer.«

»Glaubst du, wir haben eine Chance?«

»Ich weiß nicht, aber wir werden sehen.«

Keons Selbstvertrauen grenzte an Leichtsinn. Er war ein Kämpfer und natürlich würde er genau das tun – kämpfen. Und ich würde alles daransetzen, ihm beizustehen.

»Woher kennst du eigentlich Tristan? Ihr habt schon länger Streit, oder?«

Es war mir natürlich aufgefallen, dass Keon und der Erzdämon sich heute nicht zum ersten Mal begegnet waren. Auch dass sie scheinbar noch eine Rechnung offen hatten, war deutlich, aber Gabriel danach zu fragen, war mir unpassend vorgekommen.

Ich spürte Wut in ihm wachsen. Sie saß so tief, dass ich bereute, das Thema angesprochen zu haben.

»Er ist ein verrückter Sadist!«

»Was hat er denn getan?«

»Er hat …«

Keon stockte – zum ersten Mal, seit wir uns kannten, hatte er Angst, etwas auszusprechen. In ihm kroch wieder dieser Schmerz hoch, den ich schon mal gefühlt hatte – damals, als er mir erlaubt hatte, kurz in ihn hineinzusehen.

Mich beschlich eine üble Vorahnung.

»Hat er etwas mit dem Tod von … ich meine, mit damals …«

Auch ich konnte es nicht aussprechen. Keon wusste, auf was ich hinauswollte, aber er antwortete nicht.

»Er gehört mir! Das ist mein Kampf!«

Ich nickte einfach und schwieg. Ich wusste zwar nicht, in welchem Zusammenhang Tristan und der Tod von Keons Freundin genau standen, aber ich konnte verstehen, wie schwer es ihm fallen musste, jemandem gegenüberzustehen, der etwas damit zu tun gehabt hatte.

Der Gedanke ließ mich schaudern.

Keon wollte seine Rache und er würde sie irgendwann bekommen, aber zu welchem Preis? Ich wollte nicht, dass er gegen Tristan kämpfte, schon gar nicht allein. Er war ein Erzdämon und stark – Keon würde bestimmt verletzt werden, wenn nicht Schlimmeres.

Die Vorstellung lähmte mich schlagartig und ließ mich stehen bleiben.

»Was ist?«, wollte er wissen und musterte mich verwirrt.

»Nichts, ich hatte nur einen Krampf.«

Ich konnte ihm nicht sagen, dass ich mich sorgte, er hätte mich wahrscheinlich nur ausgelacht, also schwieg ich.

Wir waren nicht mehr lange unterwegs, fuhren noch eine Kontrollrunde durch die Stadt und dann zurück zum Schloss.

Keon verschwand in seinem Zimmer. Er schien müde und geschafft, genau wie ich.

Meine Rückenschmerzen wurden schlimmer, also beschloss ich, mir ein Bad einzulassen, um meine Muskeln zu entspannen.

Die warme, feuchte Luft im Badezimmer machte mich schläfrig. Wie benebelt schlich ich in meinen weichen Bademantel gehüllt in mein Zimmer.

Während ich mich umzog, sah ich aus dem Augenwinkel etwas Blaues. Als ich mich in Richtung Fensterbank drehte, strömte mir ein dermaßen angenehmer Duft in die Nase, dass es sich kurz so anfühlte, als stünde ich mitten im Rosengarten.

Noch nie hatte ich so stahlblaue Rosen gesehen. Sie waren groß, langstielig und standen in einer schneeweißen Vase.

Natürlich ging mir die Frage durch den Kopf, ob Raphael wieder hier war – wer sonst würde mir Blumen in mein Zimmer stellen.

Ich wollte ihn unbedingt wiedersehen und nachsehen, ob er in seinem Zimmer war, aber ich beherrschte mich.

Es war spät, schon nach ein Uhr nachts – ich konnte um diese Zeit nicht mehr an seine Tür klopfen.

Ich setzte mich neben die Blumen und tastete vorsichtig nach den Blütenblättern. Sie waren samtweich.

Ich verlor mich in Erinnerungen.

Ich war vielleicht noch nicht lange Teil dieser Welt, aber sie hatte mich trotzdem zu einem anderen Menschen gemacht.

Die Angst, die mich zu Beginn so oft heimgesucht hatte, war mit der Zeit verstummt und wich einem Tatendrang, von dem ich mich seither führen ließ. Wohin er mich noch bringen würde, war unklar, aber dafür, dass er mich zu Gabriel gebracht hatte, würde ich ewig dankbar sein.

Müde ließ ich mich in mein Bett fallen. Es würde alles gut gehen – am Ende.

Michaels Tagebuch

Ich wurde noch vor dem Klingeln meines Weckers wach, weil mein Unterbewusstsein mit Vorfreude getränkt war. Heute stand Unterricht auf dem Programm und den musste unweigerlich jemand halten.

Schon beim Frühstück erfuhr ich von Sara und den anderen, dass er gestern Abend angekommen war. Am Flur in Richtung Klassenzimmer spürte ich endlich wieder das Wasser.

Er lehnte vor dem großen Schreibtisch, hatte ein Buch in der Hand und schien darin vertieft. Erst als ich an ihm vorbeiging, hob er seinen Blick.

Als ich endlich wieder diese phänomenal blauen Iriden sehen durfte, musste ich einfach stehen bleiben. Sara rammte mich, weil sie nicht mit dem plötzlichen Stopp gerechnet hatte.

Ich musste mich zusammenreißen, um nicht laut aufzuschreien – sie war geradewegs in die verletzte Stelle an meinem Rücken gelaufen.

»Ah, sorry, Mia!«

»Schon gut.«

Ich versuchte, mir nichts anmerken zu lassen, trotzdem legte Raphael den Kopf schief und musterte mich mit großen Augen. Ich schenkte ihm ein Lächeln, nickte ein nonverbales ›Willkommen zurück‹ und setzte mich dann auf meinen Platz.

Hier war nicht der richtige Ort, um über meine Erlebnisse oder die Rosen zu sprechen. Die anderen spekulierten schon zur Genüge über unsere Beziehung, da musste ich mich nicht unbedingt vor der versammelten Klasse für die Blumen bedanken.

Raphael begann den Unterricht mit einem kurzen Reisebericht. Er bestellte Grüße von den italienischen Wächtern und versicherte, dass im Orden alles in Ordnung sei. Kurz am Rande erwähnte er die wachsende Anzahl an Ghulen, mit denen auch unsere Freunde im Süden zu kämpfen hatten, aber er betonte deutlich, dass sie alles unter Kontrolle hatten.

Ja, auch wir hatten alles unter Kontrolle und trotzdem breitete sich die Unruhe aus wie ein Lauffeuer.

Raphael startete einen geschichtlichen Diskurs über Versailles und ich war dankbar für so viel Normalität. Wenn er Französisch sprach, kam es mir so vor, als würde ich einen Film sehen – ein klassisch inszeniertes Drama mit einem berührenden Monolog. Diese klanghafte Sprache ließ Raphael immer so unnahbar und in sich gekehrt wirken – faszinierend –, und doch war ich froh, wenn er die melancholische Attitüde wieder ablegte.

Beim Essen spielte ich mit dem Gedanken, Gabriel eine SMS zu schreiben. Ich wollte ihm mitteilen, dass es mir gut ging, und ihn fragen, wann wir uns wiedersehen würden, aber die richtigen Worte zu finden, war mir noch nie so schwergefallen. Zwei einfache Fragen, die ich nicht auf das Display brachte. Es dauerte ewig, bis ich die SMS formuliert hatte. Erst am frühen Nachmittag, kurz nach dem Unterricht, schickte ich sie ab.

Ich hatte mich draußen ins Gras gelegt, um meine Gedanken zu ordnen. Wieder und wieder las ich die Worte, die ich ihm geschickt hatte, und hoffte auf eine schnelle Antwort.

»Was starrst du denn so auf dein Handy?«

Ich hatte Leos Aura wahrgenommen, trotzdem war ich überrascht, als er sich plötzlich neben mich setzte.

Ertappt legte ich das Smartphone zur Seite und winkte ab. »Ach, nur eine Mail.«

»Na dann ...«

Er legte sich hin, verschränkte die Arme hinter dem Kopf und schloss erleichtert seufzend die Augen.

Ich mochte seine Unbeschwertheit. Er war ein Heißsporn und trotzdem ein Träumer.

Ich richtete meinen Blick auch in die Wolken. Der ebene, harte Untergrund tat meinem Rücken gut.

Bis meine Nachhilfestunde mit Raphael begann, hatte ich noch ein wenig Zeit – Zeit, die ich gern mit jemandem teilte.

»Na? Wie läuft deine Ausbildung? Du sollst ja ganz schön talentiert sein.«

»Ich glaube nicht, dass ich das bin.«

Leo lachte. »Ich kann mich noch an meine ersten Monate erinnern. Ich habe damals eine ältere Wächterin begleitet – sie lebt mittlerweile nicht mehr hier – und habe mich absolut dämlich angestellt!«

»Das hört sich vertraut an.«

»Hmm. Keon scheint zufrieden mit dir zu sein, sonst hätte er dir kein eigenes Motorrad besorgt. Du hast doch auch schon mal allein Jagd auf einen Guhl gemacht, oder?«

»Nicht wirklich, ich hatte am Ende Hilfe.«

»Gabriel.«

Ich nickte.

»Du bist also nicht nur talentiert, sondern hast auch noch den besten Bodyguard, den man haben kann! Das sind doch die perfekten Voraussetzungen, um eine legendäre Wächterin zu werden!«

Er lächelte mich an. Ich war nicht an solch eine Verherrlichung meiner Zukunft gewöhnt – Keon geizte mit seinem Optimismus genau wie mit seinem Lob. Wenn aus mir aber nur eine halb so brauchbare Wächterin werden würde, wie Leo vermutete, wäre ich überglücklich. Im Moment fühlte ich mich nur legendär unbrauchbar.

Wir lagen eine Weile nebeneinander im Gras, beobachteten die vorbeiziehenden Wolken und versuchten, Bilder in ihnen zu erkennen. Irgendwann wurde es Zeit für meine Nachhilfestunde.

Auf dem Weg zu Raphaels Büro überschlug sich mein Herz mehrere Male. Auch wenn ich ihn heute schon gesehen hatte, die Zeit, die ich mit ihm allein verbringen durfte, war immer etwas Besonderes.

Wie gewohnt klopfte ich an die schwere hölzerne Tür und wartete auf eine Reaktion. Als diese ausblieb, fiel mir auch schlagartig auf, dass ich Raphaels Anwesenheit nicht spürte. Normalerweise konnte ich ihn auf so kurze Distanz ohne Probleme wahrnehmen.

Die Tür zu seinem Büro war abgeschlossen und auch in der Bücherei oder im Klassenzimmer war er nicht zu finden.

Raphael hatte mich noch nie versetzt und es sah ihm auch überhaupt nicht ähnlich, die Nachhilfestunde zu verschieben, ohne es mit mir abzusprechen.

Ein wenig besorgt machte ich mich auf den Weg hinauf zu seinem Zimmer. Hinter der Tür mit der goldenen Klinke fühlte ich deutlich das Wasser.

Ich klopfte übertrieben leise. Als Raphael mir öffnete, lag etwas Überraschtes in seinem Blick.

»Mia! Unsere Nachhilfestunde!«

Er hatte unsere Verabredung wirklich vergessen. Ich musste schmunzeln. Manchmal war er in meiner Vorstellung zu perfekt – dann wirkte er unnahbar. Wenn er mich aber mit so großen, überraschten Augen ansah, gab es diese ehrfurchtbedingte Distanz zwischen uns nicht.

»Komm doch bitte rein!« Er machte mir den Weg in sein Zimmer frei.

Ich war jeden Samstag hier, wenn wir zusammen frühstückten, und trotzdem fühlte es sich immer wieder besonders an.

Auf dem antiken hölzernen Schreibtisch lagen Unmengen von Büchern. Anscheinend hatte Raphael gerade zu tun.

»Entschuldige! Ich wollte dich nicht bei der Arbeit stören. Wir können die Nachhilfestunde verschieben.«

Er schüttelte den Kopf und lächelte mich an. »Du störst mich nie, Mia. Ich habe die Zeit ein wenig übersehen. Es tut mir leid.«

»Schon in Ordnung. Wie war deine Reise?«

»Ergebnislos, aber schön. Ich bin gern in Italien.«

Ich nickte und musterte Raphael eine Weile. Zum ersten Mal erkannte ich bewusst den Erzengel in ihm und die Ähnlichkeit zu Gabriel.

»Wie hast du die letzten Tage verbracht?«

Ich wollte antworten, stockte aber, als mir bewusst wurde, dass es mir schwerfallen würde, es auszusprechen.

Die Hitze, die in mir aufstieg, war ein sicheres Zeichen dafür, dass ich mich unwohl fühlte – unwohl wegen etwas, das eigentlich das schönste Ereignis in meinem ganzen Leben war. Gabriels Namen vor Raphael auszusprechen, war viel schwerer, als ich vermutet hatte.

»Alles in Ordnung?«

Er musterte mich so besorgt, wie er es immer tat, nur diesmal fühlte es sich so an, als hätte ich seine Sorge gar nicht verdient. Ich hatte einen anderen geküsst, mich in einen anderen verliebt, und trotzdem schlug mein Herz noch immer unglaublich schnell in Raphaels Gegenwart. Ob er es bemerkte?

»Mia?«

Ich antwortete noch immer nicht, nickte nur und sah ihn an.

Sie waren sich so ähnlich – Gabriel und Raphael –, so unglaublich ähnlich, dass ich Gänsehaut bekam.

»Schon in Ordnung«, hauchte er, als würde er etwas beschwören.

Ich wusste nicht, ob es das war – in Ordnung.

War es in Ordnung, dass ich mich so stark zu ihm hingezogen fühlte und trotzdem einen anderen liebte?

Mein Kopf begann zu schmerzen, ich fand keine Antwort, die mein Gewissen beruhigt hätte.

»Tut dir dein Rücken weh?«

Fragend sah ich ihn an, bis ich bemerkte, dass ich unbewusst die Hand auf die schmerzende Stelle gelegt hatte.

»Darf ich es mir ansehen?«

Ich nickte.

Er kam so langsam und vorsichtig auf mich zu, als hätte er Angst, mich zu verschrecken. Als er die Stelle berührte, verschwand der Schmerz sofort.

»Du hast doch versprochen, besser auf dich aufzupassen.«

Seine Sorge schnürte mir die Kehle zu. Es kam mir plötzlich so vor, als hätte ich Raphael hintergangen, obwohl ich wusste, dass es nicht so war.

Ich konnte nichts an meinen Gefühlen ändern. Dass ich von Raphael noch immer so fasziniert war, lag vielleicht sogar daran, dass sie sich so ähnlich sahen.

»Ich kann es heilen, wenn du möchtest, es tut bestimmt weh.«

»Ja, danke.«

Ich legte mich auf das Himmelbett. Was hätte ich noch vor wenigen Tagen dafür gegeben, um hier liegen zu dürfen?

Während ich mich verarzten ließ, fielen mir die markanten Unterschiede zwischen ihnen auf. Raphael war mitfühlend, ruhig – das Wasser. Gabriel war kühl, stark – der Wind. Sie waren nicht gleich, sie waren ein Pendant – die linke und die rechte Hand Gottes.

Raphael fuhr langsam über meinen Rücken, verweilte an einer Stelle, bis sie unglaublich warm wurde. Der Schmerz verschwand in der Wärme und kam nicht wieder.

Wenn Gabriel der Kampf war, war Raphael die Heilung – es war ganz offensichtlich.

»Danke.«

»Gern.«

Ich drehte mich um, er reichte mir seine Hand und zog mich wieder auf die Beine. Seine Bewegung war schwungvoller, als ich erwartet hatte, sodass ich beinahe vornübergekippt wäre.

Ich landete in Raphaels Armen.

Verlegen blickte ich auf, wollte mich entschuldigen und zurückweichen, aber er hielt mich fest.

Ich blieb stehen, ließ mich von seinem Duft berauschen, auch wenn ich mir sicher war, dass mich mein Gewissen bald dafür strafen würde.

Als er seine Hand unter mein Kinn legte, hörte ich auf, zu atmen. Er hob meinen Kopf an und zwang mich, in seine Augen zu sehen. Sein Gesicht kam mir so nah, dass ich seinen Atem spüren konnte.

Ich wollte ihm sagen, dass er nicht noch näher kommen durfte, aber ich brachte kein Wort heraus.

Er drückte seine Wange an meine, berührte mein Ohr mit seinen Lippen und verweilte dort.

»Ich weiß, für wen dein Herz schlägt«, flüsterte er. Der Hauch seiner Stimme bescherte mir Gänsehaut. »Es ist in Ordnung, solange du glücklich bist. Er kann dich beschützen – besser als jeder andere.«

Seufzend ließ er von mir ab und lächelte sein Raphael-Lächeln.

Ich war mir nicht sicher, was hier gerade passiert war. Er hatte seine Sätze so formuliert, als würde er mir seinen Segen geben wollen – sein Tonfall war aber kühl gewesen. Vielleicht war er enttäuscht oder wütend. Ich war zum ersten Mal dankbar, dass meine Gabe bei ihm nicht funktionierte. Hätte er meine Liebe missbilligt, hätte ich es nicht wissen wollen, weil ich die Entscheidung, die ich dann hätte fällen müssen, nicht zu treffen bereit war.

»Was hältst du davon, wenn du mir mit dem Übersetzen dieser Texte hilfst? Ich denke, sie könnten dich interessieren.« Er deutete auf die Bücher auf seinem Schreibtisch.

»Sicher!«

Ich versuchte, mich wieder zu konzentrieren. Diese neue Situation zwischen Raphael und mir war seltsam, trotzdem war ich noch immer gern hier. Solange er bei mir blieb, war alles in Ordnung, auch wenn es kompliziert war.

»Was sind das für Texte?«

»Alte Ordensaufzeichnungen, die ich aus Italien mitgebracht habe.«

Ich überflog die Zeilen, konnte auf Anhieb nicht viel verstehen.

»Was hoffst du, in ihnen zu finden?«

»Fehler.«

»Was?«

Er seufzte wieder. Heute mussten wir anscheinend mehr als ein unangenehmes Thema anschneiden.

»Was du hier vor die siehst, sind Michaels Tagebucheinträge. Diese Aufzeichnungen sind fast dreizehn Jahre alt.«

»Michael leitet eine italienische Schule, oder?«

Ich hatte schon von ihm gehört, Keon hatte ihn mal erwähnt. Raphael nickte und senkte seinen Blick.

»Und wieso ausgerechnet die Aufzeichnungen von vor dreizehn Jahren?«

Er musterte mich für den Bruchteil einer Sekunde so überrascht, dass ich mich für meine Frage schämte. Sollte ich etwa wissen, was damals passiert war? Ich war noch ein Kleinkind gewesen.

»Der Beginn des zweiten großen Krieges – Astaras' Kreuzzug. Michael hat dem Kampf auch beigewohnt, er stand damals dem Orden vor, bevor ich diese Position eingenommen habe. Conan hat dir doch davon erzählt, oder?«

Ich nickte schnell und versuchte, mir nicht anmerken zu lassen, wie unangenehm mir dieser Tag in Erinnerung geblieben war.

Ich fragte mich, woher Raphael wusste, dass ich bei Conan gewesen war, hatte aber schnell Keon in Verdacht. Vielleicht wusste er es aber auch von Conan selbst – ich hatte keine Ahnung, wie ihr Verhältnis zueinander war. Auf jeden Fall kannte ich Astaras' Geschichte, wusste von seiner unerfüllten Liebe zu der Wächterin, die ihn hätte töten können, und von seinem Kampf gegen Gabriel.

»Damals gab es so viele Opfer – so viele Wächter fielen in diesem Kampf.« Tiefe Betroffenheit spiegelte sich in Raphaels Augen wider.

»Du willst, dass diesmal weniger Blut fließt.«

Meine Stimme versagte beinahe, als mir die Tragweite unseres Gesprächs bewusst wurde. Raphael plante tatsächlich den Ernstfall – Astaras' Rückkehr.

Kurz vernebelten meine Sinne, die Angst schien mich zu übermannen, aber Raphaels heilende Wellen verhinderten Schlimmeres.

Er lächelte mich an und ich fand meine Contenance wieder. Seinen Anweisungen folgend, begann ich, Michaels Eintragungen zu übersetzen.

Es war schwer zu glauben, dass das, was ich las, wirklich passiert war.

14. Juli

Ich habe fünf meiner Krieger in den Norden geschickt. Unsere Freunde brauchen Hilfe, aber ich weiß nicht, ob unsere Unterstützung ausreichen wird. Die Macht dieses Engels scheint immer größer zu werden, so wie damals.

16. Juli

Heute musste ich eine Entscheidung fällen. Wir werden alle in den Norden gehen. Sie sind nervös und unruhig, leiden mit ihren Brüdern und Schwestern und wollen ihnen zur Seite stehen.

17. Juli

Das Unheil schwebt so dicht und erdrückend über uns wie eine schwarze Wolke. Ich habe Rat im Gebet gesucht, bekam aber keine Antwort ...

18. Juli

Auch der Rest unserer Freunde ist zu uns gestoßen. Sie kamen aus dem Osten, dem Westen und dem tiefen Norden. Wir sind so viele, alle bereit zum Kampf, eine Armee aus Kriegern, und trotzdem kann ich mein Herz nicht beruhigen.

20. Juli

Wir haben versucht, ihn zur Besinnung zu bringen, aber Astaras' Wut ist grenzenlos. Selbst sie hört er nicht mehr an. Wir hätten sie beinahe verloren. Wir sind uns jetzt sicher: Der Morgenstern ist wieder aufgegangen.

22. Juli

Wir werden gemeinsam angreifen. Gott möge uns beistehen, wenn wir erneut versuchen müssen, diese todbringende Macht zu bändigen.

26. Juli

Mein Herz ist so schwer wie Stein. Ich habe sie alle verloren und ein Teil von mir ist mit ihnen gestorben. Unser Leid ist grenzenlos, wir können keinen Trost finden. Herr, hilf uns.

1. August

Die Tage sind schwärzer als die Nächte. Die Trauer über unsere Verluste wird ewig weilen, nichts wird mehr so sein, wie es war.

10. August

Wir haben begonnen, die Mauern des Schlosses wiederaufzubauen. Stein für Stein errichten wir den Orden neu. Wir müssen weitermachen, auch wenn jeder Schritt schmerzt. Er wird zurückkommen und wir müssen bereit sein, damit unsere Brüder und Schwestern nicht umsonst gestorben sind.

Ich hatte Tränen in den Augen, als Raphael mir die letzten paar Absätze von Michaels Tagebuch vorlas. Seine Worte waren so berührend, dass ich eine Gänsehaut bekam. Diesmal wollte ich meine Gefühle gar nicht zurückhalten, hätte es wahrscheinlich auch nicht gekonnt.

Schreckliche Bilder brauten sich in meiner Fantasie zusammen. Ich spürte das Gefühl des Verlustes so deutlich, als hätte ich selbst all meine Freunde verloren. Die Vorstellung ließ mich schluchzen.

Raphael legte mir die Hand auf die Schulter und ich versuchte, mich von den sanften Wellen beruhigen zu lassen. Es dauerte eine Weile, bis ich all den Schmerz, der in Michaels Worten lag, verdaut hatte.

»Es wird sich wiederholen, oder? Er wird versuchen, uns alle zu töten.«

Raphael schüttelte den Kopf. »Ich werde nicht zulassen, dass wieder so viel Blut fließt. Es werden nur diejenigen mit mir kämpfen, für die dieser Krieg unausweichlich ist.«

Auch wenn er noch so entschlossen klang, ich wusste, dass Raphael kein Kämpfer war. Er war bestimmt mächtig, aber seine Kräfte waren prinzipiell nicht für den Krieg gedacht – das konnte ich fühlen.

»Du darfst dich Astaras nicht stellen, hörst du!«

Noch nie hatte ich so energisch mit ihm gesprochen, aber die Vorstellung, er könnte in diesem Kampf fallen, ließ mich kurz vergessen, wen ich vor mir hatte.

Ich wollte nicht, dass er kämpfte. Wenn ich ehrlich war, wollte ich nicht mal, dass Keon oder Gabriel kämpften. Ich durfte sie nicht verlieren, unter keinen Umständen, niemanden.

Raphaels Augen wurden groß und fragend. »Traust du mir so wenig zu, Mia?«

Ich schüttelte energisch den Kopf. »Nein, aber … du könntest … Ich meine, was ist wenn du …« Ich brachte es nicht über die Lippen.

»Du weißt, was ich bin. So schnell sterbe ich nicht.«

»Versprochen?«

Ich wusste, wie dumm und kindisch es war, ihm so ein Versprechen abzuringen, aber ich wollte es hören.

Er zögerte kurz, wischte mir die Träne weg, die sich ihren Weg über meine Wange gebahnt hatte. »Versprochen.«

Er zog mich zum zweiten Mal an diesem Tag in seine Arme.

Ich ließ es geschehen und legte meinen Kopf auf seine Schulter. Seine Nähe tat so gut, dass die Last unseres Gesprächs von mir abfiel.

Das Piepsen meines Handys unterbrach uns. Ich las die eingegangene Nachricht. Gabriel hatte geantwortet, er wollte mich sehen und erkundigte sich, ob ich Zeit hatte. Für mich stand nach der Nachhilfe noch Training auf dem Programm – danach hatte ich Zeit, das schrieb ich ihm.

»Du siehst hübscher aus, wenn du lächelst, weißt du das?«

Ich errötete, als ich bemerkte, wie intensiv Raphael mich musterte.

»Danke.«

Er klatschte überraschend in die Hände. »So! Lass uns für heute Schluss machen! Du hast bestimmt noch andere Dinge vor.«

Ich nickte und stecke mein Handy wieder weg. Es war mir ein wenig unangenehm, eine Verabredung mit Gabriel auszumachen, während ich hier war.

Ich verabschiedete mich und bedankte mich für die Rosen.

»Freut mich, dass sie dir gefallen.«

Auf dem Weg hinunter in den Keller versuchte ich, den Kopf wieder vollkommen frei zu bekommen.

Keon erwartete mich bereits im Trainingsraum und zu meiner Überraschung waren wir nicht allein. Leo und Sebastian trainierten auch – Schwertkampf. Ich hatte die beiden noch nie gegeneinander kämpfen sehen.

Laut und metallisch klirrten ihre Schwerter aufeinander. Sie schlugen so kraftvoll zu, dass ich bei jedem Schlag zusammenzuckte.

Keon lehnte unbeteiligt an der Wand gegenüber und gestikulierte mir, zu ihm zu kommen. Mit respektvollem Abstand schlich ich an Leo und Sebastian vorbei, die so in ihren Kampf vertieft waren, dass sie mich nicht wahrnahmen.

»Hey!«

Keon erwiderte mein Grüßen nicht – das tat er so gut wie nie. »Hast du geheult?«

Ich stutzte und fuhr mir über die Wangen – sie waren noch warm. »Nein! Hab ich nicht!«

Das Leugnen hatte ich von Keon gelernt, der mich nun kopfschüttelnd musterte. »Natürlich hast du geheult!«

»Nein, hab ich nicht!«

Er mochte es nicht, mit seinen eigenen Waffen geschlagen zu werden. Nach einem verächtlichen Schnauben wandte er sich schließlich von mir ab und griff nach seinem Schwert.

Im Schwertkampf war ich ihm noch deutlicher unterlegen als im Nahkampf, also wich ich intuitiv einen Schritt zurück.

Gerade als ich mich darüber ärgern wollte, warum wir ausgerechnet Schwertkampf trainieren mussten, wurde mir bewusst, dass es mir vielleicht irgendwann das Leben retten konnte. Ich musste unbedingt stärker werden.

Ich holte mir eine Waffe und machte mich bereit. Keon fackelte nicht lange und ging auf mich los. Ich war bemüht, seine Schläge abzuwehren, ohne zu Boden zu gehen – er hielt sich kein bisschen zurück.

Ich stolperte durch den Raum und versuchte, endlich selbst einen Treffer zu landen, aber Keon ließ keine Lücken in seiner Verteidigung.

Sosehr ich mich auch bemühte, sosehr ich es auch wollte, ich konnte ihm nicht die Stirn bieten. Natürlich, Keon war stark und er hatte Erfahrung, aber Astaras war bestimmt tausendmal stärker und erfahrener.

Ich wusste nicht, wie ich solch einem Gegner jemals standhalten sollte. Ich wollte die beschützen, die mir wichtig waren, aber ich konnte mich nicht mal selbst beschützen. Sie würden alle sterben und ich würde nur zusehen.

Erschöpft ging ich zu Boden, kämpfte wieder mit den Tränen.

»Steh auf!«, schrie Keon mich an.

Ich schluchzte.

»Wenn du nicht aufstehst, stirbst du!«

Ich zuckte mit den Schultern. Was brachte es schon, wenn ich mich auf die Beine kämpfte – ich konnte sowieso nichts ausrichten. Im Endeffekt war es egal, ob ich tot war oder nicht.

Wenn ich tot war, musste ich zumindest nicht mit ansehen, wie meine Freunde starben.

»Du Feigling!«

»Hör auf!«

Ich hob den Kopf, als ich Sebastians Stimme hörte.

Ich hatte ganz vergessen, dass wir nicht allein waren. Er hatte sich zwischen mich und Keon gestellt.

»Springst du immer so mit ihr um?! Ich wusste nicht, dass du so ein kolossales Arschloch bist!«

Ja, Keon sprang meistens so mit mir um, aber er hatte auch Grund dazu.

»Sie ist feige! Zu feige, um zu kämpfen!«

»Wir haben alle Angst! Deshalb brauchst du sie nicht anzuschreien!«

Meine Stimme war noch immer viel zu weinerlich, aber ich schaffte es zumindest, aufzustehen. »Keon hat recht – ich bin feige.«

Sebastian drehte sich zu mir um und schmetterte mir ein Gefühl entgegen, das ich mehr hasste als alle anderen – Mitleid. Er gab mir damit unbewusst den Anstoß, den ich brauchte. Selbst wenn ich sterben würde, würde ich nicht als mitleiderregendes, jammerndes Etwas sterben.

Ich ging an Sebastian vorbei und auf Keon zu. »Na los!«

Ich hob mein Schwert und schluckte die Angst und die Erschöpfung, die mich gerade eben noch gelähmt hatten, hinunter. Während ich fühlte, wie überrascht Sebastian und Leo über meinen plötzlichen Sinneswandel waren, sah ich Keon grinsen.

»Braves Mädchen!«

Nach einer Stunde verschwand Keon. Ich wollte wissen, wohin er ging, aber er strafte mich lediglich mit diesem durch und durch kühlen und finsteren Blick, den er so oft zum Besten gab.

Sebastian, Leo und ich verschnauften auf den Trainingsmatten. Das Unbehagen, das in der Luft lag, war greifbar. Nicht nur das harte Training hatte seine Spuren hinterlassen, auch die Ungewissheit, die so erdrückend über uns schwebte, machte uns zu schaffen.

Natürlich fühlten mittlerweile alle das Unvermeidliche nahen, trotzdem versuchten wir, es, so gut es ging, in den Hintergrund zu drängen.

»Du bist echt stark, Mia!« Leo zwinkerte mir zu und grinste.

»Nicht so stark wie ihr«, antwortete ich und legte das Schwert wieder an seinen Platz.

»Wenn du so weitermachst, bist du in ein paar Monaten sogar Keon gewachsen!«

»Glaubst du, dass wir noch so viel Zeit haben?«

Leo schluckte merklich, wusste nicht, was er erwidern sollte. Ich bereute, dass ich diese unangenehme Frage gestellt hatte.

»Wenn du mir deine Technik beibringen würdest, könnte ich Keon vielleicht noch schneller in den Arsch treten.«

Leo lachte auf und ich sah auch Sebastian kurz grinsen. Wir verabredeten uns für die nächsten Tage, um an meiner Technik zu arbeiten.

Ein Stück Glück

Es dämmerte bereits, als ich mich auf den Weg zu Gabriel machte. Ich hatte mich verspätet, weil das Duschen und Umziehen viel zu lange gedauert hatte.

Eigentlich war ich nie wählerisch gewesen, was Kleidung betraf, aber die Wahl meiner Garderobe fiel mir seit ein paar Tagen schwer. Ein Kleid war nicht infrage gekommen, schließlich musste ich mich irgendwie auf mein Motorrad setzen, und das möglichst ohne der großen weiten Welt meine Unterwäsche zu präsentieren.

Ich hatte mich für eine schwarze Jeans und ein weißes Top entschieden, über das ich eine durchsichtige schwarze Bluse gezogen hatte. Die Haare hochgesteckt zu haben, bereute ich, als ich den Helm wieder abnahm. Auf dem Weg zur Eingangstür des imposanten viktorianischen Hauses versuchte ich, den Schaden zu minimieren. Ich fuhr mir gerade mit den Fingern durch die Haare, als mir aufgemacht wurde.

»Kann ich dir helfen?«

Sein Lächeln war so bezaubernd, dass ich beinahe vergessen hätte, zu atmen.

»Ähm, nein … ich habe nur …«

Zum Glück küsste er mich, bevor ich diesen sinnfreien Satz beenden konnte.

Er roch nach Parfum, aber nur ganz dezent – sein eigener Duft kam noch immer gut durch.

Gabriel küsste mich leidenschaftlicher, als er es sonst bei unserem ersten Kuss tat. Seine Finger fuhren durch meine Haare, öffneten den notdürftigen Knoten, den ich gerade noch hinbekommen hatte, und verweilten dann auf meinem Nacken.

Erst nach einer ganzen Weile ließ er von mir ab. Ich war atemlos, als er mich hereinbat.

»Wie war dein Tag?«

Ich zuckte mit den Schultern. »Aufwühlend, also wie immer.«

Er nickte schwach.

»Und dein Tag? Ich meine, was hast du so gemacht?«

Spontan fiel mir auf, dass ich eigentlich keine Ahnung hatte, was Gabriel tat, wenn er nicht gerade der berühmte Erzengel war. Ich wusste, dass er keine Schule des Ordens leitete – mehr Informationen hatte ich nicht.

»Ich arbeite für den europäischen Gerichtshof für Menschenrechte.« Er schien sichtlich amüsiert über meine Unwissenheit.

»Also bist du ein Anwalt?«

»So etwas in der Art.«

Ich nickte und stellte mir Gabriel in einem Gerichtssaal vor. Ja, er passte dorthin, schließlich wurden die meisten menschlichen Schlachten heutzutage in der Justiz ausgefochten und er war mit Sicherheit der geborene Schlachtenführer.

»Ich will dir nicht deine Zeit stehlen, wenn du Wichtigeres zu tun hast.«

Mit einem Mal kam ich mir noch kleiner neben ihm vor. Er war nicht nur die rechte Hand Gottes, sondern auch in seinem menschlichen Leben erfolgreich und aufopfernd. Sich für Menschenrechte einzusetzen, war bestimmt eine Aufgabe, die viel Zeit verschlang. Zeit, die er hier mit einem zappelnden, nervösen Mädchen verbrachte, das wie immer viel zu schnell rot wurde.

»Du stiehlst mir meine Zeit nicht. Sie gehört dir, so lange du sie haben möchtest.«

Wiedermal verzog er keine Miene, aber seine Worte waren so intensiv und klangen so ehrlich, dass mein Herz einen Extraschlag einlegte.

Als er auf mich zukam, schloss ich intuitiv die Augen und wartete auf einen dieser unbeschreiblichen Küsse, aber seine Lippen gingen an meinen vorbei und legten sich auf meinen Hals. Ich spürte, wie er die Luft einsog, und bekam Gänsehaut.

»Raphael ist wieder aus Italien zurück.«

Es war viel weniger eine Frage als eine Feststellung.

Mich übermannte sofort das schlechte Gewissen, zumal ich glaubte, dass Gabriel Raphaels Nähe zu mir irgendwie riechen konnte. Vielleicht fühlte er es auch.

Ich wollte einen Schritt zurückweichen, entkam aber nicht aus seiner festen Umarmung. Er strich mit den Fingerspitzen meine Wirbelsäule entlang.

»Er sollte nur deine Wunden heilen und seine Finger ansonsten bei sich lassen.«

Ich verschluckte mich an der Luft, die ich viel zu hastig eingeatmet hatte, um zu dementieren. Ja, Raphael war mir heute sehr nah gekommen, grenzwertig nah, aber woher wusste Gabriel das?

»Du riechst nach ihm«, beantwortete er meine nicht gestellte Frage und begann, mit einer meiner Haarsträhnen zu spielen.

»Soll ich mich noch mal duschen?«

Eine dämlichere Frage hätte ich nicht stellen können, aber mein Mund reagierte schneller als mein Hirn. Zum Glück würdigte Gabriel den Schwachsinn, den ich von mir gab, mit keiner Antwort.

Er verfestigte seinen Griff um meine Taille. Seine Hand tastete nach meinem Gesicht. Er fuhr mit den Fingerspitzen über meine Lippen und mir wurde warm.

»Ich will nicht, dass er dich so berührt. Wenn du das nächste Mal verletzt bist, bringe ich dich zu einem menschlichen Arzt. Die Heilung dauert dann zwar länger, aber ich muss dich zumindest nicht diesem zudringlichen Erzengel überlassen. Fummeldoktor ...«

Ich wollte es unterdrücken, aber ich musste lachen.

War Gabriel eifersüchtig – und viel wichtiger: Hatte er gerade einen Witz gemacht?

Obwohl es mir zuerst unangenehm gewesen war, wich mein schlechtes Gewissen schnell der Belustigung über die allzu menschlichen Gefühle, die ich zum ersten Mal an Gabriel erlebte.

»Wieso lachst du?«

»Weil du witzig bist.«

»Bin ich das?«

»Wahrscheinlich ungewollt, aber ja!«

Er zog eine Augenbraue nach oben. Seine sonst so versteinerte Miene wich kurz Verwirrtheit.

Was hätte ich dafür gegeben, seine Gefühle lesen zu können, aber der lauwarme Wind schirmte sie ab.

Wir saßen eine Weile auf der unverschämt weichen beigen Couch im Wohnzimmer. Ich erzählte Gabriel von Michaels Tagebucheinträgen, und das so emotionslos wie möglich. Er sollte nichts von meiner Angst mitbekommen.

»Für die Gegenwart spielt es keine Rolle mehr, was damals passiert ist. Raphael hätte sich die Reise nach Italien sparen können.«

»Er will es diesmal nur besser machen, es gab so viele Opfer.«

»Die gibt es in jedem Krieg.«

Ich hörte in diesem Moment eindeutig den Erzengel in ihm sprechen.

»Es ist doch nur logisch, dass sich Raphael Gedanken macht. Es geht um unser aller Leben, wir bedeuten ihm viel.«

»Ich weiß, was auf dem Spiel steht, mir ist bewusst, dass Verlust schmerzt, und dennoch.« Der Wind wehte schlagartig etwas stärker. »Denkst du, dass sie umsonst gestorben sind?«

Ich verstand seine Frage nicht wirklich, schüttelte den Kopf. »Natürlich nicht, aber …«

»Keiner von ihnen starb umsonst. Jeder hat seinen Teil zu unserer Gegenwart beigetragen – bewusst. Sie starben in der Gewissheit, dass ihr Mut uns alle in eine bessere Zukunft geleiten würde. Sich zu opfern, bedeutet nicht einfach, zu sterben, es ist die Notwendigkeit, die sich manchmal aus dem Leben ergibt – Veränderung.«

Ich biss mir auf die Unterlippe. »Also müssen gute Menschen sterben, weil irgendjemand festlegt, dass es notwendig ist?«

Er legte den Kopf schief. »Wäre es dir denn lieber, sie würden grundlos sterben?«

»Nein, aber …«

»Raphael bürdet sich eine Verantwortung auf, die er nicht tragen kann.«

»Also wäre es dir egal, wenn der ganze Orden stirbt, wenn es notwendig ist?«

Er senkte seinen Blick, schloss kurz die Augen. »Glaubst du an Gott?«

Dieselbe Frage hatte mir auch Raphael gestellt – an meinem ersten Tag.

»Ja.«

»Dann wird es auch nicht mehr Opfer geben, als wir ertragen können.«

»Also ist das alles nur eine Glaubensfrage?«

»Nur eine Glaubensfrage«, wiederholte er meine Worte.

»Wenn ich in diesem Kampf also sterbe, ist dein Glaube stark genug, um keine einzige Träne darüber zu vergießen?«

Er schüttelte den Kopf. »Mein Glaube ist nicht so stark, wie du meinst.«

»Aber du hast doch gesagt …«

»Ja, ich sage dir, was jeder Engel dir sagen würde: Glaube, dann findest du selbst in der dunkelsten Nacht ein Licht.«

»Das klingt so, als wären das nicht deine eigenen Worte.«

»Ich lebe jetzt schon eine Weile auf dieser Welt, ich habe so viel Tod und Hoffnung gesehen, so viel Krieg und Frieden, dass es keine Rolle mehr spielt, was ich glaube.«

»Also würdest du auch Tränen vergießen, obwohl du weißt, dass du eigentlich nur glauben musst?«

»Das ist das Problem mit Engeln, die unter den Menschen leben.«

»Sie verlieren ihren Glauben?«

»Sie beginnen, ihn durch menschliche Augen zu sehen.«

Er lächelte sanft, legte seinen Arm um mich und schwieg. Wahrscheinlich gab er mir bewusst Zeit, um dieses Gespräch zu verarbeiten. Ich war kein Engel, ich verstand so wenig von dieser Welt und Gott, dass es mich schmerzte. Mir blieb nichts anderes übrig, als meiner eigenen Intuition zu folgen – meinem persönlichen Glauben. Gabriels Worte über Schicksal und Aufopferung klangen irgendwie nach Trost – einem Trost, vor dessen Notwendigkeit mir graute.

Ich legte meinen Kopf auf seine Schulter und genoss für eine Weile die Ruhe. Es war nötig, dass ich lernte, mich nach solchen Gesprächen schnell wieder zu fangen. Ob nun Schicksal oder nicht, ich glaubte fest daran, dass wir zumindest einen Teil unserer Zukunft selbst bestimmen konnten.

Ich döste in Gabriels Armen ein wenig vor mich hin, so lange, bis der Alarm an meinem Handy mich aufhorchen ließ.

Es war kurz vor neun Uhr und damit Zeit für mich, zu gehen. In weiser Voraussicht hatte ich mir den Wecker gestellt, um mir diesmal Keons lästigen Vortrag über Pünktlichkeit zu ersparen.

Ich wollte aufstehen, aber Gabriel zog mich auf seinen Schoß.

»Ich muss …«

»Ich weiß.«

Er küsste mich. Es schien kurz so, als wollte er mir etwas sagen, aber seine Lippen blieben geschlossen.

»Sehen wir uns morgen?«

»Wenn du möchtest, aber lass mich dich abholen.«

»Wieso?«

Er lächelte fast schon ein wenig hämisch. Ich ahnte, worauf er hinauswollte. »Wenn es nicht sein muss, will ich nicht, dass du mit dem Motorrad fährst.«

»Ach was! Motorradfahren ist nicht gefährlicher als Autofahren!«

»Doch. Und wenn du fährst, erst recht.«

Ich setzte einen empörten Gesichtsausdruck auf. Ja, natürlich fuhr ich schlecht, aber zugeben würde ich das sicher nicht. Es war schon peinlich genug, dass es ihm aufgefallen war.

»Ich rase eben nicht so wie die anderen!«

»Wenn es nur das wäre …« Er fasste sich kurz mit der Hand an die Stirn und schüttelte theatralisch den Kopf.

»Du bist ja genauso fies wie Keon! Raphael würde so was nie sagen!«

»Vielleicht sagt er nichts, aber er ist auch der Meinung, dass dieses Motorrad zurzeit die ernsthafteste Bedrohung für dich darstellt.«

Ich schimpfte irgendetwas vor mich hin, während ich in Richtung Tür stapfte. Gabriel kam mir hinterher. Eigentlich hatte ich vor, einen beleidigten Abgang zu machen, aber das hätte ich selbst dann nicht geschafft, wenn er unrecht gehabt hätte.

Erwartungsvoll drehte ich mich um und wurde nicht enttäuscht. Unser Abschiedskuss war sanft, weich und trotzdem intensiv.

Es fiel mir schwer, zu gehen, aber der Orden rief nach mir und diesem Ruf folgte ich einfach zu gern.

Als ich losfuhr, gab ich mir keine Mühe mehr, meine Unbeholfenheit zu vertuschen. Er würde sich wohl oder übel daran gewöhnen müssen, dass ich wie ein halbseitig gelähmter Frosch fuhr.

EINE ERZDÄMONISCHE GABE

K eon kam mir bereits auf halber Strecke entgegen. Ich
war nicht zu spät dran und wunderte mich, warum
er es heute so eilig hatte.

Wie immer mühte ich mich ab, ihm zu folgen. Während ich
mich auf die Straße konzentrierte, begann mein Helm zu piepsen. Das nervige Geräusch irritierte mich so sehr, dass ich beinahe von der Spur abgekommen wäre.

Keon bremste mich aus, stieg ab und stapfte wütend auf
mich zu. Vielleicht hatte er auch dieses nervige Piepsen im Ohr
und war deshalb so sauer.

Ich zuckte mit den Schultern. Er blieb neben mir stehen und
donnerte mit der flachen Hand auf meinen Helm.

»Hey, was soll das!?« Es hätte mich vor Schreck beinahe
vom Motorrad geworfen.

»Hörst du mich jetzt?!«

»Natürlich höre ich dich!«

Es dauerte eine Sekunde, bis ich verstand, auf was Keon
hinauswollte. Ich konnte ihn in meinem Helm hören und das
Piepsen war verschwunden.

»Ah! Freisprecheinrichtung.«

Kopfschüttelnd wandte er sich ab und murmelte etwas von wegen ›hoffnungsloser Fall‹. Er stieg wieder auf und fuhr weiter.

»Wohin fahren wir?«

»Ins *Borderline*.«

Ich war irgendwie erleichtert, dass wir nur auf dem Weg zu Conan waren.

»Was machen wir dort?«

»Uns anhören, was der Idiot zu sagen hat. Er will uns sehen.«

Keon sprach gern abfällig über ihn. Ich wusste nur noch nicht, ob ihm Dämonen allgemein zuwider waren oder ob er mit Conan speziell schlechte Erfahrungen gemacht hatte. Er war zwar ein Erzdämon, aber er schien nicht auf Kriegsfuß mit dem Orden zu stehen.

»Könntest du etwas langsamer fahren? Ich komme dir kaum hinterher!«

»Du fährst ja auch beschissen!«

»Ach, lass mich doch in Ruhe!«

»Wir treffen uns gleich noch mit den anderen, also sieh zu, dass du etwas weniger beschissen fährst als sonst!«

Wütend drückte ich den Knopf an meinem Helm, um Keons nervige Stimme aus dem Ohr zu bekommen.

Als wir in der Innenstadt ankamen, sah ich Kevin, Leo und Sebastian an ihren Motorrädern lehnen. Neben ihnen standen zwei junge Männer, die ich nicht zuordnen konnte. Einer von ihnen war größer als Leo, hatte schwarze halblange Haare und eine auffällige Narbe auf der Wange. Rein optisch machte er einen relativ bedrohlichen Eindruck, aber ich fühlte, dass er einen sanftmütigen Charakter hatte – gelassen und ruhig. Der Junge neben ihm wirkte im Vergleich zierlich. Er hatte hellbraune verstrubbelte Haare und unglaublich feine Gesichtszüge.

Neugier schlug mir entgegen, als ich meinen Helm abnahm. Die beiden Fremden lächelten mich an. Ich war mir sicher, dass sie auch Wächter waren – ihre Auren schrien es zum Himmel.

»Spät, aber doch!«, kommentierte Leo unsere Ankunft grinsend und zwinkerte mir zu.

Sebastian schenkte mir ein Lächeln und stellte mir die beiden Wächter vor. »Mia, das ist Neo.«

Er zeigte auf den großen Dunkelhaarigen, der mir sogleich die Hand zum Gruß entgegenstreckte. Als er mich berührte, spürte ich Besonnenheit, die aber von etwas angekratzt wurde, das ich in letzter Zeit bei so vielen von uns spürte – Unsicherheit.

»Und das ist Mika.«

Der zierliche Braunhaarige präsentierte sein makelloses Lächeln. Seine Haut war rein, hell und unglaublich schön. »Mia, freut mich!«

Er war bei Weitem quirliger und neugieriger als Neo und auch in seinen Gefühlen konnte ich die beißende Unsicherheit ausfindig machen.

»Neo und Mika hatten früher sehr viel mit Conan zu tun. Sie kennen den Zirkel gut, deshalb hat Raphael sie gebeten, uns zu begleiten.«

»Und was will Conan von uns?«

Ich verstand immer noch nicht so ganz, warum sechs Wächter notwendig waren, nur um sich mit Conan zu unterhalten.

Neo begann, mich aufzuklären. »Das wissen wir nicht, aber die Situation ist zurzeit etwas angespannt. Du weißt von der Prophezeiung?«

Ich nickte.

»Der Orden hat Conan vor Jahren die Schriftrolle anvertraut, weil er einer der wenigen Dämonen war, die nicht an Astaras als ihren Erlöser glaubten. Es war sozusagen eine Art Vertrauensbeweis.«

Keon schnaubte verächtlich, bevor Neo weitersprechen konnte.

»Jetzt, wo es so scheint, als würde die Geschichte auf ihren Höhepunkt zusteuern, verhärten sich die Fronten. Die Zirkel bereiten sich auf das Unvermeidliche vor und wir müssen herausfinden, auf welcher Seite Conan diesmal stehen wird.«

»Aber er sieht in Astaras doch die gleiche Bedrohung wie wir!«

Das Gespräch mit Conan hatte sich unwiderruflich in mein Gedächtnis gebrannt. Ja, ihn umgab vielleicht diese tief sitzende Dunkelheit, die selbst meine Gabe nicht durchdringen konnte, aber ich vertraute ihm. Was er gesagt hatte, hatte ehrlich geklungen. Er hatte keinen Grund, sich gegen uns zu stellen.

»Ja, er sieht in Astaras zwar eine Bedrohung, aber wie er damit umgehen wird, ist nicht klar. Er hat uns hierherbestellt, um etwas mit uns zu besprechen. Auch wenn es in den letzten Jahren keine Probleme zwischen dem Orden und seinem Zirkel gegeben hat, ist die Situation zurzeit einfach zu angespannt, um unvorsichtig zu sein. Wir müssen mit allem rechnen.«

Ich lauschte Neos Worten, spürte, dass er und die anderen nur Vorsicht walten lassen wollten, und trotzdem konnte ich ihre Maßnahmen nicht nachvollziehen.

Conan hatte uns um ein Gespräch gebeten und nur weil Astaras' Rückkehr unmittelbar bevorstand, wurden wir mit einem Mal misstrauisch und schossen jegliches Vertrauen in den Wind.

»Dann lasst es uns hinter uns bringen! Ich will nicht die ganze Nacht hier rumstehen!«

Ich spürte, dass Keon der Einzige war, der nicht angespannter war als sonst, wenn er mit Conan zu tun hatte. Er mochte ihn grundsätzlich nicht, daran änderten auch die äußeren Umstände nichts.

Wir kehrten im *Borderline* ein. Obwohl es ein Wochentag war, war der Club gut besucht. Unser Erscheinen ließ ein Raunen durch die Menge gehen und die Dämonen einen Schritt zurückweichen.

Ich kam mir seltsam vor. Die meisten hier waren durch unsere Anwesenheit furchtbar verunsichert. Ich fühlte ihre Angst und die Ratlosigkeit und hätte ihnen gern versichert, dass wir keine Boten des Unheils waren.

Wir marschierten die schmale Treppe hinauf zu Conans Büro. Neo und Mika gingen voraus, gefolgt von Leo und Sebastian. Keon und ich bildeten das Schlusslicht.

Vor der dunklen schweren Tür mit der lateinischen Inschrift standen die beiden größten Dämonen, die ich je gesehen hatte. Anscheinend war nicht nur der Orden vorsichtig geworden.

»Conan empfängt euch gleich«, murmelte einer der beiden und versteinerte dann wieder.

»Da bestellt uns dieser aufgeblasene Sack so kurzfristig hierher und dann lässt er uns warten?!«

»Beruhige dich«, ermahnte Neo Keon und erntete dafür einen bösen Blick.

Wir gingen den schmalen Gang ein wenig zurück, bis wir außer Hörweite der Dämonen waren. Ich lehnte mich an die kalte Steinmauer und versuchte, mir auszumalen, was Conan wohl veranlasst hatte, so spontan nach uns zu verlangen.

»Du bist also Raphaels Liebling.« Mika hatte sich neben mich gelehnt und grinste.

Ich starrte ihn kurz etwas entgeistert an, nur um dann meinen Blick verlegen umherschweifen zu lassen. »Woher hast du das denn?«

»Na ja, solche Dinge sprechen sich auch außerhalb der *Ars Vivendi* in Wächterkreisen schnell herum.«

»Und wenn die eigene Freundin die Ordensklatschtante ist, noch schneller!«, entgegnete Neo und musterte Mika wissend.

Ich wollte gerade nachfragen, als Sebastian meine Frage überflüssig machte. »Mika ist Saras Freund.«

Jetzt wurde mir einiges klar, auch, warum Sara immer so von ihm schwärmte – er war wirklich süß.

»Sag mal, bist du jetzt eigentlich wirklich mit Gabriel zusammen?«

Die beiden teilten den Hang zur Neugier. Ich wurde schlagartig verlegen, weil sich alle Blicke auf mich richteten.

Das letzte Mal hatte ich an meinem Geburtstag von Gabriel erzählt. Damals hätte ich mir nie träumen lassen, dass er sich wirklich mit mir abgeben würde. Einzig Keon und Raphael wussten, dass ich mich seither regelmäßig mit ihm traf.

»Ähm … ich weiß nicht, ob man sagen kann, dass wir zusammen sind. Na ja, ich bin manchmal bei ihm, aber …«

»Herrgott, jetzt sag ihm endlich, was Sache ist, sonst hört der nie auf!« Keon war wie immer genervt von diesem Thema.

Ich wollte gerade etwas erwidern, als mir Conans Aura entgegenschlug. Reflexartig drehte ich mich in Richtung Tür. Keon musterte mich und begriff sofort, dass mir meine Gabe etwas verraten hatte, das alle anderen noch nicht sehen konnten.

»Was?«, wollte er wissen und trat einen Schritt näher.

»Er kommt.«

Ich spürte, wie verwirrt Sebastian, Leo, Mika und Neo über unser Gespräch waren, schließlich wusste nur Keon über meine Gabe Bescheid. Zum Glück lenkte die knarrende Tür, durch die Conan schritt, alle Aufmerksamkeit auf ihn.

»Entschuldigt, dass ich euch habe warten lassen.« Er ließ seinen Blick kurz schweifen und hielt dann inne. »Ah, ich schicke nach einem Wächter und bekomme gleich ein halbes Dutzend!«

»Raphael hat gemeint, du hättest etwas Wichtiges zu besprechen«, entgegnete Sebastian ruhig.

»In der Tat. Eigentlich wollte ich Raphael persönlich sprechen, aber was wäre das für eine absurde Vorstellung, dass ein so schöner Erzengel sich hierher verirrt.«

Er machte eine abwertende Geste und signalisierte uns, ihm zu folgen. Sein Büro war genauso modern und steril, wie ich es in Erinnerung hatte. Er lehnte sich an seinen gläsernen Schreibtisch und überkreuzte die Arme vor der Brust. Sein Blick fiel auf Neo und Mika.

»Es ist eine Weile her.«

Die beiden nickten – ich spürte ihre Anspannung

»Was will mir Raphael damit sagen? Warum schickt er mir sechs Wächter, wenn ich nach einem verlange?«

»Er will dir damit sagen, dass du ein hinterhältiges Arschloch bist und er einen Dreck darauf gibt, was du verlangst!«

Keon war zwar nie charmant, aber es lag mehr Hass in seinen Worten als sonst. Es machte nicht nur mich nervös, dass er Conan so provozierte.

»Raphael will nur sichergehen, dass sich keiner von uns in Gefahr begibt. Es sind gefährliche Zeiten und auch du sicherst dich ab.«

Neo versuchte, die Situation wieder zu beruhigen – mit Erfolg.

Conan ignorierte Keons Provokation. »Ja, es sind wirklich gefährliche Zeiten.«

Seine dunklen Augen schlossen sich für einen Moment. Er wirkte kurz nachdenklich. Als er die Augen wieder öffnete, lächelte er sein bittersüßes Dämonenlächeln.

»Ich habe nach jemandem aus dem Orden geschickt, um euch zu warnen.« Sein Blick ging ins Leere. »Tristan wird euch angreifen.«

»Hattest du eine Vision?«, wollte Mika wissen und erntete dafür ein schlichtes Nicken von Conan.

Hatte er Visionen? War das seine Gabe? Ich wusste nichts davon.

»Was genau hast du gesehen?«, fragte Leo und schaffte es kaum, seine Aufregung zu verbergen.

»Er wird euch nicht direkt angreifen. Er handelt nur aus Rache ... an dir.« Conan deutete auf Keon.

»Dann soll er kommen! Ich warte!«

»Weißt du, wie oder wann er angreifen wird?« Sebastian stellte die Fragen, die eigentlich Keon stellen sollte.

Conan schüttelte den Kopf. »Meine Visionen sind nicht deutlich, sondern wie Träume, das wisst ihr. Ich kann euch nicht mehr Informationen geben.«

»Wow, du bist echt hilfreich! Dass Tristan und ich noch eine Rechnung offen haben, ist schließlich auch wahnsinnig geheim! Herauszufinden, dass wir diese Rechnung irgendwann begleichen werden, erfordert echt enorme Fähigkeiten! Putz mal deine Kristallkugel!«

Der Sarkasmus in Keons Worten machte Conan sichtlich wütend. Ich dachte kurz, ich würde ihn knurren hören.

»Du hast ja keine Ahnung, was für eine unfassbare Freude es für mich wäre, wenn Tristan dich einfach in Stücke reißen würde!«

Er machte einen Schritt auf Keon zu. Mein Herz begann, zu rasen. Intuitiv schalteten alle auf Kampfmodus um.

Conan trat wieder zurück an seinen Schreibtisch und wurde sofort ruhiger. Ich hatte vergessen, wie schwer es war, ihn einzuschätzen.

»Es ist egal, was ich denke oder mir wünsche. Ich habe damals geschworen, dem Orden nicht zu schaden, also nutzt meine Gabe oder lasst es sein!«

Er wirkte mit einem Mal unglaublich kalt und abweisend, aber das nahm ich nur am Rande wahr.

Ich hatte nur noch Augen für Keon. Augen, denen ich verbieten musste, sich mit Tränen zu füllen.

Er war so aufgebracht über Conans Nachricht, dass er kaum ruhig atmen konnte. Ich fühlte, wie sehr er nach diesem Kampf verlangte, und spürte ganz deutlich den Schmerz, den er zu unterdrücken versuchte.

Er durfte nicht kämpfen, nicht allein, nicht gegen diesen wahnsinnigen Erzdämon und nicht mit dieser blinden Wut, die ihm die Sinne benebelte.

Keon streifte kurz meinen Blick. Ich fühlte mich ertappt und versuchte, mir meine Sorge nicht anmerken zu lassen – ohne Erfolg. Er stürmte an mir vorbei und warf die Tür hinter sich ins Schloss. Ich wollte ihm hinterherlaufen, aber Leo hielt mich zurück.

»Nicht, Mia!«

»Aber wir können ihn doch nicht allein lassen!«

Ich versuchte, mich loszureißen, aber Leo ließ nicht locker. »Beruhig dich, Mia! Du kommst ihm sowieso nicht hinterher. Lass mich gehen!«

Sebastian rannte Keon hinterher und Leo ließ mich wieder los.

Ich fühlte mich furchtbar elend, als mir bewusst wurde, dass ich wirklich keine andere Wahl hatte, als ihn gehen zu lassen und darauf zu vertrauen, dass Sebastian ihm beistehen würde, wenn es hart auf hart kam. Mir würde Keon mühelos davonfahren, also konnte ich vorerst nichts tun.

»Schon gut, Sebastian passt auf ihn auf und wir informieren Raphael. Auf ihn wird er hören.«

Ich nickte. Leos Worte beruhigten mich ein wenig.

»Danke, Conan«, hörte ich Mika sagen und spürte Erleichterung in ihm aufkommen.

Wahrscheinlich war diese Warnung der größte Vertrauens-beweis, den Conan dem Orden hätte erbringen können. Er konnte Keon wirklich nicht leiden und warnte uns trotzdem. Dass er uns im Kampf gegen Astaras nicht in den Rücken fallen würde, war sicher.

Conan wandte gelangweilt den Blick ab. Es schien so, als hätte er uns nichts mehr zu sagen. Neo signalisierte uns, zu gehen.

Gerade als ich durch die Tür treten wollte, hielt ich inne. Ich spürte, wie sich die Dunkelheit auf mich zubewegte.

»Mia, schenkst du mir noch eine Minute?«

Leo, Mika und Neo warfen sich fragende Blicke zu – ich nickte.

»Wir warten draußen auf dich«, flüstere Leo und schloss die Tür hinter sich.

Der arrogante Ausdruck, der gerade eben noch Conans makelloses Gesicht geziert hatte, wich einem Lächeln. »Entschuldige, dass ich dich nicht gebührend begrüßt habe, meine liebe Mia.«

Er kam näher, beugte sich zu mir hinunter und hauchte mir einen Kuss auf die Wange. Ich ließ es geschehen, wollte nicht so ängstlich wirken wie bei unserem letzten Treffen. Im Grunde hatte ich auch keine Angst vor Conan.

»Wie geht es dir?« Er neigte neugierig den Kopf, seine dunklen Augen wirkten freundlich, nicht leblos.

Ich zuckte mit den Schultern, wusste nicht, was ich antworten sollte.

»Du siehst besorgt aus, fast schon wie eine echte Wächterin.« Er fuhr mit dem Handrücken über meine Wange – ich neigte den Kopf ein wenig zur Seite. »Entschuldige bitte.« Er ließ von mir ab und drehte sich weg. »Ich will nicht Gabriels Zorn auf mich ziehen, nur weil ich dir zu nahe komme.«

Er drehte sich wieder um und grinste. Anscheinend sprachen sich solche Neuigkeiten nicht nur in Wächterkreisen schnell herum. Ob Conan Sara kannte?

Verlegen wandte ich meinen Blick ab, spürte nur, wie genau er mich musterte.

»Hmm, es scheint, dass Gabriel sich besser unter Kontrolle hat, als ich es hätte.«

Ich wusste nicht, worauf er hinauswollte, aber ich hatte eine Vermutung und schon allein die reichte aus, um mich verlegen werden zu lassen. Ich verdrängte seine Anspielung schnell wieder.

»Du kannst also die Zukunft vorhersagen?«

Seine Gabe machte mich neugierig. Niemand hatte sie mir gegenüber jemals erwähnt.

»Das ist keine treffende Beschreibung für das, was ich kann.« Er klopfte mit dem Zeigefinger auf seine Lippen und schien nach passenderen Worten zu suchen. »Es sind eher Visionen, vage Ahnungen von der Zukunft, die meistens kaum klarer sind als Träume.«

Ich nickte. »Und was siehst du alles in ihnen?«

»Na ja, ich sehe für gewöhnlich nur Dinge, die mich selbst unmittelbar betreffen.«

Er klang etwas überrascht, kein Wunder, schließlich hatte seine letzte Vision etwas mit Keon zu tun – einer Person, deren Schicksal ihn nicht sonderlich berührte.

»Was ist eigentlich zwischen dir und Keon vorgefallen? Ich meine, gibt es einen Grund für …«

»… für seinen anmaßenden Charakter? Schlechte Erziehung.«

Ich musste unweigerlich grinsen. Ja, Keon war ein durch und durch schwieriger Mensch, aber da musste mehr sein. Es musste einen Grund für ihre starke gegenseitige Antipathie geben.

Conan seufzte. »Vielleicht liegt es ja auch daran, dass er eine Neigung dazu hat, sich Dingen anzunehmen, die ihn eigentlich nicht zu interessieren haben.«

Ich verstand wieder mal nur Bahnhof, aber bevor ich nachfragen konnte, winkte er auch schon ab.

»Es soll nicht deine Sorge sein, mein Engel.«

Er wollte also nicht darüber sprechen. Diese Einstellung kannte ich mittlerweile nur allzu gut.

»Halte dich einfach in nächster Zeit von ihm fern, so lange, bis diese Sache mit Tristan geklärt ist. Du sollst nicht in ihre Streitigkeiten hineingezogen werden.«

»Keons Kämpfe sind auch meine!«

»Ach, würdest du denn auch gegen mich kämpfen?«

Ich senkte den Blick. »Das ist etwas anderes …«

»Wieso? Tristan ist ein Erzdämon, so wie ich einer bin.«

»Nein, ihr seid so verschieden wie Tag und Nacht.«

Conan nickte sanft, meine Worte schienen ihn zu überraschen. »Du solltest jetzt gehen, die anderen warten auf dich.«

»Ja, danke noch mal für deine Warnung.«

Er setzte sich hinter seinen Schreibtisch und wandte die dunklen Augen ab. Bevor ich die Tür hinter mir schloss, vernahm ich noch einmal seine Stimme. »Tu mir diesen Gefallen und halte dich fern von ihm.«

Ich antwortete nicht, es hätte sowieso keinen Sinn gehabt. Ich konnte mich nicht von Keon fernhalten, er hätte mich genauso gut darum bitten können, einfach mit dem Atmen aufzuhören.

Ich lief hinunter in den Club, ließ meinen Blick kurz schweifen und stellte fest, dass Elias nicht hier war. Unser letztes Treffen war schon eine Weile her und ich vermisste ihn.

Draußen warteten Neo und Mika auf mich, nach Leo suchte ich vergebens.

»Er ist Sebastian hinterher. Raphael hat gemeint, es wäre besser, wenn sie Keon zu zweit begleiten«, erklärte Neo, während wir zurück zu unseren Motorrädern gingen.

»Ihr habt also schon mit Raphael gesprochen.«

»Ja, Leo hat ihn gleich angerufen. Er meinte, Keon hätte seit ihrer letzten Auseinandersetzung wieder verstärkt versucht, Tristan zu finden, aber es ist ihm nicht gelungen. Er hält sich im Untergrund versteckt, wechselt ständig seinen Aufenthaltsort – genau wie damals. Auch wenn Keon gerade ziemlich wütend ist, er wird Tristan nicht so schnell ausfindig machen können. Du brauchst dir also vorerst keine Sorgen um ihn zu machen.«

Neo versuchte, mich zu beruhigen, anscheinend bemerkte er, wie angespannt ich war.

»Also ist es wahrscheinlicher, dass Tristan ihn findet?«

Er nickte. »Aber wir werden vorbereitet sein. Keon wird nicht allein kämpfen, Mia.«

Seine Worte beruhigten mich tatsächlich.

Wahrscheinlich war es unvermeidlich, dass Tristan und Keon sich irgendwann gegenüberstanden. Da wir nun wussten, dass dieser Kampf stattfinden würde, konnte der Orden über ihn wachen.

»Sag mal, fährst du jetzt zurück in die *Ars Vivendi* oder übernachtest du bei Gabriel?«

Mika riss mich aus meinen Gedanken.

»Was?! Ähm, ich fahre nach Hause … also zurück ins Schloss!«

Neo lachte und stieß Mika in die Seite. »Hör doch auf, so intime Fragen zu stellen, nur um deine Neugier zu befriedigen!«

»Was denn? Wir sind schließlich alle Wächter, also so eine Art Familie! Da darf man so was fragen! Außerdem lernt man nicht alle Tage die Freundin eines Erzengels kennen!«

»Das stimmt allerdings.«

Die beiden lachten so ausgelassen, dass ich mich von ihrer Stimmung anstecken ließ.

»Wieso habe ich dich eigentlich noch nie im Schloss gesehen? Übernachtest du nie bei Sara?«

Ich fand es amüsant, den Spieß umzudrehen, aber Mika war, was dieses Thema betraf, überraschenderweise gesprächiger, als ich angenommen hatte.

»Meistens ist Sara bei mir. Das Schloss ist etwas zu hellhörig, wenn du verstehst, was ich meine.« Er grinste und zwinkerte mir zu.

»Wie lange wohnt ihr schon nicht mehr dort?«

»Ich bin gleich nach der Schule ausgezogen. Mika erst vor etwa einem Jahr.«

»Ja, ich hatte es nicht eilig, mir eine Wohnung zu suchen, aber irgendwann wird man zu alt für dieses Internatsleben«, erklärte er.

Ich wusste von Sara, dass er fünfundzwanzig war. Neo schätzte ich etwas älter.

Es war schon eigenartig, dass überall auf der Welt Wächter herumliefen, die dasselbe Schicksal teilten und den Orden auch ihre Familie nannten. Man traf sich, man kannte sich nicht, aber man wusste, dass man zusammengehörte – ein schönes Gefühl.

»Du scheinst einen guten Draht zu Conan zu haben, wie kommt das?«, wollte Neo wissen.

Wir hielten vor unseren Motorrädern.

»Ich weiß nicht, ob ich einen guten Draht zu ihm habe, aber er hat mich in vieles eingeweiht, er war mir eine große Hilfe. Dass er ein Erzdämon ist, macht ihn für mich nicht weniger vertrauenswürdig, höchstens schwieriger einzuschätzen.«

»Ich weiß, was du meinst«, entgegnete Neo.

Ich spürte etwas in ihm aufkommen, das sich verdächtig nach Wehmut anfühlte.

»Ich komme für gewöhnlich auch besser mit Dämonen als mit Engeln aus.« Er deutete auf die Narbe, die seine linke Wange zierte.

»Was ist passiert?«

»Ich war dem Orden gerade erst beigetreten, da habe ich mich in das falsche Mädchen verliebt. Sie gehörte einer Gruppe Engel an, die der Ansicht waren, sie wären die einzige von Gott geliebte Rasse. Ich wusste damals noch nicht, dass es solche radikalen Vereinigungen überhaupt gibt. Sie war ein Engel, also hielt ich sie für das schönste und sanfteste Wesen auf der Welt. Als sie dahinterkam, dass ich auch mit Dämonen zu tun hatte und manche von ihnen sogar meine Freunde waren, hat sie mich verlassen.«

»Oh, das tut mir leid. Wie hast du die Narbe bekommen?«

Er lächelte schwach. »Na ja, sie hat mich zwar verlassen, aber sie kam schnell wieder – nur diesmal weniger sanftmütig. Sie hat versucht, mich umzubringen. Ich wollte mich zuerst nicht wehren, also hat sie mich ein paar Mal ganz schön unglücklich erwischt.«

Neo zeigte mir seine Unterarme, an denen zwei lange Narben prangten. Ich erschrak regelrecht.

Mit Engeln hatte ich keine Erfahrung, ich kannte nur Raphael und Gabriel, und die waren eine Klasse für sich.

»Also bist du auch nicht mehr mit deiner ersten Liebe zusammen.«

Mika wurde hellhörig. »Ach komm schon! Nicht du auch noch! Hör doch mit diesem dummen Fluch auf! Du glaubst doch nicht etwa daran, oder?« Mika reagierte natürlich genau wie Sara.

»Nein, eigentlich glaube ich nicht daran«, meinte ich lächelnd und spürte Erleichterung in ihm aufkommen.

»Ich habe nicht vor, Sara irgendwann umzubringen, und ich glaube auch nicht, dass sie irgendwelche Mordgedanken hegt!«

»Na, dann kann ja nichts mehr schiefgehen! Wann heiratet ihr denn?«, wollte Neo im Scherz wissen und erntete dafür schockierte Blicke von Mika.

»Hey, immer langsam!«

Ich stimmte in Neos Lachen ein.

Als wir uns verabschiedeten, fühlte ich mich seltsamerweise richtig gut. Ich machte mir zwar noch immer Gedanken um Keon, aber ich lernte, mich langsam mit den vielen Sorgen, die das Wächterdasein mit sich brachte, zu arrangieren.

»Grüß mir die *Ars Vivendi* und meine Freundin!«, meinte Mika, bevor er sein süßes Gesicht unter dem grünen Helm versteckte.

»Hoffentlich sieht man sich bald mal wieder!«, rief Neo und startete sein Motorrad.

Ich hob die Hand zur Verabschiedung und sah zu, wie sie davonfuhren.

Es war kurz nach elf, als ich im Schloss ankam – ungewohnt früh. Ich stellte mich unter die Dusche und wurde sofort schläfrig.

Die Möglichkeit, so früh zu Bett zu gehen, ergab sich nicht allzu oft, also nutzte ich sie.

Kaum hatte ich mich hingelegt, schlief ich ein, aber ich sollte nicht durchschlafen.

Irgendetwas weckte mich mitten in der Nacht. Es war kurz nach zwei Uhr. Ich glaubte, Keons Motorrad zu hören, und eilte zum Fenster.

Es war eine dunkle, sternenlose Nacht, ich konnte nichts erkennen.

Meine Sorge trieb mich hinunter in den Keller. Keons Maschine lehnte neben meiner. Sie war noch warm. Auch Sebastians und Leos Motorräder waren gerade erst abgestellt worden.

Erleichtert schlich ich hinauf in mein Zimmer.

Sie waren alle wieder zu Hause – diese Gewissheit ließ mich fest und ruhig schlafen.

Ich träumte von Keon und Gabriel, aber nachdem ich aufgewacht war, konnte ich mich an die Einzelheiten nicht mehr erinnern.

Sturheit siegt

Es war noch nie passiert, dass Raphael uns alle noch vor dem Frühstück sprechen wollte, aber ich konnte mir denken, warum er diese Versammlung einberufen hatte.

Auch wenn mir viele lachende Gesichter auf dem Weg in die Aula begegneten, wurde ich von Unsicherheit überschwemmt.

Ich kam als eine der Letzten an und blieb weiter hinten stehen. Raphael ließ seinen Blick schweifen, ehe er anfing, zu sprechen. Er stand vor dem Kamin, direkt unter unserem Wappen.

»Danke, dass ihr euch so früh hier eingefunden habt.«

Seine Stimme war so klar und klanghaft, dass sofort alle verstummten.

»Die Zeiten sind gerade sehr hart – für den Orden und für jeden Einzelnen von euch. Mir ist bewusst, wie viele Opfer ihr bringt, um euren Aufgaben nachzugehen, und ich weiß, dass euer Mut so bedingungslos ist, dass er keinerlei Danksagungen bedarf, aber ich will euch trotzdem meinen größten Respekt aussprechen. Einer von euch zu sein, bedarf eines sehr edlen Charakters und eines starken Herzens.«

Raphael machte eine Pause, ließ seine Worte auf uns wirken.

»Ich weiß, dass ihr verunsichert seid, was die Zukunft betrifft, und nein, ich kann zu diesem Zeitpunkt keine eurer Fragen beantworten, da ich die Antworten selbst nicht kenne.«

Seine Stimme hatte einen traurigen Unterton angenommen. Ich war mir sicher, dass es schwer für ihn war, alle so lange im Ungewissen zu lassen.

»Conan hat uns gestern einmal mehr seine Loyalität bewiesen und eine seiner Visionen mit uns geteilt.«

Überraschte Blicke schweiften umher und im nächsten Moment fühlte ich kollektives Unwohlsein. Sie wussten alle, dass nichts Gutes auf sie zukommen würde. Auch wenn ich die Gefühle der Wächter um mich herum immer gut ertragen konnte, schnürte es mir in diesem Moment die Kehle zu. Sie waren sonst so beherrscht, aber auch ihre Grenze schien irgendwann erreicht.

»Conans Vision prophezeit uns einen Angriff von Tristan und dem, was von seinem Zirkel noch übrig ist. Er kommt, um Rache zu üben.«

Raphael verzichtete bestimmt bewusst darauf, Keons Namen zu nennen. Die meisten kannten seine Geschichte, weil sie schon damals Wächter gewesen waren, und außerdem wäre es ihm sicher nicht recht gewesen, so in den Mittelpunkt gedrängt zu werden. Keon war nicht mal erschienen, aber damit hatte ich auch nicht gerechnet.

»Wir müssen Vorsicht walten lassen, uns gegenseitig beschützen und die Augen offen halten.«

Während Raphaels Stimme weiterhin durch die Aula hallte, prasselten die negativen Gefühle der anderen auf mich ein wie saurer Regen. Ich wollte nicht, dass ihre Ängste sie quälten oder die Ungewissheit sie zermürbte.

Irgendwann war meine Schmerzgrenze erreicht. Ich konnte mich kaum noch auf Raphaels Worte konzentrieren, und das, obwohl sie so eindringlich waren.

Mein Kopf dröhnte, während ich mich die Treppe hinaufschleppte. Das lähmende Gefühl von Kontrolllosigkeit übermannte mich zum ersten Mal, seit ich hier war.

Es schien, als spielte meine Gabe verrückt – als sei sie überreizt worden.

Ich erreichte den ersten Stock nur mit großer Mühe. Mir wurde kurz schwindlig und ich lehnte mich an die Wand, um zu verschnaufen.

Gerade als ich drohte, wegzubrechen, spürte ich eine Hand an meinem Oberarm, die mich auf den Beinen hielt.

Ich drehte mich um. Mein Blick war trüb, aber ich erkannte die verschwommene Silhouette, die vor mir stand, bevor ich endgültig ohnmächtig wurde.

Ein eiskalter Schauer ließ mich hochschrecken. Ich lag in einem Bett und hatte einen kalten Lappen im Genick. Das hier war nicht mein Zimmer, aber es sah ihm zum Verwechseln ähnlich.

Der Erker, das große Fenster, der Schreibtisch – alles sah aus wie bei mir, nur mit dem Unterschied, dass ich keine Schwerter über dem Bett hängen hatte und mein Kissen nicht so nach Keon roch.

»Bleib liegen und lass den Lappen dort, wo er ist!«, ermahnte er mich und drückte meinen Kopf wieder nach unten.

»Danke der Nachfrage, es geht mir schon besser«, murmelte ich und erntete dafür nur einen flüchtigen, abfälligen Blick.

Mein Kopf dröhnte noch immer, aber der Schwindel war verflogen.

Er musste mich im Flur zusammenbrechen gesehen haben und hatte mich auf sein Zimmer gebracht.

Ich war noch nie hier gewesen. Sein Bett war unglaublich bequem und warm – er musste selbst vor Kurzem noch darin gelegen haben. Der Gedanke trieb mir ein Schmunzeln auf die Lippen.

»Sieh an, du bekommst ja wieder Farbe!«

Ich ließ zu, dass sich die kindischen Gedanken, die ich hatte, verflüchtigten.

»Was war los? Du hast an der Mauer gehangen wie ein nasser Sack.«

Keons Vergleiche waren immer furchtbar treffend und fast nie verletzend. Obwohl er wenig berührt vor seinem Bett stand und mit verschränkten Armen auf mich herabblickte, fühlte ich, dass er sich sorgte.

»Raphaels Ansprache in der Aula hat meine Gabe überstrapaziert.«

»Was ist passiert?«

»Ich weiß nicht. Ich habe die Angst und die Unsicherheit der anderen gespürt und irgendwann konnte ich nicht mehr atmen und mein Kopf hat angefangen, zu dröhnen.«

»Hast du das öfter?«

Ich schüttelte den Kopf. Nein, so heftig hatte mein Körper noch nie reagiert. »Ich dachte eigentlich, ich hätte meine Gabe unter Kontrolle.«

Keon wollte etwas sagen, aber er entschied sich dann doch anders.

Es tat gut, mit jemandem über meine Gabe sprechen zu können, auch wenn derjenige nicht gerade sehr gesprächig war.

»Wieso warst du nicht in der Aula?«

»Was soll ich dort? Soll ich mir anhören, wie Raphael den anderen erzählt, dass sie mir in Zukunft wie einem Kleinkind hinterherlaufen sollen?«

Die Vorstellung machte ihn wütend – kein Wunder, Keon wurde nicht gern bevormundet und schon gar nicht bewacht.

»Sie tun das nur, weil sie dich beschützen wollen.«

»Ich brauche nicht beschützt zu werden!«

Seine Sturheit machte mich wütend. »Das glaubst du, weil du größenwahnsinnig bist! Du kannst dich nicht allein einem

Erzdämon stellen, nur weil dir das dein schwachsinniges Ego sagt! Er wird dich umbringen!«

Ich fühlte etwas in ihm aufkommen, das Gleichgültigkeit ähnelte. Mir wurde wieder schwindlig, aber ich stand trotzdem auf.

»Willst du dich ihm nur stellen, damit er dich umbringt? Bist du so feige?!«

»Ich bin nicht feige und er wird mich nicht umbringen, aber wenn es so wäre …« Er hielt kurz inne. »… wenn es so wäre, wäre es auch egal!«

Für eine Sekunde herrschte Stille, dann klang das Schallen einer Ohrfeige durch den Raum. Keon starrte mich fassungslos an und ich starrte ebenso fassungslos zurück.

Ich hatte ihn tatsächlich geschlagen – es war wie ein Reflex gewesen.

»Es tut mir leid!«

Er reagierte nicht auf meine Entschuldigung, aber ich spürte, wie sehr ihn meine Reaktion bewegte.

»Du darfst so was nicht mal denken! Was soll ich denn machen, wenn du nicht mehr da bist?!«

Meine Stimme versagte bei den letzten Worten. Ich heulte wieder, obwohl ich mir so fest vorgenommen hatte, nicht mehr zu weinen.

»Du hast Raphael, Gabriel, Sebastian und die anderen Idioten – du wärst nicht allein.«

Ich konnte nicht fassen, wie tief Keons Schmerz wirklich saß. Bislang hatte ich nur diesen starken Drang nach Rache in ihm gefühlt. Dass ihm sein Leben so egal war, war mir nicht bewusst gewesen.

»Du bist so ein Heuchler! Spielst den harten Mann, obwohl dir alles gleichgültig ist! Wieso hast du mich dann vor der Chimäre gerettet? Wieso hast du mich mitgenommen, mich ausgebildet?!«

Er zuckte mit den Schultern – schwieg.

»Bin ich dir denn auch egal? Denn wenn du dich einfach so umbringen lässt, dann …«

Er wurde mit einem Mal hellhörig. »Was dann?!«

Ich wollte ihm nicht mit solchen Dingen drohen, ich wusste, wie schäbig und unglaublich gemein es war, aber ich war verzweifelt.

»Vielleicht nehme ich mir dann ein Beispiel an deiner Einstellung!«

Ich zuckte zusammen, als er neben mir in die Wand schlug und der Putz abbröckelte. »Hör auf, so einen Mist zu reden!«

»Hör du auf, so einen Mist zu reden!«

Wir starrten uns an – ich würde nicht nachgeben, diesmal nicht.

»Was willst du überhaupt!? Dieser idiotische Erzdämon wird mich sowieso nicht umbringen!«

Ich fühlte wieder das Feuer in ihm, das ich vorhin vermisst hatte.

»Und überhaupt stirbt hier keiner, hast du verstanden?! Wir werden alle ewig leben und uns bis zum jüngsten Tag auf die Eier gehen!«

In seinem letzten Satz schwang eine gehörige Portion Sarkasmus mit, aber die Gleichgültigkeit war verschwunden und das allein zählte.

»Schön!«, schrie ich zurück, drehte mich um und legte mich wieder in sein Bett.

»Was machst du denn da?!«

»Mich hinlegen! Deinetwegen habe ich schon wieder Kopfschmerzen!«

»Geh gefälligst in dein Zimmer! Du bist doch nicht mehr ohnmächtig!«

»Nein! Dein Bett ist bequemer als meines.«

Ich ignorierte seine lautstarken Einwände und drehte mich auf die Seite. Das Nächste, was ich vernahm, war das Knallen der Tür, durch die Keon verschwand.

Ich musste schmunzeln – vielleicht war das der beste Weg, um mit ihm umzugehen. Ich musste Feuer mit Feuer bekämpfen, Sturheit mit Sturheit.

Die Erleichterung, die sich in mir breitmachte, wurde nur durch das Mittel meines Erfolges getrübt. Es war mit Sicherheit eine Sünde, jemandem mit Selbstmord zu drohen, aber wenn es Keon das Leben rettete, war ich bereit, zu sündigen.

Ich lag noch ein paar Minuten in diesem unverschämt weichen Bett. Die Tatsache, dass ich mein Gesicht in Keons Kopfpolster vergrub, wollte ich nicht weiter analysieren. Er roch einfach gut.

Schweren Herzens raffte ich mich nach einer Weile auf, um den Unterricht nicht zu verpassen.

Raphael musste es im Laufe seiner Ansprache geschafft haben, alle zu beruhigen. Sie waren nicht mehr so aufgewühlt wie vorhin, waren wieder fokussierter und selbstsicherer.

Ängste hinunterzuschlucken, war eine Eigenschaft, an der ich selbst hart arbeitete.

MENSCHLICHE UNSICHERHEITEN

Ich hatte mich mit Sara zum Shoppen verabredet. Sie war der Meinung, dass es Zeit für einen Ausflug war, der nichts mit Ghulen und Schwertern zu tun hatte. Sie wollte den Kopf frei bekommen – diesem Vorhaben schloss ich mich gern an.

Wir fuhren mit den Motorrädern in die Stadt. Saras Maschine war auch neu, trotzdem fuhr sie besser als ich. Mein Mangel an motorischem Feingefühl ging mir langsam, aber sicher auf die Nerven.

Die Einkaufsstraßen waren gut gefüllt. Es war schnell kühler geworden und nun waren anscheinend alle auf der Suche nach Winterkleidung.

Wir gingen in Läden, die ich nicht kannte. Mein Geschmack war irgendwo zwischen langweilig und geradlinig einzuordnen, zumindest laut Sara. Wahrscheinlich hatte sie recht, aber das hatte mich lange Zeit nicht gestört – jetzt schon. Ich war heilfroh, dass sie mich mitgenommen hatte. Meine Garderobe bedurfte wirklich einer Überarbeitung. Gabriel hatte mich bis jetzt fast ausschließlich in Jeans gesehen und das einzige Kleid, das ich besaß, war von einem spitzen Messingteil zerlöchert worden.

»Hier, zieh das mal an!« Sie hielt mir ein gelbes Stück Stoff vor die Nase, das ich nicht wirklich als Kleidungsstück identifizieren konnte.

»Wo zieh ich das denn hin?«

»Das ist ein Kleid!«

»Und wo ist der Rest davon?«

Sara rollte mit den Augen und seufzte. »Ach Mia! Wie kann man nur so gut aussehen und trotzdem keine Ahnung von Mode haben!«

Ich zuckte mit den Schultern – wahrscheinlich war ich wirklich ein schwieriger Fall.

Sie drängte mich in die nächste Kabine und reichte mir stapelweise Sachen. Sara meinte es gut mit mir, aber nichts von dem, was sie mir ausgesucht hatte, entsprach auch nur ansatzweise meinem Geschmack.

Ich probierte gerade ein pinkes Kleid an und drehte mich vor dem Spiegel.

»Das gefällt mir!«, kommentierte Sara.

Ich konnte mir ein Seufzen nicht verkneifen.

»Das ist überhaupt nicht dein Stil, oder?«

Ich schüttelte den Kopf und hatte Angst, sie irgendwie zu kränken, aber Sara blieb so fröhlich wie immer.

»Was schwebt dir denn vor?«

»Na ja, vielleicht irgendetwas, das nicht ganz so bunt ist, etwas, das mich älter aussehen lässt!«

Sie horchte auf und nickte wissend. »Ich glaube, ich kenne einen Laden für dich!«

Wir zogen weiter in Richtung Innenstadt. Gleich gegenüber vom *Borderline* war eine Boutique, die von außen eher unscheinbar wirkte.

Die Kleider waren eine Mischung aus elegantem Gothic und sündhaft teuren Designerstücken. Alles hier wirkte sehr viktorianisch und trotzdem modern.

»Wow …« Mir blieb der Mund offen stehen.

Noch bevor ich alles weiter bewundern konnte, hatte Sara mich auch schon wieder in eine der Kabinen gesteckt. Die Hilfe der Verkäuferin, die im Übrigen ein Dämon war, lehnte sie dankend ab.

Diesmal gefielen mir die Sachen, die sie aussuchte, wirklich. Sie sahen sehr feminin aus und ließen mich älter wirken – zumindest bildete ich mir das ein.

»Danke für deine Hilfe! Allein wäre ich verzweifelt!«

»Schon gut, aber wir sind noch nicht ganz fertig! Leg die Sachen, die du haben möchtest, zur Kasse! Wir gehen ein Stockwerk tiefer!«

»Was ist dort unten?«

Ich folgte der grinsenden Sara hinunter ins Kellergeschoss.

»Na? Was sagst du? Glaubst du, Mika gefällt so was?«

Verlegen stand ich da und musterte den roten BH, den sich Sara an den Oberkörper hielt.

Die Unterwäscheabteilung war beeindruckend. Ich hatte noch nie so teuer aussehende und aufwendig verarbeitete Stücke gesehen.

»Ähm … ja … keine Ahnung.«

»Du hast recht! Das sieht zu verrucht aus. Darauf steht Mika nicht.«

Ich nickte einfach und versuchte, Sara irgendwie bei ihrer Auswahl behilflich zu sein – ohne den Anschein zu erwecken, dass ich keine Ahnung von solchen Dingen hatte.

»Sieh dir das an, Mia, das sieht toll aus!«

Sie hielt mir ein schwarzes Stück Stoff vor die Nase, bei dessen bloßem Anblick ich bereits rot anlief.

»Wenn es dir gefällt …«

»Nicht für mich, für dich!«

»Für mich?«

»Oder besser gesagt ... für Gabriel.« Sie zwinkerte mir grinsend zu und wurde dann von Neugier übermannt. »Sag mal, Mia ...«

Mir schwante Böses.

»Wie ist es eigentlich ... ich meine, mit einem Erzengel.«

»Keine Ahnung!«

Meine viel zu schnelle Antwort überraschte Sara. »Was soll das heißen, keine Ahnung?«

»Na ja, wir haben noch nicht ... ich meine ... bis jetzt.«

Mein Satz hatte Lücken, aber sie wusste trotzdem, worauf ich hinauswollte. Ihre Neugier wurde ihr schlagartig unangenehm, aber nur für einen kurzen Moment.

»Oh! Entschuldige bitte!«

»Schon gut.«

»Aber ihr habt es vor, oder?«

Ich hätte mich beinahe an meiner eigenen Zunge verschluckt. »Ich denke schon.«

»Du denkst schon?«

»Na ja, ich weiß nicht ...«

Ich erinnerte mich an Gabriels Reaktion, als wir uns das letzte Mal sehr nahe gekommen waren.

»Dürfen Erzengel denn überhaupt Sex haben? Ich meine, so ganz ohne Ehering und Fortpflanzungsabsicht?«

Sara lachte laut auf. »Ach Mia! Gabriel und Raphael sind Erzengel und keine katholischen Priester! Manchmal schreibt die Kirche Dinge vor, die irgendwelche Menschen vor Urzeiten beschlossen haben, und nennt das dann den Willen Gottes. Ich kann mir beim besten Willen nicht vorstellen, dass er irgendetwas gegen körperliche Liebe hat. Der Orden vertritt allgemein eine sehr liberale, moderne Einstellung zur Welt. Auch wenn wir ab und an mit der Kirche zu tun haben, sind unsere Anschauungen doch sehr unterschiedlich. Du bist eine Kriegerin Gottes, ich glaube nicht, dass er es dir übel nimmt, wenn du jemanden liebst. Wer weiß, vielleicht hat er dir seinen wunderschönen Erzengel ja auch geschickt, um dich glücklich zu machen und Danke zu sagen.«

Sara zwinkerte. Ihre Worte beruhigten mich. Ich hätte nicht die Kraft gehabt, Gabriel zu widerstehen, das hätte ich schon damals auf der Couch nicht gekonnt.

»Also hast du nur gezögert, weil du Angst hattest, dass du Ärger mit Gott oder dem Orden bekommst?«

Ich schüttelte den Kopf und versicherte mich noch einmal, dass wir allein waren. Irgendwie kam es mir gelegen, dass Sara dieses Thema angesprochen hatte. Mir brannte etwas auf der Seele.

»Eigentlich dachte ich schon mal, dass wir … na ja, du weißt schon, aber er hat dann plötzlich aufgehört. Kannst du mir sagen, warum?«

Sara legte den Kopf schief und sah mich ungläubig an. »Hmm, vielleicht hast du ihm irgendwie signalisiert, dass du nicht mit ihm schlafen willst.«

Nun sah ich sie ungläubig an. »Nein, eher nicht.«

»Keine Ahnung, wie Erzengel ticken, aber im Grunde ist er doch auch nur ein Mann, und kein Mann der Welt würde zu dir Nein sagen – schon gar nicht, wenn du das hier trägst!«

Sara hielt mir noch mal die schwarze Spitze unter die Nase und zwinkerte. Ich traute mich trotzdem nicht, sie zu kaufen.

An der Kasse bekam ich den Schock meines Lebens. Ich hatte noch nie so viel Geld für Kleidung ausgegeben, eigentlich hatte ich noch nie so viel Geld für irgendwas ausgegeben.

Auf dem Heimweg erzählte Sara mir von ihrer Beziehung zu Mika. Wir unterhielten uns über ganz normale Sorgen und Freuden des Lebens und bekamen den Kopf tatsächlich frei – für eine Weile.

DIE KLINGE GOTTES

Ich traf mich mit Leo zum Training. Er hatte versprochen, mir seine Technik beizubringen, und gab sich dabei auch alle Mühe.

Keon war heute bis spätabends an der Uni und hatte keine Zeit für mich. Ich wusste, dass Kevin und Sebastian ihn begleiteten. Wahrscheinlich war er wütend darüber, aber ihn beschützt zu wissen, tat meinem Herzen gut.

Nachdem ich mich mit Leo ausgepowert hatte, verschwand ich in meinem Zimmer. Die Vorfreude auf das Treffen mit Gabriel machte mich nervös. Er wollte mich abholen, aber ich wusste nicht genau, wann.

Da ich heute nicht mit dem Motorrad fahren musste, entschied ich mich für das neue schwarze Kleid mit der durchsichtigen Spitze am Schlüsselbein und an den Ärmeln. Die Haare ließ ich offen.

Es war kurz vor sieben, als ich fertig wurde.

Um nicht aufgescheucht im Zimmer auf und ab zu laufen, ging ich nach unten in die Aula, um dort zu warten. Schon auf der Treppe fühlte ich das Wasser.

Raphael saß vor dem großen steinernen Kamin. Sein Blick schien ins Leere zu gehen. Selbst als ich neben ihm stehen blieb, sah er nicht auf.

»Alles in Ordnung?«, fragte ich leise, um ihn nicht zu erschrecken.

Es war ungewöhnlich, dass er hier saß. Meistens hielt er sich in seinem Büro oder in der Bibliothek auf.

»Mia«, summte er meinen Namen und lächelte. Erst jetzt richtete er seine blauen Augen auf mich. Er wirkte müde, geschafft, und trotzdem war sein Anblick fesselnd.

Er schien sich Stunde um Stunde mehr Gedanken und Sorgen zu machen. Wenn er unterrichtete oder eine Ansprache hielt, wirkte er so gefasst wie immer, aber wenn ich ihn allein traf, sah ich ihm an, dass er erschöpft war.

»Du solltest mehr schlafen, du siehst krank aus.«

»Ich werde nicht krank«, erwiderte er leise.

»Vielleicht nicht körperlich.«

Ich kniete mich neben seinen Stuhl und legte meine Hand auf seine. Er schien überrascht.

»Du brauchst dir keine Sorgen um mich zu machen, Mia.«

Ich schüttelte den Kopf. »Du mutest dir zu viel zu.« Gabriels Worte kamen mir wieder in den Sinn. »Hab mehr Vertrauen in den Orden – in uns. Du kannst dir nicht diese ganze Last auf die Schultern laden.«

»Ja, Mia.« Ich richtete mich wieder auf. Raphael musterte mich lächelnd und legte den Kopf schief. »Du siehst wunderschön aus.«

Ich wollte mich gerade verlegen bedanken, als mein Handy klingelte. Gabriels Name erschien auf dem Display.

»Du musst gehen, nicht wahr?«

Ich nickte. »Leg dich hin, ruh dich aus! Du kannst dir auch morgen noch den Kopf zerbrechen.«

Raphael nickte einsichtig. Ich hoffte wirklich, dass er sich meinen Rat zu Herzen nehmen würde, ich wollte nicht, dass er krank wurde.

Voller Vorfreude rannte ich in Richtung Tor, wäre beinahe über einen Stein gestolpert und entschloss mich dann doch dazu, die letzten hundert Meter ganz damenhaft zu schreiten.

Gabriel lehnte an seinem Mercedes und sah einfach nur malerisch schön aus.

Kaum war ich bei ihm, waren meine Sorgen wie betäubt. Immer wenn er mir sein kühles Lächeln schenkte, wurde mir warm ums Herz, und immer wenn wir uns küssten, machte mir die ungewisse Zukunft keine Angst mehr. Es war, als hätte ich mein Paradies gefunden – ein Stückchen Himmel inmitten einer chaotischen Welt.

»Wohin fahren wir?«, wollte ich wissen, als er mir die Tür aufhielt.

Er setzte ein schiefes Lächeln auf und zuckte mit den Schultern. Es schien ihm Spaß zu machen, mich im Ungewissen zu lassen, denn sein Blick verriet, dass er ein bestimmtes Ziel hatte.

Ich ließ mich gern auf dieses Spielchen ein, schließlich wäre ich Gabriel überallhin gefolgt.

Er fuhr so schnell, dass ich mich in den Sitz krallte. Kurz fühlte ich mich unwohl, aber als er seine Hand auf meine legte, verschwand das Unwohlsein, auch wenn er jedem Formel-1-Fahrer Konkurrenz gemacht hätte.

Die Sonne war gerade dabei, unterzugehen, als wir unser Ziel erreichten.

»Wieso sind wir hier?«

Wir waren bis an den Stadtrand gefahren. Auf einem Hügel inmitten eines naturbelassenen Ambientes stand eine kleine Kirche.

»Ich dachte, es könnte dir hier gefallen.«

Ich nickte und ließ den wunderschönen Ort auf mich wirken. Es war märchenhaft und beruhigend. Die Zweige der Trauerweiden schaukelten sanft im Wind.

Meine Finger streiften die Blütenköpfe der Blumen, die den Rand des sandsteinfarbenen Steinwegs säumten. Allein dieser Geruch stimmte mich glücklich.

Das große dunkelbraune Tor der Kirche stand einen Spalt offen.

»Kann ich mich umsehen?«

Gabriel nickte.

Kühle Luft schlug mir entgegen, als ich eintrat. Ich musste meinen Blick nicht erst schweifen lassen, um zu bemerken, dass jemand hier war.

Er kniete regungslos vor dem hölzernen Kreuz, das so imposant über dem schlichten Altar thronte. Seine Aura war fantastisch rein und klar, ganz anders als alles, was ich bisher gespürt hatte.

Als er sich zu mir umdrehte, schlug mir unermessliche Erleichterung entgegen, Freude und Fassungslosigkeit. Er starrte mich an, aber je länger sein Blick auf mir ruhte, umso deutlicher nahmen seine Emotionen ab. Es dauerte nur Sekunden, bis er lediglich sehr angenehm überrascht über meinen Besuch war.

Seine Haare hatten einen sandigen Ton und waren lang genug, um ihm bis kurz über die dunkelblauen Augen zu reichen. Sein Lächeln war sanft – genau wie sein Wesen.

»Entschuldige bitte! Ich dachte, du wärst jemand anderes«, rechtfertigte er seine überraschte Reaktion auf mein Auftauchen. Seine Stimme war schön, rau, beruhigend und hallte in den alten Kirchengemäuern etwas nach.

Er hielt kurz vor mir inne und musterte mich. Irgendetwas an meinem Anblick stimmte ihn wehmütig.

»Ich wollte dich nicht beim Gebet stören«, erklärte ich leise, während sich sein Gesicht in mein Gedächtnis brannte. Er winkte ab und lächelte. »Du bist ein Engel«, sprach ich laut aus, was ich bereits erkannt hatte, als ich den ersten Fuß in die Kirche gesetzt hatte.

Er nickte und zog die Augenbrauen freundlich nach oben. »Und du bist eine Wächterin, nicht wahr?«

Jetzt nickte ich.

Noch nie war ich bewusst einem Engel begegnet – Erzengel ausgenommen.

Er leuchtete von innen heraus und es war angenehm, seine Gefühle zu lesen. In Raphael und Gabriel konnte ich nicht hineinsehen, aber er war für meine Gabe empfänglich.

Als er mir die Hand zum Gruß ausstreckte, überkam mich ein wohliges Gefühl.

»Mein Name ist Beryl. Es freut mich, dich zu sehen.«

»Mia!«, stellte ich mich vor.

»Schön, dass du hier bist, Mia.«

Er schien wirklich Gefallen an meinem Auftauchen zu finden. Erst jetzt stach mir das Kollar um seinen Hals ins Auge – er war ein Priester.

»Was führt dich zu mir?«

Ich drehte mich um und suchte nach Gabriel, aber er schien draußen zu warten.

Beryl schaute an mir vorbei in Richtung Tür und nickte wissend. »Ach so! Du bist in Begleitung gekommen. Ich denke, ich weiß, was der ehrwürdige Erzengel will.«

Ich wusste es nicht. Als ich nachfragen wollte, drehte er sich um.

»Warte, ich komme gleich wieder!«

Er verschwand hinter einer der Türen. Ich wollte ihm folgen, aber bevor ich diesen Entschluss fassen konnte, kam er auch schon wieder.

»Hier! Die Zeit hat kaum Spuren an ihm hinterlassen.«

Er hielt beide Hände ausgestreckt, ein weißes Leinentuch verhüllte einen langen Gegenstand.

Seine auffordernde Geste ließ mich stutzen. Anscheinend wollte er, dass ich an mich nahm, was auch immer er geholt hatte.

»Es soll dir gehören!«

Schon wieder diese Wehmut.

Beryl zog an dem Leinentuch und enthüllte ein Schwert. Die silberne Klinge glänzte im Licht der letzten Sonnenstrahlen, die sich durch die Buntglasfenster brachen. Der Griff war schwarz mit silbernen Verzierungen und erinnerte an ein Kreuz, in dessen Mitte ein elfenbeinfarbener Stein eingefasst war.

»Aber ...«

Ich fühlte deutlich, dass er sich sicher war, trotzdem zögerte ich. Das Schwert sah wertvoll aus, sehr sogar.

Als ich doch danach griff, wurde mir wieder warm ums Herz. Es lag schwer in der Hand – viel schwerer als die Schwerter, mit denen ich im Orden trainierte.

»Wieso ...?«

»Gabriel will, dass du es bekommst«, beantwortete er meine Frage und ließ mich stutzen.

Ich drehte mich um und wollte ihn selbst zur Rede stellen, aber vorher schenkte ich Beryl noch ein Lächeln. Das Schwert war ihm wichtig gewesen und ebenso seine Übergabe. Außerdem war er mir sympathisch – so als hätten wir einen Draht zueinander.

»Danke!«

»Möge Gott mit dir sein, Mia. Auf dass es nicht noch einmal zu mir zurückkommt.«

Seine Worte hallten in meinem Gedächtnis und den Kirchenmauern nach. Ich wusste nicht so recht, ob ich sie richtig interpretiert hatte, aber ich fühlte, dass er mir nur das Beste wünschte.

Ich senkte ehrfürchtig den Kopf, ehe ich die Kirche wieder verließ. Obwohl die Waffe schwer war, lag sie so gut in der Hand, dass es mir kaum Mühe bereitete, sie bei mir zu tragen.

Die Sonne verschwand endgültig hinter dem Horizont. Gabriel stand vor dem kleinen hölzernen Zaun, hinter dem sich ein wunderschönes Panorama erstreckte. Er schien gedankenverloren in den Himmel zu blicken.

Ich blieb hinter ihm stehen. »Sind wir deshalb hierhergefahren?«

Ich sprach leise, hatte Angst, ihn aus seinen Gedanken zu reißen, aber er schien gar nicht in ihnen versunken zu sein.

»Du wirst nicht aufhören, eine Wächterin zu sein, deshalb sollst du wenigstens ein starkes Schwert führen.«

Es klang so, als hätte er akzeptiert, was er nicht ändern konnte.

»Wem hat es gehört?« Ich musterte die silberne Klinge und sah mein Spiegelbild darin.

»Mir.«

Ich versteinerte, als Gabriel sich zu mir umdrehte. Er lächelte sanft, ließ seinen Blick kurz auf seinem Schwert ruhen und hauchte mir dann einen Kuss auf die Lippen. Erst jetzt konnte ich mich wieder rühren.

»Wieso war es hier? Du brauchst es doch, oder?«

»Ich habe es schon vor langer Zeit in Beryls Obhut gegeben – damals, als ich hierherkam.«

Er wartete meine Reaktion ab. Ich versuchte, nicht zu neugierig zu wirken. Ich wusste nicht, warum, aber ich hatte das Gefühl, dass Gabriel nicht gern über die Vergangenheit sprach.

»Du meinst hierher auf die Erde, oder?«

In solchen Situationen wurde mir bewusst, dass wir aus zwei verschiedenen Welten kamen.

Er nickte. »Es ist ein Stück aus einem anderen Leben. Ich beschloss, es hierzulassen, an einem Ort, an dem weder Dämonen noch Engel danach suchen würden.«

Ehrfürchtig musterte ich Gabriels Schwert, dessen Kostbarkeit mir nun vollends bewusst wurde. Es war die Waffe eines Erzengels, so besonders und selten wie er selbst.

»Darfst du es denn so einfach einem Wächter überlassen?«

Er lächelte milde. »Du bist nicht der erste Wächter, der es führt. Ich kann es überlassen, wem ich will.«

Ich stutzte. »Wer hatte es vor mir?«

Er schwieg, sah nur durch mich hindurch und legte dann seinen Arm um mich. Mich beschlich ein Gefühl, für das ich keinen Platz machen wollte. Dankbarkeit, Ehrfurcht, Glück – das wollte ich fühlen.

»Es gehört dir, so lange du es haben möchtest – genau wie ich.«

»Bis ich sterbe, wirklich?«, hauchte ich.

Gabriel antwortete nicht, er griff nur nach meiner Hand und führte mich zurück zum Auto.

Die Überraschung war ihm definitiv gelungen. Noch nie hatte mir jemand so etwas Besonderes überlassen. Ich wusste diese Geste zu schätzen.

Auf dem Rückweg versuchte ich, Keon zu erreichen. Ich wusste nicht, ob er heute Nacht unterwegs sein würde oder ob er, solange die Sache mit Tristan noch nicht geklärt war, im Schloss blieb.

Ich rief fünfmal an, bevor er genervt an sein Handy ging.

»Was?!«

»Hey, hier ist Mia.«

»Ich weiß, ich kann lesen! Was willst du?«

Ich versuchte, so gelassen wie möglich zu reagieren, zumal Gabriel direkt neben mir saß und nicht mitbekommen sollte, wie ungewöhnlich das Verhältnis zwischen Keon und mir war.

»Ich wollte nur wissen, ob wir uns heute noch treffen.«

Es war kurz still am anderen Ende. »Nein! Leo und Kevin begleiten mich – schließlich bin ich ein Vollidiot.« Den letzten Teil seines Satzes flüsterte er genervt.

Es musste Raphael unglaublich viel Mühe gekostet haben, Keon überhaupt dazu zu bringen, Begleitung zu akzeptieren, aber ich war heilfroh, dass er nicht allein war.

»Und was heißt das für mich?«

»Mir doch egal! Geh mit Sebastian, dann haben endlich alle, was sie wollen!« Er legte auf.

Obwohl ich ihm nicht gegenüberstand, war mir bewusst, wie wütend er war. Diese ganze Situation war für ihn schwer zu ertragen – ich wäre gern bei ihm gewesen.

»Du siehst traurig aus«, bemerkte Gabriel, während er den Mercedes über die Landstraße jagte.

»Es geht mir gut, aber mit Keon ist es gerade schwierig.«

»Es ist besser so für ihn.«

Ich sah ihn mit großen Augen an. Anscheinend wusste er Bescheid.

»Ich bin Conan heute begegnet«, erklärte er tonlos.

Ich seufzte, während mich Gabriel aus dem Augenwinkel musterte.

»Du bist gern mit ihm zusammen, nicht wahr?«

»Mit Conan? Ich …«

»Mit Keon«, verbesserte er mich und drückte das Gaspedal durch.

»Ja, obwohl er so ist, wie er ist.«

Ich war ehrlich zu Gabriel, ich hätte ihm sowieso nichts verschweigen können.

»Ihr steht euch nahe«, stellte er fest.

»Nicht so nahe, wie ich es gern hätte.«

Kaum hatte ich es ausgesprochen, bereute ich meinen Satz. Er klang falsch, nicht so, wie er klingen sollte. Ich wollte nicht, dass Gabriel mich falsch verstand.

»Ich meine, ich würde ihm gern emotional näher stehen, nicht körperlich!«

Zu meiner Überraschung lächelte er nur milde. »Ich verstehe schon, was du meinst. Soll ich dich zurück zum Schloss fahren?«

Ich überlegte kurz. »Es sieht nicht so aus, als würde ich heute Nacht noch gebraucht werden.«

Gabriel nickte und ich glaubte, den Ansatz eines Schmunzelns auf seinen Lippen zu erkennen. »Kommst du dann noch mit zu mir?«

Seine Frage rief Nervosität in mir hervor – keine unangenehme, eher eine, die von zu großer Vorfreude herrührte.

»Sicher!«

In Gedanken hörte ich mein Gespräch mit Sara und sah ihr breites Grinsen vor mir. Mir wurde warm. Selbst die kühle Nachtluft konnte die Röte auf meinen Wangen nicht vertreiben.

Mein Herz schlug mir bis zum Hals, als ich Gabriels Haus betrat. Er stellte mir eine Frage, die ich einfach überhörte. Ich war gedanklich schon abgedriftet.

»Also willst du nichts zu essen«, stellte er belustigt fest und kam lächelnd auf mich zu. Er hatte mitbekommen, dass ich abgelenkt war.

Verlegen drehte ich mein Gesicht zur Seite. Ich mochte es, wenn er so dicht vor mir stand. Seine Größe, seine Statur, sein Duft – meine Faszination kannte keine Grenzen.

Er hob mein Kinn an und legte seine Lippen auf meine. Es dauerte nicht lange, bis sich unser inniger Kuss in einen leidenschaftlichen verwandelt hatte.

Mein Herz schlug so laut gegen meine Brust, dass ich glaubte, es tatsächlich hören zu können, aber ich dachte nicht lange darüber nach.

Ich machte unbewusst ein paar Schritte zurück, so lange, bis ich die Wand hinter mir spürte. Gabriel drückte mich ein wenig dagegen, unterbrach den Kuss und sah mir in die Augen.

Ich wollte mein Gesicht abwenden, damit er nicht sehen konnte, wie sehr ich ihn wollte, aber er hielt mich fest. Ich schloss die Augen und spürte seine Lippen, die kurz wieder meine berührten und sich dann auf meinen Hals legten. Er biss sanft zu und entlockte mir ein leises Stöhnen. Meine Finger vergruben sich in seinen tiefschwarzen Haaren und zogen mich noch näher an ihn heran.

Ich hörte ihn meinen Namen flüstern und fühlte seine Hände auf meinen Hüften. Seine Berührungen elektrisierten mich und als er sich wieder meinem Hals zuwandte, wurden meine Atemzüge unweigerlich schneller. Ich drückte mich noch fester gegen ihn, weil ich ihn spüren wollte – so nah wie möglich.

»Mia …«, hauchte er in seinen Kuss und drückte mich von sich weg. Erst jetzt bemerkte ich, dass er meinen Namen warnend aussprach.

Ich ließ sofort von ihm ab, entschuldigte mich beschämt und suchte nach dem nächsten Loch, in das ich mich verkriechen konnte.

Diesmal war es offensichtlich gewesen, dass ich ihn gewollt hatte. Ich wollte Gabriel mehr als alles auf der Welt – aber anscheinend wollte er mich nicht.

»Ich glaube, es ist besser, wenn ich gehe!«, quietschte ich und lief in Richtung Tür. Leider hatte ich mein neues Schwert vergessen und musste noch mal umdrehen.

Gabriel stand einfach nur da und sah mich an. Sein Blick war wärmer als sonst, trotzdem konnte ich nicht lange hinsehen. Ich wünschte mir in diesem Moment sehnlichst, dass meine Gabe auch bei ihm funktionieren würde, aber da war nichts außer Wind, der nun wieder ganz sanft wehte.

»Ich fahre dich zurück zum Schloss.«

»Nicht nötig!«

Er schüttelte den Kopf. »Es ist spät und kalt.«

»Egal!«

Gabriel ließ sich nicht abbringen. Er fuhr mich zurück, während ich schweigend auf dem Beifahrersitz vor mich hin litt.

Anscheinend war ich für ihn noch viel unattraktiver, als ich vermutet hatte. Vielleicht mochte er mich, aber er wollte nicht mit mir schlafen. Der Gedanke trieb so viel Scham in mir hoch, dass ich gern geweint hätte.

Als wir vor dem Schloss hielten, wartete ich nicht erst ab, bis Gabriel mir die Tür öffnete. Ich stieg aus und wollte zum Tor laufen, aber er hielt mich zurück.

Hätte ich mich umgedreht, hätte ich wirklich zu heulen begonnen, also blieb ich einfach stehen und blickte stur auf das Schloss.

»Bist du unglücklich?« Seine Stimme klang so fragend wie selten.

»Nein!« Ich log nicht. Ich war wirklich nicht unglücklich – ich fühlte mich nur unattraktiv.

Gabriel blieb hinter mir stehen, legte seine Arme um mich und drückte mich an sich. »Du bist noch so jung.«

Ich zuckte mit den Schultern. Er ließ wieder von mir ab.

»Danke für das Schwert!«

»Bitte.«

Als ich hinter dem schweren silbernen Tor verschwunden war, drehte ich mich noch einmal um. Aus dieser Entfernung konnte er meinen verzweifelten Gesichtsausdruck unmöglich erkennen, also winkte ich ihm zu. Er fuhr nicht davon, sondern wartete ab, bis ich vor der Schlosstür angekommen war.

Seufzend trat ich in die große dunkle Halle. Gabriel hielt mich also für ein Kind, und das, obwohl ich mir die größte Mühe gegeben hatte, nicht wie eines zu wirken.

Im Bad drehte ich mich vor dem Spiegel. Ich sah definitiv nicht kindlich aus und hässlich war ich auch nicht – zumindest gab es nichts, was darauf hingedeutet hätte. Seit ich so hart trainierte, hatte mein Körper schöne Konturen bekommen – ich konnte mir nicht erklären, was er so abstoßend fand.

Zugegeben, er war der schönste Mann der Welt, aber er hatte sich auf mich eingelassen, also musste er auch irgendetwas an mir finden. Küssen wollte er mich – also musste es unweigerlich etwas mit meinem Körper zu tun haben.

Frustriert fiel ich ins Bett.

WÄCHTERPFLICHTEN UND DESSOUS

I n den folgenden Tagen spannte mich der Orden so sehr ein, dass ich keine Freizeit hatte. Wir mussten uns um so viele Dämonen kümmern, dass sogar der Unterricht ausfiel.

Überall zehrten die schwarzen körperlosen Wesen von einer Energie, die wir offiziell nicht zuordnen konnten. Noch nie hatten so viele von ihnen versucht, in unsere Welt zu kommen, und auch wenn wir die Invasion unter Kontrolle hatten, griff die Angst vor dem Unvermeidlichen immer weiter um sich.

Einzig allein die Tatsache, dass Tristan noch nicht versucht hatte, Keon anzugreifen, verriet uns, dass wir noch Zeit hatten.

In Conans Vision übte Tristan seine Rache vor Astaras' Rückkehr und seine Visionen waren angeblich sehr zuverlässig.

Sebastian hatte Keons Platz eingenommen, was meine Ausbildung betraf. Die verschärften Umstände ließen mich aber mit vielen Wächtern zusammenarbeiten, wodurch ich einen guten Überblick über den Orden gewann.

Leo und Kevin wichen Keon seit Tagen nicht mehr von der Seite, was ihn wiederum noch übellauniger machte, als er ohnehin schon war. Ich sah ihn nur ab und an zufällig im Schloss – wir wechselten kaum ein Wort miteinander.

Obwohl ich Sebastian gern um mich hatte, war es nicht dasselbe. Beinahe jeden Abend stand ich vor Keons Zimmertür und überlegte mir eine Ausrede, warum ich ihn wieder begleiten musste, aber mir fiel nichts ein.

Alle waren der Meinung, dass es in seiner Nähe zu gefährlich war, ich war eher der Meinung, dass ich ohne ihn langsam deprimiert wurde. Seit mir niemand mehr abfällige Blicke zuwarf und mich anschrie, fehlte mir etwas, worauf ich seltsamerweise nicht verzichten konnte.

Auch Gabriel hatte ich in den letzten Tagen kaum zu Gesicht bekommen. Wenn es nicht zu spät wurde, fuhr ich noch bei ihm vorbei, aber ich war immer so müde, dass meine Gesellschaft kaum eine Bereicherung für ihn war. Ich schlief meistens auf der Couch ein und schreckte erst in den frühen Morgenstunden hoch.

Er zeigte sich zwar verständnisvoll, aber ich glaubte manchmal, Sorge in seinem Blick zu erkennen. Gabriel hörte es nicht gern, wenn ich mir eine Nacht um die Ohren schlug, aber die Tatsache, dass ich Dämonen jagte und unter chronischem Schlafmangel litt, ließ mich wenigstens nicht wie ein Kind wirken.

Noch immer machte mir unsere nicht vorhandene körperliche Beziehung zu schaffen. Wir hatten nicht viel Zeit füreinander, aber ich versuchte, ihm bei jeder Gelegenheit zu signalisieren, dass ich kein kleines Mädchen war, sondern eine Wächterin.

Ich folgte Sebastian über die regennasse Landstraße und verdrängte wieder mal all meine Probleme. Wenn ich im Auftrag des Ordens unterwegs war, versuchte ich, nichts anderes im Kopf zu haben. Es war wichtig, dass ich trotz Schlafmangel oder privater Sorgen bei der Sache blieb – das hatte ich mittlerweile gelernt.

Wir hielten an einer alten Bahnstation. Hier hatte seit Jahren kein Zug mehr gestoppt, alles war marode und heruntergekommen. Solche Orte waren, auch wenn es ein Klischee bediente, prädestinierte Dämonenunterkünfte.

Sebastian stieg von seiner Maschine und schulterte den Bogen. Ich tat es ihm gleich. »Volltreffer«, flüsterte er, während er das alte Stationsgebäude begutachtete.

Auch ich fühlte deutlich die Anwesenheit eines Dämons. Es war weniger meine Gabe als meine Intuition als Wächterin, die mir verriet, dass ein Gebäude oder Gegenstand von einem Dämon besetzt war.

Was unserer Intuition verborgen blieb, brachte Raphael für uns ans Licht. Er war der geborene Ordensleiter und koordinierte uns so gut, wie es niemand sonst gekonnt hätte.

Auch wenn er behauptete, dass jeder, der dem Orden lange genug angehörte, diese Gabe entwickeln würde, hatte nicht nur ich das Gefühl, dass wir es ohne ihn kaum schaffen würden.

Wir waren die einzige Schule, die unter der Leitung eines Erzengels stand, und ich war dankbar dafür, auch wenn ich mir manchmal Sorgen um unseren wunderschönen, starken Raphael machte. Er wirkte ausgelaugt, der Stress der letzten Wochen zehrte unweigerlich an seiner menschlichen Seite.

»Warte hier! Ich gehe rein und kümmere mich um den Dämon.«

Wie immer versuchte Sebastian, mich von der Konfrontation fernzuhalten. Er meinte es gut, wollte mich nicht unnötig in Gefahr bringen und erntete trotzdem nur ein müdes Lächeln von mir.

»Wieso haben wir eigentlich jede Nacht dieselbe Diskussion?«

Er lachte. Ich mochte sein Lachen, es war schön, fast mit dem eines Engels zu verwechseln.

Ohne uns weiter darüber zu streiten, ob ich mitgehen sollte oder nicht, traten wir zusammen durch die knarrende, marode Holztür. Es roch nach Nässe, Schimmel und Verwesung. Der Boden ächzte unter der Belastung unserer Schritte. Die Atmosphäre war beklemmend, Furcht einflößend und trotzdem bereits vertraut.

Man gewöhnte sich schnell an das Gefühl der Angst – an den Adrenalinschub, der einen unglaublich aufmerksam und stark machte.

Wir stellten uns in die Mitte des Raumes, Rücken an Rücken. Ich fühlte Sebastians tiefe Konzentration. Er verströmte selbst in den heikelsten Situationen eine Ruhe, die ihresgleichen suchte.

»Bereit?«

»Bereit!«, entgegnete ich und spannte den Bogen mit einem der Glaspfeile durch.

Es dauerte nur wenige Sekunden, bis der Dämon auf unsere Anwesenheit reagierte. Der große schwarze Schatten huschte durch die dunklen Ecken. Ein unwirkliches Geräusch, eine Welle von undurchdringbarer Dunkelheit und purer Aggression.

Ich konnte ihn nicht anvisieren, er war viel zu schnell, verschwand in den losen Brettern des Holzbodens und tauchte Millisekunden später wieder an der Decke auf.

Ich spürte, wie er sich an unserer Aura labte wie eine Motte am Licht.

Mein Schuss ging ins Leere. Ich wollte es wieder versuchen, als ich hörte, wie Sebastians Pfeil an der Mauer zerschellte.

Reflexartig drehte ich meinen Kopf und beobachtete gerade noch, wie die feinen Glassplitter durch die Luft flogen und das

Wasser aus dem Inneren des Pfeils einen dunklen Fleck an der Wand hinterließ.

Der Schatten des Dämons verblasste, sein Schrei wurde leiser – er fiel. Sebastians Schuss war voll ins Schwarze gegangen.

Mithilfe der gläsernen, mit Wasser gefüllten Pfeile war es normalerweise eine Leichtigkeit, die zwischen den Welten gefangenen Dämonen wieder zurück in die Hölle zu schicken, aber dieser hier war so flink gewesen, dass ich erleichtert war, den besten Schützen des ganzen Ordens bei mir zu haben.

»Wow! Du würdest selbst eine Mücke auf Aufputschmitteln treffen, oder?«

Sebastians Lachen erfüllte den Raum und meine Muskeln entspannten sich wieder. »Du warst aber auch nah dran!«, erwiderte er und bescherte mir wieder ein Gefühl, das ich von Keon nicht kannte.

Ich nickte dankend und wurde sogleich von Sehnsucht übermannt. Sebastians schokoladenbraune Augen täuschten mich nicht über die Tatsache hinweg, dass ich Keon unglaublich vermisste.

Seinen kühlen, festen Blick und seine leuchtende Aura in Gedanken, trat ich wieder nach draußen. Der Auftrag hatte uns nicht lange beansprucht, mein Puls wollte sich trotzdem noch nicht beruhigen.

Sebastian schlenderte voraus, steuerte pfeifend auf unsere Motorräder zu, als ich mir plötzlich sicher war, dass irgendetwas nicht stimmte.

Vielleicht war es meine Gabe, die mich die Gefahr vor ihm bemerken ließ. Es war ein seltsames Gefühl, glich einer Vorahnung.

Ich hob den Kopf und ließ meinen Blick schweifen, so lange, bis er an einem Paar dunkelroter Augen hängen blieb.

Es vergingen nur Sekunden von dem Zeitpunkt, als ich es entdeckte, bis zu jenem, an dem es zum Sprung auf Sebastian ansetzte. Ich reagierte aus dem Bauch heraus, es blieb keine Zeit, meine Entscheidung zu überdenken.

Unsanft stürzte ich mich auf Sebastian und riss ihn zu Boden. Das ›Es‹ mit den roten Iriden sprang über uns hinweg. Aus dem Augenwinkel sah ich Pfoten, Krallen.

Wir rollten einen steilen Weg hinunter, der von der Bahnstation in Richtung Wald führte. Die Aufregung ließ mich keinerlei Schmerzen spüren. Ich hatte meine Arme ebenso fest um Sebastian geschlungen wie er seine um mich.

Ein Baum stoppte unseren Sturz unsanft. Sebastian knallte geradewegs mit dem Rücken dagegen. Ich hörte ihn aufschreien, erschrak, als mir bewusst wurde, dass es noch nicht vorbei war. Ein tiefes Knurren hallte durch die Nacht, ein Knurren, das schon einmal Angstzustände in mir ausgelöst hatte.

Ich verdrängte die Erinnerung, die in mir hochkommen wollte, sprang auf die Beine und griff nach Gabriels Schwert, das bisher immer nur in der Halterung auf meinem Rücken geruht hatte.

Die roten Augen kamen überirdisch schnell auf uns zu.

Sebastian raffte sich stöhnend auf, griff nach dem Bogen auf seinem Rücken. Er konnte sich kaum aufrecht halten, ich fühlte, dass er Schmerzen hatte, aber er war bereit, zu kämpfen.

Die Blätter, die sich in seinem Bogen verfangen hatten, flogen durch die Luft. Auch wenn er noch so ein guter Schütze war, er stand so wacklig auf den Beinen, dass ich zu Recht befürchtete, er würde sein Ziel diesmal verfehlen. Um einen zweiten Pfeil einzuspannen, würde ihm keine Zeit mehr bleiben – dieses Ding würde ihn vorher zerfetzen.

Ich lief den dunkelroten Augen entgegen. Sie visierten mich sofort an.

»Nicht, Mia!«

Sebastians verzweifelter Schrei erreichte mich zu spät. Gabriels Schwert glitt durch die Kehle des wolfsähnlichen Etwas hindurch.

Die roten Augen erloschen sofort, aber die Schwerkraft schleuderte mir den imposanten Körper, der gerade noch mit hoher Geschwindigkeit den Hügel hinuntergerannt war, gnadenlos entgegen. Ich landete unsanft auf meinem Hintern und achtzig Kilo glitschiger, kopfloser Dämonenwolf auf mir.

»Mia! Alles in Ordnung?! Geht es dir gut?!«

Sebastian humpelte in meine Richtung, hievte sofort den leblosen Körper von mir. Erleichterung machte sich in mir breit. Ich hatte dieses Ding tatsächlich getötet und wir lebten beide noch.

Ein triumphierendes Lächeln wollte meine Lippen zieren, als mir plötzlich ein Geruch in die Nase stieg, der die Beschreibung ekelerregend absolut verdient hatte.

»Igitt! Oh mein Gott, was stinkt hier so?!«

Sebastian musterte mich akribisch und seufzte dann erleichtert auf. Ich war nicht verletzt, aber durch und durch mit einer ekligen dunkelblauen Flüssigkeit getränkt.

»Chimärenblut stinkt bestialisch! Deshalb empfiehlt es sich normalerweise auch, sie mit Pfeil und Bogen zu bekämpfen und nicht mit dem Schwert auf sie loszugehen.« Er senkte beschämt seinen Blick. »Aber sie hätte mich mit Sicherheit erwischt, wenn du nicht gewesen wärst, ich habe sie nicht kommen sehen.«

Ich raffte mich wieder auf die Beine und versuchte, das klebrige Zeug von meinem Körper zu wischen. »Das war also eine Chimäre?«

Sebastian nickte. Ich hatte dieses Knurren schon einmal vernommen, damals im Park.

Ich wäre unglaublich stolz auf mich und meinen Mut gewesen, hätte ich nicht all meine Konzentration aufbringen müssen, um mich nicht zu übergeben. Auch Sebastian trat ein paar Schritte zurück. Er hatte sich am Rücken verletzt, konnte aber allein weitergehen.

»Woher kam dieses hässliche Ding so plötzlich?«

Ich starrte wie gebannt auf den muskulösen, Furcht einflößenden Körper, den Sebastian gerade in Brand gesteckt hatte. Der Kopf lag irgendwo hangaufwärts, dort, wo ich ihn abgeschlagen hatte.

Mir drehte sich beinahe der Magen um.

»Alles in Ordnung? Du siehst blass aus!«

Ich winkte ab. »Schon gut. Dieser Schwefelfäkalgeruch ist nur gewöhnungsbedürftig!«

Sebastian nickte und reichte mir mein Schwert, das neben dem Chimärenkopf im Gras lag. Es war auch mit blauem Blut getränkt.

»Ich weiß nicht, wo die Chimäre herkam, normalerweise erscheinen sie nur, wenn …«

»Wenn ein neuer Wächter erwacht!«, ergänzte ich Sebastians Satz. Ich streifte die Klinge an einem Busch ab.

»Ja, aber es war nie die Rede davon, dass wir einen neuen Wächter erwarten.«

»Hmm … die Chimäre war aber auch hinter uns her, oder?«

Sebastian zuckte mit den Schultern. »Chimären reagieren auf die Energie von Wächtern. Die Energie von neuen Wächtern ist meistens sehr stark, aber es könnte sein, dass unsere Auren die des neuen Wächters überschattet haben.«

Ich stutzte. »Das bedeutet, dass hier irgendwo ein neuer Wächter herumläuft, der gerade von einer Chimäre verfolgt wurde?«

Sorge überkam mich, genauso wie Mitgefühl. Ich erinnerte mich noch gut daran, wie ich mich gefühlt hatte, nachdem mich die Chimäre verfolgt hatte.

Wir liefen zurück zu unseren Motorrädern, wollten die Umgebung absuchen, als mir zwei bekannte Auren entgegenschlugen.

Die beiden hellblonden Brüder sahen sich nervös um, bemerkten unser Kommen erst, als wir direkt hinter ihnen standen.

Kevin und Nick rümpften die Nasen, als sie sich umdrehten, aber sie waren erleichtert.

»Hey! Gott sei Dank, ihr habt sie erledigt!« Kevin seufzte. »Raphael hat uns hierhergeschickt, weil er glaubte, einen neuen Wächter zu spüren. Wir haben sie gefunden, aber die Chimäre hat mit einem Mal unerwartet die Richtung gewechselt.«

»Wir haben hier einen Dämon ausgetrieben, wahrscheinlich hat sie das hergelockt«, mutmaßte Sebastian und unterdrückte gekonnt seine Schmerzen. Er hatte sich wohl schlimmer verletzt, als er zugeben wollte.

»Sag mal, ist die Chimäre neben dir explodiert oder warum bist du voll mit …« Nick wedelte mit der Hand vor seinem Gesicht herum und musterte mich mit hochgezogenen Brauen.

»Mia hat nur verhindert, dass mich die Chimäre aufschlitzt. Sie hat uns überrascht, ich konnte sie nicht mehr anvisieren. Mia hat sie kurzerhand geköpft.«

Überraschte Blicke trafen zuerst mich und dann das Schwert in meiner Hand. In den letzten Tagen hatte es schon unzählige Blicke auf sich gezogen. Alle waren sichtlich beeindruckt von Gabriels Geschenk an mich, aber bis heute war ich noch nicht in die Bedrängnis gekommen, es zu benutzen.

»Klasse, Mia!« Nick war sichtlich beeindruckt, aber nur kurz, dann erinnerte Kevin ihn wieder an ihre Aufgabe.

»Wir müssen die Wächterin finden!«

Der Jüngere nickte.

»Sollen wir euch suchen helfen?«, bot Sebastian an, während er sein Gewicht so unauffällig wie möglich von einem Bein aufs andere verlagerte. Das Stehen fiel ihm sichtlich schwer.

»Nein, schon gut! Die Chimäre ist ja erledigt, wir finden sie schon allein. Fahrt zurück zum Schloss, damit Mia sich duschen kann!«

Kevin zwinkerte mir naserümpfend zu. Ja, ich stank wirklich bestialisch und es war mir furchtbar unangenehm, aber wichtiger war, dass Sebastian schnell zu Raphael gebracht wurde. Ich fühlte, dass seine Schmerzen nicht nachließen.

Während sich Kevin und Nick aufmachten, um die Wächterin zu suchen, fuhren wir los. Ich folgte Sebastian, versuchte, so gut es ging, seine Gefühle zu lesen, weil ich Angst hatte, dass er einfach von der Maschine kippen würde – aber er blieb tapfer.

Ich begleitete ihn hinauf zu Raphaels Zimmer. Er nahm sich sofort seiner Verletzungen an, versicherte sich mehrmals, dass es mir gut ging, bevor er mich gehen ließ.

Gerade als ich wieder hinunter in mein Zimmer wollte, fiel mein Blick auf Keons Tür. Er musste hier sein, schließlich war Kevin nicht mit ihm unterwegs.

Ich wusste wie immer nicht, was ich sagen sollte, und trotzdem zog es mich zu ihm hin. Wie in fast jeder Nacht stand ich vor seinem Zimmer, nahm mir unzählige Male vor, zu klopfen, und tat es dann doch nicht.

Ich hörte leise Musik aus dem Raum kommen, Licht drang durch den schmalen Spalt unter der Tür. Seine leuchtende Aura war so schön wie immer, ich genoss das Gefühl, quasi bei ihm zu sein, zumindest so lange, bis ich vor Schreck zusammenzuckte, weil sich seine Tür öffnete und er vor mir stand.

»Was zur Hölle stinkt denn hier wie in der Hölle?!«

Anscheinend hatte ihn mein Geruch herausgelockt.

Ich lief sofort purpurrot an, als mich sein schockierter, angewiderter Blick traf. Ich hatte tatsächlich vergessen, dass ich dringend unter die Dusche musste, und das, obwohl ich roch wie eine Biotonne.

»Ich … ähm … wollte nur …«

»Ach du heilige Scheiße!« Keon schüttelte verständnislos den Kopf. »Was ist denn mit dir passiert?! Bist du in eine tote Chimäre reingekrochen oder was?!«

Ich schüttelte mechanisch den Kopf, mein Hirn suchte verzweifelt nach einer Erklärung für meinen Besuch.

»Ich habe einer Chimäre den Kopf abgeschlagen«, sprudelte es aus mir heraus.

Keon musterte mich noch immer verständnislos. »Und wieso um Himmels willen machst du so was?«

Ich zuckte mit den Schultern. »Es musste sein.«

Ich spürte kurz Unbehagen in ihm aufkommen, so etwas wie Sorge, aber nachdem er mich genauer gemustert hatte, verschwand sie.

»Aha, und was willst du jetzt von mir? Seife, Duschgel, Deo, Parfum?«

Wieder zuckte ich mit den Schultern. »Ich wollte einfach mal wieder mit dir reden. Ich habe dich vermisst.«

Hatte ich das gerade wirklich gesagt? Wieso war ich so ehrlich? Wahrscheinlich stieg mir das Chimärenblut langsam zu Kopf.

In Keons Gefühlswelt regte sich etwas. »Ach, und da hast du dir gedacht, du verpestest mir mal eben das ganze Zimmer mit deinem Gestank?«

Seine Reaktion fiel genauso gereizt aus, wie ich erwartet hatte, auch wenn er innerlich etwas unterdrückte, das meinem Gefühl der Sehnsucht gar nicht so unähnlich war.

Ich stand einfach nur da und starrte ihn an.

»Geh duschen!«

»Okay.« Ich drehte mich um und ging.

Ja, ich gehörte wirklich unter die Dusche, aber ich war mir nicht sicher, ob er mich wirklich nur meines Geruchs wegen weggeschickt hatte.

Wahrscheinlich hätte er mich auch nicht sehen wollen, wenn ich nach Rosen geduftet hätte, und selbst wenn, hätte er es niemals zugegeben.

Nachdem ich meine Kleidung weggeschmissen und mich eine halbe Stunde unter die Dusche gestellt hatte, verschwand dieser unerträgliche Chimärengeruch endlich.

Ich föhnte meine Haare trocken. Die warme Luft tat gut und entspannte meine versteiften Muskeln.

Auch wenn ich mich nicht wirklich verletzt hatte, spürte ich, dass mein Körper erschöpft war. Er brauchte dringend eine Pause von den vielen Adrenalinstößen.

Meine Gedanken drehten sich noch eine Weile um Keon und Gabriel. Ich wollte die beiden so gern wiedersehen und Zeit mit ihnen verbringen, dass mir die Sehnsucht für eine Weile den Schlaf raubte. Letzten Endes gewann meine Erschöpfung dann aber doch über meinen Herzschmerz.

Zum ersten Mal seit einer gefühlten Ewigkeit schlief ich acht Stunden durch.

Es war Samstag und ich wusste nicht so recht, was mich erwarten würde.

Neugierig schwänzelte ich vor Raphaels Zimmertür hin und her. Wir waren zum Frühstück verabredet, aber ich musste ungewöhnlich oft klopfen, bis er mir öffnete.

Als er schließlich im Türrahmen stand, verstand ich, wieso es so lange gedauert hatte. Seine Haare waren nass und das schwarze T-Shirt klebte an seinem Oberkörper.

»Entschuldige, Mia, aber ich war gerade …«

»Duschen?«, ergänzte ich lächelnd und erfreute mich an seinem Anblick. Seine Augen wirkten viel strahlender als gestern – er hatte wohl auch eine ruhige Nacht verbracht.

Immer wenn ich zum Frühstück kam, saßen wir draußen auf dem Balkon, mittlerweile war es aber zu kalt geworden und Raphael hatte den Tee und das Gebäck auf den kleinen Tisch neben seinem Bett gestellt.

Ich war so gern in seinem Zimmer, dass ich es auch fantastisch gefunden hätte, wenn wir vom Boden gegessen hätten.

»Konntest du Sebastians Wunden heilen?«

Die Bilder von gestern kamen wieder in mir hoch.

»Ich kann nur kleinere Blessuren sofort heilen. Bei schwereren Verletzungen kann ich den Prozess nur beschleunigen und die Schmerzen ein wenig lindern.«

Ich wusste, dass er seine Gabe herunterspielte, aber Sebastians Verletzungen waren anscheinend wirklich schwerer als gedacht.

Ich machte mir Vorwürfe – ich hätte ihn nicht mehr auf das Motorrad steigen lassen dürfen, er hätte sich das Genick brechen können.

»Er wird sich ein paar Tage ausruhen müssen, aber dann wird er sich vollständig erholt haben. Dass er nicht noch schwerer verletzt ist, hat er dir zu verdanken, Mia.«

»Er hätte dasselbe für mich getan, wahrscheinlich nur ohne die ganze Schweinerei mit dem Blut.«

»Du warst sehr mutig. Du kannst stolz auf dich sein. Ein paar Tage Ruhe werden Sebastian guttun. Dir im Übrigen auch, du kannst die Zeit für dich sicher gut gebrauchen.«

Es klang kurz so, als wollte er auf etwas Bestimmtes hinaus.

Ja, ich konnte die Zeit wirklich gut gebrauchen, schließlich wollte ich endlich mit Gabriel schlafen.

Kaum hatte ich den Gedanken zu Ende gedacht, schämte ich mich dafür.

Ich nickte verlegen und verbrühte meine Zungenspitze am heißen Tee.

Raphael musterte mich neugierig und legte den Kopf schief.

»Haha! Ja, ich muss endlich mal mein Zimmer aufräumen!«, meinte ich etwas zu überschwänglich und seufzte leise in Anbetracht meiner wirklich miserablen schauspielerischen Darbietung.

Ich hätte Raphael brennend gern nach seiner Meinung gefragt, hätte gern gewusst, ob er an Gabriels Stelle mit mir geschlafen hätte, aber natürlich stellte ich diese Frage nicht, stattdessen grinste ich wie eine Geisteskranke vor mich hin.

Manchmal musste er mich wirklich für einen Freak halten.

Nach unserem Frühstück rang ich Raphael das Versprechen ab, sich wenigstens heute mal einen Tag Ruhe zu gönnen. Er musste dringend aufhören, sich weiterhin so zu überarbeiten, auch wenn das in diesen schwierigen Zeiten sicher nicht leicht war.

Im Gegenzug versprach ich ihm, mir keine Sorgen mehr um ihn zu machen – vorerst.

Alles, was von unserem Frühstück übrig geblieben war, brachte ich Sebastian aufs Zimmer. Er schlief noch, wurde nicht mal durch mein Klopfen wach.

Ich beschloss, mich unhöflicherweise einfach selbst hereinzubitten, um ihm das Essen dazulassen und mich zu versichern, dass er auf dem Weg der Besserung war.

Obwohl sein Zimmer gleich neben meinem lag, war ich noch nie hier gewesen. Der Raum war größer, er hatte ein breiteres Bett und alles war viel ordentlicher als bei mir.

Auf seinem Schreibtisch lagen Unmengen an Büchern, fast wie bei Raphael, und an den Wänden hingen Fotos.

Ich erkannte Leo, als er noch jünger war, ein Foto von Sara und Mika, eines von Sebastians Eltern und eines von einem Jungen, der ihm unglaublich ähnlich sah.

Ich wusste, dass er einen jüngeren Bruder hatte, der kein Wächter war. Er erzählte ab und zu von ihm – er schien ihn zu vermissen.

Ich ließ meinen Blick weiter schweifen und entdeckte ein Foto von mir – eines, das ich noch nie gesehen hatte.

Es musste auf meiner Geburtstagsfeier entstanden sein: Ich stand auf der Treppe in der Aula und machte ein überraschtes Gesicht.

Mein Blick fiel auf den schlafenden Sebastian, der die ganze Zeit über so gleichmäßig leise vor sich hin geatmet hatte.

Ich trat etwas näher an sein Bett heran, um ihn zu betrachten.

Er war glücklich, träumte vermutlich einen schönen Traum.

Mir fiel auf, dass sein Oberkörper frei lag – er hatte sich abgedeckt, war wahrscheinlich ein genauso notorischer Bettdeckenverdreher wie ich.

Auf seinem Rücken prangte ein großer blauer Schatten – ein Bluterguss. Ich tastete geistesabwesend nach ihm, spürte, dass er ganz kalt war, und zog die Decke wieder ordentlich über seinen Körper.

Er drehte sich kurz, stöhnte leise auf.

Ich hauchte ihm einen Kuss auf die Stirn und strich ihm mit dem Handrücken über die Wange.

Er sah unglaublich süß aus, wenn er schlief – viel jünger, fast wie ein Kind. Auf seinen Lippen bildete sich ein sanftes Lächeln, aber er wachte nicht auf.

»Schlaf dich aus«, flüsterte ich und lauschte noch kurz seinen gleichmäßigen Atemzügen, ehe ich die Tür hinter mir schloss.

Den Vormittag vertrieb ich mir mit Leo in der Trainingshalle. Sara verbrachte das Wochenende mit Mika irgendwo am Land, also hatte ich niemanden, den ich wegen Gabriel fragen konnte.

Ich beschloss, die Sache selbst in die Hand zu nehmen, und fuhr nach dem Mittagessen in die Stadt. Mein Weg führte mich in die Boutique, in der ich ein paar Tage zuvor gewesen war.

Selbstsicher marschierte ich hinunter in den Keller. Ich suchte eine Weile, fand schließlich aber genau das, was ich mir ausgemalt hatte.

Wenn Gabriel mich darin immer noch nicht wollte, konnte ich auch gleich ein Zölibat ablegen.

An der Kasse versuchte ich, so gleichgültig wie möglich zu wirken. Es war mir unangenehm, aber das musste die Verkäuferin nicht wissen. Jeglichen Blickkontakt vermeidend, tippte ich meine PIN ein.

»Sorry, aber das Gerät nimmt deine Karte nicht an!«

Ich stutzte kurz, wollte es wieder versuchen, dann kam mir eine Vermutung. Mit dem letzten Einkauf hatte ich mein Konto leer geräumt. Die überteuerte schwarze Spitze konnte ich mir gar nicht mehr leisten.

Meine Wangen fingen vor Verlegenheit an, zu glühen. Nicht nur, dass mir dieser Einkauf sowieso schon peinlich war, jetzt konnte ich ihn nicht mal bezahlen.

Ich wollte gerade anfangen, verlegen herumzustottern, als es hinter mir plötzlich kalt wurde. Eine Welle der Dunkelheit schlug mir entgegen – intensiv und vertraut, kein bisschen beängstigend.

Als ich mich umdrehte, stand er schon direkt hinter mir. Sein schneeweißes Lächeln ließ mich kurz die Situation um mich herum vergessen.

»Conan!«, piepste ich und verschluckte mich an meinen eigenen Worten. Mir wurde wieder bewusst, wo ich war. »Was willst du denn hier?«

Er neigte den Kopf etwas, sah an mir vorbei auf den Tresen, begutachtete das, was darauf lag, und schenkte mir dann einen Blick, der mir die Schamesröte ins Gesicht trieb.

»Ich war auf dem Weg in den Club, als ich dich durch das Fenster gesehen habe. Du hast so verzweifelt ausgesehen.«

Sein Tonfall klang mitfühlend, sein Grinsen sprach eine andere Sprache. Ich spürte, dass ihn die Situation amüsierte.

»Ähm … ja! Ich habe … Meine Karte ist defekt und jetzt …«

Da war sie wieder, meine Sprachbehinderung.

Ohne etwas auf mein Gestotter zu erwidern, zückte er eine silberne Kreditkarte aus dem schwarzen Sakko und warf sie auf den Tresen. Die Verkäuferin nickte nervös und verschwand in einem Hinterzimmer. Sie war auch ein Dämon, wahrscheinlich kannte sie Conan, was die Sache für mich nur umso peinlicher machte.

»Du musst nicht! Ich meine, ich kann selbst! Na ja, eigentlich kann ich nicht, aber …«

Er trat einen Schritt näher, legte mir seinen Zeigefinger auf die Lippen und brachte mich so zum Schweigen. »Wieso bist du so nervös?«, flüsterte er mit seiner rauen, tiefen Stimme. Das dämonische Lächeln zierte noch immer seine Lippen.

Ich wollte einen Schritt zurückweichen, aber der Tresen war im Weg.

Conans Blick wanderte von dem schwarzen Stück Stoff zu mir. Er musterte mich intensiv, sein Lächeln verschwand, wich einem sehr lasziven Blick.

Seine Hand legte sich um meine Taille, zog mich an ihn heran. Ich hätte ihn wegstoßen sollen, aber ich vertraute darauf, dass er nicht weitergehen würde – die Grenze kannte.

Mein Herz schlug mir bis zum Hals, als er seine Lippen an mein Ohr legte. »Ich bezahle gern dafür«, flüsterte er.

»Danke«, stotterte ich. Ich war wie paralysiert.

»Darf ich dich darin sehen?«

Seine schneeweißen Zähne bissen in mein Ohrläppchen. Sein Atem bescherte mir Gänsehaut. Hinter der schwarzen Mauer aus Beherrschtheit kam Erregung auf.

»Conan!«

Ich versuchte, ihn wegzustoßen. Er zögerte eine Sekunde und ließ dann von mir ab. Obwohl meine Wangen deutlich gerötet waren, funkelte ich ihn wütend an.

»Entschuldige bitte, ich habe mich kurz vergessen«, rechtfertigte er sein Verhalten und lächelte wieder kühl. »Keine Angst, mein Engel! Gabriel würde mich umbringen, wenn ich …« Er vervollständigte seinen Satz absichtlich nicht.

Noch immer schenkte ich ihm böse Blicke. Ich mochte es nicht, wenn er mich wie eine Puppe behandelte, wie ein Spielzeug, auch wenn er noch so großen Gefallen daran fand.

Die Verkäuferin kam mit der Karte wieder und packte endlich meinen Einkauf in eine Plastiktüte.

Mit hochrotem Kopf verließ ich das Geschäft, Conan kam mir hinterher.

»Du bekommst dein Geld wieder, versprochen!«

»Schon gut, es war ein Geschenk.«

»Danke.«

Seltsamerweise konnte ich ihm sein Verhalten nicht lange übel nehmen. So bedrohlich er auch wirkte, so sicher war ich mir, dass er mir niemals wehtun würde, auch wenn mein Freund kein Erzengel gewesen wäre.

»Bedank dich nicht bei mir, es ist schließlich ein Geschenk für Gabriel.«

Mir wurde wieder warm. Ich wollte eigentlich viel erwachsener und gleichgültiger reagieren, aber kaum machte ich mir wieder bewusst, was gerade passiert war, glühten meine Wangen.

Conan fand meine Reaktion natürlich amüsant. »Ich muss an die Arbeit. Entrichte Gabriel meine Grüße.«

Ich nickte.

Er wandte sich seinem Club zu, drehte sich aber noch einmal um. »Viel Spaß, mein unschuldiger Engel!«

Diesmal verkniff ich mir den Dank.

Natürlich konnte er sich denken, was ich vorhatte, aber ich wurde das Gefühl nicht los, dass er mir auch ansah, dass ich in dieser Hinsicht noch ein unbeschriebenes Blatt war – unschuldig, wie er es nannte. Wahrscheinlich hatten Erzdämonen einen eingebauten Jungfrauenradar.

Seufzend machte ich mich auf den Weg zurück zum Schloss.

Mittlerweile war es draußen kalt geworden, aber ich liebte es trotzdem, in Raphaels Rosengarten zu sitzen. Die bunten Blumen verloren allmählich ihre Blüten und zierten die Wiese damit. Die Luft roch zunehmend nach Winter, eine Jahreszeit, auf die ich mich schon als Kind gefreut hatte.

Ich malte mir aus, wie schön das Schloss in einem schneebedeckten Ambiente aussehen musste – noch mystischer und märchenhafter, als es ohnehin schon wirkte.

Während ich in Gedanken schon das Kaminfeuer in der Aula prasseln hören konnte, lenkte eine bekannte Aura meine Aufmerksamkeit auf sich. Nick kam gerade nach draußen, aber ich saß zu weit abseits, als dass er mich bemerkt hätte.

Ich wollte zu ihm gehen und fragen, wie die Suche nach der Wächterin verlaufen war, aber meine Frage erübrigte sich schnell. Ein Mädchen folgte ihm nach draußen. Sie war unsicher, fast schon ängstlich.

Seit ich hier war, hatte es keinen Neuzugang gegeben. Es war seltsam, zu beobachten, wie jemand in den Orden eintrat. Ich erinnerte mich an meinen ersten Tag – an den Spaziergang mit Raphael, während dem mir eine Welt offenbart worden war, nach der ich mich insgeheim schon lange gesehnt hatte.

Nick wartete geduldig, bis sie sich umgesehen hatte, und signalisierte ihr dann, ihm zu folgen. Zögerlich schloss sie zu ihm auf.

Sie setzten sich auf eine Bank mit Blick auf das Schloss. Ich spürte, dass er nervös war. Es wunderte mich, dass Nick und nicht Kevin sich der neuen Wächterin annahm.

Es musste schwer sein, jemandem zu erklären, was es mit dem Orden auf sich hatte, vor allem, wenn man nicht über Raphaels Redegewandtheit verfügte.

Ich wusste nicht, wie ich jemandem bewusst gemacht hätte, wie wichtig und erfüllend unsere Aufgabe war, wie viel man aufgeben musste und wie viel man zurückbekam.

Nick fuhr sich verlegen durch die Haare und begann zu erzählen. Ich hörte nicht, was er sagte, aber das Mädchen hing an jedem seiner Worte.

Sie war hübsch, hatte kinnlange dunkelbraune Haare und große Rehaugen – kein Wunder, dass er nervös war.

Ich beobachtete die beiden eine Weile, musste immer wieder grinsen, weil sie wirklich süß zusammen waren. Die Gefühle des Mädchens schwankten zwischen Fassungslosigkeit, Neugier und großer Sympathie für Nick.

Langsam wurde mir bewusst, warum Kevin seinem kleinen Bruder den Vortritt gelassen hatte.

Ich wollte die beiden nicht stören, also schlich ich mich so unauffällig wie möglich an ihnen vorbei. Sie würden wohl noch viel Zeit für ihr Gespräch brauchen.

Ich beschloss, mich auf mein Zimmer zurückzuziehen, um mich auf mein Treffen mit Gabriel vorzubereiten. Er würde mich erst am späten Nachmittag abholen, aber die Vorfreude wuchs bereits in mir.

In Gedanken spürte ich schon den Wind – seine weichen, kühlen Lippen, seine sanften Hände. Allein der Gedanke an ihn ließ mich dahinschmelzen.

Völlig versunken in meinem Tagtraum, trat ich durch meine Zimmertür.

»Na endlich! Ich dachte schon, du kommst heute gar nicht mehr!«

Ich erschrak, als ich Keons Stimme hörte. Ich hatte nicht mit ihm gerechnet, ihn nicht gespürt, weil ich zu beschäftigt mit meinen Fantasien war.

Er lag auf meinem Bett, hatte die Hände hinter dem Kopf verschränkt und musterte mich mit hochgezogenen Brauen.

»Was willst du denn hier?«

Er seufzte genervt. »Zuerst jammerst du mir vor, wie sehr du mich vermisst, und jetzt fragst du mich, was ich hier will?«

Scham stieg in mir auf. Es war mir peinlich, dass ich Keon gesagt hatte, dass ich ihn vermisste, und noch unangenehmer war mir, dass er sich jetzt scheinbar darüber lustig machte.

»Ich habe gar nicht behauptet, dass ich dich vermisse!«

Leugnen – eine andere Lösung fiel mir nicht ein.

Mit einem Ruck raffte er sich auf und zuckte mit den Schultern. »Na dann kann ich ja wieder gehen!«

Er drängte sich an mir vorbei, wollte durch die Tür verschwinden, aber ich hielt ihn am Arm fest. »Warte! Wenn du schon mal hier bist …«

Auch wenn ich mir blöd vorkam, ich konnte ihn jetzt nicht einfach so gehen lassen.

Er drehte sich zu mir um und grinste ein durch und durch fieses, amüsiertes Grinsen. »Also langsam glaube ich echt, du stehst auf mich!«

Ich ließ ihn sofort los, bedachte ihn mit dem bösesten Blick, den ich zustande brachte. »Sicher nicht!«

»Ach, gib es einfach zu, dann geht es dir besser!«

»Du kannst mich mal!«

»Na ja, ich sehe ja auch gut aus.« Keon fuhr sich lasziv durchs Haar und grinste dabei.

Auch wenn diese Unterhaltung unangenehm und nervend war, es tat unglaublich gut, sich wieder mal mit ihm zu streiten.

»Gegen Gabriel bist du ein Mauerblümchen!«

Er schnaubte verächtlich und machte eine abwertende Geste. »Dein Geschmack ist ja auch beschissen!«

Trotz seiner bösartigen Äußerung konnte ich mir ein Lachen nicht verkneifen. Keon musterte mich verwirrt.

»Vielleicht habe ich dich ja wirklich vermisst«, gestand ich schließlich und verstummte dann.

Er erwiderte nichts, ich fühlte, wie sich Erleichterung in ihm breitmachte – ein warmes, angenehmes Gefühl.

»Warst du einkaufen?«

Als er das Schweigen brach, machte ich große Augen. Er deutete auf die Plastiktüte in meiner Hand, die ich sofort fest umklammerte. Es reichte, dass Conan ihren Inhalt gesehen hatte.

»Ja, unwichtiges Mädchenzeug!«

Ich beförderte meinen Einkauf in die nächste Ecke und hoffte, dass Keon nicht weiter nachfragen würde.

»Wie geht es dir eigentlich?«, wollte ich wissen und wechselte somit erfolgreich das Thema.

Er zuckte mit den Schultern und setzte sich wieder auf mein Bett. »Abgesehen davon, dass ich Leo und Kevin sogar zum Pinkeln mitnehmen muss, gut!«

»Ich weiß, es ist schwer für dich, aber die beiden meinen es nur gut.«

Er raufte sich die Haare. Ich fühlte, wie sehr ihm die Situation auf die Nerven ging. »Ich habe dir schon tausendmal gesagt, dass ich nicht beschützt werden muss!«

»Wieso? Bist du unsterblich oder was?«

»Nein! Aber Tristan gehört mir! Es ist mein Kampf! Meiner! Nicht der von Leo, Kevin, Raphael oder sonst jemandem!«

Es tat mir jedes Mal unglaublich weh, wenn ich spürte, wie alte Wunden in Keon aufgerissen wurden.

»Tristan wird sich dir aber sicher nicht allein entgegenstellen! Conan hat gemeint, er plant etwas – einen Hinterhalt. Er wird mit unfairen Mitteln kämpfen!«

»Das brauchst du mir nicht zu sagen! Ich kenne diesen Bastard!«

Wieder dieser tief sitzende Schmerz, der ihn quälte.

»Ich weiß, was er dir angetan hat …«, flüsterte ich.

Mir war bewusst, dass Tristan der Erzdämon war, dessen Zirkel für den Tod von Keons Freundin verantwortlich war. Ich wusste, dass Keon schon einmal einen Kreuzzug gegen ihn geführt und dabei fast den ganzen Zirkel ausgelöscht hatte. Mir war aber auch bewusst, dass er dabei fast umgekommen wäre.

Nun wollte Tristan Rache an ihm üben und mir schauderte bei der Vorstellung, was er Keon alles antun würde.

Ein beklemmendes Gefühl breitete sich in meiner Brust aus – es grenzte an Schmerz.

»Schon gut, du musst nicht schon wieder heulen«, entgegnete Keon kühl.

Es war ihm unangenehm, dieses Gefühl in mir hervorzurufen, auch wenn ich deutlich spürte, dass er am liebsten sofort losgezogen wäre, um seine Schlacht zu schlagen.

»Ich lasse mich ja wie ein kleines Kind begleiten, schließlich habe ich keine Lust, mir das ewige Gejammer von dir und Raphy anzuhören!« Er seufzte.

Ich musste lächeln, als mir bewusst wurde, dass Keon doch nicht so ein einsamer Wolf war, wie er alle glauben machen wollte. Raphael bestimmte sein Leben unbestreitbar mit und anscheinend hatte auch ich mittlerweile so etwas wie ein Vetorecht.

Ich setzte mich neben ihn und ließ meinen Kopf auf seine Schulter fallen. Zur Abwechslung ersparte er mir einen blöden Spruch und ließ es zu.

Wir genossen unsere Zweisamkeit, auch wenn keiner von uns das zugegeben hätte.

»Begleiten dich Kevin und Leo echt beim Pinkeln?«, wollte ich schmunzelnd wissen und hörte auch Keon plötzlich leise lachen.

»Die hängen wie die Kletten an mir! Ich habe keinerlei Privatsphäre!«

»Ach, für was brauchst du denn Privatsphäre?«, fragte ich amüsiert und bekam auch prompt die Antwort serviert.

»Wenn ich Sex wollen würde, müsste ich Kevin und Leo mitnehmen, und auf diese Konstellation habe ich absolut keine Lust!«

Ich stutzte merklich und konnte wieder mal nicht verhindern, rot zu werden.

»Ich hatte seit einer Ewigkeit keinen Sex mehr! Wenn Tristan noch lange auf sich warten lässt, dann …«

»Ich will das nicht hören!«, entgegnete ich lautstark und hielt mir die Ohren zu.

Ich hatte verdrängt, dass Keon eine Freundin hatte, oder besser gesagt irgendein Mädchen, mit dem er schlief. Die Vorstellung verstörte mich ein wenig.

Trotz meiner zugehaltenen Ohren hörte ich Keon lachen.

Auch wenn ich so kindisch reagierte, waren diese intimen Details doch Beweis für unsere Freundschaft. Anscheinend konnten wir über alles reden, auch über sein Sexleben.

Die Idee, die mir in diesem Moment kam, musste kurz durchdacht werden. Sara war nicht hier und ich hätte nur allzu gern eine zweite Meinung eingeholt – wenn es eine männliche war, umso besser.

»Sag mal …«, leitete ich meine Frage vorsichtig ein.

Keon horchte auf.

»Findest du eigentlich, dass ich gut aussehe?«

Meine Frage verwirrte ihn. »Was?«

»Na ja …«

Ich wog noch mal ab, ob ich wirklich mit ihm darüber sprechen konnte. Niemandem hier fühlte ich mich näher als Keon, also lag es auf der Hand, dass er mir bei meinem Problem weiterhelfen konnte.

»Würdest du mit mir schlafen wollen?«

Kaum hatte ich es gesagt, fiel mir auf, wie ungeschickt meine Frage formuliert gewesen war.

Ich hatte noch nie erlebt, dass Keons Gefühle so durchdrehten. Sein sonst so blasses Gesicht wurde rot, nur um dann wieder umso blasser zu werden. Er wollte etwas erwidern, aber die Worte schienen ihm im Hals stecken zu bleiben.

»Versteh mich nicht falsch!«, meinte ich grinsend, um die Situation ein wenig zu entschärfen.

»Was soll ich denn bitte an dieser dummen Frage falsch verstehen!?«

Anscheinend hatte er seine Contenance wiedergefunden. Mit einem Satz erhob er sich aus meinem Bett, lief in Richtung Tür, drehte dann aber wieder um. »Hast du mich das tatsächlich gerade gefragt!?«

Ich nickte, er wurde wieder rot und wütend. »Aber du verstehst mich falsch! Ich will gar nicht mit dir Sex haben, sondern mit Gabriel!«

»Was?!«

Ja, er war definitiv wütend.

»Na ja, ich wollte nur wissen, ob du mich attraktiv findest, rein körperlich! Du würdest doch mit mir schlafen, wenn wir uns nicht kennen würden, oder? Ich sehe nackt wirklich gut aus!«

»Was?!«

»Ich meine, ich bin doch nicht zu dünn oder zu dick, oder?«

Ohne mir noch einmal sein viel zu lautes und leicht panisches »Was?!« entgegenzuschmettern, schüttelte er verstört den Kopf und rannte davon.

Ich lief ihm hinterher, hätte beinahe die Tür auf die Nase bekommen, die er zuwerfen wollte.

»Ah, ich verstehe! Über dein Sexleben können wir also reden, aber über meines nicht! Das ist unfair!«

Ich schrie ihm wütend nach, während er über den Flur davonrannte. Er hätte mir zumindest sagen können, dass es keine

Zumutung gewesen wäre, mit mir Sex zu haben. Ein Freund hätte das bestimmt getan.

Erst als ich ein paar Mal durchgeatmet hatte, bemerkte ich die braunen Augen, die mich überrascht und peinlich berührt anstarrten. Sebastian stand einige Meter weiter in seinem Türrahmen. Er war wahrscheinlich durch unser Geschrei aus seinem Bett gelockt worden.

Verlegen winkte ich ab und legte entschuldigend den Kopf schief. Ich hatte vergessen, dass die Wände hier sehr dünn waren.

»Tut mir leid wegen des Lärms! Geht es dir schon besser?«

Er nickte noch immer etwas perplex. Gut, unser Gespräch hatte sich für einen Außenstehenden vielleicht seltsam angehört.

Ich versicherte Sebastian, dass ich ab jetzt aufhören würde, herumzuschreien, und verabschiedete mich wieder auf mein Zimmer.

Auch wenn ich sauer auf Keon war, war ich glücklich darüber, dass er von allein bei mir aufgetaucht war. Unsere Freundschaft war vielleicht seltsam, aber sie war Balsam für meine Seele – selbst wenn wir nur schreiend kommunizierten.

HAUT AN HAUT

I ch nutzte den Rest des Nachmittags, um mich hübsch zu machen. Das weiße Kleid stand mir gut, vielleicht, weil es mich genauso unschuldig aussehen ließ, wie ich war.

Alles in allem war ich mit meiner Erscheinung zufrieden. Wenn mich Gabriel heute nicht wollte, dann blieb mir nur noch der Weg ins Kloster.

Aufgeregt saß ich unten in der Aula und wartete auf seinen Anruf.

Es war ruhig im Schloss. In den letzten Tagen hatte eine viel hektischere Stimmung geherrscht. Mich beschlich die Hoffnung, dass uns nun endlich wieder friedvollere Zeiten bevorstanden – eine Art Ruhe vor dem ganz großen Sturm.

Als sein Anruf kam, legte mein Herz einen Extraschlag ein.

Ich lief den Hügel zum Tor hinunter. Er lehnte an seinem Mercedes und sah atemberaubend aus. Seine tiefgrünen Augen ruhten nur kurz auf mir, denn er schloss sie, um mich zu küssen

»Geht es dir gut?«, wollte er wissen und streifte mir eine Haarsträhne aus dem Gesicht. Diese Frage stellte er mir in den letzten Tagen oft.

»Ja.«

»Hast du auf etwas Bestimmtes Lust?«

Ich zuckte mit den Schultern. »Eigentlich nicht. Wir könnten zu dir fahren.«

Er antwortete nicht, lächelte nur schwach.

Es war wirklich schwer, ihn einzuschätzen, und ebendiese Unsicherheit über seine Gefühle machte mich nervös.

Auf der Fahrt zu ihm konnte ich meinen Puls kaum beruhigen. Um mich abzulenken, erzählte ich von dem Zwischenfall mit der Chimäre.

»Du hast sie geköpft?« Sein Tonfall klang amüsiert.

»Ja! Hast du gewusst, wie furchtbar Chimärenblut riecht?«

Er lachte und nickte. Sein Lachen war bestechend schön, es war schade, dass ich es so selten zu hören bekam, auch wenn gerade diese Ernsthaftigkeit einen Teil seiner Faszination ausmachte.

Ich erzählte von den vielen Dämonenaustreibungen, von der Zeit mit Sebastian, darüber, dass ich Keon vermisste, und von der banalen Tatsache, dass ich mich auf den Winter freute.

Gabriel lauschte jedem meiner Worte, schmunzelte über vieles, gab mir aber nie das Gefühl, desinteressiert zu sein.

Wir hatten es uns auf der Couch gemütlich gemacht – wie immer –, nur diesmal war ich ausgeschlafen und nickte nicht schon nach wenigen Minuten weg.

Ich bettete meinen Kopf auf Gabriels Oberkörper und genoss seine Nähe und den Geruch, den ich so liebte.

Im Hintergrund lief leise Musik, etwas Klassisches. Mein Herzschlag passte sich den beruhigenden Klängen an.

»Wie ist es eigentlich, ein Erzengel zu sein?«

Meine Frage war wahrscheinlich schwer zu beantworten, aber ich wollte lernen, ihn besser zu verstehen.

Er schwieg eine Weile, schien nach einer Beschreibung zu suchen, die ich auch begreifen konnte. Ich lauschte seinen gleichmäßigen Atemzügen.

»Einsam«, antwortete er schließlich tonlos, wie immer, wenn er etwas Persönliches erzählte.

»Aber jeder kennt dich, jeder bewundert dich.«

Ich konnte mir nicht vorstellen, dass jemand, der so besonders war, einsam sein konnte.

Gabriel lächelte unschuldig. »Sie kennen mich nicht – sie haben von mir gehört und sie bewundern mich nicht. Sie fürchten mich. Ich bin ja auch ein Kriegsengel, Grausamkeit und Einsamkeit liegen in meiner Natur.«

Ich suchte den Blickkontakt mit ihm, sah in diese wunderbar tiefen, leuchtenden Augen und glaubte, tatsächlich etwas Einsames in ihnen zu erkennen.

»Das stimmt nicht! Sie wissen, was du getan hast, und sind dir dankbar dafür. Du hast so viele Leben gerettet, dass sie dich unmöglich fürchten können!«

»Vielleicht jetzt, aber früher, früher schon.«

»Wann?«

»Du hast mich gefragt, wie es ist, ein Erzengel zu sein. Ich war ein Erzengel, lange, so lange, dass es deine Vorstellung von Zeit übersteigt. Ich kannte nichts anderes als den Ort, an dem ich erschaffen wurde, ein Ort fern von dem Leben, wie du es kennst. Als der erste große Krieg ausbrach, wurde ich geschickt, um Luzifer zu stürzen. Ich war mit einem Mal die kriegerische Verkörperung von Gottes Wille, und das, obwohl mir Dinge wie Krieg oder Frieden vollkommen fremd waren. Ich zog mich wieder zurück, aber es war nicht mehr dasselbe. Was ich unter den Engeln und Dämonen gesehen hatte, wollte ich verstehen: Dinge wie Hass, Angst, Freude, Trauer, Sehnsucht. An dem Ort, den du Himmel nennen würdest, fand ich auf meine Fragen keine befriedigenden Antworten. Die Engel fühlten zwar, aber ihre Emotionen beherrschten sie zu keiner Zeit. Es war die Neugier, die mich schließlich auf die Erde trieb. Unter den Menschen fand ich, was im Himmel niemand erklären konnte. Sie lebten, liebten und hassten so intensiv, dass es fast beängstigend war. Jene Engel oder Dämonen, die unter ihnen lebten, entwickelten ebenfalls diese Gefühle. Geplagt von einer seltsamen Leere, bat ich darum, den Ort meines Erschaffens endgültig verlassen zu dürfen. Ich glaubte, dieser Leere nur unter den Menschen einen Namen geben zu können, zumal sie so viele Namen für ihre Emotionen gefunden hatten. Je länger ich hier war, umso schmerzhafter wurde es. Im Glauben, nicht hierherzugehören, wollte ich den Menschen wieder den Rücken kehren.«

Er stockte.

Ich holte tief Luft, da ich in den letzten Sekunden nicht geatmet hatte. Noch nie war Gabriel so offen mit mir gewesen, noch nie war mir so deutlich bewusst geworden, dass er aus einer anderen Welt stammte – einer Welt, die mein Verstand nicht begreifen konnte.

»Wieso bist du hiergeblieben? Was hat dich gehalten?«

Er wandte seinen Blick ab. Obwohl die Frage auf der Hand lag, schien sie ihm zu missfallen.

»Ich blieb, weil jemand die Leere in mir Einsamkeit nannte.«

Gabriel sprach diesen Satz so unscheinbar leise und betont, dass ich Gänsehaut bekam. Der Gedanke daran, dass er sich mit so negativen Gefühlen gequält hatte, schmerzte mich.

Ich schmiegte mich an ihn, lauschte seinem langsamen, gleichmäßigen Herzschlag. »Konntest du deine Einsamkeit überwinden?«

Er nickte schwach, fuhr mir durchs Haar und lehnte seinen Kopf gegen meinen. »Ich bin glücklich«, erklärte er und schenkte mir ein Lächeln.

»Ich will nicht, dass du dich je wieder einsam fühlst«, hauchte ich.

Er stutzte merklich, hob seinen Kopf und bedachte mich mit einem Blick, den ich erst einmal zuvor bei ihm gesehen hatte –

damals, als ich ihm versichert hatte, dass ich sein Schwert bis zu meinem letzten Atemzug führen würde. In seinen Augen lag etwas Fremdes.

»Es sei denn, du möchtest wieder allein sein«, ergänzte ich leise. Die Art, wie er mich ansah, verunsicherte mich.

Kaum hatte ich den Satz ausgesprochen, wurde sein Blick wieder sanfter. Er schüttelte den Kopf, schien sich selbst zu ermahnen. »Bleib bei mir!«

Sein Griff wurde fester. Ich nickte. Natürlich würde ich bleiben, am liebsten für immer.

»Du hast gesagt, du warst ein Erzengel. Fühlst du dich jetzt nicht mehr wie einer?«

»Das Gefühl wird schwächer, fast wie Erinnerungen, die langsam verblassen.«

»Und kannst du denn nichts dagegen tun? Ich meine, könnte es nicht sein, dass du den Erzengel in dir irgendwann ganz verlierst?«

Gabriel schmunzelte. »Vielleicht könnte ich zurückgehen, aber der Preis, den ich zahlen müsste, wäre mir zu hoch. Ich werde diese Welt nicht mehr freiwillig verlassen, es liegt mir zu viel an ihr. Der Erzengel in mir wird vielleicht irgendwann sterben, aber nur, weil er einem menschlichen Ich weichen wird, das fähig ist, die Leere in sich endgültig zu verbannen. Wenn meine Gebete noch erhört werden, darf ich irgendwann meinen letzten Atemzug als Mensch machen – das wäre schön.«

Ich glaubte, Wehmut hinter dem Wind aufkeimen zu spüren und ein Verlangen nach etwas, das für jeden von uns Menschen selbstverständlich war.

Dieser wunderschöne, starke Erzengel sehnte sich nach meiner unvollkommenen Welt, die so viel Leid beheimatete.

Ich verließ den warmen, sicheren Platz an seiner Brust. Die grünen Augen musterten jede meiner Bewegungen.

Gabriels Geschichte hatte nicht nur den Erzengel in ihm deutlicher zum Vorschein gebracht, sondern auch den Menschen.

Ich wusste nicht, wo ich den Mut dazu hernahm, aber wahrscheinlich trieb mich einfach ein Gefühl tiefer Verbundenheit.

Ich schenkte ihm mein schönstes Lächeln, während ich mich so elegant wie möglich auf seinen Schoß setzte.

Etwas beschämt ließ ich meinen Blick wandern, als ich merkte, wie intensiv er mich musterte. Die strahlend grünen Augen faszinierten mich ebenso, wie sie mich einschüchterten.

Sein Blick war fest, stark und so sinnlich, dass ich mich beinahe darin verloren hätte.

Ich durfte jetzt keinen Rückzieher machen – das wollte ich auch gar nicht.

Ich schloss meine Augen und küsste ihn. Er legte seine Arme um meine Taille und zog mich noch ein Stück weiter an sich.

Meine Körpertemperatur stieg sofort um gefühlte zehn Grad an und auch mein Puls spielte verrückt.

Unser Kuss wurde leidenschaftlicher.

Ich kannte das Gefühl schon, das sich ab nun in meinem Körper ausbreitete. Verlangen – ein Verlangen, das so stark war, dass es mir die Sinne vernebelte.

Gabriels Hand legte sich unter mein Kinn und drehte meinen Kopf zur Seite. Seine Lippen küssten meinen Hals, zuerst ganz sanft, dann fordernder. Ich stöhnte leise auf, krallte mich in seine schwarzen Haare.

Er löste seine Lippen wieder von meinen, sah mich an – fragend, durchdringend, liebevoll.

Meine Hände legten sich in seinen Nacken, verweilten dort während unseres nächsten Kusses.

Ich fühlte seinen Pulsschlag unter meinen Fingerspitzen – sein Herz schlug sonst so langsam, diesmal passte es sich meinem an.

Gabriels Hände wanderten an meiner Seite hoch. Seine Berührungen waren sanft, fast zögerlich.

Selbst die geringe Distanz, die noch zwischen unseren Körpern lag, erschien mir unerträglich. Ich wollte ihn spüren, noch intensiver, noch näher.

»Mia!«, ermahnte mich seine Stimme. Er klang ein wenig atemlos, aber bestimmt genug, um mich aufschrecken zu lassen.

Sein Blick hatte eine Strenge angenommen, die mich wahrscheinlich eingeschüchtert hätte, hätte ich ihn nicht so sehr gewollt. Ich küsste ihn einfach wieder, aber er ließ es nicht lange zu.

»Hör auf«, bat er leise, aber so tonlos, dass mir kälter wurde.

»Wieso?«

Die Unsicherheit, die mich überkam, nagte an mir.

Gabriel antwortete nicht, wandte nur seinen Blick ab und atmete durch.

Jede Sekunde seines Schweigens brachte mich dem altbekannten Gefühl der Minderwertigkeit näher.

»Ich weiß, ich bin vielleicht nicht das hübscheste Mädchen der Welt …«

Er neigte fragend den Kopf. Als er verstanden hatte, auf was ich hinauswollte, lachte er leise. Seine Hände griffen nach meinem Gesicht. Er zwang mich, ihm in die Augen zu sehen.

»Du weißt nicht, wie schön du bist, Mia, und das, obwohl dir schon so viele Herzen verfallen sind.«

Ich zuckte mit den Schultern. »Das ist mir egal! Ich will nur, dass du mir verfällst.«

Ich wusste, wie viel Traurigkeit in meinem Blick lag. Auf wen er angespielt hatte, war mir zwar nicht klar, aber es war im Moment auch egal. Wichtig war nur er, seine Meinung, sein Herz.

Er seufzte, streichelte mir über die Wange. »Du bist so …«

»Jung!«, ergänzte ich seinen Satz.

Ich stand auf und ging in Richtung des großen Terrassen-
fensters. Draußen war es bereits dunkel, ich starrte durch mein
Spiegelbild hindurch in die Nacht.

Er trat hinter mich und legte seine Arme um meine Mitte.
Ich wollte etwas sagen, aber mich hatte wieder mal der Mut
verlassen.

»Glaub nicht, dass ich dich nicht will …« Er berührte meinen
Nacken mit seinen Lippen. »Aber du sollst dir so viel Zeit
nehmen, wie du brauchst. Ich würde auch ewig auf dich warten.«

Ich drehte mich um – seine Schönheit überwältigte mich, wie
schon so oft. »Du hast vielleicht die Geduld eines Erzengels,
aber ich nicht! Ich will nicht ewig warten, ich habe nicht ewig
Zeit!«

Er neigte fragend den Kopf, schien mit dieser Antwort nicht
gerechnet zu haben. Seine Augen wirkten neugierig. Wenn ich
es jetzt nicht aussprach, würde ich für immer stumm bleiben.

Fast als wäre es ein Geheimnis und wir stünden mitten in
der Öffentlichkeit, stellte ich mich auf die Zehenspitzen, um es
ihm ins Ohr zu flüstern.

»Ich will dich so sehr.«

Ich behielt die Augen geschlossen, um nicht sofort mit seiner
Reaktion konfrontiert zu werden. Wahrscheinlich sah er mich
verständnislos an.

Ich blinzelte kurz, sah in Gabriels versteinertes Gesicht und
bereute sofort jedes meiner Worte.

Ich wollte nicht abwarten, bis er mir erklärt hatte, wieso er
nicht mit mir schlafen wollte, also drängte ich mich an ihm
vorbei.

Mein Ziel war die Tür, ich wollte weg, hinaus, nie mehr
wiederkommen und alles hinter mir lassen, aber ich konnte
nicht. Gabriel hielt mich zurück, er hielt mich fest und drückte

mich gegen das Glasfenster, vor dem ich gerade noch gestanden hatte.

Ich wollte protestieren, ihm sagen, dass er mich gehen lassen musste, aber bevor ich einen Ton herausbrachte, presste er seine Lippen auf meine.

Er hatte mich schon oft geküsst, aber noch nie so.

Nach zwei Sekunden hatte ich vergessen, dass ich gerade noch gehen wollte, nach drei weiteren wusste ich nicht mal mehr meinen Namen.

Die gläserne Fensterscheibe vibrierte, als er mich noch fester dagegen drückte. Seine Hände glitten unter mein Kleid, verweilten dort, brachten mein Herz zum Rasen.

Er hob mich ohne jede Anstrengung hoch, ließ aber nicht von mir ab und machte es mir schwer, mich darauf zu konzentrieren, wohin ich getragen wurde.

Während ich versuchte, mich zu beherrschen, um nicht auch noch das letzte bisschen Kontrolle zu verlieren, bemerkte ich nur am Rande, dass wir das Erdgeschoss verließen.

Ich war noch nie im oberen Stock des Hauses gewesen, hatte noch nie Gabriels Schlafzimmer betreten – bis heute.

Ich löste mich nur widerwillig von ihm, aber als er mich fallen ließ, hatte ich keine andere Wahl.

Nach einer kurzen Schrecksekunde landete ich auf der weichsten Bettwäsche, die ich je unter mir gespürt hatte.

Ich blickte auf, sah Gabriel vor seinem Bett stehen. In diesem Moment war ich mir sicher, dass er der schönste Mann im Universum war.

Als er sich über mich beugte, vernebelten meine Sinne wie im Fieber. Seine Hände waren magisch, zärtlich und doch so bestimmend wie sein ganzes Wesen.

Ich konnte mich nicht lange beherrschen, gab mich ihm hin, stöhnte unter seinen Berührungen auf und verlor mich in seinen Augen.

Der Wind fegte über meine Haut, so lange, bis wir uns nicht mehr näher hätten sein können und Verlangen und tiefe Zuneigung die Barriere aus Wind sprengten.

Ich konnte in ihn hineinsehen, zumindest für den Moment, den ich von heute an als schönsten meines Lebens in Erinnerung behalten würde.

SPUREN EINER NACHT

Mein Handy klingelte mich wach. Ich fand mich im ersten Moment nicht zurecht, musste überlegen, wo ich war, aber die Erinnerungen an die gestrige Nacht holten mich schnell wieder ein. Ohne auf das Display zu sehen, nahm ich den Anruf entgegen.

»Hallo?«

Ich streckte mich, genoss das Gefühl der Satin-Bettwäsche auf meiner nackten Haut.

»Hallo, Mia. Störe ich?«

Obwohl ich seine Stimme schon viel zu lange nicht mehr gehört hatte, erkannte ich sie sofort.

»Hey, Elias. Nein, du störst nicht.« Ich blickte schlaftrunken zur Seite und erkannte, dass ich allein in dem großen, dunklen Mahagonibett lag.

»Wie geht es dir? Ich habe schon lange nichts mehr von dir gehört.«

Ja, ich hatte mich wirklich schon lange nicht mehr bei Elias gemeldet – mein Gewissen gab ihm recht. »Entschuldige bitte. Ich hatte so viel um die Ohren, der Orden, die ganzen Dämonenaustreibungen, ich hatte so gut wie keine Freizeit.«

Ich befürchtete, meine Entschuldigung würde sich in Elias'
Ohren wie eine Ausrede anhören, aber er zeigte Verständnis.

»Ja, ich weiß, alle spielen verrückt, auch im Zirkel. Keiner
weiß so recht, was auf uns zukommt.« Er stockte, ich konnte
diese Unsicherheit gut nachvollziehen. »Na ja, da wir uns
schon lange nicht mehr gesehen haben, habe ich mich gefragt,
ob du vielleicht Lust hättest, heute Abend mit mir auszuge-
hen?«

Ich war mir sicher, kein Dämon auf der Welt nahm einen
ähnlich süßen Tonfall wie Elias an, wenn er um etwas bat. Ich
hätte ihm einfach nichts abschlagen können, außerdem vermisste ich ihn.

»Ja, das passt gut! Sebastian muss sich sowieso noch ausruhen und soweit ich weiß, steht für heute keine stinkende Chimäre oder Ähnliches auf dem Plan.«

Auch wenn ich Elias' Gefühle natürlich nicht durch das Telefon lesen konnte, hörte ich Vorfreude aus seinem leisen Seufzen heraus. »Gut, dann hol ich dich gegen acht Uhr ab!«

»Ich freue mich!«

»Ich mich auch!«

Ein Lächeln zierte meine Lippen, als ich auflegte. Ich genoss
den kühlen Wind, der durch das geöffnete Fenster wehte, er
weckte schöne Erinnerungen.

»Wie fühlst du dich?«

Ich stutzte, drehte mich in Richtung der melodischen, rauen
Stimme.

Gabriel stand im Türrahmen, neigte fragend den Kopf.

Ich raffte mich auf, spürte den glatten, glänzenden Stoff der
Decke von meiner Haut gleiten.

»Ich kann mich nicht erinnern, jemals so glücklich gewesen
zu sein.«

Er setzte sich zu mir, küsste mich, fuhr mit den Fingerspitzen über meine Haut, die sofort auf seine Berührungen reagierte.

»Dir ist kalt, oder?«

Er merkte, dass ich fröstelte. Ich dagegen bemerkte die Kälte kaum, da es in meinem Inneren wieder zu brodeln begann.

Gabriel legte seine Arme um mich. Seine Gefühlswelt hatte sich zwar wieder in Wind verwandelt, aber die tiefe Verbundenheit, die ich seit gestern zwischen uns fühlte, ließ mich zumindest glauben, ich könnte in ihm lesen.

Ich bildete mir ein, dieselbe bedingungslose Zuneigung in ihm zu spüren, die auch ich empfand. Es war ein unbeschreibliches Gefühl – schöner als alles, was ich jemals gefühlt hatte.

»Du solltest dich anziehen, sonst erkältest du dich«, hauchte er leise und ließ wieder von mir ab.

Ich nickte und sah mich nach meiner Kleidung um. Gestern Abend waren meine Sinne so vernebelt gewesen, dass ich nicht mehr sagen konnte, wo genau mich Gabriel meiner Sachen entledigt hatte.

Ich entdeckte sie auf dem Stuhl neben dem Fenster. Auf der Lehne lag Raphaels Ring. Zum ersten Mal, seit ich ihn bekommen hatte, steckte er nicht an meinem Finger – Gabriel hatte ihn mir abgenommen.

So elegant wie möglich raffte ich mich auf und stieg aus dem unverschämt gemütlichen Bett. Ich fühlte seine Blicke auf mir ruhen, während ich mich anzog.

»Warte!«

Ich hatte es gerade mal geschafft, in die sündhaft teure schwarze Spitze zu schlüpfen, als mich seine Aufforderung innehalten ließ. Sein Blick blieb an meinem Körper haften. Während er auf mich zukam, beschleunigte sich mein Puls.

»Ich habe es mir anders überlegt«, meinte er schmunzelnd und verstrickte mich in einen leidenschaftlichen Kuss. Seine Hände entledigten mich wieder des bisschen Stoffes, das ich trug.

»Hast du gar keine Angst mehr, dass ich mich erkälte?«, meinte ich süffisant, als er mich auf das große Bett legte.

Bevor Gabriel antwortete, biss er mir ins Ohrläppchen. »Ich sorge schon dafür, dass du warm bleibst.«

Auch wenn wir es immer wieder versuchten, wir schafften es im Laufe des Tages nicht wirklich aus dem Bett.

Gabriel schien von Mal zu Mal mehr von seiner Beherrschtheit einzubüßen, was mir sämtliche Zweifel nahm, die ich in all den Tagen aufgestaut hatte.

Am liebsten wäre ich tagelang hiergeblieben, hätte vollkommen die Zeit vergessen und wäre erst wieder zurück zum Orden gefahren, wenn sie einen Suchtrupp nach mir geschickt hätten. Ich war noch nie so lange weggeblieben und ich wollte nicht, dass sich Raphael Sorgen machte. Außerdem war ich mit Leo zum Training verabredet und eine seiner Stunden zu verpassen, hieß, nicht stärker zu werden, und das konnte ich mir nicht leisten.

»Ich muss jetzt wirklich gehen!«, protestierte ich gespielt ernst, während ich Gabriel von mir drückte. Wir hatten es bereits zur Tür geschafft, aber ich drohte schon wieder, in andere Welten abzudriften.

»Hmm, du hättest mich weiter auf die Folter spannen sollen, dann könnte ich mich jetzt beherrschen«, meinte er und präsentierte ein Lächeln, das mich irgendwie an das von Conan erinnerte.

»Wirklich? Könntest du das?«, fragte ich und erwiderte seinen Kuss.

»Nein.« Er lachte, fuhr mit der Fingerspitze die Konturen meiner Lippen nach. »Ich wollte dich schon seit unserem ersten Kuss.«

»Dafür warst du aber immer sehr kühl!«

»Glaub mir, mir ist noch nie etwas so schwergefallen, wie dir zu widerstehen.«

»Wirklich?«

Er nickte. Seine Worte waren Balsam für mein Selbstbewusstsein.

Langsam, aber sicher gewöhnte ich mich an den Umstand, dass dieser überirdisch schöne Erzengel mich wollte, auch wenn ich den Grund dafür noch immer nicht nachvollziehen konnte.

Gabriel fuhr mich irgendwann doch zurück zum Schloss.

Es hatte angefangen, zu regnen, die Straßen waren teilweise überschwemmt. Ich war froh, dass ich nicht mit dem Motorrad unterwegs war, zumal ich schon auf trockener Fahrbahn ziemlich unsicher unterwegs war. Auch Gabriel äußerte seine Freude darüber, dass ich nicht selbst gefahren war. Er verbot mir außerdem, bei so einem Wetter auch nur daran zu denken, mich auf die Maschine zu setzen. Ich schnaubte, war genervt von seinen gar nicht mal unbegründeten Sorgen. Was sollte ich machen? Natürlich fuhr ich miserabel, aber mir blieb keine andere Wahl und außerdem würde ich es mit der Zeit schon lernen.

Wir hielten vor dem großen Messingtor.

»Danke für alles.«

Er küsste mich auf die Stirn. »Ich bin derjenige, der dankbar sein muss.«

»Du lebst in einer seltsamen Welt, Erzengel Gabriel.«

»In deiner seltsamen Welt.«

Er stieg aus und hielt mir die Tür auf. Ich hätte mich noch mal in seinen Augen verloren, aber irgendetwas ließ mich aufmerksam werden. Es fühlte sich seltsam an, vertraut, mächtig.

Erst als ich mich umdrehte, erkannte ich, was sich in mir zusammenbraute. Es war das Gefühl von Wind und Wasser – zur selben Zeit.

Raphael kam den Weg hinunter und hatte einen weißen Regenschirm in der Hand. Ich war wie hypnotisiert. Noch nie hatte ich die beiden gemeinsam erlebt, noch nie hatten mich diese beeindruckenden Auren zur selben Zeit überwältigt.

Es fühlte sich überirdisch an, kraftvoll, mystisch. Sosehr ich mich mittlerweile an ihre Ausstrahlung gewöhnt hatte, so ungewohnt war die Verbindung zwischen ihnen. Mir wurde bewusst, dass sie zusammengehörten.

»Mia! Lässt dich Gabriel hier im Regen stehen?«, fragte Raphael lächelnd und hielt den großen weißen Schirm über meinen Kopf.

Mein Blick schweifte von den blauen zu den grünen Augen, in denen keinerlei Regung zu erkennen war.

»Zum Glück kümmerst du dich so gut um sie«, entgegnete Gabriel.

Bildete ich mir das nur ein oder war sein Tonfall wirklich noch kälter als sonst?

»Sie braucht weniger Fürsorge, als mir manchmal lieb ist.«

Nein, es war keine Einbildung, zumal ich mir zumindest bei Raphael sicher war, dass er ansonsten nicht so tonlos sprach.

»Komm, ich begleite dich hinauf.«

Ehe ich auf Raphaels Aufforderung antworten konnte, lenkte Gabriel wieder all meine Sinne auf sich.

Er küsste mich – langsam, genüsslich, sinnlich.

Raphael hatte seinen Blick zu Boden gesenkt, auch noch, als sich Gabriel abwandte und zu seinem Mercedes ging. Erst als er sich noch mal umdrehte, sah auch Raphael wieder auf. Ihre Blicke trafen sich und die Zeit schien für ein paar Sekunden einfach stehen zu bleiben.

Sie strahlten dieselbe Kraft aus, waren sich zweifellos ebenbürtig, und trotzdem konnte ich schwören, dass ihre Blicke keine der Verbundenheit waren.

Raphael legte seine Hand auf meinen Rücken, während wir uns abwandten. Der Wind schwächte ab, verschwand und zurück blieb dieser tiefe, ruhige See, dessen Ursprung jetzt wieder so viel Freundlichkeit in seine Worte legte.

»Alles in Ordnung, Mia? Geht es dir gut? Du bist so still.«

Ich nickte schnell. »Ja, es geht mir sehr gut! Entschuldige bitte, aber …«

»Was aber?«

»Ach, vergiss es.«

Ich fand es unangebracht, die Frage, die mir durch den Kopf ging, zu stellen. Vielleicht hatte mich mein Eindruck getäuscht, ich konnte schließlich in keinen der beiden hineinsehen, zumindest im Moment.

Wir traten durch das große Tor in die Aula. Raphael legte den Schirm ab und musterte mich.

»Du siehst erschöpft aus? Soll ich dir einen Tee machen?«

»Ja, wenn du auch einen trinkst.«

Ich setzte mich auf das Ledersofa vor dem Kamin, während Raphael kurz verschwand. Warum ich immer wieder Ja sagte, wenn er mir das bittere, heiße Gebräu anbot, war mir ein Rätsel.

Es dauerte nicht lange, bis er mit zwei dampfenden Tassen wiederkam.

»Heute ist es ganz schön still hier«, bemerkte ich und ließ meinen Blick schweifen.

»Ja, die meisten sind unterwegs, besuchen Freunde und Familie. Die letzten Tage waren arbeitsreich, sie hatten kaum Zeit für sich.«

»Warum gibt es nichts mehr zu tun? Vorgestern konnten wir uns vor Aufträgen kaum retten.«

Raphael lächelte, trank einen Schluck und verzog dann das schöne Gesicht. Anscheinend hatte er sich verbrannt oder er war dahintergekommen, dass sein Tee scheußlich schmeckte. »Ich weiß nicht, warum es so ruhig geworden ist.«

»Das ist doch ein gutes Zeichen, oder?«

Er zuckte mit den Schultern. »Manchmal wird es vor großen Schlachten still.«

»Die Ruhe vor dem Sturm«, sprach ich laut aus, was mir in den Sinn kam.

Raphael sah mich an und wandte dann wieder den Blick ab. »Vielleicht.«

Eine Weile schwiegen wir. Ich versank wieder in einer Angst, die ich eigentlich lernen wollte, zu beherrschen – die Angst vor Astaras' Rückkehr und diesem unvermeidlichen Kampf, der auf uns wartete.

»Hattest du eine schöne Zeit mit Gabriel?«

Raphaels Frage holte mich zurück in die Realität. Sein Blick ruhte auf meiner linken Hand. Bis heute hatte ich seinen Ring immer am Ringfinger getragen, jetzt steckte er an meinem Zeigefinger.

Vielleicht wusste er es.

»Ja, sicher! Sehr schön! Ich meine, es ist immer schön, aber diesmal war es schön!«

Bis der Schwachsinn, den ich gesagt hatte, auch wirklich in meinem Gehirn ankam, dauerte es etwas. Ich grinste gequält und hoffte, dass Raphael in den letzten paar Sekunden einen Hörsturz gehabt hatte.

Er schien durch mich hindurchzusehen, reagierte gar nicht auf mein Kauderwelsch.

»Alles in Ordnung?«, fragte ich nach einer Weile.

Er schien besorgt oder traurig – irgendetwas in dieser Richtung.

»Ja, es ist alles bestens«,

Seine Worte klangen nicht halb so aufrichtig, wie er es wahrscheinlich beabsichtigt hatte. Ich musterte ihn, versuchte, in seinen Augen zu lesen, was ihn bedrückte, aber wo meine Gabe versagte, blieb mir nur noch meine Intuition, und die ließ mich erröten.

»Seine Natur ist ungestüm – ich hoffe, er war trotzdem liebevoll.«

»Was? Er …«

Raphael legte seine Hand unter mein Kinn, hob meinen Kopf an und brachte mich zum Schweigen. Ich wusste, was er gerade so akribisch musterte.

Verlegen rutschte ich nach hinten. Ihm waren die kleinen blassblauen Flecke an meinem Hals aufgefallen – Spuren, die die Liebesnacht mit Gabriel hinterlassen hatte.

Ich wurde rot. Unbehagen kam in mir auf. Ich schämte mich nicht für das, was ich getan hatte, ich hätte mich immer wieder so entschieden, aber die Gewissheit, dass Raphael es wusste, löste etwas in mir aus, das mein Gewissen plagte.

»Du kennst ihn besser als ich. Du weißt, dass er mir nicht wehtun würde.«

Raphael nickte, senkte seinen Blick zu Boden. »Es tut mir leid. Es stand mir nicht zu, mich einzumischen.«

Ich schüttelte den Kopf. »Du kannst mich alles fragen, was du möchtest.«

»Danke.« Er schenkte mir einen dieser warmen Blicke, die mir in Erinnerung riefen, wie wichtig er mir war.

Ich stand auf und umarmte ihn. »Du musst dir keine Sorgen um mich machen.«

»Ich weiß.« Er drückte mich. »Aber ich werde es sicherheitshalber trotzdem tun.«

»Okay, ich auch.«

Vor meinem Training mit Leo ging ich noch hoch in mein Zimmer, um mich umzuziehen. Die Flecken an meinem Hals verdeckte ich mit einem Schal, es musste schließlich nicht jeder wissen, was ich gestern und heute gemacht hatte.

Seit ich Gabriels Schwert führte, machte mir das Training mit Leo großen Spaß. Er bescherte mir ab und an ein paar Glücksmomente, in dem er mich die Oberhand gewinnen ließ und mir somit vorgaukelte, ich hätte tatsächlich eine realistische Chance gegen ihn.

Unsere Schwerter knallten aneinander – das Geräusch des klirrenden Metalls löste in mir mittlerweile euphorischen Tatendrang aus.

Leo wechselte spontan die Richtung seiner Angriffe und brachte mich beinahe zu Fall. Ich versuchte, eine Lücke in seiner Verteidigung zu finden. Zum Glück kannte ich seinen Kampfstil und wurde fündig. Er geriet ins Stolpern und ich schlug ihm das Schwert aus der Hand.

»Wow, das war klasse! Also entweder werde ich immer ungeschickter oder du immer besser!«

Er strich sich eine dunkelrote Haarsträhne aus dem Gesicht, schnappte nach Luft. Auch ich war außer Atem.

»Es ist wirklich nett von dir, dass du mich auch mal gewinnen lässt, aber es ist nicht nötig!«

Verwirrte Blicke trafen mich. Leo griff sich sein Handtuch und legte es sich über die Schulter.

»Glaubst du wirklich, ich lasse dich mit Absicht gewinnen? Ich würde nicht mal meine eigene Mutter mit Absicht gewinnen lassen!«

Er lachte und ich fühlte, dass er es ernst meinte. Anscheinend war ich geschickter mit dem Schwert geworden, als ich gedacht hatte.

Leo polierte seine Klinge und beendete unser Training damit.

»Ich wüsste nicht, was ich dir noch beibringen soll – deine Technik ist klasse.«

»Aber mir fehlt noch immer die Kraft, um so einen Kampf lange durchzuhalten.«

»Die kommt mit der Zeit. Such dir noch einen anderen Trainingspartner, das kann sicher nicht schaden.«

Leo hatte recht. Ich brauchte einen zweiten Trainingspartner, jemanden, der mich hart genug rannahm, um auch meine Muskeln zu trainieren.

Ich brannte förmlich darauf, mich mit Keon zu messen.

Nachdem heute nichts los war, ging ich hinauf zu seinem Zimmer. Er konnte sowieso nirgends hin, also war ihm bestimmt langweilig. Einen Kampf mit mir würde er sich nicht entgehen lassen.

Seine harten, unfairen Trainingsmethoden waren genau das, was ich brauchte.

Ich klopfte. »Keon?«

»Wer ist da?!«

»Mia!«

»Geh weg! Ich schlafe nicht mit dir!«

Keons Fähigkeit, so lange auf unangenehmen Begebenheiten herumzureiten, bis man das Bedürfnis entwickelt hatte, sich selbst k. o. zu schlagen, war beeindruckend.

»Ich wollte nur fragen, ob du Lust hast, ein wenig mit mir zu trainieren.«

Es war kurz still auf der anderen Seite der Tür. »Nein!«

»Was, wieso?! Du hast doch nichts zu tun!«

Ich hörte ihn durch die Tür knurren. »Ich kann aber nicht … ich bin krank!«

Da war wirklich so etwas wie Unbehagen, aber ich konnte es nicht genauer definieren, er war zu weit weg.

»Was hast du denn?«

»Die Grippe, geh weg!«

»Soll ich Raphael holen?«

»Nein! Ich komme schon klar. Ich will nur schlafen, also lass mich!«

»Na gut, aber sag Bescheid, wenn du etwas brauchst.«

Deprimiert zog ich wieder davon. Ich hätte wirklich gern Zeit mit Keon verbracht, aber anscheinend sollte es einfach nicht sein.

Ich beschloss, den Rest des Tages zu nutzen, um die Nase ein wenig in meine Bücher zu stecken. Sosehr mich mein Gewissen auch ermahnte, das Lernen stand einfach immer an letzter Stelle meiner Aktivitäten-Liste. Ich hatte die Schule und meinen Lateinunterricht ein wenig schleifen lassen – es bestand definitiv Aufholbedarf.

PEINLICHES ZUSAMMENTREFFEN

K urz vor acht Uhr türmte sich sämtliche Kleidung, die ich besaß, auf meinem Bett.

Ich hatte die Zeit ein wenig übersehen, war zu meiner eigenen Überraschung wirklich in Raphaels Aufgaben versunken.

Auch wenn ich mit Latein ein ganzes Stück weiter war, stellte sich mir nun eine andere, schwierigere Aufgabe – ein Outfit zusammenstellen.

Ich wusste nicht, wo Elias mit mir hinwollte. Er hatte irgendetwas von ausgehen gesagt, also suchte ich nach etwas, das Dämonen beim Ausgehen tragen würden.

Ich entschied mich für ein Paar dunkle Jeans und hoffte, dass er mit mir nicht essen gehen wollte, zumal kein einziger Bissen mehr zwischen mich und diese Hose gepasst hätte.

Um nicht zu brav zu wirken, zog ich mir das dunkelgraue Top an, zu dem Sara mich überredet hatte. Es hatte einen tiefen Ausschnitt, passte aber mit Sicherheit überall dorthin, wo Dämonen eben hingingen.

Um die Flecken an meinem Hals zu kaschieren, trug ich einen grau karierten Schal.

Es war kurz nach acht, als Elias mir eine SMS schickte, um mir mitzuteilen, dass er hier war. Ich beeilte mich, schnappte mir meine Jacke, legte noch etwas Parfum auf und versuchte, trotz hoher Schuhe zu laufen. Auf dem Weg hinunter zum Tor knickte ich dreimal um.

Elias saß in seinem Auto und telefonierte. Er bemerkte zum Glück gar nicht, wie unelegant ich den Weg hinuntergelaufen war. Ich öffnete die Beifahrertür und setzte mich zu ihm.

Überrascht musterten mich die dunkelbraunen Augen. Er lächelte mir zu, versuchte, den Anrufer irgendwie abzuwimmeln – mit Erfolg.

»Tut mir leid!«, entschuldigte er sich und drehte sich zu mir.

»Schon in Ordnung!«,

Ich wollte ihn zur Begrüßung umarmen, was sich in einem Auto als kompliziert erwies.

»Ich freue mich wirklich, dich zu sehen, Mia!«

»Ja, ich mich auch! Wohin gehen wir denn?«

»Du kannst gern etwas anderes vorschlagen, aber ich dachte, wir gehen ins *Borderline*. Dort ist bestimmt die Hölle los!«, meinte er zwinkernd und entlockte mir ein Schmunzeln.

Ja, Conans Club war meistens voll, das hatte ich schon mitbekommen. Das *Borderline* war ein beliebter Treffpunkt für alle, die Bescheid wussten. Nirgends sonst in der Stadt konnte man so viele Eingeweihte treffen. Auch wenn die meisten Gäste Dämonen waren, stieß man ab und an auch auf Engel oder Wächter. Conan war ein offener Typ und genauso führte er auch seinen Club.

»Klingt doch gut, ich bin dabei.«

»Spitze, dann kann ich mit dir vor meinen Freunden angeben!«, meinte Elias grinsend und drückte das Gaspedal durch.

Auf der Fahrt tauschten wir ein paar Neuigkeiten aus.

Elias erzählte, dass Conan seinen Zirkel ermahnt hatte, sich auf einen eventuell bevorstehenden Angriff von Tristan vorzubereiten. Er traute dem Erzdämon anscheinend einiges zu – auch einen Aufstand in Dämonenreihen. Ich verriet, dass wir ebenfalls in Alarmbereitschaft waren – was Tristan betraf.

»Bist du ihm denn schon mal begegnet?«

Elias schüttelte den Kopf. »Nein, er hat sich in den letzten Jahren im Untergrund versteckt, aber ich hatte schon öfter das Vergnügen, mich mit seinen Lakaien anzulegen.«

Ich spürte Wut in ihm aufkommen.

»Tristan ist ein verrückter Rassist. Er hält Dämonen für eine überlegene Rasse. Dabei vergisst er allerdings, dass auch wir ursprünglich von Engeln abstammen. Er selbst war mal einer, bevor er zum Erzdämon wurde – er müsste es besser wissen.«

»Ja, Conan hat mir erzählt, was es mit den Erzdämonen auf sich hat. Sie waren die ersten Engel, die Luzifer damals in die Hölle gefolgt sind, oder?«

Elias nickte. »Ja, sie sind ihm gefolgt, weil sie daran geglaubt haben, dass es ihre Bestimmung ist. Luzifer selbst war überzeugt, dass seine Macht einem höheren Zweck dient, bis … na ja … bis er dann eben wahnsinnig geworden ist. Conan und ein paar andere Erzdämonen haben sich wieder von ihm abgewandt, weil er ein Monster wurde. Tristan glaubt bis heute, dass Luzifers Fluch ein Dämonenzeitalter einläuten wird. Er stützt seinen Glauben auf die Prophezeiung, die die Wächter eigentlich Conan anvertraut haben.«

»Die Prophezeiung, die Tristans Zirkel gestohlen hat, nicht wahr?«

Elias musterte mich überrascht. Dann fiel ihm wahrscheinlich wieder ein, dass ich eine Wächterin war.

»Ja, genau. Angeblich enthält sie einen Weg, wie man Luzifer aufhalten kann, irgendein Gefasel, das sowieso niemand versteht. Er will verhindern, dass das passiert.«

»Also glaubst du nicht daran?«

»Tristan ist ein machthungriges Arschloch, das selbst seine eigenen Leute, ohne mit der Wimper zu zucken, opfern würde.

Außerdem ist er wahnsinnig. Der Einzige, der Astaras aufhalten kann, ist Gabriel, und kein Stück Papier.«

Ich nickte, spürte Gänsehaut auf meinen Armen aufkommen. »Ja, Gabriel.«

Elias mitfühlender Blick lag auf mir. Ich spürte, wie unangenehm ihm meine Ängste waren. Er wollte nicht, dass ich darüber nachdachte.

Wir parkten in der Innenstadt und er hielt mir die Tür auf.

»Keine Angst, Mia. Luzifer wurde gestürzt und auch Astaras wird fallen. Gott hat uns seinen mächtigsten Engel geschickt, um uns zu beschützen. Ich glaube nicht, dass er versagen wird. Niemand ist so stark wie dein Freund.«

Ich musste lächeln. »Du klingst wie ein waschechter Engel!«

Elias verzog das Gesicht, wurde rot. Es war ihm unangenehm, aber ich fand es trotzdem amüsant.

»Ich hoffe, du hast recht! Ach übrigens, wenn es mit der Karriere bei Conan nichts wird, kannst du bei Raphael in die Lehre gehen.«

Ich erntete ein einstudiertes dämonisches Knurren. »Erzähl so einen Scheiß sonst ja niemandem!«

»Ja, gut so! Fluch ein bisschen mehr, dann kauft man dir den Dämon vielleicht ab!«

Ich lief lachend voraus, Elias kam mir hinterher, holte mich ein und warf mich über die Schulter. Ein paar verdutzte Blicke begleiteten uns, während er mich in Richtung Club trug.

»Du riechst gut, mein Engel«, scherzte ich, während mir langsam das ganze Blut in den Kopf schoss.

»Ruhe auf den billigen Plätzen!«

Erst als wir angekommen waren, ließ er mich wieder runter. Er ging voraus. Die beiden finsteren Türsteher musterten mich argwöhnisch, als ich an ihnen vorbei die Kellertreppe hinunterging.

Wie erwartet, war der Club voll. Aus den Boxen dröhnte laute Rockmusik und die Luft war verraucht und warm.

Ich schälte mich aus meiner Jacke und legte sie über den freien Barhocker, vor dem Elias stehen geblieben war.

»Wow, Mia! Du siehst echt heiß aus!« Er musterte mein Outfit und schenkte mir ein schneeweißes Lächeln.

»Okay, das war jetzt dämonisch genug!«, entgegnete ich und erntete für meine Aussage ein Zwinkern.

Elias' Freunde waren da. Ich fing langsam an, mich an sie zu gewöhnen. Sofern man keine Schwäche zeigte und einem die dummen Sprüche egal waren, fielen sie nicht weiter negativ auf.

Elias blieb die ganze Zeit über bei mir, bestellte mir wirklich leckere Getränke, von denen ich noch nie gehört hatte, und unterhielt mich köstlich. Der ungezwungene Abend machte mir Spaß. Ich fühlte mich glücklich, ungeahnt entspannt und fand so gut wie alles witzig, was Elias von sich gab.

»Sag mal, Mia, kann es sein, dass du betrunken bist?«

Ich schüttelte energisch den Kopf, hörte in Anbetracht des aufkommenden Schwindels aber sofort damit auf.

Elias lachte. »Komm! Tanz mit mir, du musst den Alkohol wieder rausschwitzen!«

Er zog mich auf die überfüllte Tanzfläche und begann, sich langsam im Rhythmus der Musik zu bewegen.

Ich wurde von so vielen Seiten angerempelt, dass ich gar keine andere Wahl hatte, als es ihm gleichzutun.

Sie spielten irgendetwas Psychedelisches, das mir gefiel. Die lauten Bässe dröhnten in meinem Inneren wider und schienen mein Herz in einen anderen Takt zu versetzen.

Irgendwann im Laufe des Abends war die Außenwelt seltsam dumpf geworden, wie in Watte gepackt. Der Gedanke ließ mich grinsen.

Elias zog mich näher an sich heran. Ich legte meine Arme um ihn, hielt mich an ihm fest, damit mich die anderen nicht mehr anrempeln konnten. Er roch wirklich gut, nach irgendeinem Parfum, das ich zu Weihnachten verschenken musste.

Die Luft im Club wurde immer wärmer und verrauchter. Auf der Tanzfläche war es unglaublich heiß. Die vielen Körper, die sich so eng aneinanderdrängten, erzeugten ein erdrückendes Raumklima.

Ich hielt es kaum noch aus, befreite mich von dem Schal, den ich trug, und legte ihn Elias um den Hals. Er grinste zuerst, dann machte er große Augen.

»Welcher Dämon hat dich denn gebissen?«

Er fuhr mit den Fingerspitzen über die blassblauen Flecken – es kitzelte und ich kicherte. Ich hörte ihn irgendetwas murmeln, verstand aber nicht genau, was, und hing mich einfach wieder um seinen Hals. Allein zu stehen, war ungewohnt anstrengend.

Über Elias' Schulter hinweg sah ich eines der Mädchen aus seinem Freundeskreis. Mir war schon vorhin aufgefallen, wie sehr sie ihn anhimmelte und wie argwöhnisch sie mich musterte. Auch jetzt schenkte sie mir furchtbar dämonische Blicke.

Eigentlich war sie hübsch, also beschloss ich kurzerhand, Amor zu spielen.

»Ich hab keine Lust mehr!«, schrie ich Elias ins Ohr. Ohne seine Reaktion abzuwarten, packte ich ihn an den Armen und animierte ihn, sich umzudrehen. »Tanz doch mit ihr!«

Als er in die richtige Richtung blickte, schubste ich ihn kurzerhand in ihre Arme.

Ich verließ die Tanzfläche und ging wieder zur Bar. Ein paar von Elias' Freunden standen noch dort.

»Wo hast du denn Elias gelassen«, fragte einer der Dämonen und machte den Hocker für mich frei.

»Bei, na ja bei … ich habe ihren Namen vergessen.«

Ich wollte mich setzen, verfehlte aber kurzerhand den Hocker. Zum Glück fing mich jemand auf.

»Achtung, Süße! Du solltest besser nichts mehr trinken, du verträgst ja gar nichts!«

Ich winkte ab. So betrunken war ich nicht – wahrscheinlich.

Um der Dämonenrunde zu beweisen, dass auch Wächter trinkfest waren, drehte ich mich in Richtung Bar und winkte die Kellnerin zu mir. Als sie vor mir stand, traf mich ein Blick, den ich irgendwoher kannte. Ich hatte ihr wunderschönes Gesicht schon mal gesehen, konnte mich aber nicht erinnern, wo.

Sie zog eine der perfekt geschwungenen Augenbrauen nach oben. »Was willst du?«

»Tequila.«

Sie bedachte mich mit einem arroganten Lächeln. »Bist du überhaupt volljährig?«

Ich schüttelte kaum merklich den Kopf und wunderte mich, dass sich Dämonen für Jugendschutzgesetze interessierten.

»Dann verschwinde von der Bar! Andere wollen auch bestellen!«

Jetzt war mir klar, warum sie sich so strikt an die Vorschriften hielt. Sie mochte mich nicht, das fühlte ich deutlich.

Angestrengt dachte ich darüber nach, wo ich der schönen Dämonin schon mal begegnet war. Ich gab mich schließlich geschlagen und lief wieder in Richtung Tanzfläche.

Elias kam mir auf halber Strecke entgegen. Lange hatte er nicht mit dem Mädchen getanzt.

»Du siehst niedergeschlagen aus, alles in Ordnung? Willst du nach Hause?«

Ich schüttelte den Kopf. »Nein, aber die Kellnerin hasst mich.«

Ich fühlte mich wie damals in der Schule, als mich die älteren, hübschen Mädchen einen Freak genannt hatten.

Elias horchte sofort auf. »Wer hasst dich?«

Ich deutete in Richtung Bar. »Ich wollte etwas zu trinken bestellen, aber sie gibt mir nichts. Als ob sich Dämonen dafür interessieren, wie alt ich bin!«

Elias marschierte zur Bar und kam kurze Zeit später mit zwei Gläsern wieder. »Hier!«

»Danke!«

»Mach dir nichts draus, Fynn ist ein eifersüchtiges Biest.«

»Wer?«

»Die Kellnerin. Fynn.«

Der Name löste keine Erinnerung in mir aus, aber Elias half mir auf die Sprünge.

»Sie glaubt, nur weil sie mit Conan schläft, hätte sie hier etwas zu melden.«

Jetzt erinnerte ich mich daran, wo ich sie schon mal gesehen hatte. Sie war das Mädchen, das vor Conans Tür gewartet hatte, als ich bei ihm gewesen war. Schon damals war ich ihr gänzlich unsympathisch gewesen, wahrscheinlich weil Conan sie meinetwegen hatte warten lassen.

»Wie lange sind sie denn schon zusammen?«

Ich wusste bis heute nicht, dass Conan überhaupt eine Freundin hatte, aber ich konnte mir denken, warum er Gefallen an ihr fand. Sie war mit Abstand das schönste Mädchen, das mir jemals begegnet war.

»Sie sind nicht zusammen. Fynn ist nur Conans Sex-Spielzeug. Kein Wunder, sie ist schrecklich.«

»Schrecklich schön!«, warf ich ein.

Elias zuckte mit den Schultern. »Sie sieht vielleicht gut aus, aber glaub mir, sie ist zickiger als alle Frauen zusammen, die du kennst.«

Ich warf noch mal einen Blick auf die hübsche Fynn hinter der Bar. Sie hatte wirklich etwas Arrogantes an sich, aber zumindest war ihre Arroganz nicht unbegründet.

Elias zog mich nach hinten zu den Tischen. Wir setzten uns und ich begann, die Dämonenrunde unterhaltsam zu finden. Sie waren witzig, vor allem, nachdem ich ein weiteres Glas geleert hatte.

Langsam glaubte ich selbst daran, dass ich betrunken war, zumal ich noch nie zuvor erlebt hatte, dass sich das *Borderline* drehen konnte.

Auch an den anderen schien die Nacht nicht spurlos vorübergegangen zu sein. Vor allem Elias machte mir Konkurrenz. Als das Mädchen, das ihn schon den ganzen Abend lang angehimmelt hatte, zu ihm kam, beachtete er sie nicht sofort. Sie musste sich erst auf seinen Schoß setzen, um seinen Widerstand zu brechen. Sie legte ihre Arme um ihn, zog ihn zu sich und küsste ihn. Es war kein unschuldiger Kuss, er ließ zumindest keinerlei Zweifel an ihren Absichten offen.

Auch wenn ich wusste, dass es unhöflich war, starrte ich sie an. Elias drehte den Kopf zur Seite, aber sie schien sich nicht daran zu stören. Ihre Lippen wanderten zu seinem Hals. Ich spürte, dass er nichts dagegen gehabt hätte, sich auf ihre Berührungen einzulassen, aber als sein Blick zufällig meinen traf, kam Verlegenheit in ihm auf.

Er schob sie von sich weg.

Ich dachte, sie würde wütend werden, aber zu meiner Überraschung machte sie einfach mit einem von Elias' Freunden weiter. Ihm schien das nichts auszumachen, er kam grinsend auf mich zu und setzte sich zu mir.

»Alles in Ordnung? Amüsierst du dich?«

Ich nickte, verdrängte den Schwindel, der mich immer wieder mal heimsuchte.

Elias legte seinen Arm um mich und streichelte mit dem Handrücken über meine Wange. Seine kühlen Hände taten gut. »Willst du noch etwas trinken?«, wollte er wissen und löste mit seiner Frage etwas in mir aus, das ich zuerst nicht zuordnen konnte.

Erst als sich mein Magen zusammenzog, verstand ich, was los war.

Ich sprang auf und lief davon. Rempelnd bahnte ich mir meinen Weg über die Tanzfläche in Richtung Ausgang.

Die Übelkeit war beinahe unerträglich. Ich glaubte, mich jeden Moment übergeben zu müssen.

Vor dem Ausgang versperrten mir gut zwanzig Leute den Weg. Anscheinend hatte sich irgendeine Rangelei entwickelt, in die auch die Türsteher verwickelt waren – ein Durchkommen war so gut wie unmöglich.

Ich flehte meinen Magen an, noch durchzuhalten, aber der Boden unter meinen Füßen schwankte so sehr, dass es immer schlimmer wurde.

In meiner Verzweiflung lief ich in die andere Richtung, zu der unscheinbaren Tür, die hinauf zu Conans Büro führte.

Mir war alles recht, solange ich mir nicht im überfüllten Club die Seele aus dem Leib kotzen musste.

Da die Türsteher damit beschäftigt waren, die Rangelei in Schach zu halten, konnte ich problemlos verschwinden.

Kühle, saubere Luft schlug mir entgegen. Ich schwankte ein paar Stufen hinauf und setzte mich.

Dass ich einen Punkt an der Wand gegenüber fixierte, half mir, die Übelkeit und den Schwindel im Zaum zu halten.

Ich konzentrierte mich nur darauf, mich nicht zu übergeben, und verfluchte ganz nebenbei jeden Schluck Alkohol, den ich getrunken hatte.

Ein seltsames Geräusch ließ mich stutzen. Eigentlich dachte ich, ich wäre allein hier, aber von oben drang ein leises Geräusch an mein Ohr.

Ich raffte mich auf, langsam und vorsichtig, damit mein Magen nicht schon wieder einen Grund fand, zu rebellieren. Auf

Zehenspitzen wankte ich die Treppe nach oben – die Geräusche wurden lauter.

Es war das Stöhnen einer Frau, ihre Stimme klang heiser.

Ich schleppte mich weiter – meine betrunkene Neugier war noch schlimmer als meine nüchterne.

Als ich oben angekommen war, fiel mein Blick sofort auf das hübsche Gesicht von Fynn. Sie wurde von jemandem an die Wand gedrückt, hatte ihre Beine um seinen Körper geschlungen.

Ich wurde knallrot und bereute meine Neugier schlagartig. Der Alkohol vernebelte nicht nur meine Sinne, sondern auch meine Gabe, denn ich fühlte erst jetzt die Lust und die Erregung, die von den beiden ausging.

Fynns dämonische Aura, die eigentlich sehr vorherrschend war, wurde von einer überschattet, die mir ein Lächeln auf die Lippen trieb. Sie war schön, leuchtend, wie die von Keon.

Mein Kopf arbeitete so unzuverlässig, dass es mir zuerst wie ein Zufall vorkam. Erst nachdem ich mich schon umgedreht hatte, traf es mich wie ein Blitz.

»Keon?!«

Ich lallte seinen Namen, zog zuerst die Aufmerksamkeit von Fynn auf mich. Ihr Blick durchbohrte mich wie eine Klinge.

Er drehte den Kopf in meine Richtung und als sich unsere Blicke trafen, blieb uns beiden der Mund offen stehen.

Keon ließ sie fallen und rückte seine Kleidung zurecht.

Ich starrte noch immer fassungslos dorthin, wo mein Blick eigentlich nichts verloren hatte.

»Aber … aber du kannst doch nicht … Ich dachte, sie wäre Conans Freundin!«

Ich wäre wahrscheinlich auch im nüchternen Zustand nicht in der Lage gewesen, die Situation sofort zu durchblicken, aber mit gefühlten fünf Promille im Kopf stand ich vor einem unlösbaren Rätsel.

»Das alles geht dich einen Scheißdreck an! Was willst du überhaupt hier?!«, fauchte Fynn, während sie sich den sowieso viel zu kurzen Rock glatt streifte.

»Ich wollte … Ich meine, ich … Was machst du überhaupt hier!? Ich dachte, du wärst krank!« Ich ignorierte ihre Anfeindungen und wandte mich an Keon, dessen Unbehagen fast an meines heranreichte.

»Was suchst DU hier?!«, schrie Keon zurück.

Na gut, so viel war sicher, keiner wusste, was der andere hier verloren hatte.

»Oh mein Gott, oh mein Gott, oh mein Gott!«, quietschte ich lallend, als mir bewusst wurde, in was ich da eigentlich hineingeraten war. Der Schwindel kam zurück.

»Was bildest du dir überhaupt ein?! Verschwinde endlich!«, fauchte Fynn und stöckelte auf mich zu. Sie hob die Hand, ich zuckte zusammen, spürte schon die Ohrfeige, zu der sie ausgeholt hatte.

»Fass sie nicht an!«, schrie Keon und hielt ihre Hand fest. Er schubste sie unsanft zur Seite. »Verschwinde«, flüsterte er in Fynns Richtung.

Sie schmetterte ihm Wut entgegen, Eifersucht, Rage. Keon fing sich die Ohrfeige ein, die für mich bestimmt gewesen war.

Ich sah den drei Fynns dabei zu, wie sie die Treppe hinunterstürmten und durch die drei Türen verschwanden. Der Boden begann wieder, sich unter mir zu wölben.

Ich fühlte Keons Hand auf meiner Schulter, sie drehte mich in seine Richtung. »Du bist sternhagelvoll!«

Ich nickte.

»Musst du kotzen?«

Bereits während ich erneut nickte, hob mich Keon von hinten hoch, weg von der Treppe.

Ich sackte zu Boden und übergab mich. Der Schwindel wurde immer unerträglicher. Ich jammerte vor mich hin.

»Schon gut, kotz einfach weiter.«

Ich befolgte Keons Rat und erbrach mich so lange, bis absolut nichts mehr ging. Mir war noch immer übel, aber der Boden unter mir hatte aufgehört, sich zu bewegen.

Keons Hand lag die ganze Zeit über auf meinem Rücken und lenkte mich ein wenig von meinem Elend ab. »Geht es wieder?«

Ich versuchte, mich aufzuraffen – er half mir dabei. Auch wenn ich noch ein bisschen wackelig auf den Beinen stand, ging es mir besser.

»Entschuldige«, murmelte ich.

»Ach, vergiss es. Du hast vor Conans Bürotür gekotzt, besser hätte diese Nacht nicht enden können.« Keon lachte.

Ich wollte auch lächeln, aber mir fehlte die Kraft. Eine unglaublich starke Müdigkeit überkam mich.

»Na komm! Wir gehen nach Hause. Ich schätze, wir wollen beide ins Bett.«

Keon hob mich hoch. Ich legte meinen Kopf an seine warme Brust und döste sofort weg.

SCHLECHTES GEWISSEN

Ich wurde wach, weil das flaue Gefühl in meinem Magen immer schlimmer wurde. Während ich meinen Oberkörper anhob, explodierte irgendetwas in meinem Kopf.

Das grelle Sonnenlicht, das durch das Fenster in mein Zimmer drang, veranlasste mich dazu, die Augen zusammenzukneifen.

Ich fühlte mich miserabel.

Vollkommen desorientiert wankte ich durch mein Zimmer. Ein Blick in den Spiegel verriet mir, dass ich mindestens so furchtbar aussah, wie ich mich fühlte. Meine Haare ließen vermuten, dass ein Vogel darin genistet hatte, und meine Gesichtsfarbe war von der weißen Wand hinter mir kaum zu unterscheiden.

Paralysiert setzte ich mich an meinen Schreibtisch und ließ den Kopf auf die Tischplatte fallen.

Das Letzte, an das ich mich erinnern konnte, war, dass ich im *Borderline* gesessen hatte und Elias von irgendeiner seiner Freundinnen angemacht worden war.

Ich musste viel zu viel getrunken haben.

Verwirrt schleppte ich meinen noch müden und verkaterten Körper ins Badezimmer. Ich wollte zumindest die äußerlichen Spuren der letzten Nacht beseitigen.

Mit geschlossenen Augen lehnte ich an den Fliesen und ließ das heiße Wasser auf mich niederprasseln. Langsam, aber sicher meldeten sich die ersten Lebensgeister in mir zurück.

Ich erinnerte mich an meine Übelkeit, die Rangelei an der Tür, die kühle Luft auf der Treppe zu Conans Büro. Als mein Gedächtnis auch noch den letzten Teil des Abends rekonstruiert hatte, traf mich fast der Schlag.

Ich sprang aus der Dusche, rannte in mein Zimmer, zog mir irgendetwas über und lief dann einen Stock höher.

Ich wollte gerade anfangen, gegen die Tür zu hämmern, als ich spürte, dass er nicht da war.

Nervosität machte sich in mir breit. Keon war gestern Nacht allein unterwegs gewesen. Er hatte mich zwar nach Hause gebracht, aber ich hatte keine Ahnung, was danach mit ihm passiert war.

Ich lief hinunter in die Eingangshalle, versuchte, mich zu konzentrieren, irgendwo seine Aura wahrzunehmen – vergebens.

Wenn ihm irgendetwas passiert war, würde ich mir das niemals verzeihen können.

Ich verfluchte mich, schämte mich dafür, dass ich mich so hatte gehen lassen. Hätte ich nicht so viel getrunken, hätte ich schon gestern Nacht kapiert, dass Keon abgehauen war, um sich mit Fynn zu treffen. Ich wäre nicht einfach eingeschlafen und hätte ihn sich selbst überlassen.

Meine Kehle schnürte sich zu. Ich lief in Richtung Keller, rannte beinahe das neue Mädchen um. Ich entschuldigte mich, hatte aber keine Zeit, mich weiter mit ihr zu beschäftigen. Verwirrte Blicke folgten mir, als ich die Treppe hinunterrannte.

Aus der Trainingshalle war deutlich das Klirren von Metall zu hören. Noch während ich die Tür aufriss, fiel mir ein Stein vom Herzen. Ich fühlte Keons leuchtende Aura neben der von Kevin.

Als ich hereinplatzte, stoppten die beiden ihr Training.

»Mia, alles klar?«, wollte Kevin wissen und musterte mich verwirrt.

Keon verzog keine Miene, ich spürte aber deutlich so etwas wie Nervosität in ihm aufkommen. Unsere Blicke trafen sich und er begann, kaum merklich den Kopf zu schütteln. Noch immer wartete Kevin auf meine Antwort. Ich biss mir auf die Zunge.

»Entschuldigt bitte, ich wollte euch nicht stören, aber ich … ich suche mein Schwert und dachte, es wäre vielleicht hier.«

»Du hast Gabriels Schwert verloren?!«, fragte Kevin schockiert und kaufte mir meine Lüge ab.

Keons Nervosität legte sich wieder.

Während Kevin mir half, den Raum nach einem Schwert abzusuchen, das oben in meinem Zimmer lag, schenkte ich Keon böse Blicke. Er hatte mich einfach so in seine Lüge integriert, mich zu seinem Komplizen gemacht.

Ich hätte Kevin verraten sollen, wo er sich letzte Nacht herumgetrieben hatte – er würde Raphael Bescheid geben und Keon hätte bestimmt noch zwei Bodyguards mehr, die ihn ständig überwachten.

Meine Unentschlossenheit machte mich wütend. Einerseits machte ich mir große Sorgen um ihn und hätte am liebsten hundert Wächter ständig an seiner Seite gewusst, und andererseits konnte ich verstehen, dass er sich überwacht und bevormundet fühlte. Alle wollten ihn vor einem Kampf beschützen, den er so oder so austragen würde.

»Tut mir leid, Mia. Hier ist es nicht«, meinte Kevin schließlich.

»Ach, schon gut, wahrscheinlich liegt es noch in der Motorradaufhängung.« Ich zuckte mit den Schultern.

»Du solltest echt besser auf das Ding aufpassen! Ich glaube nicht, dass man so schnell an ein weiteres Erzengelschwert kommt!«

Kevins Unverständnis, was meine gespielte Schusseligkeit betraf, war natürlich berechtigt. Hätte ich wirklich Gabriels Schwert verloren, wäre ich verzweifelt gewesen.

»Ja, ich werde in Zukunft besser darauf aufpassen«, versprach ich einsichtig.

»Ich helfe ihr suchen«, meldete sich Keon zu Wort.

Kevin nickte. »Ja, wir sollten es mit dem Training sowieso nicht übertreiben, du warst schließlich gestern noch krank.«

Anscheinend hatte Keon die Geschichte mit seiner angeblichen Grippe nicht nur mir aufgetischt.

Er folgte mir stumm in die Garage. Als die Tür hinter uns zufiel, konnte ich mich nicht mehr zurückhalten.

»Sag mal, bist du irre?!«, schrie ich und gestikulierte meine Worte mit.

Im Gegensatz zu mir, musste sich Keon noch mal umsehen, um sicherzugehen, dass wir wirklich allein waren. Als er damit fertig war, verfinsterte sich seine Miene.

»Schrei mich nicht an!«, schrie er zurück und machte ein paar Schritte auf mich zu.

Als er vor mir innehielt, fiel es mir schwer, meinen finsteren Blick beizubehalten, zumal seine blöde Aura so hell leuchtete, dass mir ganz warm ums Herz wurde.

Seine Stimme wurde leise, ein Flüstern. »Du darfst niemandem erzählen, dass du mich gestern Nacht im *Borderline* getroffen hast! Wenn das rauskommt, kauft mir Raphy eine Leine und hält mich wie einen Hund!«

Ich schüttelte den Kopf und versuchte, meine Stimme so wütend wie möglich klingen zu lassen. »Du lügst uns alle an!

Behauptest, du wärst krank, und dann bringst du dich selbst in Gefahr, nur um mit Conans Freundin zu …«

Ich wurde rot, als ich mir das Bild von letzter Nacht in Erinnerung rief. Noch nie war mir etwas so unangenehm gewesen. Was dieses Erlebnis anging, war ich froh, dass mein Blick etwas vernebelt gewesen war.

In Keon stieg ebenfalls Scham hoch, aber nur kurz, denn sie wurde von Wut überschattet. »Sie ist nicht seine Freundin!«

»Natürlich ist sie das! Oh mein Gott, wieso denn ausgerechnet …«

Ich stockte, weil mir etwas einfiel. Ich erinnerte mich daran, dass Keon vor geraumer Zeit furchtbar wütend darüber gewesen war, dass das Mädchen, mit dem er sich traf, ihn mit einem anderen hinterging.

Das Mädchen war Fynn und der andere Mann Conan.

»Du bist ja so ein Idiot! Musst du dir denn jeden verdammten Erzdämon auf der Welt zum Todfeind machen?!« Ich schüttelte verständnislos den Kopf.

Keon legte es anscheinend wirklich darauf an. Jetzt war mir auch klar, warum die Stimmung zwischen ihm und Conan immer so eisig war.

»Sie ist nicht seine Freundin!«, wiederholte er genervt.

»Aber deine, oder wie?«

Ich verschluckte mich an meinen eigenen Worten, musste husten. Mir wurde wieder übel.

»Was denn? Bist du eifersüchtig?«

»Auf deine dumme, bedeutungslose Affäre?!«

»Es geht dich rein gar nichts an, hörst du!«

»Es interessiert mich auch nicht!«

Stille breitete sich aus.

Ich wandte meinen Blick ab, versuchte, durchzuatmen, um das flaue Gefühl im Magen loszuwerden.

»Was hattest du überhaupt im *Borderline* verloren?«

Er hatte sich wieder beruhigt, ich spürte Sorge in ihm aufkommen, wahrscheinlich weil ich mir den Bauch hielt.

»Ich war mit Elias dort.«

»Und deshalb hast du dich so volllaufen lassen?«

»Ich habe mich übernommen … Tut mir leid, dass ich …«

»Iss etwas, dann geht es dir besser.«

Keon wollte gehen, aber ich hielt ihn am Arm fest. »Versprich mir, dass du dich nicht wieder allein wegschleichst!«

Er drehte sich um, sah mich an. »Das kann ich dir nicht versprechen.«

Ich biss mir auf die Unterlippe. »Dann lass mich wenigstens bei dir bleiben, wenn du schon die anderen nicht um dich haben willst.«

Er lachte. »Und was willst du machen, wenn Tristan mich angreift?«

Ich zuckte mit den Schultern. »Ich könnte zumindest Hilfe holen. Bitte!«

»Du lässt dich sowieso nicht abhalten, oder?«

Ich schüttelte den Kopf. Nein, jetzt wo ich wusste, wie leichtsinnig Keon war, würde ich ihn bestimmt nicht mehr aus den Augen lassen.

»Mach, was du für richtig hältst!« Er zog seinen Arm weg und verschwand durch die Tür.

Ich blieb noch eine Weile stehen und ärgerte mich über die Tatsache, dass, selbst wenn ich meinen Willen bekam, ich mich nach einem Wortgefecht mit Keon nie wirklich wie ein Gewinner fühlte.

Mein Kater verschwand nach einem ausgiebigen Frühstück.

Im Speisesaal traf ich unter anderem Nick, der mir mit seinen verliebten Gefühlen den Tag versüßte.

Die Stimmung war allgemein viel gelöster als noch vor einigen Tagen. Alle hatten sich von den unzähligen Einsätzen erholt und der wieder eingekehrte Alltag vertrieb zum Teil die Angst vor dem Ungewissen.

Während ich mir das dritte Schokoladencroissant genehmigte, läutete mein Handy. Ich kannte die Nummer nicht, also nahm ich den Anruf so freundlich wie möglich entgegen.

»Ja bitte?«

»Mia?«, wollte der Anrufer wissen, seine Stimme kam mir bekannt vor.

»Ja! Wer ist denn da?«

»Hier ist Conan.«

Panik kroch in mir hoch. Conan hatte mich noch nie angerufen. Ich wusste nicht mal, dass er meine Nummer hatte. Meine Wangen fingen an, zu glühen, zumal ich befürchtete, dass er herausgefunden hatte, dass ich für die Schweinerei vor seinem Büro verantwortlich war.

»Ich muss unbedingt mit dir reden.«

Ich schluckte. »Um was geht es denn?«

»Ich will persönlich mit dir sprechen.«

Seine Stimme verriet keinerlei Emotion, sie klang nur unglaublich kühl.

»Ja, natürlich! Soll ich ins *Borderline* kommen?«

»Nein. Ich würde dich gern am Friedhof treffen, dort kann ich dir am besten erklären, was mir durch den Kopf geht.«

Ich stutzte. »Okay, wann soll ich da sein?«

»So schnell du kannst.«

»Na gut, dann bin ich in einer Stunde dort!«

»Gut, aber erzähl niemandem von unserem Treffen, was ich dir zu sagen habe, ist nur für dich bestimmt!«

»Okay, verstanden.«

»Na dann bis gleich.«

»Bis gleich!«

Ich drückte ihn weg und sah mich um. Den anderen war nicht mal aufgefallen, dass ich telefoniert hatte. Ich verabschiedete mich so beiläufig wie möglich und verschwand auf mein Zimmer.

Die Neugier fraß mich beinahe auf. Was wollte Conan nur mit mir besprechen? Hatte er vielleicht eine Vision gehabt? Aber warum trafen wir uns auf dem Friedhof?

All diese Fragen stellte ich mir, während ich meine Trainingssachen gegen eine Jeans-T-Shirt-Kombination tauschte. Ich hoffte inständig, dass unser Treffen nichts mit der gestrigen Nacht, Keon oder Fynn zu tun hatte, aber solange die Schöne nichts ausgeplaudert hatte, konnte er nichts von diesen Geschehnissen wissen.

Bevor ich ging, klopfte ich noch einmal an Keons Zimmertür.

Er öffnete genervt.

»Hör zu, ich bin jetzt zirka eine Stunde lang unterwegs! Schaffst du es, in dieser Zeit brav in deinem Zimmer zu bleiben, ohne auszubüxen, um irgendwelche Dämonenmodels im Stehen zu beglücken?«

Keon äffte mich nach und rollte dann genervt mit den Augen.

»Ich nehme das jetzt mal als ein Ja! Also sei lieb und beschäftige dich still, solange ich weg bin!«

Mit einem Augenzwinkern ließ ich Keon stehen. Ich musste grinsen, als mir seine Wut entgegenschlug.

Nicht nur er konnte dumme Sprüche loslassen.

Während ich zu meinem Motorrad ging, nahm ich mir fest vor, in nächster Zeit gut auf ihn aufzupassen. Noch so einen Schock wie heute Morgen wollte ich nicht erleben.

GLAUBEN HEISST SEHEN

Es begann, leicht zu nieseln, also fuhr ich, so schnell ich konnte. Ich wollte nicht im strömenden Regen auf dem Motorrad sitzen, zumal die Straßen immer rutschiger wurden.

Ich kam früher als gedacht vor den großen, imposanten Toren des Friedhofs an. Ich war schon lange nicht mehr hier gewesen. Das letzte Mal mit Keon, als ich meinen ersten Ghul gesehen hatte, aber das zählte nicht wirklich.

Mein Gewissen plagte mich, während mich meine Beine vorbei an den Kriegsgräbern trugen. Früher war ich jede Woche hier gewesen, aber irgendwann beschränkten sich meine Besuche nur mehr auf Feiertage.

Ich bog zielsicher an dem efeuberankten Steinkreuz ab, vorbei an Gräbern, deren Inschriften ich auswendig kannte.

Wahrscheinlich hatte ich Angst gehabt, herzukommen, weil ich es schon so lange hinausgezögert hatte.

Auch heute war ich eigentlich nur wegen Conan hier, was mein Gewissen nicht gerade beruhigte.

Ich hielt vor dem großen weißen Marmorengel inne, der schon seit Jahren tief in sein Gebet versunken war. Seine Flügel waren an den Spitzen mit Moos bedeckt und auf seiner Schulter saß ein kleiner Vogel, der mich neugierig musterte.

Ich schluckte schwer und ließ mich auf dem schmalen, quadratischen Stein nieder, der als provisorische Sitzgelegenheit diente. Oft hatte ich stundenlang hier gesessen und mich gefragt, wie ihr Leben ausgesehen hatte.

Meine Tante hatte mir Geschichten über ihre Gutmütigkeit und ihr sanftes Wesen erzählt, und trotzdem tat ich immer schwer daran, mir tatsächlich vorzustellen, was für ein Mensch meine Mutter gewesen war.

Die Geschichten über sie verrieten so wenig über ihr Leben, dass es mich oft traurig stimmte.

Wer mein Vater war, schien sie bewusst verschwiegen zu haben, über ihre Beziehungen hatte sie angeblich nie ein Wort verloren.

Sie wollte Lehrerin werden, hatte Geschichte und Kunst studiert. Ich hatte mich oft gefragt, wie mein Leben verlaufen wäre, wäre sie nicht gestorben, aber meine Mutter würde für mich immer nur eine vage Erinnerung bleiben, egal wie lange ich den weißen Marmorengel auch anstarrte.

Während ich dasaß und meine Melancholie genoss, klingelte mein Handy. Ich rechnete mit einem Anruf von Conan, aber ich irrte mich.

»Hey, Mia!«

»Elias, hallo!«

»Geht es dir wieder besser?«

Die Frage war mir unangenehm, weil ich meinen Zustand gestern selbst verschuldet hatte.

»Ja, danke.«

»Ich konnte dich gestern nicht mehr finden. Ich habe mir Sorgen gemacht und dich ein paar Mal angerufen. Keon hat den Anruf irgendwann entgegengenommen und mich zusammengestaucht, weil ich zugelassen habe, dass du dich so betrinkst.«

Ich seufzte.

»Es tut mir leid, dass dir schlecht geworden ist! Ich wollte dich nicht zum Trinken verleiten oder …«

»Schon gut!«, unterbrach ich Elias. »Du musst dich nicht entschuldigen! Ich bin selbst dafür verantwortlich, was ich tue oder wie viel ich trinke.«

»Trotzdem, ich hätte aufpassen müssen.«

Er schwieg kurz, aber bevor ich ihm versichern konnte, dass es nicht notwendig war, auf mich aufzupassen, wollte er wissen, wo ich war, weil der Handyempfang zu wünschen übrig ließ.

»Ich bin gerade auf dem Friedhof. Conan wollte sich mit mir treffen.«

Kaum hatte ich es ausgesprochen, bereute ich meine Ehrlichkeit. Ich sollte eigentlich niemandem verraten, dass ich hier war, aber Conan hatte bestimmt nichts dagegen, wenn Elias Bescheid wusste, schließlich arbeitete er für ihn.

»Ich habe noch deinen Schal, den wollte ich dir zurückgeben.«

Ich erinnerte mich daran, Elias auf der Tanzfläche meinen Schal umgelegt zu haben.

»Ah, ja. Was hältst du davon, wenn ich später noch bei dir vorbeifahre? Ich melde mich, sobald ich hier fertig bin!«

»Mach das, und entschuldige noch mal wegen gestern!«

»Da gibt es nichts zu entschuldigen!«

Ich legte auf und steckte das Handy zurück in meine Tasche. Elias ließ sich von Keon viel zu schnell ein schlechtes Gewissen einreden, das würde ich ihm abgewöhnen müssen.

Es hatte angefangen, zu regnen. Ich zog die hellgraue Lederjacke zu und vergrub mein Gesicht im Kragen.

Eine Kerze brannte in der schwarzen Laterne. Sie konnte noch nicht lange hier sein, genauso wie die weiße Rose, die vor dem Grabstein lag.

Ich nahm mir vor, Raphael vor meinem nächsten Besuch um ein paar seiner Rosen zu bitten.

Es war mir unangenehm, mit leeren Händen hier aufzutauchen, aber ich versuchte, ihr, so gut es ging, zu zeigen, wie glücklich ich war. Sie sollte wissen, dass ich meine Bestimmung gefunden hatte und nicht mehr unter meiner Gabe litt.

Während ich über all die positiven Veränderungen in meinem Leben nachdachte, blieb mein Blick am linken unteren Rand des Grabsteins hängen. Neugierig stand ich auf, trat näher heran.

Ich kratzte das Moos weg, das gut die Hälfte des kleinen, eingemeißelten Symbols verdeckte. Es war mir noch nie aufgefallen, was kein Wunder war, da ich immer damit beschäftigt gewesen war, den imposanten, schönen Marmorengel über ihrem Grab anzustarren.

Je deutlicher sich die feinen Linien zu erkennen gaben, umso hektischer wurde ich. Meine Nägel kratzten das hartnäckige Moos weg. Dass meine Finger schon schmerzten, war mir egal.

Immer wieder wischte ich über die verwitterte Fläche, als würden sich die Linien doch noch verändern und zu einem Symbol werden, das mir nicht so vertraut war.

Der Rosenkranz mit dem geflügelten Kreuz – das Wappen des Ordens, meines Ordens – war in ihr Grab gemeißelt worden.

Ich stand auf, trat einen Schritt zurück und schüttelte ungläubig den Kopf.

Wieso war es mir noch nie aufgefallen?

Wieso hatte ich es erst jetzt bemerkt?

Ich strich mir die nassen Haarsträhnen aus dem Gesicht.

Seit ich um die Bedeutung dieses Symbols wusste, hatte ich mir ihr Grab nicht mehr angesehen. Wahrscheinlich war es schon immer da gewesen, sichtbar für alle Eingeweihten, unsichtbar für Unwissende.

Eine innere Unruhe breitete sich in mir aus, ein Gefühl von Leere, Unwissenheit, Tatendrang. Ich wollte auf dem Absatz kehrtmachen, zurück zum Schloss fahren und Raphael nach der Bedeutung des gravierten Grabsteins fragen, aber noch bevor ich mich umdrehen konnte, lähmte mich plötzlich die Dunkelheit.

Wie angewurzelt stand ich da, starrte auf das Ordenswappen und hörte das laute Prasseln des Regens. Mein Verstand schien wie benebelt, konnte keine Erklärung für das, was gerade geschah, finden.

Ich zwang mich, mich umzudrehen, meine Augen wollten sehen, was meine Gabe schon längst erkannt hatte.

Er war gut zehn Meter entfernt, trug einen dunkelgrauen Ledermantel und hatte seine Hände in den Hosentaschen versteckt. Langsam und ohne Hektik kam er auf mich zu – alles schien für einen Moment in Zeitlupe abzulaufen.

Ich blickte in seine leeren Augen, sah mich um, spielte mit dem Gedanken, wegzulaufen, erkannte aber, dass es sinnlos gewesen wäre.

»Hat dir denn niemand beigebracht, dass man Erzdämonen nicht vertrauen darf?« Seine Stimme klang so kalt, dass sie mich schaudern ließ.

»Ich vertraue Conan! Dass du unser Vertrauen ausnutzt, ändert nichts daran.«

Je näher er kam, umso heftiger schlug mein Herz gegen meine Brust. Ich atmete durch, ermahnte mich zur Ruhe, versuchte, die Angst einfach auszublenden.

Als er vor mir innehielt, wurde mir eiskalt. Meine Hände begannen, zu zittern – ich ballte sie zu Fäusten.

Seine schwarzen Augen musterten mich. »Hmm, ja. Dein törichtes Vertrauen zu ihm hat es mir tatsächlich sehr leicht gemacht.«

Ich verfluchte mich für meine Leichtgläubigkeit. Auch wenn er sich am Telefon genau wie Conan angehört hatte, die Kälte in seiner Stimme und seine seltsame Bitte hätten mir eine Warnung sein sollen.

»Du hast Pech! Keon ist nicht hier! Du wirst ihn niemals kriegen, der Orden beschützt ihn!«

In meiner Stimme schwang mit einem Mal Mut mit. Ich wusste nicht, wo ich ihn hernahm.

Tristans dumpfes Lachen hallte über den Friedhof. »Ja, sie beschützen ihn, aber nicht dich.«

Ich schluckte, trat einen Schritt zurück, als mir endgültig bewusst wurde, wie aussichtslos meine Situation war.

»Was willst du von mir? Wieso machst du dir die Mühe, mich hierherzulocken?«

Der Mut hatte meine Stimme und mich verlassen. Ich versuchte trotzdem, keine Angst zu zeigen, denn er brannte förmlich darauf, so etwas wie Furcht in meinen Augen zu lesen.

»Du solltest ursprünglich nicht mehr als ein Köder für Keon sein.« Er grinste, entblößte die schneeweißen Zähne. »Ursprünglich warst du nichts weiter als ein Köder«, wiederholte er triumphierend.

Ich konnte seine plötzliche Überschwänglichkeit nicht nachvollziehen.

Er griff nach meinem Hals, ich wich zurück, wäre gestolpert, hätte er mich nicht gegen den Grabstein gedrückt. Meine Hände tasteten nach seiner Hand, aber ich konnte seinen Griff nicht lockern.

»Conan, Raphael, Gabriel – es hat mich gewundert, warum all diese großen Namen einem einfachen Menschen wie dir so verfallen sind.«

Mein Atem ging sowieso schon hastig, jetzt, wo er mir die Kehle zudrückte, rang ich nach Luft. Ich wollte mich losreißen, mich wehren, kämpfen, aber ich war zu schwach.

»All die Großen, und dann dieses unglaublich bekannte Gesicht.« Er fuhr mit der freien Hand über meine Wange.

Ich verstand seinen Satz nicht, spürte nichts als Hass, Wut und Dunkelheit in ihm.

»In Memoriam Lux – In Erinnerung an das Licht«, las er die Inschrift vor, die ich schon hundertmal gelesen hatte. »Ich war mir bis jetzt nicht sicher, aber dass du hier zu diesem Grab gegangen bist, beseitigt jeden Zweifel!«

»Wovon redest du?!«, ächzte ich. In meinen Ohren rauschte das Blut.

»Du bist Lias Tochter!«

Er ließ wieder von mir ab, trat einen Schritt zurück und musterte mich. Ich atmete ein paar Mal tief ein und schüttelte den Kopf.

»Woher kennst du meine Mutter?!«, schrie ich, als ich wieder zu Atem gekommen war.

Der Hass und die Wut in ihm wichen dem Wahnsinn. »Du hast keine Ahnung, oder? Sie haben dir nichts erzählt!« Tristan lachte laut auf, verstummte dann aber sofort wieder. »Lias Tochter! Lia hatte ein Kind! Wie konnte der Orden das nur so viele Jahre über verheimlichen?« Er schien sich selbst erst jetzt wirklich sicher zu sein.

Ich zitterte am ganzen Körper, teils aus Kälte, teils aus Verzweiflung.

Er kam wieder näher, drückte mich gegen den harten, kalten Marmor und legte seine Hand abermals um meinen Hals. »Du solltest nur der Köder für meine Rache sein und jetzt bist du der Schlüssel zur Erfüllung meines Schicksals!«

Sein Griff verfestigte sich, ich wollte schreien, um mich schlagen, aber ich bekam keine Luft mehr und Tristans Gesicht vernebelte langsam vor meinen Augen.

»Schlaf ein, Mia!«

Seine Stimme war nur mehr ein leises Rauschen. Ein dumpfer, intensiver Schmerz im Magen ließ mich endgültig das Bewusstsein verlieren.

HASS, WAHNSINN UND SCHMERZEN

Zuerst nahm ich die vielen fremden Stimmen um mich wahr.

Mein Bewusstsein war noch irgendwo zwischen Traum und Wachzustand gefangen. Ich fühlte mich schlecht, mir war kalt und der Untergrund, auf dem ich lag, war hart.

Die Stimmen kamen näher, wurden lauter. Ich erkannte eine von ihnen, sie war kühler als die anderen.

Irgendetwas in mir ermahnte mich, so schnell wie möglich die Augen zu öffnen und wieder vollends zu Bewusstsein zu kommen. Als ich meiner Intuition folgte, bestätigte sich das ungute Gefühl in mir.

Ich sah in die schwarzen leeren Augen von Tristan. Er hatte sich über mich gebeugt und lächelte mich an. Neben ihm standen noch andere Dämonen, die mich ungläubig musterten.

Ich versuchte, mich aufzuraffen, mein Puls begann zu rasen. Ich konnte meinen Körper nur ein paar Zentimeter nach oben bewegen, dann stieß ich auf Widerstand. Tristan hatte seinen Fuß auf meinen Oberkörper gestellt, drückte mich mit der Sohle seiner schweren schwarzen Stiefel wieder auf den kalten Steinboden.

Ich stöhnte auf, als er sein Gewicht verlagerte.

»Du solltest es dir zweimal überlegen, bevor du irgendwelche Dummheiten versuchst.«

Nachdem er seine Drohung ausgesprochen hatte, rechnete ich damit, dass er seinen Fuß von mir runternehmen würde, aber er trat nur noch fester zu.

Ich schrie auf, weil ich jeden Moment damit rechnete, dass eine meiner Rippen brechen würde.

Mein Schmerz gefiel ihm, er lächelte.

Ich verstummte, wollte ihm nicht die Genugtuung geben, meine Schreie zu hören, aber innerlich zerriss es mich beinahe.

Als er seinen Fuß endlich wegnahm, raffte ich mich sofort auf. Alle Augen waren auf mich gerichtet.

Erst jetzt erkannte ich das Ausmaß meiner Situation. Mein Blick schweifte umher – ich blickte in die Gesichter von rund hundert Dämonen. Am Ende des Raums stand ein aufwendig verzierter Thron, der einen Überblick über den langen Tisch in der Mitte bot. Es war eine Art Versammlungsraum, aber er wirkte wie aus einer anderen Zeit.

»Ist sie wirklich Lias Tochter?«, hörte ich einen der Dämonen fragen.

Tristan nickte.

»Wie konnte Raphael sie so lange versteckt halten?«

»Es ist egal, wie lange er sie verstecken konnte! Jetzt ist sie hier!«, schrie der Erzdämon wütend.

Es schien ihm zu schaffen zu machen, dass er erst jetzt herausgefunden hatte, wer meine Mutter war, aber ich konnte mich in diesem Moment nicht mit dem Warum beschäftigen.

Ich suchte nach irgendeiner Möglichkeit, zu fliehen. Keine fünf Meter entfernt war eine große hölzerne Flügeltür. Ich war mir sicher, dass sie in die Freiheit führte, aber ich wusste nicht, wie ich es bis dorthin schaffen sollte.

Ich versuchte, mich möglichst unauffällig umzusehen, um die Dämonen nicht von ihrer hitzigen Diskussion abzulenken. Sie unterhielten sich über meine Mutter, ihr Name fiel ständig, aber ich hörte nicht bewusst hin.

Tristan wandte sich endlich von mir ab und einer Gruppe Dämonen zu. Er schien ihre lautstarke Debatte beenden zu wollen.

Als er mir den Rücken zuwandte, witterte ich meine wahrscheinlich einzige Chance. Wenn ich es jetzt nicht versuchen würde, würde ich wahrscheinlich hier und heute sterben.

Ich stieß mich von der Wand ab, an der ich gelehnt hatte, und lief los. Der Überraschungseffekt half mir, die ersten paar Meter ohne Widerstand hinter mich zu bringen. Erst als ich nach der metallenen Türklinke griff, stürmten die ersten Dämonen auf mich zu.

Einer packte mich von hinten, aber ich schaffte es, mich loszureißen. Zwei weitere griffen von der Seite an. Meine Todesangst half mir, sie außer Gefecht zu setzen.

Wieder tastete ich in Panik nach der Klinke – Tristan schrie irgendetwas. Die Tür öffnete sich – das Tageslicht brach sich durch den Spalt.

Ich wurde von hinten gepackt. Fünf weitere Dämonen stürmten von beiden Seiten auf mich zu, rissen mich zu Boden. In dem Moment, als mein Gesicht auf den kalten Steinboden gedrückt wurde, starb meine Hoffnung.

»Lasst sie los!«, hörte ich Tristan schreien.

»Aber …!«

»Ich sagte, lasst sie los!«

Sie hörten auf den Erzdämon und ließen von mir ab. Ich raffte mich sofort auf und wollte wieder versuchen, mir meinen Weg zu bahnen, aber ich konnte mich nicht bewegen. Eine unsichtbare Mauer aus Energie preschte mir entgegen und schleuderte mich gegen eine Wand.

Tristan kam auf mich zu, hatte die Hand ausgestreckt. Ich hatte vergessen, dass er diese Fähigkeit hatte, er hatte sie auch schon mal gegen Keon eingesetzt.

Ich wurde weiter gegen die Wand gedrückt, konnte mich nicht von dieser unsichtbaren Kraft befreien.

»Und? Hast du es dir zweimal überlegt?«

Er packte mich an den Schultern und schleuderte mich von der Tür weg in Richtung Raummitte.

Ich raffte mich wieder auf, wollte nicht vor ihm auf dem Boden kriechen, auch wenn mein ganzer Körper schmerzte.

Er hielt vor mir inne, musterte mich mit einem hoheitsvollen, eiskalten Blick. »Ob du willst oder nicht, du wirst mir dabei helfen, Keon zu töten, und dann …«

Meine Faust landete direkt in seinem Gesicht. Die Wucht meines Schlags überraschte mich selbst. Jeder Mensch, jeder Dämon wäre von diesem Schlag ausgeknockt worden. Tristan wandte nur sein Gesicht zur Seite.

Dunkelrotes Blut lief ihm aus der Nase, über seine Lippen. Alle Dämonen hatten die Luft angehalten, nur meine panischen, verzweifelten Atemzüge waren zu hören.

Ich spürte, dass zumindest einer meiner Finger gebrochen war, aber der Schmerz verschwand hinter der tiefen Verzweiflung, die mich übermannte.

Tristan drehte sein Gesicht wieder in meine Richtung, legte den Kopf schief und riss die Augen auf. »Raus hier«, flüsterte er drohend.

Seine Aufforderung galt nicht mir, sondern den Dämonen um uns herum.

»Verschwindet!«, brüllte er und ließ dabei den ganzen Raum erbeben. Was ich in ihm spürte, war nichts als Wut – blind, intensiv und unberechenbar.

Die Dämonen verschwanden durch schmale Seitentüren. Als auch der Letzte von ihnen den großen Raum verlassen hatte, begann Tristan, leise zu lachen.

»Weißt du, was der größte Fehler von euch Menschen ist?«
Er ging langsam hin und her, hatte die Hände gefaltet. »Ihr
lasst euch von euren Gefühlen so sehr beeinflussen, dass sie
euch nur in den Tod führen können!«

Er hielt vor mir inne, ließ die schneeweißen Zähne aufblitzen
und holte so unerwartet aus, dass nicht einmal einer meiner
Reflexe auf seinen Schlag reagieren konnte.

Ich landete auf dem Boden, mein Gesicht brannte wie Feuer.

»Deshalb werdet ihr auch alle sterben! Nur Dämonen sind
würdig, weiter zu existieren!«

Wieder raffte ich mich auf, versuchte, mich unbeeindruckt
zu zeigen, aber seine Unberechenbarkeit gepaart mit dem
Wahnsinn, der immer wieder die Oberhand gewann, machte
mir unglaublich große Angst.

Er kam auf mich zu, ich wollte zurückweichen, aber wohin
sollte ich schon fliehen. Diesmal war ich auf seinen Angriff
vorbereitet. Ich verfestigte meinen Stand, rechnete jeden Moment mit einem ähnlich schmerzhaften Schlag.

»Ihr seid so schwach, dass ihr Gefühlen nachgeben müsst,
die euch in den sicheren Tod führen!«

Er griff nach meinem Arm, zog mich zu sich heran. Ich wollte ihn treten, aber er verdrehte meine Hand so sehr, dass ich
aufschrie.

»Na? Tut das weh?«, hauchte er bedrohlich.

Ich ging in die Knie, als es in meinem Handgelenk knackte.

Wieder schlich er auf und ab, mein schmerzverzerrtes Gesicht amüsierte ihn. Er sollte sich nicht an meinem Leid ergöt-
zen, also legte ich all meinen Schmerz in einen hasserfüllten
Blick.

Tristan wischte sich das letzte bisschen Blut weg, das ihm
aus der Nase lief, und zog mich dann auf die Beine. Er warf
mich gegen die Wand, drückte mich dagegen und schlug wieder zu.

Jetzt lief mir das Blut übers Gesicht. Noch bevor ich den metallischen Geschmack in meinem Mund wahrnehmen konnte, landete der nächste Schlag in meinem Magen. Ich sackte zusammen, konnte nicht mehr einatmen.

Ich spürte seinen Schuh an meiner Seite. Mit einem Tritt drehte er mich auf den Rücken. Er beugte sich über mich, legte seine Hand auf meinen Hals und drückte zu.

Tränen liefen mir über die Wangen, als ich nach Luft schnappte. Gerade als ich drohte, ohnmächtig zu werden, lockerte er seinen Griff.

»Wenn du mich töten willst, dann tu es!«, ächzte ich. Meine Stimme war kaum noch vorhanden.

Er lachte sein wahnsinniges Lachen, ließ mich liegen und ging zu seinem Thron. Als er zurückkam, hatte er mein Handy in der Hand.

»Keon soll zusehen, wie du stirbst!«

Ich begann zu zittern. Mein ganzer Körper schmerzte und ich konnte meine Nerven kaum noch beruhigen.

Tristan setzte sich auf mich. Sein Gewicht machte mir das Atmen schwer. Lächelnd hielt er mein Handy an sein Ohr.

»Na, genießt du diesen wunderschönen Tag?«

Als er anfing, zu sprechen, suchte ich nach irgendeiner Möglichkeit, ihn aufzuhalten. Ich konnte nicht zulassen, dass er Keon herlockte, ich konnte nicht zulassen, dass er auch ihn tötete.

Mit der letzten Kraft, die ich in mir fand, schlug ich noch mal zu. Tristan zeigte sich gänzlich unbeeindruckt und ich brach endgültig in Tränen aus.

Was sollte ich tun?

Wieso konnte ich ihn nicht aufhalten?

Wieso war ich so schwach?

»Ich habe etwas hier bei mir, das möglicherweise dir gehört. Wenn du es abholen willst, komm in mein Schloss, aber allein.

Sollte irgendjemand dich begleiten, mache ich dein Spielzeug kaputt.«

Tristan sah mich an, drückte mir das Telefon ans Ohr. Ich hörte Keons Stimme.

»… verstehst du!? Tu ihr nichts!«

»Komm nicht! Lass mich sterb… AHH!«

Mein Schrei hallte durch den ganzen Raum. Tristan hatte mir auch das andere Handgelenk gebrochen.

»Mia!«, hörte ich Keon durch das Telefon schreien, bevor Tristan es zerschellen ließ.

Ich betete zu Gott, dass Keon sich dafür entscheiden würde, mich sterben zu lassen. Er durfte nicht alleine hierherkommen. Tristan würde mich so oder so töten.

»Siehst du? So leicht laufen Menschen in ihr Verderben!«

Ich schüttelte den Kopf. Jeder Ton schmerzte in meinem Hals, ein metallischer Geschmack breitete sich in meinem Mund aus, während ich sprach. »Du kannst mich töten und Keon, aber Gabriel wird …«

Er schlug wieder zu, diesmal wurde ich kurz ohnmächtig. Ich bekam nicht richtig mit, wie er mich wieder auf die Beine zog und an die Wand drückte.

»Du glaubst, Gabriel würde dich rächen? Hmm, vielleicht, aber bis er von deinem Tod erfährt, bin ich längst von hier verschwunden! Ich werde Keon und dich töten und mich danach in die Hölle zurückziehen. Astaras wird nicht mehr lange auf sich warten lassen, um endlich das Zeitalter der Dämonen einzuläuten. Auch Gabriel wird ihn nicht aufhalten können! Er wird deinen schönen weißen Erzengel zerfetzen und nichts und niemand wird sich ihm mehr in den Weg stellen können, denn mit deinem Tod erlischt auch dieses verfluchte Licht!«

Seine Worte hallten irgendwo in meinem Bewusstsein wider. Würde alles so enden? War unser Dasein so wertlos und vergänglich?

Ich wollte diesem wahnsinnigen Tyrannen kein Wort glauben.

»Ah! Du kannst nicht mal mehr aufrecht stehen, aber in deinen Augen spiegelt sich noch immer so viel Kampfgeist. Du bist wirklich Lias Tochter und ihr wie aus dem Gesicht geschnitten!«

Er lächelte, legte den Kopf schief. Sein Gesicht kam näher, ich konnte seinen kalten, flachen Atem auf meiner Haut spüren.

Ich wandte mein Gesicht zur Seite, aber sein fester Griff um meinen Hals veranlasste mich, es wieder zu ihm hin zu drehen.

Tristan presste seine Lippen auf meine, leckte das Blut von ihnen ab. Als er zubiss, schrie ich auf. Mein heiseres Krächzen hallte in den hohen Wänden wider. Ich fühlte Erregung in ihm aufkommen. Seine Hand fuhr unter mein T-Shirt, während die andere weiterhin um meinen Hals lag.

Ich schloss die Augen, wollte nicht sehen, was mit mir passierte, nicht spüren, was er mit mir tat.

Meine Gedanken schweiften zu Gabriel, dem ich nur allzu gern noch gesagt hätte, wie sehr ich ihn liebte. Ich war so dankbar für jede Minute, die ich mit ihm hatte verbringen dürfen. Ich war dankbar für jeden Moment, den ich als Wächter erleben durfte, auch wenn der Eintritt in den Orden mein Schicksal besiegelt hatte.

Tristan kratzte mir den Rücken hinunter, ergötzte sich an meinem schmerzverzerrten Gesicht und würgte mich noch fester.

Je angestrengter ich nach Luft rang, umso erregter schien er zu werden. Ich hoffte, dass die Ohnmacht mich bald einholen würde.

Meine Sinne blieben wach, wurden aber durch einen weißen, dichten Nebel getrübt. Ich konnte nicht sagen, wie viel Zeit verging oder was mit mir geschah.

»Er ist beinahe hier und er ist allein«, hörte ich irgendwann eine Stimme sagen.

Tristan knurrte. Ich lag am Boden und mir war kalt. »Lasst ihn kommen! Wenn ich sie getötet habe, könnt ihr ihn auch umbringen!«

Der Raum war jetzt wieder voller Dämonen. Tristan riss mich hoch, nur um mich dann wieder gegen die Wand zu schleudern. Ich wollte mich unter den Schmerzen krümmen, aber mein Körper gehorchte mir nicht mehr.

»Na, tut es weh? Zeig mir, wie sehr du dich quälst …«

Ein lauter Knall kam von der anderen Seite des Raums. Ich konnte den Kopf kaum noch drehen, aber ich spürte deutlich Keons Aura.

»Mia?!«

Ich sah zu ihm auf, unsere Blicke trafen sich kurz. Tränen liefen mir über die Wangen, als mir bewusst wurde, dass er tatsächlich allein gekommen war.

Tristan hob die Hand und löste wieder diese Wand aus Energie aus, die auf Keon zupreschte. Ich rechnete jeden Moment damit, dass er nach hinten geschleudert werden würde, aber er überkreuzte lediglich die Arme vor dem Kopf und wurde nur ein paar Zentimeter nach hinten geschoben.

»Du Bastard!«

Keons Wut war unermesslich, aber im Gegensatz zu Tristans Gefühlswelt wurde seine Wut von unbeschreiblich intensiven Schuldgefühlen durchtränkt.

Er streckte die Hand aus, fixierte den Erzdämon mit seinem Blick. Ich glaubte zuerst, meine Augen würden mir einen Streich spielen, zumal mein Bewusstsein dabei war, mir langsam zu entgleiten, doch als Tristan gegen seinen Thron geschleudert wurde, war ich mir sicher, dass es keine optische Täuschung gewesen war. Zwischen Keons Handfläche und Tristan hatte sich die Luft seltsam gebrochen. Es hatte so ausgesehen, als hätte jemand einen Stein ins Wasser geworfen und Wellen erzeugt. Als die Wellen bei Tristan angekommen waren, hatte er den Boden unter den Füßen verloren.

Ich hatte nicht gewusst, dass Keon in der Lage war, so zu kämpfen.

Die Dämonen, die bis jetzt an der Seite des Raums gestanden hatten, gingen auf ihn los. Er hob wieder die Hand, brachte eine ganze Reihe von ihnen zu Fall. Die wenigen, die ihm wirklich nahe kamen, hielt er sich mit körperlicher Gewalt vom Hals.

In mir keimte so etwas wie Hoffnung, aber während Keon damit beschäftigt war, sich gegen die vielen Dämonen zu wehren, hatte sich Tristan wieder aufgerichtet.

Ich wollte schreien, Keon warnen, aber meine Stimme versagte mir nun endgültig den Dienst.

Tristan schleuderte ihn so hart gegen die hölzerne Tür, dass sie splitterte. Er raffte sich wieder auf, aber bevor er überhaupt auf die Beine kam, griffen ihn zehn Dämonen gleichzeitig an.

Ich hörte ihn aufschreien, spürte, dass er Schmerzen hatte.

Mein Schluchzen war stumm und trotzdem konnte ich nicht aufhören.

Tristan kam auf mich zu, riss mich an meinen Haaren hoch und rammte mir sein Knie in den Magen.

Wieder wurde ich ohnmächtig und obwohl ich schnell wieder zu mir kam, fühlte ich, dass er mich diesmal ernsthaft verletzt hatte. Mein Magen brannte und ich begann, Blut zu spucken.

Der Erzdämon legte seine Hand in meinen Nacken und drückte fest zu. »Es ist Zeit! Du hast mir Spaß gemacht, aber jetzt stirb!«

Ich kniff die Augen zusammen, wartete auf den erlösenden Moment, in dem dieser unerträgliche Schmerz endlich verschwinden würde, aber er wurde nur noch schlimmer, weil ich fallen gelassen wurde.

Als ich auf dem Boden aufschlug, spürte ich Keons Aura ganz nah. Er hatte sich von den Dämonen losgerissen und Tristan niedergerungen, bevor er mir das Genick brechen konnte.

»Tötet sie!«, hörte ich den Erzdämon rufen.

Einer der Dämonen stürmte auf mich zu, wurde aber von den seltsamen Wellen weggeschleudert. Wieder hörte ich Keon schreien, diesmal hatte ihn Tristan schwer verletzt.

Mir wurde furchtbar kalt. Mein Körper wollte zittern, aber meine Muskeln hatten einfach keine Kraft mehr. Eine starke Müdigkeit überkam mich – eine Müdigkeit, der ich unglaublich gern nachgegeben hätte.

»Lass die Augen offen, Mia!«, hörte ich Keon schreien, immer wieder und wieder.

Ich zwang mich, wach zu bleiben, beobachtete, wie Keon immer härtere Schläge einstecken musste. Er blutete.

Ich konnte einfach nicht mehr. Meine Augen fielen zu, blieben geschlossen, so lange, bis eine unglaublich laute Explosion ertönte. Der Boden vibrierte. Mein Blick war so trüb, dass ich nur mehr Umrisse erkannte.

»Raphael! Sie rührt sich nicht! Sie stirbt!«, schrie Keon.

Ja, ich konnte jetzt deutlich das Wasser fühlen, es war so angenehm, dass ich gleich wieder einschlafen wollte.

Jemand hob mich hoch und auf einmal wurde mir wieder kalt. Mein Blick wurde klarer, die Schmerzen waren wieder da. Ich sah in Raphaels trauriges Gesicht. Ich wollte schreien, aber meiner Kehle entwich kein einziger Ton.

»Schon gut! Ich weiß, dass du Schmerzen hast, aber du brauchst keine Angst mehr zu haben! Beruhige dich, atme, bitte!«

Raphael verfestigte seine Umarmung.

»Nein! Lass ihn! Er gehört mir!«, hörte ich Keon schreien.

Ich sah panisch auf, erkannte Gabriel, der Tristan am Kragen gepackt hatte.

»Ich werde ihn töten! Das ist mein Kampf, nicht deiner!«

Gabriel hielt inne und drehte den Kopf in meine Richtung. Ich hatte ihn noch nie so wütend gesehen. Als sich unsere Blicke trafen, löste sich seine versteinerte Miene. Er ließ von Tristan ab und kam auf mich zu. Ich wollte die Hand nach ihm ausstrecken, aber ich konnte nicht.

»Mia …«

Noch nie hatte ich so viel Traurigkeit in seiner Stimme mitschwingen gehört. Er fuhr mit der Hand über mein Gesicht, wollte mich in den Arm nehmen.

»Nein! Ich kann sie nicht loslassen!«, rief Raphael. »Wenn ich sie loslasse stirbt sie!«

Ich verstand nicht, warum Gabriel mich nicht in den Arm nehmen durfte. Ich wusste nur, dass meine Schmerzen unmenschlich waren.

Noch ein lauter Knall, der mich aufschrecken ließ. Ich sah rüber zu Keon, der sich über Tristan gebeugt hatte. Seine Hände waren voller Blut, Blut, das mich erneut panisch werden ließ. Mein Blick drohte, wieder zu vernebeln, diesmal aber nicht, weil mich die Müdigkeit übermannte, sondern weil die Schmerzen so unerträglich stark wurden, dass ich gegen die Ohnmacht ankämpfte. Ich erkannte Elias, er stand direkt neben Keon und stützte ihn. Auch Leo und Kevin waren da. Sie schleiften Tristans Körper weg. Ich fühlte seinen Wahnsinn nicht mehr.

»Was ist mit ihr? Ist sie schwer verletzt?«

Ich zuckte zusammen, als ich die Dunkelheit spürte.

»Schon gut, vor mir brauchst du dich nicht zu fürchten, Mia.«

Erst jetzt erkannte ich Conans Stimme.

»Geh weg von ihr, du machst ihr Angst!«

Ich wusste nicht, ob Gabriel oder Raphael Conan ermahnt hatte, wegzugehen, aber ich fühlte, wie sich die erzdämonische Aura entfernte.

»Sagt Bescheid, wenn ich etwas für sie tun kann.«

Ich wollte ihm sagen, dass er nicht gehen musste, dass er mir keine Angst machte und ich mich einfach nur erschrocken hatte, aber ich konnte nicht.

Ich krampfte in Raphaels Armen, hörte ihn mir gut zureden, aber die Schmerzen wurden nicht besser. Jedes Mal, wenn ich es schaffte, die Augen zu öffnen, sah ich mich nach Keon um. Ich wollte wissen, ob es ihm gut ging, aber ich fand ihn nirgends mehr.

»Bring ihn her! Sie sucht nach ihm«, hörte ich Gabriel rufen.

»Mia!« Seine Stimme klang rau und angeschlagen.

Ich wollte ihn ansehen, aber mein ganzer Körper rebellierte. Erst als die Krämpfe wieder in ein Zittern übergingen, fand ich die Kraft, in Keons blutverschmiertes Gesicht zu sehen. Ich musterte ihn erschrocken.

Er fuhr sich mit den Fingerspitzen über die Wange. »Schon gut, das ist nicht mein Blut!«, versicherte er.

Er konnte nicht allein stehen. Elias stützte ihn, half ihm, sich über mich zu beugen. Er war am Leben, das allein zählte. In seinen Augen spiegelte sich mit einem Mal unglaublich tief sitzende Verzweiflung.

»Entschuldige! Es tut mir so leid! Ich wollte das nicht!«, hörte ich Keon noch flehen, bevor ich mich unbesorgt der schmerzstillenden Ohnmacht hingeben konnte.

Ich wusste nicht so recht, ob ich träumte oder ob die verschwommenen Bilder, die ich sah, der Wirklichkeit entsprachen: Gabriels leuchtend grüne Augen, Keons zerschrammter Körper, Elias' besorgter Blick. Ich sah all diese Gesichter und wollte nur zu gern zu ihnen sprechen. Ich wollte ihnen sagen, dass sie aufhören sollten, sich so große Sorgen um mich zu machen, und sie bitten, mir einfach nur zuzulächeln, aber ich musste schweigen. Meine Gedanken vernebelten irgendwann und selbst das intensive Leuchten von Raphaels Augen verschwand.

Es war kalt, verregnet und neblig. Ich stand wieder am Friedhof und starrte den weißen Engel an. Er war lebendig und in sein ewiges Gebet vertieft.

Irgendwo hörte ich eine Krähe rufen. Ihr Flügelschlag war laut, verstummte aber schnell in der Ferne.

Ich wusste, dass ich nicht allein war. Jemand sprach zu mir, flüsterte meinen Namen. Als ich mich umdrehte, sah ich meine Mutter. Sie sah aus wie ich, nur schöner. Ihr Gesicht war makellos, wie aus Porzellan. Ihre langen blonden Haare wehten im Wind.

Sie hob die Hand und zeigte an mir vorbei. Ich folgte ihrer Geste. Auf dem Grabstein prangte das Ordenswappen. Ich wollte ihr tausend Fragen stellen, konnte aber keine formulieren.

Während ich die wohlbekannten Linien des Kreuzes in Gedanken nachfuhr, überkam mich der Schmerz. Er war nicht mehr so unerträglich, wie ich ihn in Erinnerung hatte, aber trotzdem intensiv.

Ich riss die Augen auf und fand mich in der Realität wieder. Es war stockdunkel. Eigentlich wollte ich panisch werden, Angst haben, mich fragen, wo ich war, was passiert war, aber die sanften Wellen, die mich umgaben, beruhigten mein Bewusstsein.

Ich konnte meinen Kopf kaum drehen, spürte nur die weiche Matratze unter mir und die warme Bettdecke, die mich umhüllte.

Ein Stöhnen entkam meiner Kehle, als ich versuchte, mit den Händen nach meinen Schmerzen zu tasten.

»Mia.« Das war Raphaels Stimme. Er beugte sich über mich. »Du darfst dich nicht bewegen. Schlaf weiter!«

Erst jetzt realisierte ich, dass ich in seinem Zimmer war. Er saß auf dem Stuhl neben dem Bett, hatte eine Decke um seine Schultern gelegt.

Ich wollte etwas sagen, fragen, wieso ich hier war, aber meiner Kehle entwich nur ein Krächzen. Mein Hals schmerzte unglaublich.

»Shhh ... nicht. Deine Stimmbänder sind sehr angeschlagen.«

Das Schlucken fiel mir schwer. Mein Hals war wie zugeschnürt. Die Erinnerung drohte, mich einzuholen, ich fühlte in Gedanken wieder die kalten Hände, die mich würgten, den harten Steinboden, auf den ich so oft aufgeschlagen war. Panik kroch in mir hoch, Tränen liefen mir über die Wangen.

»Schon gut!«

Obwohl es dunkel war, leuchteten Raphaels Augen im Mondlicht. Ich bereitete ihm Sorgen, das konnte ich sehen, aber je mehr Erinnerungen in mir hochkamen, umso ängstlicher wurde ich: das Blut, das Knacken meiner Knochen, diese leeren schwarzen Augen und der Wahnsinn.

Ich schnappte nach Luft, wollte aufstehen, aber Raphael hielt mich zurück. Er legte seine Hände auf meine Schultern, drückte mich wieder auf das Bett, bis die Spannung in meinem Körper nachließ.

Er legte seine Hand auf meine Wange und die Panik verflog. Kaum begann ich wieder, gleichmäßig zu atmen, übermannte mich die Müdigkeit.

Meine Augen wurden schwer. Raphael ließ wieder von mir ab. Das Fehlen seiner unmittelbaren Nähe brachte die Unruhe wieder. Ich sah ihn flehend an. Ich wollte mich nicht erinnern.

»Mia ...«, stöhnte er meinen Namen sanft und besorgt. Er erhob sich von seinem Stuhl, stieg über mich hinweg und legte sich auf die andere Seite des Bettes. Seine Hand strich über meinen Arm.

Er rückte näher an mich heran, sodass ich ihn an meiner Seite spüren konnte. Seine Nähe nahm alles hinfort: die Schmerzen, die Angst, die Erinnerung, einfach alles.

Gebettet in diese sanften Wellen, schlief ich wieder ein.

Heilende Wellen

Ich dachte, die Sonnenstrahlen würden mich wach kitzeln, aber als ich die Augen öffnete, bemerkte ich, dass das Zimmer verdunkelt war. Die blauen Vorhänge waren vor das große Balkonfenster geschoben, Licht drang einzig und allein durch den schmalen Spalt in der Mitte.

Raphaels Aura war nicht zu spüren, aber ich konnte meinen Kopf wieder drehen, auch wenn es schmerzte.

»Entschuldige! Ich wollte dich nicht wecken, ich wollte nur nach dir sehen.«

Auch wenn seine Stimme rau war, erkannte ich sie sofort. Es war nicht die Sonne, die mich geweckt hatte, sondern Keons leuchtende Aura. Sie war noch nie so schön und strahlend gewesen.

Ich drehte mich langsam so, dass ich ihn sehen konnte. Er stand vor dem Bettrand und hatte seinen Blick gesenkt. Sein Gesicht war voller Schrammen und seine Arme verbunden.

»Schlaf weiter«, murmelte er und wandte sich ab.

Ich wollte nicht, dass er ging, versuchte, mich bemerkbar zu machen, aber ich konnte immer noch nicht sprechen und musste furchtbar husten. Es fühlte sich so an, als ob es mich innerlich in Stücke reißen würde.

»Alles in Ordnung?!«

Keon hatte sich wieder umgedreht, kam sofort näher und stand etwas unbeholfen vor meinem Bett. Ich hatte ihn noch nie so erlebt. Ich hatte zwar schon öfter so etwas wie Sorge in ihm gespürt, aber nie so deutlich und vorherrschend.

Ich nickte, verzog meine Lippen zu einem schwachen Lächeln – mehr brachte ich nicht zustande.

Eine Weile stand er einfach nur da, sagte nichts, sah durch mich hindurch. Er quoll förmlich über vor Schuldgefühlen. Ich hätte ihm so gern gesagt, dass ihn keine Schuld traf – nichts, was Tristan getan hatte, war seine Schuld gewesen –, aber ich konnte nicht sprechen.

Mein Kopf arbeitete jetzt klarer als noch vor ein paar Stunden. Ich erinnerte mich an die meisten Vorfälle, nur manches war in einem seltsam dichten Nebel verschwunden.

Ich versuchte, meine Hände zu bewegen, spürte, dass meine Handgelenke in Gips lagen. Es war anstrengend, aber ich schaffte es, meine rechte Hand unter der Decke hervorzuziehen.

Ich streckte sie Keon entgegen, er starrte sie nur an. Ich hatte nicht genug Kraft, sie lange genug zu strecken, sie fiel wieder auf das Bett.

Es stimmte mich traurig, dass er diese Distanz zwischen uns wahrte, nach all dem, was passiert war. Ich fühlte mich schrecklich, verantwortlich für seine Gewissensbisse.

Gerade als meine Augen drohten, glasig zu werden, ging Keon in die Hocke und griff nach meiner Hand. Nur meine Finger schauten aus dem Gips hervor, er fuhr kurz mit seinen darüber, hielt inne und richtete sich wieder auf.

»Es tut mir so unendlich leid …«

Ich schüttelte den Kopf. Er sollte sich jetzt nicht entschuldigen, er sollte sich überhaupt nicht entschuldigen. Er war am Leben, es war vorbei – das allein zählte.

Die Tür ging auf und Raphaels Präsenz breitete sich aus. Er hatte eine Spritze in der Hand – mir wurde sofort übel.

»Du solltest doch leise sein!«, stutzte er Keon zurecht und schenkte mir ein Lächeln. »Hat er dich aufgeweckt, Mia?«

Ich schüttelte den Kopf, konnte mich nur auf die Spritze in seiner Hand konzentrieren.

»Ich habe sie nicht geweckt! Sie ist einfach so aufgewacht!«

»Schrei hier nicht so herum.«

Raphaels Aufforderung war nicht ruppig, eher leise und sanft, trotzdem senkte Keon seinen Blick und nickte einsichtig.

Es gab tatsächlich jemanden auf dieser Welt, dem Keon gehorchte. Ich hätte mich über diese Tatsache amüsiert, aber Raphael kam mir mit der Spritze verdächtig nahe.

»Fühlst du dich schon besser? Sind die Schmerzen noch schlimm?«

Ich schüttelte hektisch den Kopf. Meine Schmerzen waren wirklich viel erträglicher geworden und auch die Kontrolle über meinen Körper erlangte ich langsam wieder.

Ich wunderte mich kurz über den schnellen Heilungsprozess, dann wurde mir klar, dass der Erzengel, der die ganze Nacht an meiner Seite gelegen hatte, dafür verantwortlich war.

Als er sich an den Bettrand setzte und mir die Decke wegzog, machte ich große Augen. Hatte er tatsächlich das vor, wonach es aussah?

Ich biss mir auf die Lippen und gab ein piepsendes Geräusch von mir.

»Das macht dich vielleicht wieder müde, aber es unterdrückt die Schmerzen und du musst sowieso schlafen.«

Ich wollte keine Spritze, schließlich hatte ich Raphael, er war besser als jedes Medikament. Wieso musste er trotzdem mit dieser Nadel vor mir herumfuchteln?

Er schob mein T-Shirt ein wenig nach oben, ich piepste wieder, diesmal lauter.

»Also … ich will dich ja nicht stören, aber ich glaube, sie hat Angst vor der Spritze in deiner Hand.«

Keons Worte ließen Raphael aufhorchen. Er schaute mich fragend an, ließ die Nadel wieder sinken.

Natürlich hatte ich Angst, ich hatte eine Phobie vor Spritzen, aber das wusste hier natürlich niemand. Nur Keon konnte die kindische Panik in meinen Augen erkennen.

Raphaels Lippen zuckten, er versuchte, ein Grinsen zu unterdrücken. »Na ja, wenn du Angst vor der Spritze hast …«

»Ich kann sie festhalten!«, warf Keon ein und erntete dafür böse Blicke von mir. Auf so eine bescheuerte Idee konnte nur er kommen, schließlich konnte ich mich sowieso kaum bewegen.

»Schon gut, wenn sie die Spritze nicht will …«

Ich atmete erleichtert durch.

»Dann lass mich wenigstens mal deine Pupillen sehen.«

Raphael fuchtelte mit dem Zeigefinger vor meinen Augen herum, ich folgte seinem Finger, bis ich einen kurzen Stich im Bauch spürte.

Ich zuckte zusammen, sah in das unschuldige Gesicht des Erzengels.

Hatte er mir tatsächlich gerade hinterrücks die Spritze in den Bauch gejagt?

Ich war mir zuerst nicht sicher, erwischte ihn dann aber bei der Entsorgung der Nadel und bedachte ihn mit einem Blick, den sonst nur Keon zu sehen bekam.

Sie lächelten beide.

»Siehst du, Raphy kann ganz schön fies sein, oder?«

Raphael schüttelte den Kopf. »Das war notwendig. Tut mir leid.«

Er zuckte mit den Schultern, hatte dabei etwas unglaublich Liebenswertes an sich. Ich konnte ihm nicht lange böse sein, zumal ich mit einem Mal wieder unglaublich müde wurde. Meine Augenlider wurden schwer.

»Wow, das Zeug haut ganz schön rein! Das will ich auch!«, hörte ich Keon noch sagen, ehe ich wieder wegdöste.

Mein Körper verlangte nach Erholung, ich schlief den ganzen Tag durch.

Als ich wieder wach wurde, war es schon dunkel draußen. Ich hatte die ganze Zeit von Gabriel geträumt, spürte den Wind jetzt noch auf meiner Haut.

Raphael saß an seinem Schreibtisch und war in seine Bücher vertieft. Es brannte nur eine kleine Kerze. Ich wunderte mich, wie er bei diesem dürftigen Licht überhaupt lesen konnte.

Ich versuchte, mich aufzuraffen, aber auch wenn der Schmerz im Ruhezustand beinahe verstummt war, tat jede Bewegung höllisch weh. Raphael drehte sich zu mir um, sah, dass ich wach war, und kam auf mich zu.

»Du hast ihn gerade verpasst.«

Fragend musterte ich ihn. Er legte die Hand auf meine Stirn, schien meine Temperatur zu fühlen.

»Gabriel, er war gerade noch hier.«

Es war kein Traum gewesen. Ich hätte ihn gern gesehen und mit ihm gesprochen.

»Du brauchst nicht traurig zu sein. Er kommt morgen wieder.«

Raphael zog irgendetwas aus dem schwarzen Koffer neben dem Bett. Ich rechnete mit einer weiteren Spritze, aber es war nur ein Fieberthermometer.

»Du hast etwas Temperatur bekommen.« Seine Stimme klang rau.

Ja, ich fühlte mich wirklich etwas benebelt.

Ich blickte zur Seite und entdeckte die Infusion. Als ich die Nadel in meinem Arm bemerkte, wurde mir ganz schwindelig.

»Sieh einfach nicht hin.«

Raphael drehte meinen Kopf wieder in seine Richtung. Ich versuchte, nicht an das spitze Stück Metall in meinem Arm zu denken.

Er setzte sich auf den Stuhl neben dem Bett, musterte mich, schenkte mir jedes Mal ein Lächeln, wenn ich zu ihm aufblickte. Auch wenn ich zu gern endlich mit ihm gesprochen hätte, konnte ich mich nicht lange genug wach halten.

Die Realität verschwamm und ich fand mich in den kalten Gemäuern von Tristans Schloss wieder. Er drückte mich an die Wand, ich konnte mich nicht wehren, nicht schreien oder weglaufen. Er ließ seine schneeweißen Zähne aufblitzen und presste seine blutroten Lippen auf meine.

Ich bekam keine Luft. Mir wurde übel und elend. Ich fühlte mich verloren. Er hörte einfach nicht auf, ließ nicht von mir ab.

»Wach auf!«

Ich schreckte hoch, aber realisierte nur langsam, dass ich einen Albtraum gehabt hatte.

Raphael hatte mich wach gerüttelt. Er musste mitbekommen haben, wie ich mich gequält hatte.

Der Gedanke an den Traum ließ mir die Tränen in die Augen schießen. Die Vergangenheit wurde mit einem Mal wieder furchtbar präsent. Das, was Tristan mit mir gemacht hatte, ich wusste nicht, ob es wirklich passiert war – da war zu viel Nebel.

»Shhh …«

Raphael versuchte, mich zu beruhigen. Ich tastete nach ihm, wollte ihn so nah wie möglich bei mir wissen, weil er den Schmerz in meinem Inneren beruhigen konnte.

»Du hast nur schlecht geträumt. Mach die Augen wieder zu.«

Ich schüttelte den Kopf, wusste, dass mich Tristan wieder heimsuchen würde, wenn ich die Augen geschlossen hätte.

Mein Körper schrie nach Schlaf und Ruhe, aber was mich erwartete, sobald ich schlief, war der blanke Horror.

Ich wollte Raphael zu mir ziehen, aber ich brachte einfach nicht genug Kraft auf. Verzweifelt stöhnte ich auf. Er sah mich fragend an, legte den Kopf schief und schien mit sich zu ringen.

»Ich musste Gabriel versprechen, dass ich dir nicht näher komme, als unbedingt notwendig.« Er lächelte milde. »Aber es ist ja nur, damit du ruhig schlafen kannst, also ist es notwendig.«

Er legte sich zu mir. Mühsam hob ich meinen Kopf an und legte ihn auf seine Brust. Er umarmte mich. Ich fühlte, wie sich mein Körper und meine Seele entspannten und ich wieder einschlief.

DIE WAHRHEIT

Diesmal kitzelten mich wirklich die Sonnenstrahlen wach.

Ich lag noch immer auf Raphaels Oberkörper, seine gleichmäßigen, langsamen Atemzüge verrieten mir, dass er noch schlief.

Vorsichtig hob ich den Kopf an und ignorierte den Schmerz, der mittlerweile erträglich geworden war.

Ein Blick auf den Erzengel neben mir ließ mich lächeln. Er sah so schön aus, unwirklich friedlich.

Ich tastete vorsichtig nach seinem Gesicht, berührte es mit meinen Fingerspitzen. Es fühlte sich genauso seidig an, wie es aussah.

Als er die leicht geöffneten Lippen schloss, nahm ich meine Hand weg – er schien aufzuwachen. Kaum hatte er die Augen offen, sah er überrascht aus.

»Du bist schon wach?«

Ich nickte, versuchte, meinen Stimmbändern ein paar Töne zu entlocken. »Ja«, krächzte ich.

Ich klang wie ein Seemann, der fünf Tage lang durchgefeiert hatte, aber zumindest konnte ich wieder sprechen.

»Hast du noch einmal schlecht geträumt?«

»Nein, nicht, seitdem du dich zu mir gelegt hast.«

Er fuhr mit der Hand über meine Wange, rückte näher an mich heran. Seine Präsenz tat so gut, dass ich mir wünschte, er würde für immer so nah bei mir bleiben.

Kaum hatte ich den Gedanken zu Ende gedacht, schämte ich mich dafür. Ich musste an Gabriel denken und daran, dass er eigentlich der Einzige sein sollte, von dem ich mir diese Nähe wünschen durfte.

Raphael schien mein plötzliches Unbehagen zu bemerken und raffte sich auf. Er hatte die ganze Nacht über meine Albträume ferngehalten und sorgte dafür, dass meine Wunden unglaublich schnell verheilten. Dass ich seine Nähe schätzte, erschien mir plötzlich nur mehr logisch.

»Wie fühlst du dich heute?«

»Viel besser.«

Er griff nach meinen eingegipsten Handgelenken, holte eine seltsame Schere aus seinem Koffer und begann, den Gips aufzuschneiden.

»Du darfst sie noch nicht beanspruchen, aber der Bruch ist verheilt, eine Bandage reicht aus.«

Ich erinnerte mich an das Geräusch meiner brechenden Knochen und zuckte kurz zusammen. Tristans Grausamkeiten hatten sich so in mein Gedächtnis gebrannt, dass ich befürchtete, ich würde die Erinnerung, den Schmerz und den Geschmack des Blutes in meinem Mund nie mehr loswerden.

Während Raphael mir die Hände bandagierte, versuchte ich, die Angst zu akzeptieren. Anscheinend würde ich mit ihr leben müssen. Je früher ich anfing, mich daran zu gewöhnen, umso schneller würde mein Körper aufhören, zu schaudern, wenn ich in Gedanken die schwarzen, leblosen Augen vor mir sah.

»Ist noch irgendjemand verletzt? Sind Keons Wunden schlimm?«

Raphael schüttelte den Kopf. »Nein, die meisten seiner Wunden sind nur oberflächlich. Tristan hat ihm ein paar Rippen gebrochen, aber die verheilen schnell. Ansonsten ist niemand von uns verletzt worden, nur du.«

In seinem Blick lag wieder so viel Mitleid, dass es mir fast schon unangenehm war.

Ich atmete erleichtert durch, realisierte zum ersten Mal, dass Tristan tot war. Ich hatte ihn überlebt, und das, obwohl ich die Hoffnung nicht nur einmal aufgegeben hatte.

»Wie habt ihr mich gefunden? Woher wusstet ihr, dass ich bei Tristan war?«

»Elias hat nach dir gesucht. Er hat behauptet, du wolltest dich mit Conan treffen, aber als er bei ihm nach dir gefragt hat, wusste der nichts von einem Treffen. Nachdem klar war, dass irgendetwas nicht stimmte, ging alles ganz schnell. Keon war auch weg, also wussten wir, dass Tristan etwas mit eurem Verschwinden zu tun hatte.«

An Raphaels Tonfall bemerkte man, dass er sich eben so ungern an die Vorfälle erinnerte wie ich.

»Es tut mir unendlich leid, dass wir so spät gekommen sind.«

Ich schüttelte den Kopf. »Ihr seid nicht spät gekommen. Tristan hat weder Keon noch mich getötet.«

Raphael seufzte, fuhr mit den Fingerspitzen über meine Bandagen.

»Ein Erzdämon, ein Dutzend Wächter und zwei Erzengel, die zu deiner Rettung herangeeilt sind, und trotzdem wurdest du so zugerichtet.« Er klang niedergeschlagen, traurig.

Obwohl ich seine Gefühle nicht lesen konnte, wusste ich, dass er sich Vorwürfe machte. Die Enttäuschung darüber, dass er nicht rechtzeitig da sein konnte, weckte Ängste in ihm, die ich nachvollziehen konnte. Tristan war tot, aber der Gegner, der uns nun erwartete, würde keine Fehler verzeihen.

Meine Stimme schmerzte von den paar Sätzen, die ich geflüstert hatte, und trotzdem musste ich sie weiter beanspruchen. Die Frage, die ich Raphael stellen wollte, brannte mir auf den Lippen. Ich hatte schon befürchtet, dass ich keine Gelegenheit mehr haben würde, sie zu stellen, aber da mein Leben nun nicht mehr in Gefahr war und ich Keon und alle anderen in Sicherheit wusste, konnte ich mich nur noch darauf konzentrieren.

»Raphael.«

Er horchte auf. Die Art, wie ich seinen Namen aussprach, verriet, dass mir mein Anliegen ernst war. »Ja?«

Ich zögerte, versuchte, meine Frage richtig zu formulieren. »Als Tristan mich überrascht hat, da stand ich am Friedhof.«

Während ich nach den richtigen Worten suchte, wirkte Raphael wie versteinert.

»Meine Mutter liegt dort begraben.«

Noch immer wirkte er wie erstarrt, schien durch mich hindurchzusehen.

»Als ich an ihrem Grab stand, ist mir etwas aufgefallen. Das Ordenswappen – ich meine, unseres – es ist in ihren Grabstein eingraviert.«

Da Raphaels Reaktion ausblieb, fügte ich noch den Rest an Informationen hinzu, den ich parat hatte.

»Tristan kannte sie, er kannte ihren Namen und war überrascht, dass ich ihre Tochter bin. Sie war eine Wächterin, oder?«

Die Worte des Erzdämons in Gedanken, musste ich schwer schlucken. Irgendwie wurde mir schwindelig, aber meine Neugier ließ mich das unangenehme Gefühl ignorieren.

Fragend sah ich Raphael an, hoffte, dass er mir Antworten liefern konnte, aber er senkte nur den Blick.

Ich rechnete mit einem Schulterzucken, aber er setzte sich. Ich spürte, wie mich die sanften Wellen wieder intensiver umschlossen – es war schön und doch linderten sie nicht die unerträgliche Neugier.

»Weißt du …«

In dem Moment, in dem er das Wort an mich richtete, wusste ich, dass Raphael Antworten parat hatte. Ein seltsames Gefühl überkam mich – das Gefühl, irgendetwas verpasst zu haben.

»Es ist jetzt vielleicht nicht der richtige Zeitpunkt, um darüber zu sprechen. Du bist noch schwach, du solltest dich ausruhen.«

Noch nie hatte ich erlebt, dass Raphael einer Frage ausgewichen war.

»Sag mir, was du weißt! Ich habe kaum Erinnerungen an sie.«

Sein Blick wurde traurig, wehmütig und trüb. Er schien mit sich selbst zu ringen – sein Zögern machte mich nervös.

»Lia«, sprach er schließlich ihren Namen aus, so melodisch und schön, dass ich keinen Zweifel mehr daran hatte, dass er sie tatsächlich gekannt hatte. »Sie war …« Er zögerte noch immer.

»Eine Wächterin?«, wollte ich bestätigt haben. Die Neugier machte mich ungeduldig.

Ja, auch ich konnte eins und eins zusammenzählen, aber Raphael schien darüber auch nicht überrascht zu sein.

»Ja«, entgegnete er leise und richtete seinen Blick durch das geöffnete Fenster.

»Wieso wusste ich nichts davon? Ich meine, wieso hat mir niemand erzählt, dass sie auch dem Orden angehört hat?«

Meine Worte klangen ein wenig zu vorwurfsvoll, aber ich verstand nicht, warum ich so lange im Ungewissen gelassen wurde. Wieso musste ich erst von einem Erzdämon erfahren, dass ich nicht die Erste in meiner Familie war, die unter dem Flügelwappen diente?

»Es tut mir wirklich leid, ich dachte, es wäre leichter für dich, wenn du …«

»Konnte sie auch Gefühle lesen?«

Ich unterbrach Raphael einfach. Mein Leben lang hatte ich mich gefragt, ob ich verrückt war, ob ich anders war, ob ich die Einzige war. Jetzt konnte mir endlich jemand Gewissheit verschaffen.

Noch immer haftete sein Blick an den Bäumen draußen vor dem Fenster. Er schien in Gedanken versunken.

»Ja, Lias Gabe war deiner sehr ähnlich.«

Als er seinen Blick wieder auf mich richtete, erschrak ich kurz. Ich wusste nicht, dass er so traurig aussehen konnten, es war bedrückend, ihn so zu sehen – so bedrückend, dass ich etwas Zeit brauchte, um seine Antwort zu verarbeiten.

»Wie meinst du das, ähnlich?«

Ich richtete mich auf, meine Handgelenke schmerzten furchtbar, als ich sie belastete.

»Sie konnte einen fröhlich machen oder ruhig. Lia konnte Einfluss auf die Gefühle nehmen, zumindest in einem gewissen Rahmen.«

»Wie lange kanntest du sie? Habt ihr euch hier kennengelernt?«

Er schüttelte den Kopf. »Ich kannte sie schon, bevor sie eine Wächterin wurde, damals, als sie noch sehr, sehr jung war.«

Raphael stockte mit einem Mal. Er hob den Kopf und drehte ihn in Richtung Tür.

Ich verstand zuerst nicht, was ihn so abgelenkt hatte, erst als mir der Wind sanft über die Haut strich, begriff ich.

Es klopfte. Als Gabriel den Raum betrat, zog er sofort meine gesamte Aufmerksamkeit auf sich. Es fühlte sich so an, als hätte ich ihn seit Ewigkeiten nicht mehr gesehen.

»Wie geht es dir?«

Sein Blick streifte kaum merklich Raphaels. Er stand auf und ging zum Fenster – er machte Platz.

»Gut«, ächzte ich heiser.

Gabriel kam auf mich zu, ich streckte automatisch die Hand nach ihm aus.

Die Angst, ihn nie wieder küssen zu können, kam wieder in mir hoch. Ich erinnerte mich daran, dass meine letzten klaren Gedanken ihm gegolten hatten.

»Du siehst blass aus«, stellte er fest, beugte sich zu mir hinunter und küsste mich.

Ich wollte meine Arme um ihn legen, aber der Schmerz schränkte meine Bewegungen ein.

Nachdem ich mich von Gabriels Lippen gelöst hatte, sah er hinüber zu Raphael. Er hatte sich abgewandt, sah gedankenverloren aus.

»Michael verlangt nach dir, er wartet auf dich.«

Raphael nickte und drehte sich um. »Entschuldigst du mich, Mia? Gabriel kann dir deine Fragen sicher beantworten, er kannte Lia auch.«

Ich stutzte, sah in Gabriels überraschtes Gesicht. Seine Miene neutralisierte sich schnell wieder, er nickte schwach.

»Aber …«

Ich war verwirrt. Wenn sie beide meine Mutter gekannt hatten, wieso hatten sie dann nie ein Wort darüber verloren?

»Sie soll sich nicht überanstrengen, sie ist noch schwach«, meinte Raphael, ehe er mir ein Lächeln schenkte und aus dem Zimmer ging.

»Du kanntest sie auch? Wieso hast du nichts gesagt?«

Die Aufregung schwang in meiner Stimme mit und Gabriel fuhr sanft über meinen Oberarm.

»Es tut mir leid, ich dachte, es wäre …«

»Leichter?!«, ergänzte ich. »Wieso denkt ihr denn, es wäre leichter für mich, nicht zu wissen, dass meine Mutter eine Wächterin war? Ich hätte mich viel schneller darauf eingelassen, ich wäre viel besser mit mir selbst zurechtgekommen, wenn ich gewusst hätte, dass sie auch so war wie ich!«

Gabriel lauschte meinen viel zu aufgebrachten Worten. Meine Stimme wurde immer heiserer.

»Es war Raphaels Entscheidung, dir nichts zu sagen. Lia hatte sich in den letzten Jahren vom Orden distanziert. Sie wollte ein normales Leben für dich.«

»Aber ich hatte doch ein normales Leben! Als ich in den Orden eingetreten bin, hätte er mir doch erzählen können, dass meine Mutter auch eine Wächterin war!«

»Es wäre zu gefährlich gewesen. Die wenigsten wissen, dass Lia überhaupt ein Kind hat.«

Ich erinnerte mich an Tristans Worte, auch er war überrascht gewesen.

»Wieso wäre es denn gefährlich gewesen?«

»Lia war keine einfache Wächterin, sie war etwas Besonderes, schon immer.«

Gabriel wirkte ebenso wehmütig wie Raphael, als er von ihr sprach.

Auch meine Adoptiveltern hatten immer so liebevoll von ihr gesprochen. Ich hielt es für selbstverständlich, dass sie mir erzählten, wie besonders meine Mutter war, wie freundlich und gutmütig, schließlich war ich ihre Tochter, aber anscheinend hatte sie nicht nur bei ihnen Eindruck hinterlassen.

»Sie hat sich innerhalb des Ordens schnell einen Namen gemacht – sie hat diesen Ort geliebt. Lia hat so vielen so viel bedeutet, Engeln gleichsam wie Dämonen und Menschen. Ihr Tod war eine Tragödie.«

»Sie haben mir erzählt, sie wäre von einem Auto überfahren worden!«

Ich ahnte, dass diese Geschichte nur eine Lüge war. Eine Version für Uneingeweihte, für jene, die nicht wussten, wer sie wirklich gewesen war.

Gabriel ließ seinen Blick lange auf mir ruhen, so lange, bis ich aufnahmefähig war, bereit für die Wahrheit.

»Lia fiel im Kampf gegen einen Engel.«

Ich schüttelte den Kopf. Der Tod meiner Mutter hatte mich noch nie so geschmerzt, und das, obwohl er mir immer sehr wehgetan hatte.

Ich tastete nach Gabriels Hand. Er setzte sich zu mir, sodass ich meinen Kopf auf seinen Schoß legen konnte.

»Wieso ausgerechnet ein Engel?«

Meine Stimme klang immer angeschlagener. Der Kloß in meinem Hals verschlimmerte mein Stimmbandproblem.

»Weil Engel ebenso das Potenzial haben, dem Wahnsinn zu verfallen, wie Menschen und Dämonen. Sie sind nicht makelloser, nur weil sie weiße Flügel tragen.«

Gabriels Nähe half mir, meine Trauer zu bändigen.

»Nur weil meine Mutter so besonders war, heißt das nicht, dass ich es auch bin, ihr müsst euch also keine Sorgen um mich machen.«

Gabriel schüttelte den Kopf. »Ich hätte dich beinahe verloren.«

»Aber das hast du nicht!«

»Ja, aber ich wäre beinahe zu spät gekommen.«

Er gab sich auch die Schuld an meinen Verletzungen

»Du kannst nicht überall sein, nicht über jeden einzelnen Menschen wachen.«

»Nein, aber über dich möchte ich wachen.«

Seine Worte hätten nicht schöner gewählt sein können. Ich lauschte eine Weile seinem Herzschlag, wurde schläfrig, schreckte aber immer wieder hoch.

»Erzähl mir von ihr …«, bat ich und schloss die Augen.

»Sie war die Gutmütigkeit in Person, inspirierend.«

»Kanntest du sie auch lange?«

»Ja.«

»Dann kennst du mich viel länger als ich dich.«

Der Gedanke kam mir spontan. Ich wusste, dass Raphael und Gabriel schon eine ganze Weile unter den Menschen lebten. Ich wusste auch, dass die Zeit für sie scheinbar stehen geblieben war. Als Erzengel alterten sie äußerlich genauso wenig wie Erzdämonen.

»Lia hat sich sehr zurückgezogen, als sie wusste, dass sie schwanger war. Ich habe es selbst erst bei deiner Geburt von Raphael erfahren. Sie hat dich von allem ferngehalten, was dir hätte schaden können. Ich habe dich lange nicht gesehen, wusste aber, wer du bist, als Keon den Auftrag bekommen hat, dich vor der Chimäre zu beschützen. Du siehst ihr unglaublich ähnlich. Jeder, der weiß, dass sie eine Tochter hat, erkennt dich sofort.«

»Und wer weiß es noch, außer dir und Raphael?«

»Kaum einer hat sie in ihren letzten Jahren zu Gesicht bekommen. Sie hat mit dir unter den Menschen gelebt, unerkannt und friedlich. Anvertraut hat sie sich nur den wenigsten. Conan weiß es, er hat Lia zuliebe damals das Friedensbündnis mit dem Orden geschlossen. Beryl war auch einer ihrer engsten Vertrauten, sie waren sehr gut befreundet.«

Ich verarbeitete Gabriels Worte nur langsam. Conan war immer so nett zu mir gewesen, jetzt wusste ich auch, warum. Ich erinnerte mich auch an den freundlichen Engel. Beryl hatte mich verwechselt, als ich damals in seiner Kirche aufgetaucht war. Er war spürbar enttäuscht gewesen, als er erkannt hatte, dass ich nicht meine Mutter war.

»Wenn du mehr über sie erfahren willst, solltest du Raphael fragen. Niemand malt ihr Bild schöner mit Worten als er.«

Ich nickte schwach und musste dann dem starken Drang nach Schlaf einfach nachgeben. Ich war bei Weitem noch nicht so fit, wie ich gern sein wollte.

»Sie standen sich sehr nahe«, hörte ich Gabriel noch sagen, bevor ich endgültig einschlief.

Als ich wieder aufwachte, war ich allein. Ich ärgerte mich darüber, eingeschlafen zu sein.

Wütend auf meinen Körper, versuchte ich, ebenjenen aus dem Bett zu hieven. Ich stand so wackelig auf den Beinen, dass ich gleich wieder umkippte. Zum Glück fiel ich zurück ins Bett und somit weich.

Mein zweiter Versuch war erfolgreicher.

Ich wankte zur Tür, musste dort kurz verschnaufen, bevor ich das Zimmer verließ.

Draußen auf dem Flur herrschte Totenstille. Es musste schon spät sein.

Ich tastete mich an der Wand entlang zur Treppe.

Bis zur Eingangshalle brauchte ich gefühlte zwei Stunden.

Völlig außer Atem schleppte ich mich die letzten paar Meter zu Raphaels Büro.

Ich fühlte seine Aura, war froh, dass er hier war und nicht etwa in der Bibliothek, zu der es eine Drei-Stunden-Reise gewesen wäre. Weil ich erschöpft war und sich meine Gedanken im Kreis drehten, vergaß ich, anzuklopfen.

Als ich durch die Tür stolperte, kam mir Raphael entgegen.

»Mia! Du kannst doch nicht …!«

Er hob mich hoch. Ich war froh darüber, denn viel länger hätten meine Beine mich nicht mehr getragen.

Er legte mich auf die kleine Couch neben dem Bücherregal.

»Wieso bist du denn hier?! Du darfst überhaupt nicht allein aufstehen! Dein Zustand wird wieder schlimmer, wenn du dich überanstrengst!«

Ich wusste, dass es einen Vortrag hageln würde, aber mir gingen Gabriels Worte einfach nicht mehr aus dem Kopf – ich musste mit ihm reden.

»Als ich aufgewacht bin, war ich allein.«

»Ja, Gabriel ist vor einer Weile gegangen. Er kommt aber morgen wieder. Ich muss dich wieder an den Tropf hängen, wenn du zu schwach wirst!«

»Ich wollte dich etwas fragen.«

Er legte seine Hand prüfend auf meine Stirn. »Was denn?«

»Wie nahe habt ihr euch gestanden? Mama und du?«

Er stutzte merklich, ehe sein Blick wieder traurig wurde. »Ich stand Lia sehr nahe.«

Ich musste ihn nicht extra auffordern, er begann zu erzählen, auch wenn ich glaubte, zu wissen, dass ihm jeder Satz einen kleinen Stich versetzte.

»Damals, als ich mich entschlossen hatte, hier zu leben, fand ich mich nur schwer zurecht. Ich suchte nach meinem Platz in dieser Welt, aber alles, was ich fand, waren Depression und Einsamkeit. Lia war jung, noch jünger, als du es jetzt bist, und noch keine Wächterin. Sie fand mich, allein, in ein Gebet vertieft, auf einer Parkbank. Sie hat mir gesagt, sie hätte mich leuchten sehen. Ich war nicht sehr gesprächig, aber ich wusste von dem Moment an, als ich sie sah, dass sie einzigartig war. Sie hat immer versucht, mich aufzuheitern, kam wieder und wieder zu der Parkbank, selbst bei strömendem Regen. Mit jedem Tag, an dem ich mich mit ihr traf, verflog ein Stück meiner Einsamkeit und ich begann zu begreifen, was die Menschen darunter verstanden, glücklich zu sein. An dem Tag, an dem sie nicht auftauchte, wusste ich, dass etwas passiert war. Ich habe die ganze Stadt nach ihr abgesucht und fand sie schließlich hier im Orden. Eine Chimäre hatte sie angegriffen. Sie war viel zu früh als Wächterin erwacht, sie war noch ein Kind.«

Raphael atmete kurz durch, als ihn die Erinnerungen emotional zu übermannen schienen.

»Ich beschloss, in ihrer Nähe zu bleiben, versuchte, dem Orden, so gut es ging, unter die Arme zu greifen. Sie lebte für das alles hier – für ihre Freunde und ihre Aufgabe. Nur dich liebte sie mehr. Sie gab sich einem friedlicheren Leben hin, beschloss, nicht mehr zu kämpfen und dir eine gute Mutter zu sein. Der Tag, an dem sie den Tod gefunden hat, war …«

»Hast du sie geliebt?«

Meine Frage traf Raphael ganz plötzlich. Er starrte mich an, musterte die Tränen, die mir über die Wangen liefen.

Ich hatte mich meiner Mutter noch nie so nahe gefühlt, hatte sie noch nie so sehr vermisst wie in diesem Moment, aber Raphaels Geschichte machte mir auch etwas bewusst, das mich furchtbar schmerzte.

»Ja, das habe ich.«

Ich nickte schwach. Es war kein Wunder, dass Raphael mich von Anfang an bevorzugt behandelt hatte. Ich wusste nun, warum er nur mir ständig dieses warme Lächeln schenkte, warum nur ich in seinem Bett schlafen durfte.

Er sah in mir das, was Conan, Beryl und wahrscheinlich auch Gabriel sahen – das Ebenbild meiner Mutter.

Ich schluchzte viel zu laut, weil ich meine Identität mit einem Mal verloren hatte.

Raphael musterte mich mit großen Augen und besorgtem Blick.

»Es tut mir leid! Ich wollte dich mit dieser Geschichte nicht belasten, du brauchst eigentlich Ruhe und nicht so viel Aufregung!«

Ich schüttelte den Kopf. »Nein! Schon gut, das ist es nicht!«

»Was ist denn dann los? Hast du Schmerzen? Angst?«

Ich hatte Raphael noch nie so ratlos gesehen. Meine Reaktion schien ihn zu verwirren.

»Möchtest du zu Gabriel?«

Er sprach diesen Satz so verzweifelt und leise, dass ich Gänsehaut bekam.

Ich versuchte, mich wieder aufzuraffen, aber mir fehlte die Kraft. Raphael hob mich hoch und zum ersten Mal schafften es die sanften Wellen nicht, mich zu beruhigen.

Auch wenn ich aufgehört hatte, zu weinen, verschwand der Schmerz nicht – ich war nichts weiter als die Erinnerung an jemanden, der stark und schön gewesen war und der unendlich vermisst wurde.

»Ich bringe dich wieder ins Bett. Du musst schlafen!«

Meine Stimme hatte heute kein einziges Mal versagt, aber dieser letzte Satz war nur mehr ein heiseres Flüstern. »Bring mich in mein Bett. Bitte!«

Raphael blieb schlagartig stehen. Er hielt eine Weile inne, bevor er weiterging.

Er trug mich hinauf in mein Zimmer, legte mich in das frisch gemachte Bett und deckte mich zu.

»Entschuldige, Mia. Bitte entschuldige …«

Ich hielt meine Augen geschlossen, so lange, bis er verschwunden war. Die Tränen flossen von allein, auch wenn ich sie kaum wahrnahm.

Ich vermisste meine Mutter, wünschte mir nichts sehnlicher, als von ihr in den Arm genommen zu werden. Sie sollte zurückkommen und all den Schmerz, den ihr Tod verursacht hatte, hinfort nehmen. Sie sollte mir sagen, dass es nicht schlimm war, dass ich nicht sie war, dass sie mich um meinetwillen liebte und ich niemand sonst für sie sein musste. Ich wusste, sie hätte es getan, wenn sie es gekonnt hätte. Aber sie war tot, also blieb ich allein.

EINZIGARTIG

Ich hatte so lange geweint, bis mein Polster nass war, dann war ich eingeschlafen.

Meine Augen brannten und meine Wangen fühlten sich geschwollen an. Ich war desorientiert und geschafft, als ich aufwachte.

»Du siehst furchtbar aus!«, vernahm ich eine Stimme, die ich sofort für die strahlende Atmosphäre im Raum verantwortlich machte.

Ich drehte mich um und sah Keon auf dem Schreibtischstuhl sitzen – die Füße hatte er auf die Tischplatte gelegt.

»Danke für das Kompliment«, entgegnete ich und freute mich, dass meine Stimme den krächzenden Unterton verloren hatte.

»Wieso hast du die ganze Nacht geheult?«

Ich zuckte mit den Schultern.

Wie lange saß Keon schon hier?

»Okay, dann lass mich meine Frage anders formulieren! Wieso hat Raphy die ganze Nacht so melancholisch ins Kaminfeuer gestarrt?«

Ich fühlte mich sofort schuldig. Dass Raphael sich meinetwegen schlecht fühlte, wollte ich nicht. Er konnte nichts dafür, dass er in mir jemanden sah, der ich nicht war.

Als ich Keon nicht antwortete, spürte ich Wut in ihm hochkommen.

Ich zuckte ängstlich zusammen, befürchtete, dass er meinetwegen wütend war. Keon stand Raphael so nahe, dass es mich nicht gewundert hätte, wenn er ihn gegen alles und jeden verteidigt hätte – auch gegen mich.

»Du kannst mir also nicht erklären, wie dein Heulen und sein Starren zueinanderpassen?«

»Es tut mir leid!«

Eigentlich dachte ich, ich hätte letzte Nacht all meine Tränen vergossen, aber ein paar waren noch übrig.

Keons Stimmung wechselte von wütend zu besorgt. Er tat etwas, das er noch nie getan hatte. Er stand auf und nahm mich in den Arm.

»Hör endlich auf, zu weinen, das ist ja peinlich.«

Er fuhr mit der Hand über meine Haare. Seltsamerweise beruhigte ich mich schnell, auch wenn ich so viel Unruhe in ihm spürte.

»Raphy hat erzählt, dass du gestern erfahren hast, dass deine Mutter eine Wächterin war«, erklärte er und ließ wieder von mir ab. »Bist du deshalb so durch den Wind?«

Ich schüttelte den Kopf.

»Aber Raphael hat Schuldgefühle und weiß nicht wirklich, wieso. Er sagt, er hätte dich verletzt, aber auf die Frage nach dem Wie hat er nur mit den Schultern gezuckt.«

»Er hat mich nicht verletzt«, entgegnete ich. »Es ist nur …«

Ich wusste nicht, wie ich es Keon erklären sollte.

»Jetzt sag schon! Dieses Heulen und Starren ist dermaßen beschissen von euch, dass es mich richtig wütend macht! Keiner weiß, wieso der eine heult und der andere starrt! Ich meine, was soll das denn?! Wieso schläfst du überhaupt hier?«

Ich lehnte mich an Keons Schulter. »Ich dachte immer, Raphael würde mich so bevorzugt behandeln, weil er mich gernhat, aber eigentlich sieht er nur meine Mutter in mir.«

»Was redest du denn da? Du bist Raphys Liebling, das sieht ein Blinder!«

Ich schüttelte den Kopf. »Auch wenn ich ihr vielleicht ähnlich sehe, ich bin nicht so wie sie. Sie war besonders, ihre Gabe war viel stärker als meine.«

»Ach, und das ist dein Problem?« Keon stand auf und ging in Richtung Tür.

»Wohin gehst du? Du darfst Raphael auf keinen Fall sagen, dass ich …!«

»Jaja, das haben wir gleich!« Er knallte die Tür hinter sich zu.

Ich raffte mich auf und wollte ihm nachlaufen, aber ich war nicht annähernd schnell genug. Als ich es auf den Flur geschafft hatte, war Keon schon über alle Berge.

Seufzend lehnte ich mich an die Wand. Ich hoffte, dass er es sich noch anders überlegen würde, aber kaum hatte ich mich wieder zurück in mein Bett gelegt, um die Augen vor dieser ganzen Situation zu verschließen, war es auch schon passiert.

Als Raphael klopfte, wäre ich am liebsten davongerannt.

»Darf ich reinkommen?«

»Ja.«

Er sah geschafft aus, hatte wieder diese dunklen Schatten unter den Augen.

»Geht es dir besser?«

Ich nickte.

»Hör zu, Mia.«

»Du musst mir nichts erklären!«

»Ich will aber.«

Er klang nicht so, als hätte er Widerstand akzeptiert – er schien fest entschlossen, das loszuwerden, was er zu sagen hatte.

»Keon war bei mir.«

Ich seufzte. Er rannte nicht nur verflucht schnell, er verpetzte einen auch in Lichtgeschwindigkeit.

»Du bist nicht wie Lia«, erklärte er vorsichtig.

»Ja, ich weiß …«

»Nein, du verstehst mich falsch! Ich sehe nicht deine Mutter in dir, das ist ja das Problem.« Er lächelte milde, hatte seinen Blick abgewandt. »Ich mag dich sehr, ich mochte dich vom ersten Moment an. Ja, manchmal sehe ich dich an und sehe Lia, aber sobald du mich ansiehst, sehe ich nur noch dich. Seit du hier bist, seit du als Wächterin erwacht bist, bist du für mich nicht mehr das kleine Mädchen, das mich vor dreizehn Jahren schon mit diesen großen karamellfarbenen Augen an- geschaut hat. Du bist erwachsen geworden – viel zu schnell –, aber ich bin dankbar, dass du jetzt hier bist. Manchmal bin ich sehr egoistisch, musst du wissen.«

Ich seufzte, weil seine Worte schön klangen.

»Wäre mir zu jeder Sekunde voll bewusst, dass du ihre Tochter bist, das kleine Mädchen, das sie so geliebt hat, dann hätte Gabriel keine Sorge, dich in meinem Bett schlafen zu lassen. Du hast deine ganz eigene Anziehungskraft auf mich – auf uns alle, Mia.«

Ich wurde verlegen. Raphael klang so ehrlich, dass ich ihm glauben musste. Das Gefühl der Nähe zu ihm überrollte mich regelrecht. Es war mir gestern abhandengekommen – die Lee- re, die diese Lücke hinterlassen hatte, war schmerzhaft gewe- sen.

»Es tut mir leid, dass du meinetwegen eine schlaflose Nacht hattest.«

Er lächelte mich an. »Mir tut es leid, dass du meinetwegen so viele Tränen vergossen hast.«

Er trat einen Schritt näher, beugte sich zu mir hinunter und küsste meine Wange. Er ließ seine Lippen lange auf meiner Haut liegen, so lange, bis ich ganz in den beruhigenden Wellen versunken war.

»Du solltest dich hinlegen.«

Raphael lächelte auf meine Aufforderung hin und fuhr mir dann durch die Haare. »Sieh lieber zu, dass du gesund wirst. Auch wenn deine Wunden schnell verheilt sind, dein Körper ist noch müde, er braucht Ruhe.«

»Die brauchst du auch.«

Meine Hartnäckigkeit schien ihn zu amüsieren. »Ja, ich lege mich später noch mal hin, aber jetzt ist dafür keine Zeit, ich muss ein paar Dinge mit Michael klären.«

Ich erinnerte mich daran, dass Gabriel seinen Namen gestern erwähnt hatte. »Der Engel Michael?«

Raphael nickte. Er war gerade erst in Italien gewesen, um sich mit ihm zu besprechen – wieso war er hier?

Mir wurde schlagartig bewusst, was Michaels Anwesenheit zu bedeuten hatte.

»Geht es um Astaras?«

Es lief mir eiskalt den Rücken hinunter. Ich wollte nicht wahrhaben, dass seine Rückkehr unmittelbar bevorstand. Er konnte jeden Moment auftauchen – heute, morgen oder erst in ein paar Monaten.

»Wir müssen Vorkehrungen treffen, es wird nicht mehr lange dauern.«

»Spürst du etwas?«

»Nur die Unruhe. Du wirst sie auch spüren.«

Ich nickte, ließ meinen Kopf sinken. Ich musste unbedingt schnell wieder auf die Beine kommen. Auch wenn ich ihm nicht viel entgegenzusetzen hatte, ich wollte dabei sein, um den anderen beizustehen.

Raphael drückte mir einen Kuss auf die Stirn. »Mach dir keine Sorgen, Mia. Es kommt, wie es kommen soll.«

Ich nickte.

Er wandte sich zum Gehen. Bevor er nach der Türklinke griff, hatte ich noch eine Bitte an ihn.

»Wenn du Keon siehst, könntest du ihn zu mir raufschicken?«

»Natürlich.«

Ich wollte unbedingt mit ihm reden. Die Erinnerung an den bisher schlimmsten Tag in meinem Leben war noch klarer geworden.

Als ich mich auf mein Bett fallen ließ, zwang ich mich, die furchtbaren Bilder in meinem Gedächtnis zuzulassen. Ich vergrub den Kopf in meinem Kissen und spürte noch einmal den Wahnsinn. Meine Erinnerung ging nahtlos in einen Traum über – einen Albtraum.

»Mia?«

Als ich Keons Stimme wahrnahm, wurde mir warm ums Herz. Ich öffnete die Augen und sah in sein Gesicht.

»Bestellst du mich her, damit ich dir beim Schlafen zusehe, oder was?«

Ich raffte mich auf. »Entschuldige! Ich will ja wach bleiben, aber ich werde immer so schnell müde.«

Seine Stimmung schlug sofort um. Ich fühlte wieder diese unglaublich starken Schuldgefühle in ihm toben. Ich hasste das.

»Hör endlich auf damit!«

Er wusste zuerst nicht, auf was ich hinauswollte, musterte mich verwirrt.

»Hör auf, dir die Schuld an diesem Scheiß zu geben!«

Ich nahm gewollt Keons Tonfall und Wortwahl an. Er starrte mich an, schien durch mich hindurchzusehen.

Der Hass, den er gegen sich selbst hegte, schnürte mir die Kehle zu.

»Es geht dich nichts an, für was ich mir die Schuld gebe!«

»Das tut es sehr wohl! Du hast mir schließlich das Leben gerettet.«

Den letzten Satz sprach ich leise und sanft, weil ich nicht wollte, dass er in unserem Geschrei unterging.

Es stimmte. Wäre Keon nicht gewesen, hätte mich Tristan umgebracht. Er war noch vor allen anderen da gewesen, hatte die Dämonen lange allein in Schach gehalten.

Verständnislosigkeit schlug mir entgegen. Keon schüttelte den Kopf. »Nur weil du Glück hattest, ist das noch lange nicht mein Verdienst! Du wärst gar nicht dort gewesen, hätte Tristan nicht mitbekommen, dass du mir …« Er beendete seinen Satz nicht, formulierte ihn anders. »Hätte Tristan dich nicht als Druckmittel gegen mich eingesetzt, wärst du gar nicht in diese Situation gekommen!«

»Hätte, würde, wäre! Tristan ist tot und wir leben! Wenn der Preis dafür zwei gebrochene Handgelenke und ein paar gebrochene Rippen waren, dann ist das in Ordnung! Du hattest deine Rache! Wieso hörst du nicht endlich auf, dich selbst so fertigzumachen?«

»Hör auf, ständig meine Gefühle zu lesen!«

»Hör du auf, ständig so bescheuerte Gefühle zu haben!«

»Du nervst!«

»Du auch!«

Er wollte sich abwenden, davonstürmen, aber ich hielt ihn am Oberarm fest. Natürlich hätte er sich aus meinem Griff mit Leichtigkeit befreien können, aber er blieb tatsächlich stehen.

»Ich würde es immer wieder tun, Keon. Ich würde mich immer dafür entscheiden, von Tristan gequält zu werden, wenn das bedeutet, dass du überlebst. Ich hatte so lange Angst, dass er dich tötet. Ich will dieses Gefühl nie wieder haben!«

»Merkst du, wie egoistisch du bist?! Du denkst nur an dich! Du willst dir keine Sorgen mehr um mich machen müssen, aber ich soll hinnehmen, dass du mir einfach so vor den Augen wegstirbst, nur weil du so blöd bist und dich mit mir abgibst!«

»Ja, dann bin ich wohl egoistisch.«

Ich wollte mich möglichst dramatisch umdrehen und ein paar Schritte von Keon wegmachen, aber ich stolperte beinahe über meine eigenen Beine. Wenn ich mich zu schnell bewegte, wurde mir immer noch schwindelig.

Keon fing mich auf und hob mich hoch. »Du bist unmöglich!«

Ich zuckte mit den Schultern und legte meine Arme um seinen Hals.

Um nichts in der Welt würde ich Keon hergeben, vorher würde ich zahllose qualvolle Tode sterben – aber das verriet ich ihm nicht.

Er trug mich zu meinem Bett und legte mich darauf ab.

»Wie hast du das eigentlich gemacht?«

Wieder schien er nicht zu wissen, worauf ich hinauswollte. Die Frage beschäftigte mich unterbewusst schon lange. Ich hatte mich zwar erst vor Kurzem wieder daran erinnert, aber jetzt, wo ich das Bild vor Augen hatte, wollte ich Antworten.

»Ich meine, das mit deinen Händen – diese Wellen. Du hast die Dämonen einfach so weggeschleudert.«

»Was denn? Das?«

Keon streckte die Hand aus, die Luft brach sich wie bei großer Hitze und die Glasscheiben begannen zu vibrieren.

Ich starrte fassungslos in sein ausdrucksloses Gesicht. Meine schockierte Miene amüsierte ihn.

»Wie machst du das?!«

»Keine Ahnung, wie liest du denn Gefühle?«

Er nahm die Hand wieder hinunter, zog eine Augenbraue hoch und setzte wieder diesen durch und durch unverschämten Gesichtsausdruck auf, den ich so liebte.

»Ich wusste nicht, dass du eine Gabe hast! Wieso hast du nie etwas gesagt?!«

»Du hast nicht gefragt.«

Ich schnappte empört nach Luft.

»Reg dich ab, jetzt weißt du es ja.«

»Ich weiß gar nichts! Du erzählst ja nie etwas über dich! Ich weiß weder etwas über deine Familie noch darüber, dass du mit deiner Hand so seltsame Schockwellen schleudern kannst!«

Ich war wirklich wütend auf ihn. Dass er meinen Fragen zu seinem Privatleben ständig auswich und so gut wie nichts über sich erzählte, war mir schon immer auf die Nerven gegangen.

Jedes Mal, wenn ich fest davon überzeugt war, dass wir Freunde waren und er mir vertraute, bewies er mir das Gegenteil.

»Ich habe keine Familie, also gibt es da auch nichts zu wissen! Außerdem sind das keine seltsamen Schockwellen und ich schleudere nichts!«

Bei einem unserer samstäglichen Frühstücksgespräche hatte ich Raphael einmal auf Keons Vergangenheit angesprochen. Er selbst behauptete ständig, er hätte keine Eltern. Dass das natürlich nicht möglich war, war selbst einem naiven Ding wie mir klar.

Raphael hatte mir nach langem Hin und Her erzählt, dass Keon Probleme mit seiner Herkunft hatte, präzisiert hatte er das Ganze aber nicht. Er hatte ihn schon als Kind an die *Ars Vivendi* geholt, weil er auf ihn aufpassen wollte.

Dass ich mit Raphael darüber gesprochen hatte, wusste Keon nicht, ich hatte versprechen müssen, es nicht zu verraten.

Ich brachte noch irgendwie Verständnis dafür auf, dass er seine Kindheit für sich behalten wollte, aber dass er mir seine Gabe verheimlicht hatte, machte mich wütend.

»Wie lange kannst du das schon?«

»Schon immer.«

Ich hielt kurz inne. Es musste unglaublich schwer gewesen sein, damit aufzuwachsen. Meine Gabe hätte man auch als Feinfühligkeit abtun können oder als Verrücktheit. Keons Gabe war so real und sichtbar, dass er sie nicht verleugnen konnte.

»Es ist schwer, zu wissen, dass man anders ist, oder?«

»Ich wäre auch ohne diesen Mist anders, also ist es egal.«

Ich nickte, weil es gefährlich war, Keon zu schnell mit zu vielen Fragen zu bombardieren. Ich entschied mich für eine.

»Was machst du genau?«

»Raphael meint, ich würde die Zeit brechen.«

»Was machst du?!«

Keon grinste. »Ja, genau so habe ich auch reagiert, als er mir damals erklärt hat, wie meine Gabe funktioniert.«

Keon streckte wieder die Hand aus und richtete sie auf das Wasserglas auf meinem Schreibtisch. Die Wellen breiteten sich in Sekundenschnelle aus und rissen das Glas in Stücke. Noch bevor ich mich fragen konnte, warum die Scherben nicht zu Boden fielen, manifestierte sich das Glas wieder. Es war, als hätte man einen Film zurückgespult.

»Cool, nicht? Raphael erklärt dir den ganzen physikalischen Mist drum herum, wenn es dich interessiert. Eigentlich ist es mir egal, was ich genau mache, ich weiß nur, dass ich damit Arschlöcher wie Tristan gegen die Wand schleudern kann und manche Materialien zerbrechen, wenn ich auf sie einwirke. Ich kann es nur manchmal wieder rückgängig machen und nur unmittelbar danach.«

Keon war seine Gabe nicht so egal, wie er behauptete, aber er hatte sie gut unter Kontrolle.

»Dann hast du dieselbe Gabe wie Gabriel?«

Ich hatte auch ihn schon Gegner mühelos wegschleudern sehen.

Keon schüttelte den Kopf. »Was dein Erzengel macht, ist Psychokinese. Das haben alle ranghohen Engel drauf – auch Erzdämonen. Zugegeben, Gabriels mentale Fähigkeiten sind ausgeprägter als die von allen anderen, aber sie unterscheiden sich vom Prinzip her nicht von denen von Michael, Conan oder Raphael.«

»Vielleicht ist deine Aura deshalb so anders«, meinte ich mehr zu mir selbst als zu Keon, aber er horchte auf.

»Wie meinst du das?«

»Na ja, du leuchtest ganz seltsam – es ist angenehm, schön. Außerdem kann ich schwerer in dich hineinsehen als in andere.«

»Ich weiß.«

Wir erinnerten uns wahrscheinlich beide an den Moment, in dem Keon mir zum ersten Mal gestattet hatte, seine Gefühle richtig zu lesen. Er hatte mir geholfen, zu verstehen, wie es in ihm aussah. Es war etwas ganz Besonderes gewesen, ein Vertrauensbeweis, mehr als das.

»Meine Mutter hatte auch eine ähnliche Gabe wie ich«, erzählte ich gedankenverloren. Es war auch für mich noch neu, das zu behaupten. »Vielleicht kann deine Mutter auch die Zeit brechen. Ich meine, vielleicht vererben sich solche Fähigkeiten ja.«

»Das ist doch egal.«

»Aber was, wenn deine Mutter auch eine Wächterin war, was, wenn sie tot ist? Weißt du etwas über sie?«

»Es spielt keine Rolle! Es ist so, wie es ist! Es hat dich nicht zu interessieren! Das ist meine Vergangenheit und ich entscheide, wie ich damit umgehe!«

»Hast du schon mal mit Raphael darüber gesprochen? Kannte er deine Eltern? Ihr steht euch doch nahe, oder?«

Ich spürte unsagbare Wut in Keon hochkommen. Wut, die ich selten in ihm spürte – eine, die nicht gegen ihn selbst gerichtet war. Er griff sich an den Kopf, knurrte und schloss die Augen.

»Meine Mutter war keine Wächterin! Sie hat mich weggegeben, als ich noch ein Baby war.«

»Ich verstehe, dass du wütend bist, aber du warst doch nicht allein, oder? Sie hat dafür gesorgt, dass auf dich aufgepasst wird, genau wie meine Mutter.«

»Hat Raphael dir das erzählt?!« Keons Augen funkelten.

Ich zuckte kurz zusammen. Eigentlich wollte ich nichts sagen, aber ich hatte nicht nachgedacht.

»Du hast mir nie etwas erzählt, ich wollte dich verstehen, also habe ich Raphael …«

»Das geht dich alles nichts an! Was hat er dir sonst noch erzählt?!«

»Gar nichts! Entschuldige.«

Keon verschwand durch die Tür – knallte sie hinter sich zu.

Ich spürte, wie er sich entfernte, dann, wie er wieder näher kam. Als er durch die Tür platzte, war er noch immer wütend, aber auch voller Reue.

»Du machst mich wahnsinnig, weißt du das?«

Ich nickte und lächelte.

»Und Raphy ist eine Petze!«

Diesmal musste ich lachen. »Reg dich nicht auf, du bist genauso!«

Er zog seine Augenbraue in die Höhe und setzte sich zu mir aufs Bett.

Keon erzählte ein wenig von dem strengen Kloster, in dem er aufgewachsen war, und von dem Tag, als Raphael ihn mitgenommen hatte.

Jeder wusste, dass die beiden eine ganz besondere Beziehung zueinander hatten. Niemand sonst hätte Keon hier im Orden gehalten. Außerdem war Keon der Einzige, der Raphael einen Spitznamen verpasste. Er benutzte ihn nicht vor den anderen, nur manchmal vor mir, wenn er nicht darüber nachdachte – es war ihm im Nachhinein meistens unangenehm, weil er nicht zugeben wollte, wie nah sie sich wirklich standen.

»Als er mir zum ersten Mal erzählt hat, dass er ein Erzengel ist, habe ich ihn für einen Alien gehalten.« Keon grinste, während er sich erinnerte. »Dann habe ich ihn lange für einen Superhelden gehalten.«

Ich lachte.

Keon erzählte mir an diesem Vormittag zum ersten Mal von sich. Seine Geschichten waren belanglos, aber er öffnete sich mir ein Stück weit und ich hatte wieder das Gefühl, dass er mir vertraute.

Ich legte meinen Kopf auf seinen Oberschenkel, während er mir erzählte, wie er damals aus Versehen alle Fenster im Kloster gesprengt hatte. Ich malte mir aus, wie er als Kind die Nonnen in den Wahnsinn getrieben hatte.

Während der junge Keon vor meinen Augen Unruhe stiftete, schlief ich wieder ein.

Es war der Wind, der mich weckte. Ich sehnte mich so sehr nach ihm, dass mich mein Unterbewusstsein sofort zurück in die Realität holte, als ich ihn wahrnahm.

Blinzelnd blickte ich mich um, sah Gabriel an meinem Schreibtisch sitzen. Er hielt einen Stift in der Hand.

Als er mitbekam, dass ich wach war, stand er auf und kam auf mich zu. »Hallo.«

Bevor ich zurückgrüßen konnte, versiegelte er meine Lippen mit seinen. Unser Kuss war leidenschaftlich, mit süßen Erinnerungen verbunden.

Es kam mir wie eine Ewigkeit vor, seit er mich zum letzten Mal so geküsst hatte. Ich schlang meine Arme um seinen Hals, zog ihn hinunter auf mein Bett.

»Es scheint dir besser zu gehen.« Er lächelte schief und musterte mich.

»Ja«, hauchte ich und wollte ihn näher zu mir ziehen, aber er ließ es nicht zu.

»Nicht hier«, meinte er ernst, aber ruhig.

»Wieso nicht?« Ich konnte meine Enttäuschung nicht überspielen.

»Das ist eine Schule, hier sollst du lernen und nicht an so etwas denken.«

Meine Wangen wurden rot, ich schämte mich für meine Gedanken.

Gabriel grinste und beugte sich zu mir hinunter, um mir ins Ohr zu flüstern. »Wenn es dir besser geht, will ich dich haben, aber bei mir – ungestört und oft.«

Ich nickte und versuchte, meine Vorfreude zu bändigen.

Gabriel blieb nicht lange. Er versicherte sich, dass ich auf dem Weg der Besserung war, versprach mir, dass er wiederkommen würde, und verabschiedete sich.

Er wollte einige Dinge klären, verriet mir aber nicht, worum es ging.

Ich ahnte, was ihn beschäftigte. Ich wusste schließlich auch, was Raphael den Kopf zerbrach und was Michael dazu veranlasst hatte, unsere Schule zu besuchen. Sie alle trafen ihre Vorkehrungen.

Es frustrierte mich, dass ich so nutzlos war und in diesem Zustand nichts für sie tun konnte.

Gabriel verbot mir, mich zu sorgen, und versprach, dass ich genug Zeit haben würde, um wieder fit zu werden. Ich glaubte ihm, hätte diesen Augen nur schwer widersprechen können – selbst wenn ich gewollt hätte.

Unser Abschiedskuss dauerte lange. Ich wollte ihn nicht loslassen, aber Gabriel wandte sich irgendwann ab und ging.

Lange lehnte ich noch an meiner Tür, versuchte, das Gefühl seiner Aura weiterhin aufrechtzuerhalten.

Als ich mich zurück in mein Bett legen wollte, streifte mein Blick den Zettel auf meinem Schreibtisch. Auf einem weißen Blatt standen in schön geschwungener Schreibschrift die Worte:

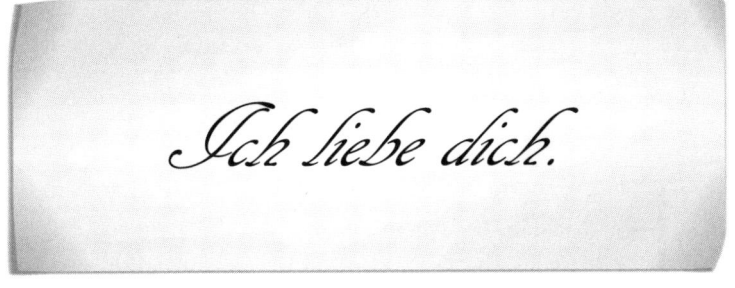

Ich liebe dich.

ZURÜCK IN DEN ALLTAG

Es dauerte ungefähr zwei Wochen, bis meine Wunden vollständig verheilt waren.

Nach zehn Tagen fing ich langsam wieder mit dem Training an – natürlich heimlich, denn Raphael wachte mit Adleraugen über mich.

Die Geschichte mit Tristan und meiner Rettung musste ich so oft erzählen, dass sie mit der Zeit ihren Schrecken verlor.

Jeder wollte hören, was ich erlebt hatte, und die Reaktionen auf meine Erzählungen waren immer dieselben.

Alle waren froh, dass dieser Zwist endlich ein Ende gefunden hatte, aber sie hielten mich für weitaus mutiger, als ich gewesen war.

Ich erzählte zwar immer wahrheitsgemäß, dass mein Widerstand nicht viel bewirkt hatte, dennoch schienen alle beeindruckt, und das, obwohl ich eigentlich nur ständig ohnmächtig geworden war.

Die Stimmung im Orden war eine Mischung aus überschwänglichem Enthusiasmus und beißenden Ängsten, die uns alle gleichermaßen heimsuchten.

Noch nie hatte ich so viele Wächter ein- und ausgehen sehen. Auch die älteren unter ihnen, die schon lange ein Leben fernab dieser Mauern führten, trieb es zurück ins Schloss.

Raphael hatte uns angehalten, Ruhe zu bewahren, Vorsicht walten zu lassen und wachsam zu bleiben. Er strahlte eine unglaubliche Ruhe aus, jedes Mal, wenn er zu uns sprach, aber er war innerlich voller aufrichtiger Sorge um seine Schützlinge – das konnte ich ihm ansehen.

Dank Conans Gabe konnten wir den Zeitpunkt des Unvermeidlichen eingrenzen. Da seine Visionen immer sehr zuverlässig waren, wussten wir, dass Astaras erst auftauchen würde, wenn der Winter über uns hereingebrochen war.

Conan sah Schnee – eine verschneite Nacht irgendwann im Winter.

Diese Gewissheit half uns, während der zermürbenden Zeit des Wartens nicht vollständig den Verstand zu verlieren.

Jene Wächter, die vor Jahren dem ersten Kampf gegen Astaras beigewohnt hatten, wussten, was sie erwarten würde. Sie waren gefasster als wir, aber der Schmerz über die vielen Verluste, die sie erlitten hatten, erfüllte ihr Inneres. Ich ertrug ihre Nähe nur schwer, obwohl ich gern mit ihnen gesprochen hätte. Sie waren Astaras schon persönlich begegnet, wussten, wie er war, kannten seine Art, seine Stärke.

Nur zu gern lauschte ich Geschichten über die Gefallenen, auch wenn die meisten von ihnen von Spekulationen gesäumt waren.

Ich saß mit Sara, Mika und Neo in der Bibliothek und wälzte alte Schriften. Wir versuchten, Informationen über Luzifer und sein Virus zu sammeln. Nicht, dass Raphael nicht sowieso schon sämtliche Bücher und Schriften auswendig kannte, aber zum einen schwieg sich unser schöner Erzengel aus und zum anderen fühlte es sich gut an, so zu tun, als würde man sich vorbereiten.

Sara und Mika waren ständig darauf bedacht, Körperkontakt zueinander zu halten. Sie waren ein so schönes Paar, dass mir ihre Angst vor der Zukunft im Herzen wehtat.

Ich wollte auch mehr Zeit mit Gabriel verbringen, aber die Umstände ließen uns viel zu wenig Gelegenheit dazu.

»Leo meint, du wärst bereits wieder fit.«

Neo sah von seinem Buch auf und lächelte mich an. Seine Narbe schimmerte ein wenig im Licht der Kerze, die auf dem Tisch brannte. Er und Mika waren jetzt oft hier und natürlich hatten auch sie von meinem Zusammentreffen mit Tristan erfahren und mich darüber ausgefragt.

Ich zuckte mit den Schultern und rückte ein wenig näher an Neo heran. Ich wollte sichergehen, dass Raphael – egal wo er gerade war – meine Antwort nicht hören konnte.

»Na ja, ich trainiere wieder regelmäßig, aber die Sache hat mich ganz schön zurückgeworfen.«

Mika und Sara horchten auf.

»Sie trainiert viel zu hart! Wenn Raphael das erfährt, fesselt er dich wieder ans Bett!«, meinte Sara ernst und grinste dann.

»Ach ja? Hätte ich Raphael gar nicht zugetraut, eine Frau an sein Bett zu fesseln. Steht er auf solche Spielchen?«, fragte Mika gleichsam amüsiert wie neugierig. Alle lachten.

»Nein! Keine Ahnung …«

Ich verschränkte bockig die Arme vor der Brust. Es war mir unangenehm, dass alle wussten, dass ich in seinem Bett geschlafen hatte, zumal sie nicht wirklich einschätzen konnten, wie weit unsere Beziehung tatsächlich ging.

»Zum hundertsten Mal, da ist nichts zwischen uns! Nichts Körperliches!«

Ich bemühte mich immer um Klarstellung, aber die anderen machten gern ihre Witze über meine Stellung als Raphaels Liebling. Ich konnte es ihnen nur schwer verübeln.

»Entschuldige bitte, Mia, aber es ist so ungewohnt, dass Raphael ein Mädchen in seinem Bett schlafen lässt, da fällt es eben auf.«

Mika hatte recht. Alle behaupteten, dass Raphaels Liebesleben immer ein Rätsel für sie war, aber ich hatte nicht vor, daran etwas zu ändern.

»Sag mal, Neo …«, meinte ich und lenkte somit die Aufmerksamkeit der drei auf mich und das Thema in eine andere Richtung. »Sara hat gesagt, deine Schwester wäre damals dabei gewesen – beim ersten Kampf gegen Astaras.«

Der Schwarzhaarige stutzte zuerst und nickte dann.

Ich wusste nicht, ob ich ihn darauf ansprechen durfte, aber Sara hatte gemeint, Neo hätte kein Problem damit, darüber zu sprechen.

»Ja, sie war damals dabei. Aber sie erzählt nicht gern davon.«

»Wurde sie verletzt?«

Ich spürte Trauer in Neo aufkommen, aber er schüttelte den Kopf. »Nein, sie wurde nicht verletzt, aber viele ihrer Freunde sind damals umgekommen.«

Das Schweigen, das auf seinen Satz hin folgte, war kaum zu ertragen. Ich spürte wieder diese bedrückende Angst in allen hochkriechen, die Ungewissheit, die ich kaum noch ertragen konnte. Mein Kopf begann zu dröhnen, so wie jedes Mal, wenn ich die Angst meiner Freunde so deutlich spürte.

»Wie hat sie ihn beschrieben?«

Ich war genauso neugierig wie die anderen. Die Neugier vertrieb die negativen Gefühle zuverlässig.

Neo schlug das Buch in seiner Hand zu und versank ein Stück weiter in seinem Stuhl. »Sie meint, er wäre der schönste Mann gewesen, den sie je gesehen hat.«

Seine Antwort schockierte uns alle gleichermaßen. Wir rechneten mit den Beschreibungen einer blutrünstigen Bestie.

»Ich weiß, es klingt seltsam. Aber wenn ihr wüsstet, wie meine Schwester seine Schönheit beschreibt, würde es euch eiskalt den Rücken hinunterlaufen.«

»Ja, ich habe auch schon von anderen Wächtern gehört, dass er unglaublich schön sein soll«, meinte Sara und geriet beinahe ein wenig ins Schwärmen. Die Realität holte sie schnell wieder ein und sie schämte sich sichtlich für ihre Reaktion.

»Er ist ein Engel, natürlich ist er schön.«

Ich hatte Sebastians Aura bemerkt und erschrak nicht so wie die anderen, als er plötzlich hinter einem der Bücherregale auftauchte. Er hatte sich in der Zwischenzeit vollkommen von dem Chimärenangriff erholt, sah fitter und trainierte aus als je zuvor.

»Es tut mir leid! Ich wollte euch nicht belauschen, aber euer Gespräch war nicht zu überhören.«

Er lächelte mir zu, während er ein Buch zurück in das Regal stellte. Ich liebte die Ruhe, die er ausstrahlte, vor allem jetzt, da ich sie bei kaum jemandem mehr spüren konnte.

»Nein, du hast vollkommen recht, wir lassen uns nur allzu leicht von schönen Gesichtern täuschen.«

Neos Reaktion auf Sebastians Aussage war nicht verwunderlich. Die lange Narbe, die sein Gesicht zierte, war auch das Werk eines Engels.

»Ja, nur weil sie weiße Flügel tragen, sind sie nicht weniger gefährlich.«

Mikas Worte ließen mich schaudern, zumal ich sie schon mal gehört hatte.

Mir war bewusst, dass sie dazu in der Lage waren, abscheuliche Dinge zu tun, nur war ich noch nie so einem Engel begegnet.

Ich malte mir das schöne Gesicht des Engels aus, der meine Mutter getötet hatte. Vielleicht war auch sie von seinem Aussehen geblendet gewesen.

Den Gedanken verwarf ich schnell wieder. Sie hätte sich nicht täuschen lassen können, selbst wenn sie gewollt hätte. Schließlich verfügte sie über dieselbe Gabe wie ich.

»Mia, Leo sucht dich. Er trainiert unten im Keller mit Kevin.«

Sebastians Worte rissen mich aus meinen Gedanken. Ich sah auf die Uhr. Während unserer Recherchen hatte ich die Zeit übersehen, ich war schon längst mit Leo zum Training verabredet. Er war der Einzige, den ich davon überzeugen konnte, dass ich schon fit genug war, zumal er immer Feuer und Flamme für den Kampf war.

»Okay, danke.«

Ich spürte Sorgen in Sebastian aufkommen. Er erinnerte mich manchmal an Raphael – sie hatten eine ähnlich fürsorgliche Art.

»Du solltest noch nicht trainieren, es ist gerade mal zwei Wochen her, dass dich Tristan so zugerichtet hat.«

Seine Worte schmerzten ihn. Ich spürte, wie gern er dabei gewesen wäre, wie gern er auch gekommen wäre, um mich zu retten, aber er war selbst von seinen Verletzungen ans Bett gefesselt gewesen.

Sebastian musste eigentlich am besten verstehen, was mich antrieb, möglichst schnell wieder kämpfen zu können, aber seine Sorge machte ihn ungewohnt stur, was dieses Thema betraf. Insgeheim hatte ich Angst, dass er mich an Raphael oder Keon verpetzen würde, aber dazu war er eindeutig zu loyal mir gegenüber.

»Ich verspreche, es nicht zu übertreiben!«

Ich warf der Runde ein Lächeln zu und erntete ein Seufzen. Sie hielten mich für zu risikofreudig, das spürte ich.

Nachdem ich mich verabschiedet hatte und hinunter in den Keller lief, musste ich schmunzeln. Ich schätzte mich selbst oft als zu feige ein. Dass die anderen dieses konträre Bild von mir hatten, bedeutete, dass ich auf dem richtigen Weg war.

Leo und Kevin waren nicht die Einzigen, die in der großen Halle trainierten. Es war in letzter Zeit so voll hier unten, dass wir das Training in den ehemaligen Geräteraum neben der Garage verlegt hatten.

Als Leo mich sah, unterbrach er sofort den Trainingskampf mit Kevin. »Sieh an, ich dachte schon, du kommst heute gar nicht mehr.«

»Entschuldige bitte, ich habe die Zeit etwas übersehen.«

Neben Leo und Kevin unterbrachen nach meiner Ankunft auch Nick und die neue Wächterin ihr Training.

»Mia! Lange nicht gesehen! Wie geht es dir?«

Der jüngere der beiden Brüder lief auf mich zu und musterte mich neugierig. Ich hatte Nick wirklich schon lange nicht mehr gesehen. Er war viel mit der neuen Wächterin unterwegs.

Sara spekulierte über das Verhältnis der beiden schon die längste Zeit. Ich konnte mir die Spekulationen sparen, zumal ihre Gefühle füreinander eindeutiger nicht hätten sein können.

»Danke, mir geht es bestens, genau wie dir, wie ich sehe.«

Ich grinste ein so wissendes Grinsen, dass es Nick die Schamesröte ins Gesicht trieb. Er kratzte sich verlegen am Hinterkopf, ehe er mich seiner Freundin vorstellte.

»Amélie, komm her! Das ist Mia, ich habe dir von ihr erzählt.«

Mit einem schüchternen Lächeln auf den Lippen kam sie auf mich zu. Sie war nervös, das sah man ihr an, wieso, wusste ich aber nicht. Ihre glänzenden kinnlangen Haare fielen ihr ins Gesicht, als sie die Hand zum Gruß hob. »Freut mich.«

Ihre Stimme klang genauso aufgeregt, wie sie aussah. Ich versuchte, möglichst ruhig und freundlich zu wirken, um ihr die Nervosität zu nehmen.

»Ja, mich auch. Wie gefällt es dir hier an der Schule?«

»Gut! Also ich meine, es ist schon noch ein wenig seltsam, aber …«

Ich nickte wissend. Seltsam war das richtige Wort, um die ersten Eindrücke hier zu beschreiben. Wenn ich an meine erste Woche dachte, kam es mir so vor, als würde sie schon eine Ewigkeit zurückliegen.

»Ich bin sicher, Nick ist dir ein guter Lehrer!«

Ich zwinkerte und spürte, wie Amélie endlich ruhiger wurde. Sie lächelte verlegen und suchte den Augenkontakt zu Nick. Die beiden sahen unglaublich süß zusammen aus, ebenso wie Sara und Mika.

Ich vermisste Gabriel schlagartig, unterdrückte das Gefühl aber, so gut es ging.

»Geht es dir schon wieder besser?«, wollte Amélie wissen.

Ich spürte, dass sie überrascht war, verstand aber nicht, wieso. Noch bevor ich nachfragen konnte, wurde ich aus Nicks Satz schlau.

»Mias Wunden sind so schnell verheilt, weil sie bei Raphael war. Seine Anwesenheit hat sozusagen eine heilende Wirkung.«

Ich wusste nicht, woher alle wussten, wie schlimm meine Verletzungen gewesen waren, aber Kevin klärte mich auf.

»Als wir dich von Tristan zurückgebracht haben, war die ganze Schule auf den Beinen. Als dich Raphael nach oben getragen hat, hast du schlimm ausgesehen, wir dachten, du würdest …«

Leo stieß ihm in die Seite. Mir war nicht bewusst gewesen, wie furchtbar ich ausgesehen hatte. Jetzt verstand ich auch, warum sich bis heute alle so um mich sorgten.

»Ja, mir geht es wieder gut«, meinte ich leise und versuchte, trotzdem überzeugend zu klingen.

»Na, dann können wir ja loslegen!« Leo überschattete sämtliche Sorgen mit seiner gewohnt überschwänglichen Art.

»Klar!«

Wir verabschiedeten uns von den anderen und gingen hinüber in unseren Trainingsraum.

»Sag mal, ist Amélie immer so nervös?«, wollte ich wissen, während ich die Klinge von Gabriels Schwert polierte.

Leo lachte. »Nein, nur in der Gegenwart von so berühmten Wächterinnen wie dir.«

Ich hätte mich beinahe an meiner eigenen Zunge verschluckt. »Was?«

Die folgenden Worte sprach Leo gewollt überbetont. Er schien Gefallen daran zu finden. »Na ja, du bist der Liebling vom großen Raphael und die Freundin des wohl berühmtesten Erzengels in der Geschichte und sogar der unnahbare Conan eilt zu deiner Rettung heran. Außerdem hast du dich dem wahnsinnigsten Erzdämon überhaupt gestellt und überlebt. Dein Ruf beginnt, dir vorauszueilen! Du wirst noch unglaublich berühmt werden und dann kann ich sagen, dass ich dich mal trainiert habe, das ist doch cool!«

Ich schüttelte ungläubig den Kopf.

Leo ging auf mich los. Während ich seine Schwerthiebe erwiderte, fand ich seine Ansprache immer lächerlicher.

Ich hatte nur Glück gehabt, dass Tristan mich nicht umgebracht hatte, und dass Raphael mich gernhatte, lag – trotz seiner Dementis – zum Teil bestimmt an meiner Herkunft. Auch Conan hatte sich wahrscheinlich eher von meiner Mutter verzaubern lassen als von mir. Warum Gabriel mich liebte, dafür konnte ich keine wirkliche Erklärung finden, aber die Tatsache, dass er sich mit mir abgab, machte mich nur glücklich und nicht berühmt. Leos Argumentation für Amélies Nervosität ließ mich schmunzeln.

Ich schlug ihm das Schwert aus der Hand.

Das Kreuz eines Erzengels

Leise schlich ich mich aus dem Orden, weil ich mir nicht sicher war, ob Raphael mir schon erlaubt hätte, Motorrad zu fahren – schon gar nicht bei strömendem Regen.

Ich wollte ihn nicht wütend machen, also sah ich zu, dass mein Verschwinden niemandem auffiel. Selbst ein Erzengel konnte seine Augen nicht überall haben.

Ich fuhr so vorsichtig, dass es eine gefühlte Ewigkeit dauerte, bis ich endlich an meinem Ziel ankam. Noch bevor ich an der großen schweren Tür klopfen konnte, öffnete sie sich. Er hatte mich anscheinend kommen sehen, trotzdem machte Gabriel große Augen.

»Bist du selbst hierhergekommen?«

Ich nickte. »Lässt du mich rein?«

»Da draußen wütet ein Sturm und du sollst dann nicht fahren.«

Er war etwas wütend auf mich, das sah ich ihm an.

»Es tut mir leid, aber ich wollte dich sehen.«

Sein strenger Blick wurde schlagartig wieder sanft. Er schlang die Arme um mich, hob mich ohne jede Anstrengung hoch und trug mich hinein.

Als wir uns küssten, spürte ich, wie ungeduldig er war. Er sehnte sich genauso sehr nach meiner Nähe wie ich mich nach seiner.

So fordernd seine Küsse auch waren, so vorsichtig ließ er seine Hände über meinen Körper gleiten. Gabriel hatte sich unglaublich gut unter Kontrolle, schien noch ein wenig ängstlich, was meine Belastbarkeit betraf. Ich versuchte, ihm zu signalisieren, dass er sich nicht zurückhalten musste.

Ich war dem Tod von der Schippe gesprungen, hätte Gabriel beinahe nie wieder so nah sein können. Meine unermessliche Freude darüber, dass ich noch lebte, und meine Angst vor der ungewissen Zukunft ließen mich die Zweisamkeit mit ihm so bewusst genießen, dass ich fast schon dankbar für das Erlebte war.

Ich verzehrte mich nicht nur nach seinem makellosen Körper, sondern vor allem nach dem Gefühl der Verbundenheit, das seinen Höhepunkt immer dann erreichte, wenn ich hinter den Wind blicken konnte, dann, wenn wir uns näher nicht mehr sein konnten.

Ich liebte Gabriel so sehr, dass ich nur ihn gebraucht hätte.

Die Welt um uns herum hätte aufhören können, sich zu drehen, während wir uns liebten.

Ich hätte selbst die ewige Finsternis ertragen, solange er mir so nah war.

Es war schon dunkel draußen, als wir voneinander abließen. Ich kehrte nur langsam wieder aus der Welt zurück, in der nur Gabriel, ich und unsere Lust existierten.

»Bist du glücklich?«

»So glücklich, wie man nur sein kann.«

Ich schmiegte mich noch enger an ihn. Er lag ganz ruhig neben mir, hatte seinen Arm um mich gelegt. Sein Atem war wieder gleichmäßig geworden, ganz anders als noch vor wenigen Minuten.

Ich wusste nicht, dass Erzengel so aus der Puste kommen konnten. Die Erkenntnis ließ mich schmunzeln.

»Bleibst du heute Nacht bei mir?«

»Ich weiß nicht … Eigentlich habe ich niemandem erzählt, dass ich hierherfahre. Ich will nicht, dass sie sich Sorgen machen.«

»Schläfst du noch immer bei Raphael?«

Sein Tonfall ließ mich stutzen.

»Nein! Schon lange nicht mehr, ich bin schließlich nicht mehr krank oder verletzt.«

Er verfestigte seinen Griff um mich. »Gut. Es hat mich fast wahnsinnig gemacht, zu wissen, dass …«

»Es ist nichts passiert!«

Ich fiel Gabriel einfach ins Wort, verteidigte mich so schnell, dass es einstudiert klang.

Er lachte. »Mach dir keine Sorgen. Ich weiß, dass ich dir vertrauen kann. Raphael ist derjenige, dem ich nicht traue.«

»Ich würde nie zulassen, dass so etwas passiert, auch nicht mit Raphael.«

»Er wäre gut zu dir, aber ich will trotzdem, dass du bei mir bleibst. Solange ich dich nicht unglücklich mache, sollst du mir gehören.«

»Du kannst mich gar nicht unglücklich machen, also lass es uns für immer nennen.«

»Dann für immer.«

Ich schlief in seinen Armen ein.

Auch wenn ich vor wenigen Tagen noch gedacht hatte, ich könne nur in Raphaels Anwesenheit von meinen Albträumen befreit werden, war es doch Gabriels Nähe, in der ich mich wie im Himmel fühlte.

Er war mein persönlicher Himmel, meine Perfektion inmitten von so viel Unvollkommenheit.

Ich wurde wach, weil ich dachte, ein Geräusch zu hören.

Ängstlich schreckte ich hoch und bemerkte, dass ich allein in dem großen Mahagonibett lag.

Wahrscheinlich hatte mich nicht irgendein Geräusch geweckt, sondern die Tatsache, dass ich Gabriels Aura nicht mehr spürte.

Ich raffte mich auf und tapste aus dem Zimmer. Das ganze Haus war in die Stille der Nacht gehüllt, das Licht des Vollmonds strahlte durch die vielen großen Fenster.

Ich rieb mir die Augen, während ich die breite Treppe hinunterging.

Irgendwie roch es hier nach Regen, Unwetter, aber draußen am Himmel verdeckte keine einzige Wolke mehr den Sternenhimmel.

Angestrengt suchte ich nach Gabriels Aura, wunderte mich, warum er mitten in der Nacht aus dem Bett verschwunden war – irgendetwas stimmte hier nicht.

Intuitiv griff ich nach meinem Schwert, das noch immer neben der Eingangstür lehnte.

Ich ging langsam in Richtung Terrasse, stoppte abrupt, als mir eine unbekannte Aura entgegenschlug. Neben dem sanften Wind fühlte ich etwas, das mich schaudern ließ, zweifellos dämonisch – nicht nur das: erzdämonisch.

Die Schwärze, die immer greifbarer wurde, je näher ich der Terrassentür kam, ließ mich zittern. Es war nicht Conans Aura, die ich fühlte, aber sie war ebenso mächtig und düster.

Ich zwang mich, mich nicht von meiner Angst beherrschen zu lassen. Es konnte gar nicht Tristan sein, er war tot, ich hatte gesehen, wie Keon ihn umgebracht hatte.

Adrenalin schoss durch meinen Körper, während ich mir meine Kampftaktik zurechtlegte. Diesmal würde ich mich nicht so leicht kleinkriegen lassen, egal, wer mich erwarten würde.

Ich stürmte hinaus, die kalte Nachtluft preschte mir entgegen und ich atmete sie hastig ein.

Die Klinge meines Schwertes fand wie von selbst ihren Gegner. Schwarze Augen folgten meiner raschen Bewegung. Er wich nicht aus, also rechnete ich damit, dass ich mein Ziel auch treffen würde, aber die Klinge stoppte einen Zentimeter vor seinem Hals.

»Mia!«

Gabriels ermahnende Stimme riss mich aus meinem Adrenalinrausch.

Es war seine Hand, die die Klinge gepackt und zurückgehalten hatte. Ich ließ sofort das Schwert sinken, sah, wie sich der fremde Erzdämon Gabriel zuwandte.

»Habe ich deine Freundin erschreckt? Das tut mir leid.«

Seine Stimme war seltsam beruhigend, tief, angenehm. Erst jetzt kam mir in den Sinn, dass er nicht zwangsläufig ein Feind sein musste. Ich schämte mich sofort für meinen ungerechtfertigten Angriff.

»Es tut mir leid! Ich dachte …«

Er winkte ab.

Gabriel kam auf mich zu, nahm mir das Schwert ab und legte seinen Mantel um mich.

Ich wurde purpurrot, als mir auffiel, dass ich bis gerade eben in meiner Unterwäsche hier gestanden hatte.

»Du musst keine Angst haben.«

Er legte seine Arme um mich, als er merkte, wie heftig ich zitterte. Es war unglaublich kalt draußen.

»Das ist Jaron, ein alter Bekannter. Er kam vorbei, um mir etwas zu bringen. Du hast geschlafen, ich wollte dich nicht aufwecken.«

Der Erzdämon neigte den Kopf zum Gruß. Er war unglaublich groß, größer als Gabriel. Seine kinnlangen schwarzen Haare standen im absoluten Kontrast zu seiner sonst sehr hellen Haut.

Wie bei allen Erzdämonen war sein Gesicht makellos. Sein Lächeln war auffallend warm, obwohl er ebenso unnahbar und kühl wirkte wie Conan.

In seinem Inneren spürte ich unerschütterliche Ruhe, die von erzdämonischer Dunkelheit überlagert wurde.

»Du bist noch viel schöner, als ich vermutet hatte, Mia.« Er sprach meinen Namen ganz melodisch aus.

»Es tut mir leid, dass ich dich angreifen wollte! Normalerweise bin ich nicht so, aber …«

»Schon gut, entschuldige dich nicht. Jemand wie ich hat dich furchtbar gequält, es ist nur natürlich, dass du mir gegenüber skeptisch bist. Du bist ein mutiges Mädchen.« Seine tiefe Stimme klang jetzt ein wenig monoton.

Ich wollte etwas erwidern, als ich plötzlich eine warme, feuchte Flüssigkeit spürte. Gabriels Hand war voller Blut, was kein Wunder war, schließlich hatte er in die Klinge seines Schwertes gegriffen.

»Du bist verletzt!«

»Das ist nicht der Rede wert.«

Mein Gewissen plagte mich.

»Du könntest Raphael bitten, sich deiner Wunde anzunehmen«, schlug Jaron vor und lächelte schief.

Ich hielt seine Äußerung für einen ernst gemeinten Vorschlag, aber Gabriel lachte leise.

Ich neigte dazu, zu vergessen, dass sie ein sehr distanziertes Verhältnis hatten, obwohl sie zusammengehörten.

»Ich will eure Zweisamkeit nicht länger stören.« Jaron trank das Glas leer, das er in der Hand hielt, und wandte sich zum Gehen. »Entschuldige bitte, dass meine Anwesenheit dich so aufgewühlt hat. Beim nächsten Mal brauchst du dich nicht mehr vor mir zu fürchten.«

Ich nickte wie ein Idiot und sah dem Erzdämon dabei zu, wie er in der Dunkelheit verschwand. Er ließ diesen intensiven Geruch nach Regen zurück, den ich ab heute immer wieder erkennen würde.

»Gehen wir rein, du zitterst immer noch.«

Ich folgte Gabriel zurück ins Haus, wo er sich von mir dazu überreden ließ, seine Hand verarzten zu lassen.

»Du und Jaron, seid ihr Freunde?«

Ich säuberte Gabriels Wunde.

Meine Frage schien ihn zu überraschen. Er und der Erzdämon wirkten vertraut, außerdem kam er mitten in der Nacht einfach so vorbei, das konnte nur bedeuten, dass sie sich gut kannten.

»Hmm, ja, wahrscheinlich sind wir das.«

»Das klingt so, als wärst du dir nicht sicher.«

»Ich weiß nicht, ob ein Erzengel und ein Erzdämon befreundet sein können, aber eigentlich ist es auch egal. Ich sehe die Dunkelheit in ihm nicht mehr.«

»Ihr kennt euch schon lange, oder?«

»Ja.«

»Was hat er dir vorbeigebracht?«

Gabriel lächelte. »Ein Geschenk für dich.«

Ich stutzte. Er zog seine Hand weg und entledigte mich seines Mantels. Aus einer der Taschen zog er etwas Silbernes, ich konnte es nicht gleich erkennen.

»Ich wollte es damals vernichten, als ich auf die Erde kam. Es ist ein Relikt aus meiner Zeit als Kriegsengel, genau wie mein Schwert, ich hatte keine Verwendung mehr dafür.«

Gabriel ging um mich herum und legte mir etwas um den Hals. Meine Finger tasteten nach dem silbernen Anhänger. Als sie ihn berührten, fühlte ich eine angenehme Wärme.

Es war ein silbernes Kreuz mit einem grünen Stein in der Mitte – haargenau dasselbe Grün wie Gabriels Augen.

»Jaron hat es über die Jahre hinweg für mich aufgehoben. Es stammt von dem Ort, an dem ich erschaffen wurde, es war ein Geschenk meines Herrn an mich – damals, vor einer Ewigkeit.«

Ungläubig musterte ich Gabriel, der so in Gedanken versunken war.

Hatte er gerade wirklich das gesagt, was ich gehört hatte? Machte er mir tatsächlich etwas zum Geschenk, was er von Gott persönlich erhalten hatte?

Die Vorstellung überforderte meinen Verstand.

»Aber du kannst es doch nicht weggeben! Ich meine, es gehört dir! Es ist wertvoll!«

Gabriel zuckte mit den Schultern. »Ich trug es, als ich für Gott in den Krieg zog. Es ist das Symbol eines Kriegers, also soll es auch einer tragen.«

»Aber ich bin nur eine Wächterin! Du bist hier der Erzengel, du solltest es tragen!«

Er lächelte sanft. »Du kämpfst so leidenschaftlich für deine Überzeugungen, Mia, und du wirst auch nicht damit aufhören, wenn ich dich darum bitte. Ich bin hierhergekommen, um all das hinter mich zu lassen. Wenn ich die Wahl hätte, würde ich ein menschliches Leben vorziehen. Ich bin der Kriege so müde, dass ich es nicht mehr verdiene, dieses Kreuz zu tragen.«

»Ich will auch keinen Krieg, aber du würdest genauso wie ich kämpfen, wenn es darum geht, etwas zu beschützen, das dir viel bedeutet.«

»Natürlich werde ich kämpfen. Trag mein Kreuz. Es soll dir den rechten Weg weisen, wenn du irgendwann ins Wanken gerätst, und es soll dir Trost spenden, wenn du am Ende eines Krieges hinter dich blickst. Solltest du eines Tages aber nicht mehr kämpfen wollen, solltest du der Kriege auch müde werden, dann kannst du es mir ja zurückgeben, ich freue mich auf diesen Tag.«

Ich versuchte, all die Dankbarkeit und die Demut, die ich empfand, in meine Worte zu legen. »Ich werde gut darauf aufpassen und es dir irgendwann zurückgeben, aber noch nicht jetzt.«

Gabriel nickte, schlang seine Arme um mich und küsste meinen Nacken. »Lass uns wieder ins Bett gehen.«

Ich ließ mich von ihm nach oben tragen.

Ja, ich kämpfte gern, auch wenn ich unglaubliche Angst hatte, und ja, ich liebte ihn und wollte irgendwann ein ganz normales Leben mit ihm führen.

Das Herz in meiner Brust schlug zweifellos für Gabriel, aber das Blut in meinen Adern floss für den Orden.

STRAFARBEITEN

Es war vier Uhr morgens, als ich mich aus Gabriels warmem Bett stahl. Er schlief noch und ich bewegte mich in Zeitlupe, um daran nichts zu ändern.

Eine Weile musterte ich sein schönes Gesicht, weil ich mich einfach nicht davon losreißen konnte, dann ging ich. Ich wollte noch vor dem Sonnenaufgang zurück im Orden sein, damit mein Verschwinden unbemerkt blieb.

Draußen war es unglaublich kalt. Der Tau auf den Grashalmen war gefroren und legte einen weiß glänzenden Schimmer über die Wiesen. Ich sah hoch in den Himmel und hoffte inständig, dass die Temperaturen nicht noch weiter fallen würden.

All die Jahre über hatte ich mich immer auf den Winter gefreut. Schneebedeckte Landschaften hatten meine Augen leuchten lassen.

Als Kind hatte ich oft vor dem Fenster in meinem Zimmer gesessen und auf den ersten Schnee gewartet. Ich hatte hoch in die Wolken gesehen und mir dicke weiße Flocken herbeigesehnt.

Ich schauderte, wenn ich nun an den Schnee dachte. Ich wünschte mir, er würde nie kommen, ich betete zu Gott, dass er die kleinen Kristalle für immer bei sich behalten würde.

In mein stilles Gebet vertieft, fuhr ich los.

Ich hoffte, dass das laute Dröhnen meines Motorrades niemanden wecken würde, aber die Außenmauern des Schlosses waren so dick, dass meine Sorge unbegründet war.

Als ich den Motor abstellte und meinen Helm abnahm, sah ich mich um. Obwohl es hier in der Garage intensiv nach Benzin und Motoröl roch, lag noch etwas anderes in der Luft.

Ich hätte schwören können, ich roch Keons Parfum.

Prüfend ließ ich meine Hand über seinen Motor gleiten – er war noch warm, musste auch gerade erst abgestellt worden sein.

Ohne lange darüber nachzudenken, lief ich durch den Keller hinauf ins Schloss. In der Aula hatte ich Keon eingeholt.

»Hey, wo kommst du denn her?«

Er erschrak, als ich ihn ansprach. Er drehte sich zu mir um. »Und wo kommst DU her?« Er musterte mich akribisch.

»Ähm … ich war … also ich …«

Während ich stotterte, fiel mein Blick auf Keons Hals, auf dem ein riesengroßer Knutschfleck prangte.

»Was starrst du so?!«

Er tastete nach der bläulichen Stelle, schien erst jetzt zu bemerken, was er da mit sich herumtrug.

Schlagartig wandte er sich ab und stapfte peinlich berührt die Stufen zu seinem Zimmer hinauf.

»Hey! Bleib stehen!«

Ich lief ihm hinterher, überholte ihn und stellte mich ihm in den Weg.

»Hast du schon wieder mit Fynn …?«

Er funkelte mich wütend an. »Geht dich das denn etwas an?«

Ich zuckte mit den Schultern, während er sich an mir vorbeidrängte.

Es ging mich wirklich nichts an, aber ich wollte es trotzdem wissen.

Kurz bevor wir vor Keons Zimmertür ankamen, drehte er sich nochmal zu mir um. »Warst du bei Gabriel?«

»Nein, bei Conan.«

Ich log so trocken, dass er nach Luft schnappte und seine Gefühle schlagartig verrücktspielten.

Irgendwie war ich gekränkt, weil er meiner Lüge so schnell Glauben schenkte, also zog ich die Brauen nach oben.

Als er den Sarkasmus endlich heraushörte, fiel ihm ein Stein vom Herzen.

»Siehst du, wie blöd das ist?«

»Was? Mit Conan zu schlafen? Vorher würde ich dir raten, es mit einem laufenden Rasenmäher zu treiben!«

»Nein! Ich meine, zu wissen, dass ein Freund mit jemandem schläft, der ihn unglücklich macht!«

Er lachte. »Wenn du deshalb Angst hast, kann ich dich beruhigen. Sie kann mich gar nicht unglücklich machen, dafür müsste sie mir etwas bedeuten.«

Ich spürte, dass Keon es gern ernst gemeint hätte. Er beschwor sich regelrecht selbst, aber dass das schöne Dämonenmädchen ihm egal war, war schlichtweg gelogen.

»Es ist nur Sex, das verstehst du nicht, also halt dich da raus!«

Ich wollte etwas erwidern, aber in dem Moment, in dem ich den Mund aufmachen wollte, schlugen mir Wellen entgegen, rauer und stürmischer, als ich es gewohnt war.

»Was macht ihr hier?«

Ich hatte in Raphaels Stimme noch nie so viel Ärger mitschwingen hören. Anscheinend hatten wir ihn geweckt – kein Wunder, wir waren auch ziemlich laut.

»Na toll, jetzt ist er wütend«, hörte ich Keon leise nuscheln, während Raphael auf uns zukam.

Er hatte kein T-Shirt an, was meine Aufmerksamkeit nicht sofort auf seine versteinerte Miene lenkte.

Als ich bemerkte, wie eingefroren sein Blick war, stand er schon vor mir. Er musterte mich so kühl und wissend, dass ich Gänsehaut bekam.

»Was ist nur los mit euch? Habt ihr wirklich nichts anderes mehr im Kopf!? Hat Gabriel denn so wenig Selbstbeherrschung, dass du dich wegschleichen und bei strömendem Regen auf dein Motorrad setzen musst?!«

Ich hielt diesem strengen Blick nicht stand.

»Und du!« Er wandte sich Keon zu, schüttelte dann aber nur den Kopf und seufzte enttäuscht.

Ich hatte Raphael noch nie so erlebt. Mein sanfter, gutmütiger Engel war wirklich wütend.

Keons Mundwinkel zuckten, ich spürte, dass er amüsiert war, warum, konnte ich ganz und gar nicht nachvollziehen.

Raphaels Blick traf wieder mich. »Es wäre besser für dich, du würdest so viel Energie in deine Schulbildung stecken, wie du aufbringst, um Gabriel zu beglücken! Du solltest deine Prioritäten überdenken, ich helfe dir gern dabei! Übersetz bis zum Ende der Woche die restlichen Texte aus dem Lehrbuch, dabei kannst du gut nachdenken.«

»Aber das sind fast fünfzig Seiten!«

»Na dann solltest du bald damit anfangen!«

Ich stotterte etwas vor mich hin, das ich selbst nicht verstand.

Die Schuldgefühle, die ich mir machte, wurden von einer seltsamen Erkenntnis überschattet: Raphael konnte gemein werden – gouvernantenhaft gemein.

Seine tiefblauen Augen sprangen von mir zu Keon, der belustigt mit den Schultern zuckte.

»Was denn? Willst du mich übers Knie legen? Oder mir auch Strafarbeiten aufbrummen? Soll ich einen Aufsatz für dich schreiben oder dir ein Kreidebild zeichnen? Du weißt schon, dass ich über zwanzig bin?«

»Geh zu Bett und sieh zu, dass du deinen Egoismus endlich in den Griff bekommst!«

Ich spürte, wie sehr ihn Raphaels Worte trafen, aber er ließ sich nach außen hin nichts anmerken.

»Sieh du zu, dass du deine Eifersucht in den Griff bekommst«, flüsterte er leise, aber laut genug, um Raphael wütend zusammenzucken zu lassen.

Hätte ich es nicht besser gewusst, hätte ich vermutet, Raphael würde ihn wirklich gleich übers Knie legen.

Mit einer unhöflichen Geste verschwand Keon in seinem Zimmer.

Ich stand noch immer wie angewurzelt da und wartete scheinbar auf einen Marschbefehl.

»Leg dich hin und schlaf! Ich will dich pünktlich im Unterricht sehen!«

Raphael verschwand auch in seinem Zimmer.

Dass er streng war, hatten mir schon viele gesagt, aber ich hatte es bis gerade eben nicht wirklich geglaubt.

Wehmütig und voller Reue schlich ich auf mein Zimmer.

Pünktlich um sieben saß ich unten im Speisesaal, um mit den anderen zu frühstücken.

Mit meiner Strafarbeit war ich nicht weit gekommen. Es war so gut wie unmöglich, so viele Texte in nur fünf Tagen zu übersetzen, zumal ich nebenbei noch andere Dinge zu erledigen hatte.

»Du siehst irgendwie sauer aus, Mia. So kenne ich dich gar nicht, alles klar?«

Saras Frage ließ mich von meinem Müsli aufschauen.

»Raphael hat mir so viele Strafarbeiten aufgegeben, dass ich damit in diesem Leben bestimmt nicht mehr fertig werde!«

Die Runde blickte auf. Leo und Kevin fingen an, zu lachen. Nick und die schüchterne Amélie machten große Augen.

»Was hast du denn gemacht?«

Ich zuckte mit den Schultern. »Ich war letzte Nacht bei Gabriel. Man könnte meinen, ich sei alt genug, meinen Freund zu besuchen, wann ich will!«

Dass mein Tonfall genervt war, war nicht zu überhören.

»Es ist leichtsinnig, sich in deinem Zustand auf ein Motorrad zu setzen und allein irgendwohin zu fahren!«

Natürlich war Sebastian auf Raphaels Seite, das wunderte mich nicht.

»Hättest du etwas gesagt, ich hätte dich hingefahren«, warf Sara ein.

Anscheinend schloss sich nicht nur Sebastian Raphaels Meinung an.

»Ha! Wer hätte gedacht, dass sein Liebling auch mal einen Anpfiff bekommt?« Leo amüsierte sich köstlich über meine Strafe.

»Was musst du denn machen?«, wollte Nick wissen.

»An die fünfzig lateinische Texte übersetzen – bis zum Ende dieser Woche.«

Kevin grinste. »Sei froh, dass du nur etwas übersetzen musst. Als Raphael mich vor Jahren dabei erwischt hat, wie ich ein Mädchen mit auf mein Zimmer genommen habe, hat er mich einen Monat lang dazu verdonnert, den gesamten Abwasch allein zu erledigen! Ich war den halben Tag damit beschäftigt, dreckiges Geschirr zu spülen!«

Ich musste grinsen. Raphaels Strenge war zum Teil sicher notwendig. Das hier war eine Schule und wir, unter anderem, auch ganz normale Schüler. Irgendwer musste uns Regeln setzen, auch wenn wir nachts Dämonen jagten und meistens auf uns allein gestellt waren.

»Gut zu wissen, ich darf also niemanden mit auf mein Zimmer nehmen!«, meinte ich zwinkernd und musterte Nick und Amélie wissend.

Ich spürte ihr schlechtes Gewissen und ihre Angst, erwischt zu werden, so deutlich, dass es keinerlei Worte brauchte.

Im Unterricht würdigte mich Raphael keines Blickes. Nur als er mir eine Frage zur geographischen Beschaffenheit von Island stellte, richtete er das Wort an mich.

Ich stammelte irgendetwas von wegen Vulkanen und kassierte dann eine schlechte Note.

Auch wenn ich verstand, dass Raphael nicht alles durchgehen lassen konnte, man konnte es auch übertreiben.

Als ich Gabriel von den Geschehnissen berichtete, lachte er nur.

»Wenn das dein Direktor von dir verlangt«, hatte er gesagt und ich fühlte mich wie ein Kind.

Es war klar, dass Raphael und Gabriel nur dann einer Meinung waren, wenn es darum ging, mir das Gefühl zu geben, dass ich ein naives Schulmädchen war.

Ich beschloss, wütend auf die beiden zu sein, aber ich wusste, dass mein Plan nur so lange Bestand haben würde, solange ich ihnen nicht in die Augen sehen musste.

Am Nachmittag trainierte ich trotz aller Verbote mit Leo. Ich würde es mir nicht nehmen lassen, mich vorzubereiten. Es wurde immer kälter draußen.

Ich brütete bis spät in der Nacht an meinen Aufgaben und schaffte trotzdem nur fünf Seiten.

Seufzend legte ich mich ins Bett und verdrängte die Tatsache, dass ich nie mit all der Arbeit fertig werden würde.

Die Tage bis zum Wochenende vergingen viel zu schnell. Die letzten fünfzehn Seiten der Lateinübersetzung entsprangen zu achtzig Prozent meiner Fantasie und nicht dem Wörterbuch.

Es war Samstag und ich lief nervös vor Raphaels Tür auf und ab. Eigentlich stand unser wöchentliches Frühstück auf dem Programm, aber ich hatte ihn in letzter Zeit nur im Unterricht gesehen, wenn er mir wieder mal Fragen stellte, auf die ich keine Antwort wusste.

Immer wieder entschied ich mich anders, bis ich schließlich den Mut dazu fand, zu klopfen. Ich wusste nicht, wie ich auf ihn reagieren sollte, also machte ich das, was ich immer machte, wenn ich mich unsicher fühlte – mich seltsam verhalten.

Als er mir öffnete und so wunderschön wie immer aussah, warf ich ihm einfach die Mappe mit meiner Übersetzung entgegen.

»Hier! Ich hoffe, du bist glücklich darüber!«

Er musterte mich mit großen Augen, wusste nicht, was er erwidern sollte – ich hätte es auch nicht gewusst.

Wütend stapfte ich davon und maulte ein leises »Frühstücken kannst du allein«.

Als ich die Treppe hinunterrannte, hätte ich schwören können, ihn lachen zu hören.

Ich beschloss, in die Stadt zu fahren, um etwas zu essen. Jetzt würde wohl niemand mehr etwas dagegen haben, wenn ich tagsüber irgendwohin fuhr, zumindest hätte ich es mir nicht mehr verbieten lassen.

Auf dem Weg in die Stadt rief ich Elias an. Wir verabredeten uns in einem Café.

Als ich durch die Tür kam, fiel er mir sofort um den Hals. Ich erwiderte seine liebevolle Geste. Er wusste zwar, dass es mir besser ging, aber selbst überzeugt hatte er sich von meinem Zustand noch nicht. Er traute sich nicht, einfach so in den Orden zu kommen, weil er sich dort fehl am Platz fühlte.

Zum ersten Mal bekam ich die Gelegenheit, mich bei ihm zu bedanken. Wäre Elias nicht gewesen und hätte er nicht so schnell verstanden, was los war, wären ich und Keon jetzt wahrscheinlich tot.

»Du bist mein Schutzengel«, hauchte ich sanft und erntete dafür gespielt empörte Blicke. Er mochte es nicht, wenn ich ihn als Engel bezeichnete, aber für mich war er genau das.

»Sag mal, weißt du eigentlich irgendetwas wegen Astaras? Conan schweigt sich aus und in Dämonenkreisen erzählt man sich, ihr Wächter wüsstet mehr.«

Es wunderte mich nicht, dass die Zirkel sich mit Astaras' Rückkehr beschäftigten, zumal er für sie genauso bedrohlich wirkte wie für uns. Wenn man Conans Worten trauen durfte – und das durfte man –, würde er auch jedem Dämon, der seinen Weg kreuzte, den Tod bringen.

»Nein, ich weiß auch nichts Genaueres. Ich bin genauso planlos wie du. Raphael erzählt uns nichts, er ermahnt uns nur ständig, vorsichtig zu sein. Michael war vor Kurzem hier, ich glaube, sie beraten sich noch, was ihre Strategie betrifft.«

Elias seufzte. Seine Angst war mir nur allzu vertraut. »Na ja, wir haben ja noch ein wenig Zeit.«

Ich nickte und fröstelte im selben Moment. Neben der Angst vor dem Unvermeidlichen spürte ich, dass Elias noch etwas bedrückte, aber ich konnte es nicht zuordnen. Er wirkte nicht so fröhlich wie sonst immer, wenn wir uns trafen.

»Alles in Ordnung bei dir?«

»Das sollte ich dich fragen. Du hast den Kampf mit Tristan hinter dir.«

»Ich würde es zwar nicht Kampf nennen, aber das meine ich nicht. Du bist bedrückt, irgendetwas ärgert dich, liegt es an mir?«

Elias verschluckte sich beinahe an seinem Kaffee. Er schüttelte den Kopf. »Nein, es liegt nicht an dir! Ich bin froh, dich zu sehen Mia, wirklich!«

Ich legte den Kopf schief. »Was ist es dann?«

Er seufzte. »Nichts Aufregendes, nur Familienstreitigkeiten, die nicht der Rede wert sind.«

»Wenn du es so herunterspielst, muss es schlimm sein.«

Elias fühlte sich kurz ertappt, dann lächelte er milde. »Deine Gabe, nicht wahr?«

Ich nickte.

»Conan hat mir davon erzählt. Er meinte, du könntest Gefühle beeinflussen.«

»Nein, das kann ich nicht. Meine Mutter konnte Einfluss auf Gefühle nehmen, ich kann sie nur lesen.«

Verwunderung schlug mir entgegen. »Ach, aber ich fühle mich in deiner Nähe immer so unglaublich wohl, ich dachte, deine Gabe wäre der Grund dafür. Jetzt gerade eben habe ich mich auch schlagartig besser gefühlt.«

»Mag sein, aber das war nicht mein Verdienst.«

»Ich denke schon.« Elias schenkte mir sein schönstes Lächeln und stahl ein kleines Stück Kuchen von meinem Teller.

Es war nett von ihm, meiner Gabe so viel zuzutrauen, auch wenn das in meinem Inneren wieder dieses Gefühl von Minderwertigkeit auslöste.

»Sag schon, was ist los? Machen deine Eltern wieder Stress wegen der Sache mit dem Zirkel?«

Elias' Eltern waren unglaublich altmodisch. Er sollte ein vorbildlicher Dämon sein, einer, der sich nicht mit Menschen, Engeln oder Wächtern abgab. Dass die Einstellung ihres Sohnes viel liberaler war, führte oft zu Streitigkeiten. Elias hatte sich schon das eine oder andere Mal bei mir ausgesprochen, aber so ernst wie heute war er noch nie gewesen.

»Nein, meine Eltern sind diesmal nicht das Problem. Lass uns das Thema wechseln, erzähl mir lieber mehr von deiner Gabe und deiner Mutter! Conan meinte, du wusstest bis vor Kurzem nicht, dass sie eine Wächterin war.«

Seine Neugier überwucherte die unangenehmen Gefühle, die seine Probleme in ihm hervorriefen.

Ich erzählte ihm alles, was ich wusste. Elias war ein guter Zuhörer. Er schwieg an den richtigen Stellen und stellte keine unangenehmen Fragen, die ich nicht beantworten konnte.

Je mehr ich preisgab, umso bewusster wurde mir, dass ich eigentlich nicht viel zu erzählen hatte. Es gab unzählige offene Fragen, die ich mir jetzt erst stellte.

Gegen Mittag trennten sich unsere Wege wieder.

»Ich muss noch etwas für den Zirkel erledigen – nichts Wichtiges, nur ein Botenjob.«

Ich umarmte ihn, ließ meinen Kopf eine Weile auf seiner Schulter ruhen.

»Gehen wir bald mal wieder zusammen weg?«

Die Angst, Elias vor dem großen Kampf nicht mehr wiederzusehen, übermannte mich. Ich wollte ihn nicht loslassen.

»Schon gut, so schnell wirst du mich nicht los, wir sehen uns bald!«

Elias hatte recht. Es half nichts, sich Ängsten und negativen Gedanken hinzugeben, es würde passieren, was passieren musste, und danach würde es weitergehen.

EIN GROSSES ERBE

M ein Weg führte mich quer durch die Innenstadt. Es waren viele Menschen unterwegs, die meisten von ihnen waren unglaublich gestresst.

Ich hatte ganz vergessen, wie es war, sich in großen Menschenmassen zu bewegen. Die Sorgen, die sie sich machten, waren erfrischend gewöhnlich. Sie wussten nichts von dem, was uns bevorstand. Sie lebten in den Tag hinein, frei von Ängsten vor dunklen Engeln.

Während ich über die Welt und ihre Beständigkeit nachdachte, kam ich schneller an als vermutet.

Eine der Neonröhren, die die geschwungene Schrift über der Tür beleuchteten, war kaputt und flackerte unregelmäßig vor sich hin.

Der Club war noch geschlossen, also musste ich mich nicht an irgendwelchen finsteren Türstehern vorbeistehlen.

An der Bar füllte ein junger Dämon die Flaschen auf. Er nickte mir zu, ich erwiderte seinen Gruß und ging dann zielsicher in Richtung der unauffälligen Tür am anderen Ende des Raumes.

Als ich die Treppe hinaufging, schlug mir eine Aura entgegen, die mich leider immer noch leicht schaudern ließ.

Ich ärgerte mich über die Reaktion meines Körpers, zumal er auch bei unserem letzten Treffen so reagiert hatte.

Ich klopfte und er reagierte sofort.

»Komm nur rein.«

Conans Aufforderung folgend, drückte ich die schwere silberne Klinke nach unten. Der Geruch von Räucherstäbchen schlug mir entgegen und wollte so gar nicht zu der modernen Umgebung passen.

Als er mich sah, stand er auf und kam auf mich zu. »Du bist ja wirklich schon wieder auf den Beinen. Es ist schön, dass es dir wieder gut geht.« Er musterte mich genau und schenkte mir dann sein Erzdämonenlächeln.

»Ich wollte dich nicht stören, ich war nur gerade in der Nähe.«

»Hatte ich das nicht schon mal erwähnt? Du störst mich nie, meine Tür steht dir immer offen.«

Ich hatte vergessen, wie schön Conans Stimme war. Es kam mir wie eine Ewigkeit vor, seit wir uns das letzte Mal unterhalten hatten.

»Wie kann ich dir helfen, Mia? Du bist doch nicht nur zufällig hier.«

Mein Blick streifte die alte hölzerne Truhe auf dem gläsernen Schreibtisch. Ich hatte sie schon einmal gesehen, wusste aber nicht mehr, wo. Ihr geschnitztes Muster kam mir bekannt vor.

»Ähm, ich wollte mich nur bei dir bedanken! Dass du gekommen bist, um mich und Keon vor Tristan zu retten, war unglaublich nett von dir! Es tut mir so leid, dass ich mich vor dir erschrocken habe.«

Gabriel musste Conan damals wegschicken, nur weil ich Angst vor seiner Aura gehabt hatte. Das war mir heute noch peinlich.

Er war kein bisschen wie Tristan. Dass ich ihm das Gefühl gegeben hatte, er sei auch nur annähernd so wie der verrückte Erzdämon, tat mir leid.

Conan lachte. »Vorweg: Ich bin sicher nicht gekommen, um Keon zu retten. Von mir aus hätte Tristan ihn in Stücke reißen können. Er hätte dafür meinen Beifall erhalten.« Der Tonfall, der diesen Satz begleitete, war unglaublich kalt und dämonisch. »Ich bin gekommen, um dich zu retten. Ich werde immer wieder zu deiner Rettung heraneilen, liebste Mia. Wusstest du das nicht?«

Er kam noch einen Schritt näher und fuhr mit dem Handrücken über meine Wange. Seine Worte hätten nicht betörender gesprochen sein können, sie wirkten altmodisch, romantisch.

»Dass du dich vor mir gefürchtet hast, hat mir wehgetan. Ich wusste nicht, dass mein altes schwarzes Herz so schmerzen kann.«

Ich sah seine weißen Zähne aufblitzen, dann hauchte er mir einen Kuss auf die Wange. Ich wäre rot geworden, wäre da nicht schon wieder dieses seltsame Gefühl in mir aufgekommen.

Ich war hergekommen, um mich bei ihm zu bedanken, aber auch, um ein paar wichtige Fragen an ihn zu richten.

»Was ist los, mein Engel? Du hast doch nicht noch immer Angst, oder?«

Ich schüttelte den Kopf und trat einen Schritt zurück, damit er ganz von mir ablassen musste. »Es geht um meine Mutter – Lia. Du kanntest sie, nicht wahr?«

Conans Miene gefror mit einem Mal. Man sah ihm an, dass ihn meine Frage überraschte.

Als seine Züge wieder weicher wurden, wandte er sich ab und ging auf seinen Schreibtisch zu. Er blieb davor stehen und lehnte sich dagegen.

»Sie hätten es dir von Anfang an erzählen sollen.«

Er signalisierte mir, mich zu setzen. Ich nahm auf der schwarzen Ledercouch Platz, auf der ich auch bei unserem letzten ernsten Gespräch gesessen hatte. Sie war kalt und ich fröstelte ein wenig.

»Dass du es irgendwann herausfindest, war absehbar. Es war mehr als unpassend, dass du durch Tristan auf Lias Vergangenheit gestoßen wurdest.«

Conan schien einen Monolog zu führen. Ich fühlte, dass er Raphaels und Gabriels Entscheidung, mir nichts von meiner Vergangenheit zu erzählen, nicht nachvollziehen konnte.

»Sie waren der Meinung, es wäre zu gefährlich gewesen«, meinte ich leise und löste mit meiner Begründung nur ein Kopfschütteln bei Conan aus.

»Natürlich ist es gefährlich, aber ob du es weißt oder nicht, ändert nichts an der Tatsache, dass du Lias Tochter bist. Über ihre Vergangenheit Bescheid zu wissen, ist dein Recht, du bist ein Teil davon. Ich will mir gar nicht ausmalen, was passiert wäre, wenn Tristans Zirkel früher herausgefunden hätte, dass es dich gibt.«

Conans Worte lösten etwas in mir aus. Ich erinnerte mich an etwas, das Tristan gesagt hatte.

»Er wollte mich töten, aber nicht nur wegen Keon ...«

In meinem Gedächtnis hallte die Stimme des wahnsinnigen Erzdämons wieder. Ich fühlte abermals den Schmerz, die Panik, meinen schnellen Herzschlag, und ließ es einfach zu. Es war notwendig, nur so konnte ich mich erinnern und den Nebel vertreiben, der mein Gedächtnis trübte.

»Er hat von einem Licht gesprochen.«

Conan nickte. »Nur Licht wird besiegen, was dem Bösen selbst verfallen.«

Ich verstand seinen Satz nicht.

»Gottes letzte Worte.«

Er drehte sich um und nahm die Truhe von seinem Schreibtisch. Noch immer waren tausend Fragezeichen in mein Gesicht gezeichnet.

»Die Prophezeiung.« Er öffnete das Behältnis und holte eine vergilbte, brüchige Schriftrolle heraus. »Tristan hat sie mir gestohlen. Er hat sehr fest an dieses Stück Papier geglaubt.«

Ich zögerte zuerst, aber Conan hielt mir die Schriftrolle so selbstverständlich unter die Nase, dass ich schließlich zugriff.

Die schwarze Tinte war teilweise verblasst und der Text natürlich auf Latein. Als Conan leise zu übersetzen begann, wusste ich noch nicht, was mich erwarten würde.

»Und sie werden ziehen in einen Krieg, den sie nicht gewinnen können. Sie werden bekämpfen, was nicht besiegt werden kann, gegen eine Macht, die älter ist als jeder von ihnen. Leid und Wahnsinn wird sie verfolgen, bis auch der Letzte ihrer Art einer anderen Welt gewichen ist. Weder die Klinge eines Schwertes noch die Spitze eines Pfeils wird ihr Dasein beenden, der Tod selbst wird ihre Namen von seiner Liste streichen. Mächtiger als alle Ozeane und Stürme, denn er wird von einer Macht zehren, die so alt ist wie die Zeit selbst, um zu vernichten, was er nicht für würdig hält. Keines von Gottes Kindern wird ihm ebenbürtig sein und so werden sie eilen zur Schlachtbank als Sklaven ihrer eigenen Verzweiflung. Selbst dem Herrscher wird die Macht nicht gegeben sein, ihn in seine Schranken zu weisen, und nur seine letzten Worte lassen Hoffnung keimen, wo blanker Tod gewütet. Auf dass sich ihre Bedeutung seinen geliebten Kindern rechtzeitig erschließt, denn der Tod wird nicht lange auf sie warten.«

Mein ganzer Körper war voller Gänsehaut. Conans Worte hallten in meinem Bewusstsein wider, lösten diese unbeherrschbare Angst aus.

»Heißt das, nicht mal Gabriel oder Raphael können Astaras aufhalten? Nicht mal Gott selbst?!«

Meine Stimme zitterte. Ich verstand nicht, wie Conan so ruhig bleiben konnte, obwohl er den Text der Prophezeiung schon lange kannte.

Er nahm mir die Schriftrolle wieder ab, legte sie zurück in die Holztruhe und lächelte mir dann milde zu.

»Es gibt unzählige Prophezeiungen auf dieser Welt, Mia, unzählige Propheten und Hellseher, die uns die Zukunft vorhersagen. Sie malen den Weltuntergang seit Anbeginn der Menschheit. Gott hätte nicht so viele Welten erschaffen können, wie ihnen Untergänge prophezeit wurden. Wir glauben, was wir glauben wollen, und Tristan glaubte an dieses Stück Papier. Er interpretierte genau das hinein, was er hören wollte, nämlich dass Luzifer ein neues Zeitalter einläuten wird, ein Zeitalter der Dämonen, und nicht mal Gott wird ihn aufhalten können.«

Er fuhr mir über den Kopf und setzte sich zu mir. Ein Teil meiner Anspannung fiel von mir ab, weil ich spürte, dass er die Prophezeiung nicht wirklich ernst nahm. Wie Gabriel schien er den apokalyptischen Worten skeptisch gegenüberzustehen.

»Ich sehe selbst in die Zukunft, wenn auch verschwommen. Unser Schicksal ist nicht immer so vorhersehbar, wie es scheint. Manchmal klammern wir uns an Visionen, damit uns die Ungewissheit der Zukunft weniger Angst macht, aber ich glaube nicht daran, dass unser Schicksal vorherbestimmt ist. Ich glaube nicht daran, dass wir nicht wählen können. Natürlich sind manche Dinge unvermeidlich, aber es liegt an uns, wie wir damit umgehen, wie wir unser Schicksal beeinflussen.« Conan fuhr sanft meinen Oberarm entlang, während seine beruhigenden Worte auf mich einprasselten. »Ob dieses Stück Papier nun unsere Zukunft vorhersagt oder nicht, weiß ich nicht, aber wenn diese schwarzen Tage wirklich unsere sein sollen, dann nicht, weil es dort geschrieben steht.«

»Das klingt weise.« Meine Stimme war nur ein Flüstern.

Ich konnte Conans Worten nicht ganz folgen, aber ich verstand im Grunde, worauf er hinauswollte.

»Entschuldige, ich neige dazu, etwas geschwollen zu sprechen – eine Angewohnheit aus lang vergangenen Engelszeiten.«

Er lächelte und nahm die unerträgliche Angst hinfort.

Dass er einmal ein Engel gewesen war, schien in diesem Moment so augenscheinlich wie noch nie. Ich konnte mir ausmalen, wie seine schwarzen Augen vor Urzeiten noch in einem hellen Blauton geleuchtet hatten.

»Du musst dich nicht vor diesen Zeilen fürchten, Mia. Selbst solch düstere Prophezeiungen enthalten einen Ausweg.« Er lächelte.

»Ja, genau! Was sind Gottes letzte Worte? Wieso denn überhaupt seine letzten?« Ich kam mit den vagen Formulierungen dieser alten Schriften nicht gut zurecht.

»Auch wenn manche Verrückte das Gegenteil behaupten, der Herr hat schon lange zu niemandem mehr gesprochen. Die wenigen, die seine Stimme überhaupt jemals vernommen haben, sind schon uralt oder tot. Angeblich ist Gott in einen langen Schlaf gefallen oder hat sich von unserer Realität abgewandt, der Engel, zu dem er sprach, behauptete zumindest, dass er seine letzten Worte vernommen habe. Gott bat den Engel, sie aufzuschreiben, weiterzugeben und zu beschützen, damit sie eines Tages denjenigen erreichen, dessen Schicksal unweigerlich mit dem Ende unserer geliebten Welt verknüpft ist.«

»Wirklich? Wer ist das?«

Conan zwinkerte mir zu. »Ich weiß es nicht. Wer weiß, ob die Geschichte überhaupt stimmt. Ich kenne sogar mehrere Versionen davon.« Er zuckte amüsiert mit den Schultern.

»Das ist nicht dein Ernst, oder?« Ich konnte nicht glauben, dass er mit potenziell so wichtigen Informationen so sorglos umging. »Was waren denn nun Gottes letzte Worte an den Engel?«

»Hmm, so schließt sich der Kreis. Jetzt wären wir wieder bei deiner ursprünglichen Frage.«

Er stand wieder auf, ging zu dem kleinen Tisch neben dem Bücherregal und schenkte sich ein Glas Wein ein. Ich wurde so ungeduldig, dass ich an meinen Nägeln zu beißen begann.

»Das Licht, von dem Tristan gesprochen hat, ist das Licht, das Gott angeblich als die einzige Rettung vor dem unvermeidlichen Untergang hinterlassen hat. ›Nur Licht wird besiegen, was dem Bösen selbst verfallen‹ – die erste Zeile von Gottes letzten Worten. Mehr kennt man von diesem Text nicht mehr, weil der Engel, der ihn empfangen hat, schon seit einer Ewigkeit von niemandem mehr gesehen wurde. Wir wissen also nicht, wer oder was mit dem Licht gemeint ist, aber Tristan – und viele andere – glaubten, dass Lia dieses Licht war.«

Ich verschluckte mich an der Luft, die ich viel zu hastig einsog. »Was?! Aber wie hätte sie Astaras denn aufhalten können?! Ich meine, sie war eine gewöhnliche Wächterin, sie …«

In meinem Kopf drehte sich alles. Ich dachte, ich hätte mich langsam an das Gefühl der Unwissenheit gewöhnt, aber meine Unfähigkeit, die Zusammenhänge zu sehen, bereitete mir Kopfschmerzen und machte mich wirr.

»In Memoriam Lux …«, sprach ich laut aus, was ich in Gedanken schon Tausende Male gelesen hatte – die Inschrift auf dem Grab meiner Mutter, die für mich bis heute keine besondere Bedeutung gehabt hatte.

»Du hast ein Recht darauf, zu erfahren, wer Lia war, wer deine Mutter war. Insgeheim weißt du es doch schon, du fühlst dich diesem Krieg so verbunden, weil ihr Blut durch deine Adern fließt.«

Ich blickte zu Conan auf.

»Ich bete dafür, dass du Astaras nicht gegenüberstehen musst, aber die Gebete eines Erzdämons sind in Gottes Ohr leise, also sollst du es aus meinem Mund erfahren. Eigentlich haben die Erzengel es mir verboten, aber ich halte deine Unwissenheit für keinen Segen.«

Mein Puls raste bereits, als Conan wieder eine dieser dramatischen Pausen einlegte, auf die ich gerade so gar keine Lust hatte.

»Erinnerst du dich daran, als ich dir das erste Mal von Astaras erzählt habe?«

»Ja, natürlich.«

»Du weißt auch noch, wie er in die Hölle geschickt werden konnte?«

»Ja! Gabriel hat ihn versiegelt!«

»Genauer erinnerst du dich nicht?«

»Ich weiß nicht, worauf du hinaus…«

Ich stockte mitten in meinem Satz. Die Erinnerung an die genaue Geschichte ließ mich schaudern.

Ungläubig schüttelte ich den Kopf. »Nein! Sie wurde von einem Engel getötet, nicht von Astaras!«

Ich schrie so laut, dass meine Stimmbänder wieder zu schmerzen begannen und ich husten musste.

»Natürlich wurde sie von einem Engel getötet, von einem der schönsten Engel, der je den Himmel verlassen hat.«

In meinem Kopf drehte sich alles. Ich sprang auf und schrie Conan an. »Das kann doch nicht sein! All die Zeit über lasst ihr mich glauben, dass sie von einem Auto überfahren wurde, dass sie ein normaler Mensch war! Wieso?!«

Das unerträgliche Krächzen schlich sich wieder in meine Stimme. Mein Hals schmerzte.

»Beruhige dich, Mia, ich wollte dich nicht aufregen.«

Conan legte seine Hand auf mein Schlüsselbein, ich wollte zurückweichen, aber er ließ mich nicht. Er schlang den Arm um mich und zwang mich, mich zu beruhigen.

Als mein Kopf wieder anfing, rational zu arbeiten, war ich ihm dankbar dafür.

»Lia war nicht irgendeine Wächterin – sie war die Wächterin, die Astaras geliebt hat. Sie starb durch seine Hand und in seinen Armen.«

Dass Conan es aussprach, machte es zwar nicht leichter, aber klarer.

»Sie war so stark, so schön, so mutig, aber die Liebe zu ihrem Engel hat sie umgebracht. Sie konnte es nicht aufhalten, sie konnte das Monster, das aus ihm geworden war, nicht bändigen.«

Bis ich aufgehört hatte, zu weinen, ließ mich Conan nicht los.

»Ist er mein Vater?«

Er hauchte mir einen Kuss auf die Schläfe. »Astaras war schon in der Hölle, als Lia schwanger wurde. Er hat dich nie zu Gesicht bekommen.«

»Wird er mich töten wollen?«

»Ja, er wird alles und jeden töten wollen, aber er würde dich lieben, wäre noch etwas von dem Engel übrig, der er einmal war. Du siehst ihr so ähnlich, du bist genauso schön wie sie – für meine Augen noch schöner.«

»Danke! Nicht für das gelogene Kompliment, sondern für die Wahrheit.«

»Hmm, ich wollte dich nicht so aufregen, aber Lias Vergangenheit ist auch deine.«

»Denkst du, ich könnte ihn auch aufhalten?«

Conan ließ schlagartig von mir ab und sah mich entsetzt an.

»Meine Mutter konnte es, oder? Wenn sie das Licht aus der Prophezeiung war und ich auch ihre Gabe geerbt habe!«

»Nein!« Da war wieder der Erzdämon in ihm, der keine Widerrede duldete.

»Aber deshalb wollte mich Tristan doch töten, oder? Er dachte, ich wäre die Einzige, die Astaras noch aufhalten kann.«

»Tristan war ein abergläubischer Irrer! Du kannst Astaras auf keinen Fall aufhalten! Du bist und bleibst ein Mensch, er wird dich sofort töten, wenn du dich ihm in den Weg stellst! Er wird nicht eine Sekunde zögern!«

»Aber meine Mutter konnte es doch!«

»Nein! Sie konnte es nicht! Sie ist tot, Mia! Sie ist gestorben, weil sie es eben nicht konnte! Dieses Licht könnte genauso gut Gabriel sein! Er hat Luzifer gestürzt – er kommt gegen diese Macht an. Für Tristan war es nur leichter, zu versuchen, dich auszulöschen, als Gabriel! Er glaubt, was er glauben will! Wenn Astaras angreift, darfst du nicht in der Nähe sein! Du wirst zu seinem ersten Opfer werden, wenn du ihn mit diesen Augen ansiehst – ihren Augen! Schwöre mir auf das Wappen deines geliebten Ordens, dass du dich fernhalten wirst!«

Conan hatte mich noch nie so drohend angesehen, es war ihm ernst. Ich nickte stumm und nahm ihm das Weinglas ab, das er beinahe zerbrochen hätte. Ich ließ mir den letzten kleinen Schluck die Kehle hinunterlaufen und wandte mich dann ab.

»Wohin gehst du?«

»Zu meinem Geheimnisse liebenden Erzengel!«

Conan hielt mich am Arm zurück. Er flüsterte direkt in mein Ohr.

»Versprich mir, dass wir uns noch mal sehen, bevor der erste Schnee fällt.«

»Ich verspreche es.«

Plötzlich ergab alles einen Sinn. Es schien, als hätte ich von meinem ersten Tag im Orden an gewusst, dass mehr hinter all dem steckte als der reine Zufall. Ich war zum Kämpfen gemacht, Raphaels Worte hallten in meinem Gedächtnis wider und setzten sich dort fest.

Vielleicht war die Prophezeiung wirklich nur die Ausgeburt der Fantasie eines Scharlatans, vielleicht hatte Gott wirklich kein Licht geschickt, um den Untergang der Welt zu verhindern, und selbst wenn, vielleicht war meine Mutter gar nicht dieses Licht, aber solange dieses Fünkchen Hoffnung bestand, solange die Möglichkeit nicht ausgeschlossen war, dass ich nicht nur die Augen, sondern auch das Schicksal meiner Mutter geerbt hatte, so lange keimte dieser absurde Gedanke in mir, dass ich vielleicht doch etwas ausrichten konnte.

Zum ersten Mal hatte ich das Gefühl, dass ich helfen konnte, beschützen, beeinflussen. Auch wenn ich nicht wusste, wie, ich konnte jetzt zumindest versuchen, meinen Teil beizutragen.

Der Gedanke trieb mir ein Lächeln ins Gesicht, während ich den tragischen Tod meiner Mutter beweinte.

Zurück im Orden, traf ich Keon und Sebastian in der Garage. Ich hatte keine Zeit, auf ihre Fragen zu antworten, also vertröstete ich sie auf später.

Keons schlechte Laune begleitete mich beinahe noch bis in den ersten Stock, wo mir Sara und Mika entgegenkamen. Auch ihnen wollte ich jetzt nicht erklären, was mich in diese seltsame Stimmung versetzt hatte.

Eine Mischung aus unendlicher Trauer und beständiger Fassungslosigkeit beherrschte mein Inneres.

Ich blieb allen Freunden, die meinen Weg kreuzten, eine Erklärung schuldig, auch wenn sie mich noch so fragend musterten.

Meine Euphorie ließ mich ganz vergessen, zu klopfen. Ich trat einfach ein, als mir die sanften Wellen entgegenschlugen.

Raphael stand gerade vor dem Kleiderschrank und knöpfte sein weißes Hemd zu. Er musterte mich erschrocken.

»Alles in Ordnung? Du riechst nach Erzdämon.«

»Ich rieche nach Erzdämon?«

Raphaels Äußerung durchbrach meinen sowieso schon wirren Gedankenfluss.

Ich schnupperte an mir. Ja, da klebte tatsächlich noch ein Hauch von Conans teurem Parfum an meiner Kleidung, aber das konnte er auf diese Entfernung niemals riechen – nicht mal, wenn er ein Hund gewesen wäre.

»Entschuldige, ich meine, an deiner Aura klebt noch etwas sehr Dunkles.«

»Ich wusste gar nicht, dass du so etwas spüren kannst.«

Ich schüttelte den Kopf, um wieder meine ursprünglichen Pläne aufzugreifen. Diesmal würde ich alles loswerden, was mir wichtig war, alle Fragen stellen, die ich hatte.

»Wieso hast du mir nie etwas gesagt?!«

Raphael machte große Augen, als ich plötzlich das Thema wechselte, und sah dabei so unschuldig aus, dass ich sofort dahingeschmolzen wäre, wäre das alles nicht so wichtig gewesen.

»Was meinst du?«

»Was hast du mir noch alles verschwiegen?! Ist mein Vater vielleicht der Teufel?!«

Raphaels Gesicht wurde blass.

»Bist DU vielleicht mein Vater?!«

Der Gedanke kam mir seltsamerweise zum ersten Mal.

Natürlich, Raphael hatte zugegeben, dass er meine Mutter geliebt hatte, und Astaras war Conan zufolge nicht mein Vater, also war meine Vermutung naheliegend. Vielleicht hatte ich die ganze Zeit über meinen eigenen Vater angehimmelt.

Ich bekam wieder Kopfschmerzen, begleitet von einer dezenten Übelkeit.

»Ich … ich …« Zum ersten Mal hörte ich Raphael stottern – kein gutes Zeichen. »Was hat Conan dir denn erzählt?!« Nervosität schwang in seinen Worten mit.

»Alles, was du mir eigentlich hättest erzählen müssen! Schon als ich in den Orden eingetreten bin! Oder zumindest nachdem du mir erzählt hast, dass meine Mutter eine Wächterin war!«

Raphael wandte seinen Blick ab und ballte die Fäuste. Ich hatte ihn noch nie so gesehen. »Dieser sture, eigensinnige Erzdämon!«

»Er ist der Einzige, der ehrlich zu mir war!«

Raphael sah mich an. In seinem Blick lag viel Unsicherheit. »Ich wollte dich nicht anlügen, aber es war besser für dich! Es wäre zu viel für dich gewesen, schon am Anfang zu erfahren, was mit Lia passiert ist. Ihre Geschichte ist so dramatisch, dass ich sie dir nicht zumuten wollte, du bist noch so jung, Mia! Du bist gerade erst ein paar Monate hier und du hast schon so viel durchgemacht!« Sein Blick wurde traurig. »Ich wünschte, du wärst in andere Zeiten hineingeboren worden – in friedlichere. Das ist nicht dein Krieg, ich wollte nicht, dass er dein Leben bestimmt.«

Die Wut, die ich wegen der vielen Lügen empfand, war wie weggeblasen. Raphael hatte sich so gut um mich gekümmert, er war so fürsorglich gewesen, von Anfang an.

»Ich weiß, dass du es gut gemeint hast.«

Seine traurigen Augen trafen meine.

»Aber wie konntest du mir das verschweigen?!«

Die Fassungslosigkeit übermannte mich wieder. Mir wurde schwindelig. Es war so, als würde mir erst jetzt wirklich bewusst werden, was Conan erzählt hatte.

Meine Knie wurden weich, aber bevor sie einknicken konnten, packte mich Raphael und setzte mich auf sein Bett.

Geistesabwesend starrte ich durch ihn hindurch. Sosehr ich es auch versuchte, ich konnte mir keine Bilder zu meinen Gedanken in den Kopf rufen, er war wie leer gefegt.

»Ich dachte, du wärst früher mit ihr zusammen gewesen! Du hast behauptet, du hättest sie geliebt!«

Raphael setzte sich neben mich. »Das habe ich, aber wir waren kein Paar.«

Mein Blick wurde fragend.

»Sie war noch blutjung, als sie in den Orden eintrat und ihn kennengelernt hat.«

»Astaras? Sie hat ihn durch den Orden kennengelernt?«

»Natürlich! Sie war eine Wächterin, sie umgab sich wie du mit Dämonen und Engeln, und Astaras war genau das – ein Engel. Lia hat einen Auftrag des Ordens ausgeführt, als sie ihm zufällig begegnet ist.«

Er stockte auf einmal. Als er endlich weitersprach, verstand ich, wieso.

»Sie hat es Liebe auf den ersten Blick genannt, viel später, als sie mir davon erzählt hat.«

Wieder machte Raphael eine Pause. Auch wenn ich seinen Schmerz nicht fühlen konnte, war ich mir sicher, dass er da war.

»Lia hielt ihre Liebe lange geheim. Wahrscheinlich wollte sie mich nicht verletzen. Es war Astaras, der irgendwann zu mir kam und mir gestand, dass er dasselbe Mädchen liebte wie ich. Damals, als noch nichts weiter in ihm steckte als ein Engel, hatten wir schon unsere Differenzen.« Raphael schmunzelte. »Sie hat fast einen Monat lang nicht mit ihm gesprochen, weil er mir von ihrer Beziehung erzählt hat. Sie war wirklich wütend, aber ihre Liebe war viel zu stark, viel zu ehrlich, als dass sie ihm lange böse sein konnte.«

Raphaels Geschichte fühlte sich seltsam surreal an, obwohl ich wusste, dass sie wahr war. Es war ein komisches Gefühl, sich bewusst zu machen, dass Raphael vor so vielen Jahren schon genauso schön, genauso makellos wie heute gewesen war. Für Erzengel stand die Zeit nun mal still. Ihr wunderschönes Bild war eingefroren, als wolle irgendjemand ihre ewige Schönheit sichern. Auch wenn ich mich ihnen noch so verbunden fühlte, ich war nichts anderes als ein kurzzeitiger Begleiter auf ihrem unendlichen Weg.

Der Gedanke erschien mir zuerst unerträglich, dann erkannte ich die Einzigartigkeit ihrer Unvergänglichkeit. Sie sollten ruhig ewig schön und erhaben bleiben – ich wünschte ihnen genau das.

»Ich kann mir nicht vorstellen, dass sie dich nicht geliebt hat.«

Kaum hatte ich es ausgesprochen, wurde ich auch schon rot. Raphael lächelte mich an, ich fühlte mich ertappt. »Sie hat mich geliebt, das hat sie mir gesagt – oft –, aber die Liebe zu Astaras war vollkommen anders. Sie hätte sich immer wieder für ihn entschieden, auch wenn sie gewusst hätte, wie es endet. Seine Veränderung kam schleichend, so schleichend, dass selbst Lia lange gebraucht hat, um zu bemerken, dass etwas nicht stimmte. Astaras war zwar ein Engel, aber er war schon immer sehr …«

Raphael schien nach dem richtigen Wort zu suchen. Mir entging nicht, wie sehr er sich beherrschte.

»… er war sehr aufbrausend. Es hat ihm nie an Temperament gefehlt. Irgendwann wurde es aber zu viel. Lia hat es natürlich als Erste bemerkt. Zuerst dachte sie, es würde an ihr liegen. Sie gab sich die Schuld, hat lange vor allen verheimlicht, dass er immer aggressiver wurde.«

Raphael klang unglaublich gequält. Es schien ihm schwerzufallen, sich zurückzuerinnern.

»Damals wussten wir noch nicht, dass Luzifers Fluch wiederkommen würde. Wie dachten alle, Gabriel hätte ihn gestürzt, aber es wurde immer augenscheinlicher, dass Astaras dieselbe Entwicklung durchmachte, die einst Luzifer durchlebt hatte. Seine Kräfte vervielfältigen sich schnell, aber mit der unermesslichen Stärke in ihm, wuchs dieser … Wahnsinn. Lia hat alles versucht, sie war verzweifelt. Als er zum ersten Mal aus purer Aggressivität tötete, war ihr klar, dass sie etwas unternehmen musste. Sie flehte ihn an, sich zu besinnen, aber er konnte einfach nicht dagegen ankämpfen. Ihr blieb nichts anderes übrig, als sich von ihm zu trennen. Sie meinte, es wäre das qualvollste Erlebnis ihres Lebens gewesen. Er wollte sein gebrochenes Herz nicht mehr fühlen, also verschwand Astaras in den tiefsten Winkeln der Hölle. Er wollte dortbleiben und sich seiner Melancholie hingeben, um langsam an seiner Depression zu sterben, aber er starb nicht, das konnte er nicht mehr. Die Hölle verhinderte zwar, dass er weiter wahllos tötete, und sie schien auch die Ausbreitung des Wahnsinns zu verlangsamen, aber wir alle ahnten, dass es noch nicht vorbei war. Luzifer war wiedergekommen und niemand wusste, wieso. Es scheint eine Art Krankheit zu sein – ein Virus, das sich einfach einen neuen Wirt sucht. Astaras war ein starker Engel mit ausgeprägten mentalen Fähigkeiten, genau wie Luzifer.«

»Aber wieso? Wieso passiert das mit diesen schönen Engeln?«

Raphael zuckte mit den Schultern. »Manche glauben, es wäre das pure Böse, das sich auf diese Art manifestiert. Nur Dunkelheit, hinter der ausschließlich Schatten lauern. Der Engel, den sie befällt, ist zum Tode verurteilt. Lia wollte nicht glauben, dass der Tod des Mannes, den sie über alles in der Welt geliebt hatte, nur Zufall war. Ihr schöner weißer Engel verschwand langsam, wurde von Wahnsinn und Mordlust überschattet. Sie hat bis zum Schluss daran geglaubt, dass sie ihn retten kann, dass seine Wandlung einen Sinn hatte, dass er nicht umsonst so gelitten hatte.«

Ich schluckte schwer. So hatte ich Astaras noch nie gesehen. Mit einem Mal verlor das grausame Monster einen Teil seines

Schreckens. Er war einer von uns gewesen, er war ein normaler, schöner Engel gewesen und meine Mutter hatte ihn geliebt.

Als ich mir das folgende Szenario ausmalte, verkrampfte sich mein Herz. Ich sah Gabriel vor mir, seine klaren grünen Augen färbten sich langsam schwarz.

Der Gedanke ließ mich nicht nur schaudern, sondern schüttelte mich regelrecht. Ich war nicht annähernd so lange mit Gabriel zusammen wie meine Mutter mit Astaras und trotzdem hätte es mich umgebracht, hätte dieses Virus ihn befallen oder Raphael.

»Siehst du? Es schmerzt dich so sehr. Deshalb wollte ich nicht, dass du es jetzt schon erfährst. Wenn du älter gewesen wärst, hättest du es leichter ertragen.«

Ich sah zu Raphael auf. »Ja, aber vielleicht wäre es dann zu spät gewesen.«

Er schüttelte den Kopf. »Sag so etwas nicht, bitte. Der Kampf mit Astaras ist nicht deiner. Er gehört Gabriel, Michael und mir. Es ist unser Kampf.«

Ich wollte jetzt nicht mit Raphael darüber diskutieren, ob ich gegen Astaras kämpfen würde oder nicht, zumal ich das Gefühl hatte, dass wir – was dieses Thema betraf – niemals auf einen gemeinsamen Nenner kommen würden.

»Conan hat mir erzählt, dass die Wächterin, die Astaras geliebt hat – meine Mutter –, dass sie, als er zurückkam, mit einem anderen Mann zusammen war.«

Raphael nickte. »Lia hat unglaublich gelitten. Sie hat mir gesagt, der größte Teil ihres Herzens sei mit Astaras in der Hölle verschwunden. Der kümmerliche Rest, der übrig war, war irgendwann sehr einsam. Sie wollte keinen anderen Mann, zumal sie ihn nie so hätte lieben können, wie sie ihn geliebt hat. Sie wollte niemandem zumuten, mit ihr zusammen zu sein, aber Liebe macht auch vor todkranken Herzen keinen Halt, sie passiert einfach.«

Ich sah Raphael fragend an, so fragend, dass ich das, was mir auf der Seele brannte, gar nicht aussprechen musste.

»Ich bin nicht dein Vater, Mia! Ganz sicher.«

Ein erleichtertes Seufzen entkam mir, für das ich mich spontan schämte.

Raphael lachte. »Wenn du meine Tochter wärst, würde Gabriel nicht ständig so einen Aufstand machen, wenn du bei mir schläfst.«

Ich war wirklich froh, dass meine Gefühle mich nicht getäuscht hatten. Raphael kümmerte sich zwar um mich und hatte etwas unglaublich Fürsorgliches an sich, aber eine Vaterfigur sah ich nie in ihm.

»Wer war es dann? Kennst du ihn?«

»Lia hat sich zurückgezogen, nachdem Astaras in der Hölle verschwunden war. In den Jahren, in denen er weg war, hat sie nicht mehr im Orden gewohnt. Sie hat ihr Liebesleben stets sehr bedeckt gehalten. Erst als ich erfuhr, dass sie schwanger war, hat sie mir erzählt, dass sie mit einem Wächter zusammen war.«

»Ein Wächter? Mein Vater war also auch ein Wächter?«

Raphael nickte. »Ich habe ihn aber nie kennengelernt, ich kann dir nicht sagen, wo er ist oder ob er noch lebt. Es tut mir leid.«

Ich zuckte mit den Schultern. »Schon gut. Wenn meine Mutter gewollt hätte, dass ich bei meinem Vater bin, hätte sie mich doch nicht ihren Freunden anvertraut, oder?«

Sein Blick schien ein wenig ratlos, aber er nickte. »Sie wollte für dich ein normales Leben. Eltern, die nicht der ständigen Gefahr ausgesetzt sind, verletzt oder getötet zu werden. Deshalb hat sie den Orden auch verlassen, als sie erfuhr, dass sie schwanger war. Vielleicht war das auch der Grund, warum sie nicht wollte, dass du bei deinem Vater bleibst.«

Raphaels Erklärung klang zwar logisch, aber sie wollte irgendwie nicht so recht zu dem Bild passen, das ich von meiner Mutter hatte. Ich konnte mir nicht vorstellen, dass sie sich nach Astaras auf eine Beziehung eingelassen hätte, wenn sie sich nicht aufrichtig verliebt hätte, und ich konnte mir nicht vorstellen, dass sie jemanden, den sie geliebt hatte, einfach so verlassen hätte.

Dass sie mich allein aufziehen wollte, musste andere Gründe gehabt haben. Gründe, die ich vielleicht nie erfahren würde, auch wenn ich das seltsame Gefühl nicht loswurde, dass mir Raphael wieder mal irgendetwas verschwieg. Wahrscheinlich reagierte ich einfach übertrieben skeptisch.

»Wie fühlst du dich jetzt?« Er sprach seine Frage so vorsichtig aus, als hätte er Angst, mich zu erschrecken.

»Seltsam. Es fühlt sich seltsam an, es zu wissen. Wie fühlst du dich?«

Ich machte mir mehr Sorgen um Raphael als um mich. Dass meine Mutter ein so besonderer Mensch war, gab mir die Hoffnung, dass auch ich etwas ausrichten konnte, auch wenn es noch so unwahrscheinlich war.

»Ja, es fühlt sich auch seltsam an, darüber zu sprechen. Ich dachte, es würde schwerer sein.«

Raphael sah so unendlich traurig aus, dass ich mir nicht vorstellen konnte, dass ihn dieses Gespräch noch mehr hätte mitnehmen können. Er bemühte sich, zu lächeln.

»Ich bin so froh, dass Lia dich bekommen hat. Es ist, als ob ein Teil von ihr in dir weiterlebt. Das macht es leichter, über ihren Tod nachzudenken, ohne dass es mir das Herz zerreißt.«

Ich nickte schwach.

»Aber es ist nicht nur die Erinnerung an sie, die mich glücklich macht, wenn du hier bist, Mia.«

Raphael schien mein aufkommendes Unbehagen gespürt zu haben. Es war lächerlich, dass ich eifersüchtig gewesen war, und trotzdem nahm er Rücksicht auf meine verrückten Gefühle.

Ich legte meine Arme um seinen Hals und meinen Kopf an seine Brust. Sein Herzschlag war ganz ruhig, beinahe schwermütig.

»Danke! Für alles!«

Er umarmte mich fest. »Schon gut, du musst dich nicht bedanken! Wer weiß, ob ich die richtigen Entscheidungen für dich getroffen habe.«

»Das tust du immer!«

»Was macht dich so sicher?«

»Weil du mein schöner weißer Erzengel bist.«

Er schmunzelte. »Hoffentlich bin ich das.«

WIEDER VEREINT

Ich fuhr am Abend noch zu Gabriel. Nach all diesen schwer verdaulichen Liebesgeschichten zog es mich unweigerlich zu ihm hin.

Dass die Zeit mit ihm etwas Besonderes war, wusste ich, seit er mich vor dem Ghul gerettet hatte, aber wie schnell und rapide sich die Dinge ändern konnten, war mir erst durch die Vergangenheit meiner Mutter bewusst geworden.

Ich konnte es kaum erwarten, ihn zu sehen, wollte ihm erzählen, dass ich Bescheid wusste, und ihm den einen oder anderen bösen Blick dafür schenken, dass er mich so lange im Dunkeln hatte tappen lassen, aber er kam mir zuvor.

Als er mir die Tür öffnete, trafen mich eiserne, wissende Blicke. Jetzt verstand ich, dass Gabriel auf manche Furcht einflößend wirken konnte.

Ohne mich beeindruckt zu zeigen, ging ich an ihm vorbei in Richtung Wohnzimmer. Die Tatsache, dass ich es wusste, schien ihm genauso zu missfallen wie Raphael.

»Sag mal, woher weißt du immer so schnell Bescheid?! Hast du eine Direktleitung in Raphaels Gehirn oder benutzt ihr eure

Erzengelspsychokinese, um euch gegenseitig immer auf den neuesten Stand zu bringen?«

Gabriel zog eine Augenbraue nach oben, während er mir sein Handy vors Gesicht hielt. »Keine übernatürlichen Kräfte, nur mein Mobilfunkanbieter. Raphael hat mich angerufen.«

Ich seufzte, obwohl ich den Gedanken, dass Raphael Gabriel auf Kurzwahl eingespeichert hatte, schon amüsant fand.

»Bist du jetzt etwa wütend auf mich? Ich sollte wütend auf dich sein!« Bockig verschränkte ich die Arme vor der Brust.

Gabriel schüttelte den Kopf. »Natürlich bin ich nicht wütend auf dich.«

Er war wütend.

»Conan ist derjenige, dem ich gern den Hals umdrehen würde.«

»Ich bin ihm dankbar, dass er mir alles erzählt hat! Ihr hättet mir doch sowieso nichts gesagt!«

»Der richtige Zeitpunkt war noch nicht da.«

»Woher willst du das wissen?«

»Du wärst fast gestorben. Tristan hätte schon früher versucht, dich umzubringen, wenn er es gewusst hätte. Du begreifst nicht, was es bedeutet, Lias Tochter zu sein!«

»Das tue ich sehr wohl! Es bedeutet, dass ihr alle nur meine Mutter in mir seht und sie vor einem Schicksal beschützen wollt, das sie schon längst heimgesucht hat!«

Meine lauten Worte hallten noch ein wenig nach, dann folgte Stille.

Ich hatte mich noch nie mit Gabriel gestritten, es fühlte sich furchtbar an. Mir wurde übel und ich ließ mich auf die beige Couch fallen. Er setzte sich zu mir, zog mich zu sich und ich spürte den Wind auf meiner Haut.

»Es tut mir leid, dass ich so dumm bin«, flüsterte ich.

Er küsste mich. »Du bist nicht dumm! Du siehst das alles nur aus einem falschen Blickwinkel. Du weißt, ich will dich beschützen, um jeden Preis. Das wollen wir alle, außer vielleicht Conan, der will anscheinend auf deinem Grab tanzen!«

Ich lachte. Gabriels Groll war so unbegründet, dass es schon amüsant war.

»Er plaudert viel zu gern. Vielleicht sollte ich ihm die Zunge rausreißen.«

»Du bist aber ganz schön grausam für einen Engel.«

Gabriel lächelte unschuldig. »Kriegsengel«, verbesserte er. »Ich hatte schon erwähnt, dass Grausamkeit in meiner Natur liegt, oder?«

»Ja, aber wenn du Conan wehtun willst, dann musst du zuerst an mir vorbei!«

Ich hatte Gabriel noch nie so herzhaft lachen gehört. Ich stieß ihm in die Seite, aber das schien ihn nur noch mehr zu amüsieren. Er steckte mich mit seinem Lachen an.

»Ich wusste nicht, dass Conan so eine gefährliche Leibgarde hat!«

Während ich versuchte, Gabriel zu boxen, krümmte er sich vor Lachen.

Eine Weile ließ er sich meine jämmerlichen Versuche, etwas gegen ihn auszurichten, gefallen, dann packte er mich, legte mich binnen Sekunden auf den Rücken und beugte sich über mich.

Meine Handgelenke hielt er mühelos über meinem Kopf zusammen. Zuerst hauchte er mir einen Kuss auf den Hals, dann küsste er mich fordernd. Seine freie Hand fuhr die Konturen meines Körpers nach.

»Ich könnte alles mit dir machen, was ich will.«

Ich lächelte. »Was hält dich auf?«

Nachdem mir Gabriel bewiesen hatte, dass er bei bestimmten Dingen immer das Sagen haben würde, war mein Kampfgeist trotzdem noch nicht gebrochen.

Ich hatte die verrückte Vorstellung entwickelt, dass ich mit Gabriel trainieren könnte. Es gab keinen besseren, stärkeren Gegner als ihn, zumal seine Kraft wahrscheinlich die einzige war, die mit der von Astaras vergleichbar war.

Ich flehte ihn förmlich an, mir zumindest etwas von seiner Stärke zu demonstrieren, aber Gabriel blieb eisern.

»Ich denke nicht daran, mit dir zu kämpfen.«

»Wieso nicht?«

Flehend hing ich mich von hinten um seinen Hals und ließ mich von ihm hinaus in die Küche tragen. Er setzte mich auf dem Tresen ab.

»Hör auf, mich darum zu bitten!«

Sein Tonfall hielt mich davon ab, weiter zu nerven. Er schien es ernst zu meinen und ich verwarf meinen Plan vorerst. Irgendwann würde ich ihn schon so weit bekommen, mit mir zu trainieren, nur nicht heute.

Ich blieb die Nacht über bei Gabriel und brach frühmorgens auf, um zurück zum Orden zu fahren.

Keon patrouillierte heute am Stadtrand und ich wollte ihn unbedingt begleiten. Es waren Monate vergangen, seit ich das letzte Mal mit ihm unterwegs gewesen war.

Ich fuhr viel zu schnell, weil ich aufgeregt war. Seit unserer letzten gemeinsamen Jagd hatte ich viel dazugelernt und das wollte ich Keon endlich demonstrieren.

Ein Blick auf die Uhr verriet mir, dass er um halb sieben Uhr morgens bestimmt noch schlief.

Es war in letzter Zeit unglaublich ruhig geworden. Es gab keine neuen Chimärenangriffe und die Zahl der Ghule war beträchtlich zurückgegangen. Die Überschaubarkeit unserer Aufträge brachte viel Freizeit mit sich, Zeit, die wir nach den arbeitsreichen Nächten wirklich nötig hatten, und trotzdem fühlte es sich seltsam beklemmend an.

Es schien, als wollten selbst die Dämonen die Hölle nicht mehr verlassen, weil sie spürten, dass es hier auf der Erde bald ungemütlich werden würde.

Der Gedanke ließ mich unter der warmen Dusche schaudern.

Ich föhnte meine Haare trocken und zog mir bequeme Sachen an.

Ich war so in Gedanken versunken, dass ich erst die silberne, schmale Schatulle auf meinem Schreibtisch nicht bemerkte. Als mein Blick sie zufällig streifte, war ich fast schon wieder nach draußen verschwunden.

Sie war nicht größer als meine Handfläche und gerade mal einen Zentimeter dick. Ich drehte sie, bis ich sie öffnen konnte. Die rechte Seite war verspiegelt. Am rechten unteren Rand steckte ein kleiner weißer Zettel, auf dem jemand etwas in wunderschöner Handschrift notiert hatte:

Damit du dich immer an sie erinnerst.
Raphael

Ich musterte das leicht verblasste Foto meiner Mutter auf der linken Hälfte. Sie war wirklich wunderschön – mehr als das: Sie sah aus wie ein Engel.

Meine Tante hatte mir früher oft die wenigen Fotos gezeigt, die sie von ihr besaß. Sie waren alle klein, manche unscharf und sie lächelte auf keinem einzigen.

Ich ließ mich gedankenverloren auf dem Stuhl neben meinem Schreibtisch nieder, um das Bild in Ruhe betrachten zu können.

Ihre Haare und ihre Augen hatten dieselbe Farbe wie meine, aber weitere Gemeinsamkeiten konnte ich nicht erkennen. Ihr Gesicht war viel ausdrucksstärker, ihr Lachen viel wärmer. Sie blickte leicht zur Seite, ein paar Haarsträhnen waren ihr ins Gesicht gefallen.

Ein warmes Gefühl übermannte mich, als ich erkannte, wie glücklich sie wirkte. Wahrscheinlich war sie auf diesem Bild kaum älter als ich – zumindest sah sie sehr jung aus.

Ich freute mich über Raphaels Geschenk, auch wenn mich das unangenehme Gefühl beschlich, ihm etwas wegzunehmen, an dem er selbst sehr hing.

Bevor ich mein Zimmer verließ, steckte ich die Spiegelschatulle in die linke hintere Hosentasche meiner Jeans. Der Gedanke, das Bild meiner Mutter bei mir zu tragen, löste wieder diese euphorische Vorfreude in mir aus. Wahrscheinlich wollte ich auch ihr beweisen, dass aus mir eine brauchbare Wächterin wurde.

Während ich Gabriels Schwert in der Halterung auf meinem Rücken verschwinden ließ, rannte ich hinauf in den zweiten Stock. Ich hielt kurz vor Raphaels Zimmertür inne, aber er war nicht da, also musste ich mich später bei ihm bedanken.

Keons Aura spürte ich deutlich durch seine Tür, also klopfte ich. Es dauerte eine Weile, bis er mir in gewohnt genervter Stimmung öffnete.

Er hatte ein Handtuch um die Schultern gelegt und seine dunkelblonden Haare waren noch nass.

»Was willst du denn hier?«

Ich grinste übertrieben überschwänglich. »Ich weiß, dass du heute patrouillierst, also dachte ich, du nimmst mich vielleicht mit!«

Keons Reaktion war ein verächtliches Schnauben, aber ich spürte etwas, das sich verdächtig nach unterdrückter Freude anfühlte.

»Ich bin noch nicht fertig!«

»Das sehe ich! Kein Problem, ich warte!«

Ungefragt drängte ich mich an ihm vorbei. Er hatte nicht damit gerechnet, dass ich mich selbst hineinbitten würde. Eine Unhöflichkeit, die ich mir von ihm abgeschaut hatte.

»Hey!«

Ehe er seinen Protest weiter ausschmücken konnte, hatte ich mich auch schon auf sein Bett fallen lassen und seufzte zufrieden vor mich hin.

Kopfschüttelnd nahm Keon mein aufdringliches Verhalten hin und ging zum Kleiderschrank. Erst jetzt fiel mir auf, dass er nur seine Jeans trug. Ich hatte Keon noch nie mit freiem Oberkörper gesehen.

Verstohlen riskierte ich einen Blick, der sofort an seinem Tattoo hängen blieb. Er hatte sich das Ordenslogo auf den Oberarm stechen lassen. Unter der schwarzen Tinte wölbten sich definierte Muskeln.

Ich suchte seinen Körper nach weiteren Verzierungen ab und wurde schnell fündig. Auf seinem linken Hüftknochen rekelten sich verschnörkelte Linien so weit nach unten, dass sie in seiner Jeans verschwanden.

Ich ertappte mich gerade bei Fantasien, die den Verlauf dieses Tattoos betrafen, als Keon sich ein dunkelgraues T-Shirt über den trainierten Körper streifte.

Bevor er mich beim Starren erwischte und einen dummen Kommentar dazu abgeben konnte, drehte ich mich zur Seite. Sein Bett roch nach Parfum und Haarshampoo.

»Na komm schon! Lieg hier nicht so faul herum!«

Er packte den Griff des Schwerts, das an meinem Rücken befestigt war, und zerrte mich hoch.

»Ich komme ja schon! Bist du immer so grob? Wenn ja, dann tut mir diese Fynn wirklich leid!«

Er lachte und zwinkerte dann, während er sich eines der beiden Schwerter über seinem Bett schnappte.

»Sie muss dir nicht leidtun!«

Wir gingen hinunter zu unseren Motorrädern und Keon bemängelte routiniert meinen Umgang damit. Es machte richtig Spaß, sich sein Meckern anzuhören. Es fühlte sich nach Alltag an – vertraut.

BERYLS KIRCHE

W ährend wir durch die Stadt fuhren, versuchte ich, die Gegend nach irgendwelchen ungewöhnlichen Auren abzufühlen, aber alles blieb ruhig. Es war fast schon langweilig, sich durch den Verkehr zu schlängeln. Auch Keon verlor langsam die Lust daran, irgendwelche Kleinwagen zu überholen.

Gerade als ich dabei war, in Gedanken abzudriften, beschleunigte er abrupt. Er schien plötzlich ein neues Ziel zu haben.

Sein Fahrstil wechselte von halsbrecherisch zu selbstmörderisch. Ich kam ihm kaum hinterher, fand oft nur die richtige Abzweigung, weil ich seiner Aura folgte. Es kam mir kurz so vor, als wollte er mich abhängen.

Wir hielten auf dem kleinen Hügel zwischen den Trauerweiden. Ich kannte diesen idyllischen Ort, den gepflasterten Weg und die kleine Kirche.

»Was wollen wir hier und warum fährst du wie ein geisteskranker Irrer?!«

Mein Blick fiel zuerst auf den schwarzen Mercedes, den ich sofort als Gabriels identifizierte, dann auf ein silbernes Motorrad, das ich schon oft bei uns in der Garage gesehen hatte, von dem ich aber nicht wusste, wem es gehörte, und schließlich auf einen weißen Audi, den ich nicht kannte. Hier schien heute einiges los zu sein.

»Warte draußen!«, rief Keon mir zu und erntete für seine dämliche Aufforderung ein verächtliches Schnauben. Ich schloss schnell zu ihm auf und ging mit ihm in Richtung Kirche.

»Natürlich wartest du nicht«, maulte er leise vor sich hin und stieß die Tür auf.

Das Gemisch der Auren, das mir entgegenschlug, hatte ich so ähnlich schon einmal gefühlt, nur war ich damals zu weggetreten gewesen, um sie auch zu würdigen.

Für ein paar Sekunden hielt ich den Atem an, als all ihre Blicke auf uns ruhten.

Gabriel, Raphael, Conan, ein Dämon, den ich nicht kannte, und natürlich Beryl standen vor dem unscheinbaren Altar und schienen durch unser Dazukommen in ihrem Gespräch gestört worden zu sein.

»Da bin ich! Du hast mich doch angerufen, damit ich komme, oder?«, fragte Keon genervt von Raphaels finsteren Blicken, die ihn seit ein paar Sekunden verfolgten.

»Ja, DU solltest kommen! Wieso bringst du Mia mit? Das war ... nicht notwendig!«

Er schien seine letzten Worte mit Bedacht gewählt zu haben. Ich kam mir mit einem Mal unglaublich fehl am Platz vor. Dann fiel mir auf, dass diese Konstellation so ungewöhnlich und besonders war, dass mir bestimmt etwas entgangen wäre, wäre ich nicht hier gewesen.

»Was hätte ich denn bitte machen sollen?! Sie hört doch sowieso nicht auf mich!«

Während Keon Raphael anschrie, streifte mein Blick Gabriel. Er wirkte abgelenkt – fast schon weggetreten. Er musterte die gewölbte weiße Decke der Kirche akribisch, ich konnte aber nicht erkennen, wonach er suchte.

Als ich weiter in die Runde schaute, blieb ich an Conans Lächeln hängen. Ich erwiderte es, dann stutzte ich. Keon fragte das, was ich auch fragen wollte – wenn auch anders formuliert.

»Wer hat dir denn auf die Fresse gehauen?«

Er lachte und war über die blauen Flecken, die Conans blasses, sonst so makelloses Gesicht zierten, sichtlich amüsiert.

Der Dämon, der bei ihm war, wurde wütend. Er hatte dunkelbraune kurze Haare, war groß und sportlich und hatte trotz der finsteren Miene ein sehr weiches Gesicht. Ich hätte schwören können, dass ich ihn schon einmal gesehen hatte.

Conan signalisierte ihm mit einem einzigen Blick, ruhig zu bleiben, und ignorierte Keon wie immer.

Seine Verletzungen machten mich nervös. Ich sah hinüber zu Beryl, der freundlich den Kopf zur Begrüßung neigte und seine weiße Aura strahlen ließ. Er war unruhig, das konnte ich fühlen, und auch der Dämon an Conans Seite unterdrückte seine Nervosität.

Ich blieb stehen, als mir auffiel, dass ich keine Ahnung hatte, zu wem ich mich stellen sollte.

Gabriel schien noch immer abgelenkt, Raphael funkelte Keon wütend an und Conan und sein Dämon spielten irgendwie in einem anderen Team.

Wie ein verschüchtertes Kleinkind stand ich in der Mitte und drehte dann möglichst unauffällig um, um mich zurück zu Keon zu stellen, der sich auch gleich zu Wort meldete.

»Und, was hat der violett-blau verzierte Erz-Arsch gesehen?«

Er strapazierte Conans Geduld mit Absicht. Vielleicht, weil sein riesenhaftes Ego in Raphaels und Gabriels Nähe noch aufgeblähter war.

»Bringst du all deinen Wächtern so gute Manieren bei?«

Raphael schnaubte auf Conans Aussage hin und strafte Keon wieder mit diesen Blicken. Ich starrte verlegen auf meine Füße, so lange, bis ich Gabriels Blick auf mir spürte. Er hatte endlich aufgehört, an die Decke zu starren, und sah mich liebevoll an. Ich lächelte verlegen.

Auch er schien nicht mit mir gerechnet zu haben. Dass mich Keon mitgenommen hatte, war offensichtlich nicht geplant gewesen, aber ihm schien das egal zu sein. Im Gegensatz zu meinen Erzengeln hatte er mich lieber bei sich, wenn es ernst wurde. Sie hatten alle ihre eigene Art, auf mich aufzupassen.

Raphaels Blick ruhte lange auf mir, bis er endlich damit rausrückte, warum er uns – oder besser gesagt Keon – hierher bestellt hatte.

»Conan hatte wieder eine Vision. Der Kampf gegen Astaras wird in einer Kirche stattfinden.«

Ich zuckte merklich zusammen und hoffte, dass es niemand gesehen hatte.

»Diese Kirche?«, wollte Keon wissen.

»Das wissen wir noch nicht«, antwortete Raphael.

»Was heißt, ihr wisst es nicht?! Ich dachte, er hätte eine Vision gehabt!«

Conan knurrte. »Ich sehe verschwommen in die Zukunft, das ist nicht wie fernsehen! Ich sah die Fenster einer Kirche, Marmorboden und ein Kreuz.«

Ich sah mich um.

»Klasse! Es gibt ja nur eine Kirche, auf die diese detaillierte Beschreibung passt!«, maulte Keon sarkastisch und rollte mit den Augen.

Er hatte recht, es hätte jede Kirche sein können. Wieso waren wir hier?

»Astaras braucht einen Ort mit viel Energie, um zurückzukommen«, erklärte Gabriel tonlos.

Schon als ich das erste Mal hier gewesen war, war mir aufgefallen, wie besonders dieser Ort war. Ich schaute hinüber zu Beryl, dessen Blick auf meiner Schulter ruhte.

»Gabriels Schwert war sehr lange hier. Es hat diesen Ort zu einer guten Pforte gemacht«, meinte der blonde Engel und richtete seinen Blick bedrückt zu Boden.

Ich spürte, dass er Angst hatte – Angst um seine Kirche und um uns.

»Außerdem war es einer von Lias Lieblingsorten«, fügte Beryl noch hinzu und wurde schlagartig so traurig, dass es mich schmerzte.

Ich fühlte alle Blicke auf mir ruhen, aber ich erwiderte keinen von ihnen. Ich wollte diese Trauer nicht einreißen lassen, sie schnürte einem die Kehle zu. Bewusst lächelte ich den traurigen Engel an, sein Schmerz wurde erträglicher.

»Mia!«

Erst als Keon laut meinen Namen rief, wurde mir bewusst, dass ich ein wenig schwankte. Er hatte mich am Oberarm gepackt, hatte Angst, dass ich umkippte.

»Fühlst du dich nicht wohl?«, wollte Gabriel wissen.

Er wirkte genauso erschrocken wie alle anderen. Der Schwindel verflog so schnell, wie er gekommen war.

»Schon gut! Mir geht es gut!«

Ich riss mich von Keon los und zog übertrieben genervt eine Augenbraue in die Höhe. Es war mir furchtbar unangenehm, dass sich schon wieder alle sorgten, sie sollten aufhören.

Das letzte Mal war ich bei Raphaels Ansprache im Orden zusammengebrochen. Ich hatte keine Ahnung, warum, aber das spielte jetzt keine Rolle. Nur Keon wusste, dass mir das schon mal passiert war, und er schwieg brav vor sich hin.

Ich verschränkte die Arme vor der Brust und versuchte, möglichst cool zu wirken. Es dauerte eine gefühlte Ewigkeit, bis sich alle wieder auf das Wesentliche konzentrieren konnten.

Gabriel war der Erste, der mir den Gefallen tat und wieder zum eigentlichen Thema zurückkehrte.

»Ich fühle nichts, was auf Astaras hinweisen könnte«, meinte er und wandte sich Raphael zu. »Du?«

Er stutzte, sah mit einem Mal genauso abwesend aus wie Gabriel vorhin. Einige Sekunden vergingen.

»Nein, nichts, aber Beryl hat recht. Seine Kirche ist ein potenziell geeigneter Ort. Wir werden Vorkehrungen treffen müssen.«

»Vorkehrungen?«, fragte ich.

Raphael lächelte mich an. »Zuerst mal bringen wir dich hier weg.«

»Was? Wieso?«

Mein Tonfall klang ein bisschen zu bockig. Ich wusste, ich hatte keine Chance, wenn wir jetzt eine Diskussion über dieses Thema beginnen würden, aber versuchen musste ich es trotzdem.

Beryl sah erschrocken auf. »Raphael hat recht! Es ist zu gefährlich für dich in Astaras' Nähe! Noch gefährlicher als für alle anderen!«

»Schick ein paar Wächter, die die Kirche hier überwachen sollen«, meinte Gabriel an Raphael gewandt.

Wieder war ich ihm dankbar für den Themenwechsel.

»Es könnte auch eine andere Kirche sein, nicht wahr?«

Conan nickte auf meine Frage hin. Die blauen Flecken in seinem Gesicht machten mich noch immer stutzig.

»Es könnte jede Kirche in der Umgebung sein. Ich weiß nur, dass es in unserer Stadt passieren wird oder zumindest in der Nähe, und es wird Schnee fallen. Wenn ich weitere Visionen bekomme, seid ihr die Ersten, die ich informiere.«

Raphael bedankte sich, aber etwas in seinem Blick verriet mir, dass er Conan nicht allzu wohlgesonnen war. Auch er schien nur gezwungenermaßen mit dem Orden zu kooperieren. Ich verstand nicht, welchen Groll sie gegeneinander hegten, zumal wir alle dasselbe Ziel hatten und dieselbe Einstellung vertraten, aber das war nicht die Zeit, um solchen Fragen nachzugehen.

»Fahr mit Sebastian alle nahegelegenen Kirchen ab. Sucht nach Anomalien, Ghulen und allem, was noch auf die baldige Öffnung einer Höllenpforte hindeuten könnte. Der Ort muss eine starke Grundenergie haben, ähnlich wie hier, sonst kommt er nicht infrage.«

Keon nickte auf Raphaels Anweisungen hin.

»Willst du alle Kirchen unter Beobachtung stellen, die infrage kommen? Dafür hast du nicht genug Wächter, die die Gabe haben, Astaras' Herannahen auch zu spüren«, meinte Conan und wandte sich an den jungen Dämon neben ihm. »Ruf alle aus dem Zirkel zusammen, die hilfreich sein könnten. Sie sollen sich auch auf die Suche machen. Du und dein Bruder bleibt hier bei Beryl, falls er Schutz braucht.«

»Wir brauchen euch nicht!«, fauchte Keon.

Bevor er weitere Gemeinheiten loslassen konnte, fuhr Raphael ihm ins Wort. »Wenn sie uns ihre Hilfe anbieten, werden wir sie dankend annehmen, hörst du?!« Er wandte sich Conan zu. »Michael wird auch Wächter schicken, die hilfreich sein werden. Mit den Dämonen aus deinem Zirkel können wir die ganze Umgebung absichern, er wird uns dann zumindest nicht mehr überraschen können.«

Conan nickte.

»Ich könnte ihn bestimmt auch spüren! Außerdem kann ich einschätzen, ob ein Ort geeignet ist oder nicht. Das wäre doch hilfreich!«, meinte ich energisch.

Ich wollte auch eine Aufgabe zugeteilt bekommen, wollte helfen, zumal es anscheinend nicht viele Wächter oder Dämonen gab, die infrage kamen.

»Nein! Keon und Sebastian kommen allein zurecht und ich werde dich bestimmt nicht in der ersten Reihe aufstellen, um auf Astaras zu warten!«

»Aber ...«

»Nein!« Raphaels Worte hallten durch den hohen Raum. »Ich entscheide, was du im Namen des Ordens tust und was nicht!«

Ich wagte keinen Widerspruch und kam mir dumm vor. Irgendetwas musste ich tun können.

»Beryl, ich lasse dir Vinzenz hier und schicke auch seinen Bruder. Sie werden dafür Sorge tragen, dass dir nichts passiert, falls meine Vision wirklich diese Kirche hier zeigt.«

Der blonde Engel schüttelte den Kopf. »Wenn er wirklich hierherkommen sollte, werde ich nicht weglaufen. Astaras hat mir schon so viel genommen, wenn es so sein soll, werde ich kämpfend sterben.«

Conan nickte. »Dann werden dir Vinzenz und Elias zur Seite stehen.«

Ich stutzte. »Elias ist dein Bruder?«

Als ich das Wort an den jungen Dämon richtete, erschrak er kurz. Jetzt wusste ich, woher ich sein Gesicht kannte, es sah dem von Elias unglaublich ähnlich.

Er musterte mich von oben bis unten und nickte dann.

Panik breitete sich in mir aus, als mir bewusst wurde, dass Conan sie auf ein potenzielles Himmelfahrtskommando schicken wollte.

»Nein! Du kannst sie nicht hierherschicken! Was, wenn Astaras wirklich hier auftaucht?! Und du kannst nicht hier bleiben, Beryl!«

Mitleidige Blicke trafen mich und ich verstand nicht, wieso.

Flehend sah ich Conan an, der einfach nickte.

»Schon gut, Mia, ich schicke die beiden nicht.«

Vinzenz wollte protestieren, aber Conan hielt ihn an, zu schweigen.

Ich begann, langsam den Kopf zu schütteln.

»Ihr könnt überhaupt niemanden schicken«, flüsterte ich.

Jeder, der bei Astaras' Rückkehr in der ersten Reihe stehen würde, war so gut wie tot. Es war ein Kamikaze-Einsatz, der nur dazu diente, alle anderen frühzeitig zu warnen. Wer auch immer geschickt werden würde, um eine der Kirchen zu bewachen, musste mit Recht um sein Leben fürchten.

Ich sah Elias, der einfach so von Astaras zerfetzt wurde, ich sah Leo und Kevin, die qualvoll starben, und ich sah Beryl, der ohne den Hauch einer Chance in den Mauern seiner eigenen Kirche umgebracht wurde.

Gabriel wiederholte meinen Namen wieder und wieder, aber ich konnte mich nicht von diesen schrecklichen Fantasien losreißen. Der Tod war noch nie so nah gewesen, so greifbar, so sicher. Ich fröstelte.

Gabriel legte seine Hand auf meine Wange, aber ich trat einen Schritt zurück. Ich wollte mich jetzt nicht beruhigen lassen, ich wollte nicht ruhig sein, ich wollte weglaufen und mir meine Angst von der Seele schreien – allein.

Keon packte mich noch am Arm, wollte mich zurückhalten, aber ich befreite mich irgendwie. Während ich den langen, schmalen Gang entlangrannte, hatte ich auf einmal das Gefühl, der Boden würde sich unter meinen Füßen rückwärts bewegen.

»Lass sie!«, hörte ich Raphael rufen und Keon hörte auf, seine Gabe einzusetzen.

Ich rannte durch die offene Tür hinaus in die Kälte. Die Luft roch nach Winter, Schnee und Tod.

Mir wurde übel.

Ich rannte einfach geradeaus, an den Trauerweiden vorbei, den Hügel weiter hinauf.

Mein Herz verkrampfte sich immer wieder in meiner Brust, bis die Schmerzen unerträglich wurden.

Ich fiel auf meine Knie und begann zu husten. Es fühlte sich kurz so an, als würde ich keine Luft mehr bekommen, die Panik schnürte mir die Kehle zu.

Niemand durfte wegen Astaras sterben, niemand durfte seinem Wahnsinn zum Opfer fallen. Irgendjemand musste ihn aufhalten.

Ich betete zu Gott, dass ich die Kraft dazu hatte, dass es meine Bestimmung war und nicht die von irgendjemand anderem, den ich um keinen Preis der Welt verlieren wollte. Ich betete laut, damit Gott mich auch wirklich hören konnte.

»Du kannst ihn nicht besiegen, Mia.«

Gabriels Stimme schien aus dem Nichts zu kommen. Ich sah mich um, er musste ganz nah sein, aber ich entdeckte ihn nirgends.

Meine Augen waren voller Tränen, ich wischte sie weg, um nicht mehr so verschwommen zu sehen.

Als ich wieder aufblickte, stand Gabriel in einigen Metern Entfernung vor mir. Ich erschrak zuerst, weil das Bild, das sich mir bot, so unwirklich war, dann erkannte ich, dass es real war.

Ich hatte noch nie Engelsflügel gesehen. Ich fühlte immer deutlich, ob es sich um einen Dämon oder einen Engel handelte, aber mir war noch nie so bewusst gewesen, dass sie anders waren.

Gabriels Flügel waren schneeweiß und schlichtweg beeindruckend. Die großen Federn schienen regelrecht zu leuchten, zogen sich zusammen, als er einen Schritt auf mich zu machte.

»Du kannst ihn nicht töten«, wiederholte Gabriel.

Ich schüttelte den Kopf. »Woher willst du das wissen? Ich muss es versuchen, auch wenn nur der Hauch einer Chance besteht! Wenn ich es kann, muss keiner sinnlos sterben!«

»Du kannst es nicht! Du kannst ihm nicht mal ein Haar krümmen!«

In Gabriels Stimme schwang ebenso viel Wut wie Verzweiflung mit. Er wollte nicht, dass ich kämpfte, aber ich würde es trotzdem tun.

»Du bist naiv!«

Er streckte die Hand nach mir aus und ich wurde zurückgeschleudert. Ich landete vor dem Stamm einer Trauerweide und raffte mich wieder auf.

»Du hast keine Chance! Versuch doch, mich anzugreifen!«

Kaum war ich wieder auf den Beinen, stieß mich die unsichtbare Mauer abermals zu Boden.

Ich zückte das Schwert auf meinem Rücken und stand noch mal auf. Entschlossen stürmte ich auf Gabriel zu, wollte ihm zeigen, dass ich nicht das schwache, weinerliche Mädchen war, für das er mich hielt.

Ich holte aus, aber in dem Moment, als ich mein Schwert hob, breitete Gabriel seine Flügel aus und verschwand.

Ich sah nach oben, er schwebte über mir, unnahbar majestätisch.

Während ich versuchte, eine Lösung zu finden, preschte er auf mich zu. Er packte mich am Hals, riss mich mit ihm nach vorn und drückte mich gegen einen breiten Baumstamm.

Sein Schwert fiel zu Boden, als ich in diese leuchtend grünen, zornig schönen Augen sah. Sein Gesicht war wie ausgewechselt, seine Züge wirkten ebenso unwirklich wie die ausgebreiteten Schwingen.

Ja, er war die strafende Hand Gottes – der Krieg –, doch binnen Sekunden verwandelte er sich wieder in meinen sanften, unnahbaren Erzengel. Seine Züge wurden weicher, seine Augen verloren die bedrohende Tiefe und der Griff um meinen Hals wurde lockerer. Seine eben noch so ausdruckslose Miene wurde von Verzweiflung gezeichnet.

»Er wird dich töten!«

Der bedrohliche Ton war aus seiner Stimme verschwunden, er flehte leise. Seine großen Flügel legten sich um mich, ich tastete nach ihnen. Sie waren ungeahnt warm, weich und lebendig.

Binnen Sekunden verlor ich den Halt in ihnen, sie verblassten, verschwanden, aber ich konnte ihre Konturen noch vor meinem geistigen Auge sehen.

»Ich liebe dich, Mia.«

Er küsste mich und ich bemerkte, wie ruhig ich geworden war.

Ja, ich hatte nicht den Hauch einer Chance gegen Gabriel. Ich hätte ihn nicht mal berühren können, wenn er es nicht gewollt hätte. Er hätte mich schneller umbringen können, als ich nach seinem Schwert greifen konnte, das war mir jetzt klar geworden.

Seine Stärke, seine Übermenschlichkeit, all das wurde mir bewusst und führte mir vor Augen, welcher Gegner auf uns wartete. Astaras war kein Mensch, er war nicht wie ich, aber ich würde es trotzdem versuchen, das war ich meinem Schicksal schuldig.

Vorsichtig küsste ich Gabriel. »Ich liebe dich auch! Ich will dich nicht unglücklich machen.«

Eigentlich war das Gabriels Satz. Er hatte ihn so oft zu mir gesagt, aber jetzt wollte ich ihn benutzen.

Ich betete zu Gott, dass ich seinen schönen, starken Erzengel nicht unglücklich machen würde – diesmal leise.

Wir küssten uns noch eine Weile unter der schönen Trauerweide, so lange, bis eine genervte Stimme uns unterbrach.

»Willst du weiter dort oben herumknutschen, während wir die ganze Arbeit machen!?«

Keon stand mit Raphael draußen vor der Kirche und sah zu uns hoch. Auch Conan und Vinzenz kamen durch die Tür, dicht gefolgt von Beryl.

Ich löste mich von Gabriel, hoffte, dass mein Gesicht nicht allzu verweint aussah, und lief den Hügel hinunter.

Ich hatte mich wieder beruhigt. Die Panik war vorerst verflogen, überschattet von der Einsicht, dass ich einen klaren Kopf bewahren musste, da ich sonst wirklich niemandem etwas nützte.

»Ich schicke zwei andere Dämonen, sie werden bald hier sein«, meinte Conan an Beryl gewandt.

Der blonde Engel nickte schwach. Ich spürte, dass es ihm nicht recht war, aber er sah ein, dass er nicht alleine hierbleiben konnte.

Vinzenz musterte mich abfällig. Er war wütend auf mich, weil er gern gekämpft hätte, auch wenn er Angst hatte. Ich erwiderte seine kalten Blicke nicht. Es war mir egal, dass er mich nicht mochte, solange ich zumindest ihn und Elias aus dem Kampf heraushalten konnte, war mir alles recht.

Beryl würde ich nicht davon überzeugen können, diesen Ort zu verlassen, er war zu entschlossen, liebte seine Kirche zu sehr, als dass er sie im Stich gelassen hätte.

Ich hoffte, dass es nicht hier passieren würde und ich den sanften Engel bald wiedersehen würde.

»Wir fahren zurück zum Orden«, meinte Raphael an mich und Keon gewandt und griff sich den Helm von seinem Motorrad. Die silberne Maschine gehörte also ihm.

Bevor ich seiner Aufforderung folgte, richtete ich noch einmal das Wort an Conan, der gerade dabei war, in seinem weißen Audi zu verschwinden.

»Conan?«

Er drehte sich zu mir um. »Ja?«

»Woher hast du die blauen Flecken?«

Ein Lächeln huschte über seine Lippen. »Ein Unfall. Ich war etwas ungeschickt.«

Er wollte es mir also nicht sagen, das vergrößerte meine Sorgen nur.

»Keine Angst, es wird schnell verheilen«, fügte er noch hinzu und schenkte mir ein Lächeln, ehe er davonfuhr.

Keon grinste noch immer amüsiert vor sich hin, als er sich seinen Helm über den Kopf streifte. »Wer von euch beiden das auch war, hat mir netterweise den Tag versüßt! Danke dafür!«, tönte es aus dem halb geöffnete Visier.

Ich starrte abwechselnd auf Raphael und Gabriel, die schienen sich von Keons Danksagungen nicht angesprochen zu fühlen. Sie verzogen keine Miene.

»War das einer von euch?!«, wollte ich an Gabriel gewandt wissen.

»Komm, wir fahren!«, rief Raphael mir zu und ignorierte meine Frage.

»Sehen wir uns heute noch?«

Ich nickte. »Natürlich.«

Gabriel küsste mich lange und sanft, sodass ich mich beeilen musste, um Raphael und Keon noch hinterherzukommen. Während ihre Motoren schon aufheulten, griff ich erst nach meinem Helm.

»Pass auf dich auf, Mia«, meinte Beryl und hob die Hand zum Abschied.

Ich erwiderte seine Geste. »Du auch auf dich!«

»Auf bald!«

»Auf bald!«

Ich wollte nicht wehmütig werden, ich wollte mir nicht bewusst machen, dass dies möglicherweise unser letztes Treffen sein könnte, also lächelte ich gegen die Angst an.

AUF DER SUCHE NACH MUT

Zurück im Orden, verschwand Raphael sofort in seinem Büro und Keon stürmte zu Sebastians Zimmer. Sie waren nicht oft zusammen unterwegs, meistens nur, wenn es richtig ernst wurde.

Keon war der geborene Kämpfer, egal welcher Gegner ihn erwartete. Dank seiner Gabe konnte er sich auch mit Erzdämonen messen, was den wenigsten Wächtern gelang. Sebastians Stärken lagen zwar nicht im Angriff, dafür war er das geborene Energie-Radar. Er spürte potenziell gefährliche Orte schneller und zielsicherer auf, als ich es mit meiner Gabe gekonnt hätte. Seine Feinfühligkeit war beinahe schon ähnlich gut ausgeprägt wie die von Raphael.

Die beiden waren das perfekte Wächtergespann, auch wenn sie das nie zugegeben hätten. Ihr einziges Manko war, dass sie sich überhaupt nicht ausstehen konnten.

Keon bezeichnete Sebastian gern abfällig als Robin Hood für arme Pazifisten und Sebastian hielt Keon insgeheim für ein cholerisches Wutmonster. Dass die zwei ab und an zusammen zu einer Mission aufbrachen, war ganz allein Raphaels Verdienst. Er schickte sie nur los, wenn es gar nicht anders ging und er sichergehen konnte, dass sie ihre Streitigkeiten hintanstellen würden – was diesmal eindeutig der Fall war.

Alle waren sich dem Ernst der Lage bewusst, alle schienen zu wissen, was sie zu tun hatten – nur ich nicht.

Ich fühlte mich nutzlos, wollte Raphael bitten, mir eine Aufgabe zuzuteilen, aber er war zu beschäftigt, also wies ich mir selbst eine Mission zu.

Ich fuhr zu einem Ort, der sich für mich für immer verändert hatte.

Die Raben verkündeten meine Ankunft, begleiteten mich bis vor den steinernen Engel.

Ich setzte mich auf den quadratischen Stein und schlang meine Arme um die Knie. Minutenlang betrachtete ich schweigend das Wappen des Ordens.

Wie hatte ich es all die Jahre übersehen können?

Wie konnte ich jemals daran zweifeln, dass sie etwas Besonderes war?

Das Erbe, das sie mir mit auf den Weg gegeben hatte, bestimmte jetzt mein Leben und ich hätte keinen anderen Weg gehen wollen.

»War es schwer für dich?«

Es kam mir nicht seltsam vor, mit ihrem Grab zu sprechen, früher hatte ich das oft gemacht – als Kind.

Der Wind bewegte die Flammen der Kerzen, die neben dem Strauß Rosen standen.

»Er ist oft hier, oder? Er bringt dir immer Blumen. Mir hat er auch schon mal welche geschenkt.«

Ich lächelte, als mir auffiel, dass ich vom Thema abschweifte.

»War es schwer für dich, es zu ertragen? Die Zeit vor diesem einen letzten Kampf?«

Einer der Raben landete auf der Schulter des steinernen Engels und ließ eine kleine Walnuss fallen. Ich trat sie kaputt und der Vogel machte sich über das Innere her.

»Ich habe Angst«, gestand ich leise. »Sag mir, dass ich es kann – dass ich ihn aufhalten kann.«

Es folgte Stille, wie jedes Mal, wenn ich schwieg.

Ich erwartete gar keine Antwort, ich hoffte nur, hier von der bitteren Erkenntnis erlöst zu werden, dass ich machtlos war.

Ich hoffte, dass ich plötzlich irgendetwas in mir fühlen würde – eine Kraft, die ich brauchte, um diesen unmöglichen Kampf für mich zu entscheiden. Aber da war nur Stille.

Ich nickte schwach, lächelte, als ich mich aufraffte.

»Wünsch mir trotzdem Glück, ich werde es brauchen!«

Es war mir schon vor einer ganzen Weile bewusst geworden. Ich war keine auserwählte Wächterin, ich hatte weder die Kraft, Astaras aufzuhalten, noch die, mich ihm lange in den Weg zu stellen. Und trotzdem würde ich kämpfen, genau wie all die anderen ohne besondere Gabe und ohne übermenschliche Kräfte.

Da war nichts weiter als ein Wächter in mir, kein Engel, kein Dämon – nur ein Mensch. Ich hatte diesen unglaublich starken Drang, zu beschützen, und das, obwohl ich wusste, dass ich nicht viel ausrichten können würde.

Gabriel hatte recht, ich war naiv, aber mir blieb nichts anderes übrig, als daran zu glauben, dass dieser Weg für mich bestimmt war. Hätte ich es nicht Schicksal genannt, hätte ich es Tod nennen müssen, und damit hätte mein menschlicher Verstand nicht umgehen können.

Während ich langsam zurück zu meinem Motorrad ging, fielen die ersten Schneeflocken vom Himmel.

DIE PLÄNE EINES KRIEGES

I ch starrte durch das große Fenster in der Aula und hatte die Arme vor der Brust verschränkt. Der Himmel war grau, so grau wie auch in den letzten Tagen.

Immer wieder fielen weiße Flocken auf die Erde, so regelmäßig, dass sie die grüne Landschaft bald unter einer glitzernden Schneeschicht verschwinden lassen würden.

Hinter mir tummelten sich gut dreihundert Wächter, die versuchten, ihre Nervosität in den Griff zu bekommen, und es würden noch mehr werden.

»Du stehst nicht auf solche Massenveranstaltungen.«

Ich nickte, ohne zu Keon aufzusehen.

»Mir ist das auch zu blöd, aber Raphael hat damit gedroht, mein Motorrad zu verschrotten, wenn ich nicht auftauche.« Er lachte gezwungen.

»Versuch nicht, mich abzulenken. Ich konzentriere mich darauf, mich von dieser Gefühlsflut hier nicht wahnsinnig machen zu lassen. Da hilft es nichts, wenn du so tust, als würde dir das alles hier nichts ausmachen.«

Keon lehnte sich neben mich an die Wand. »Geht es?«

Ich zuckte mit den Schultern.

»Wenn dir wieder schwindelig wird, sag Bescheid, dann bringe ich dich hier raus, bevor du zum ungewollten Mittelpunkt dieser Veranstaltung wirst.«

»Danke!«

Solange ich mich konzentrierte, hielt sich der Schwindel in Grenzen. Es schien so, als würde meine Gabe jedes Mal verrücktspielen, wenn die Leute um mich herum zu große Ängste entwickelten.

Zum Glück wusste Keon Bescheid und würde mir helfen, wenn ich es nicht mehr aushielt. Ich wollte niemandem unnötige Sorgen bereiten, indem ich vor der versammelten Mannschaft kollabierte – vor allem nicht Raphael. Er war in den letzten Tagen kaum dazu gekommen, zu schlafen, war viel unterwegs und stand ständig unter Strom. Unter seine schönen Augen hatten sich wieder diese Schatten gelegt, die mir verrieten, dass er übermüdet war.

Seit es angefangen hatte, zu schneien, war die Nervosität kaum noch auszuhalten. Ich ging seit Tagen allen aus dem Weg, weil sie mich mit ihren Gefühlen in den Wahnsinn getrieben hätten. Ich wäre so gern bei ihnen gewesen, wäre am Abend mit Sebastian, Kevin, Sara und den anderen vor dem Kaminfeuer gesessen, aber ich konnte nicht. Ihre Ängste hätten mich erschlagen, mich ohnmächtig werden lassen, weil ich nichts lieber getan hätte, als sie ihnen zu nehmen.

Vor der heutigen Versammlung fürchtete ich mich, seit Raphael sie gestern einberufen hatte. Es war nichts anderes als ein Krisentreffen, in dem die Strategien der bevorstehenden Schlacht besprochen werden sollten. Raphael hatte gemeint, er würde die Wächter zu uns ›einladen‹, in Wirklichkeit hatten er und Michael sie natürlich herbestellt.

Es waren auch viele ältere Wächter gekommen, die schon einmal gegen Astaras gekämpft hatten, damals, als Michael noch dem gesamten Orden vorgestanden hatte.

Wieder kam eine Gruppe Wächter durch das große Tor. Langsam wurde es eng hier, und das, obwohl die Eingangshalle riesengroß war.

Keon stand still neben mir und blickte gedankenverloren in die Menge. Er strengte sich unglaublich an, eine gewisse Ruhe auszustrahlen, was ihm auch gelang. Ich fühlte mich wohler, seit er hier war.

»Wisst ihr, wann es losgehen soll?«

Leo hatte sich zu uns durchgedrängt und sah sich ungeduldig um.

»Nein, keine Ahnung, aber wenn du hier stehen bleiben willst, dann halt die Klappe, wir konzentrieren uns!«

Leo sah Keon kopfschüttelnd an, klopfte mir auf die Schulter und drängte sich weiter durch die Menge. Ich sah zur Seite und schenkte Keon ein Lächeln, der die nähere Umgebung noch immer mit seiner krampfhaft produzierten Ruhe füllte. Er erwiderte meinen Blick kurz, dann wurde die Menge mit einem Mal ruhig.

Ich stand noch immer mit dem Rücken zur großen Treppe und schaute aus dem Fenster, also konnte ich sie nicht sehen, aber ich spürte, wie sich das Wasser und eine unfassbar mächtige Aura auf uns zubewegten.

Das Gemurmel verstummte zur Gänze, als Raphael zu sprechen begann.

»Danke, dass ihr euch alle hier eingefunden habt, auch wenn meine Einladung kurzfristig gekommen ist.«

Ich drehte mich um, konzentrierte mich dabei auf Raphaels Wellen und Michaels unglaublich helles Leuchten. Seine Aura war beeindruckend, knisternd, mächtig.

Sie standen beide auf der breiten Treppe, damit wir sie alle gut hören und sehen konnten.

Ich war Michael noch nie begegnet, hatte nur manchmal seine Anwesenheit gefühlt, wenn er hier war. Zum ersten Mal sah ich den berühmten Engel mit den rotblonden Haaren mit eigenen Augen.

Er war deutlich kleiner als Raphael, schmächtiger, aber nicht zierlich. Die Farbe seiner Haare war auffallend schön, genau wie sein Gesicht. Es wirkte weich, sehr jung und doch strahlten seine hellbraunen Augen unglaublich viel Erfahrung aus.

Hätte mich früher jemand gebeten, einen Engel zu malen – und wäre ich ein begabter Maler gewesen –, ich hätte Michael portraitiert.

Über das einnehmende Auftreten der beiden vergaß ich beinahe meine Angst, umzukippen.

»Ihr alle wisst, warum wir hier sind.« Raphaels Stimme hallte durch den hohen Raum. »Manche von euch haben schon mal hier gestanden, vor dreizehn Jahren.«

Sie stiegen noch ein paar Stufen tiefer und blieben dann stehen.

»Astaras wird wiederkommen – Luzifer kommt zurück, und das sehr bald.«

Obwohl Raphaels Worte so ruhig gesprochen waren, ging eine Welle der Angst durch die Menge. Ich schwankte und krallte mich am Fensterbrett fest. Keon wollte auf mich zukommen, sah mich dann aber nicken und blieb stehen.

»Es erfüllt mich mit Schmerz, dass ihr in eine so gefährliche Zeit hineingeboren wurdet.« Raphael schwieg kurz, man hätte eine Stecknadel fallen hören können. »Die meisten von euch wissen, dass wir in den letzten Tagen mögliche Orte für Astaras' Rückkehr ausgeforscht haben, und ihr wisst auch, dass es nicht mehr lange dauern wird, bis der Ernstfall eintritt.« Er ließ seinen Blick durch die Menge schweifen. »Mir ist bewusst, dass ihr Angst habt, aber keiner von euch wird gezwungen sein, sein Leben aufs Spiel zu setzen. Der Kampf gegen Astaras ist nicht eurer.«

Ein Raunen ging durch die Menge. Raphael wartete ab, bis sich alle beruhigt hatten.

»Sich Astaras in den Weg zu stellen, würde für die meisten von euch den sicheren Tod bedeuten. Viele von euch wissen, wovon ich spreche, wenn ich sage, dass wir vor Jahren unzählige Freunde verloren haben.«

Michael neigte den Kopf. Eine Welle der Trauer schwappte durch den Raum und schnürte mir die Kehle zu.

»Der Kampf mit Luzifer war seit jeher für uns Erzengel bestimmt, also vertraut darauf, dass wir stark genug sein werden, ihm Einhalt zu gebieten.«

Ich blickte zu Keon hinüber, der ruhig Raphaels Rede lauschte. Er wusste schon, was er sagen würde, es schien ihn nicht zu überraschen.

»Jenen unter euch, die Kinder und Familie haben, jenen, die ihr Leben nicht aufs Spiel setzen wollen, rate ich, die Stadt vorerst zu verlassen. Niemand wird euch einen Vorwurf machen, wenn ihr eurer Intuition folgt und diesem Kampf aus dem Weg geht.« Sein Blick wurde ernster. »Für diejenigen unter euch, die sich dazu berufen fühlen, zu kämpfen, die, die, obwohl sie sich der Gefahr bewusst sind, bleiben wollen ...«

Viele horchte, auf – auch ich.

»Astaras' Rückkehr wird sehr viel Energie freisetzen. Energie, die unzählige Kreaturen nutzen werden, um die Hölle zu verlassen. Wenn es so weit ist, müssen wir das betroffene Gebiet absichern, sehr weitläufig. Die Kirche hat uns ihre Hilfe zugesichert, sie haben die infrage kommenden Orte bereits für die Öffentlichkeit gesperrt. Der Orden hat seit jeher die Menschheit beschützt und auch in Zeiten größter Gefahr soll sich daran nichts ändern. Wir werden eine Barriere rund um den betroffenen Ort errichten. Die Absperrung wird großräumig ausfallen, damit keine der Kreaturen entkommt und Schaden anrichten kann. Jeder von euch, der kämpfen will, muss sich darüber im Klaren sein, dass das, was uns bevorsteht, nicht mit gewöhnlichen Aufträgen zu vergleichen ist. Wir rechnen mit mehreren hundert Ghulen.«

Ich spürte in manchen Kampfgeist aufflackern, während andere von ihrem Gewissen geplagt wurden. Nicht alle wollten kämpfen, aber alle verspürten grundsätzlich denselben Drang. Ich war mir sicher, dass sich genügend Wächter finden würden, um Raphaels und Michaels Plan umzusetzen, auch wenn er gefährlich war.

Der rothaarige Engel meldete sich zu Wort. Seine Stimme war klar, laut – die eines Anführers. »Wir werden uns kreisförmig um das Zentrum formatieren. Drei Kreise mit jeweils einem Kilometer Abstand. Die stärksten Nahkämpfer und Schützen kommen in den ersten Kreis, aber seid euch bewusst, dass es dort am gefährlichsten sein wird. Versucht, so viele wie möglich aufzuhalten. Der zweite Kreis vernichtet den Rest und der dritte dient zur Kontrolle, damit wir sichergehen können, dass nichts und niemand durchbricht.«

Man merkte, dass Michael Erfahrung mit solchen militärischen Strategien hatte, und ich fühlte, dass es ihm im Herzen wehtat, wieder in die Rolle des Kriegsführers zu schlüpfen.

»Jeder, der kämpfen will und sich der Gefahr bewusst ist, folgt uns hinaus in den Garten. Ihr anderen, betet für unseren Erfolg, seid in Gedanken bei euren Freunden und glaubt an sie. Gott möge euch beschützen, falls wir versagen …«

Mit diesen Worten brach Michael seine Ansprache ab und ging als Erster die Treppe hinunter in die Menge. Raphael folgte ihm.

Es wurde wieder laut und ich ging ein paar Schritte näher zu Keon.

»Heißt das, dass keiner von uns bei dem Kampf gegen Astaras dabei sein wird? Wir sollen draußen Ghule töten?«

Ich wartete darauf, dass Keon zu protestieren begann, dass er zu Raphael rannte, um ihm zu sagen, dass er dabei sein wollte, dass es nicht nur ein Kampf der Erzengel war, aber er blieb ungewöhnlich ruhig und zuckte mit den Schultern. Er verheimlichte mir irgendetwas, aber ich konnte ihn nicht weiter dazu befragen, weil sich die Menge mit einem Mal bewegte.

Ich drängte mich mit Keon an den vielen Wächtern vorbei, die den Orden verließen. Sie würden nicht kämpfen, die meisten von ihnen waren schon älter, hatten bestimmt Kinder oder waren verheiratet.

Im Strom derjenigen, die nach draußen in den Garten drängten, konnte ich Leos roten Haarschopf ausmachen. Sebastian, Sara, Mika und Neo waren knapp hinter Raphael und Michael nach draußen verschwunden.

Ich hing mich an Keons Fersen, der sich sehr effektiv und schnell durch die Menge drängte. Draußen angekommen, fiel uns allen zuerst auf, dass es wieder schneite. Es war kalt, aber die Kälte half uns, fokussiert zu bleiben.

Sehr viele waren geblieben. Als ich mich umsah, erkannte ich unzählige bekannte Gesichter.

»Keon!«

Ich hörte Raphael Keons Namen rufen. Er reagierte schnell und drängte sich weiter nach vorn. Ich wollte ihm folgen, wurde aber von Sara abgelenkt, die mit Mika etwas weiter hinten stehen geblieben war. Ich ging zu ihnen.

»Na? Hast du nach dieser Ansprache auch Lust bekommen, ein paar Ghulen in den Arsch zu treten?«, wollte Mika grinsend wissen und legte seine Arme von hinten um Sara. Ich spürte, wie aufgeregt sie waren, aber sie gaben sich gegenseitig Halt.

»Ja, so eine Show lasse ich mir sicher nicht entgehen!«

Weiter vorn sah ich Sebastian und Neo mit Michael sprechen. Ich wollte etwas näher herantreten, um mitzuhören, aber Raphael ergriff wieder das Wort.

»Es ist schön, dass so viele mutige Herzen für den Orden schlagen.«

Sein Blick verriet mir, dass es ihn schmerzte, so viele bekannte Gesichter hier zu sehen.

»Die Zeit spielt gegen uns.«

Unser aller Blick richtete sich in den Himmel, auf die Schneeflocken.

»Lasst uns festlegen, wer wo gebraucht wird.«

Michael übernahm die Führungsposition im ersten Kreis. Sebastian sollte sich um den zweiten kümmern und Neo um den dritten. Sie teilten alle einem Kreis zu. Keon, Leo und Kevin kämpften mit Michael. Mika sollte unter Sebastian im zweiten Kreis kämpfen und Sara, Nick und die anderen jungen Wächter wurden unter Neos Schutz in den dritten Kreis gestellt.

Ich befürchtete, dass sie mich aufgrund meines Alters nach hinten stellen würden, aber Neo schien seine Wächter schon beisammenzuhaben.

Ich ging hinüber zu Sebastian, der gerade dabei war, Anweisungen an seinen Kreis zu erteilen. Als er mich kommen sah, hielt er kurz inne, lächelte mich an und sprach dann weiter.

Anscheinend sollte ich auch nicht für ihn kämpfen. Ich war positiv überrascht, wie viel mir Raphael doch zuzutrauen schien, auch wenn ich eigentlich in keinem der Kreise kämpfen, sondern weiter ins Zentrum zu meinen Erzengeln wollte. Dort, wo Gabriel war, würde auch ich sein.

Ich ging weiter nach vorn zu Michael und stoppte ehrfürchtig, als mich sein durchdringender Blick zum ersten Mal traf. Keon drehte sich nach mir um und ich spürte Unruhe in ihm aufkommen.

Der rothaarige Engel legte den Kopf schief und musterte mich. Ich wusste, wen er da gerade in mir zu sehen glaubte.

»Wir hatten noch nicht das Vergnügen«, tönte es schließlich viel freundlicher und wärmer, als ich es vermutet hatte. Er senkte den Kopf zum Gruß.

Ich starrte ihn an und lächelte.

»Verzeih mir, aber wir müssen unser Kennenlernen auf ein anderes Mal verschieben, wenn wir mehr Zeit füreinander haben«

Seine freundlichen Worte ließen mich stutzen. Ich sollte anscheinend auch nicht in seinem Kreis kämpfen. Nachdem ich Michael zugenickt hatte und er sich wieder darauf konzentrierte, seine Wächter zu koordinieren, ließ ich meinen Blick schweifen. Ich suchte Raphael, den Einzigen, der mir anscheinend sagen konnte, wie und wo ich helfen sollte.

Die sanften Wellen führten mich wieder ins Schloss, bis in sein Büro. Er lehnte gedankenverloren an seinem Schreibtisch, schien fühlen zu wollen, ob es schon Anzeichen gab. Gabriel gab diesen abwesenden Blick in letzter Zeit auch oft zum Besten.

»Mia«, summte er meinen Namen und sah mich an.

Ich verlor mich in seinen tiefblauen Augen, weil ich das gern tat.

»Erinnerst du dich noch, als du zum ersten Mal hier in meinem Büro warst?«

Er schwelgte in Erinnerungen, lächelte. Ich nickte und fühlte noch einmal die Nervosität, die Aufregung und die Vorfreude, die mich an meinem ersten Tag hier beherrscht hatten.

»Ja, du hast gesagt, ich würde hier viele Freunde finden.«

»Und, hatte ich recht?«

Ich nickte. »Ja, ich habe viele Freunde gefunden.«

Eine Weile ließen wir unsere Gedanken in der Vergangenheit verweilen, dann war es Zeit, der Gegenwart ins Auge zu sehen.

»Du weißt, wieso ich hier bin, oder?«

Raphael zuckte unschuldig mit den Schultern, die Schatten um seine Augen schienen mit einem Mal dunkler zu werden.

»Ihr habt mich nicht eingeteilt, in keinen der Kreise, also gehe ich davon aus, dass du eingesehen hast, dass ich dabei sein will!«

»Wo willst du dabei sein?«

»Beim Kampf gegen Astaras!«

Er zuckte lächelnd mit den Schultern. »Wenn du Gabriels Einverständnis dafür bekommst.«

Ich knurrte wütend vor mich hin. Raphael wusste genau, dass Gabriel mir im Leben nicht erlauben würde, auch nur in die Nähe von Astaras zu kommen.

»Was soll ich deiner Meinung nach dann tun?!«

»Überhaupt nicht kämpfen. Geh für ein paar Tage nach Hause, fahr mit deinen Adoptiveltern in die Berge.«

Seine Antwort kam so selbstverständlich und schnell, dass ich mich überrumpelt fühlte. Ich wollte protestieren, aber er nahm mich an der Hand und zog mich zu sich, bis ich in seinen Armen lag.

»Ich flehe dich an, Mia. Bitte! Bitte halte dich fern! Wenn ich dir irgendetwas bedeute, dann kämpf nicht.«

Seine Stimme war ein Flüstern, wie eine Beschwörung.

Mir standen die Tränen in den Augen, als ich ihm antwortete.

»Ich kann nicht, versteh das doch! Du hast damals zu mir gesagt, ich würde wissen, wann und gegen wen ich kämpfen müsse, und jetzt weiß ich es!«

Es brach mir das Herz, dass ich Raphael so enttäuschen musste, aber ich hatte keine andere Wahl.

»Wenn dein Wunsch so stark ist …« Er ließ von mir ab und ging wieder zu seinem Schreibtisch. »Bleib bei Keon! Er wird auf dich aufpassen.«

Ich nickte. »Danke!«

Er wandte sein Gesicht ab, schien mit dem Thema endgültig durch zu sein. Bevor ich ihn wieder allein ließ, drehte ich mich noch mal um und zwinkerte. »Wenn du mir versprichst, dass du nicht stirbst, sterbe ich auch nicht! Deal?«

Er starrte mich an, dann lächelte er. »Deal!«

Abschied für den Fall der Fälle

Gedankenverloren starrte ich auf die schwarzen Ärmel meiner Jacke. Die Schneeflocken, die darauf fielen, waren so groß, dass ihre einzigartigen Formen sichtbar wurden. Keine von ihnen glich der anderen, und das, obwohl es unzählige von ihnen gab. Manche waren besonders schön, aber das bewahrte sie auch nicht davor, irgendwann in dem schwarzen Stoff zu versinken.

Ich verbot mir, über die Vergänglichkeit nachzudenken, die sich mir hier in aller Einfachheit präsentierte. Ich verbot mir in letzter Zeit so viele Gedanken, dass ich schon Routine darin hatte.

Neben mir stürzte eine Lawine vom Dach und begrub eine Mülltonne unter sich. Es schneite schon drei Tage lang, wir hatten seit Jahrzehnten keinen so frühen Wintereinbruch mehr gehabt – es war erst Anfang November.

Ich lehnte an der kalten Ziegelwand und fragte mich, ob der frühe Winter uns einen langen Frühling bescheren würde, dann verbot ich mir, auch darüber nachzudenken.

Durch die Tür zu meiner Linken stürmten zwei Dämonen. Sie waren so in ihr Gespräch vertieft, dass sie mich gar nicht wahrnahmen. Es folgten weitere, alle waren furchtbar aufgewühlt, aber das war verständlich.

Unauffällig spähte ich in Richtung Tür. Der beleuchtete Schriftzug war noch immer kaputt, aber natürlich störte das niemanden.

Immer mehr Dämonen kamen nach draußen und verschwanden in verschiedene Richtungen. Er kam als einer der Letzten, nahm mich gar nicht wahr, bis ich ihn ansprach.

»Hey.«

Seine Augen wirkten nachdenklich, müde. Als er mich sah, war er überrascht.

»Mia!«

Ich schenkte Elias ein Lächeln und stieß mich von der Wand ab.

»Hast du auf mich gewartet?« Er hatte nicht mit mir gerechnet, schon gar nicht hier.

»Ich habe in den letzten Tagen oft versucht, dich zu erreichen. Wieso hast du nicht zurückgerufen?«

Sein Blick wich meinem aus und schweifte hektisch umher. Er wurde nervös. Für ein paar Sekunden haderte er mit sich selbst, dann schien er eine Entscheidung getroffen zu haben und packte mich am Arm. »Komm mit!«

Er zerrte mich weg vom *Borderline*, hinein in eine der vielen engen Seitengassen.

»Was ist los? Willst du etwa nicht mehr mit mir gesehen werden?«

Sein Blick wurde traurig, genau wie er selbst. Er ging nicht auf meine Frage ein. »Woher wusstest du, dass ich hier bin?«

Ich zuckte mit den Schultern. »Wächter wissen eben, wann und wo so große Dämonentreffen stattfinden.«

Conan hatte Kriegsrat mit seinem Zirkel gehalten. Auch wenn er uns beim Ausforschen der Kirchen geholfen hatte, war es noch nicht klar, inwieweit und wie er sich in den

Kampf einmischen würde. Der Orden wartete noch auf seine offizielle Stellungnahme, die er nach diesem Treffen abgeben wollte.

»Bist du wütend auf mich?«

Ich spürte tatsächlich so etwas wie Wut in ihm, wusste aber nicht, gegen wen sie sich richtete. Insgeheim ahnte ich, warum Elias sich nicht bei mir gemeldet hatte.

»Es tut mir leid ... wirklich. Zurzeit ist alles so ...«

»Beängstigend?«, vollendete ich seinen Satz und erntete dafür ein Lächeln.

»Ich wollte stressig sagen, aber du hast recht.«

Er wischte mir den Schnee, der sich angesammelt hatte, von der Schulter.

»Ich habe deinen Bruder kennengelernt. Vinzenz, richtig?«

»Ja, er hat mir davon erzählt.«

»Er war wütend auf mich, oder?«

Es war meine Schuld gewesen, dass Conan den Auftrag, Beryls Kirche im Auge zu behalten, anderen Dämonen erteilt hatte.

»Du hast dir nur Sorgen gemacht.«

Elias streifte sich die Kapuze über den Kopf, als es wieder stärker zu schneien begann.

»Hast du Ärger mit ihm bekommen? Rufst du deshalb nicht an?«

»In Dämonenkreisen ist es verpönt, sich vor einem Kampf zu drücken. Jeder ist ganz heiß darauf, von Conan irgendwohin geschickt zu werden, um zu kämpfen, auch wenn sie in Wirklichkeit Angst davor haben. Ja, mein Bruder war wütend, aber er ist auch ein ...« Elias stockte. »Na ja, sind wir ehrlich, er ist ein Arschloch.«

Ich lachte, weil sein Tonfall von ernst in genervt umschlug. Er schien sich nicht das erste Mal über seinen Bruder zu ärgern, ein Ärger, der für Geschwister wahrscheinlich natürlich war.

Elias grinste breit, dann wurde sein Blick besorgt. »Kämpfst du?«

Ich nickte. »Und du?«

»Wir sollen uns zurückhalten, aber für den Fall, dass die Wächter und Erzengel versagen, halten wir uns kampfbereit. Meiner Meinung nach sind wir dann sowieso alle tot.«

Es schien ihm jetzt erst bewusst zu werden, was er gerade zu mir gesagt hatte.

»Das heißt nicht, dass ich glaube, dass ihr versagt!«

»Schon gut.«

Es wunderte mich nicht, dass Conan seine Dämonen nicht schickte, um Dämonen zu töten. Es war die Aufgabe der Wächter, Astaras' ›Mitbringsel‹ aufzuhalten, um die Menschen vor ihnen zu beschützen.

»Wo wirst du kämpfen?«

»Dort, wo ich gebraucht werde, aber Raphael will, dass ich bei Keon bleibe.«

Elias schmetterte mir so große Sorge entgegen, dass ich es kaum aushielt. Ich wollte nicht, dass er von diesem Gefühl bestimmt wurde, die Angst war schon schwer genug zu ertragen.

Mir wurde wieder ein wenig schummrig, aber Elias beruhigte sich wieder.

»Ja, er kann dich sicher beschützen – er ist stark, ich habe ihn kämpfen sehen.«

»Ich muss nicht beschützt werden.«

»Ich weiß, entschuldige …«

Er drehte sich nervös um, als jemand seinen Namen rief. Der Tonfall, in dem er gerufen wurde, war nicht nett, dafür laut. Elias zögerte, aber ich nahm ihm seine Entscheidung ab.

»Geh nur, sonst wird dein Bruder noch wütender.«

»Aber …«

»Wir sehen uns dann, wenn alles nicht mehr so stressig ist!«

Ich wollte dieses bedrückende Gefühl, das sich auszubreiten drohte, nicht einreißen lassen. Zum Glück stieg Elias auf mein Spiel ein.

»Ich ruf dich bald an, dann gehen wir tanzen!«

»Ja, ich freue mich.«

Er drehte sich dem Rufen entgegen. Als er das Gesicht wieder in meine Richtung drehte, hauchte ich ihm einen Kuss auf die Wange.

Er war überrascht und wurde rot. Bevor ich wieder einen Schritt zurückweichen konnte, küsste er mich zurück. Seine Lippen rochen nach Vanille, meine Wange jetzt auch.

»Bis dann, Mia!«

Er machte auf dem Absatz kehrt und rannte davon. Zum Glück rannte er schnell, denn ich hätte die Gefühle, die in ihm hochkochten, nicht ertragen können.

Ich stand noch eine Weile in der engen Seitengasse, dann trottete ich davon. Ich hatte bekommen, was ich wollte, ich hatte Elias noch einmal gesehen, ich war glücklich.

Zurück im Orden, wollte ich eigentlich nur schnell auf mein Zimmer verschwinden, um mir ein paar frische Sachen mit zu Gabriel zu nehmen. Ich hatte die letzten Nächte bei ihm verbracht. Zum einen, weil ich ihm nah sein wollte, und zum anderen, weil ich es hier im Orden nie lange aushielt. Die Gefühle der anderen erstickten mich förmlich, ich konnte sie noch immer kaum ertragen.

Eilig hastete ich durch die Aula, schaute kurz hinüber zu Sara, Mika, Leo, Nick, Kevin und all den anderen bekannten Gesichtern, die wie jeden Abend ums Kaminfeuer saßen. Sie sahen so friedlich aus, lächelten, sie waren unglaublich tapfer.

»Mia!« Sara kam auf mich zu, als sie mich sah. »Setzt du dich zu uns? Die Jungs wetten gerade, wer von ihnen die meisten Ghule erwischt.«

Sie lächelte das schöne Lächeln, das ich so mochte. Ich sah hinüber zu den anderen. Leo winkte mich heran.

»Gern.«

Eine Welle der Freude schlug mir entgegen, als ich in die Runde grüßte. Ich setzte mich zwischen Kevin und Leo. Der Rothaarige legte seinen Arm um meine Schultern.

»Nan Mia? Bist du bereit, dein verdammt cooles Schwert zu schwingen?«

»Natürlich! Du hast mich schließlich gut trainiert!«

Er lachte.

»Ich wette, Mia erwischt mehr als Leo!«, meinte Kevin und zwinkerte mir zu.

Leo ließ das natürlich nicht lange auf sich sitzen und konterte. »Sogar meine Zimmerpflanze würde mehr Ghule töten können als du, und die ist selbst fast tot, also halt die Klappe!«

Ich zwang mich, mitzulachen. Die anderen schienen ruhiger zu werden, fröhlicher, mir wurde elend zumute.

»Wenn Michael selbst in der ersten Reihe kämpft, werden wir in den hinteren Reihen gar nichts zu tun haben, das wird richtig langweilig werden«, meinte Nick und drückte Amélie an sich.

Sie war zu unerfahren, um zu kämpfen, sie würde nicht dabei sein, deshalb beruhigten Nicks Worte sie umso mehr. Sie lehnte sich an seine Schulter und wurde ein wenig rot.

»Habt ihr Sebastian oder Neo in letzter Zeit gesehen?«, wollte Mika wissen, während er Sara zurück auf seinen Schoß zog.

»Nein, ich glaube, die haben ganz schön viel um die Ohren – besprechen sich dauernd mit Michael«, antwortete Kevin.

»Raphael lässt sich auch kaum noch blicken. Ob er sich vorbereitet?«

Ich musste nicht hinsehen, um zu wissen, dass die Blicke auf mir ruhten.

»Raphael ist bestimmt stark, aber er ist nicht zum Kämpfen gemacht«, flüsterte ich.

Um mich herum wurde es still. Ich merkte kaum, was ich da eigentlich gesagt hatte, weil mir so schwindelig war.

»Aber Gabriel wird kämpfen, oder?«

Ich nickte auf Leos Frage hin.

»Astaras kann uns am Arsch lecken, egal wie verrückt er ist! Wir sind so viele, wir haben Gabriel, Michael, Raphy, die Erzdämonenpfeife und ich bin auch ganz schön angepisst!«

Keons Dazukommen ließ mich aufatmen. Seine Aura war wie Balsam für meine Seele. Er war bei keiner einzigen von Michaels Besprechungen dabei, was mich schon irgendwie wunderte. Er schien kein Interesse daran zu haben, irgendeine Führungsposition einzunehmen, warum, wusste ich nicht. Er wäre ein guter Anführer gewesen, auch wenn er hitzköpfig war.

»Was haltet ihr davon, wenn wir endlich mal das Thema wechseln? Mir hängt dieser Astaras-Quatsch schon zum Hals raus! Keon hat recht, wir packen das schon!«

Kevins Worte ließen mich aufhorchen und ich musste lächeln. Wir waren schon eine Bande unbelehrbarer Optimisten, auch wenn uns die Angst im Nacken saß.

Ich blieb noch eine Weile sitzen, lauschte den Geschichten, die sich ab nun um irgendwelche Banalitäten drehten, und wurde schläfrig.

Ich beobachtete Mika und Sara. Er biss ihr neckisch ins Ohrläppchen, sie küsste ihn und dann verabschiedeten sie sich nach oben.

Ich beobachtete Leo, der immer wieder die rote Haarsträhne wegpustete, die ihm beim Lachen ins Gesicht fiel.

Ich sah Kevin dabei zu, wie er das Liebesglück seines jungen Bruders belächelte und ihm noch etwas ins Ohr flüsterte, ehe er mit der zierlichen Amélie auf ihr Zimmer verschwand.

Ich blickte hinüber zu Keon, der mich so gewohnt frech musterte und mir ein kurzes, kaum wahrnehmbares Lächeln schenkte, das man auch als Muskelzucken hätte abtun können.

Eine seltsame Atmosphäre lag in der Luft, unwirklich, die Zeit schien irgendwie langsamer zu vergehen, anders als sonst.

Im Licht des großen Kronleuchters und dem Schein des knisternden Feuers leuchteten die Augen von allen so schön und intensiv, wie es sonst nur Raphaels oder Gabriels Augen taten.

Ich verabschiedete mich, als selbst Keon schon wegnickte. Er begleitete mich nach oben, war so müde, dass er mir schlaftrunken bis vor meine Zimmertür folgte. Er trainierte in den letzten Tagen wie ein Wahnsinniger – was er seinem Körper alles abverlangt hatte, forderte jetzt seinen Tribut.

»Ähm, falscher Stock ...«, flüsterte ich vorsichtig, als Keon den Kopf gegen den Türrahmen lehnte und gähnte.

»Stock ...«, wiederholte er sinnfrei und brachte mich zum Lachen.

Ich schubste ihn in mein Zimmer und er wankte zu meinem viel zu kleinen Bett. Ich dachte, er würde sich einfach hineinfallen lassen, aber er zog brav sein T-Shirt aus und knallte erst dann auf meine Matratze. Es dauerte keine zehn Sekunden, bis er laut zu atmen begann.

Lächelnd packte ich noch ein paar Sachen in meine Tasche und beugte mich, bevor ich ging, noch mal zum schlafenden Keon hinunter. »Gute Nacht«, flüsterte ich ihm ins Ohr – er bekam Gänsehaut.

Ich schien ihn geweckt zu haben, denn er blinzelte kurz und knurrte dann vor sich hin.

»Raus aus meinem Zimmer ...«, hörte ich ihn noch nuscheln, ehe er sich umdrehte und sich dabei in die Decke einwickelte.

»Das ist MEIN Zimmer, du unhöflicher Idiot!«, maulte ich und knallte provokant die Tür zu.

ALBTRÄUME

D er Himmel hing an diesem Abend voller Sterne. Es war beinahe unwirklich schön – friedlich.

Seit es aufgehört hatte, zu schneien, waren die Temperaturen rapide gefallen, aber ich schenkte der Kälte keine Beachtung.

Ich saß draußen auf der Terrasse auf Gabriels Schoß und schmiegte mich an ihn. Mein Kopf war auf seinen Oberkörper gebettet und mein Blick in den Himmel gerichtet. Seine Arme hielten mich warm, während ich darauf hoffte, eine Sternschnuppe zu sehen.

»Wie weit ist der Himmel eigentlich entfernt?«

Er lachte leise. »Gar nicht so weit, wie du denkst.«

»Ist es schön dort?«

Sein Griff wurde fester. »Hier ist es schöner.«

Ich malte mir aus, wie es jenseits dieser Welt sein musste. Bestimmt weiß, nebelig, vielleicht hallte es dort auch.

Meine Gedanken ließen mich schmunzeln. »Zeigst du ihn mir irgendwann? Den Himmel?«

Gabriel stutzte, dann hauchte er mir einen Kuss auf die Schläfe. »Das hat keine Eile. Aber ja, irgendwann zeige ich ihn dir.« Er zog mich auf die Beine, nur um mich kurz darauf hochzuheben.

»Gehen wir schon rein?«

Ich wäre die ganze Nacht hier draußen gesessen. Ich bemerkte gar nicht, wie kalt mir war, erst als ich Gabriels warme Lippen auf meinem Körper spürte, fröstelte ich.

»Es ist spät, du solltest schlafen, aber lieber im Haus.«

»Ich bin nicht müde«, protestierte ich und stahl mir einen Kuss.

Er legte mich in das seidenweiche Bett und beugte sich über mich.

So musste sich der Himmel anfühlen: weich, warm, nach Geborgenheit.

Ich ließ meine Finger durch seine tiefschwarzen Haare gleiten, zog ihn auf mich. Unsere Herzschläge waren sehr unterschiedlich, seiner war viel langsamer.

Es war angenehm, seinen Körper auf mir zu spüren, obwohl er schwer war. Ich ließ erst von ihm ab, als unsere Küsse so leidenschaftlich wurden, dass ich keine Luft mehr bekam.

Er setzte sich auf und ich beobachtete ihn dabei, wie er sein T-Shirt auszog. Gabriel war so atemberaubend schön und ich wollte ihn so sehr, dass es manchmal schon schmerzte. Als er sich wieder auf mich legte und ich seine Haut auf meiner spürte, war ich mir sicher, dass wir alles Glück dieser Welt für uns gepachtet hatten.

Egal wie viel Schmerz und Trauer uns heimsuchen würden, wie diese Welt unsere Liebe auch auf die Probe stellen würde, ich war mir sicher, dass wir einen Weg finden würden, wieder glücklich zu werden.

Während ich mich seinen Berührungen hingab, erlaubte ich mir, über den bevorstehenden Kampf nachzudenken. Ich ließ es zu, ließ meine Angst zu, denn solange sie von meiner Leidenschaft überschattet wurde, konnte ich sie ertragen. Erst als ich mich atemlos zurück in die Kissen fallen ließ, musste ich schwer schlucken, um sie wieder loszuwerden.

Ruhig lag Gabriel neben mir, er hatte sich auf die Seite gedreht und fuhr mit den Fingerspitzen die Konturen meines Bauches nach.

»Bist du glücklich?«

Da war sie wieder – seine Frage.

Ich lächelte, weil mich seine zaghaften Berührungen kitzelten. »Ja, sehr.«

»Hast du Angst?«

Ich nickte und tastete nach seiner Hand, die meinen Oberschenkel auf und ab fuhr.

»Dir wird nichts passieren.«

»Ich habe keine Angst um mich …«

Er seufzte, als ich mich auf die Seite drehte, um ihn mustern zu können. Ich blickte so gern in dieses makellose Gesicht, es verriet mir mittlerweile so viel von ihm.

Mir war noch immer unbegreiflich, was er in mir sah, warum mich Gabriel manchmal musterte, als wäre ich auch ein Erzengel. Nach all den Nächten mit ihm, all der Zeit, die wir zusammen verbracht hatten, wusste ich noch immer nicht, warum er mich liebte, ich wusste nur, dass er es tat.

»Versprich mir, vorsichtig zu sein! Nimm die Hilfe der anderen an! Sie sind auch stark.«

Er lächelte schwach. »Ich tue, was ich kann, versprochen.«

»Aber das ist nicht nur dein Kampf!«

Ich kannte Gabriels Einstellung dazu. Er war ein Einzelgänger, noch viel sturer als Keon und um einiges verschlossener. Er weigerte sich, mit mir über etwas zu reden, was Astaras betraf, blockte ab, strafte mich ständig mit diesen nichtssagenden Blicken.

»Doch, genau so ist es. Du vergisst, wofür ich erschaffen wurde.«

»Nicht, um die ganze Last dieser Welt auf deinen Schultern zu tragen! Dafür wurdest du bestimmt nicht erschaffen.«

Er blinzelte langsam, als hätte ihn mit einem Mal die Müdigkeit übermannt. »Würdest du es mir denn nicht zutrauen? Würdest du die Welt nicht in meine Hände legen? Hättest du Angst, dass ich versage?« Seine Worte waren nur mehr ein Flüstern.

Ich schüttelte energisch den Kopf, als mich die bittere Erkenntnis übermannte.

»Natürlich nicht! Ich weiß, dass du stark bist, aber du hast so viel von deiner Kraft eingebüßt, weil du schon so lange hier lebst. Du hast selbst gesagt, dass du nicht mehr der Erzengel bist, der du warst. Du hast selbst gesagt, dass du nicht mehr kämpfen willst!«

Er legte den Kopf schief. »Ja, das habe ich gesagt. Ich bin der Kriege müde, ich werde keine neuen Schlachten mehr schlagen, aber ich werde diesen alten Kampf beenden. Es ist mein Krieg, nicht deiner, und es war genauso wenig Lias Krieg. Du wirst deine eigenen Schlachten schlagen, aber nicht jetzt.«

Zum ersten Mal sah ich Schuldgefühle in seinen Augen aufflackern. Sie saßen so tief, dass ich erschrak.

Gabriel gab sich die Schuld am Tod meiner Mutter, das war mir nie bewusst gewesen.

»Es war sehr wohl ihr Kampf, sonst hätte sie das Schicksal nicht so hartnäckig mit ihm verstrickt. Sie wusste, worauf sie sich einlässt, und sie hätte sich immer wieder so entschieden. Das weiß ich!«

Gabriel erwiderte nichts, sah durch mich hindurch.

»Es ist unser aller Schicksal, dass wir diesen Kampf kämpfen, sonst wären wir nicht hier. Ich wäre nie als Wächterin erwacht, wenn es nicht meine Bestimmung gewesen wäre, zu kämpfen, dir zu begegnen, an deiner Seite zu bleiben, oder?«

Er nickte, wollte etwas sagen, schien es sich dann aber doch anders zu überlegen. Seine Finger glitten durch meine Haare.

»Solange du glücklich bleibst, ist alles in Ordnung. Egal, ob du es Schicksal nennst oder Zufall.«

»Kein Mensch kann ständig nur glücklich sein.«

»Wenn du es nicht mehr bist, sag mir Bescheid.«

»Ich lasse es dich wissen, versprochen.«

Er küsste mich, ließ seine Hand dann auf meiner Wange ruhen, so lange, bis ich einschlief.

Dichter Nebel lag auf dem Boden. Ich stand bis zu den Knien in diesen undurchsichtigen Wolken. Es war düster und kalt – eiskalt. Über mich fegte der Wind hinweg, in orkanartiger Stärke, und ganz in der Nähe rauschte Wasser.

Jeder Schritt fiel mir unglaublich schwer, als würde ich im Treibsand stecken. Mein Herz schlug immer schneller, weil ich wusste, dass mir die Zeit davonlief.

Ich hörte Schreie in weiter Ferne, die die Stille durchbrachen und immer unerträglicher wurden. Ich wollte zu ihnen laufen, aber irgendetwas machte mir das Vorankommen unsagbar schwer.

Schritt für Schritt quälte ich mich voran, hatte kaum noch Kraft.

Als sich der Nebel plötzlich lichtete, wurde es hell und meine Umgebung klarer. Ich erkannte die Aula des Schlosses, obwohl sie ganz anders aussah als sonst. Anstatt der Treppe thronte ein riesiges Kreuz am anderen Ende des Raumes. Um mich herum standen unzählige Wächter und obwohl ich ihre Gesichter nicht erkannte, wusste ich, dass es die meiner Freunde waren.

Ich lief nach vorn und sah Raphael. Er hatte mir den Rücken zugewandt, starrte auf das große, steinerne Kreuz.

Ich rief seinen Namen, wollte, dass er mich ansah, mir erklärte, was hier vor sich ging, aber er reagierte nicht.

Ich zerrte an seinem Arm, ging um ihn herum und blieb schließlich vor ihm stehen. Er weinte.

Ich hielt seinen Anblick kaum aus, obwohl ihn die Tränen absurd schön aussehen ließen.

Gerade als ich verzweifeln wollte, bemerkte ich, dass Gabriel neben ihm stand. Auch er starrte auf das große Kreuz. In seiner Hand hielt er sein Schwert, die Spitze zeigte zu Boden – er hatte es sinken lassen.

Ich wollte zu ihm gehen, dann erkannte ich, worauf alle zu starren schienen.

Sie stand direkt vor dem Kreuz, hatte ihre Hände gefaltet und den Kopf in Richtung Boden geneigt. Obwohl ich ihr Gesicht nicht sah, wusste ich, dass sie weinte.

Ich lief auf sie zu. Als ich vor ihr stand, drehte sie sich um.

Geschockt blickte ich in meine eigenen Augen, in mein eigenes verzweifeltes Gesicht.

Sie war ich – mein perfektes Ebenbild, nur ihre Haare waren länger. Sie trug sogar Gabriels Schwert und sein Kreuz und an ihrer Hand prangte Raphaels Ring.

Ihr ganzer Körper war voller Schrammen, ihre Kleidung zerrissen und blutbefleckt.

Ich trat ein paar Schritte zurück, drehte mich nach Gabriel um, der mit einem Mal verschwunden war.

Raphael streckte die Hand nach mir aus, sah mich flehend an.

Ich wollte zu ihm gehen, damit er endlich aufhörte, so zu leiden, aber als ich mich zu meinem Ich umdrehte, schüttelte sie nur den Kopf.

In ihren Augen lag so viel Traurigkeit, es schmerzte sie, sich abzuwenden, aber sie tat es trotzdem.

Ihre langen Haare wehten im Wind, als sie davonging und einfach verschwand.

Ich verstand nicht, warum ich verschwunden war, warum ich gegangen war, warum ich Raphael und alle anderen zurückgelassen hatte, obwohl es mir das Herz zerriss.

Ich begann zu verzweifeln, rannte auf Raphael zu, wollte ihn trösten, ihm sagen, dass ich nie weggehen würde, aber als ich in seine Arme fiel, spürte ich wieder den Wind.

Ich blickte auf und sah in Gabriels Gesicht, das teilnahmslos nach vorn starrte.

Das große Kreuz war verschwunden, die breite Treppe, die eigentlich dort hingehörte, war plötzlich wieder da.

Raphael weinte wieder, als hätte er nie damit aufgehört, und Gabriels Schwert lag wieder in seiner Hand.

Eine seltsame Aura zog meine Aufmerksamkeit auf sich. Sie war schön, leuchtend, heller als alle anderen und vertraut.

Ich blickte die Treppe hinauf und erkannte Astaras. Ich wusste, dass er es war, aber ich hatte keine Angst. Seine Haare waren pechschwarz, seine Augen stahlblau und seine Haut so hell wie die Marmorsäulen.

Auf seinem Rücken thronten zwei riesengroße dunkle Flügel, die langsam verblassten.

Er hatte die Augen aufgerissen, die Lippen leicht geöffnet und wirkte apathisch. Sein Gesicht fesselte mich so sehr, dass ich erst nach einer Weile bemerkte, dass er jemanden trug.

Seine Arme waren ausgestreckt, in ihnen lag ein Mädchen. Ihre langen blonden Haare reichten beinahe bis zum Boden, ihr Kopf war leblos in den Nacken gefallen.

Ich glaubte, mich wieder selbst zu erkennen, aber das schneeweiße Puppengesicht gehörte nicht mir. Es war meine Mutter, sie war leblos, blutüberströmt, leichenblass.

Ich spürte, wie ich langsam drohte, die Kontrolle über meine Gedanken zu verlieren.

Astaras setzte sie am Ende der Treppe auf den Boden, lehnte ihren Oberkörper gegen das Geländer.

Er war ganz sanft zu ihr, als hätte er Angst, sie zu zerbrechen, obwohl sie schon tot war.

Vorsichtig streifte er ihr eine Haarsträhne aus dem Gesicht, streifte sie hinter ihr Ohr.

Sein Gesicht verlor kurz den apathischen Ausdruck, wurde unfassbar traurig. Er schluckte schwer, senkte den Blick, dann küsste er sie.

Seine Lippen zitterten und er flüsterte ihr irgendetwas zu.

Als er sich wieder erhob, wirkte es, als hätte er sie nur kurz abgelegt, um sie später wieder mitzunehmen.

Ich glaubte zu wissen, dass er ihr gesagt hatte, er würde gleich wiederkommen, dass es nicht lange dauern würde und sie auf ihn warten sollte.

Sein Gesicht versteinerte binnen Sekunden zu dieser leeren Maske. Seine Aura schlug um, wurde so mächtig und düster, dass ich keine Luft mehr bekam.

Die schwarzen Flügel tauchten aus dem Nichts auf und er knurrte ein unmenschliches Knurren. Als er all seine Wut herausschrie und auf uns zupreschte, wusste ich, dass wir verloren hatten.

Ich schreckte hoch, schnappte nach Luft und griff mir an die Brust, aus Angst, mein Herz würde gleich herausspringen.

»Du hast nur schlecht geträumt, es ist alles in Ordnung.«

Gabriels ruhige Stimme ließ mir bewusst werden, dass das, was ich gesehen hatte, nicht die Wirklichkeit gewesen war. Er lag neben mir, seine grünen Augen waren leicht geöffnet.

»Schlaf weiter, die Nacht ist kurz genug, du brauchst dich nicht zu fürchten.«

Ich legte meinen Kopf auf seine Brust, verdrängte alles, was ich eben im Traum gesehen hatte, und ließ mich von ihm wieder in den Schlaf streicheln.

»Es ist alles in Ordnung«, flüsterte er immer wieder, auch noch, als ihn nur mehr mein Unterbewusstsein hören konnte.

DER DORNRÖSCHENTURM

I ch wurde von einem dumpfen Ton geweckt, von dem ich dachte, ich hätte ihn mir nur eingebildet. Ein Dröhnen, ein Vibrieren, leise und doch durchdringend. Schlaftrunken tastete ich nach meinem Handy und erschrak, als ich erkannte, dass es der Vibrationsalarm war, der mich geweckt hatte. Es war noch dunkel draußen und Elias' Name stand auf dem Display. Ich blickte hinüber zu Gabriel, er war nicht aufgewacht. Leise nahm ich den Anruf entgegen.

»Ja?«

»Mia?«

Elias wirkte aufgebracht und ich wurde schlagartig nervös.

»Was ist los? Geht es dir gut?!«

»Es ist … es ist … kannst du mich abholen?«

»Was ist denn passiert? Geht es dir gut?!«

Ich musste mich maßregeln, nicht zu laut zu werden. Vorsichtig stieg ich aus dem Bett und sah auf die Uhr, es war halb fünf Uhr morgens.

»Ich … hatte Ärger mit ein paar Dämonen aus einem anderen Zirkel.«

Seine Stimme klang seltsam – er stotterte. Irgendetwas war wirklich schiefgelaufen.

»Bist du verletzt?! Wo bist du?!«

Ich versuchte, mir mit einer Hand die Hose anzuziehen, stolperte durch den Raum und knallte gegen den Schrank. Gabriel schlief noch immer seelenruhig.

»Nein ... ich bin nicht schlimm verletzt, aber ich weiß nicht, wie ich von hier wegkommen soll.«

»Wo bist du denn?«

Elias beschrieb mir den Weg zu einem abgelegenen Fabrikgelände am anderen Ende der Stadt.

»Wie bist du denn da hingekommen?«

»Mit dem Auto. Das ist jetzt Schrott.«

»Ich fahre gleich los, aber es wird dauern, bis ich da bin!«

»Schon gut, lass dir Zeit!«

»Sieh zu, dass du in der Zwischenzeit nicht wieder Ärger bekommst!«

»Ja, danke, Mia ...«

Ich legte das Handy zur Seite und zog mich an.

Gabriel bekam von meinem Aufbruch nichts mit, er schlief tief und fest und ich wollte daran auch nichts ändern.

Als ich sein Schwert in der Halterung hatte verschwinden lassen, schlich ich noch einmal zum Bett.

Er sah so friedlich aus, mein schöner Erzengel. Ich konnte nicht anders, als mich zu einem zaghaften Kuss hinreißen zu lassen. Unsere Lippen berührten sich kaum. Ich spürte nur seinen Atem, roch seinen Duft und ließ dann schweren Herzens von ihm ab.

»Ich liebe dich. Ich bin wieder hier, bevor du aufwachst.«

Damit das laute Dröhnen meines Motorrads ihn nicht weckte, schob ich es ein Stück und ließ es dann den Hügel hinunterrollen, bevor ich den Motor aufheulen ließ.

Die Straßen waren rutschig und die Luft eiskalt. Trotz meiner Motorradkluft fror ich heftig.

Ich fragte mich, was Elias wohl dazu bewogen hatte, mitten in der Nacht so weit rauszufahren und sich Ärger einzuhandeln.

Conan hatte ihn bestimmt nicht geschickt, nicht, nachdem er wusste, wie groß die Sorgen waren, die ich mir um Elias machte. Vielleicht war er auf eigene Faust losgezogen, um seinem Bruder oder seiner Familie irgendetwas zu beweisen.

Der Himmel hing noch immer voller Sterne, wobei sich einige jetzt hinter schwarzen Wolken versteckten.

Die ganze Umgebung war noch in nächtliche Stille getaucht, die Landschaft wirkte wie erstarrt.

Ich bemerkte zuerst nicht, dass ich immer langsamer fuhr, erst als ich gut die Hälfte meiner Geschwindigkeit verloren hatte, fiel es mir auf.

Zuerst vermutete ich, dass etwas mit meinem Motorrad nicht stimmte, aber als ich Vollgas gab, beschleunigte die Maschine problemlos.

Ich kam ein wenig ins Schleudern und konzentrierte mich darauf, weder zu langsam zu fahren noch die Kontrolle zu verlieren. Ein paar Kilometer gelang mir das auch, dann musste ich mich wieder ermahnen, schneller zu fahren.

Irgendetwas schien mich zurückzuhalten, zurückzuziehen, aber der Gedanke erschien mir lächerlich, also gab ich einfach mehr Gas. Mein Kopf war wie leer gefegt, aber ich empfand das Gefühl nicht als unangenehm. Es war, als wäre ich noch schlaftrunken, irgendwo zwischen Tiefschlaf und Erwachen gefangen.

Ich fuhr gerade durch ein Waldstück, als es passierte.

Ohne auch nur eine Sekunde darüber nachzudenken, drückte ich die Bremse bis zum Anschlag und verriss den Lenker.

Mein Heck brach aus und mein Motorrad kippte zur Seite.

Ich sprang noch rechtzeitig ab, bevor die schwere Maschine die Hälfte meines Körpers zerquetschen konnte.

Sie schlitterte gegen einen Baum am Waldrand und blieb dort liegen.

Ich knallte auf die Straße und zerriss mir dabei die Motorradhose. Die dicke Kleidung und mein Helm hatten mich vor gröberen Verletzungen geschützt, aber ich hatte keine Zeit, das zu würdigen.

Die Dunkelheit war aus dem Nichts gekommen, urplötzlich und so intensiv, dass es mich schüttelte.

Ich raffte mich auf, riss mir den Helm vom Kopf und wankte ein paar Schritte die Straße hinunter.

Irgendetwas war gerade passiert und ich wusste, was.

Astaras hatte unsere Welt betreten, war aus der Hölle zurückgekehrt, just in diesem Moment.

Das Unvermeidliche, das wir alle herannahen gespürt hatten, war geschehen und es hatte mich wie ein Blitz getroffen.

Ich hätte nicht gedacht, dass ich es so deutlich fühlen würde.

Die Welle aus Dunkelheit ebbte langsam wieder ab und ich glaubte zu wissen, dass sich die Pforte zwischen Hölle und unserer Welt schloss.

Ich wusste nicht, wo es passiert war oder wie viele Dämonen es auf die andere Seite geschafft hatten, aber ich wusste, dass ich es schnellstmöglich herausfinden musste.

Ich hastete zu meinem Motorrad und hievte es ohne Probleme hoch. Das Adrenalin in meinem Blut hätte mich auch die Strecke zurücklaufen lassen.

Als ich aufstieg, fiel es mir wie Schuppen von den Augen.

Ich war ja so dumm gewesen.

Wütend holte ich mein Handy aus der Tasche und wählte Elias' Nummer. Ich ließ ihn nicht zu Wort kommen.

»Wie konntest du nur!? Wie konntest du!?«

»Mia! Du darfst nicht kämpfen! Raphael hat gesagt ...«

Ich fuhr los und warf mein Handy einfach auf die Straße.

Wie konnte er nur? Ausgerechnet Elias.

Ich hätte wissen müssen, dass etwas nicht stimmte, ich hatte es gespürt, meine Intuition hatte mich zurückgetrieben, mein Traum hatte mich gewarnt.

Raphaels protestlose Einwilligung, dass ich dem Kampf in erster Reihe beiwohnen durfte, Gabriels angeblicher Tiefschlaf, als ich vorhin im Zimmer herumgepoltert war, und Elias' Scheinanruf – all diese Dinge hatten nur einen Zweck: mich möglichst weit weg zu schicken.

Sie wollten nicht, dass ich kämpfte, kannten mich aber gut genug, um zu wissen, dass sie mich durch gutes Zureden nie ferngehalten hätten.

Die Wut ließ mich halsbrecherisch schnell fahren.

Sie hätten mich auch gleich in einen Turm ohne Fenster einsperren können – dann hätten sie niemanden gebraucht, der für sie log.

Raphael und Gabriel mussten vor mir gespürt haben, dass es so weit war, zumindest hatten sie noch genug Zeit gehabt, um Elias dazu zu nötigen, mich anzulügen.

Vielleicht war es auch Conans Idee gewesen. Seit er mich über die Vergangenheit meiner Mutter aufgeklärt hatte, hatte er ein schlechtes Gewissen, weil er glaubte, er habe mir die fixe Idee, zu kämpfen, in den Kopf gesetzt.

Ich biss die Zähne zusammen und holte auch noch den letzten Rest Beschleunigung aus meinem Motorrad heraus.

Die Straßen waren spiegelglatt, aber ich wusste, ich würde nicht stürzen. Es war eiskalt, aber ich wusste, ich würde nicht frieren.

Jede Faser meines Körpers wusste, dass ich nicht hierhergehörte, sondern an die Seite meiner Freunde, die in diesem Moment den Kampf ihres Lebens antraten.

SCHWERE VERLUSTE

Es war, als ob sich der Raum um mich herum mit einem Mal verdichtet hätte.

So schnell ich auch fuhr, ich kam nur langsam voran – zumindest hatte ich das Gefühl.

Eine absurde Mischung aus Stille und Elektrizität füllte die Dunkelheit, die selbst der helle Mond nicht mehr durchbrechen konnte.

Schuldgefühle übermannten mich.

Wieso war ich nur hier rausgefahren?

Ich hatte mich von Elias hinters Licht führen lassen, und das, obwohl ich im Unterbewusstsein genau gespürt hatte, dass alles nur ein Trick gewesen war. Ich hatte mich nach dieser Art von Ablenkung gesehnt, nach solchen banalen Aufgaben.

Auch wenn mir klar gewesen war, dass die Zeit – diese Ruhe vor dem Sturm – nicht lange anhalten würde, war ich mir niemals bewusst gewesen, wie schnell dieser Kampf nach seiner Austragung verlangen würde.

Was ich über all die Tage und Wochen verdrängt hatte, konnte ich nun nicht mehr zurückhalten. Die Angst, die Ungewissheit, die Panik – ich ließ sie zu und ließ sie mich stark machen.

Ich dachte keine Sekunde lang darüber nach, wohin ich fuhr – ich fuhr einfach.

Jetzt, da ich aufgehört hatte, sie zu unterdrücken, wies mir meine Intuition den richtigen Weg.

Es war nicht Beryls Kirche, es war nicht der Hügel mit den schönen Trauerweiden, unter denen meine Mutter so gern gesessen hatte – ich war unendlich erleichtert darüber. Zumindest diesen einen Engel wusste ich vorerst in Sicherheit, seine Kirche würde nicht dem Erdboden gleichgemacht werden.

Astaras hatte sich einen pompösen Schauplatz ausgesucht – uralte Mauern, die bereits mehrere Jahrhunderte überdauert hatten.

Ich kannte die Kirche, weil sie die größte der Stadt war. Sie lag in der Nähe des Ordens und zum Glück abseits von Wohnhäusern oder öffentlichen Einrichtungen.

Ich wusste, dass sie auf Raphaels Liste ganz oben gestanden hatte – zu Recht, wie sich jetzt herausstellte.

Ich war noch gut fünf Kilometer entfernt, ich hätte noch keine Ghule spüren dürfen, keine dämonischen Auren wahrnehmen sollen.

Michael hatte zwar geplant, das Gebiet weitläufig abzusperren, aber der dritte Kreis hätte maximal zwei Kilometer von der Kirche entfernt gezogen werden sollen, nicht fünf. Hier war noch ein Wohngebiet, überall standen Häuser.

Ich bremste abrupt ab, als mir bewusst wurde, was auf mich zukam. Es fühlte sich wie eine einzige große Welle aus düsterer Energie an.

Es mussten unzählige Ghule sein, eine Zahl, die weit von jener entfernt lag, die Michael geschätzt hatte.

Sie sollten nicht hier sein, sie sollten nicht annähernd so weit kommen. Wieso fühlte ich sie dann?

Meine Sinne fokussierten sich schlagartig auf einen Punkt in der Dunkelheit.

Wieder knallte mein Motorrad auf den Asphalt, schlug Funken und blieb dann liegen. Ich landete diesmal auf meinen Füßen, zog das Schwert aus seiner Halterung und ließ die Klinge ihren Gegner finden.

Der Ghul war riesig, viel größer als alle, die ich bisher gesehen hatte, und er war verletzt. Ein Teil seiner linken Körperhälfte fehlte und trotzdem schien er noch genug Energie zu haben, um die langen, spitzen Zähne zu fletschen.

Ich köpfte ihn mit einem sauberen, präzisen Schnitt. Gabriels Schwert glitt durch den Dämon hindurch wie durch Schaumstoff.

Hektisch sah ich mich um, versuchte, mich wieder zu orientieren. Es roch so intensiv nach Schwefel, als wäre ich mitten in der Hölle gelandet.

Menschliche Schreie ließen mich aufhorchen. Jemand brüllte irgendetwas in die Dunkelheit. Bevor ich der Stimme folgte, rannte ich noch einmal zu meinem Motorrad. Ich riss meinen Bogen und die Pfeiltasche aus der demolierten Halterung. Er war zwar zerkratzt, aber intakt.

Um mich besser bewegen zu können, zog ich mir den Rest der zerrissenen Motorradkluft aus. Die Kälte half mir, klar im Kopf zu bleiben.

Nachdem ich meinen Bogen notdürftig an meinem Rücken festgeschnallt hatte, lief ich los.

Es waren keine dreißig Meter, die ich zurücklegen konnte, bevor der nächste zähnefletschende Ghul meinen Weg kreuzte.

Ich konnte ihn gar nicht verfehlen, er sprang direkt auf mich zu. Wieso waren diese Kreaturen so riesig? Wieso hatten sie es bis hierher geschafft?

Wieder die Stimmen, diesmal hörte ich, dass jemand nach Hilfe schrie.

Ich rannte weiter, ließ den zuckenden Dämon links liegen.

Mein Herz pochte wie wild.

Ich fühlte mehrere menschliche Auren ganz in der Nähe. Irgendjemand hatte Angst, Todesangst, Schmerzen. Den nächsten Ghul, der an mir vorbeipreschte, streifte ich nur mit meiner Klinge. Er rannte davon, aber ich hatte keine Zeit, ihm zu folgen, und ließ ihn laufen.

In zwanzig Metern Entfernung sah ich zwei silberne Klingen im Mondlicht leuchten.

Die beiden Wächter stürmten auf drei Ghule zu, die sie ins Visier genommen hatten. Ich holte den Bogen von meiner Schulter und spannte einen Pfeil ein. Ich zielte auf den größten der Dämonen.

Sein Kopf wurde von meinem Pfeil durchbohrt – er ging zu Boden.

Ich wollte den nächsten Pfeil einspannen, aber mein Blick fiel auf zwei weitere Wächter. Einer von ihnen lag auf der Straße und krümmte sich, die andere hatte sich über ihn gebeugt und weinte.

»Was ist passiert?! Ist er verletzt?!«

Meine Stimme veranlasste die Wächterin, in meine Richtung zu blicken. »Ja! Sein Bein! Er kann nicht mehr aufstehen!«

Ich rannte zu ihnen. Auch wenn es noch immer sehr dunkel war, erkannte ich, dass sein Bein völlig verdreht war.

Die beiden anderen Wächter hielten die Ghule auf Abstand, aber ich rechnete jeden Moment damit, dass weitere aus der Dunkelheit auftauchen würden. Ich spürte Dutzende von ihnen allein in unserer Nähe.

»Kannst du ihn stützen? Er muss hier weg!«

Ich sah mir die Wächterin an. Ihre Jacke war an der Schulter vollkommen zerfetzt und glänzte verdächtig. Sie war auch erwischt worden, bekam ihn allein nicht hier weg.

Ich wollte ihn hochhieven, aber ein unmenschliches Knurren zwang mich, zu reagieren. Ich schreckte hoch, drehte mich um, spannte meinen Bogen durch und schoss. Diesmal hatte ich ihn nicht direkt in den Kopf getroffen, also legte ich noch mal nach. Er taumelte und ging dann zu Boden.

»Braucht ihr Hilfe?!«

Einer der Wächter rannte auf mich zu, beugte sich dann hinunter, um die Verletzungen seines Freundes zu mustern.

»Er muss hier weg!«, rief ich und erntete ein heftiges Nicken. Er hob ihn hoch und sah sich nervös um.

»Gib ihnen Rückendeckung!«, meinte ich an die weinende Wächterin gewandt, die sofort nach ihrem Bogen griff. Sie schien erst jetzt zu bemerken, dass die Sehne gerissen war.

»Hier, nimm! Geht!«

Ich drückte ihr meinen Bogen in die Hand und band ihr meine Pfeiltasche um die Hüften.

»Danke!«

Ich hatte keine Zeit, mich noch mal nach ihnen umzudrehen. Hier herrschte das pure Chaos.

Mein Weg kreuzte den Wächter, der eben noch gegen den letzten der drei Ghule gekämpft hatte.

»Was ist hier los?! Wieso haben sie es bis hierher geschafft?!« Er musterte mich, sein Blick fiel zuerst auf mein Schwert. »Es waren viel zu viele!«

Wir liefen gemeinsam weiter, ich spürte schon die nächsten Dämonen nahen.

»Sie hatten vorn keine Chance, alle aufzuhalten! Die hinteren haben nicht mit diesem riesigen Ansturm gerechnet, sie wurden überrascht!«

»Pass auf! Dort drüben!«

Er bremste auf meine Worte hin sofort ab und spannte seinen Bogen durch. Ich zückte mein Schwert, weil ich Angst hatte, dass der Ghul bereits zu nah war, aber er traf ihn, noch bevor er seine Klauen in ihn schlagen konnte.

Er nickte mir dankend zu, dann rannten wir weiter.

Ich spürte sein Entsetzen über den Verlauf dieses Kampfes. »Was ist mit denen, die weiter vorn standen?! Was ist in der Kirche passiert?«

Ich bekam Panik, aber sie ließ mich nur noch schneller laufen.

»Ich weiß es nicht! Aber hier hinten sieht es übel aus! Die meisten sind nicht so kampferfahren, sie waren überfordert! Ich habe unter Sebastian gekämpft, aber er hat uns zurückgeschickt, um hier hinten zu helfen! Die Menschen in der Umgebung wurden evakuiert, aber ich weiß nicht, wie weit die Sperrzone reicht! Gleich am Anfang hat die Erde unter der Kirche gebebt. Ich weiß nicht, was passiert ist!«

Er war vollkommen außer Atem, er musste schon lange kämpfen.

Wir bremsten gleichzeitig ab, als wir eine Gruppe Wächter erreichten, die in einen Kampf verstrickt waren.

Viele von ihnen waren verletzt – die meisten bluteten an den Armen oder im Gesicht.

Ich stürmte auf einen Ghul zu, der gerade die Krallen in den Rücken eines Wächters geschlagen hatte. Als ich den Dämon erwischte, ließ er von ihm ab.

»Geht es?!«

Ich reichte ihm die Hand und er zog sich an mir hoch. »Ja!«

»Dein Rücken!«

Er drehte den Kopf zur Seite und spähte auf seine Schulter. »Halb so schlimm!«

Ich wollte auf den nächsten Ghul losgehen, der gerade noch so von einer jungen Wächterin in Schach gehalten wurde, die mit mir zur Schule ging, aber der Wächter, der mit mir hierhergelaufen war, hielt mich zurück.

»Geh!«

»Was?« Ich verstand nicht, worauf er hinauswollte.

»Du willst doch bestimmt weiter nach vorn, oder?« Sein Blick streifte wieder mein Schwert. »Wenn du in die Kirche willst, dann hast du einen weiten Weg vor dir! Ich kümmere mich um das hier, geh!«

Er zückte sein Schwert und köpfte einen der Ghule. Ich zögerte, wollte unbedingt helfen, aber ich hatte das Gefühl, woanders gebraucht zu werden.

Als ich wieder losrannte, wurde mir übel. Die Luft war so kalt, dass das hastige Einatmen irgendwann schmerzte. Der Schwefelgestank war ekelerregend.

In meinem Kopf spielten sich die absurdesten Szenarien ab. Ich verbannte die schrecklichen Bilder und ermahnte mich, im Hier und Jetzt zu bleiben.

Einige Ghule griffen mich von der Seite an. Kaum hatte ich einen erlegt, liefen zwei andere auf mich zu.

Ich wusste, dass ich mich um jeden Preis auf den Beinen halten musste. Sich zu Boden ringen zu lassen, wäre der sichere Tod gewesen.

Obwohl sich Gabriels Schwert seine Gegner von allein zu suchen schien und so gut wie nie sein Ziel verfehlte, spürte ich, wie meine Reflexe langsamer wurden. Mein Körper verlor an Kraft und in meine Verteidigung schlichen sich immer mehr Fehler ein.

Irgendwann musste diese Kette doch abreißen.

Ich wich nicht schnell genug aus und wurde durch einen heftigen Schlag gegen ein parkendes Auto geschleudert. Die Alarmanlage ging los und ich befürchtete, damit nur noch mehr Dämonen auf mich aufmerksam zu machen. Zum Glück waren die Häuser unter irgendeinem Vorwand evakuiert worden, es wäre sofort Panik ausgebrochen.

Das Geräusch von knarrendem Blech ließ mich aufschrecken.

Ein Ghul stand auf dem Auto, an dem ich lehnte, und knurrte mich an. Ich stieß mich ab, aber ich hätte mich nicht mehr schnell genug umdrehen können, um mein Schwert zu heben.

Als ich in die schwarzen leeren Augen des Dämons blickte, hoffte ich, dass er mich zumindest nicht lebensgefährlich verletzen würde.

Ich musste noch weiter kämpfen, weiter laufen.

Ich kniff die Augen zusammen, um den Schmerz leichter ertragen zu können, aber er blieb aus. Der Ghul knallte vor mir auf den Boden, ein silberner Pfeil steckte in seinem Rücken.

Ich konnte mich schnell genug positionieren, um einen weiteren Angriff abzuwehren.

Die Anzahl unserer Gegner musste unfassbar hoch sein.

Ich machte mich bereit, aber die Ghule, die auf mich zustürmten, fielen allesamt einer nach dem anderen um.

Völlig außer Atem suchte ich nach dem Schützen, dank dessen Hilfe ich endlich ein paar Sekunden durchschnaufen konnte.

Ich erkannte eine Silhouette in der Dunkelheit. Zuerst glaubte ich, Keons Statur zu erkennen. Er stand da, so ruhig und selbstbewusst wie ein Fels in der Brandung, wie damals, als er mich vor der Chimäre gerettet hatte, aber seine Aura leuchtete nicht annähernd so hell.

»Alles okay bei dir?«, rief mir die fremde Stimme zu.

Es war nicht Keon, auch wenn ich ihn mir noch so sehr herbeiwünschte.

»Ja! Danke!«

»Wenn du weiter nach vorn willst, pass auf! Dort, wo sich früher der dritte Kreis positioniert hatte, liegen unzählige halbtote Ghule, die noch immer töten können!«

Ich nickte und rannte weiter. Meine Intuition schrie so laut in mir, verlangte so vehement, dass ich mich weiterkämpfte, dass ich mich gar nicht hätte widersetzen können.

Endlich schien der Ansturm abzunehmen. Ich erreichte den Waldrand, ohne größere Blessuren zu erleiden. Der Weg zur Kirche führte über einen Hügel quer durch den Wald. Ein beliebter Wanderweg, den ich früher schon einmal mit meiner Tante gegangen war.

Die Kirche selbst lag auf einer großen Lichtung, die man von hier aus noch nicht sehen konnte.

Ich blickte kurz hinauf in den Himmel. Es kam mir so vor, als würde sich dort oben die Luft brechen, wie bei großer Hitze im Sommer.

Was, wenn ich zu spät kommen würde?

Was, wenn Astaras und die Ghule längst alle getötet hatten?

Ich malte mir dieses Schreckensszenario nicht lange aus, da ich darauf achten musste, nicht über den dämonenbedeckten Untergrund zu stolpern.

Ich bemerkte sofort, dass ich den dritten Kreis erreicht hatte. Hier kämpften unzählige Wächter gegen die Ghule, die den Hügel hinunterkamen. Ich rannte noch ein Stück nach vorn, um zu helfen. Da ich keinen Bogen mehr hatte, musste ich sehr nah ran, um mit meinem Schwert etwas ausrichten zu können.

Neben mir kämpfte einer der älteren Wächter.

»Hört das irgendwann auf?!«, wollte ich wissen.

Alle waren ausgelaugt, mit den Kräften am Ende.

»Es waren viel mehr! Es werden schon deutlich weniger, gleich haben wir es geschafft!«

Traurigkeit schwang in seiner Stimme mit, mischte sich mit der Hoffnung, die in ihm aufkeimte.

Ich sah jemanden den Hügel hinunterlaufen – einen Wächter. Seine Aura kam mir vertraut vor. Während er auf uns zulief, tötete er jeden Ghul, der seinen Weg kreuzte.

»Neo!«

Ich rannte auf ihn zu und wurde dann von ihm hinter einen großen Baum gezogen. Ein Ghul preschte an uns vorbei, wurde aber gleich darauf von einem der Bogenschützen getroffen.

»Mia! Geht es dir gut?«

Er musterte mich hektisch, die Narbe in seinem Gesicht war blutverschmiert.

»Was ist dort oben passiert? Wieso sind hier so viele Ghule?!«

Er schüttelte verzweifelt den Kopf. »Sie sind einfach durchgebrochen! Es waren weit über tausend, mit so vielen haben wir nicht gerechnet! Michael und die anderen haben viele getötet, aber mein Kreis war nicht auf diesen Ansturm vorbereitet! Die meisten sind furchtbar jung und unerfahren!«

Er biss sich auf die Lippe, maßregelte die aufkommende Verzweiflung und den Schmerz.

»Sebastian hat die Hälfte seiner Leute nach hinten geschickt, aber es ging alles so schnell …«

Er schüttelte unentwegt den Kopf, so lange, bis ich nach seiner Wange tastete und meine Hand darauflegte.

Ich wischte das Blut von seiner Narbe – es gehörte nicht ihm. Er lächelte mich an, schien wieder klarer im Kopf zu werden.

»Ich bleibe hier! Geh weiter, aber pass auf dich auf!«

Ich nickte. »Du auch auf dich!«

Nachdem ich mich vergewissert hatte, dass kein Ghul mich anvisierte, rannte ich weiter.

Es schneite immer heftiger. Die dicken Flocken verschlechterten meine Sicht und machten den Boden unglaublich rutschig.

Ich wählte den direkten Weg nach oben, weitab des eigentlichen Wanderpfads.

Obwohl ich lief, kam ich nur langsam voran.

Wieso verlor ich nur immer so viel Zeit damit, Wege hinter mich zu bringen? Ich hätte ganz vorn stehen sollen, als es passierte, ich hätte dabei sein sollen – von Anfang an.

Ein lauter, schriller Schrei ließ mich zusammenzucken und schlagartig die Richtung wechseln. Ein Ghul hatte sich über eine Wächterin gebeugt, öffnete gerade das breite schwarze Maul.

»Hey!«

Ich war zu weit entfernt, wollte die Aufmerksamkeit des Dämons auf mich lenken, aber er reagierte nicht.

Verzweifelt legte ich an Tempo zu, aber ich würde nicht schnell genug da sein, das wusste ich.

Als ich verzweifeln wollte, rannte ein weiterer Wächter den Hügel hinunter und schoss noch im Laufen einen Pfeil auf den Dämon. Er traf ihn nicht tödlich, aber er lenkte ihn so sehr ab, dass sich die Wächterin befreien konnte. Der nächste Schuss saß und der Ghul knallte auf den Boden. Die Wächterin fiel ihrem Retter um den Hals – sie schien nur leicht verletzt zu sein.

Ich wollte weiterlaufen, aber mein Blick streifte ein Schwert, das herrenlos auf dem Boden lag. Keine drei Meter entfernt lag jemand im Schnee. Ich wollte zu ihm laufen, um zu helfen, aber die Stimme, die gerade eben noch um ihr Leben geschrien hatte, ließ mich innehalten.

»Du kannst ihm nicht mehr helfen, er ist tot …«

Sie deutete auf den Körper und senkte den Kopf. Fassungslos starrte ich auf das Ordenswappen, das auf der Jacke des leblosen Wächters prangte.

Er durfte nicht tot sein, er durfte nicht einfach so auf dem kalten Boden liegen bleiben. Vielleicht konnte ich ihm noch helfen.

Bevor ich mich zu ihm runterbeugte, versicherte ich mich, dass kein Ghul in der Nähe lauerte. Ich sah hinauf zu den beiden Wächtern. Sie nickten mir zu und sicherten mich ab.

Vorsichtig drehte ich ihn auf den Rücken, sein Kopf fiel widerstandslos zur Seite. Ich sah in sein blasses Gesicht.

»Nick!«

Panisch ließ ich von ihm ab, schreckte zurück und fiel nach hinten. Meine Kehle schnürte sich schlagartig zu und ich schnappte hastig nach Luft.

Zitternd kroch ich wieder näher, musterte die offene, zerfetzte Stelle an seinem Hals.

»Nein! Nein! Nicht!«

Ich tastete nach seinem Gesicht – es war eiskalt. Mit einem Ruck hievte ich seinen Oberkörper hoch und nahm ihn in den Arm. Ich würde ihn nicht mehr warm bekommen, er war schon viel zu kalt.

»Es tut mir so leid«, wiederholte ich wieder und wieder.

Die vielen Tränen, die über mein Gesicht liefen, fielen auch auf seines, bildeten sichtbare Spuren.

»Er war schon tot, als ich gekommen bin«, flüsterte die Wächterin neben mir. »Ein Ghul hat sich an ihm zu schaffen gemacht. Ich wollte ihn verjagen, aber dann bin ich ausgerutscht.«

Ich fuhr über seine kurzen, stacheligen Haare. Seine Augen waren noch halb geöffnet und blickten in eine andere Welt.

Sein Anblick schmerzte mich so sehr, dass ich es kaum noch aushielt. Als ich drohte, eine Panikattacke zu bekommen, schloss ich mit zitternden Händen seine Augen.

»Er kann hier nicht liegen bleiben!«, schluchzte ich atemlos.

»Schon gut, wir nehmen ihn mit!«, meinte die Wächterin und beugte sich zu mir hinunter.

Ich musste mich zwingen, Nick wieder loszulassen. Meine Arme wollten ihn nicht freigeben, ihn nicht gehen lassen.

Der andere Wächter nahm ihn mir ab, hob ihn hoch und gab der Wächterin seinen Bogen. »Wir bringen ihn zurück zum Orden, dort wird er seinen Frieden finden.«

Ich dankte ihnen, auch wenn meine Stimme nur ein heiseres Flüstern war, dann lief ich vollkommen verstört weiter.

Ich achtete nicht mehr auf mein Umfeld, nicht mehr auf den rutschigen Boden unter meinen Füßen.

Er war so jung gewesen, so lebensfroh, so verliebt, und jetzt war er tot.

Er war allein in diesem schrecklich kalten Wald gestorben, war einfach so gegangen – still und heimlich.

»Wie konntest du nur!?«, schrie ich, wohl bewusst, dass ich keine Antwort bekommen würde.

Wie konnte Gott ihn nur einfach so sterben lassen?

Hielt er denn kein bisschen seine schützende Hand über uns? Wir kämpften doch in seinem Namen, unter seinem Wappen.

Wieso ließ er so etwas zu?

Wo war das Licht, das er uns hinterlassen hatte? Wo war es?

Ich fiel hin und blieb liegen. Verzweifelt schlug ich mit der Faust auf den Boden, bis sie zu bluten begann.

Der Schmerz kroch in mir hoch und machte mich wieder ruhiger. Wenn ich jetzt aufgeben würde, wäre alles umsonst gewesen: mein Training, meine Überzeugung, meine Tränen, mein Glaube.

Ich nahm all die Wut, die sich in mir angestaut hatte, und rannte wieder los. Es gab jetzt kein Zurück mehr, aufzugeben war keine Option, kämpfend zu sterben schon.

Ich zählte die Ghule nicht, die ich tötete.

Irgendwann konnte ich endlich die Lichtung sehen.

Die Kirche war noch immer in die Schwärze der Nacht gehüllt und noch zu weit entfernt, um einzuschätzen, in welchem Zustand sie war.

Hier waren deutlich weniger lebende Ghule, aber der Boden war gesäumt mit ihren Leichen.

Die Wächter, die noch kämpften, konnten sich kaum noch auf den Beinen halten. Manche von ihnen knieten auf dem Boden, waren verletzt oder lagen wie Nick regungslos im Schnee.

Es war ein Schlachtfeld – blutgetränkter und Furcht einflößender, als ich es mir jemals hätte ausmalen können.

Ich suchte verzweifelt nach einer Aura, die ich kannte.

»Sebastian!«

Er drehte sich nicht gleich um, als ich seinen Namen rief, war gerade dabei, einen der letzten Ghule hier umzubringen, aber es machte sich schlagartig Erleichterung in ihm breit, als er meine Stimme hörte.

Mit einem gezielten Hieb streckte er den Dämon nieder, dann drehte er sich zu mir um.

Sein ganzer Körper war voller Blut und Schrammen, ich konnte nicht sagen, ob es sein eigenes war – jedenfalls humpelte er.

»Mia! Alles in Ordnung?!«

Er musterte mich panisch, als ich begann, den Kopf zu schütteln.

»Hey!«

Das Rufen unterbrach uns, lenkte unsere Aufmerksamkeit auf den Waldrand. Kevin kam auf uns zu gerannt, wirkte vollkommen geschafft.

»Schön, euch zu sehen! Echt!«

Seine Stimme ließ mich zittern. Ich konnte ihm nicht in die Augen sehen, er wusste von nichts, er wusste nicht, dass sein Bruder tot war, das spürte ich.

Schnaufend blieb er bei uns stehen, stützte sich an Sebastians Schulter ab und lächelte mich schwach an.

»Die Gegend hier ist so gut wie abgegrast! Die letzten Dämonen sind weiter unten«, erklärte Kevin und seufzte erleichtert.

Sebastian wandte kurz seinen besorgten Blick von mir ab.

»Ja, ich habe die meisten meiner Leute schon nach unten geschickt! Leo koordiniert die andere Seite, seit Michael in die Kirche gegangen ist.«

Mein ganzer Körper zitterte, als ich versuchte, mich zu beherrschen. Ich konnte es ihm jetzt nicht sagen – nicht einfach so, nicht hier.

»Mia, alles in Ordnung?«

Kaum hatte Sebastian ausgesprochen, begann die Erde zu beben. Ich spürte eine gewaltige Welle der Dunkelheit, so schwer und mächtig, dass sie mich zu ersticken drohte.

Ich wäre hingefallen, hätte Kevin mich nicht aufgefangen und festgehalten. Fassungslos starrte ich zur Kirche.

»Astaras«, flüsterte ich mir selbst zu.

Ich spürte seine Aura zum ersten Mal ganz deutlich, und das, obwohl ich so weit entfernt stand, dass ich noch nicht mal Raphael oder Gabriel fühlen konnte.

Kevin verfestigte seinen Griff um mich und riss mich zurück in die Realität. Ich trat einen Schritt zurück, löste mich aus seiner Umarmung.

Es war kaum auszuhalten.

Seine Aura war der von Nick zu ähnlich. Kevin fühlte sich an wie er, aber sein Körper war noch warm.

»Wo ist Keon?«, fragte ich nervös und sah mich um. Ich hoffte so sehr, dass ihn jemand gesehen hatte.

»Komm mit nach unten, Mia!«, forderte Sebastian und ignorierte meine Frage einfach. Er wollte ihr ausweichen, das spürte ich.

»Wo ist er?!«

»Du kannst jetzt nicht zu ihm!«, rief er und nahm meine Hand.

Er wollte mich mit nach unten nehmen, aber ich riss mich los.

»Sebastian! Wo ist er!?«

Er starrte mich an und zeigte schließlich auf die Kirche. »Du darfst da nicht reingehen, Mia!«

Ich lief einfach weiter, aber er holte mich ein und hielt mich fest.

»Nein! Das erlaube ich nicht!« Ich versuchte, mich loszureißen, aber ich konnte mich kein Stück bewegen. Meine Beine ruderten in der Luft herum.

»Lass mich los, Sebastian! Lass mich!« Er wandte sich Kevin zu, ließ aber nicht von mir ab. »Geh schon mal nach unten, wir kommen gleich nach! Schick ein paar von meinen Leuten wieder hoch, um die Verletzten zu holen ... und die Toten.«

Ich begann zu weinen, als er seinen Satz beendet hatte. Kevin nickte und verschwand wieder in diesem furchtbar dunklen Wald.

»Ich darf dich nicht gehen lassen! Und ich will nicht«, flüsterte Sebastian und legte seine Lippen kurz auf meinen Hals. Ich wehrte mich nicht mehr, tastete mit den Händen nach seinen.

»Ich muss aber ...«

Er schüttelte den Kopf, ich streichelte über seine Hand. »Du kannst überhaupt nichts ausrichten!«

»Ich weiß.«

Er stutzte.

»Aber ich will bei ihnen sein, bitte.«

Sein Griff wurde lockerer. Er vergrub sein Gesicht in meiner Halsbeuge. »Das ist nicht fair«, murmelte er.

»Ja, ich weiß, das alles hier ist nicht fair. Das ist mir auch schon aufgefallen.«

Wir lachten beide, kurz und leise, dann ließ er von mir ab.

»Wir sehen uns später im Orden, wenn die Sonne endlich aufgegangen ist, ja?«

Ich nickte und schenkte Sebastian das schönste Lächeln, das ich in der Lage war, zu geben. Es hätte mir nur wehgetan, mich noch mal nach ihm umzudrehen, also lief ich weiter.

Die Kirche war noch gut zweihundert Meter entfernt, trotzdem spürte ich Astaras' Aura schon deutlich. Sie war so vorherrschend, so einnehmend und irgendwie seltsam vertraut. Genau so hatte sie in meinem Traum geleuchtet: schwarz, intensiv und Furcht einflößend.

Ich rannte immer schneller, weil ich hoffte, bald auch etwas anderes wahrzunehmen. Den Wind, das Wasser, Keons Leuchten – Astaras schien sie alle zu überschatten.

Immer eindrucksvoller baute sich die große Kirche vor mir auf. Die grauen Mauern bebten wieder, als ich näher kam.

Ich begann langsam, zu verzweifeln, als er plötzlich da war – der Wind. Ganz deutlich spürte ich Gabriel und dann auch Raphael. Mein Herz machte einen Sprung, hörte kurz auf, zu schmerzen.

Sämtliche Fenster der Kirche waren zerbrochen und lagen in großen Scherben im Schnee.

Ich wurde immer langsamer, je näher ich dem großen hölzernen Tor kam, bis ich schließlich nicht mehr rannte.

Jetzt spürte ich auch Keons Aura und die von Michael.

Zwischen all der Dunkelheit hätte ich beinahe Conans Aura übersehen. Sie war zwar auch düster und schwarz, aber nicht annähernd mit der von Astaras zu vergleichen.

Ich hätte meine zitternde Hand nach der Klinke ausgestreckt, hätte mich nicht ein leises Geräusch stutzen lassen.

Ich war so in das Fühlen der Auren vertieft gewesen, dass ich die Welt um mich herum vollkommen ausgeblendet hatte. Jemand weinte leise und flehte. Sein Schmerz schlug mir mit voller Wucht entgegen. Ich drehte mich nach rechts, lief an der Kirchenmauer entlang und folgte der unermesslichen Traurigkeit.

Noch bevor ich um die Ecke bog, erkannte ich, wer da so bitterlich weinte.

Er sah nur kurz zu mir auf, als ich vor ihm stehen blieb.

Meine Knie begannen zu zittern, aber ich erlaubte ihnen nicht, einzuknicken.

Mika saß im Schnee, mit dem Rücken zur Kirchenmauer, und weinte. Sara lag in seinen Armen, ihr Kopf lehnte an seiner Schulter und ihre Augen waren geschlossen.

Seine Stimme bebte, als er zu sprechen begann.

»Ich glaube, sie ist schlimm verwundet«, meinte er und zitterte dabei am ganzen Körper. Er blickte stur geradeaus, schien nichts wirklich anzuvisieren. »Ich habe das Mistvieh nicht kommen sehen … ich … ich konnte sie nicht …«

»Schon gut.«

Ich beugte mich zu ihm hinunter. Er streichelte immer wieder über Saras Rücken, seine ganze Hand war schon voller Blut. Sie wirkte friedlich, süß und freundlich wie immer, aber ihre Körpermitte war vollkommen durchlöchert.

»Es wird lange dauern, bis es heilt, oder?«

Ich starrte Mika an, der so hilflos vor sich hin fror und kaum ein Wort herausbrachte. Er schluchzte immer wieder, schien kaum Luft zu bekommen.

»Ja, sehr lange.«

Er nickte hektisch und hauchte Sara einen Kuss auf die Schläfe.

»Ich habe sie zu Raphael gebracht, aber wir müssen noch warten.«

Mika schien ganz in seiner Trauer versunken zu sein. Sie drohte, ihn aufzufressen. Ich war mir nicht sicher, ob er wusste, dass Sara gestorben war.

Wie lange saß er schon hier im Schnee und litt?

Ich tastete nach seiner Hand, die noch immer über ihren Rücken streichelte – sie war eiskalt.

»Lass sie schlafen, Mika.«

Er nickte, legte seine Hand auf ihren Kopf und ließ sie dort verweilen.

Ich unterdrückte all meine Tränen, meine Trauer, mein tiefes Entsetzen. Ich wollte stark sein, für Mika, der gerade innerlich zugrunde ging.

In der Kirche gab es einen lauten Knall, aber ich zuckte nur kurz zusammen.

Angestrengt rief ich mir all die schönen Erinnerungen ins Gedächtnis, die ich an Sara hatte. Ich nahm die positiven Gefühle und tauschte sie gegen Mikas Schmerz ein. Er wurde sofort ruhiger, hörte auf, ins Leere zu starren, und sah mich an.

Ich blickte noch kurz in sein trauriges, aber nicht mehr lethargisch wirkendes Gesicht, dann wurde ich ohnmächtig.

Ich war nur kurz weggetreten gewesen, weil mein Unterbewusstsein mich schnell wieder in die Realität zurückrief. Mika musterte mich besorgt, richtete seinen Blick dann aber wieder auf Sara.

»Ich sollte sie hier wegbringen.«

Seine Stimme war viel klarer, genau wie seine Gefühle.

Nun verstand ich endlich, warum mir manchmal schwindelig geworden war. Es kostete mich viel Kraft, aber ich konnte die Gefühle der Menschen um mich herum nicht nur lesen, sondern auch beeinflussen. Ich hatte dieselbe Gabe wie meine Mutter, nur hatte ich sie nie zugelassen.

In Extremsituationen, in denen die negativen Gefühle der anderen zu stark geworden waren, hatte sich dieser Teil meiner Gabe manchmal gezeigt, aber ich hatte es nicht wahrhaben wollen.

Torkelnd richtete ich mich auf, versuchte, den Schwindel zu verdrängen.

Als die Erde wieder zu beben begann, stolperte ich nach hinten. Das Erdbeben war viel heftiger als jene zuvor. Die Dunkelheit wurde spürbar stärker. Dieser Kampf verlangte nach seinem Ende.

»Geh jetzt, Mika! Bring Sara zurück nach Hause.«

Er zögerte kurz, schien zu überlegen, ob er mich überreden sollte, mitzugehen, nickte schließlich aber nur und unterdrückte seine Tränen. »Ich hoffe, Gabriel passt besser auf dich auf als ich auf Sara.«

Er stapfte langsam durch den knöchelhohen Schnee davon und ich tastete mich wieder an der Kirchenmauer entlang.

Als ich vor dem hölzernen Tor stand, fühlte es sich so an, als ob ich mein ganzes Leben nur für diesen Moment gelebt hätte.

Ich war bereit für alles, was mich erwarten würde. Ich hatte den Krieg gesehen und ich hatte den Tod gesehen, schlimmer konnte es nicht kommen.

Der letzte Kampf

D
as große Tor öffnete sich unerwartet leicht und lautlos. Es schlug mir so viel Energie auf einmal entgegen, dass ich nicht sagen konnte, woher sie genau kam.

Die Luft war kalt und trug mir einen süßlichen Duft in die Nase. Die linke Seite der Kirche war komplett zerstört, sie lag in Trümmern.

Ein lautes Donnern hallte durch den hohen Raum, als ich ihn betrat. Alles ging furchtbar schnell.

Ich spürte den Wind peitschen und im nächsten Moment kam Gabriel auf mich zugeflogen. Er war von etwas weggeschleudert worden, raste ungebremst mit dem Rücken voraus auf mich zu.

Ich schaffte es gerade noch, die Arme auszubreiten, dann wurden wir beide gegen die Tür geschleudert, durch die ich gekommen war. Ich prallte gegen das unnachgiebige, dicke Holz.

Mein ganzer Körper schmerzte, aber ich spürte Gabriel ganz nah bei mir. Er lag in meinen Armen und das allein machte mich schlagartig glücklich.

Ich spähte an seiner Schulter vorbei nach vorn.

Ein unglaublich starker Energieimpuls fegte am Altar vorbei. Es fühlte sich an wie eine Flutwelle – das musste Raphael gewesen sein. Gabriel regte sich langsam auf mir und ich schlang meine Arme noch fester um ihn.

»Wieso hast du mich angelogen? Ich hätte früher hier sein können!«

Er antwortete nicht, griff sich meine Hände, drückte einmal kurz zu und löste dann meinen Griff um ihn.

Vor uns tauchte die pure Dunkelheit auf, im nächsten Moment breitete Gabriel seine weißen Flügel aus.

Sie versperrten mir die Sicht. Er streckte die Hände aus und eine Schockwelle aus Licht traf die Schwärze. Ich hörte einen Schrei, er war nicht leidend, sondern wütend.

Gabriel griff hinter sich, packte mich am Arm und schleuderte mich unsanft nach rechts hinter die Kirchenbänke. Er wollte mich verstecken.

Astaras hatte mein Dazukommen noch nicht bemerkt. Wahrscheinlich ging meine mickrige Aura in diesem Meer aus großer Astralkraft unter.

Ich schlug mit dem Kopf gegen eine Bank, krümmte mich vor Schmerzen.

Ein lauter Knall hallte durch die hohen Wände.

Ich raffte mich auf, um zu sehen, was passiert war. Als ich nach oben blickte, sah ich ihn zum ersten Mal. Seine Haare waren schwarz, länger als in meinem Traum, sie reichten ihm bis zum Kinn. Sein Gesicht war genauso schön, wie es sich mein Verstand ausgemalt hatte.

Ich war zu weit weg, um in seine Augen sehen zu können, aber von hier aus sahen sie nachtschwarz aus. Die Flügel auf seinem Rücken hatten eine ebenso beeindruckende Spannweite wie die von Gabriel, aber sie waren dunkelgrau gefärbt.

Er beachtete mich nicht, schwebte hoch über dem steinernen Altar. Als Gabriel auf ihn losging, knallte es wieder.

Es schien irgendetwas auszulösen, jedes Mal, wenn sie sich berührten. Obwohl es eher nach einem physischen Kräftemessen aussah, fühlte ich, dass da mehr war.

Der Kampf fesselte all meine Sinne. Ich stolperte unbewusst immer weiter nach vorn.

Gabriels Hände begannen zu zittern, er schien Astaras' Kraft nicht mehr lange standzuhalten.

Der schwarze Engel verzog keine Miene, sein Gesicht war wie versteinert, ausdruckslos und gespenstisch schön.

Ich hatte Angst um Gabriel, fing an, zu laufen, und wurde so plötzlich abgebremst, dass ich einen erschrockenen Schrei losgelassen hätte, hätte Keon mir nicht den Mund zugehalten.

Er hob mich hoch und trug mich hinter eine der monströsen Marmorsäulen. Es bereitete ihm spürbar Mühe, obwohl er mich sonst ohne Probleme tragen konnte.

Ich sah gerade noch aus dem Augenwinkel, wie Gabriel wieder von Astaras weggeschleudert wurde und gegen die steinerne Wand prallte. Als Keon mich losließ, wollte ich nach ihm sehen, aber er packte mich und hielt mich zurück.

»Bist du verrückt geworden!? Was willst du hier!?«

Seine Worte waren ein Flüstern und trotzdem wütend und durchdringend. Ich spähte an der großen Säule vorbei und sah Astaras unbeeindruckt in der Luft schweben.

Ich schloss kurz die Augen und fühlte nach Gabriels Aura. Der Wind wehte noch, ganz in der Nähe des Wassers. Ich sah Raphael den langen Gang entlanggehen, er hielt direkt auf Astaras zu, breitete die schneeweißen Flügel aus. Bevor ich weiter verfolgen konnte, was passierte, zog mich Keon wieder zurück.

»Behalt den Kopf hinter der Säule, sonst sprengt ihn dir noch irgendjemand weg!«

Als ich protestieren wollte, fiel mir auf, wie schwer verletzt Keon war. Sein linker Oberarm war offen, ich konnte bis zu seinem Schulterknochen sehen. Seine ganze linke Körperhälfte war voller Blut, er musste unglaublich viel davon verloren haben. Schwer atmend lehnte er sich gegen die Marmorsäule. Er war blass, sogar seine Lippen hatten die Farbe verloren.

Er schloss kurz die Augen. Ich dachte, er würde ohnmächtig werden, also schlang ich schnell meine Arme um seine Taille, damit er nicht umkippen konnte, aber er blieb stehen und machte die Augen wieder auf.

»Das ist ein echt mieser Zeitpunkt, um mich anzumachen.«

Ich lächelte schwach und legte meinen Kopf kurz auf seine Brust. Sein Herz schlug viel zu langsam, ihm musste unglaublich schwindelig sein.

Eine Welle aus Energie breitete sich in der gesamten Kirche aus und schleuderte mich und Keon auf den Boden.

Er schrie auf, als er sich aus einem Reflex heraus mit seinem verletzten Arm abstütze.

Ich raffte mich hoch, um zu sehen, was passiert war.

Raphael lag vor dem Eingang am Boden und rührte sich nicht. Michael lief zu ihm, baute eine unsichtbare Barriere um sie herum auf, damit Astaras' erneute Schockwelle sie nicht treffen konnte.

Ich ging wieder zu Boden und Keon knallte abermals auf seine Schulter. Diesmal wurde er wirklich kurz ohnmächtig.

Panisch sah ich mich weiter um, suchte Gabriel, der gerade aus einem Haufen Trümmer stieg. Einer seiner Flügel sah mitgenommen aus.

Astaras sank langsam vor dem Altar zu Boden und streckte die Hand nach Michael und Raphael aus. Ich rechnete mit einer weiteren Schockwelle, aber der dunkle Engel verlor mit einem Mal den Boden unter den Füßen und stolperte leicht nach links.

Conan hatte ihn abgelenkt, er lief auf ihn zu, knurrte ein dämonisches Knurren. Er blutete am Kopf, seine hellblonden Haare waren mit dunkelrotem Blut durchtränkt.

Astaras blickte langsam in seine Richtung und hob dann unbeeindruckt und lustlos die Hand.

Es folgte eine weitere Schockwelle, diesmal konnte ich mich an einer Kirchenbank festhalten.

Conan wurde in meine Richtung geschleudert, knallte auf die hölzernen Bänke. Astaras ging weiter in Richtung Ausgang, hielt direkt auf Raphael und Michael zu.

»Bleib stehen, das ist unser Kampf!«

Gabriels Stimme hallte in den Kirchenmauern wider.

Astaras hielt kurz inne. Seine Augen waren durch und durch leer, ausdruckslos, besessen. Er drehte sich langsam nach Gabriel um, der ihm nun direkt gegenüberstand.

Sie preschten so schnell aufeinander zu, dass ich gar nicht richtig erkennen konnte, was passierte. Ihr Kampf verlagerte sich schnell wieder in die Luft. Gabriel beförderte Astaras in die Trümmer, in denen er selbst zuvor gelegen hatte.

Vor mir rührte sich Conan. Die Wunde an seinem Kopf blutete jetzt stärker, er tastete danach.

Als er mich sah, drehte er sich sofort nach Astaras um. Er war wieder aufgestanden, schleuderte Gabriel etwas entgegen, das ihn kurz zusammenzucken ließ.

Conan raffte sich auf und verschwand ebenfalls hinter der pompösen Marmorsäule.

»Du dummes Ding!«, flüsterte er und tastete wieder nach seiner Wunde.

Keon hatte sich in der Zwischenzeit wieder auf die Beine gequält, schwankte etwas und hielt sich an meiner Schulter fest. Er wirkte noch bleicher als vorhin, jetzt bekam ich Angst um ihn.

»Conan! Ich kann sie nicht mehr wegbringen! Wenn sich die Gelegenheit ergibt, nimm Mia und hau ab! Jaron erwartet euch, wenn Gabriel fällt.«

Ich schüttelte den Kopf. »Ich bleibe! Niemand muss mich wegbringen! Und Gabriel stirbt nicht!«

Ich hatte Conan und Keon noch nie solche Blicke austauschen sehen. Der Erzdämon nickte und im nächsten Moment schlugen wir alle wieder auf dem Boden auf.

Ich landete direkt zwischen Keon und Conan.

Der orkanartige Wind, den ich die ganze Zeit über gefühlt hatte, ebbte mit einem Mal ab und ich bekam blanke Panik.

Ich rannte nach vorn, um zu sehen, was mit Gabriel passiert war. Astaras hatte ihn von hinten am Genick gepackt. Er versuchte, sich zu befreien, aber sein verletzter Flügel machte ihm zu schaffen.

Mein ganzer Körper begann zu zittern, weil ich nicht wusste, wie ich ihm helfen konnte.

Panisch lief ich weiter. Ich hatte solche Angst um ihn, dass ich kaum klar denken konnte. Kurz bevor ich aus purer Verzweiflung mein Schwert zückte, fiel mir etwas Vielversprechenderes ein.

Ich flehte zu Gott, dass mein Plan funktionieren würde. Ich hätte es nicht länger ertragen, einfach nur zuzusehen.

Ich nahm all die verstörenden Erfahrungen, die ich heute gesammelt hatte, ließ alles zu, den Schmerz, die Trauer, die Angst, meine Panik, alles, was mich innerlich zerfraß, und schleuderte es Astaras entgegen. Der Schwindel wurde unerträglich und ich verlor das Gleichgewicht. Conan zog mich wieder hinter die Säule.

»Bist du verrückt?! Bleib hier!«

Ich hörte Astaras aufschreien, spürte, wie Gabriel wieder zu Kräften kam.

Alle starrten fassungslos auf den dunklen Engel.

Seine starre Maske war kurz gefallen, die nachtschwarzen Augen waren kurz wieder blau geworden und das schien er kaum auszuhalten. Er wurde unglaublich wütend und dann wieder teilnahmslos.

Gabriel kämpfte erbittert weiter. Er war so unglaublich stark und trotzdem spürte ich, dass er dieser dunklen, gottlosen Macht nicht überlegen war. Er war zu lange hier, hatte zu lange ein menschliches Leben geführt, zu viel seiner Kraft eingebüßt. Er war nicht mehr derselbe Erzengel, der geschickt worden war, um Luzifer zu stürzen, er war mein Gabriel und er liebte diese Welt.

Er schleuderte Astaras gegen den steinernen Altar. Eine dicke Staubwolke bildete sich und wir hielten alle kurz den Atem an. Gabriel verschnaufte ein paar Sekunden, aber ich sah an seinem Blick, dass es noch nicht vorbei war. Als sich Astaras aus der Staubwolke erhob, zuckten seine Hände.

Der Kampf, der nun ausbrach, erschütterte die Mauern der Kirchen so sehr, dass ein Teil der Decke zu bröckeln begann.

Conan packte mich an der Hand und lief mit mir in Richtung Ausgang.

Große Stücke des Dachs knallten auf den Boden. Ich drehte mich panisch nach Keon um. Er schwankte uns hinterher.

Conan schubste mich weiter und ich landete in Raphaels Armen. Noch nie hatte ich das Wasser so tosen gespürt.

Er hielt mich hinter seinem Rücken fest, breitete seine Flügel aus und versperrte mir wieder die Sicht.

Ich wollte mich an ihm vorbeidrängen, aber ich brauchte nichts zu sehen, um mitzubekommen, dass Gabriel hart auf den Marmorboden aufgeschlagen war.

Ich wusste nicht, wie ich es schaffte, mich von Raphael loszureißen, aber ich tat es.

Entsetzt blickte ich in Gabriels schmerzverzerrtes Gesicht. Astaras kam auf ihn zu, hob bereits leicht die Hand und hielt dann ein. Weder Raphael noch sonst jemand konnte mich schnell genug aufhalten, um zu verhindern, dass ich loslief. Es waren nur Sekunden, in denen sich unsere Blicke trafen.

Astaras neigte den Kopf, seine Augen färbten sich dunkelblau und eine schwarze Haarsträhne fiel ihm ins Gesicht.

Für den Bruchteil eines Moments sah ich den Engel in ihm – einen aufbrausenden, liebevollen, leidenschaftlichen Mann, der nur mehr als Erinnerung in seinem eigenen Körper existierte.

Ich war so gefesselt von seiner Erscheinung, dass ich nicht sofort mitbekam, dass er die Hand nach mir ausstreckte. Er hätte mich umbringen können, ohne dass ich es bewusst mitbekommen hätte, aber er tat es nicht, er hatte gezögert.

Gabriel zögerte nicht. Er packte Astaras am Hals, umschloss ihn mit beiden Händen und drückte zu.

Der schwarze Engel schlug nach ihm, aber Gabriel würde nicht mehr loslassen.

Die dunkelgrauen Federn an seinen Flügel fingen an, auszufallen. Mächtige Schockwellen breiteten sich aus, die Raphael nur mit Mühe von uns abschirmen konnte. Er baute eine starke Barriere auf, aber sie drohte, unter der Macht von Astaras' Todeskampf zu zerbrechen.

Die Geräusche, die er von sich gab, hatten nichts Natürliches mehr an sich. Sein verzerrtes Schreien schmerzte in meinen Ohren.

Er verstummte.

Es würde jeden Moment vorbei sein, daran glaubten wir alle.

Als Astaras plötzlich nach Gabriels Kehle griff und zu lachen begann, fiel ich auf die Knie.

Ich hörte ihn schreien, ich hörte Gabriels qualvolle Schreie, als Astaras beide Hände um seinen Hals legte.

Verzweifelt griff ich nach seinem Schwert, aber es fiel sofort, als Raphael mich auf den Boden drückte.

Ich rief seinen Namen. Ich wollte ihn bitten, endlich loszulassen, es auf eine andere Weise zu versuchen, aber Gabriel würde nicht mehr aufhören, dafür war er schon zu weit gegangen.

Astaras' Flügel waren beinahe federlos, aber der Wahnsinn, der in ihm tobte, würde ihn so lange am Leben erhalten, bis auch Gabriel tot war. Er würde ihn mitnehmen, sie würden sich gegenseitig umbringen und ich würde zusehen.

Alles um mich herum verschwamm in einem Meer aus Tränen. Ich verlor das Bewusstsein. Das Geräusch des brechenden Marmors riss mich ein letztes Mal an diesem Morgen zurück in die Realität. Ein letztes Mal verschwand dieser Schleier aus Licht und Tränen, der nicht nur meine Augen, sondern vielmehr meinen Verstand trübte.

Astaras schlug hart auf dem Boden auf. Die Schwärze, die den Raum beherrscht hatte, löste sich in Nichts auf.

Er war tot.

Luzifer war gestürzt, seine Macht verebbt.

Ich spürte Erleichterung über das Ende dieser Schlacht – ihr Ausgang war so lange ungewiss gewesen.

Es war getan, aber mein Herz zerriss in meiner Brust.

Ich fühlte Raphael auf mir, Keon, Conan und Michael hinter mir. Das Einzige, was ich nicht mehr fühlen konnte, war der Wind. Das, wonach ich mich am meisten sehnte, war verschwunden.

Er war nicht mehr da – Gabriel, verschluckt vom Licht.

Nur noch Astaras' Leiche – seine Hülle, die schon so lange seelenlos gewesen war – war zurückgeblieben.

Die Erkenntnis ließ meinen Verstand vernebeln und meine Augen wieder erblinden. Auch die Gefühle derer, die mir so nah waren, prasselten immer schwächer auf mich ein, bis –

zum ersten Mal in meinem Leben – alles in mir in vollkommener Stille aufging.

Es hatte keinen Sinn mehr, irgendwelche Gefühle zu lesen oder zu beeinflussen, denn in dem Moment, als ich realisierte, dass er verschwunden war, erschien mir nicht nur meine Gabe, sondern alles, wofür ich gelebt und gekämpft hatte, wertlos.

Ich brauchte meinen Verstand ohne ihn nicht mehr – er konnte aufhören, zu funktionieren.

Ich brauchte all meine Kraft nicht mehr – sie konnte mich verlassen.

Ich brauchte mein Herz nicht mehr – es durfte aufhören, zu schlagen.

Gabriel hatte mich verlassen – er hatte mich unglücklich gemacht.

Was bleibt uns am Ende eines Krieges, wenn wir uns Gewinner nennen? Wir dürfen die Gewissheit ertragen, dass uns in der Schlacht mehr verloren gegangen ist, als wir bereit waren, zu opfern. Im Nachhinein zuzugeben, dass wir diesen Kampf nie zu kämpfen bereit waren, wäre dumm, also machen wir weiter und zehren an dem Glauben, dass uns das Unvermeidliche keine Wahl gelassen hat.

Ich dachte, ich wäre ein Krieger, ich war der Meinung, ich könnte alles ertragen, was mir zugemutet wird, aber warum tut es dann trotzdem so weh? Muss ich erst zerbrechen, um vor dem Zerschlagenwerden keine Angst mehr zu haben?

Wenn wir die Kraft gefunden haben, weiterzumachen, werden wir wieder Krieger sein.

Es werden neue Zeiten anbrechen, die die Weichen für die Zukunft stellen werden. Wir werden ein neues Kapitel aufschlagen, denn unsere Geschichte will bis zum Ende erzählt werden …

KRIEGER DES LICHTS

BAND 2: SUM LUX IN TENEBRIS

Der Kampf gegen Astaras hat unzählige Lücken in den Reihen des Ordo Equester hinterlassen. Abschied zu nehmen, fällt schwer, ebenso wie der Alltag. Dieser präsentiert sich Mia als endlose Abwärtsspirale aus Depression und Apathie. Raphaels Wellen färben die Dunkelheit in ihr grau und lassen sie wieder Luft bekommen. Aber nur Keons Leuchten und der Orden in Florenz sind hell genug, um sie zurück ins Leben zu führen. Angeschlagen und auf der Suche nach etwas, das die Leere in ihr füllt, widmet sich Mia ihrem Wächterdasein. Es spielt keine Rolle, ob die Konflikte, in die sie sich einmischt, eine Nummer zu groß für sie sind, denn zuzusehen, wie Conans Zirkel von radikalen Anschlägen heimgesucht wird, ist keine Option. Dass jemand anderes ihre Hilfe viel dringender braucht und dieser Konflikt die Mauern des Ordens in ihren Grundfesten erschüttern könnte, begreift Mia erst sehr spät und fasst einen gewagten und schicksalsträchtigen Entschluss.

KRIEGER DES LICHTS
BAND 3: DUM SPIRO SPERO

Fünf Jahre sind ins Land gezogen, seit das Chaos Mias Leben aus der Bahn geworfen hat. Sie ist reifer geworden, stärker, aber manche bezeichnen sie auch als verbissen und gewissenlos – mittlerweile kennt jeder die Geschichte der berühmten Wächterin. Abseits der umstrukturierten Ordensmauern folgt Mia seit Langem ihrem eigenen Weg und legt all ihre Hoffnung in die letzten Worte Gottes, die entweder der rettende Silberstreif am Horizont oder aber Schall und Rauch sind. Ein Heilmittel für das Virus finden, nichts anderes will Mia, aber der Orden und die Zirkel rüsten sich plötzlich für einen Krieg, den sie um jeden Preis verhindern will. Dass Mias Existenz und die der ganzen Welt am seidenen Faden hängt, erkennt sie erst, als es beinahe zu spät ist.

FABULA LUX

SAMMELBAND

Engel, Dämonen, Himmel und Hölle – all das kennt Lia, zumindest in der Theorie. Sie wurde auf ein Schicksal vorbereitet, das sich vielleicht nie erfüllt, aber ihr Wissen um die Geheimnisse dieser Welt hilft ihr, als ihr plötzlich eine neue Bestimmung zuteilwird. Sie erwacht als Wächterin, auserwählt, die Menschen zu beschützen und Teil eines uralten Ordens zu werden, der nicht weniger von ihr fordert, als sich voll und ganz ihrer neuen Aufgabe zu verschreiben.

Als wäre all das nicht genug, kämpft Lia plötzlich auch mit Gefühlen, die ihr fremd sind. Und das, obwohl sie mit ihrer empathischen Gabe eigentlich gut auf die Liebe vorbereitet sein müsste …

Über die Autorin

 Jasmin Romana Welsch wurde 1989 in Graz geboren und lebt auch heute noch mit ihrem Freund und ihrer Hündin Yuki in der Steiermark. Obwohl sie bereits im Teenageralter das Schreiben für sich entdeckte, begann sie ein Jurastudium. Erst nach der Veröffentlichung ihres ersten Romans widmete sich die junge Autorin gänzlich der Schriftstellerei. Aus ihrer Feder stammen mehrere Jugendbücher, in denen sich fast immer humoristische, aber auch dramatische Akzente wiederfinden.

Kontakt

Homepage: www.jasminromanawelsch.com
Facebook: www.facebook.com/ JRWelsch

Fantasy von Jasmin Romana Welsch

C. M. Spoerri & Jasmin Romana Welsch
Conversion (Band 1): Zwischen Tag und Nacht
28. August 2016, Sternensand Verlag
424 Seiten, broschiert
€ 12,95 [D]

Jugendroman-Dystopie
Als Taschenbuch und E-Book

Jasmin Romana Welsch
Absolution: Wie man eine Sünde überlebt
28. Februar 2016, Sternensand Verlag
224 Seiten, broschiert
€ 12,95 [D]

Urban Fantasy
Als Taschenbuch und E-Book

Romance von Jasmin Romana Welsch

Jasmin Romana Welsch
Küss mich (Sammelband)
13. Juli 2017, Sternensand Verlag
530 Seiten, broschiert
€ 12,95 [D]

Liebesroman
Als Taschenbuch und E-Book

Sam mag Musik, sarkastische Sprüche und ihr bester Freund ist der Schulschwarm Bastian. Als die Sommerferien vor der Tür stehen, verreist die Siebzehnjährige mit ihrem Vater in ein malerisches Idyll, das sich im nächsten Augenblick als Bilderbuch-Kaff entpuppt. Sie stellt sich schon auf die langweiligsten Ferien ihres Lebens ein, aber auf einmal ist da Chris. Ein arroganter, schlagfertiger Schönling mit Huskyaugen und Bauchmuskeln, die kluge Mädchen dumm machen können. Sam ist augenblicklich fasziniert von ihm.

Doch ausgerechnet jetzt glaubt Bastian plötzlich, er hätte ein Vetorecht, und Sam stellt schockiert fest, dass er anscheinend mehr für sie empfindet, als gut für ihre Freundschaft ist.

Ist das der Beginn einer Sommerromanze mit Ausbaupotenzial oder einer Gefühlsachterbahnfahrt, die im Chaos endet?

Weitere Fantasy aus unserem Sortiment:

C. M. Spoerri
Die Legenden von Karinth (Band 1)
25. September 2016, Sternensand Verlag
448 Seiten, broschiert
€ 12,95 [D]

High Fantasy
Als Taschenbuch, Hardcover und E-Book

Regina Meißner
Der Fluch der sechs Prinzessinnen (Band 1): Schwanenfeuer
1. Oktober 2017, Sternensand Verlag
354 Seiten, broschiert
€ 12,95 [D]

Märchenadaption
Als Taschenbuch und E-Book

Nadine Roth
Bloody Mary: Du darfst dich nicht verlieben
12. März 2017, Sternensand Verlag
560 Seiten, broschiert
€ 14,95 [D]

Paranormal Romance
Als Taschenbuch und E-Book

Fanny Bechert

Elesztrah (Band 1): Feuer und Eis

3. November 2016, Sternensand Verlag

468 Seiten, broschiert

€ 12,95 [D]

High Fantasy
Als Taschenbuch und E-Book

Carolin Emrich

Elfenwächter (Band 1): Weg des Ordens

15. Januar 2017, Sternensand Verlag

308 Seiten, broschiert

€ 12,95 [D]

High Fantasy
Als Taschenbuch und E-Book

Miriam Rademacher

Banshee Livie (Band 1): Dämonenjagd für Anfänger

13. Oktober, Sternensand Verlag

370 Seiten, broschiert

€ 12,95 [D]

Urban Fantasy
Als Taschenbuch und E-Book

Besucht uns im Netz:

www.sternensand-verlag.ch

www.facebook.com/sternensandverlag